De opgraving

Van Iris Johansen zijn verschenen:

Lelijk eendje*
Ver na middernacht*
Het laatste uur*
Gezicht van de dood*
Dodelijk spel*
De speurtocht*
De winddanser*
Een kern van leugens*
Verraderlijke trouw*
De schok*
De vloed*
De brand*
De klopjacht
De opgraving

*In POEMA-POCKET verschenen

Iris Johansen

De opgraving

SIJTHOFF

© 2005 by Johansen Publishing LLLP
All rights reserved
© 2007 Nederlandse vertaling
Uitgeverij Luitingh~Sijthoff B.V., Amsterdam
Alle rechten voorbehouden
Oorspronkelijke titel: *Countdown*
Vertaling: Mariëlla Snel
Omslagontwerp: Studio Jan de Boer
Omslagfotografie: Getty Images

ISBN 978 90 245 5524 6
NUR 332

www.boekenwereld.com

I

Aberdeen, Schotland

Hij moest de sleutel vinden.

De hotelkamer was donker, maar hij durfde geen lamp aan te doen. Hoewel Leonard hem had verteld dat Trevor en Bartlett gewoonlijk een uur in het restaurant bleven, kon hij daar niet op rekenen. Grozak had door de jaren heen ervaring met Trevor opgedaan, en hij wist dat de instincten van die klootzak nog steeds even scherp waren als in de tijd dat hij in Colombia huursoldaat was geweest.

Dus zou hij zichzelf maximaal tien minuten de tijd gunnen en er dan vandoor gaan.

Het licht van zijn kleine zaklantaarn ging snel de kamer rond. Even steriel en onpersoonlijk als de meeste hotelkamers. Beginnen met de bureauladen.

Hij liep naar het bureau.

Niets.

Hij liep naar de kast, haalde er de rugzak uit en doorzocht die snel.

Niets.

Nog vijf minuten.

Hij liep naar het nachtkastje en trok de la open. Een aantekenboekje en een pen.

Zoek en vind de sleutel. De achilleshiel. Iedereen had er een.

Probeer de badkamer.

Niets in de laden.

De toilettas.

Waardevol?

Misschien.

Ja. Op de bodem lag een versleten leren mapje.

Foto's van een vrouw. Aantekeningen. Krantenknipsels met

foto's van dezelfde vrouw. Hij voelde zich heel teleurgesteld. Niets over MacDuff's Run. Niets over het goud. Niets wat hem echt kon helpen. Verdomme. Hij had gehoopt dat...

Wacht even! Het gezicht van die vrouw kwam hem heel bekend voor...

Geen tijd om te lezen.

Hij pakte zijn digitale camera en maakte foto's. Die zou hij naar Reilly sturen om hem te laten zien dat hij misschien de benodigde ammunitie had om Trevor onder controle te krijgen.

Maar wellicht zou dit niet genoeg voor hem zijn. Nog een keer de slaapkamer en die rugzak doorzoeken...

Het schetsboek met ezelsoren lag onder het karton op de bodem van de rugzak.

Waarschijnlijk niet waardevol. Snel bladerde hij het door. Gezichten. Niets anders dan gezichten. Hij had deze extra tijd niet moeten nemen. Trevor kon elk moment terugkomen. Alleen maar een stel schetsen van kinderen en oude mensen en die rotzak...

O god.

Bingo!

Hij stopte het schetsboek onder zijn arm en liep inwendig juichend naar de deur. Hij hoopte bijna dat hij Trevor in de gang tegen het lijf zou lopen om de kans te krijgen dat stuk ellende naar de andere wereld te helpen. Maar daarmee zou hij alles verpesten.

Ik héb je, Trevor.

Het alarm in Trevors zak trilde.

Trevor spande al zijn spieren. 'Verdomme.'

'Wat is er mis?' vroeg Bartlett.

'Misschien niets, maar er is wel iemand in mijn hotelkamer.' Hij smeet wat geld op tafel en ging staan. 'Het kan het kamermeisje zijn, dat de dekens van mijn bed alvast terugslaat.'

'Maar jij denkt niet dat dat zo is.' Bartlett liep achter hem aan naar de lift. 'Grozak?'

'Dat zullen we zo weten.'

'Een val?'

'Niet waarschijnlijk. Hoewel hij me dood wil hebben, is het goud voor hem belangrijker. Hij probeert waarschijnlijk een kaart of andere informatie te vinden.'

'Jij zou nooit iets waardevols in je kamer achterlaten!'

'Daar kan hij niet zeker van zijn.' Trevor bleef voor de deur staan en pakte zijn pistool. 'Jij moet hier blijven.'

'Geen probleem. Als jij wordt gedood, moet iemand om de politie gaan schreeuwen, en dat zal ik op me nemen. Maar wanneer het het kamermeisje is, kunnen we het verzoek krijgen dit pand te verlaten.'

'Het is het kamermeisje niet, want er brandt geen licht.'

'Dan zou ik misschien...'

Trevor trapte de deur open en dook zijdelings naar de grond. Geen schot. Geen beweging.

Hij kroop achter de bank en wachtte tot zijn ogen aan het donker waren gewend.

Niets.

Hij stak een hand op en deed de lamp op het bijzettafeltje naast de bank aan.

De kamer was leeg.

'Mag ik doorlopen?' riep Bartlett vanaf de gang. 'Ik voel me hier een beetje eenzaam.'

'Blijf daar nog even. Ik wil zeker weten...' Trevor controleerde de kast en toen de badkamer. 'Kom nu maar binnen.'

'Dank je. Het was interessant je die deur door te zien vliegen als Clint Eastwood in een Dirty Harry-film.' Bartlett liep de kamer behoedzaam in. 'Ik weet werkelijk niet waarom ik mijn waardevolle nek bij jou riskeer terwijl ik veilig in Londen zou kunnen zitten.' Hij keek om zich heen. 'Alles ziet er naar mijn idee prima uit. Word je paranoïde? Misschien zit er kortsluiting in dat apparaatje van je.'

'Misschien.' Trevor bekeek de laden. 'Nee. Een paar kleren zijn van hun plaats gehaald.'

'Hoe weet je dat? Volgens mij ziet alles er netjes uit.'

'Ik ben er zeker van.' Hij liep naar de badkamer. De toilettas stond bijna op dezelfde plek waar hij hem had achtergelaten.

Bijna.

Shit.

Hij trok de rits open. Het leren mapje was er nog. Het was even zwart als de bodem van de toilettas en het kon zijn dat het niet was opgevallen.

'Trevor?'

'Ik kom zo.' Langzaam maakte hij het mapje open, keek naar de artikelen en toen naar de foto. Ze keek naar hem op met de uitdagende blik die hij zo goed kende. Misschien had Grozak deze foto niet gezien, en als dat wel was gebeurd, had hij hem wellicht niet belangrijk gevonden.

Maar kon hij het zich veroorloven haar leven om die reden op het spel te zetten?

Snel liep hij naar de kast, pakte de rugzak en trok de bodem omhoog.

Het schetsboek was er niet meer.

Shit!

De Universiteit van Harvard

'Hé, ik dacht dat je van plan was voor dat laatste tentamen te gaan studeren.'

Jane keek op van haar schetsboek en zag Pat Hershey, haar kamergenote, binnenkomen. 'Ik moest even een pauze inlassen om mijn hoofd helder te houden, en schetsen ontspant me.'

'Dat zou slapen ook doen.' Pat glimlachte. 'En je zou niet zo hard hoeven te studeren als je de helft van de afgelopen nacht niet voor verpleegster had gespeeld.'

'Mike had iemand nodig om mee te praten.' Jane keek haar verontschuldigend aan. 'Hij is doodsbang dat hij iedereen teleur zal stellen door te zakken.'

'Dan zou hij moeten studeren in plaats van op jouw schouder uit te huilen.'

Jane wist dat Pat gelijk had. Zij was af en toe ook geïrriteerd en ongeduldig geweest. 'Hij is eraan gewend met zijn problemen naar mij toe te komen, want we kennen elkaar al van jongs af.'

'En jij bent te soft om hem nu weg te sturen.'

'Ik ben helemaal niet soft.'

'Wel als het mensen betreft om wie je geeft. Neem mij maar eens als voorbeeld. Sinds we een kamer delen heb je me al vaak uit een lastig parket gered.'

'Dat waren geen ernstige problemen.'

'Voor mij wel.' Ze liep naar Jane toe en keek naar de schets. 'Mijn hemel! Je bent hem alweer aan het tekenen!'

Jane negeerde die opmerking. 'Heb je lekker hardgelopen?'

'Ja, en anderhalve kilometer meer dan normaal.' Pat liet zich in de stoel ploffen en maakte haar gympen los. 'Je had met me mee moeten gaan. In je eentje hardlopen is niet leuk. Ik had je met genoegen ver achter me gelaten.'

'Daar had ik echt geen tijd voor.' Jane maakte de schets met drie krachtige potloodstrepen af. 'Zoals ik je al had verteld, moest ik studeren voor het laatste tentamen scheikunde.'

'Dat had je inderdaad gezegd.' Grinnikend trapte Pat haar gympen uit. 'Maar in plaats daarvan zit je die geweldige man weer te tekenen.'

'Geloof me, hij is echt niet zo geweldig.' Jane klapte het schetsboek dicht. 'En hij is zeker niet het type dat je graag mee naar huis neemt om aan je ouders voor te stellen.'

'Een zwart schaap? Opwindend.'

'Alleen in soaps. In het werkelijke leven betekenen ze grote problemen.'

Pat fronste haar wenkbrauwen. 'Je klinkt als een uitgebluste vrouw van de wereld, maar je bent verdorie pas eenentwintig!'

'Uitgeblust ben ik niet. Dat zijn mensen die niet genoeg fantasie hebben om het leven interessant te houden. Maar ik heb wel het verschil tussen intrigerend en lastig leren kennen.'

'Als problemen zo fraai zijn verpakt, zou ik ermee kunnen leren leven. Hij ziet er geweldig uit. Een kruising tussen Brad Pitt en Russell Crowe. Dat moet jij ook vinden, want anders zou je zijn gezicht niet blijven tekenen.'

Jane haalde haar schouders op. 'Hij is interessant. Elke keer wanneer ik zijn gezicht teken, ontdek ik er weer iets nieuws in. Daarom gebruik ik hem als afleiding.'

'Ik vind die schetsen mooi, en ik begrijp niet waarom je nog geen echt portret van hem hebt gemaakt. Dat zou veel beter zijn dan dat portret van die oude dame waarmee je een prijs hebt gewonnen.'

Jane glimlachte. 'Ik denk niet dat de juryleden dat met je eens zouden zijn geweest.'

'Ik kraak je niet af. Dat andere portret was briljant, maar je bent altijd briljant en op een dag zul je beroemd zijn.'

'Als ik de tijd heb om stokoud te worden misschien. Ik ben veel te praktisch ingesteld en ik heb geen artistiek temperament.'

'Jij spot altijd met jezelf, maar ik heb je geobserveerd wanneer je aan het werk bent. Dan raak je in trance...' Ze hield haar hoofd scheef. 'Ik heb me vaak afgevraagd waarom je niet bereid bent toe te geven dat je een fantastische toekomst voor je hebt, en het heeft een tijdje geduurd voordat ik dat had uitgevogeld.'

'Werkelijk? Ik ben heel benieuwd.'

'Niet zo sarcastisch, hè? Af en toe ben ik best opmerkzaam. Ik ben tot de conclusie gekomen dat je om de een of andere reden bang bent een hand uit te steken om de hoofdprijs in de wacht te slepen. Misschien denk je dat je die niet verdient.'

'Hoe bedoel je dat?'

'Ik zeg niet dat je geen zelfvertrouwen hebt, maar ik denk wel dat je niet zo zeker van je talent bent als zou moeten. Je hebt verdorie een van de meest prestigieuze wedstrijden in dit land gewonnen en dat zou je toch iets moeten zeggen.'

'Het heeft me duidelijk gemaakt dat mijn stijl de juryleden aanstond. Kunst is subjectief. Met andere juryleden had ik misschien minder succes geboekt.' Ze haalde haar schouders op. 'En dat zou niet erg zijn geweest. Ik schilder wat en wie ik wil, en daar word ik blij van. Ik hoef geen uitblinker te zijn.'

'O nee?'

'Nee, mevrouw Freud. Neem dus gas terug.'

'Prima, als jij dat wilt.' Pat keek nog steeds naar de schets. 'Je zei dat hij een oude vriend was?'

Een vriend? Geen sprake van. Voor vriendschap was hun relatie te wispelturig geweest. 'Nee. Ik heb gezegd dat ik hem jaren geleden heb gekend. Kun jij niet beter eens gaan douchen?'

Pat grinnikte. 'Kom ik weer op verboden terrein? Sorry, maar ik ben nu eenmaal een bemoeial. Dat komt doordat ik mijn hele leven in een kleine stad heb gewoond.' Ze ging staan en rekte zich uit. 'Je moet toegeven dat ik me het merendeel van de tijd inhoud.'

Jane schudde glimlachend haar hoofd. 'Ja, als je slaapt.'

'Je moet het niet al te erg vinden, want je deelt al twee jaar een kamer met me en je hebt nog nooit arsenicum in mijn koffie gedaan.'

'Dat kan altijd nog gebeuren.'

'Nee hoor, want je bent aan me gewend geraakt. In feite vullen we elkaar aan. Jij bent op je hoede, je werkt hard, je bent je van je verantwoordelijkheden bewust en je bent intens. Ik ben openhartig, lui, verwend en een vlinder.'

'Daarom haal je gemiddeld achten.'

'Tja, ik ben ook ambitieus en jij spoort me aan. Daarom vind ik geen kamergenote die net als ik van feesten houdt.' Ze trok haar T-shirt uit. 'Bovendien hoop ik dat die geweldige man zich hier zal laten zien. Dan kan ik hem verleiden.'

'Hij zal zich hier niet laten zien. Hij herinnert zich mij waarschijnlijk niet eens meer, en voor mij is hij nu niet meer dan een interessant gezicht.'

'Ik zou ervoor zorgen dat hij me niet kon vergeten. Hoe heette hij ook al weer?'

Jane glimlachte plagend. 'Meneer de Geweldige Man. Hoe anders?'

'Kom nou. Ik weet dat je zijn naam hebt genoemd, maar ik kan me die...'

'Trevor. Mark Trevor.'

'O ja.' Pat liep naar de badkamer. 'Trevor...'

Jane keek naar de schets. Het was vreemd dat Pat opeens weer over Trevor was begonnen. Normaal gesproken respecteerde ze haar privacy wel degelijk en ze had al eerder gas teruggenomen toen ze vragen over hem had gesteld en een terughoudende reactie had gekregen.

'Hou op met analyseren.' Pat stak haar hoofd om de hoek van de badkamerdeur. 'Ik kan de radertjes nog boven het geluid van de douche uit horen draaien. Ik ben net tot de conclusie gekomen dat ik je bij de hand moet nemen en een bloedmooie man moet vinden met wie je kunt neuken om al die opgekropte spanning kwijt te raken. Je hebt de laatste tijd als een non geleefd, en die Trevor lijkt een goede kandidaat.'

Jane schudde haar hoofd.

Pat zuchtte. 'Wat ben je toch koppig. Dan sla ik hem over en ga op zoek naar plaatselijk talent.' Ze verdween de badkamer weer in.

Trevor overslaan? Niet waarschijnlijk. De afgelopen vier jaar had ze geprobeerd zijn bestaan te negeren en daar was ze soms ook in geslaagd. Maar hij wachtte altijd op de achtergrond om tot haar bewustzijn door te dringen. Dat was de reden waarom ze drie jaar geleden zijn gezicht was gaan schetsen. Als zo'n schets af was kon ze hem weer een tijdje vergeten en doorgaan met haar leven.

En dat leven was goed: druk en zeker niet leeg. Ze had hem niet nodig. Ze was bezig haar doelen te bereiken en de enige reden waarom de herinnering aan hem nog bestond, was dat de tijd die ze samen hadden doorgebracht met zulke dramatische omstandigheden gepaard was gegaan. Zwarte schapen mochten voor Pat misschien intrigerend zijn, maar zij had een beschermd leven geleid en besefte niet hoeveel…

Haar mobiel rinkelde.

Ze werd gevolgd.

Jane keek even over haar schouder.

Niemand.

In elk geval niemand die achterdocht wekte. Een paar studenten die aan de zwier waren liepen op hun gemak over straat en keken naar een meisje dat net de bus uit was gestapt. Verder geen hond. Niemand die belangstelling had voor haar. Ze begon vast paranoïde te worden.

Onzin! Ze had nog steeds de instincten van een straatkind en die vertrouwde ze. Iemand had haar gevolgd.

Oké, maar dat kon iedereen zijn. In deze buurt wemelde het van de bars die werden bezocht door studenten uit de omliggende campussen. Misschien was het iemand opgevallen dat ze alleen was en had die een tijdje bekeken of ze in was voor een avondje seks. Om vervolgens zijn belangstelling voor haar te verliezen en een bar in te duiken.

Wat zij ook zou doen.

Ze keek naar de neonreclame op het gebouw voor haar. De Red Rooster? O, Mike, kom nou. Als hij zich wilde bezatten, had hij daar op zijn minst een bar voor kunnen uitkiezen met een beetje originele eigenaar.

Dat was te veel gevraagd. Zelfs als Mike niet in paniek was, was hij selectief noch kritisch. Het zou hem deze avond kennelijk zelfs niet kunnen schelen als de bar de Dew Drop Inn heette. Zolang er maar voldoende bier werd geschonken. Gewoonlijk zou ze ervoor hebben gekozen hem zijn eigen fouten te laten maken en daarvan te leren, maar ze had Sandra beloofd hem te helpen zich thuis te voelen.

En hij was verdorie pas achttien. Dus moest ze hem uit de bar halen, hem terugbrengen naar zijn studentenhuis en hem zo ver laten ontnuchteren dat ze een verstandig gesprek met hem kon voeren.

Ze maakte de deur open en werd meteen overvallen door lawaai, de geur van bier en ontzettend veel mensen. Ze keek om zich heen en zag Mike en zijn kamergenoot Paul Donnell aan een tafeltje tegenover de bar zitten. Snel liep ze naar hen toe. Vanaf een afstand leek Paul nuchter, maar Mike was duidelijk straalbezopen en kon nauwelijks rechtop op zijn stoel zitten.

'Jane.' Paul ging staan. 'Dit is een verrassing. Ik dacht dat jij geen bartype was.'

'Dat ben ik ook niet.' En voor Paul was het geen verrassing. Hij had haar een halfuur geleden gebeld om haar te vertellen dat Mike depressief was en zich een stuk in zijn kraag aan het zuipen was. Maar als hij zijn relatie met Mike wilde beschermen door te doen alsof hij haar niet had gebeld, was dat best. Ze had nooit veel om Paul gegeven. Naar haar smaak was hij te glad en te cool, maar hij maakte zich duidelijk wel zorgen over Mike. 'Behalve wanneer Mike zichzelf voor aap zet. Mike, kom mee. We gaan.'

Mike keek haar met bloeddoorlopen ogen aan. 'Kan niet. Ik ben nog nuchter genoeg om te kunnen denken.'

'Nauwelijks.' Ze keek even naar Paul. 'Wil jij afrekenen? Ik zal bij de deur op je wachten.'

'Ga niet,' zei Mike. 'Ik wil blijven. Paul heeft beloofd als een haan te gaan kraaien wanneer ik nog een biertje kan wegwerken. Als een rooie haan.'

Paul trok zijn wenkbrauwen op en schudde zijn hoofd richting Jane. 'Sorry dat ik je hiermee lastigval. Omdat wij pas een paar maanden kamergenoten zijn, is hij niet bereid naar mij te luisteren. Maar hij heeft het altijd over jou en dus dacht ik dat je het niet erg zou vinden als...'

'Het is goed. Ik ben hieraan gewend. We zijn samen opgegroeid en ik heb vanaf zijn zesde jaar voor hem gezorgd.'

'Jullie zijn geen familie van elkaar?'

Ze schudde haar hoofd. 'Hij is geadopteerd door de moeder van de vrouw die mij in huis heeft genomen en heeft opgevoed. Hij is een lieve jongen als hij niet zo verdomd onzeker is, maar er zijn momenten dat ik hem stevig door elkaar wil rammelen.'

'Val hem niet te hard. Hij is op van de zenuwen.' Paul liep naar de bar. 'Ik zal afrekenen.'

Hem niet te hard vallen? Als Ron en Sandra Fitzgerald Mike niet zo zachtzinnig hadden aangepakt, zou hij niet zijn vergeten wat hij in Luther Street had geleerd en zich in de werkelijke wereld beter staande kunnen houden, dacht ze geïrriteerd.

'Ben je boos?' vroeg Mike somber. 'Wees niet kwaad op me, Jane.'

'Natuurlijk ben ik kwaad op...' Hij keek haar aan als een puppy die net een trap had gekregen, en ze was niet in staat haar zin af te maken. 'Mike, waarom doe je dit jezelf aan?'

'Kwaad op me. Teleurgesteld.'

'Luister naar me. Ik ben niet teleurgesteld, omdat ik weet dat je het prima zult doen als je hier eenmaal doorheen bent. Kom mee. We gaan naar een plek waar we kunnen praten.'

'Dat kunnen we hier doen. Ik bied je een drankje aan.'

'Mike, ik wil...' Het had geen zin. Overredingskracht hielp niet. Ze zou hem op welke manier dan ook deze bar uit moeten krijgen. 'Ga staan.' Ze zette een stap verder in de richting van de tafel. 'Nu! Anders neem ik je over mijn schouder en draag ik je naar buiten. Je weet dat ik dat kan.'

Mike keek haar dodelijk geschrokken aan. 'Dat zou je niet doen. Iedereen zou me uitlachen.'

'Het kan mij niet schelen wanneer deze losers je uitlachen. Ze zouden moeten studeren in plaats van hun hersens te vernielen, en hetzelfde geldt voor jou.'

'Het doet er niet toe.' Triest schudde hij zijn hoofd. 'Ik zak toch. Ik had hier nooit naartoe moeten gaan. Ron en Sandra hadden het mis. Ik hoor niet thuis in de Ivy League.'

'Deze universiteit had je nooit toegelaten als ze dachten dat je het niet zou redden. Op de middelbare school heb je het goed gedaan, en het kan je hier ook lukken als je maar hard genoeg werkt.' Ze zuchtte toen ze besefte dat ze door die alcoholische waas niet tot hem doordrong. 'We hebben het er later wel over. Nu ga je staan.'

'Nee.'

'Mike.' Ze boog zich voorover om hem recht in de ogen te kunnen kijken. 'Ik heb Sandra beloofd dat ik voor je zou zorgen, en dat betekent dat ik je je eerste jaar niet als een dronken tor zal laten beginnen, of je de gevangenis in wil zien gaan omdat je als minderjarige alcohol gebruikt. En houd ik me aan mijn beloften?'

Hij knikte. 'Maar dat had je niet moeten beloven. Ik ben geen kind meer.'

'Gedraag je dan ook niet zo. Ik geef je nog twee minuten de tijd voordat ik je voor schut zal zetten als de slappe zak die je bent.'

Zijn ogen werden groot van schrik en op wankele benen ging hij staan. 'Verdomme, Jane. Ik ben geen...'

'Hou je waffel.' Ze pakte zijn arm en trok hem mee naar de deur. 'Ik heb op dit moment bepaald geen warme gevoelens voor je. Morgen heb ik een laatste tentamen en ik zal tot het ochtendgloren op moeten blijven vanwege dit uitstapje.'

'Waarom? Jij haalt toch wel een tien. Sommige mensen hebben het in zich. Anderen niet.'

'Gelul, en een beroerd excuus voor luiheid.'

Hij schudde zijn hoofd. 'Paul en ik hebben het erover gehad. Het is niet eerlijk. Jij hebt alles. Over een paar maanden zul je cum laude afstuderen en Eve en Joe heel trots op je laten zijn. Ik zal al mazzel hebben wanneer ik als laatste van mijn jaar over de streep kom.'

'Hou op met dat gesnotter.' Ze maakte de deur open en duwde hem de bar uit. 'Als je je niet vermant, zul je het eerste trimester niet eens doorkomen.'

'Dat zei Paul ook al.'

'Dan had je beter naar hem moeten luisteren.' Ze zag Paul op de stoep staan en vroeg: 'Waar staat zijn auto geparkeerd?'

'Om de hoek, in het steegje. Alle parkeerplaatsen waren bezet toen wij hier arriveerden. Heb je hulp nodig met hem?'

'Niet als hij kan lopen,' zei ze grimmig. 'Ik hoop dat je hem zijn autosleutels hebt afgepakt?'

'Daar zijn vrienden toch zeker voor?' Hij stak een hand in zijn zak en gaf haar de sleuteltjes. 'Moet ik jouw auto terugrijden?'

Ze knikte, pakte haar autosleuteltjes uit haar tas en gaf ze aan hem. 'Hij staat twee huizenblokken verderop. Een bruine Toyota Corolla.'

'Ze heeft twee banen tegelijk gehad en hem zelf gekocht.' Mike schudde zijn hoofd. 'Verbazingwekkende, briljante Jane. Zij is de ster. Heb ik je dat ooit verteld, Paul? Iedereen is trots op Jane...'

'Kom mee.' Ze pakte zijn arm. 'Ik zal je laten zien hoe geweldig ik ben. Je zult mazzel hebben als ik je niet vloer voordat ik je heb teruggebracht naar het studentenhuis. Paul, ik zie je wel weer in jullie kamer.'

'Oké.' Hij draaide zich om en liep de straat af.

'Jane de Geweldige...'

'Hou je mond. Geef mij niet de schuld van je gebrek aan wilskracht. Ik zal je helpen, maar jij bent verantwoordelijk voor je eigen leven. Net zoals ik dat ben voor het mijne.'

'Dat weet ik.'

'Op dit moment weet je geen moer. Luister, Mike. We zijn allebei op straat opgegroeid, en we hebben een kans gekregen dat leven achter ons te laten.'

'Daar ben ik niet slim genoeg voor. Paul heeft gelijk...'

'Je bent helemaal in de war.' Recht voor hen uit was het steegje. Jane drukte op de afstandsbediening voor de portieren van zijn Saturn en duwde hem verder die kant op. 'Je kunt je niet eens herinneren wat...'

Schaduw. Naar voren springend. Opgeheven arm.

Instinctief duwde ze Mike opzij en dook weg.

Pijn!

In haar schouder. Niet in haar hoofd, waar de slag op was gemikt.

Ze draaide zich bliksemsnel om en trapte de aanvaller in zijn buik.

Hij kreunde en sloeg dubbel.

Ze trapte hem in zijn kruis en hoorde tot haar grote voldoening dat hij begon te brullen van de pijn. 'Rotzak.' Ze zette een stap zijn kant op. 'Kun je niet...'

Een kogel floot langs haar oor.

Mike krijste het uit.

O god. Ze had geen wapen gezien.

Nee. Haar aanvaller lag nog dubbel geklapt te kreunen van de pijn. Er was nog iemand in het steegje.

En Mike zakte door zijn knieën.

Haal hem hier weg.

Ze maakte het portier van de Saturn open en duwde hem op de passagiersstoel.

Toen ze naar de bestuurdersplaats rende, racete een andere schaduw vanaf het uiteinde van de steeg haar kant op.

Nog een schot.

'Schiet haar niet overhoop, idioot. Als ze dood is, hebben we niets meer aan haar.'

'De jongen kan al dood zijn en ik ben niet van plan een getuige in leven te laten.'

De stem kwam van een plek ergens recht voor haar.

Verblind hem.

Ze deed het grote licht aan terwijl ze de motor startte.

En dook weg toen een kogel de voorruit versplinterde.

De banden gierden toen ze vol gas gaf en achteruit de steeg uit reed.

'Jane...'

Ze keek naar Mike en schrok hevig. Zijn borstkas... Bloed. Zoveel bloed.

'Mike, alles komt goed.'

'Ik... wil niet dood.'

'Ik neem je mee naar de eerste hulp, en je zult niet doodgaan.'

'Bang.'

'Ik niet.' Dat loog ze. Ze was doodsbang, maar dat mocht ze hem niet laten merken. 'Omdat daar geen enkele reden voor is. Je zult dit overleven.'

'Waarom?' fluisterde hij. 'Waarom hebben ze... Geld? Dat had je dan moeten geven. Ik wil niet sterven.'

'Ze hebben niet om geld gevraagd.' Ze slikte. Nu niet gaan huilen. Hou vol, probeer dat bloeden te stelpen en neem hem dan mee naar de eerste hulp. 'Mike, volhouden! Vertrouw me. Alles komt goed.'

'Beloof... me.' Hij zakte voorover. 'Wil niet...'

'Mevrouw MacGuire?'

Een arts?

Jane keek snel op naar de lange man van een jaar of veertig die in de deuropening van de wachtkamer stond. 'Hoe is het met hem?'

'Sorry, maar ik ben geen arts. Ik ben rechercheur Lee Manning en ik moet u een paar vragen stellen.'

'Later,' zei ze kortaf. Ze wenste dat ze kon ophouden met trillen. Jezus, wat was ze bang. 'Ik wacht op...'

'De artsen zijn bezig met uw vriend. Het is een moeilijke operatie en het zal nog wel even duren voordat ze met u kunnen praten.'

'Dat hebben zij ook al gezegd, maar ze zijn nu verdomme al meer dan vier uur met hem bezig. Sinds ze hem hebben meegenomen is niemand me nog iets komen vertellen.'

'In operatiekamers is iedereen altijd druk bezig.' Hij liep dichter naar haar toe. 'En ik ben bang dat we echt een verklaring van u nodig hebben. U bent hier verschenen met een slachtoffer met een schotwond, en we moeten achterhalen wat er is gebeurd. Hoe langer we wachten, hoe groter de kans is dat de dader wegkomt.'

'Toen ik hier met Mike kwam heb ik al verteld wat er is gebeurd.'

'Dan moet u het mij nog eens vertellen. U zei dat roof niet het motief leek te zijn?'

'Ze hebben niet om geld gevraagd. Ze wilden... Ik weet niet wat ze wilden. Ze zeiden dat ze niets aan "haar" zouden hebben als ze dood was. Ik vermoed dat ze mij daarmee bedoelden.'

'Verkrachting?'

'Geen idee.'

'Het zou kunnen. Een ontvoering? Zijn uw ouders rijk?'

'Ik ben een wees, maar ik heb jarenlang bij Eve Duncan en Joe Quinn gewoond. Joe is net als u rechercheur en bulkt niet echt van het geld. Eve is forensisch beeldhouwster en werkt vaker voor niets dan dat ze ervoor betaald wordt.'

'Eve Duncan... Ik heb van haar gehoord.' Hij draaide zich om toen een andere man met een beker dampende koffie de kamer in kwam. 'Dit is brigadier Ken Fox. Hij dacht dat u wel een opkikkertje kon gebruiken.'

'Prettig kennis met u te maken, mevrouw.' Fox overhandigde haar de beker met een beleefde glimlach. 'Dit is zwarte koffie, maar als u wilt, zal ik graag een andere beker – met melk erbij – voor u halen.'

'Spelen jullie goeie en slechte smeris? Dat zal bij mij niet werken.' Ze pakte de koffie echter wel aan, want die had ze nodig. 'Zoals ik al heb gezegd ben ik grootgebracht door een smeris.'

'Dat moet vanavond handig van pas zijn gekomen,' zei Manning. 'Het is moeilijk te geloven dat u zich die steeg uit heeft weten te vechten.'

'U mag geloven wat u wilt.' Ze nam een slokje koffie. 'Maar gaat u alstublieft bij de artsen informeren of Mike in leven blijft. De verpleegsters zijn met allerlei geruststellende, vrijblijvende verzekeringen gekomen, en ik weet niet of ik die kan geloven. Tegenover u zullen ze wel open kaart spelen.'

'Ze denken dat hij een goede kans maakt.'

'Niet meer dan een kans?'

'Hij is in de borst geschoten en heeft veel bloed verloren.'

'Dat weet ik.' Ze streek met haar tong over haar lippen. 'Ik heb geprobeerd het bloeden te stelpen.'

'Dat hebt u goed gedaan. Volgens de artsen kunt u zijn leven hebben gered. Hoe wist u wat u moest doen?'

'Jaren geleden heb ik een EHBO-cursus gevolgd, en dat is handig. Soms ga ik met mijn vriendin Sarah Logan, die zich met reddingshonden bezighoudt, naar een plaats waar zich een ramp heeft voorgedaan.'

'U lijkt allerlei talenten te hebben.'

Ze verstijfde. 'Hoor ik sarcasme? Dat kan ik nu echt niet gebruiken. Ik weet dat u uw werk moet doen, maar houdt u zich een beetje in.'

'Ik probeerde niet u te intimideren.' Manning fronste zijn wenkbrauwen. 'Jezus, wat bent u defensief.'

'Mijn vriend is net neergeschoten en volgens mij geeft me dat het recht defensief te zijn.'

'Luister. Wij staan aan uw kant.'

'Dat is niet altijd duidelijk.' Ze keek hem koel aan. 'En u hebt me nog geen legitimatiebewijs laten zien. Doet u dat nu maar.'

'Sorry.' Hij stak een hand in zijn zak en haalde zijn badge tevoorschijn. 'Mijn fout. Fox, legitimeer je ook.'

Ze bekeek beide legitimatiebewijzen aandachtig voordat ze ze teruggaf. 'Oké. Laten we dit maar snel afhandelen. Ik zal later een formele verklaring afleggen, maar u wel vertellen wat u nu direct moet weten. Het was in dat steegje te donker om de eerste man die ons aanviel te kunnen identificeren. Maar toen ik de koplampen aandeed, heb ik wel een glimp kunnen opvangen van de man die Mike heeft neergeschoten.'

'Zou u hem kunnen herkennen?'

'O ja. Geen probleem.' Haar lippen trilden even. 'Hem zal ik nooit vergeten. Als u me een paar uur de tijd geeft zodra ik deze hel achter de rug heb, zal ik u een schets van hem geven.'

'U bent tekenares?'

'Ja, en ik ben goed in het maken van portretten. Ik heb ze voor de politie van Atlanta gemaakt en zij hebben daar nog nooit over geklaagd.' Ze nam nog een slok koffie. 'Als u me niet gelooft, moet u er de mensen daar maar naar vragen.'

'Ik geloof u,' zei Fox, 'en we zouden veel aan zo'n schets hebben. Maar u hebt hem slechts even gezien. Het moet moeilijk zijn om u voldoende te herinneren om...'

'Ik zal me genoeg herinneren.' Vermoeid leunde ze achterover in haar stoel. 'Luister. Ik zal doen wat ik kan om te helpen, want ik wil dat die rotzak wordt gepakt. Ik weet niet waar dit om gaat, maar Mike heeft dit niet verdiend. Ik heb een paar mensen ontmoet die het verdienden om neergeschoten te worden. Mike valt echter niet in die categorie.' Ze rilde. 'Wilt u nu alstublieft gaan vragen of ze...'

'Geen nieuws.' Joe Quinn keek grimmig toen hij de wachtkamer in kwam. 'Zodra ik hier was heb ik navraag gedaan.'

'Joe.' Ze sprong overeind en rende naar hem toe. 'Wat ben ik blij dat je er bent. Die verpleegsters aaiden me bijna over mijn hoofd. Ze willen me niets vertellen en ze behandelen me als een kind.'

'Hoe halen ze het in hun hoofd! Weten ze niet dat je eenentwintig bent?' Hij gaf haar een knuffel en draaide zich toen naar de twee politiemensen toe. 'Ik ben rechercheur Joe Quinn. De hoofdzuster zei dat jullie van de plaatselijke politie waren.'

Manning knikte. 'Ik ben Manning en dit is brigadier Fox. We moeten deze jongedame natuurlijk een paar vragen stellen. Dat zul jij vast wel begrijpen.'

'Ik begrijp dat jullie haar op dit moment met rust moeten laten. Ze is toch geen verdachte?'

Manning schudde zijn hoofd. 'Als zij hem heeft neergeschoten, heeft ze daarna ontzettend veel gedaan om hem in leven te houden.'

'Ze heeft hem haar leven lang beschermd, en zij kan onmogelijk op hem hebben geschoten. Geef haar de kans op verhaal te komen. Daarna zal ze met jullie samenwerken.'

'Dat heeft zij ook al gezegd,' zei Manning. 'Ik stond op het punt om te vertrekken toen jij binnenkwam. Wij doen gewoon ons werk.'

Jane had genoeg van hen. 'Joe, waar is Eve, en hoe kon jij hier zo snel zijn?'

'Zodra jij had gebeld, heb ik een straalvliegtuig gehuurd en ben ik met Eve hierheen gevlogen. Sandra is onderweg vanuit

New Orleans, waar ze met vakantie was. Eve is op het vliegveld gebleven om op Sandra te wachten en daarna komen ze hierheen. Sandra staat op het punt van instorten.'

'Ik had haar beloofd voor hem te zorgen.' Ze voelde tranen in haar ogen branden. 'Joe, ik heb dit niet gedaan. Ik weet niet wat er is gebeurd. Alles ging mis.'

'Je hebt je best gedaan.'

'Zeg dat niet. Ik heb niet goed voor hem gezorgd.'

'Oké, maar Sandra had het recht niet je met zo'n grote verantwoordelijkheid op te zadelen.'

'Ze is de moeder van Eve en ze houdt van Mike. Verdomme! Ik hou ook van Mike. Ik zou de verantwoordelijkheid voor hem sowieso op me hebben genomen.'

'We zullen op de gang wachten tot u eraan toe bent een verklaring af te leggen, mevrouw MacGuire,' zei Fox.

'Wacht even. Ik ga met jullie mee,' zei Joe, 'want ik wil jullie spreken over het onderzoek.' Toen richtte hij het woord weer tot Jane. 'Zodra ik het laatste nieuws heb gehoord, zal ik bij de verpleegstersbalie kijken of ik wat meer informatie over Mike kan krijgen. Ik ben zo weer terug.'

'Ik ga met je mee.'

Hij schudde zijn hoofd. 'Je bent van streek, en dat is te zien. Ze zullen tegenover jou heel omzichtig zijn. Laat mij dit maar doen.'

'Ik wil hier niet zitten...' Ze maakte haar zin niet af. Hij had gelijk. Met de rug van haar hand veegde ze haar natte wangen droog. Verdomme! Ze leek maar niet te kunnen ophouden met huilen!

'Ik zal haast maken.' Hij streek met zijn lippen licht over haar voorhoofd. 'Jane, jij hebt niets verkeerds gedaan.'

'Dat is niet waar,' zei ze met trillende stem. 'Ik heb hem hier niet voor behoed, en dat is helemaal verkeerd.'

2

'Wat weten jullie over die rotzakken?' vroeg Joe zodra hij de wachtkamer uit was. 'Zijn ze bij het verlaten van die steeg gezien door getuigen?'

Manning schudde zijn hoofd. 'Er heeft zich in elk geval nog geen getuige gemeld. We zijn er niet eens zeker van dat het niet om méér dan twee mannen gaat.'

'Geweldig.'

'Luister. We doen wat we kunnen. Dit is een universiteitsstad en de ouders van elke student zullen ons het vuur na aan de schenen leggen als dit bekend wordt.'

'En terecht.'

'Mevrouw MacGuire heeft aangeboden een schets van het gezicht van een van de daders te maken. Zal die accuraat zijn?'

Joe knikte kort. 'Als ze hem heeft gezien wel. Ze is er erg goed in.'

Fox trok een wenkbrauw op. 'Jij bent niet bevooroordeeld?'

'Zeker. Voor de volle honderd procent. Maar het is de waarheid. Ik heb haar schetsen zien maken van mensen die ze onder grote spanning slechts heel even had gezien, en die klopten tot in de kleinste details.'

'Over het motief lijkt weinig bekend. Ben jij zo rijk dat het iemand in de verleiding kan brengen mevrouw MacGuire te ontvoeren?'

'Ik ben geen Rockefeller of een Dupont, maar ik zit er wel warmpjes bij.' Hij haalde zijn schouders op. 'Wie weet hoeveel geld daarvoor nodig is? Ik heb drugsverslaafden gezien die hun moeder voor tien dollar al de keel zouden doorsnijden.' Hij keek op zijn horloge. Eve moest met haar moeder onderweg zijn hierheen. Hij hoopte die twee dan iets te kunnen vertellen. 'Bandensporen? DNA?'

'De technische recherche gaat met een fijne kam door die steeg heen.' Manning keek over zijn schouder naar de deur van de wachtkamer. 'Ze is een taaie.'

'Reken maar.' Taai, trouw en liefhebbend, en ze had al genoeg problemen in haar leven gehad!

'Jij bent haar voogd?'

Joe knikte. 'Vanaf haar tiende jaar woont ze bij ons. Voor die tijd heeft ze in een stuk of tien tehuizen gezeten en is ze vrijwel op straat opgegroeid.'

'Maar sinds ze bij jou woont, heeft ze het gemakkelijk gehad.'

'Gemakkelijk? Ja, als je daarmee bedoelt: elk vrij uur werken om je studie te kunnen betalen, dan wel ja. Jane pakt alleen wat ze zelf kan betalen.'

'Ik wou dat ik hetzelfde van mijn zoon kon zeggen.' Fox fronste zijn wenkbrauwen. 'Ze ziet er... bekend uit. Ze doet me aan iemand denken. Door iets aan haar gezicht.'

O god, daar gaan we weer, dacht Joe. 'Je hebt gelijk. Ze is heel erg mooi.' Hij veranderde van onderwerp. 'Wat ons terugbrengt naar een ander mogelijk motief. Verkrachting? Handel in blanke slavinnen?'

'We hebben de afdeling Zedendelicten al gevraagd na te gaan of...'

'Shit.' De liftdeuren gingen open en Joe zag Eve en Sandra de gang op stappen. 'Dat is de moeder van Mike Fitzgerald. Ik moet haar en Eve meenemen naar Jane, maar ik heb Jane beloofd navraag te doen naar de toestand van Mike. Kunnen jullie proberen een van de verpleegsters aan het praten te krijgen?'

'Ja, natuurlijk,' zei Manning, en hij liep de gang af. 'Ga jij nu maar voor je familie zorgen.'

'Geharde vent. Even had ik het gevoel aan een derdegraads verhoor te worden onderworpen. Ik weet niet of ik mijn kop bij een onderzoek zou kunnen houden als mijn familie erbij betrokken was,' zei Manning terwijl ze naar de verpleegstersbalie liepen. 'Het is duidelijk dat hij om dat meisje geeft.'

'Hmmm.' Fox had nog steeds nadenkend zijn voorhoofd gefronst. 'En hij is erg beschermend. Wie zei je dat haar...' Opeens knipte hij met zijn vingers. 'Eve Duncan!'

'Wat?'

'Ze zei dat ze bij Eve Duncan woonde.'

'En?'

'Nu weet ik aan wie ze me doet denken.'

'Duncan?'

'Nee. Op Discovery Channel heb ik ongeveer een jaar geleden een programma gezien over een reconstructie die Duncan heeft gemaakt van een actrice die tweeduizend jaar geleden in de ruïnes van Herculaneum is begraven. In elk geval werd zij het geacht te zijn, maar er was sprake van een groot onderzoek dat verband hield met...' Hij schudde zijn hoofd. 'Ik weet het niet meer, en dus zal ik het moeten nakijken. Ik kan me wel herinneren dat er destijds veel drukte over is gemaakt.'

'Je dwaalt af. Aan wie doet Jane MacGuire je denken?'

Fox keek hem verbaasd aan. 'Ik dwaal helemaal niet af. Ze lijkt sprekend op de vrouw van wie Eve Duncan die reconstructie had gemaakt.' Hij aarzelde en zocht naar een naam. 'Cira.'

Cira.

Die naam riep ook bij Manning vage herinneringen op aan een beeld en een reconstructie, waarvan in de krant foto's naast elkaar hadden gestaan. 'Misschien is Duncan dan niet zo goed in haar werk als ze...' Hij zweeg toen de deur naar de operatiekamer openging en twee in groene pakken gehulde artsen met grote passen de gang op liepen. 'Zo te zien is de operatie voorbij en hoeven we niet te proberen iets uit de verpleegsters te peuteren.'

Sandra zag er ontzettend slecht uit, dacht Jane toen Joe, Eve en Sandra de wachtkamer in liepen. Gekweld, bleek en twintig jaar ouder dan een maand geleden.

'Ik begrijp er niets van.' Sandra keek Jane beschuldigend aan. 'Wat is er gebeurd?'

'Dat heb ik je al verteld.' Eve ondersteunde de arm van Sandra met een hand. 'Jane weet niets meer dan wij.'

'Ze moet meer weten. Ze was erbij.' Haar mond verstrakte. 'En wat deed je verdomme met mijn zoon in die steeg achter een bar, Jane? Jij had moeten weten dat daar allerlei drugsverslaafden en criminelen konden rondhangen.'

'Sandra, kalmeer een beetje,' zei Eve zacht. 'Ik weet zeker dat ze daar een verklaring voor heeft. Het is niet haar schuld dat...'

'Het kan me niet schelen wiens schuld het is. Ik wil antwoorden op mijn vragen hebben.' Tranen rolden nu over haar wangen. 'En ze had me beloofd dat...'

'Ik heb het geprobeerd.' Jane balde haar handen tot vuisten. 'Ik wist niet... Ik dacht dat ik het juiste deed, Sandra.'

'Hij is nog maar een jongen. Mijn jongen. Van die afschuwelijke moeder is hij naar mij toe gekomen en toen is hij van mij geworden. Dit had hem niet mogen overkomen. Het had ons niet mogen overkomen.'

'Dat weet ik,' zei Jane met trillende stem. 'Ik hou ook van hem. Hij is voor mij als een broertje geweest, en ik heb altijd geprobeerd voor hem te zorgen.'

'Dat heb je ook gedaan,' zei Joe. 'Sandra is van streek, want anders zou ze zich wel alle keren herinneren dat jij hem uit vervelende situaties hebt gehaald en hem op het rechte pad hebt gehouden.'

'Je praat alsof hij een slecht joch was,' zei Sandra. 'Soms dacht hij te weinig na bij wat hij deed, maar elke jongen kent momenten waarop...'

'Hij is een geweldige jongen.' Jane liep iets dichter naar Sandra toe. Ze wilde haar aanraken en troosten, maar Sandra verstijfde en Jane bleef weer staan. 'Hij is slim en lief en hij...'

'Quinn?' Manning stond in de deuropening. 'De operatie is afgelopen en dokter Benjamin is naar jullie onderweg. Fox en ik zullen later weer contact opnemen.'

De rechercheur zorgde ervoor alleen naar Joe te kijken, besefte Jane.

O god.

'Mike?' fluisterde Sandra. 'Mike?' Ze interpreteerde Mannings gedrag net zo als Jane en haar ogen waren groot van angst.

'De dokter zal met u praten.' Manning draaide zich snel om en liep de wachtkamer uit terwijl de arts naar binnen liep.

De gezichtsuitdrukking van dokter Benjamin was ernstig, meelevend en triest.

'Nee,' fluisterde Jane. 'Nee. Nee. Nee.'

'Het spijt me,' zei de arts. 'Ik kan u niet vertellen hoe erg het me...'

Sandra krijste het uit.

'Hij is dood, Trevor,' zei Bartlett. 'De jongen is op de operatietafel overleden.'

'Shit.' Het was het meest beroerde scenario in een toch al ellendige situatie. 'Wanneer?'

'Twee uur geleden. Ze hebben net het ziekenhuis verlaten en Jane zag er vreselijk uit.'

Trevor vloekte. 'Zijn Quinn en Eve bij haar?'

'Ja. Vlak voordat de jongen overleed, zijn zij in het ziekenhuis gearriveerd.'

Dan had Jane in elke geval de steun van haar familie, en werd ze beschermd. 'Weet je wanneer de begrafenis is?'

'Kom nou. Die jongen is net dood, en jij had me opdracht gegeven haar in de gaten te houden maar geen contact met haar op te nemen.'

'Zoek het dan nu uit.'

'Ben je van plan naar die begrafenis toe te gaan?'

'Dat weet ik nog niet.'

'Wil je dat ik terugkom naar de Run?'

'Nee. Blijf daar en houd een oogje op haar. Ze is nu kwetsbaarder dan ooit.'

'Denk je dat het Grozak was?'

'Die kans is groot, want toeval bestaat niet. Ze wilden Jane hebben, en die jongen stond in de weg.'

'Triest. Ik kan je niet zeggen hoe erg het me spijt dat ik tegenover haar heb gefaald. Het gebeurde allemaal zo snel. Ze verdween met die jongen het steegje in en even later raasde de auto de straat op.'

'Het was jouw schuld niet. We waren er niet eens zeker van dat Grozak daar op het toneel was verschenen. Jij had niets verdachts gezien.'

'Triest,' zei Bartlett nogmaals. 'Het leven is kostbaar en hij was nog heel jong.'

'Dat is Jane ook, en ik wil niet dat Grozak haar in handen krijgt. Pas goed op haar.'

'Je weet dat ik dat zal doen, maar ik ben niet competent genoeg om types als Grozak aan te kunnen als de situatie gevaarlijk wordt. Zoals je eveneens weet, heb ik een briljante geest. Ik ben echter niet opgeleid om te doden. Je kunt maar beter Brenner hierheen sturen, of zelf deze kant op komen.'

'Brenner is in Denver.'

'Dan heb je dus geen keus. Je zult contact met haar moeten opnemen om het haar te vertellen.'

'Om Grozak zo te laten weten dat zijn vermoeden klopte? Geen sprake van. Het kan namelijk zijn dat hij alleen op grond van een vermoeden mensen naar Harvard heeft gestuurd. Ik wil niet iets bevestigen wat erop wijst dat Jane belangrijk kan zijn voor het goud van Cira.'

'Dan is hij voor een vermoeden nogal hardhandig opgetreden. Mike Fitzgerald is dood.'

'Voor Grozak was het niet hardhandig. Ik heb hem een man de keel zien doorsnijden omdat die per ongeluk op zijn tenen was gaan staan. Hij is waarschijnlijk de kwaadaardigste hufter die ik ooit heb ontmoet. Maar dit was te onhandig. Degene die de jongen heeft doodgeschoten, heeft zijn mond voorbijgepraat. Zich in de kaart laten kijken. Het was waarschijnlijk Leonard, en ik durf erom te wedden dat Grozak die moord niet had bevolen. Het is waarschijnlijker dat Leonard de boel heeft verknald.'

'Dan zal hij zich misschien terugtrekken nu Jane op haar hoede is en wordt omgeven door haar familie.'

'Misschien.' Hij hoopte dat Bartlett gelijk had. Daar kon hij echter niet van uitgaan. 'Maar misschien ook niet. Volg haar als haar schaduw.' Hij legde de hoorn op de haak en leunde achterover in zijn stoel. O god. Hij had gehoopt dat de jongen het zou halen. Niet alleen omdat onschuldige omstanders geen wild waren waarop gejaagd mocht worden, maar ook omdat Jane niet nóg een litteken nodig had. Ze had in haar jeugd in de sloppenwijken genoeg wonden voor een heel leven opgelopen. Niet dat ze het ooit over haar jeugd had gehad. Ze waren te achterdochtig tegenover elkaar geweest om vertrouwelijk te kunnen worden. Te achterdochtig voor een normale persoonlijke omgang. Maar vier jaar geleden was niets tussen hen normaal geweest. Het was

28

stimulerend, angstaanjagend, verontrustend en... sensueel geweest. O ja. Heel sensueel.

Herinneringen die hij zorgvuldig had onderdrukt kwamen weer boven en zijn lichaam spande zich, reageerde alsof ze voor hem stond en niet honderden kilometers verderop in die universiteitsstad was.

Stuur die herinneringen terug naar de plaats waar ze vandaan zijn gekomen, zei hij tegen zichzelf. Dit was het allerslechtste moment om seks in beeld te laten komen. Niet alleen voor hem, maar ook voor Jane MacGuire.

Als hij haar op een afstand kon houden, zouden haar overlevingskansen worden vergroot.

'Ze slaapt nu.' Eve kwam de slaapkamer uit, liep de zitkamer van het hotel in en deed de deur zorgvuldig achter zich dicht. 'De arts heeft haar een kalmerend middel gegeven dat een olifant zou vloeren.'

'Het enige probleem is dat ze alles weer onder ogen zal moeten zien zodra ze wakker wordt,' zei Jane. 'Ik wist dat het erg voor haar zou zijn, maar ik had geen idee dat ze volledig zou instorten. Sinds mijn kinderjaren leek ze altijd bijna even sterk te zijn als jij, Eve.'

'Ze is ook sterk. Ze is afgekickt en ze heeft me door die nachtmerrie heen geholpen toen mijn Bonnie was vermoord. Ze is hertrouwd en ze heeft een nieuw leven voor zichzelf opgebouwd, en toen heeft ze ook nog eens de scheiding van Ron overleefd.' Eve masseerde haar slapen. 'Maar het verlies van een kind kan alles verwoesten. Het heeft mij bijna kapotgemaakt.'

'Waar is Joe?'

'Die is de begrafenis aan het regelen. Sandra wil Mike mee naar huis nemen, naar Atlanta. We vertrekken morgenmiddag.'

'Ik ga met jullie mee. Blijf jij vannacht bij haar?'

Eve knikte. 'Ik wil er zijn als ze wakker wordt. Het is mogelijk dat ze niet zo goed zal slapen als wij hopen.'

'Ze kan ook nachtmerries krijgen,' zei Jane vermoeid. 'Maar de werkelijkheid lijkt nu de nachtmerrie te zijn. Ik kan niet geloven dat dit is gebeurd. Ik kan niet geloven dat Mike...' Haar stem brak en ze kon haar zin niet afmaken. 'Soms is het leven onzinnig. Hij had alles om voor te leven. Waarom is...' Opnieuw maakte ze haar zin niet af. 'Ik heb verdomme tegen hem gelogen. Hij was zo bang. Ik heb tegen hem gezegd dat hij me moest vertrouwen. Dat ik ervoor zou zorgen dat alles goed kwam. Hij geloofde me.'

'En dat heeft hem getroost. Jij wist niet dat het een leugen was. In zekere zin was het eerder een soort gebed.' Eve leunde achterover in haar stoel. 'Ik ben blij dat je bij hem was, en daar zal Sandra ook blij om zijn als haar verdriet iets is gezakt. Ze weet hoeveel Mike om jou gaf en hoe goed je hem hebt geholpen.'

'Misschien had hij niet echt het gevoel dat... Toen ik hem kwam halen heeft hij een paar dingen gezegd die... Mike was behoorlijk onzeker, en ik heb hem soms hard aangepakt.'

'Maar negentig procent van de tijd was je geweldig voor hem. Dus hou op met je af te vragen wat er anders had kunnen gaan. Dat spel kun je nooit winnen. Denk aan de goede momenten.'

'Dat valt op dit moment niet mee. Ik kan me alleen de rotzak herinneren die Mike heeft neergeschoten. Misschien was het mijn schuld. Ik heb instinctief gereageerd toen die man in de aanval ging. Misschien had hij ons alleen beroofd als ik me niet had verzet. Mike vroeg waarom ik hem het geld niet had gegeven. Hij vroeg niet om geld, maar als ik hem de kans had gegeven om...'

'Je zei dat die andere man iets zei over het meisje pakken. Dat klinkt niet als een poging tot beroving.'

'Daar heb je gelijk in. Ik kan niet helder nadenken.' Vermoeid schoof ze haar stoel naar achteren en ging staan. 'Misschien ging het om een verkrachting of een ontvoering, zoals Manning zei. Wie zal het zeggen?' Ze liep naar de deur. 'Ik ga terug naar mijn kamer om te pakken. Ik zie je morgen weer. Bel me als je me nodig hebt.'

'Wat ik nodig heb, is dat je je de goede dingen uit je jaren met Mike herinnert.'

'Dat zal ik proberen.' Ze bleef staan en keek over haar schouder. 'Weet je wat ik me het best herinner? De tijd toen we jong waren, Mike van huis was weggelopen en zich in een steegje een paar huizenblokken verderop schuilhield. Zijn moeder was een prostituee, en je weet hoe vreselijk Mike het vond wanneer zijn vader naar huis kwam. Ik bracht hem eten en 's avonds laat glipte ik het huis uit om hem gezelschap te houden. Hij was pas zes en hij was bang in het donker. Hij was vaak bang, maar het was minder erg als ik bij hem was. Ik vertelde hem verhalen en dan...' Jezus, ze schoot weer vol. 'Dan viel hij in slaap.' Ze maakte de deur open. 'En nu zal hij nooit meer wakker worden.'

'Trevor, je kunt er niet naartoe gaan,' zei Venable scherp. 'Je weet niet eens of het Grozak was.'

'Hij zat er wel degelijk achter.'

'Dat weet je niet zeker.'

'Venable, ik vraag jou niet om toestemming. Ik heb je gezegd wat je moet doen, en ik ben zelfs zo aardig geweest je te vertellen dat er een probleem is. Ik zal gaan als ik tot de conclusie kom dat dat het beste is.'

'Wat je daar aan het doen bent, is van groter belang. Waarom zou je vertrekken vanwege een káns dat Grozak erbij betrokken was? Soms denk ik dat Sabot gelijk heeft en Grozak dit sowieso niet met succes zal kunnen afronden. Hij is boosaardig, maar ongetwijfeld ook van weinig belang.'

'Ik heb al tegen je gezegd dat Thomas Reilly er naar mijn idee bij betrokken kan zijn, en daarmee verandert de situatie volledig.'

'Je baseert dat niet op feiten. Bewijzen heb je niet, en zij is niet belangrijk. Je kunt niet het risico nemen alles in gevaar te brengen...'

'Jij moet jouw werk doen, en ik bepaal wel wat belangrijk is.' Trevor verbrak de verbinding.

Christus! Venable kon moeilijk doen. Trevor zou er de voorkeur aan hebben gegeven hem niets over Jane te vertellen, maar dat was onmogelijk geweest. Bij een zo delicate operatie als deze zou het dom, zo niet regelrecht suïcidaal, zijn een van de spelers in onwetendheid te laten. Zelfs als hij niet had besloten Mac-Duff's Run te verlaten, had hij er toch voor moeten zorgen dat Venable zich kon indekken.

Hij ging staan en liep door de gang naar de werkkamer die Mario gebruikte. Mario was al naar de aangrenzende slaapkamer gegaan en Trevor stapte op het borstbeeld van Cira af, dat door het maanlicht werd beschenen. Hij werd het nooit moe daarnaar te kijken. De hoge jukbeenderen, de wenkbrauwen die een beetje op die van Audrey Hepburn leken, de prachtig gewelfde, gevoelige mond. Een beeldschone vrouw die eerder door de kracht en persoonlijkheid van haar geest aantrekkelijk was dan door haar gelaatstrekken.

Jane.

Hij glimlachte toen hij zich bedacht hoe boos ze zou zijn als ze wist dat hij haar met Cira vergeleek. Ze had er te lang tegen gevochten, en het was ook niet echt waar. De gelijkenis was er, maar sinds hij Jane had ontmoet zag hij niet langer Cira wanneer hij naar het beeld keek. Het was Jane: levend, vibrerend, intelligent en heel, heel erg direct.

Zijn glimlach verdween. Het feit dat ze zo ondubbelzinnig was zou op dit moment nog wel eens haar grootste vijand kunnen zijn. Ze koos altijd voor de rechtstreekse weg en sprong dan over alle obstakels heen. Ze zou er geen genoegen mee nemen te gaan zitten afwachten tot de politie aanwijzingen over de dood van Fitzgerald vond.

De wang van het beeld voelde glad en koud aan onder zijn vinger, en op dit moment wenste hij dat hij het nog altijd kon beschouwen als een beeld van Cira.

Glad en koud.

Zonder leven...

Zijn telefoon ging over. Venable weer?

'Trevor, je spreekt met Thomas Reilly.'

Trevor verstijfde.

'We hebben elkaar nooit ontmoet, maar ik geloof dat je wel het een en ander over me hebt gehoord. We hebben een gemeenschappelijk belang. Door de jaren heen zijn we elkaar in Herculaneum een aantal keren bijna tegen het lijf gelopen toen we dat gemeenschappelijke belang nastreefden.'

'Wat wil je hebben, Reilly?'

'Wat we allebei willen, maar wat ik zal krijgen omdat ik het meer begeer dan jij of wie dan ook. Ik heb je achtergrond bestudeerd en je lijkt een zacht trekje te hebben – een zeker idealisme.

Dat zou ik je niet hebben toegedicht. Misschien zul je zelfs wel bereid zijn het goud aan mij over te dragen.'

'Droom maar rustig door.'

'Natuurlijk zou ik jou er een percentage van laten behouden.'

'Wat aardig van je. Hoe zit het met Grozak?'

'Helaas blundert mijn vriend Grozak op dit moment. Ik heb een back-up nodig.'

'Dus je belazert hem.'

'Dat hangt van jou af. Ik zal onderhandelen met degene die me kan leveren wat ik hebben wil. Wie dat ook is. Ik zal Grozak waarschijnlijk zelfs vertellen dat ik contact heb opgenomen met jou. Om voor wat competitie te zorgen.'

'Je wilt het goud hebben.'

'Ja.'

'Dat heb ik nog niet. En als ik het wel had, zou ik het niet aan jou geven.'

'Ik denk zo dat jij een uitstekende kans maakt het te vinden. Maar het goud is niet het enige wat ik hebben wil.'

'Je hebt het over het beeld van Cira. Ook dat kun je niet krijgen.'

'Ik zal het wel degelijk in mijn bezit krijgen, want het behoort mij toe. Jij hebt het gestolen toen ik probeerde het van die handelaar te kopen. Ik zal alles in handen krijgen.'

'Alles?'

'Ik wil nog iets anders hebben, en ik zal je een voorstel doen.'

'Dat was Joe Quinn, en hij belde vanaf het vliegveld,' zei Manning terwijl hij de hoorn op de haak legde. 'Hij wil dat Jane Mac-Guire wordt beschermd als ze na de begrafenis terugkomt.'

'Ga je daar een verzoek voor indienen?' vroeg Fox, die achteroverleunde in zijn bureaustoel.

'Natuurlijk. Maar nu er in ons budget is gesneden, zal de inspecteur uit zijn vel springen als ik er geen duidelijke reden voor kan geven. Kunnen we deze zaak op de een of andere manier in verband brengen met die zaak waarover jij op het internet hebt gelezen?'

'Misschien. Laten we eens kijken.' Fox boog zich naar voren

33

en typte een toegangscode voor zijn computer in. 'Toen we het ziekenhuis hadden verlaten en terug waren op het bureau heb ik dit oude krantenartikel opgediept. Het is interessant, maar ik geloof niet dat we een verband kunnen ontdekken met iemand die moordneigingen heeft. Tenzij we het over geesten hebben.' Hij drukte op een toets om het artikel naar het scherm te halen en draaide de laptop toen om, zodat Manning het kon lezen. 'Die seriemoordenaar, Aldo Manza, had kennelijk een vader die was geobsedeerd door een actrice die tweeduizend jaar geleden leefde, in de tijd dat de uitbarsting van de Vesuvius Herculaneum en Pompeji verwoestte. De vader was een archeoloog die het niet beneden zijn waardigheid achtte illegaal in artefacten te handelen, en hij had een borstbeeld van die actrice – Cira geheten – in de ruïnes van Herculaneum gevonden.'

'En?'

'Aldo raakte er ook door geobsedeerd. Hij kon het niet verdragen een vrouw in leven te laten die leek op het beeld van Cira dat zijn vader had. Hij ging achter die vrouwen aan en vilde hun gezicht voordat hij hen vermoordde.'

'Wat een smeerlap. Je zei dat Jane MacGuire op die Cira lijkt?'

Fox knikte. 'Sprekend. Daarom is ze een doelwit geworden.'

'Is ze gestalkt?'

'Ja, maar het is Eve Duncan en Quinn gelukt de rollen om te draaien. Ze hebben een val uitgezet in de tunnels onder Herculaneum. Duncan heeft het hoofd gereconstrueerd op een van de schedels die wetenschappers in de haven van Herculaneum hadden gevonden, en toen hebben ze via de pers laten weten dat het de schedel van Cira was. Dat was het natuurlijk niet. Duncan had de boel expres belazerd. De echte schedel leek in de verste verte niet op Cira. Maar de combinatie van de schedel en de aanwezigheid van Jane MacGuire was voor Aldo zo aanlokkelijk dat ze hem hebben kunnen uitschakelen.'

'Hij is dood?'

'Morsdood. Net als zijn vader.'

'Zijn er verwanten die misschien wraak willen nemen?'

'Zouden die dat dan niet al eerder hebben geprobeerd? Dat alles heeft zich vier jaar geleden afgespeeld.'

Manning fronste zijn wenkbrauwen. 'Misschien.' Hij las het artikel. Alles klopte met de beschrijving die Fox had gegeven, maar één zin verbaasde hem. 'Hier staat dat Duncan, Quinn, het meisje en ene Mark Trevor ter plaatse waren. Wie is Mark Trevor?'

Fox haalde zijn schouders op. 'Ik heb een paar artikelen over hetzelfde onderwerp bekeken, en in sommige daarvan wordt zijn naam ook genoemd. Geen van de andere mensen die in die tunnel waren, wilde iets over hem zeggen. Hij was duidelijk ter plaatse maar is vertrokken voordat de politie of de media met hem konden spreken. In een artikel stond dat er aanwijzingen waren dat hij een criminele achtergrond had.'

'En toch beschermt Quinn hem om de een of andere reden?'

'Dat heb ik niet gezegd. Hij weigert gewoon over hem te praten.'

'Als Trevor betrokken was bij de moord op Fitzgerald kan ik me niet voorstellen dat Quinn hem niet op een presenteerblaadje aan ons zal aanbieden. Hij wil dat meisje hoe dan ook beschermen. Heeft Trevor een strafblad?'

'Misschien.'

'Hoe bedoel je dat? Hij heeft een strafblad, of hij heeft het niet.'

'Ik kan niet in de juiste database komen.'

'Dat is idioot. Blijf het proberen.'

Fox knikte terwijl hij de laptop weer naar zich toe draaide. 'Jij zei dat Quinn Trevor naar jouw idee niet zou beschermen als hij hem hiervan verdacht. Waarom zouden we dan tijd verspillen?'

'Omdat er altijd een kans is dat hij ons erbuiten wil laten om Trevor zelf de keel door te snijden.'

'Hij is een smeris! Zoiets zou hij toch zeker nooit doen?'

'O nee? Hoe zou jij je voelen als het om jouw kind ging, Fox?'

Lake Cottage, Atlanta, Georgia

'Wat doe je hier op de veranda?' vroeg Eve, die het trapje op liep. 'Het is midden in de nacht.'

35

'Ik kon niet slapen.' Jane duwde haar hond Toby opzij om op de bovenste traptrede plaats te maken voor Eve. 'Ik dacht dat jij bij Sandra zou blijven slapen.'

'Dat was ik ook van plan, maar Ron kwam opdagen en toen voelde ik me een beetje overbodig. Ze mogen dan gescheiden zijn, maar ze hielden allebei van Mike. Ik ben blij dat hij er voor haar is.'

Jane knikte. 'Ik herinner me alle visexpedities van Ron en Mike toen die nog een kind was. Gaat hij morgen naar de begrafenis?'

'Vandaag,' corrigeerde Eve haar. 'Waarschijnlijk wel. Is Joe naar bed gegaan?'

'Ja. Hij verwachtte jou evenmin terug. Ga ook slapen, want het zal een moeilijke dag worden.' Ze keek naar het meer. 'Een nachtmerrie.'

'Ook voor jou. Voor jou is het een nachtmerrie geweest vanaf het moment dat je Mike in die bar aantrof.' Ze zweeg even. 'Droom je nog wel eens over Cira?'

Jane keek haar geschrokken aan. 'Hoe kom je daar ineens op?'

Eve haalde haar schouders op. 'Nachtmerries. Ik moest er opeens weer aan denken.'

'Nu? Er zijn vier jaren verstreken en je hebt het er nooit meer over gehad.'

'Dat betekent niet dat ik er niet aan heb gedacht. Ik dacht alleen dat het beter was wanneer we alles vergaten wat met die tijd verband hield.'

'Dat is niet zo gemakkelijk.'

'Kennelijk,' merkte Eve droog op. 'Sinds je in Harvard bent gaan studeren, ben je drie keer naar Herculaneum teruggegaan voor archeologisch veldwerk.'

Jane aaide de kop van Toby. 'Daar ben je nooit met me over in discussie gegaan.'

'Dat zou iets wat ik uit je geheugen wilde zien verdwijnen te belangrijk hebben gemaakt. Maar ik haatte en haat dat alles nog steeds. Ik wilde niet dat jij je jeugd verspilde aan een obsessie.'

'Het is geen obses... Nou ja, misschien is het dat wel. Ik weet alleen dat ik meer over Cira te weten wil komen. Ik moet weten of ze tijdens die vulkaanuitbarsting is overleden, of dat ze die heeft overleefd.'

'Waarom? Dat alles heeft zich verdomme tweeduizend jaar geleden afgespeeld.'

'Je weet waarom. Ze had mijn gezicht. Of ik heb haar gezicht.'

'En je hebt weken over haar gedroomd voordat je wist dat ze echt had bestaan.'

'Ik had waarschijnlijk ergens iets over haar gelezen.'

'Maar dat heb je niet kunnen achterhalen.'

'Dat betekent niet dat het niet zo kan zijn.' Jane haalde haar schouders op. 'Die verklaring bevalt me meer dan paranormale onzin.'

'Je hebt mijn vraag nog niet beantwoord. Heb je weer over haar gedroomd?'

'Nee. Ben je nu tevreden?'

'Gedeeltelijk.' Eve zweeg even. 'Heb je contact gehad met Mark Trevor?'

'Is dit een quiz of zo?'

'Nee, ik hou van je en ik wil zeker weten dat alles in orde is met je.'

'Alles is goed, en ik heb niet meer met Trevor gesproken sinds hij vier jaar geleden 's avonds uit Napels is vertrokken.'

'Ik dacht dat je hem misschien bij een van die opgravingen tegen het lijf was gelopen.'

'Hij gaat heus niet samen met studenten op zijn knieën zitten om stof weg te lepelen. Hij weet waar die perkamentrollen zijn begraven!' Trevor was betrokken geraakt bij het smokkelen van oude Romeinse artefacten toen een niet zo frisse oudheidkundige prof en diens zoon Aldo contact met hem opnamen. Ze hadden een bibliotheek ontdekt in een tunnel bij de villa van Julius Precebio: een van de vooraanstaande burgers van de oude stad. In die bibliotheek bleek zich een aantal bronzen kokers te bevinden met ontzettend kostbare perkamentrollen. Zij hadden de lavastroom overleefd die de villa had verwoest. Op veel van die perkamentrollen werd Cira, de maîtresse van Julius, beschreven. Zij was in het theater van Herculaneum een grote ster geweest. Aldo en zijn vader hadden de tunnel opgeblazen om iedereen te doden die iets wist van het bestaan ervan, onder wie Trevor. Hij had echter kunnen ontsnappen. 'Nadat de tunnel was ingestort heeft Trevor de ingang gecamoufleerd. Hij wil niet dat iemand die tunnel ontdekt voordat hij er weer naar terug kan gaan om de kist met goud te vinden waarover Julius het op die perkamentrollen heeft.'

'Misschien heeft hij die al gevonden.'

'Misschien.' Hoewel Jane zich dat ook vaak had afgevraagd, was ze toch blijven zoeken. 'Maar ik heb het gevoel dat... Ik weet het niet. Ik moet blijven zoeken. Verdomme. Ik zou degene moeten zijn die die kokers vindt. Die krankzinnige vent zat achter mij aan om mijn gezicht te villen omdat ik op Cira leek!'

'Waarom heb je Trevor er dan niet toe gedwongen je te vertellen waar ze zijn?'

'Dat is geen optie. Trevor láát zich niet overhalen om wat dan ook te doen. Hij wil het goud hebben en hij denkt dat hij dat verdient omdat zijn vriend Pietro in die tunnel de dood heeft gevonden. Bovendien... Hoe had ík hem kunnen vinden terwijl Interpol hem niet eens op het spoor kon blijven?'

'Ik dacht dat hij misschien contact met je had opgenomen tijdens een van de keren dat je daar was.'

'Dat is niet gebeurd.' De eerste keer dat Jane weer in Herculaneum was geweest, had ze gemerkt dat ze over haar schouder keek, zich Trevors stem herinnerde en voortdurend moest vechten tegen het irrationele gevoel dat hij ergens om een hoek, of in de volgende kamer, was. Ergens, maar wel dicht bij haar in de buurt. 'Het is niet waarschijnlijk dat hij contact wilde houden. Ik was pas zeventien en hij vond me te jong om interessant te zijn.'

'Maar hij wist ook dat je ouder zou worden, en hij was geen dwaas.'

'In dat laatste opzicht zou hij je nog wel eens kunnen verbazen.'

'Niets wat hij kan doen zou me kunnen verbazen. Hij was een unicum.'

Eve zei het bijna liefhebbend, besefte Jane. 'Je mocht hem graag.'

'Hij heeft mijn leven gered. Hij heeft Joe gered, en jou. Dan is het moeilijk een hekel aan iemand te hebben. Dat betekent echter niet dat ik alles wat hij doet goedkeur.' Hij is heel intelligent en hij heeft ongetwijfeld iets charmants, maar hij is ook een bedrieger, een smokkelaar en wie weet wat nog meer.'

'Inderdaad. Wat nog meer? Hij heeft vier jaar de tijd gehad om bij allerlei misdadige zaken betrokken te raken.'

'Gelukkig verdedig je hem niet.'

'Natuurlijk niet. Hij is waarschijnlijk de meest briljante man die ik ooit heb ontmoet en hij zou de vogels nog uit de bomen kunnen lokken. Maar verder is hij een raadsel. Hij is in staat tot het plegen van alle vormen van geweld en hij balanceert graag op het slappe koord. Geen van die eigenschappen is bijzonder aantrekkelijk voor een praktische, nuchtere vrouw zoals ik.'

'Vrouw.' Eve schudde triest haar hoofd. 'Ik zie je nog steeds als een meisje.'

'Dan zal ik dat ook blijven.' Jane liet haar hoofd op de schouder van Eve rusten. 'Ik zal blijven wat je wilt dat ik ben. Je zegt het maar.'

'Ik wil alleen dat je gelukkig bent.' Ze streek met haar lippen over Janes voorhoofd. 'En dat je je leven niet verspilt door achter een vrouw aan te gaan die al tweeduizend jaar dood is.'

'Ik zal mijn leven niet verspillen. Het is alleen zo dat ik antwoorden op mijn vragen moet hebben voordat ik echt kan doorgaan.'

Eve zweeg even. 'Misschien heb je gelijk. Misschien was het fout van mij het verleden te willen begraven. Het was wellicht gezonder geweest je gewoon je gang te laten gaan.'

'Neem jezelf nou niets kwalijk. Toen ik terugging naar Herculaneum heb je daar helemaal geen commentaar op geleverd.'

Eve keek naar het meer. 'Dat klopt.'

'En het is niet zo dat ik al mijn tijd aan Cira besteed. Ik heb een paar wedstrijden gewonnen, Sarah een aantal keren vergezeld tijdens reddingsoperaties, en hoge cijfers behaald.' Ze glimlachte. 'Verder heb ik gespeeld met geweldige boeven als Mark Trevor. Ik ben een succesvolle vrouw.'

'Dat ben je.' Eve ging staan. 'En ik wil dat je dat blijft. Morgen, na de begrafenis, praten we verder.' Ze liep naar de deur. 'We kunnen allebei beter gaan slapen. Ik heb Sandra beloofd haar om elf uur op te halen.'

'Ik volg je straks. Ik wil hier met Toby nog even blijven zitten.' Ze gaf de hond een knuffel. 'O, wat mis ik hem in Harvard.' Ze zweeg even. 'Eve, waarom is dit alles nu naar boven gekomen?' 'Dat weet ik niet.' Eve maakte de hordeur open. 'Mike. Die afschuwelijke, zinloze moord. Ik denk dat ik daardoor aan Aldo en zijn obsessie met Cira moest denken. Al die moorden, en de manier waarop hij jou stalkte. En nu kan de moord op Mike ook iets met jou te maken hebben.'

'Dat weten we niet zeker.'

'Dat klopt.' De hordeur ging achter Eve dicht.

Het was vreemd dat Eve de moord op Mike in verband had gebracht met die nachtmerrieachtige tijd in Herculaneum. Of misschien toch niet zo vreemd. Zij, Joe, Eve en Trevor hadden samengewerkt om een eind te maken aan het bestaan van dat monster, Aldo, en die episode toen achter zich gelaten. Maar hoe kon je de herinnering aan zo'n ervaring écht achter je laten? Zij en Trevor waren zo nauw met elkaar verbonden geraakt dat ze het idee had gekregen hem altijd al te hebben gekend. Het had er niet toe gedaan dat zijn verleden troebel was, noch dat hij meedogenloos was en eigenbelang bij hem vooropstond. Zij was gedreven geweest door lijfsbehoud, en hij door heb- en wraakzucht. Toch hadden ze de klus samen geklaard.

Denk niet langer aan hem, hield ze zichzelf voor. Door met Eve over Trevor te praten waren al die herinneringen bliksemsnel weer naar boven gekomen. Tot nu toe had ze hem vastberaden naar de achtergrond van haar bewustzijn verwezen en alleen aan hem gedacht als ze dat wilde. Op die manier had ze alles beter onder controle kunnen houden dan toen ze nog bij hem was.

Dat laatste was niet zo vreemd. Ze was in die tijd pas zeventien geweest, terwijl hij al bijna dertig en ontzettend ervaren was. Gezien de emotionele storm waarmee ze toen geconfronteerd was geweest, was ze heel goed met hem omgesprongen.

Ze ging staan en liep naar de deur. Vergeet Trevor en Cira. Zij horen op dit moment niet thuis in je leven, hield ze zichzelf voor. Ze moest zich concentreren op haar familie en de moeite die het zou kosten deze dag door te komen.

3

Terwijl Jane verdoofd naar de kist staarde, besefte ze dat ze begrafenissen haatte. Degenen die dachten dat ze een soort catharsis waren, moesten gestoord zijn. Elk moment was pijnlijk, en ze kon niets genezends uit dit ritueel zien voortkomen. Zelf had ze gedurende de drie dagen sinds die zinloze moord al afscheid van Mike genomen. Ze was hier alleen voor Sandra.

Sandra leek elk moment volledig te kunnen instorten en besteedde aan niemand aandacht. Eve stond naast haar, maar zelfs dat besefte ze waarschijnlijk niet eens. Een aantal van Mikes vrienden had zich rond het graf verzameld. Jane kende een paar van hen: Jimmy Carver, Denise Roberts en Paul Donnell. Haar kamergenote Pat was ook voor de begrafenis overgevlogen en zag er ongebruikelijk ernstig uit. Aardig van haar dat ze was gekomen. Aardig van hen allemaal.

Over een paar minuten zouden ze de begraafplaats weer af kunnen lopen, maar die minuten leken een eeuwigheid te duren.

Het was voorbij.

Ze stapte naar voren om haar roos op de kist te gooien.

'Is er iets wat ik kan doen?' vroeg Pat toen Jane zich weer omdraaide. 'Ik moet eigenlijk teruggaan, maar als je me nodig hebt, zal ik spijbelen.'

Jane schudde haar hoofd. 'Ga maar terug. Ik heb je niet nodig. Ik zie je morgen of misschien overmorgen wel weer.'

Pat keek sip. 'Ik had het wel kunnen weten. Jij hebt niemand nodig. Je bent altijd bereid mij te hulp te schieten als ik een probleem heb, maar stel je voor dat ik probeer daar iets voor terug te doen. Is het idee dat ik dat prettig zou vinden ooit bij je opgekomen?'

'Jij hebt geen idee hoeveel je me al hebt gegeven.' Ze slikte om haar keel minder verkrampt te maken. 'Dat had ik je al eerder moeten zeggen. Soms kost het me moeite om... Toen ik je pas had leren kennen, was ik zo serieus en me zo bewust van mijn verantwoordelijkheden dat ik er niet eens over kon dénken me te ontspannen en te amuseren. Jij hebt me geleerd dat je amuseren geen misdaad is en dat je zelfs kunt lachen om bizarre situaties.'

Pat glimlachte. 'Je bedoelt die keer dat we tijdens die sneeuwstorm in de auto vastzaten omdat jij me per se moest komen ophalen toen ik te veel had gedronken? Dat was nou niet bepaald om te lachen. Je hebt me ervan langs gegeven.'

'Dat verdiende je ook. Maar zelfs dat fiasco heeft goede herinneringen opgeleverd. We hebben stomme liedjes gezongen en uren met elkaar gepraat terwijl we wachtten op hulptroepen. Het... het heeft mij verrijkt. Jij hebt mij verrijkt.'

Pat zweeg even. 'Ik kan maar beter gaan, want anders begin ik nog te huilen.' Ze gaf Jane een snelle knuffel. 'Tot morgen.'

Jane keek haar na. Pat was bijna even onhandig in persoonlijke contacten als zij. Vreemd dat ze dat gemeen hadden terwijl ze in andere opzichten zoveel van elkaar verschilden. Pat was verrast geweest door haar woorden op dit gevoelige moment. En vanwege dit trieste moment had Jane die opmerkingen nu juist kunnen maken. Ze had een vriend verloren en ze wenste met heel haar hart dat ze hem had kunnen zeggen hoeveel hij voor haar betekende. Die vergissing zou ze niet nog eens maken.

'Jane.' Paul Donnell stond met een bleek gezicht naast haar. 'Ik heb de kans niet gehad eerder met je te spreken, maar ik wil dat je weet dat ik het verschrikkelijk vind. Ik kan je niet zeggen hoe erg het me spijt dat ik die avond niet met jullie ben meegelopen naar de auto. Ik dacht niet... Ik hoop niet dat je het me kwalijk neemt dat...'

'Ik neem niemand iets kwalijk, behalve dan die rotzak die Mike heeft vermoord. Bovendien had jij op geen enkele manier kunnen weten dat dit zou gebeuren.'

Hij knikte snel. 'Dat kon ik inderdaad niet weten, maar toch spijt het me. Ik vond Mike aardig en ik heb nooit gewild dat hem iets zou overkomen. Ik moest gewoon even tegen je zeggen dat ik...' Hij draaide zich om. 'Dat het me spijt.'

Ook hem keek ze na. Hij was echt van streek. Voldoende van streek om die gewoonlijk zo gladde façade van hem te laten voor wat die was. Misschien waren hij en Mike betere vrienden geweest dan zij had gedacht. Of misschien voelde hij zich schuldig omdat hij er niet was geweest toen Mike hem nodig had. Opeens kreeg ze een idee. Of misschien kwam het doordat...

'Jane, kom mee.' Joe stond naast haar en pakte haar arm. 'Ik zal je terugrijden naar huis.'

'Oké.' Toen schudde ze opeens haar hoofd. 'Nee, ik moet naar het vliegveld. Ik zal Sandra even gedag zeggen en dan ga ik terug naar Harvard, want daar moet ik iets doen.'

'Jane, neem een paar dagen vrij. Je hebt het nodig...'

'Er is iets wat ik moet doen. Maak je over mij geen zorgen, Joe.'

'Je ziet er op dit moment anders allesbehalve goed uit. Luister. Sandra is van streek. Ze geeft jou hier niet echt de schuld van. Dat zou onzinnig zijn.'

'Ze geeft me er wel de schuld van,' zei Jane triest. 'Op dit moment geeft ze alles en iedereen er de schuld van. Ze kan het niet eens verdragen naar me te kijken. Ik weet dat het niet haar bedoeling is mij te kwetsen. Ze kan er domweg niets aan doen. Haar wereld staat op zijn kop. Jij en Eve moeten haar troosten en het is beter als ik niet in de buurt ben.'

'Zij is niet de enige die troost nodig heeft,' mompelde Joe. 'Jij hebt ons ook nodig.'

'Jullie zijn altijd bij me.' Ze probeerde te glimlachen. 'Jullie hoeven niet per se in dezelfde kamer te zijn als ik of mijn hand vast te houden, maar daar heeft Sandra volgens mij nu wel behoefte aan. Ik zal je bellen zodra ik op mijn kamer ben. Oké?'

'Nee, maar ik denk dat er niets anders op zit, want ik zal je toch niet tot andere gedachten kunnen brengen.' Zijn mond verstrakte. 'Ik ben echter niet van plan je onbeschermd terug te laten gaan. Ik heb iemand van een bewakingsdienst ingehuurd om jou te beschermen tot Mannings onderzoek een reden voor die aanval heeft opgeleverd. Als je bij je studentenhuis bent, moet hij daar ook zijn.'

'Mij best, als jij je daardoor beter voelt.'

'Daar zal ik me inderdaad beter door voelen.' Hij maakte het autoportier voor haar open. 'Niemand zal jou iets aandoen.'

Iemand hád haar al iets aangedaan. Ze kon het beeld niet uitwissen van Mike die in de auto lag terwijl het bloed uit zijn borstkas stroomde en hij haar smeekte hem te helpen.

Ze voelde haar ogen prikken. Niet nu. Ga nu niet weer huilen, zei ze tegen zichzelf.

De tijd voor tranen was voorbij.

'Paul.'

Paul Donnell verstijfde en draaide zich om op de trap naar zijn studentenhuis. 'Jane?' Hij glimlachte. 'Wat doe jij hier? Ik dacht dat je in Atlanta zou blijven. Kan ik je ergens mee helpen?'

'Dat denk ik wel.' Ze maakte het portier aan zijn kant open. 'Stap in.'

Zijn glimlach verdween. 'Ik ben bang dat je me op een slecht moment treft. Ik loop achter met mijn huiswerk omdat ik naar de begrafenis ben gegaan. Zal ik je morgen bellen?'

'Stap in,' herhaalde ze kortaf. 'Speel geen spelletjes met me, Paul. Wil je met mij praten, of doe je dat liever met de politie?'

'Dat klinkt als een dreigement. Ik ben al voldoende van streek omdat ik mijn vriend heb verloren en ik heb er geen enkele behoefte aan...'

'Was hij jouw vriend? Verraad jij je vrienden, Paul?'

Hij streek met zijn tong over zijn droge lippen. 'Ik begrijp niet wat je bedoelt.'

'Wil je dat ik het uitleg? Wil je dat ik deze auto uit stap en zo hard ga schreeuwen dat iedereen op de campus me kan horen? Dat wil ik best doen. Mike moet je hebben verteld dat ik volstrekt niet verlegen ben.'

Hij zweeg even. 'Dat heeft hij me inderdaad verteld.'

'Hij heeft jou heel wat dingen toevertrouwd. Omdat hij je vertrouwde. Mike stelde zich kwetsbaar op tegenover iedereen die naar zijn idee een vriend van hem was.'

'Ik was ook zijn vriend, en ik vind het heel vervelend dat jij...'

Ze maakte haar portier open en wilde uitstappen.

'Nee!' Met grote passen liep hij naar de auto toe. 'Als je niet redelijk wilt zijn, zal ik...'

'Ik ben inderdaad niet redelijk.' Zodra hij was ingestapt ver-

44

grendelde ze de portieren en reed weg. 'Ik ben boos en ik wil antwoorden op vragen hebben.'

'Je hebt geen reden om boos op mij te zijn.' Hij zweeg even. 'Wat heb ik volgens jou precies gedaan?'

'Volgens mij heb jij Mike in de val laten lopen.' Ze hield het stuur wat steviger vast. 'Ik denk dat je hem zo depressief en bang hebt gemaakt dat hij als was in jouw handen werd. Ik denk dat jij hem dronken hebt gevoerd en toen mij hebt gebeld. Ik denk dat je wist dat iemand in dat steegje op ons stond te wachten.'

'Gelul. Luister. Ik weet dat Mike die avond een paar vreemde dingen heeft gezegd, maar hij was dronken.'

'Dat geloofde ik ook, tot de stukjes van de puzzel na de begrafenis op hun plaats vielen en ik me ging afvragen waarom jij zo zenuwachtig was. In die straat waren bij parkeermeters nog zat plaatsen vrij. Waarom zou je dan het risico hebben genomen te worden weggesleept door de auto in die steeg te parkeren?'

'Toen we daar aankwamen, waren er geen parkeerplaatsen vrij.'

'Nadat mijn vliegtuig vandaag was geland ben ik regelrecht naar de Red Rooster gegaan om met de barkeeper te praten. Hij zei dat het een stille avond was en dat er meer dan voldoende parkeerplaatsen waren toen zijn dienst om zeven uur begon. Jij kwam er om kwart over zeven aan, nietwaar?'

'Dat weet ik niet meer.'

'Dat zei de barkeeper.'

'Stop de auto. Dit hoef ik niet te pikken.'

'Dat zul je wel degelijk moeten.' Ze reed echter wel naar de stoeprand en zette de motor uit. 'Wie heeft je betaald om die val voor Mike uit te zetten?'

'Niemand.'

'Heb je het dan gedaan omdat je iets tegen hem had?'

'Natuurlijk niet.'

'Dan zijn we weer terug bij af.'

'Ik heb er niets mee te maken gehad.'

'Lul niet.' Ze keek hem recht aan. 'Je bent doodsbang. Dat kon ik op de begraafplaats bijna proeven. Je was niet aan het rouwen. Je deed alsof, omdat je bang was dat iemand de waarheid zou vermoeden.'

Hij keek een andere kant op. 'Daar dacht de politie anders over.'

'Dat zal veranderen zodra ik met hen heb gesproken. Ik ben de dochter van een smeris, en ze zullen naar me luisteren als ik vraag jou nader onder de loep te nemen.'

'Ze zullen niets vinden. Ik ben geen jeugdige delinquent. Ik kom uit een goede familie.'

'En ik kom uit een van de rotste buurten in Atlanta, waar hoeren en pooiers en allerlei ander uitschot rondzwerven. Daardoor herken ik uitschot direct.'

'Laat me de auto uit.'

'Zodra je me hebt verteld wie je heeft betaald en waarom.'

Hij perste zijn lippen op elkaar. 'Je bent maar een vrouw. Ik zou je er op elk gewenst moment toe kunnen dwingen dit portier open te maken. Ik probeer alleen je tot bedaren te brengen.'

'Ik ben een vrouw die is grootgebracht door een smeris die ooit tot de SEALs heeft behoord en wilde dat ik in staat zou zijn mezelf te verdedigen. De eerste stelregel van Joe was dat je geen tijd moet verspillen wanneer je wordt aangevallen. Neem aan dat je gedood gaat worden en handel daarnaar door je aanvaller te doden.'

'Je bluft.'

'Nee, dat doe ik niet. Jij bent degene die mij bedreigde, en ik wil op dit moment alleen informatie hebben.'

'Die zul je niet krijgen. Ik weet heus wel dat je meteen naar de politie zult rennen. Bovendien was het mijn schuld niet. Niets van dat alles was mijn schuld.'

Een barstje in de wapenrusting. 'Dat zal niemand geloven als je niet naar de politie gaat en bekent.'

'Bekent? Criminelen leggen een bekentenis af, en ik heb niets misdadigs gedaan. Ik wist het niet.' Hij zond haar een paniekerige blik toe. 'En ik zal tegen hen zeggen dat je liegt als jij verklaart dat ik...'

'Wat wist je niet?'

Hij zweeg en ze kon zijn angst voelen. Nog een duwtje. 'Jij bent een medeplichtige aan moord. Ze zullen je opsluiten en de sleutel weggooien. Of bestaat de doodstraf in deze staat?'

'Kreng.'

Nóg een duwtje. 'Ik zal hiervandaan regelrecht doorrijden naar de politie, en die zal je waarschijnlijk over een paar uur komen oppakken. Als je me vertelt wat ik wil weten, zal ik je de kans geven jezelf aan te geven en te proberen je hier uit te lullen.'

'Het is mijn schuld niet. Er zou niets gebeuren. Ze zeiden dat ze alleen met jou wilden praten en dat jij niet meewerkte.'

'Wie wilden met mij praten?'

Hij zweeg.

'Wie?'

'Dat weet ik niet. Leonard... Ik kan het me niet meer herinneren.'

'Was Leonard zijn voor- of zijn achternaam?'

'Ik heb al gezegd dat ik... Zijn achternaam. Als het zijn echte naam was.'

'Waarom zou je daaraan twijfelen?'

'Dat deed ik ook niet, tot... Ik wilde niet dat Mike zou doodgaan. Ik wilde niet dat iemand iets overkwam.'

'Ken je de voornaam van Leonard?'

'Ryan,' zei hij na een korte stilte.

'En hoe heette die andere man?'

'Geen idee. Hij heeft zich niet voorgesteld. Leonard deed het woord.'

'Waar heb je hen ontmoet?'

'Een paar weken geleden zat ik in een bar. Toen zijn ze bij me komen zitten en begonnen ze te praten. Ik had het geld nodig en zij beloofden dat er niets naars zou gebeuren. Het enige wat ik hoefde te doen, was ervoor zorgen dat jij naar dat steegje ging. Zodat zij met jou konden praten.'

'En dat was niet moeilijk, nietwaar? Omdat Mike zo gemakkelijk te manipuleren was. Gewoon aan een paar touwtjes trekken en dan begon hij te dansen.'

'Ik vond Mike aardig. Ik wilde hem niets aandoen.'

'Maar dat heb je wel gedaan. Je hebt hem het gevoel gegeven dat hij niet goed genoeg was, en toen heb je hem in de val laten lopen.'

'Ik had het geld nodig. Harvard is duur en mijn ouders kunnen

47

het collegegeld al nauwelijks ophoesten. Ik leefde als een armoedzaaier.'

'Heb je er ooit over gedacht een baan te zoeken?'

'Zoals jij?' vroeg hij zuur. 'Zo perfect. Dat haatte Mike aan jou.'

Laat hem niet merken hoe die opmerking je kwetst, hield ze zichzelf voor. 'Hoe kunnen we die Ryan Leonard vinden?'

Hij haalde zijn schouders op. 'Geen idee. Ze hebben me de helft van het geld gegeven toen ik met het plan akkoord was gegaan. De rest van het bedrag hebben ze in een envelop in mijn postbus gedeponeerd toen ik had gebeld met de mededeling dat ik ervoor zou zorgen dat jij die avond in de Red Rooster was. Daarna heb ik niets meer van ze gehoord.'

'Heb je die envelop nog?'

Hij knikte. 'Het geld zit er nog steeds in. Toen Mike was... Ik durfde het niet eens op de bank te zetten, voor het geval het verdacht zou lijken als ik naar de politie moest stappen. Maar er staat geen afzender op. Het is een blanco envelop.'

'Waar is hij?'

'In mijn kamer.'

'Waar?'

'In mijn Engelse literatuurboek.'

'En je hebt de andere man die avond gezien?'

'Dat heb ik je al verteld. Waarom vraag je dat nog een keer?'

'Omdat ik er maar één heb gezien, en ik een beschrijving van die ander nodig heb.'

'Nu?'

'Nee, niet nu.' Meer kon ze niet verwerken. Ze ontgrendelde de portieren. 'Stap uit! Ik zal je twee uur de tijd geven om naar een politiebureau te gaan en te proberen de mensen daar van je onschuld te overtuigen. Als je 'm smeert, zal ik ze achter je aan sturen.' Ze perste haar lippen op elkaar. 'En dan zal ik zelf ook achter je aan komen.'

'Ik ben geen dwaas. Ik zal mezelf aangeven. Niet omdat ik bang van jou ben. Wel omdat dat het verstandigst is.' Hij stapte uit. Zijn angst zakte en hij glimlachte een tikkeltje uitdagend. 'Ik praat me er wel uit. Misschien hoef ik alleen een strafverminde-

48

ring te bepleiten in ruil voor een schuldbekentenis. Ik heb alles mee. Ik ben jong en slim, en ze zullen geloven dat ik alleen een beoordelingsfout heb gemaakt.'

Ze voelde zich misselijk, want daar zou hij nog wel eens gelijk in kunnen hebben. 'Paul, vertel me eens hoeveel ze je hebben betaald?'

'Tienduizend toen ik ermee had ingestemd, en daarna nog eens tienduizend.'

'En je hebt je niet afgevraagd waarom ze bereid waren zoveel geld uit te geven om even met mij te kunnen praten?'

'Dat waren mijn zaken niet. Als ze bereid waren zoveel...' Hij maakte zijn zin niet af toen hun blikken elkaar kruisten. 'O, barst.' Hij draaide zich om en liep met grote passen de straat af.

Jezus, wat een arrogante klootzak! Ze wilde de motor starten, plankgas geven en over die rotzak heen rijden. Hij had zijn vriend verraden en hij maakte zich alleen zorgen over zijn eigen hachje. Even liet ze haar hoofd op het stuur rusten om zichzelf weer in de hand te krijgen.

Toen startte ze de wagen en pakte haar mobieltje. Nadat het toestel aan de andere kant van de lijn twee keer was overgegaan, nam Joe op.

'Ik wil dat je iets voor me doet.' Ze keek naar Paul, die de hoek had bereikt. 'Paul Donnell gaat zich binnen een paar uur aangeven bij de politie.'

'Wat zeg je?'

'Hij heeft Mike in de val laten lopen. Hij heeft twintigduizend dollar gevangen om Mike zover te krijgen dat die me meenam naar die steeg.' Ze onderbrak hem toen hij ging vloeken. 'Volgens hem wilden ze alleen met me praten. Dat heeft hij voor zoete koek geslikt en hij heeft verder geen vragen gesteld. Het kon hem geen moer schelen.'

'Wat een hufter!'

'Inderdaad. Hij zei dat de man die hem het geld heeft gegeven Ryan Leonard heette en dat hij verder niets van hem wist. Hij kende de naam van de tweede man niet, maar heeft hem wel van zo dichtbij gezien dat hij me een beschrijving van hem kan geven. Ik wil dat jij Manning belt en hem zegt dat hij naar die beschrijving moet vragen voordat Donnell gaat proberen die als een onderhandelingsobject te gebruiken. Daar is hij namelijk best toe in staat.'

'Oké. Verder nog iets?'

'Zeg ook dat hij het Paul niet gemakkelijk moet maken.' Haar stem trilde. 'Hij mag de trekker dan niet hebben overgehaald, maar hij is wel degelijk schuldig. Ik wil hem niet vrij zien rondlopen.'

'Het verbaast me dat je hem aan de praat hebt gekregen.'

'Mij ook. Maar hij was al bang, en daar heb ik gebruik van gemaakt. Ik ben onderweg naar zijn kamer om de envelop met de tweede helft van het afgesproken bedrag mee te nemen. Het kan namelijk zijn dat hij die zelf zal halen om het te besteden aan een advocaat, heb ik me net bedacht.'

'Laat de politie dat doen. Misschien kunnen ze vingerafdrukken vinden.'

'Ik zal voorzichtig zijn, maar de politie is te veel aan banden gelegd. Het zou te lang kunnen duren voordat ze een huiszoekingsbevel hebben, en ik wil niet dat hij dat geld in handen krijgt. Ik bel je wel weer, Joe.' Ze verbrak de verbinding voordat hij met haar in discussie kon gaan.

Toen reed ze weg van de stoeprand, keerde de wagen en ging terug naar het studentenhuis.

Kreng. Hoer.

Paul Donnell kookte van woede toen hij snel de straat af liep.

Hij had altijd al een hekel gehad aan bazige vrouwen, en Jane MacGuire vertegenwoordigde alles wat hij haatte. Jammer dat Leonard in dat steegje niet definitief met haar had afgerekend.

Hij moest die woede van zich afzetten. Op het politiebureau moest hij heel verdrietig maar openhartig lijken, en zichzelf overal de schuld van geven. Dat zou hem best lukken. Hij kon heel overtuigend zijn, en hij zou nu al zijn talenten moeten inschakelen. Hij zou zijn vader bellen met het verzoek een advocaat naar het politiebureau te sturen, want hij had maar al te vaak gelezen over veroordelingen die een gevolg waren van zo'n eerste gesprek met de politie. Hij zou respectvol zijn, maar tegen die platvoeten zeggen dat hem was aangeraden een advocaat in de arm te nemen.

Ja, dat was de beste strategie. Advocaten kostten echter geld en hij was niet van plan te vertrouwen op een pro-deoadvocaat. Hij zou de beste krijgen die er te vinden was, en daar was...

Koplampen.

Hij keek om. Nee, dat kreng kwam niet achter hem aan. Het was een grotere auto en het licht van de koplampen doorsneed de duisternis van de rustige straat in de woonwijk. Hij versnelde zijn pas. Hij kon maar beter zo snel mogelijk naar het bureau gaan, voor het geval dat kreng besloot de politie toch een bezoekje te brengen voordat hij de gelegenheid had zijn verhaal te doen. Hij achtte het best mogelijk dat ze...

Licht. Overal om hem heen. Een razende, loeiende motor.

Wat was er verdomme...

Jane parkeerde voor het studentenhuis en sprong haar auto uit. Het moest niet te moeilijk zijn om Pauls kamer in te komen, dacht ze terwijl ze snel naar de trap liep. Ze was heel wat keren bij Mike op bezoek geweest en als de man van de bewakingsdienst haar staande hield, zou ze zeggen dat ze iets in Pauls kamer had laten liggen en dat wilde ophalen. En als dat niet werkte, zou ze...

'Jane?'

Ze verstijfde. Nee. Dit verbeeldde ze zich. Het kon hem niet zijn.

Langzaam draaide ze zich om.

Trevor.

Hij had een spijkerbroek en een donkergroene trui aan en zag er hetzelfde uit als op de dag dat ze vier jaar geleden op het vliegveld afscheid van hem had genomen.

Hij glimlachte. 'Het is lang geleden. Heb je me gemist?'

Ze kwam meteen weer bij haar positieven. Die arrogante kwal! 'Helemaal niet. Wat doe jij hier?'

Zijn glimlach verdween. 'Geloof me als ik je zeg dat ik liever bij je uit de buurt was gebleven, maar dat was onmogelijk.'

'Het is je de afgelopen vier jaar anders prima gelukt.' Dat had

51

ze niet moeten zeggen.' Het klonk verwijtend en het laatste wat ze wilde, was dat hij dacht dat het haar iets kon schelen of hij haar al dan niet vergeten was. 'Net als mij. Dat is verleden tijd.'

'Ik wou dat ik hetzelfde kon zeggen.' Hij perste even zijn lippen op elkaar. 'We moeten met elkaar praten. Mijn auto staat een eindje verderop geparkeerd. Kom mee.'

Ze kwam niet in beweging. 'Ik moet iets doen. Bel me later maar.'

Hij schudde zijn hoofd. 'Nu.'

Ze liep de trap op. 'Val dood!'

'Je zult van mij meer te weten komen dan van die envelop in Donnells kamer.'

Ze verstijfde en draaide zich langzaam naar hem om. 'Hoe weet je dat ik...'

'Kom mee.' Hij liep al weg. 'Ik zal het studentenhuis door Bartlett in de gaten laten houden om ervoor te zorgen dat Donnell dat geld niet kan meenemen.'

'Bartlett is hier?'

'Hij wacht in de auto.' Trevor keek over zijn schouder. 'Je vertrouwt Bartlett in elk geval wel, nietwaar?'

Ze probeerde helder na te denken. 'Je weet dat mijn vriend Mike is vermoord?'

'Ja, en dat vind ik triest. Ik heb begrepen dat jullie heel goed bevriend waren.'

'Hoe weet je wat er vanavond met Donnell is voorgevallen?'

'Omdat ik Bartlett afluisterapparatuur in jouw auto heb laten aanbrengen.'

'Wat zeg je?'

'En ook in je kamer.' Hij glimlachte. 'Maakt dat je boos genoeg om achter me aan te komen en me eens stevig de les te lezen?'

'Reken maar!' Ze liep de trap weer af.

'Prima. Kom mee, en dan zal ik je eerst vijf minuten de tijd geven om mij uit te kafferen.'

Uitkafferen? Ze wilde hem vermoorden. Hij was nog geen spat veranderd. Een en al zelfvertrouwen en zelfbeheersing, zonder ook maar enige belangstelling te hebben voor andere plannen dan de zijne.

'Je hebt slechte gedachten over mij,' mompelde hij. 'Ik kan de vibraties voelen. Je zou me echt de tijd moeten geven alles uit te leggen voordat je boos op me wordt.'

'Je hebt me net verteld dat je afluisterapparatuur in mijn auto hebt aangebracht.'

'Met de allerbeste bedoelingen.' Hij bleef staan bij een blauwe Lexus. 'Bartlett, ik moet met haar praten. Hou het studentenhuis in de gaten en bel me als Donnell zich laat zien.'

Bartlett knikte en stapte uit. 'Met genoegen.' Hij glimlachte naar Jane. 'Ik ben blij je weer te zien, en het spijt me dat het onder zulke ongelukkige omstandigheden gebeurt.'

'Dat ben ik met je eens, omdat jij het kennelijk druk hebt gehad met het aanbrengen van microfoons in mijn auto en in mijn studentenkamer.'

Bartlett keek Trevor verwijtend aan. 'Was het echt nodig haar dat te vertellen?'

'Ja. Jane, geef hem de sleutels van je auto. Hij kan de boel net zo goed op zijn gemak in de gaten houden.'

Ze wilde weigeren, maar keek toen in Bartletts vriendelijke donkere ogen, die haar altijd aan Winnie de Poeh hadden doen denken. Boos zijn op Bartlett was zinloos, want hij had alleen de bevelen van Trevor uitgevoerd. Ze gooide hem de autosleutels toe. 'Bartlett, dat had je niet moeten doen.'

'Ik dacht dat het het beste was, maar misschien heb ik me daarin vergist.'

'Dat laatste is het geval.' Ze ging op de plaats naast de bestuurder zitten. 'Laat Donnell dat studentenhuis niet in lopen als hij zich laat zien.'

'Jane, je weet dat ik niet goed ben in het plegen van geweld, maar als hij verschijnt zal ik jullie dat meteen laten weten.'

Ze keek hem na terwijl Trevor op de bestuurdersplaats ging zitten. 'Je had hem er niet bij moeten betrekken. Hij is geen crimineel.'

'Hoe weet je dat? Je hebt hem vier jaar geleden voor het laatst gezien en hij gaat met mij om. Misschien heb ik hem wel gecorrumpeerd.'

'Niet iedereen kan worden gecorrumpeerd.' Hoewel de kans

wel heel klein was dat iemand zich tegen Trevor kon verzetten wanneer die had besloten zijn magnetisme en intelligentie op hem of haar los te laten. Hij was een soort rattenvanger van Hameln die iedereen ervan kon overtuigen dat zwart wit was. Gedurende de weken dat ze samen waren geweest had ze gezien hoe hij situaties verdraaide tot die hém welgevallig waren, en ze wist hoe betoverend die stem van hem kon zijn. 'Bovendien vind je Bartlett aardig. Je zou hem niet respecteren als het je was gelukt een jaknikker van hem te maken.'

Hij grinnikte. 'Dat klopt, maar Bartlett zal nooit een jaknikker worden. Daar heeft hij te veel karakter voor.'

'Hoe heb je hem ertoe overgehaald die microfoon in mijn auto aan te brengen?'

'Door te zeggen dat het voor jouw veiligheid was.' Zijn glimlach verdween. 'Maar ik had niet verwacht dat je Donnell te grazen zou nemen. Dat had gevaarlijk kunnen zijn, want een wanhopige man is altijd onvoorspelbaar.'

'Hij was bang. Dat kon ik zien.'

'Het is bekend dat angstige mannen kunnen uithalen.'

'Dat heeft hij niet gedaan. Het is achter de rug en bovendien zijn het jouw zaken niet.' Ze draaide zich naar hem toe. 'Of wel soms? Je zei dat jij me meer kon vertellen dan die envelop. Steek maar van wal.'

'De andere man heet waarschijnlijk Dennis Wharton. Hij werkt meestal met Leonard samen.'

'Hoe weet je dat?'

'Omdat ik hem in het verleden tegen het lijf ben gelopen.'

'Waarom heb je dan niet tegen de politie gezegd dat je weet wie Mike heeft vermoord?'

'Omdat ik niet wilde dat ze op de vlucht zouden slaan.'

'Waarom niet?'

'Omdat ik ze zelf te grazen wil nemen. De politie is niet altijd efficiënt. Ik wilde niet het risico nemen dat Leonard en Wharton een tweede kans met jou zouden krijgen.'

'Je dacht dat ze dat zouden proberen?'

'Ja, zolang de situatie niet te link is. De politie boekt niet veel voortgang. Ik durf erom te wedden dat die twee het nog minstens één keer zullen proberen voordat iemand anders wordt gestuurd om de klus definitief te klaren.'

'Door wie?'

Hij schudde zijn hoofd. 'Jane, ik kan je echt niet alles vertellen, want anders heb ik niets meer om mee te onderhandelen.'

'Waarom hadden ze het op mij gemunt?'

'Omdat ze je als een waardevolle aanwinst in het spel beschouwen.'

'Het spel?' Ze balde haar handen tot vuisten. 'Het was geen spel. Mike is in die steeg dodelijk gewond geraakt.'

'Dat vind ik heel erg,' zei Trevor zacht. 'Ik geloof niet dat zijn dood de bedoeling was. Het was een ongeluk.'

'Dat troost me niet. Hoe weet jij trouwens wat al dan niet de bedoeling was? Wat had jij hiermee te maken?'

'Alles. Het was waarschijnlijk mijn schuld.'

'Wat zeg je?'

'Ik had eerder hierheen moeten komen. Ik hoopte dat ik het mis had, en dus heb ik Bartlett in mijn plaats gestuurd. Maar ik had je moeten halen en meenemen.'

'Ik begrijp er niets van. Waar gaat dit allemaal om?'

'Cira.'

Jane verstijfde. 'Wát zeg je?'

'Of om preciezer te zijn: het goud van Cira.'

Ze staarde hem stomverbaasd aan.

'Een kist met goud die meer dan tweeduizend jaar oud is. Alleen al om die reden is hij uitzonderlijk waardevol. Het feit dat Julius Precebio hem aan zijn maîtresse Cira heeft gegeven, zou de mystiek nog groter maken.'

'Jij hebt die kist gevonden?'

'Nee, maar ik ben hem wel op het spoor. Helaas zijn er anderen die dat weten en die zoeken naar een mogelijkheid mij te slim af te zijn.' Hij knikte haar kant op. 'En die hebben ze gevonden.'

'In mij?'

'Ja.'

'Waarom zouden ze het idee hebben dat...'

Hij keek haar niet meer aan. 'Ik denk dat ze vermoeden dat jij mijn achilleshiel nog wel eens zou kunnen zijn.'

'Waarom?'

'Misschien vanwege het gedeelde verleden? De tijd die we samen in Herculaneum hebben doorgebracht is met behoorlijk veel publiciteit gepaard gegaan.'

'Belachelijk. Jij hebt geen achilleshiel.'

Hij haalde zijn schouders op. 'Zoals ik zei, zijn ze daarnaar op zoek. Maar omdat ik een eventueel vermoeden van hen niet wilde bevestigen, heb ik Bartlett hierheen gestuurd.'

'En toen hebben ze Mike gebruikt om bij mij te kunnen komen,' zei ze dof. 'En bij dat vervloekte goud.'

'Inderdaad.'

'De ellendelingen.' Ze zweeg even. 'En jij bent ook een ellendeling.'

'Ik dacht al wel dat je er zo over zou denken, maar nu kan ik niets anders doen dan de schade beperkt houden.'

'De schade is al groot.'

'Het is mogelijk dat het allemaal nog maar net is begonnen. Ze hebben Mike Fitzgerald gebruikt om bij jou te komen. Wie kan zeggen of ze niet nog iemand anders zullen gebruiken om wie jij geeft?'

Ze keek hem snel aan. 'Eve? Joe?'

'Bingo. Je zou bereid zijn alles voor hen te doen.'

'Niemand zal die twee iets aandoen,' zei ze fel.

'Dan kun je er het beste voor zorgen dat zij hier absoluut niet bij betrokken raken. Maak dat je hier wegkomt en ga naar een plek waar je veilig zult zijn.'

'En waar is dat?' vroeg ze sarcastisch.

'Bij mij. Ik zal ervoor zorgen dat je veilig bent en dan hoef ik me op een afstand van zo'n vijftienhonderd kilometer geen zorgen over jou te maken.'

'Jouw zorgen interesseren me geen moer, en ik zal mezelf wel veilig houden. Je had nooit...' Ze zweeg toen haar mobieltje rinkelde. Ze keek wie er belde. 'Het is Joe.'

'Donnell is dood,' zei Joe, 'en de politie wil met jou praten.'

'Dood?' Ze verstijfde. 'Hoe bedoel je? Hij kan niet dood zijn.' Ze zag Trevor eveneens verstijven. 'Ik heb hem iets meer dan een uur geleden nog gezien.'

'Waar?'

'Ik heb hem in een van de zijstraten ongeveer zes kilometer hiervandaan uit mijn auto laten stappen.' Ze probeerde zich de naam van de straat te herinneren. 'Welke weet ik niet meer. Daar heb ik niet op gelet.'

'Donnell is in Justine Street doodgereden, waarna de chauffeur is doorgereden. Iemand in een van de huizen daar heeft het zien gebeuren. Het was een lichtgekleurde wagen, die de stoep op reed.'

'Geen ongeluk.'

'Niet waarschijnlijk. De chauffeur is ook nog een keer achteruit over hem heen gereden.'

'Heeft die getuige het kenteken genoteerd?'

'Nee. Waar ben je? Ik zal Manning sturen om je op te halen en een verklaring op te nemen.'

Ze kon het nog steeds niet geloven. 'Ze hebben hem vermoord...'

'Daar moet je Manning van overtuigen.'

'Hoezo?'

'Hij is doodgereden door een sedan met een lichte kleur, en jij rijdt in een bruine Toyota Corolla. Donnell had tegenover jou toegegeven dat hij medeplichtig was aan de moord op Mike. Je was net terug van de begrafenis van je vriend, en natuurlijk was je van streek.'

'Maar jij hebt Manning gebeld om hem te vertellen dat Donnell zichzelf zou komen aangeven.'

'En dat jij bang was dat hij hier niet voor zou worden gestraft. Reken maar uit, Jane. Is het niet redelijk om te veronderstellen dat je van gedachten was veranderd en had besloten het recht in eigen hand te nemen?'

'Nee!' Ze herinnerde zich opeens het moment waarop ze had gedacht dat ze ervan zou genieten over die verwaande kwast heen te rijden. 'Ik ben misschien wel in de verleiding gekomen dat te doen, maar ik ben geen idioot.'

'En wij zullen de politie ervan overtuigen dat jij het niet hebt gedaan. Dat zal een beetje tijd kosten, maar het zal ons lukken. Ik zal ervoor zorgen dat je in het bureau door een advocaat wordt opgewacht, en over een paar uur ben ik er zelf ook.'

'Denk je echt dat ze me in staat van beschuldiging zullen stellen?'

'Ik wil daar in elk geval op voorbereid zijn. Waar ben je nu?'

'Nog steeds bij Donnells studentenhuis.'

'Blijf daar.' Joe verbrak de verbinding.

Langzaam stopte ze haar telefoon weg.

'Donnell is dood?' vroeg Trevor.

'Ja. Doodgereden door een lichtgekleurde sedan. De chauffeur is doorgereden.' Ze schudde haar hoofd. 'Het is krankzinnig. Joe denkt dat ze mij in staat van beschuldiging kunnen stellen.'

Trevor startte de wagen en reed weg. 'Dat zal niet gebeuren.'

'Waar ga je heen? Joe zei dat ik hier moest blijven tot Manning...'

'Joe had daar ongetwijfeld de beste bedoelingen mee, maar ik zal het risico niet nemen dat ze jou – ook al is het maar tijdelijk – in een cel opsluiten. Er zijn te veel manieren om bij een gevangene te komen.' Hij stopte naast Bartlett, die nog in de auto van Jane zat. 'Uitstappen. We gaan naar het vliegveld.'

'Geen sprake van. Met jou ga ik nergens naartoe,' zei Jane.

'Je gaat in elk geval mee naar het vliegveld, en daarna moet je zelf besluiten wat je doet,' zei Trevor terwijl Bartlett de achterbank op dook. 'Maar neem daarbij in overweging dat Donnell is vermoord om een mogelijke getuige uit te schakelen. Dat geeft je een indicatie van de hoogte van de inzet. Mike Fitzgerald en Paul Donnell zijn allebei dood, en zij waren slechts onbelangrijke spelers. Jij bent daarentegen een belangrijk doelwit, en Eve en Joe kunnen ook op hun lijst komen te staan als jij bij hen in de buurt komt. Hoe denk je voor hen te kunnen zorgen als je wordt ingesloten?'

'Het is niet zeker dat ik zal worden ingesloten. Als ze mijn auto onderzoeken, zullen ze geen schade vinden.'

'Maar ze kunnen hem wel in beslag nemen voor een uitgebreid onderzoek en jou vasthouden tot ze van je onschuld overtuigd zijn. Ben je bereid dat risico te nemen? Denk daar maar eens over na en laat het me weten als we bij het vliegveld zijn.' Hij drukte het gaspedaal ver in.

4

'Is dit het vliegveld?' Jane trok haar wenkbrauwen op toen Trevor de B-weg buiten Boston af draaide en de auto naast een grote hangar tot stilstand bracht. 'Ik heb niet gezegd dat het een groot vliegveld was.' Trevor stapte uit. 'Maar ik kan je wel garanderen dat het heel privé is.' 'Met andere woorden: je verblijft hier illegaal.' 'Dat was nodig. Toen ik eenmaal wist dat ik hierheen moest, diende dat snel en onopvallend te gebeuren.' 'Je hoefde niet per se hierheen te gaan. Daar heb je zelf voor gekozen.' 'Ja, het gaat allemaal om keuzes.' Hij keek haar aan. 'Heb jij een keus gemaakt?' 'Nee,' zei ze, maar ze stapte wel langzaam de auto uit. 'Volgens mij loop ik niet het gevaar te worden gearresteerd. Naar mijn idee heb je me een hoop nonsens op de mouw gespeld om me te laten doen wat jij wilt. Manning zou waarschijnlijk alleen een verklaring van me opnemen en me dan weer naar huis sturen.' 'Dat is mogelijk.' 'Ik zal tegen Brenner zeggen dat we kunnen vertrekken,' zei Bartlett terwijl hij de auto uit stapte, en hij glimlachte naar haar. 'Tot ziens, Jane. Ik hoop dat je niet zult besluiten ons alleen te laten. Ik heb je gemist.'

Ze zei niets en zag hem snel naar de al op de startbaan staande Learjet lopen. Tot dit moment had ze niet beseft dat zij Bartlett ook had gemist. Hij was volstrekt uniek met zijn kleine, gezette gestalte en de stralende glimlach die warmte en een soort onschuldige levensvreugde uitstraalde. 'Is hij ooit hertrouwd?' 'Nee. Misschien is hij tot de conclusie gekomen dat drie huwelijken genoeg zijn.' Trevor glimlachte. 'Of misschien wachtte hij op jou. Hij mocht je graag.'

'Dan zou ik in de rij moeten gaan staan, want iedere vrouw heeft een zwak plekje voor hem. Zelfs Eve.'

'Hoe is het met Eve?'

'Niet zo goed. Ze heeft zelf al veel verdriet te verwerken, en nu is dat van haar moeder er nog eens bij gekomen. Maar verder is ze haar gebruikelijke zelf.' Jane kon haar ogen niet afwenden van het vliegtuig. Bartlett was in het toestel verdwenen en in de cockpit kon ze vaag twee figuren zien. 'Wie is Brenner? De piloot?'

'Onder andere. Hij is een Australiër die ik heb ingehuurd om een paar dingen gemakkelijker te maken.'

'Hij werkt voor jou?'

'O nee. Die arrogante kwal werkt voor zichzelf. Maar in zijn oneindige wijsheid heeft hij besloten mij de show te laten runnen.'

'Welke show?'

Die vraag beantwoordde hij niet. 'Ga je met me mee?'

'Waarheen?'

'Aberdeen.'

Haar ogen werden groot. 'In Schotland, bedoel je?'

Hij glimlachte vaag. 'Had je Napels verwacht?'

'Je zei dat je Cira's goud op het spoor was, en die kist bevond zich in een tunnel buiten Herculaneum.'

'Misschien gaan we daar later naartoe. Nu gaan we naar Aberdeen.'

'Waarom?'

'Ga je mee?'

'Geef antwoord op mijn vraag.'

Hij zweeg.

'Verdomme! Mike is gestorven omdat jij dat goud wilt hebben. Ik verdien het te weten wat er gaande is.'

'In dat geval krijg ik misschien niet van je wat ik hebben wil, en je weet hoe egoïstisch ik ben.'

'Dat ben je zeker. Maar waarom zou ik jou iets geven wat je hebben wilt?'

'Omdat je weet dat ik wil dat je in leven blijft?'

'Ik weet niets meer van je. Het is te lang geleden dat we bij elkaar zijn geweest.'

'Dat is waar.' Hij dacht na en hield zijn hoofd scheef. 'Omdat ik je iets kan geven waarnaar jij op zoek bent, dan?'

'Ik wil dat goud niet hebben.'

'Nee, maar je zou wel dolgraag een blik willen werpen op de perkamentrollen van Precebio die wij hebben ontdekt in de bibliotheek in de tunnel bij zijn villa.' Hij glimlachte. 'En dat zou je ook moeten doen, want ze zullen je echt fascineren.'

Ze spande haar spieren. 'De perkamentrollen?'

'Ben je niet om die reden teruggegaan naar Herculaneum? Je hebt ervoor gekozen niet deel te nemen aan de opgravingen in de stad zelf. Je hebt gewerkt op het platteland aan de rand van Herculaneum. Heeft het je teleurgesteld dat je de tunnel nooit hebt gevonden?'

'Teleurgesteld was ik inderdaad, maar niet verbaasd. Jij had me verteld dat je de ingang van de ingestorte tunnel zo goed had gecamoufleerd dat niemand hem zou kunnen vinden.' Haar stem klonk afwezig terwijl ze hem strak aankeek. 'Ben je teruggegaan en heb je je een weg naar die bibliotheek gegraven?'

Hij knikte. 'En ik heb de perkamentrollen waarop Precebio over Cira heeft geschreven meegenomen.'

'Allemaal?' vroeg ze, en ze raakte ontzettend opgewonden.

'Ja. Ik had ongeveer de helft ervan gelezen voordat de explosie de tunnel liet instorten. De rest moest heel voorzichtig worden geconserveerd om schade te voorkomen voordat ik ze kon laten vertalen.'

'Maar dat heb je wel laten doen?'

Hij glimlachte. 'Ja.'

'Wat hebben ze te melden?'

'Lees ze zelf maar.' Hij draaide zich om en liep naar het vliegtuig. 'Ze bevatten een paar verrassingen.'

'Werkelijk?'

Hij keek even over zijn schouder. 'Ik veronderstel dat ik je achterdocht verdien. Zoals je weet voel ik me niet te goed om te liegen. Het maakt allemaal deel uit van het spel.'

'Ben je nu aan het liegen?'

Hij keek haar recht aan en de spottende glimlach verdween. 'Niet tegen jou, Jane. Nooit tegen jou.' Hij verdween het vliegtuig in.

'Ze laat zich niet gemakkelijk overhalen.' Bartlett kwam de cockpit uit toen Trevor het toestel in liep. 'Gaat ze met ons mee?'
'Ja. Laat Brenner de motoren starten.'
Bartlett keek sceptisch naar Jane, die nog naast de auto stond. 'Ze is niet in beweging gekomen.'
'Ze gaat mee.'
'Hoe kun je daar zo zeker van zijn?'
Hij was er niet zeker van. Je kon op geen enkele manier zeker zijn van iemand met zo'n sterke wil als Jane. Hij had zijn best gedaan haar over te halen, maar zijn succes hing af van de vraag of hij haar goed genoeg had doorzien. 'Ik heb haar een aanbod gedaan dat ze niet kan afslaan. Ze wil dat de moordenaar van Mike Fitzgerald wordt gepakt en ze weet dat ik iets over hem weet wat zij niet weet. En ze wil dolgraag weten wat er op die perkamentrollen staat. Dat waren mijn lokkertjes.'
'Stel dat je het mis hebt, ze omdraait en wegloopt?'
Trevors mond verstrakte even. 'Dan ga ik achter haar aan, sla haar bewusteloos en draag haar dit toestel in. Ze gaat hoe dan ook met ons mee.'
Bartlett floot kort. 'In dat geval zou ik niet graag in jouw schoenen staan wanneer ze weer bij haar positieven komt.'
'Zeg dat wel. Toch zal ik haar niet achterlaten op een plaats waar ik haar niet kan beschermen. Hier zijn te veel variabelen waarmee rekening gehouden moet worden.'
'Joe Quinn kan haar beschermen.'
'Dat zal hij ook proberen, maar Eve komt voor hem altijd op de eerste plaats en Jane moet op dit moment de allerhoogste prioriteit genieten.'
Bartlett keek nu nieuwsgierig naar Trevor. 'Jij hebt nog een paar andere zaken op je bordje die een behoorlijk hoge prioriteit genieten. Het verbaast me dat je gelooft dat...'
'Daar komt ze.' Trevor draaide weg van het raampje en liep naar de cockpit. 'Het is beter dat ze mij niet ziet tot we in de lucht zijn. Ze beschouwt me als een irritante vent en de balans kan naar twee kanten doorslaan zodra ze aan boord is. Doe de deur dicht, installeer haar comfortabel en stel haar zo goed als je kunt gerust.'

'Irritant?' mompelde Bartlett. 'Ik dacht dat ik de enige was die door die charme van jou heen het beest kon zien dat je in werkelijkheid bent.'

'Stel haar nou maar gewoon gerust.' Trevor deed de deur van de cockpit achter zich dicht.

'Je hebt besloten om mee te gaan. Geweldig. Ik ben blij dat ik die lange reis niet alleen hoef te zijn.' Bartlett straalde terwijl hij de deur achter Jane dichtdeed en vergrendelde. 'Ga zitten en maak je veiligheidsgordel vast. Brenner zal zo opstijgen.'

'Waar is Trevor?'

'Bij Brenner. Ik moest je comfortabel installeren.' In zijn ogen dansten opeens pretlichtjes. 'En geruststellen. Dat had je volgens hem hard nodig.'

Dat was niet waar. Ze voelde zich ongemakkelijk en was er helemaal niet zeker van dat ze het juiste deed. Die ellendeling van een Trevor bespeelde haar, gebruikte elk hem bekend wapen om haar te laten doen wat hij wilde. En nu zat ze in een vliegtuig met bestemming Schotland en had ze Joe of Eve niet eens verteld dat ze daarheen ging of waarom.

Omdat ze niet wist waarom.

Maar ze wist wel dat ze elke kans moest aangrijpen om meer over de dood van Mike te weten te komen.

En ze wist dat ze die perkamentrollen wilde zien. Ze was jaren bezig geweest ze te zoeken, en Trevor had ze in handen.

Misschien had Trevor zelfs wel gelijk als hij zei dat de dood van Donnell haar nog meer in gevaar bracht.

Maar wellicht ook niet. Het kon zijn dat hij de omstandigheden gebruikte om haar de door hem gewenste kant op te laten gaan.

Het deed er niet toe. Zij zou dat allemaal uitzoeken. Maar eerst moest ze zich als een verantwoordelijke vrouw gaan gedragen in plaats van als een vlinder weg te vliegen. Ze pakte haar telefoon. 'Ik ga nergens heen zonder dat Eve en Joe te laten weten.'

'Ga je gang. Daar heb je voor ons vertrek vast nog wel de tijd voor.'

'We zullen er hoe dan ook tijd voor maken.' Ze toetste het nummer van Eve in. 'Heb ik je wakker gebeld?'

'Nee. Dat heeft Joe tien minuten geleden al gedaan. Wat is er verdorie aan de hand, Jane?'

'Dat weet ik niet, maar ik wil op dit moment niet het risico nemen in een cel te belanden. Zeg tegen Joe dat ik Manning later een verklaring zal sturen.'

'Dat is niet direct de juiste procedure.'

'Het is het beste wat ik doen kan.' Ze zweeg even. 'Misschien zit ik op een spoor dat naar antwoorden op mijn vragen leidt, en ik heb een betere kans als ik mijn eigen weg volg.'

'Je maakt me doodsbang. Wat ben je van plan?'

'Er heeft zich iets voorgedaan, en dat moet ik natrekken.'

'Niet in je eentje, godbetert.'

'Ik ben niet alleen.'

'Dat is nog erger. Ik wil namen horen. Ik wil weten waar je bent en waarom je niet precies vertelt wat er aan de hand is.'

Hoeveel kon ze Eve vertellen? Eve zou zich verplicht voelen het aan Joe te vertellen en Joe was een smeris die zijn plicht moest doen. Oké. Ze zou haar voldoende informatie geven om haar wat minder bezorgd te maken, maar geen details melden.

'Misschien zal het me lukken te achterhalen wie die Leonard heeft ingehuurd en waar diegene is.'

'Hoe?'

'Ik geloof dat ik iemand ken die van het gehele plaatje op de hoogte is.'

'Jane!'

'Ja, ik weet het. Het spijt me. Het moet frustrerend voor je zijn mij voorzichtig mijn woorden te horen kiezen terwijl...'

'Bij wie ben je?'

Jane zweeg even. O, wat deed het er ook toe? 'Trevor.'

'Shit.'

'Je zou je beter moeten voelen, want je weet dat Trevor weet wat hij doet.'

'Die man kan prima op het slappe koord balanceren, maar dat betekent niet dat jij het zult overleven als je achter hem aan gaat.'

'Ik ga niet achter hem aan. Ik wil alleen achterhalen...' Hou het kort, hield ze zichzelf voor. 'Ik zal je weer bellen zodra we op onze plaats van bestemming zijn. Maak je geen zorgen, Eve. Ik ben geen volslagen idioot. Ik ben voorzichtig.'

'Dat woord komt in Trevors woordenboek niet voor. Ik wil hem spreken.'

'Hij heeft het druk. Ik zal je over zes of zeven uur bellen. Nu moet ik een eind maken aan dit gesprek.' Ze verbrak de verbinding.

'Ik neem aan dat ze Trevor geen beschikte begeleider vond,' zei Bartlett, 'en dat kan ik haar eigenlijk niet kwalijk nemen.'

'Ik ook niet.' Jane ging zitten en maakte haar veiligheidsgordel vast. 'Ga me nu maar geruststellen en begin met te vertellen waarom je nog steeds bij Trevor bent.'

Hij glimlachte. 'Hij heeft beloofd me genoeg geld te bezorgen om me te kunnen terugtrekken op een eiland in de Zuidzee.'

'Je zou het afschuwelijk vinden op een eiland te moeten leven, want je bent in feite een stadsmens.'

Hij knikte. 'Dat was maar een excuus. Het leven met Trevor staat me aan. Boekhouder in Londen zijn was niet erg opwindend.'

'En een crimineel zijn is dat wel?'

'Ik ben geen crimineel.' Hij dacht even na. 'Of misschien ben ik dat wel, maar lijkt het niet zo te zijn. Ik ga alleen met Trevor mee en doe een paar dingen waar hij me om vraagt. Natuurlijk zal me dat wel een medeplichtige maken, maar ik doe in mijn ogen geen echt slechte dingen. Ik breng niemand schade toe.'

Het toestel taxiede inmiddels over de startbaan en even voelde ze paniek opkomen. Blijf rustig, zei ze tegen zichzelf. Je hebt je beslissing genomen. 'Ik neem aan dat die Brenner ook nooit iets slechts doet?'

Hij glimlachte. 'Dat zou je hem zelf moeten vragen. Hij is een Australiër. Zo oppervlakkig bezien is hij niet dodelijk, maar hij bespreekt nooit wat hij voor Trevor doet en ik vermoed dat hij ooit een heel slechte jongen is geweest.'

'Net als Trevor. Soort zoekt soort.'

'Misschien. Ik heb begrepen dat ze jaren geleden allebei huursoldaat in Colombia zijn geweest.'

'Werkelijk?' Ze keek snel naar de deur van de cockpit. 'Interessant.'

'Openbarend, naar mijn idee. Het kost Trevor tegenwoordig moeite op vertrouwelijke voet met mensen te verkeren, maar in zijn jongere jaren moet hij opener zijn geweest.'

Jane schudde haar hoofd. 'Trevor opener? Geen sprake van.'

'Misschien is dat het juiste woord niet.' Hij dacht even na. 'Nee. Ik geloof dat ik...'

'Hallo.' Een lange man van een jaar of dertig, met zandkleurig haar, stond in de deuropening van de cockpit. 'Ik ben Sam Brenner en ik kon de verleiding niet weerstaan om jou eens uitgebreid te bekijken. Bartlett, wil jij ons aan elkaar voorstellen?'

'Jane MacGuire,' zei Bartlett. 'Het verbaast me, Brenner, dat Trevor heeft besloten haar aan jou bloot te stellen.'

'Ik heb hem ervan overtuigd dat het beter was als ze volledig op de hoogte was van de situatie. Ga jij maar naar de cockpit om Trevor gezelschap te houden.'

Bartlett keek naar Jane. 'Jij mag het zeggen.'

Jane keek strak naar Brenner. Hij was heel bruin en hij had de blauwste ogen die ze ooit had gezien. Zijn gezicht was te lang en zijn neus en zijn mond waren te groot, maar zijn gewelfde wenkbrauwen lieten hem er bijna uitzien als de god Pan.

Hij glimlachte en zijn Australische accent was nog duidelijker toen hij vroeg: 'Kom ik door de keuring heen?'

'Die vraag zal ik pas beantwoorden als ik weet wie dit toestel vliegt.'

Hij grinnikte. 'Trevor. Hij is niet zo'n goede piloot als ik, maar hij kan ermee door en hij wilde iets te doen hebben om jou te ontwijken. Ik was echter niet van plan in de cockpit duimen te gaan zitten draaien terwijl ik hier kon zijn om mijn nieuwsgierigheid naar jou te bevredigen.'

'Nieuwsgierigheid?'

'Ik geloof niet dat ik hier nodig ben.' Bartlett ging staan en liep naar de cockpit. 'Straks kom ik terug om iets te eten voor jullie te maken.'

'Prima.' Brenner ging in Bartletts stoel zitten. 'Roep me als Trevor zich gaat vervelen.'

66

'Dat zal hij je zelf wel laten weten,' constateerde Bartlett droog. 'En hij zal nog sneller komen als hij het idee heeft dat je Jane overstuur maakt.'

'Dat ben ik niet met je eens.' Brenner strekte zijn lange benen. 'Ik denk dat hij tot de conclusie is gekomen dat de tijd voor fase twee is aangebroken. Jij moest haar op haar gemak stellen en ik moet toestaan dat deze dame me indringende vragen stelt en me intimideert. Hij weet dat ik niet discreet ben.'

'Nieuwsgierigheid?' herhaalde Jane nogmaals toen Bartlett de deur achter zich had dichtgedaan.

'Daar moet jij veel mee te maken hebben gehad na alle publiciteit waaraan je vier jaar geleden blootgesteld bent geweest.'

'Heb je daarover gehoord?'

'Niet uit de eerste hand. Ik zat toen in Bangkok in een gevangenis en tegen de tijd dat ik mezelf had bevrijd was jij al oud nieuws. Pas toen Trevor me een jaar geleden inhuurde ben ik van jouw bestaan op de hoogte geraakt.'

'Hij heeft het over mij gehad?'

Hij schudde zijn hoofd. 'Met geen woord. Maar toen hij me naar Napels stuurde om die perkamentrollen te halen, noemde Bartlett jouw naam wel een paar keer en heb ik wat onderzoek verricht.'

Ze bleef doodstil zitten. 'Heb jij die perkamentrollen?'

'Nee, die heeft Trevor. Ik heb ze alleen opgehaald.'

'Waar zijn ze?'

Hij glimlachte. 'Zo indiscreet ben ik nu ook weer niet.' Hij nam haar eens uitgebreid op. 'Je lijkt echt op het beeld van Cira, al ben je natuurlijk wel stukken mooier.'

'Gelul. Heeft Trevor nu alle perkamentrollen?'

'Dat zul je aan hem moeten vragen. Ik heb alles meegenomen waar hij om had gevraagd en gewoonlijk ga ik behoorlijk grondig te werk. Ik weet dat hij ze Italië per se uit wilde hebben zonder dat de overheid de kans kreeg ze in beslag te nemen.'

'Omdat hij dacht dat de plaats waar het goud is verborgen erin kan worden genoemd?'

'Mogelijk.'

'Was dat ook zo?'

Hij glimlachte.

'Speel geen spelletjes met me,' zei ze koud. 'Dat doet Trevor al genoeg. Waarom ga je verdomme niet terug naar de cockpit en de stuurknuppel?'

'Au!' Zijn glimlach verdween. 'Sorry. Ik geef toe dat ik even wilde kijken hoe ver ik je kon pushen. Dat komt door mijn nieuwsgierige aard.'

'Stik in je nieuwsgierige aard.'

'Dat heb ik al eens eerder gehoord, maar niet uit zo'n uitzonderlijk aantrekkelijke mond.' Hij zweeg even. 'Volgens Trevor heb je het behoorlijk moeilijk gehad, en dus verdien je het eigenlijk niet opgezadeld te zitten met rotzakken zoals ik.'

'Dat ben ik met je eens.'

Hij grinnikte. 'Prima. Zullen we dan een wapenstilstand sluiten?'

'Ik voer geen oorlog met je. Jij betekent niets voor me.'

'Maar jij betekent wel iets voor mij. Sinds Trevor MacDuff's Run heeft gehuurd, heb ik met jou geleefd.'

'Wat zeg je?'

'Nou ja, niet met jou. Wel met het beeld van Cira. Maar de gelijkenis is opmerkelijk.'

'Gelijkenis, inderdaad. Maar ik ben haar niet.'

'Oké, oké. Het was niet mijn bedoeling je van streek te maken. In dat opzicht ben je een beetje gevoelig, hè?'

'Inderdaad, en daar heb ik verdomme alle recht toe. Is je onderzoek misschien niet diepgaand genoeg geweest? Wat ben je te weten gekomen over mij en Cira?'

'Uit krantenartikelen en via het internet? Dat een seriemoordenaar bezig was iedere vrouw te vermoorden en te verminken die leek op het beeld van een actrice die in Herculaneum door velen werd bewonderd in de tijd van de uitbarsting van de Vesuvius. Dat hij meende dat jij de reïncarnatie van Cira was en je daarom zijn doelwit werd. De rest ging voornamelijk over hoe hij in de val was gelokt en was gedood.' Hij zweeg even. 'Het verbaasde me dat er bij de verhalen zo weinig foto's van jou stonden, en ik vroeg me af hoe je familie erin was geslaagd de schijnwerpers op Cira gericht te houden en jou naar de achtergrond te laten verdwijnen.'

68

'Ze hebben hun best gedaan. Eve en Joe zijn heel slim, maar het eerste jaar was behoorlijk moeilijk voor me.' Ze glimlachte spottend. 'Daarna was ik godzijdank oud nieuws, zoals jij zei.' Ze kwam terug op iets wat hij eerder had gezegd. 'Heeft Trevor dat beeld van Cira in MacDuff's Run? Ligt dat in Schotland?' Brenner knikte. 'O ja. Het beeld is een echt schitterend kunstwerk. Zelfs ik kan het waarderen, en ik begrijp waarom Trevor het per se wilde hebben.'

'In elk geval genoeg om te gaan onderhandelen met een verzamelaar die het op illegale manier had verkregen,' merkte ze droog op. 'Ik ben er niet zeker van of hij het wilde hebben vanwege de artistieke waarde. Hij wordt door Cira geobsedeerd.'

'De vrouw met jouw gezicht.' Hij glimlachte licht. 'Een interessant verband.'

'Er is helemaal geen verband. Die vrouw is al tweeduizend jaar dood en ik ben springlevend. Waarom heeft hij jou naar Napels gestuurd in plaats van er zelf naartoe te gaan?'

'De grond daar was hem een beetje te heet onder de voeten.'

'Vanwege de Italiaanse politie? Hebben ze de tunnel gevonden waarin Trevor die perkamentrollen had ontdekt?'

Brenner schudde zijn hoofd. 'Nee. Daarvoor had hij de ingang kennelijk te goed gecamoufleerd. Maar de wetenschapper die Trevor in de arm had genomen om de teksten te vertalen heeft zijn mond voorbijgepraat. Hij probeerde ze te verkopen aan de hoogste bieder en voordat Trevor daarachter kwam en ze uit zijn klauwen heeft gered, had hij al iets te veel tegen de verkeerde mensen gezegd. Er wordt kennelijk onomwonden melding gemaakt van het goud.'

'Dat heeft Trevor me al verteld. Wie zijn die verkeerde mensen?'

'Trevor heeft door de jaren heen veel vijanden gemaakt,' reageerde hij ontwijkend. 'Dat alles zal hij ongetwijfeld zelf met jou bespreken.'

'Maar jij zult dat niet doen.'

'Niet op dit moment. Ik moet iets voor Trevor overlaten. Na al die jaren zullen jullie ongetwijfeld heel wat bij te praten hebben.' Hij ging staan. 'Misschien kan ik hem maar beter gaan aflossen voordat jij me ertoe overhaalt alles te vertellen.'

'Jij hebt me precies verteld wat je kwijt wilde, en niets meer. Ik heb alleen te horen gekregen wat jij wilde dat ik wist. Wat Trevor wilde dat ik wist. Dat klopt toch?'

Hij grinnikte. 'Trevor wilde niet dat ik je vertelde dat ik verliefd ben op Cira, want hij dacht dat jij daar niet blij mee zou zijn.'

'Waarom zou jij anders moeten zijn dan alle anderen?' zei ze vermoeid. 'Zij was kennelijk de femme fatale van de oude wereld. Ik neem aan dat je een deel van de vertaalde beschrijvingen van haar hebt gelezen?'

'Heel vluchtig. Ze lijkt in bed even goed te zijn geweest als op het toneel.'

'Dat betekent niet dat ze een prostituee was. Ze was als slaaf geboren en ze heeft gedaan wat ze moest doen om in leven te blijven.'

'Daarnet zei je nog heel stellig dat je in geen enkel opzicht op haar lijkt, en nu verdedig je haar.'

'Natuurlijk doe ik dat. Ze kon er niets aan doen dat ze was geboren in een wereld waarin seks een van de weinige wapens was die een vrouw van lage afkomst had. Ze was sterk en slim en ze verdiende méér dan al die macho's die haar begeerden.'

'Die zit.' Hij glimlachte haar over zijn schouder toe terwijl hij naar de cockpit liep. 'Maar dat is een gevolg van het feit dat ze een legende van zichzelf heeft gemaakt. Zorg ervoor dat je je voordeel doet met haar voorbeeld.'

'Maak je over mij geen zorgen. Zoals ik al zei, lijken zij en ik helemaal niet op elkaar.'

'Behalve de overeenkomsten qua gezicht heb ik er inmiddels nog wel een paar ontdekt. Je bent intelligent. Je bent zonder enige twijfel niet zwak, en je zet de omstandigheden graag naar je hand.' Hij maakte de deur van de cockpit open. 'En als je het internet en de publiciteit van de media in aanmerking neemt die je al hebt gekregen, ben je aardig op weg om zelf ook een legende te worden.'

'Onzin. Ik wil absoluut niet...'

Hij had de deur al achter zich gesloten en vermoeid leunde ze achterover in haar stoel. Brenner had het mis. Ze hield van openheid van zaken en ze haatte de schijnwerpers. Anders dan Cira, die de harten en geesten van haar publiek en de mensen om haar heen moeiteloos had gemanipuleerd. Hoewel ze het gevoel had Cira te begrijpen, betekende dat niet dat ze ooit op dezelfde manier zou reageren. Het leek wel alsof ze dat tegen iedereen moest zeggen sinds die dag waarop die krankzinnige moordenaar had besloten dat zij een soort moderne reïncarnatie was van de vrouw die zijn vader had aanbeden en die hij had gehaat. Ze had gedacht dat ze al een eind op weg was om dat allemaal achter zich te laten, maar nu was het weer naar boven gekomen. Hemel, wat was ze dat zat!

'Trevor,' herhaalde Joe. 'Waar neemt hij haar in vredesnaam mee naartoe?'

'Ik heb je alles verteld wat Jane mij heeft verteld,' zei Eve, 'en dat is inderdaad één hamvraag. De andere is hoe Trevor bij dit alles betrokken is geraakt.'

'Dat kan me geen moer schelen. Het enig belangrijke is dat hij uit de buurt van Jane blijft. Verdomme. Ik dacht dat hij voorgoed uit haar leven was verdwenen.'

'Dat heb ik nooit gedacht, want toen ze uit Herculaneum vertrok, waren er nog te veel losse draden. Ik had echter wel gehoopt op nog een paar jaar uitstel.'

'Welke losse draden? Het was afgelopen. Wij hebben die moordenaar te grazen genomen en toen is Jane doorgegaan met haar leven.'

'Dat leek zo.'

'Je doet wel erg raadselachtig. Wees eens wat duidelijker.'

'Het is niet mijn bedoeling raadselachtig te zijn. Ik probeer alleen te zeggen dat we Jane zo wanhopig graag vanuit die nachtmerrie wilden terugbrengen naar een normaal leven dat we misschien te snel te werk zijn gegaan en daarmee een vergissing hebben gemaakt.'

'Dat is echt onzin. Ik had het haar nooit toegestaan in Italië te blijven om naar die perkamentrollen te zoeken terwijl Trevor op hetzelfde continent was. Ze is een verstandig meisje, maar hij was voor haar duidelijk een nieuwe en fascinerende ervaring. Hij heeft wel iets van een hypnotiseur, en ik wilde niet dat ze tot de conclusie zou komen dat ze hem wilde volgen.'

Eve herinnerde zich dat zij ook zoiets tegen Jane had gezegd. Trevor en Jane waren te nauw met elkaar verbonden geraakt en tegen het eind had ze gedacht tekenen te zien dat Jane zich daarvan bewust was. 'Tja, nu is ze wel achter hem aan gegaan. Ze zei dat ze ons over zes, zeven uur zou bellen.' Ze zweeg even. 'Het gaat weer om Cira, Joe. Cira en dat ellendige goud, dat nu de dood van Mike en die Paul Donnell heeft veroorzaakt.'

'We hebben nog geen bewijs van een verband.'

'Waarom zou Trevor anders na al die jaren opeens weer opduiken? De jacht op dat goud is altijd al een passie van hem geweest, en hij heeft Jane Leonard als lokaas voorgehouden om haar zover te krijgen dat ze met hem meeging. Er is wel degelijk een verband.'

'Dan zullen we dat vinden. Ik ga de verbinding nu verbreken en Interpol bellen om te vragen of zij enig idee hebben wat Trevor de laatste tijd uitvreet.' Hij zweeg even. 'Ze zei dat ze je over zes, zeven uur zou bellen? Van Boston naar... Napels?'

'Ik hoop uit de grond van mijn hart dat dat niet zo is.'

'Bartlett zei dat je Eve voor ons vertrek hebt gebeld.' Trevor liep door het gangpad naar Jane toe. 'En dat je mijn naam hebt genoemd. Daar moet ze blij om zijn geweest.'

'Dat was ze niet, maar ik kon haar niet in onzekerheid laten en toen heb ik jouw naam genoemd, denkend dat dat geen kwaad kon.' Ze haalde haar schouders op. 'Misschien heb ik me daarin vergist. Ze weet heel goed hoe roekeloos jij bent en ze beschouwt mij af en toe nog als een kind dat in het donker struikelend rondloopt.'

'Nee, dat doet ze niet. Maar ze wil de mensen van wie ze houdt beschermen en ze heeft mij nooit echt vertrouwd. Daarom verbaast het me dat je mijn naam hebt genoemd.'

'Ze vertrouwt je wel degelijk... binnen bepaalde grenzen.'

'Omdat ze een verstandige vrouw is.' Hij ging naast haar zitten. 'Ze heeft te veel meegemaakt om buitenstaanders zo dicht bij haar in de buurt te laten komen dat ze haar kunnen kwetsen.'

'Je vergist je. Elke keer wanneer Eve aan een reconstructie begint, stelt ze zich kwetsbaar op.'

'Dat is iets anders. Dat is haar werk. Haar roeping. Jij en Joe zijn haar leven en ze zal alles doen om jullie te beschermen en gelukkig en veilig te houden.'

'Dat is niet zo vreemd.'

'Dat zeg ik ook niet. Ik bewonder haar. Zij en ik hebben veel gemeen.'

'Daar zou ze beslist met je over in discussie willen gaan,' merkte Jane droog op. 'Net als ik.'

'O, dat weet ik niet.' Trevor keek haar recht aan. 'Ik heb jou een keer beschermd.'

Opeens voelde ze zich ademloos en kreeg ze het warm. O god. Ze had gedacht dat dat voorbij was, en nu kwam het weer op. Nee, dat zou ze niet toestaan. 'Mijn hemel! Hoe arrogant kan een mens worden? Moet ik je bedanken voor het feit dat je die arme Lolita in bescherming hebt genomen tegen haar lustgevoelens?' vroeg ze met opeengeklemde kaken. 'Je begeerde me niet? Prima. Ik had je nog niet willen hebben als ik meer ervaring had gehad. Ik neem aan dat je jezelf al deze jaren hebt geprezen omdat je me tegen mezelf in bescherming hebt genomen. Ik zal je eens wat zeggen. Ik was in die tijd pas zeventien, maar ik was niet stom en ik had recht op een vrije keus. Jij hebt me behandeld als een kind zonder...'

'Wacht even.' Hij stak een hand op om haar tot zwijgen te brengen. 'Hoe weet je dat ik dat bedoelde toen ik zei dat ik je een keer had beschermd? Ik heb uiteindelijk mijn uiterste best gedaan om te voorkomen dat Aldo je vermoordde.'

Ze knipperde met haar ogen. 'O.' Toen bekeek ze zijn neutrale gezichtsuitdrukking en zei: 'Stik. Dat bedoelde je helemaal niet.'

'Maar het had gekund.' Hij glimlachte sluw. 'En het was de enige manier om de lont uit het kruitvat te halen nu je zo tegen me tekeerging.'

'Je hebt...' Dat had de slimme rotzak inderdaad gedaan. De door die herinneringen opgeroepen woede zakte. 'Ik meende elk woord dat over mijn lippen is gekomen en het is eigenlijk maar goed dat er nu in dat opzicht openheid van zaken is.'

73

'Inderdaad. Heb je aan de mogelijkheid gedacht dat ik daarom met die opmerking ben gekomen? Het had geen zin een etterende zweer elk moment te kunnen laten openbarsten terwijl we andere problemen het hoofd moeten bieden.'

'Wat een walgelijke metafoor. En je vleit jezelf. Ik heb geen etterende zweer.'

'Misschien had ik het niet over jou.'

Opnieuw kreeg ze het warm. Wat was er in vredesnaam met haar aan de hand?

Ze dwong zichzelf een andere kant op te kijken. 'Probeer me niet te belazeren. Ik weet hoe graag jij situaties onder controle hebt, maar in dit geval zal je dat niet lukken. Hou op met die pogingen me te manipuleren en vertel waarom je wilde dat ik met je meeging.'

'Dat heb ik je al verteld. Om een wapen uit te schakelen dat tegen me kan worden gebruikt.'

'Door wie kan dat wapen worden gebruikt?'

Hij gaf geen antwoord op die vraag.

'Ik ben met je meegegaan omdat ik niet direct een alternatief zag dat me zou kunnen geven wat ik nodig had. Ik ben echter niet van plan bij je te blijven als je me niets vertelt.'

Hij knikte. 'Ik had op een beetje meer tijd gehoopt, maar ik wist dat het hierop neer zou komen.'

'Inderdaad. Wie?'

'Een ontzettend gemene kerel die Rand Grozak heet.'

'Gemeen? In welke zin?'

'Moord, smokkel, drugs, prostitutie. Hij houdt zich met vele zaken bezig om te krijgen wat hij hebben wil.'

'En wat had hij te maken met Mikes dood?'

'Leonard werkt voor hem. Ik geloof niet dat Grozak hem opdracht had gegeven Fitzgerald te doden. Dat was een blunder. Het was een poging om iemand te ontvoeren, en die iemand was jij.'

'Waarom? En begin alsjeblieft niet weer over jouw achilleshiel. Als hij jou zo goed kent als jij beweert, moet hij weten dat je te hard bent om te kunnen worden beïnvloed.'

'Het is hartverwarmend te horen hoe goed jij me kent,' mompelde hij. 'Maar misschien voelt Grozak een andere, gevoeligere kant van mij aan.'

'Waarom was ik het doelwit?'

'Hij wil Cira's goud hebben en hij gelooft waarschijnlijk dat jij weet waar dat is.'

'Dat is krankzinnig. Waarom zou hij zoiets geloven? Jij bent degene die er al jaren naar op zoek is. Jij bent degene die de perkamentrollen heeft gevonden.'

'Misschien denkt hij dat ik informatie met jou heb gedeeld. Vier jaar geleden zijn we samen in Herculaneum geweest, en sinds die tijd ben jij er drie keer opgravingen gaan verrichten. Dat kan hem het idee hebben gegeven dat jij ook jacht maakt op het goud.'

'Niet iedereen verkiest geld boven kennis.'

'Daar zul je Grozak niet van kunnen overtuigen. Zijn wereld draait om geld.'

'Net als de jouwe.'

'Ik zal niet ontkennen dat ik het hebben van geld prettig vind. Het laat mijn wereld niet draaien, maar het intrigeert me wel. Het is de prijs in het grote spel.' Hij perste even zijn lippen op elkaar. 'Verder hou ik me aan de regels en doet Grozak dat niet.'

'Ach, hou toch op! Het leven is geen bordspel en als jij denkt van wel, ben je even slecht als Grozak.'

'Nee, dat ben ik niet. Ik kan je verzekeren dat je dat met me eens zult zijn als je die man hebt leren kennen.'

'Ik wil hem niet leren kennen. Ik wil hem achter de tralies hebben.' Ze keek Trevor recht aan. 'Zodra we in Schotland zijn, zal ik Joe bellen en de naam Grozak noemen.'

'Dat dacht ik al wel, en daarom wilde ik je de tijd geven om je eerste emotionele reactie te overwinnen en weer helder te kunnen nadenken.'

'Het is volkomen redelijk de politie erbij te halen.'

'Redelijk, maar niet effectief als je Grozak te grazen wilt nemen. Het lukt hem al jaren de politie te ontwijken, en hij is daar heel goed in. Je wilt vast niet dat hij zijn plannen afblaast en verdwijnt zodra hij problemen ruikt.'

'Ik wil ook niet dat die rotzak die Mike heeft vermoord vrij rondloopt.'

'Je bent opgegroeid bij een smeris. Je weet dat een groot percentage moordenaars nooit wordt gepakt, en de meesten van hen hebben niet zoveel contacten en mensen die hen beschermen als Grozak.'

'Hij zal hier niet ongestraft mee kunnen wegkomen.'

'Dat heb ik ook nooit gezegd, want dat kan ik me niet veroorloven. Hij is een gevaar en hij moet uit de weg worden geruimd.' Het werd eenvoudig maar volslagen koud gezegd, en dat schokte haar. Trevor koos zijn woorden meestal zo zorgvuldig dat ze soms vergat hoe dodelijk hij kon zijn.

'Hoe ben je van plan dat te doen?'

'Hij wil mij dood zien, en hij wil het goud in zijn bezit hebben. Omdat hij geen van tweeën kan krijgen, zal ik hem dicht genoeg bij me in de buurt laten komen om hem te kunnen bespringen.' Hij glimlachte. 'Dat kan ik heel goed, Jane.'

'Dat zal best.' Ze keek hem niet aan. 'Maar ik ben er nog altijd niet van overtuigd dat ik jou moet vertrouwen in plaats van de politie.'

'Zal ik je vertellen waarom? Omdat ik het voor jou de moeite waard zal maken.'

'Ik wil het goud niet hebben.'

'Dat is al bekend, maar ik weet wat je wel wilt hebben.' Hij boog zich naar haar toe en zijn stem werd fluweelzacht. 'En dat zal ik je ook geven. Alles wat je hebben wilt.'

Ze keek hem weer aan en werd meteen vastgehouden door zijn intense gezichtsuitdrukking. Ze had dat gezicht wel honderd keer getekend en kende elk lijntje, de vorm van zijn lippen en het blauw van zijn ogen dat vaak koud was maar soms even warm als een tropische zee kon zijn. Nu was het heel warm. Hij kon niet bedoelen... Nee, natuurlijk niet. Met veel moeite keek ze een andere kant op. 'Je hebt het over de perkamentrollen.'

'Werkelijk?' Hij glimlachte vaag. 'Ja, natuurlijk. Waarover zou ik het anders hebben?' Hij stak een hand in zijn jaszak. 'Ik heb een cadeautje voor je meegenomen.'

In zijn handpalm lag een half geslepen steen.

'Dit is een van de lapis-lazulistenen die op de bronzen kokers van de perkamentrollen zaten. Hoewel hij niet bijzonder mooi is, dacht ik dat je hem wel graag zou willen hebben.'

Tweeduizend jaar oud.

Ze stak een hand uit en raakte de steen aarzelend aan. 'Zo oud... Je had hem niet uit de zetting moeten halen.'

'Dat heb ik ook niet gedaan. Hij viel eruit terwijl we de koker openmaakten.' Zijn hand streek langs de hare toen hij de steen in haar handpalm legde.

Ze schrok even en dwong zichzelf toen haar hand stil te houden. Jezus! Hij had haar nauwelijks aangeraakt en toch had ze het gevoel dat ze een elektrische schok had gekregen. Ze keek op en zag dat hij haar aandachtig opnam. 'Ik had gelijk. Hij is beter af bij jou.'

'Is dit een soort poging tot omkoping?'

'Eerder een belofte. Ik beloof je dat ik je de perkamentrol uit die koker zal laten lezen als jij me de tijd geeft om die kist te vinden en deze wereld van Grozak te verlossen.'

'Alleen deze perkamentrol?'

Hij grinnikte. 'Wat ben je hebberig. Nee. Ik zal je alles laten lezen. Maar deze rol is met name interessant, en ik denk dat jij er even opgewonden door zult raken als ik destijds.'

Ze kon die opwinding al voelen terwijl ze naar de steen keek. 'Waarom? In welke zin is hij anders dan de andere?'

'Omdat de tekst door Cira zelf is geschreven.'

Geschrokken keek ze op. 'Wát zeg je?'

'Door Cira zelf. De rest is opgetekend door Precebio en zijn schrijvers, maar deze rol is ongetwijfeld door Cira zelf beschreven.'

'Mijn god,' fluisterde ze.

'Ik vraag alleen om een beetje tijd,' zei hij overredend. 'Blijf bij me. Laat mij ervoor zorgen dat je veilig bent. Je wilt Grozak hebben? Dat zal ook gebeuren. Je wilt de teksten lezen? Dat mag. Je hebt niets te verliezen.'

Met elk woord dat over zijn lippen kwam, wankelde haar vastberadenheid verder. Ze moest hem even uit haar gedachten zetten en nadenken, omdat ze voelde dat hij haar begon te betoveren.

Alleen een beetje tijd.

Hij had niet gevraagd om een onherroepelijke verbintenis.

Niets te verliezen.

Mijn hemel. Ze had geen idee of hij gelijk had, maar ze wist opeens wel dat ze daar wel achter zou komen.

Ze leunde achterover in haar stoel. 'Twee dagen. Ik zal je twee dagen de tijd geven, Trevor.'

5

Overal in het rond vliegende stenen.

Pijn.

Bloed!

Ze zou niet sterven in deze helse tunnel, dacht Cira, wazig vanwege de pijn. Ze moesten ergens in de buurt van het eind van de gang zijn. Ze zou zich nu niet laten tegenhouden. Ze zou zichzelf nog een paar seconden geven en dan...

'Rennen.' Cira kon Antonio horen vloeken terwijl hij haar arm pakte en haar snel meetrok, de tunnel door. 'Je mag jezelf later gaan verwennen.'

Verwennen, dacht ze verontwaardigd. Was ze zichzelf aan het verwennen omdat ze verdoofd en bloedend even op adem wilde komen? De woede liet het bloed sneller door haar aderen stromen, haar trage, koude benen in.

Ze rende.

Stenen vielen overal om hen heen.

Hitte.

Geen lucht.

Nacht zonder lucht.

Antonio's hand, die de hare in het donker vasthield.

Duisternis?

Nee, het was nu minder donker.

En boven haar... licht?

Haar hart maakte een sprongetje en ze rende nog harder.

Grinnikend versnelde Antonio zijn tempo eveneens. 'Ik had toch al gezegd dat ik je deze tunnel uit zou krijgen?'

Kijk niet naar hem. 'Als ik ophield mezelf te verwennen. Bovendien zou ik op een gegeven moment zelf wel een uitweg hebben gevonden.'

'Mag ik erop wijzen dat er weinig tijd is om dat uit te proberen?' vroeg Antonio. 'Geef nu maar toe dat je er verstandig aan hebt gedaan me te vertrouwen.'

Ze waren nu dichter bij het licht. Bijna in veiligheid. Als iemand veilig kon zijn wanneer de wereld om hem heen ophield te bestaan, dacht ze grimmig. 'Ik vertrouw je niet. Ik weet alleen dat jij hier even graag weg wilt als ik. Je kunt me nog altijd verraden. Dat heb je al eerder gedaan.'

'Dat was een vergissing. Ik had honger, ik was arm en...'

'Ambitieus.'

'Ja, ambitieus. En jij bent dat niet? Wil je me vertellen dat je niet krabbend en vechtend de goot uit bent geklommen om een plek voor jezelf te veroveren?'

'Ik heb geen geld aangenomen om jou te verlaten. We zouden weggaan en samen een nieuw leven opbouwen,' zei ze bitter. 'Jij hebt mij in de steek gelaten.'

'Oké. Ik heb jou in de steek gelaten. Julius gaf me de keus: geld als ik Herculaneum verliet, of een mes in mijn rug als ik bij jou bleef. Ik heb het geld aangenomen.' *Hij hield haar hand iets steviger vast.* 'Maar ik ben teruggekomen.'

'Omdat je meer goud wilde hebben: de kist met goud die Julius me heeft gegeven. Of misschien het geld dat Julius bereid was je te overhandigen als je hem mijn hoofd bracht.'

'Ik wilde jou hebben. Ik was bereid samen te spannen, te liegen en mijn nek te riskeren om jou te krijgen.'

'En het goud.'

'Ja, maak ik ben bereid jou ook zonder het goud te nemen.' *Hij keek walgend.* 'Alle goden! Wat een bekentenis. Ik had nooit gedacht dat die woorden over mijn lippen zouden komen.'

Ze keek even naar hem en zelfs in het halfduister kon ze zien hoe mooi hij was met zijn perfecte gestalte en dito gezicht. Hij was de meest populaire acteur van Herculaneum geweest en iedere vrouw in het publiek had hem begeerd. Maar zij had zich vanaf het begin aangetrokken gevoeld tot zijn intelligentie en wispel-

turige roekeloosheid. Ze had haar minnaars altijd onder controle kunnen houden, met uitzondering van Antonio. Misschien was dat gevaar een deel van de opwinding geweest. Op dit moment keek hij echter ernstig en klonken zijn woorden gemeend. Luister niet naar hem, zei een stemmetje in haar binnenste. Hij heeft je verraden en hij zal je opnieuw verraden.

'Ik neem je mee, hiervandaan,' zei hij. 'Als Julius probeert me tegen te houden, zal ik hem doden. En als jij het goud wilt achterlaten, vind ik dat best.' Hij keek bars. 'Hoewel je een dwaas zou zijn om dat te doen, en ik een nog grotere dwaas zou zijn als ik probeerde te bewijzen dat het voor mij niets betekent. Het betekent wel degelijk iets. Voor ons beiden. Het betekent vrijheid en de kans om...'

Er stond iemand aan het eind van de tunnel, afstekend tegen het licht!

'Wat krijgen we nou?' Antonio fronste zijn wenkbrauwen en volgde haar blik. Toen verstijfde hij en bleef staan. 'Julius?'

'Natuurlijk is hij het. Dat weet je. Je hebt me regelrecht naar hem toe gebracht.'

Woede. Teleurstelling. Verdriet.

Accepteer de woede, maar niet het verdriet. Wat was ze een dwaas geweest. Ze had hem bijna weer geloofd. Zou ze dan nooit wijzer worden?

'Barst!' Ze schoot naar voren en pakte het heft van het zwaard van Antonio. 'Ik zal het niet toestaan dat jullie rotzakken dit doen...'

'Jane! Word wakker!'

Ze moest uit de buurt van Antonio komen. Ze moest langs Julius heen bij het eind van de tunnel komen.

'Jane!' Ze werd heen en weer geschud. 'Doe je ogen open.'

'Julius...'

Langzaam gingen haar ogen open.

Trevor.

'Ik dacht dat je niet meer over Cira droomde,' zei hij grimmig. 'Dat was een heel beroerde nachtmerrie.'

Ze keek in het vliegtuig om zich heen en probeerde zich te oriënteren. O ja. Trevor. Mike was dood en ze waren onderweg naar Schotland. Ze schudde haar hoofd om dat helder te maken. Wat had Trevor gezegd? Iets over Cira... Ze ging rechter in de stoel zitten. 'Ik heb al in meer dan vier jaar niet over Cira gedroomd.'

'Dan moet dit een ware nachtmerrie zijn geweest. Je was doodsbang.'

'Ik was niet bang.' Cira was bang en boos geweest. Cira had gedacht dat ze was verraden. Hou op met zo te denken, hield ze zichzelf voor. Zij had die droom gehad, en alle emoties die daaruit waren voortgekomen waren de hare en niet die van een al zo lang geleden overleden actrice. 'Hoe wist je dat ik over Cira droomde? Heb ik haar naam geroepen?'

'Nee, die van Julius. En omdat Julius Precebio de boef uit het stuk is, moest het een droom over Cira zijn.'

'Heel logisch.' Ze haalde diep adem. 'Ik neem aan dat het heel natuurlijk was dat ik over Cira heb gedroomd. Jij hebt alles weer opgerakeld door te vertellen over de perkamentrollen en het goud dat ze had verstopt.'

'Ik hoefde niet zo diep te gaan,' merkte hij droog op. 'Ze moet altijd bij je zijn geweest gezien het feit dat je de moeite hebt genomen voor archeologische opgravingen naar Herculaneum te gaan.' Hij ging staan. 'Ik zal een kop koffie voor je halen. Die heb je zo te zien hard nodig.'

Die had ze inderdaad nodig, dacht ze terwijl ze hem naar het keukentje achter in het toestel zag lopen. Zoals gewoonlijk was de droom over Cira heel levendig en levensecht geweest en kostte het haar moeite naar de werkelijkheid terug te keren. Ze voelde de wanhopige behoefte terug te gaan en af te maken wat Cira was begonnen.

Dat was krankzinnig. Ze moest zichzelf weer in de hand krijgen. Het was een droom.

'Zwart, nietwaar?' Trevor stond naast haar en gaf haar een bekertje. 'Het is lang geleden dat ik koffie voor je heb gezet.'

Maar hij had zich wel herinnerd hoe ze haar koffie dronk. Er was niet veel wat hij zich niet herinnerde. Zoals Eve had gezegd was hij briljant, met een ontzettend hoog IQ, en daar hoorde dat verbazingwekkende geheugen bij. 'Ja, zwart.' Ze nam een slokje.

'Hoelang duurt het nog voordat we landen?'

'Een uurtje of zo.'

'Dan heb ik langer geslapen dan ik dacht.'

'Je had het nodig, want je had een afschuwelijke dag achter de rug.' Hij ging weer naast haar zitten. 'Jammer dat je geen prettige dromen hebt gehad. De dromen over Cira zijn nooit aangenaam, hè?'

'Dat zou ik nu ook weer niet willen beweren. Je hebt een keer tegen me gezegd dat jij over Cira hebt gedroomd toen je die perkamentrollen had bekeken, en dat die dromen walgelijk aangenaam waren.'

Hij grinnikte. 'Ik ben een man. Wat had je anders verwacht?'

'Een beetje respect voor een vrouw die haar uiterste best heeft gedaan in een tijd toen ze door het systeem vermorzeld had kunnen worden.'

'Ik respecteer haar ook, maar wat Julius over haar heeft geschreven was even erotisch als de *Kamasutra*. Dat zul je tijdens het lezen zelf nog wel ontdekken.' Hij bracht zijn beker naar zijn lippen. 'Je hebt me nooit over jouw dromen verteld.'

'Dat heb ik wel gedaan.'

'Inderdaad, maar niet veel. Ze rent door een grot of een tunnel, het is heet en ze kan geen adem halen. De nacht van de uitbarsting van de Vesuvius?'

'Waarschijnlijk wel, ja. De omstandigheden moeten toen ongeveer hetzelfde zijn geweest.' Ze keek naar haar koffie. 'En als die dromen iets naar boven hebben gehaald wat ik ergens had gelezen, kan die uitbarsting daar ook in zijn voorgekomen. Het was de beroemdste gebeurtenis uit die tijd.'

'Maar je hebt in geschiedenisboeken of via andere bronnen nooit een verwijzing naar Cira kunnen vinden?'

'Nee. Dat betekent echter niet dat er geen enkele verwijzing bestaat. Al sinds ik een klein meisje was, ben ik een boekenwurm. Het kan zijn dat me gewoon een paar regels zijn bijgebleven en...'

'Rustig. Ik spreek je niet tegen. Er gebeuren in deze wereld te veel bizarre dingen om ergens vraagtekens achter te zetten. Jouw verklaring klinkt me even goed in de oren als welke andere dan ook.'

Ze had defensief geklonken, besefte ze, en ze hoefde zich tegenover Trevor niet te verdedigen. 'Als jij een betere verklaring kunt bedenken, hoor ik die graag. Ik ben al vier jaar op zoek naar een logisch antwoord, en dat heb ik niet gevonden. Dat is een van de redenen waarom ik die teksten wil lezen. Misschien zal iets erin een herinnering oproepen.'

'Misschien.' Hij glimlachte. 'Of misschien ben je gewoon nieuwsgierig naar Cira. Voordat je uit Herculaneum vertrok, heb je me verteld dat je moest achterhalen of ze die uitbarsting had overleefd.'

'Dat zullen die teksten me niet vertellen.'

'Maar het is wel mogelijk dat ze je de juiste weg kunnen wijzen.'

Ze keek hem snel aan. 'Werkelijk?'

'Dat zul je over een paar dagen weten.'

'Het kan zijn dat ik je zal wurgen. En als je me in de maling neemt, zal ik een manier bedenken om je te laten wensen dat je nooit was geboren.'

'Dat zou ik niet durven, want je zou me meteen doorzien.' Hij ging weer staan. 'Ik ga Brenner aflossen. Dan ben jij even van me af.'

'En dan kan ik je geen vragen blijven stellen?'

'Onthoud al die vragen maar goed.' Hij zweeg even en keek naar haar. 'Jane, ik wil je niet in onzekerheid laten, maar ik heb veel te doen en als ik me zorgen over jou moet maken terwijl je aan de andere kant van de wereld bent, zal dat me in de weg zitten.'

'Dus geef je me brokjes informatie om me geïntrigeerd te houden en ervoor te zorgen dat ik de door jou gewenste kant op ga.'

'Ik zal alles doen wat werkt.'

'Vertel me dan nog maar eens snel waarom we naar Schotland gaan en niet naar Herculaneum.'

'Ik weet zeker dat Brenner je heeft verteld dat Italië op dit moment niet de meest comfortabele plek voor mij is.'

'Omdat jij hem hebt opgedragen me dat te vertellen. Volgens mij zou het voor jou geen enkel verschil uitmaken als Grozak je op de hielen zat. Je zou genieten van de aanmaak van adrenaline.

83

Daarom doe je wat je doet in plaats van een brave burger te worden.'

'Dat is waar, maar helaas zijn de meeste mensen om me heen niet zo. Ik moet rekening houden met hun gevoelens en verantwoord handelen.'

'Verantwoord?'

'Dat kan ik wel degelijk doen als het belangrijk voor me is.' Hij keek haar recht aan. 'Om die reden ben ik je komen halen. Jij bent belangrijk voor me.'

Elk woord, elke nuance en elke gezichtsuitdrukking ademde sensualiteit uit, en daar reageerde haar lichaam op. Haar handpalmen tintelden en haar borsten leken opeens gevoelig. Zelfs haar hart sloeg op hol, besefte ze gefrustreerd.

Die rotzak. Ze zou niet de andere kant op kijken, want hij wist wat hij met haar deed. Hij verwachtte dat. Ze moest het negeren en hem trotseren. 'Ik was niet eens ter plekke toen jij in Schotland neerstreek. Voor wie voelde je je toen verantwoordelijk? Bartlett?'

Hij keek even naar haar tartende gezichtsuitdrukking en glimlachte toen. 'Weet je dat er niemand ter wereld is zoals jij? Mijn god, wat heb ik je gemist.'

Er moest een einde komen aan die smeltende warmte. Het was krankzinnig. De afstand tussen hen bedroeg ruim dertig centimeter, en toch had ze het gevoel dat ze elkaar aanraakten. 'Bartlett?' herhaalde ze.

'Bartlett en Mario.'

'Wie is Mario?'

'Mario Donato, een andere onschuldige omstander die in MacDuff's Run het een en ander voor me doet.'

'Als hij voor jou werkt, is hij niet onschuldig.'

'Relatief gezien wel. Hij is vertaler. Ik moest dat werk door iemand laten afmaken toen Dupoi me aan Grozak had verkocht.'

'Het verbaast me dat je die perkamentrollen van hem hebt teruggekregen.'

'Ik hield hem in de gaten, want ik ben nu eenmaal niet zo goed van vertrouwen. Zodra ik merkte dat hij contact met anderen had opgenomen heb ik ingegrepen en de rollen bij hem weggehaald.'

Ze keek hem strak aan. 'Hij heeft je bedrogen. Wat heb je met hem gedaan?'

'Niets. Ik heb geen haar op zijn hoofd gekrenkt.' Hij hield zijn hoofd scheef. 'Je gelooft me niet?'

'Waarom zou ik je geloven? Ik weet dat je jaren bezig bent geweest en duizenden kilometers hebt gereisd om wraak te nemen op de moordenaar die het vier jaar geleden op mij had gemunt. Je laat iemand die jou heeft verraden niet ongemoeid.'

'Toch heb ik dat wel gedaan. Nadat ik voor bewijsmateriaal had gezorgd dat die rotzak ook bezig was Grozak een loer te draaien. Ik vond dat de straf bij de misdaad moest passen. Ik heb begrepen dat Grozak erg van streek was en er heel lang over heeft gedaan om die ellendeling in mootjes te hakken.'

Ze rilde toen ze zijn gezichtsuitdrukking zag. Koel en nonchalant, maar met een onderliggende woestheid.

'Je moet geen vragen stellen als je geen antwoorden wilt horen,' zei hij toen hij zag hoe ze keek, 'want ik zal je de waarheid vertellen. Of in elk geval zover als mij dat mogelijk is en er geen vertrouwen mee wordt beschaamd. Maar als het kan, zal ik nooit tegen je liegen. Dat is een groot geschenk van een bedrieger zoals ik, al zul jij je daar misschien helemaal niet prettig bij voelen.' Hij draaide zich om en liep naar de cockpit. 'Maar dat is dan jammer. Je zult er gewoon mee moeten leven.'

'Het lijkt wel iets uit *Macbeth*,' mompelde Jane toen de auto naar het immens grote, stenen kasteel reed, dat op een klif met uitzicht op zee stond. 'Heel donker en somber.'

'Maar het heeft modern sanitair,' zei Bartlett. 'Donker en somber is best te verdragen als je elke dag een warme douche kunt nemen.'

'Daar zit wat in,' zei Trevor. 'Er valt veel te zeggen voor de genoegens van een goede boiler. Dat is echter niet de reden waarom ik MacDuff's Run heb gehuurd.'

'Waarom dan wel?' vroeg Jane.

'Om een aantal redenen. Het is een interessant bouwwerk. Het is in 1350 gebouwd door Angus MacDuff, en de familie heeft een fascinerende geschiedenis. Helaas hebben ze het de laatste tijd moeilijk gekregen en waren ze daardoor gedwongen dit kasteel te verhuren. Het ligt afgelegen en het is gemakkelijk te beschermen. Wij kunnen komen en gaan zonder dat nieuwsgierige buren vragen stellen. De mensen in het dorp zijn nogal eenzelvig.' Hij keek even naar Brenner, die achter het stuur zat. 'Brenner is de laatste tijd meer gekomen en gegaan dan ik. Ik had de perkamentrollen op diverse plaatsen verstopt nadat ik ze bij Dupoi had weggehaald, en hij moest ze heel behoedzaam weer ophalen.'

'Ze moesten worden gesmokkeld, bedoel je.'

'Ze noemt het beestje graag bij zijn naam,' mompelde Brenner.

'Ik refereer er liever aan als Trevors reddingsoperatie.'

'Daar zal de Italiaanse overheid vast anders over denken.' Ze draaide zich naar Trevor toe. 'Wat heb jij hier gedaan terwijl Brenner als jouw boodschappenjongen fungeerde?'

'Ik heb onderzoek verricht en een oogje op Mario gehouden.'

'De vertaler? Vertrouw je hem ook niet?'

'Dat heb ik niet gezegd. Hij moet alleen in de gaten worden gehouden.' Hij pakte zijn mobiel en toetste een nummer in. 'James, we naderen de Run. Is alles oké? Goed. We spreken elkaar later wel weer.' Hij verbrak de verbinding en zei tegen Brenner: 'We worden nog altijd in de gaten gehouden, maar Grozak heeft sinds mijn vertrek niets meer ondernomen. Dat kan elk moment veranderen als hij eenmaal weet dat Jane hier is. Zorg ervoor dat de beveiligingsmensen hun werk naar behoren doen.'

Brenner knikte. 'Als ik jullie heb afgezet, zal ik een ronde maken.'

'Beveiligingsmensen?' Jane keek op het kale terrein om zich heen. 'Die zie ik nergens.'

'Als je ze wel zag, zou ik ze ontslaan.' Trevor glimlachte toen ze het hek door reden en voor de massieve voordeur van het kasteel tot stilstand kwamen. 'Je zult een paar mensen hier uit de buurt ontmoeten die het kasteel zelf bewaken, maar de anderen zijn ex-mariniers die zich erin hebben gespecialiseerd pas te worden gezien als het te laat is.'

'En dat alles om Grozak bij je uit de buurt te houden,' zei ze langzaam. 'Het lijkt... een beetje overdreven. Geloof je echt dat hij die perkamentrollen zo dolgraag wil hebben?'

86

'Ik geloof dat hij iets wil hebben waar die rollen hem misschien naartoe kunnen brengen en nee, het is niet te veel van het goede.' Hij stapte de auto uit en stak haar een hand toe. 'Kom mee en...' Hij zweeg en keek langs haar heen. 'Zo te zien ga je MacDuff ontmoeten,' mompelde hij. 'Ik hoop dat je die eer zult waarderen.'

Ze draaide haar hoofd en zag een lange, gespierde man over het plein hun kant op komen. Toen hij dichterbij was, besefte ze dat hij ergens midden in de dertig was. Hij had een olijfkleurige huid en lichte ogen, maar in het vage licht kon ze niet bepalen of ze grijs of blauw waren. Zijn donkere haar was uit zijn gezicht gekamd en hij deed haar aan iemand denken. Aan wie wist ze niet. Hoewel hij gekleed ging in een vrijetijdsbroek en een trui met een ronde hals, had zijn houding niets nonchalants. Hij was op zijn hoede. Dat straalde elke spier van zijn lichaam uit. 'Wie is hij?'

'De kasteelheer. De graaf van Cranought, de lord van Mac-Duff's Run. John Angus Brodie Niall... De andere namen ben ik vergeten.' Trevor lachte de man toe. 'Wil jij die aanvullen, Mac-Duff?'

'Niet bijzonder graag. Een naam is maar een etiketje.' Hij staarde naar Jane. 'Wie is zij? Ik had je gezegd dat ik iedereen die je hierheen meenam eerst moest goedkeuren.' Hij liep nog dichter naar hen toe en zijn mond verstrakte. 'Verdomme! Het is Jane MacGuire. Ik wil haar hier niet hebben, want dat zal Grozak reden te meer geven om...'

'Het kan me niets schelen of jij haar hier wilt hebben of niet,' zei Trevor koud. 'Ze is hier nu, en ze zal hier blijven. Einde discussie. Ik zal haar niet in gevaar laten verkeren om deze berg stenen te beschermen die jij thuis noemt.'

'Werkelijk?' De gezichtsuitdrukking van MacDuff veranderde niet, maar Jane kon de kou die hij uitstraalde bijna voelen. 'Dat was niet de afspraak, Trevor.'

'Dan voeg ik daar nu iets aan toe.'

'Wat ik desgewenst kan negeren. Wat je buiten deze hekken doet moet je zelf weten, maar verwacht niet van me...'

Jane onderbrak hem. 'Deze discussie is stom. Ik zal hier niet meer dan een paar dagen blijven, en ik ben degene die bepaalt of ik blijf of vertrek.' Ze keek MacDuff recht aan. 'Jij bent heel on-beschoft en ik heb er genoeg van door jullie beiden te worden be-handeld alsof ik er niet ben.'

Hij keek haar eveneens even strak aan en glimlachte toen licht. 'Je hebt gelijk. Ik gedraag me als een hork en daar bied ik mijn excuses voor aan. Je bent hier inderdaad, en daar gaat het nu juist om.' Hij keek naar Trevor en zijn glimlach verdween. 'Twee dagen kan ik tolereren. Daarna moeten we onderhandelen.' Hij draaide zich om en liep met grote passen het plein weer over.

'Niet direct een hartelijk welkom,' merkte Jane droog op. 'En verder wil ik niet dat jullie ruzie over me maken.'

'Ik had gehoopt dat hij je zou negeren, zoals hij dat met de rest van ons doet, maar ik had wel kunnen weten dat hij alert zou zijn. Zodra we uit het vliegtuig waren gestapt, wist hij waar-schijnlijk al dat ik iemand had meegenomen.'

'Hoe?'

'MacDuff kent iedereen in Schotland en hij wordt beschouwd als een soort volksheld.'

Ze trok een gezicht. 'Hij is Rob Roy niet.'

'Nee, maar bij het boogschieten tijdens de Olympische Spelen van vijftien jaar geleden heeft hij een gouden medaille gewonnen. Daarna heeft hij zich aangesloten bij het 45ste regiment van de Royal Marines, en later heeft hij een kast vol medailles in de wacht gesleept voor moed. Dit is een land dat nog een gezond respect heeft voor een man die zich tijdens een oorlog moedig ge-draagt. Primitief, maar waar.'

Ze trok haar wenkbrauwen op. 'Jij doet dat niet?'

Hij glimlachte. 'Wel als het me niet in de weg zit. MacDuff kan af en toe ongelooflijk arrogant zijn. Niet meer dan natuurlijk, neem ik aan. Hij is de kasteelheer en iedereen hier buigt als een knipmes voor hem.'

'Dat is waar,' zei Bartlett. 'De kasteelheer en een god, en ik weet niet wie belangrijker is. Als ik zijn mensen hier wat vraag, doen ze dat pas als hij daar toestemming voor heeft gegeven.'

'Zijn mensen?'

'MacDuff stond erop de bewakers binnen de poorten te leve-ren. Hij kampt met een geldtekort, maar zijn oude makkers uit zijn marinierstijd zijn hem nog steeds onvoorwaardelijk trouw. Als hij het vroeg zouden ze nog voor niets voor hem werken,' zei Trevor. 'Ik heb hem zijn gang laten gaan, onder de voorwaarde dat ik hun antecedenten kon natrekken. Ze zijn goed bevonden. Heel gehard.'

'Hem zijn gang laten gaan? Dat lijkt me niets voor jou. Hij noemde Grozak. Hoeveel weet hij van wat er gaande is?'

'Zoveel als hij moet weten, en hij heeft er een bepaald gevestigd belang in.'

'Welk?'

'Dat zul je aan hem moeten vragen. Hij heeft me een aanbod gedaan en dat heb ik aangenomen. Een van de voorwaarden was dat ik het er met niemand over zou hebben.'

'En een van de emolumenten was het gebruik van dit kasteel?'

'Hij heeft me er een klein fortuin voor in rekening gebracht, maar ik zou er nog meer voor hebben betaald. Zoals ik je al heb gezegd is dit een ideale plek om mijn doel te bereiken, en dus was het het onderhandelen waard.' Hij pakte haar arm. 'Kom mee. Dan zal ik je aan Mario voorstellen.'

'Ik zal gaan kijken of haar kamer in orde is.' Bartlett liep de trap al op. 'We mogen dan warm water hebben, Jane, maar Trevor is paranoïde waar het vreemden betreft en dus zijn hier geen dienstmeisjes. Ik heb een kamer voor je uitgekozen en die voor ons vertrek opgeruimd. Hij zal nu wel stoffig zijn en...'

'Wacht eens even!' zei Jane. 'Je verwachtte dat ik hierheen zou komen?'

'Verwachtte?' Bartlett schudde zijn hoofd. 'We hebben jou nooit als iets vanzelfsprekends aangenomen. Trevor zei echter dat het een mogelijkheid was, en ik wilde dat je het hier naar je zin zou hebben.' Hij maakte de deur open. 'Je hebt geen andere kleren bij je. Morgenochtend zal ik meteen naar Aberdeen gaan om daarin te voorzien. In de tussentijd zal ik in onze garderobes kijken wat ik voor je kan vinden.'

'Ik ga zelf wel naar Aberdeen.'

'Nee,' zei Trevor. 'Laat Bartlett dat maar doen. Hij heeft veel verstand van vrouwenkleren, want hij is opgeleid door drie echtgenotes.'

'Inderdaad, en het waren allemaal aardige vrouwen die zich stijlvol konden kleden. Ik zal je niet teleurstellen, Jane.' Bartlett verdween het kasteel in.

Jane draaide zich naar Trevor toe en vroeg koud: 'Je hebt tegen hem gezegd dat de mogelijkheid bestond dat je me zou meenemen hierheen?'

'Verwacht je van me dat ik dat ontken? Het was altijd een mogelijkheid, al hoopte ik echt dat het niet nodig zou zijn.'

'En ik wilde hier zeer beslist niet zijn.'

'Maar we zijn er wel.' Hij maakte de deur open. 'Dus laten we er maar het beste van maken. Het kan zelfs heel erg goed worden, Jane. Daar zullen we alleen aan moeten werken.'

'Het enige wat ik zal doen, is nagaan of die Grozak echt degene is die Mike heeft gedood, en een manier vinden om een strop om zijn nek te krijgen.' In de immense hal keek ze om zich heen. Hij was niet zo kaal als de buitenkant van het kasteel deed vermoeden. Op de stenen vloer lagen kleden en bij de wenteltrap hing een tot op de draad versleten wandtapijt. Aan de muur ertegenover hing er nog een. In feite leken bijna alle muren met wandtapijten te zijn bedekt. 'Waar is die Mario?'

'Hier ben ik. Mario Donato. Tot je dienst.' Een jonge, donkerharige man liep snel de trap af. Hij was knap om te zien, had rode wangen en leek ergens voor in de twintig te zijn. Hij glimlachte enthousiast. 'Bartlett zei dat je er was.' Op de tweede traptrede bleef hij staan en staarde haar aan. 'Jezus, het is waar. Jij bent Cira.'

'Dat ben ik niet. Ik ben Jane MacGuire.'

'En ik ben een dwaas.' Hij liep de trap verder af en bleef recht voor haar staan. 'Sorry. Het was niet mijn bedoeling je te beledigen. Ik was alleen zo opgewonden je te zien. Ik heb de teksten gelezen en naar het beeld van Trevor gekeken, en toen ik je hier zag staan leek het alsof…' Hij keek haar verontschuldigend aan. 'Ik ben een idioot. Je moet je buik vol hebben van mensen die je zeggen hoeveel je op dat beeld lijkt.'

'Inderdaad.' Maar Mario was jong en aantrekkelijk, en hij betreurde die blunder duidelijk. 'Wel is het zo dat ik in dat opzicht waarschijnlijk gevoeliger ben dan zou moeten.' Ze glimlachte.

'En als jij zo in Cira bent ondergedompeld, is het begrijpelijk.'

'Dank je.' Hij richtte het woord tot Trevor. 'Ik moet nog vier teksten vertalen. Binnen een paar dagen moet alles zijn afgerond.' Zijn donkere ogen schitterden van opwinding. 'Een ervan is óók van de hand van Cira.'

'Werkelijk? Hoeveel zijn er door haar geschreven?' vroeg Jane.

'Tot voor kort eentje, en nu dus een tweede.' Hij glimlachte. 'Wat zij schrijft is veel interessanter dan de teksten van Julius Precebio. Ze was verbazingwekkend, nietwaar? Toen dit werd geschreven was ze pas zeventien. Ze was als slavin geboren, en toch is het haar gelukt te leren schrijven. Dat is meer dan de meeste adellijke vrouwen in die tijd voor elkaar hebben gekregen. Slim. Heel slim.' Hij draaide zich weer naar Trevor toe. 'Ik heb uitgekeken naar de verwijzing waarover jij het had. Tot nu toe zonder succes, maar dat kan nog veranderen.'

'Of niet,' zei Trevor. 'Laat het me weten als je iets vindt.' Toen zei hij tegen Jane: 'Waarom ga je niet met Mario mee? Hij kan je je kamer wijzen. Ik moet een paar telefoontjes plegen. Om zes uur gaan we aan tafel, en we koken om de beurt.'

'Ook MacDuff?'

'Nee, hij heeft op dit moment geen kamer in het kasteel. Ik heb hem uitgenodigd hier te blijven, maar hij is verhuisd naar een appartement boven de stal. Mario en Bartlett zullen je de eetkamer wijzen. Toen we hier introkken leek die op een kamer aan het hof van koning Arthur, maar het is Bartlett gelukt hem bijna gezellig te maken.' Hij liep de hal door. 'Jij hoeft de eerstkomende dagen geen keukendienst te draaien. Daarna word je ingeroosterd.'

'Ik blijf hier misschien niet langer dan een paar dagen,' riep ze hem na. 'Ik heb je niets beloofd, Trevor.'

Hij glimlachte over zijn schouder. 'Maar je lichtte op als vuurwerk toen Mario het over de teksten van Cira had. Ik geloof dat ik veilig zal zijn tot je alles hebt gelezen.' Hij maakte een deur met panelen open. 'En Mario is nog niet klaar met de vertaling. Hij werkt heel langzaam en nauwgezet. Tot bij het avondeten.'

'Hij heeft gelijk, weet je,' zei Mario ernstig toen Trevor de deur achter zich had gesloten. 'Soms ben ik te voorzichtig, maar het is een grote verantwoordelijkheid. De vertaling is heel belangrijk, want die teksten zijn een onderdeel van de levende historie.'

'En je moet Trevor waar voor zijn geld geven.'

Zijn gezicht betrok. 'Je hebt het recht cynisch te zijn. Ik neem geld voor mijn werk aan, maar dat is niet de reden waarom ik hier ben. Weet je hoe weinig kans ik zou maken om werk als dit voor iemand anders te doen? Ik ben net afgestudeerd en ik heb geen noemenswaardige ervaring. Ik was niet de enige die heeft gesolliciteerd, en ik moest van alles en nog wat doen. Van hem verzekeren dat ik geen naaste familie had tot het maken van een proefvertaling. Een project als dit komt slechts één keer in je leven op je pad.'

'En je kunt erdoor in de gevangenis belanden.'

'Trevor heeft beloofd me te beschermen en ervoor te zorgen dat dat niet gebeurt. Het is het risico waard.' Hij glimlachte moeizaam. 'Bovendien is alles nog veel opwindender geworden nu jij hier bent. Ik hoop dat ik je ervan kan overtuigen dat ik de waarheid spreek als ik zeg dat ik het niet alleen om het geld zou doen.'

'Waarom is dat voor jou belangrijk?'

'Jij en ik verschillen qua leeftijd niet zoveel. Trevor en de anderen zijn... anders. Ik voel me hier soms eenzaam en ik dacht...'

Hij was aandoenlijk en onzeker en even deed hij haar aan Mike denken. Wat deed het er ook toe? Ze voelde zich op dit moment zelf ook ietwat onzeker, en hij was de enige die nog een beetje kwetsbaar leek. Ze glimlachte. 'Trevor is zeker anders, en het is me duidelijk waarom jullie niet de beste maatjes zijn. Na het avondeten wil ik graag zien waar je werkt. Wil je me dat laten zien?'

'Heel graag.' Hij glimlachte stralend. 'Toen ik hier kwam mocht ik van Trevor zelf een kamer uitkiezen, en ik heb gekozen voor de slaapkamer en de studeerkamer waar Trevor het beeld van Cira heeft staan. Het zal geweldig zijn jou ook in die kamer te hebben.' Hij ging snel door. 'Maar ik ben er zeker van dat ik veel verschillen zal ontdekken als ik jullie eenmaal samen zie.'

'Dat hoop ik.' Ze liep de trap op. 'Kun je me nu mijn kamer wijzen? Ik wil me opfrissen.'

'U bent niet blij.' Jock keek met bezorgd gefronste wenkbrauwen naar MacDuff toen die de stal in liep. 'Zal zij een probleem voor u vormen?'

'Dat weet ik verdomme niet, en ik ben inderdaad niet blij. Ze zou hier niet moeten zijn.'

'Ze maakt u ongelukkig.' Jock keek langs hem heen naar het kasteel. 'Wilt u haar weg hebben?'

'Ik heb al tegen je gezegd dat ik...' Hij zweeg toen hij besefte wat Jock bedoelde. Als hij niet voorzichtig was, zou Jock een manier bedenken om hem definitief van dit 'probleem' te ontdoen. Gewoonlijk lette hij beter op zijn woorden als Jock in de buurt was, en het was tekenend voor zijn ergernis dat hij de jongen bijna zijn gang had laten gaan. 'Jock, ik handel dit wel af. Het is geen ernstig probleem.'

'Ze maakt u ongelukkig.'

'Niet echt.' Jezus! Hij had er op dit moment eigenlijk helemaal geen zin in de jongen gerust te stellen. Hij was boos, hij ergerde zich, en hij wilde naar iemand uithalen. Dat mocht hij echter niet laten merken. Hij had de verantwoording voor Jock op zich genomen, en daar hoorde dit bij. Hij gaf de jongen een schouderklopje en sprak langzaam en duidelijk. 'Misschien kan ze ons wel helpen. Het is Jane MacGuire. Kun je je herinneren dat ik je een foto van haar op het internet heb laten zien?'

Jock probeerde zich dat te herinneren. Toen glimlachte hij. 'Cira. Ze lijkt op Cira. Net als dat beeld dat Trevor hierheen heeft meegenomen.'

'Dat klopt.' Je moet hem afleiden, dacht MacDuff. En daar was niet veel voor nodig wanneer Jock niet al volledig gefocust was. 'Ik heb honger. Is het eten klaar?'

Jock fronste nu onzeker zijn wenkbrauwen. 'Nee. Moest ik dat klaarmaken?' Hij liep de trap op naar het appartement. 'Sorry. Ik ga meteen aan de slag.'

'Je hoeft je niet te haasten.'

'Maar u hebt honger. U zei dat u...'

'Ik kan nog wel even wachten. We zullen het samen klaarmaken.'

'Echt waar? Samen?' Jock glimlachte stralend. 'Dat zou leuk

93

zijn.' Zijn glimlach verdween weer. 'Maar u hoeft niet te helpen. Wilt u niet terug naar Angus' plek?'

'Nee. Ik ben aan een adempauze toe. Wat kunnen we snel klaarmaken?'

'Verse zalm.' Jock fronste zijn wenkbrauwen. 'Of misschien een biefstukje. Ik moet even kijken wat we nog in huis hebben.'

'Doe dat maar.'

Afgeleid. En als MacDuff mazzel had, zou Jane MacGuire in elk geval deze nacht overleven zonder verdere tussenkomst van hem.

6

Bartlett stond bij het openslaande raam aan de andere kant van de grote slaapkamer toen Mario de deur een paar minuten later voor Jane openmaakte. 'Ik wilde even wat frisse lucht binnenlaten.' Hij trok de dikke, roodfluwelen gordijnen opzij en zette het raam open. 'Doe het weer dicht als je gaat eten, want het kan een beetje tochten. Ik hoop dat je de kamer niet vochtig en koud vindt.'

'Hij ziet er niet al te beroerd uit.' Ze keek om zich heen en zag Perzische tapijten, een bureau en een stoel met kussens tegen een van de muren. Aan de muur tegenover het bed hing weer een tot op de draad versleten wandtapijt, en de kamer werd gedomineerd door een immens hemelbed met bedgordijnen die bij de gordijnen voor het raam pasten. 'Moet ik daarin slapen?'

'Dat zal prima gaan,' zei Mario grinnikend. 'Ik heb er ook een in mijn kamer, en mijn reactie was dezelfde. Maar het matras is heel comfortabel en dateert beslist niet uit de veertiende eeuw.'

'Dat zal wel als jij het zegt. Ik ben een kind uit de sloppenwijken en ik ben niet gewend aan bedden die bijna even groot zijn als het huis van een van de pleeggezinnen waarin ik ben opgegroeid.'

'Maar je hebt een eigen badkamer,' kondigde Bartlett trots

aan, en hij knikte naar een deur aan de andere kant van de kamer. 'De vader van MacDuff heeft een paar slaapkamers een heel praktische nieuwe bestemming gegeven.'

Ze glimlachte. 'Jij wordt geobsedeerd door de glorie van moderne riolering. Niet dat ik daarop wil afgeven. Ik wil me dolgraag wassen om iets van het stof van de reis kwijt te raken.'

'Dan zullen we je alleen laten.' Mario draaide zich om naar de deur. 'Moet ik je voor het avondeten komen halen?'

'Ik twijfel er niet aan dat ik zelf...' Hij keek zo teleurgesteld dat ze zei: 'Dat zou heel aardig van je zijn.'

'Prima.' Hij schonk haar nog een stralende glimlach. 'Maar jij bent degene die aardig is.' Snel liep hij de kamer uit.

'Volgens mij heeft hij het te pakken,' zei Bartlett. 'Niet dat me dat verbaast.'

'Hij is niet het type man van wie ik had verwacht dat hij voor Trevor zou werken. Hoe heeft hij hem gevonden?'

'Via de universiteit van Napels. Trevor probeerde aanvankelijk de wetenschappers te mijden, maar nadat Dupoi hem een loer had gedraaid besloot hij het risico toch maar te nemen. Omdat Grozak op de radar zat, kon hij geen freelance vertaler in de arm nemen. Dus heeft hij met een paar briljante studenten gesproken, Mario ingehuurd en hem meegenomen hierheen.'

'Hij zei dat hij hem in de gaten moest houden.' Ze schudde haar hoofd. 'Ik kan me niet voorstellen dat hij een bedreiging vormt.'

'Nee, Mario is degene die gevaar loopt. In zijn eentje zou hij kwetsbaar zijn. Trevor wilde niet het risico nemen dat zijn keel zou worden doorgesneden.'

'Maar hij wilde hem wel gebruiken.'

'Mario wist dat er een risico aan verbonden was, want Trevor is eerlijk tegenover hem geweest.' Hij liep naar de deur. 'In de kast in de badkamer liggen wat kledingstukken. Als ik nog iets anders voor je kan doen, moet je me roepen. Mijn telefoonnummer staat op het visitekaartje op het bureau. Ik hoop dat je het hier prettig zult hebben. Ik heb mijn best gedaan.'

'Dank je. Ik zal me hier ongetwijfeld heel prettig voelen.'

Hij glimlachte terwijl hij de deur openmaakte. 'Ik doe mijn

best. Misschien heb ik het ook een beetje te pakken.' Hij grinnikte toen hij haar ogen groot zag worden. 'Strikt op platonische basis. Je hebt mijn beschermersinstincten als broer wakker gemaakt toen ik jou op je zeventiende leerde kennen, en ik ben bang dat die er nog steeds zijn. Dat is maar goed ook. Mijn leven is tegenwoordig veel te interessant om het gecompliceerd te maken. Tot bij het avondeten.'

Toen de deur dicht was, liep ze naar het raam en keek naar het plein beneden. Aan de overkant kon ze licht zien branden. Het appartement boven de stal waar MacDuff nu verbleef? Hij was even vreemd als al het andere wat met deze plek verband hield, en Trevors zwijgen over die man beviel haar helemaal niet. Ze voelde zich moe en gedesoriënteerd en alles leek onwerkelijk. Wat deed ze hier in vredesnaam?

Wat was er met haar aan de hand? Ze wist waarom ze hier was en wat ze deed. Alles was alleen zo snel gegaan dat ze de tijd niet had gehad om het te verwerken. Donnells dood, het verschijnen van Trevor en de reis naar dit kasteel – ver weg van alles wat bekend was – hadden haar uit haar evenwicht gebracht.

Maar ze kon het bekende naar zich toe halen, en dat zou ze ook doen. Ze liep naar de telefoon op het nachtkastje. Een paar minuten later nam Eve op, en het was heerlijk haar stem te horen.

'Ik ben het. Jane. Sorry dat ik je niet meteen heb gebeld. Voordat we hier waren, moesten we nog een heel eind vanaf het vliegveld rijden.'

'Is alles in orde met je?'

'Ja.'

'Over welk vliegveld heb je het? Waar ben je verdomme?'

Hoeveel kon ze Eve vertellen? De laatste keer had ze ontwijkend gereageerd en dat zou ze nu niet meer doen. Eve en Joe betekenden te veel voor haar om oneerlijk tegen hen te kunnen zijn. 'In Aberdeen, Schotland, in een kasteel dat MacDuff's Run heet.'

'Schotland,' herhaalde Eve. 'Joe gokte op Italië.'

'Dat deed ik ook. Op dit moment handelt Trevor de zaken liever vanaf een afstand af. De grond in Italië lijkt hem te heet onder de voeten te zijn.'

'Dat kan ik best geloven.' Eve zweeg even. 'Dat kan ook gelden voor andere landen. Joe heeft Scotland Yard en Interpol gevraagd of ze weten wat Trevor de laatste tijd uitspookt.'

'En?'

'Niets. Er mochten geen mededelingen over worden gedaan.'

Jane fronste haar wenkbrauwen. 'Wat betekent dat?'

'Dat weet Joe niet. Van Scotland Yard kon hij het zich nog voorstellen, maar Interpol verbaasde hem. Het kan betekenen dat Trevor zich met iets heel smerigs inlaat, of dat hij op de tenen is gaan staan van iemand die het officiële informatienetwerk op non-actief kan stellen. Hoe dan ook... het geeft me een ongemakkelijk gevoel.'

Hetzelfde gold voor Jane. 'Het lijkt onzinnig.'

'Zo onzinnig dat Joe als een fret is gaan graven om door die blokkade heen te komen. En ook zo onzinnig dat jij meteen naar huis zou moeten komen.'

'Nog niet.'

'Jane...'

'Ik voel me niet bedreigd. Trevor laat alles hier goed bewaken.'

'En wie zal jou in bescherming nemen tegen hem?'

'Ik kan mezelf best beschermen.' Ze haalde diep adem. 'Ik moet hier blijven om uit te zoeken wat ik moet weten. Zeg tegen Joe dat hij navraag moet doen naar Rand Grozak. Volgens Trevor is hij degene die Leonard opdracht heeft gegeven mij in die steeg te grazen te nemen.'

'Waarom?'

'Daar ben ik nog niet zeker van. Misschien gaat het om het goud van Cira. O, ik weet het niet. Daarom moet ik hier een paar dagen blijven.'

'Daar ben ik niet blij mee.'

'Er zal niets gebeuren, en ik zal je elke dag bellen.'

'Dat is je geraden.' Ze zweeg even. 'MacDuff's Run?'

'Een kasteel aan de kust, maar waag het niet in de aanval te gaan. Zoals ik al heb gezegd, ben ik hier volkomen veilig.'

'Onzin. Maar we zullen niet in actie komen wanneer jij elke dag belt.'

'Dat zal ik doen. Tot de volgende keer, Eve.'

'Pas goed op jezelf.' Eve verbrak de verbinding.

Jane voelde zich niet veilig. Ze voelde zich alleen, afgesneden als ze was van de twee mensen van wie ze op deze wereld het meest hield. Het was heerlijk geweest de stem van Eve te horen, maar dat had ook nog eens extra de aandacht gevestigd op de grote afstand tussen hen.

Hou op met jammeren, hield ze zichzelf voor. Ze had werk te doen, en ze werd niet omgeven door vampieren. Bartlett was hier, Brenner leek niet intimiderend en Mario was heel aardig. Mac-Duff was nogal afschrikwekkend, maar hij was kennelijk van plan haar te negeren tot hij tot de conclusie kwam dat ze problemen zou veroorzaken. Als er een vampier was, was Trevor dat. Ja, die vergelijking klopte wel. Het was hem gelukt vier jaar lang haar verbeeldingskracht gevangen te houden, haar te betoveren.

En dat was veel te lang.

'Trevor is weer terug,' zei Panger toen Grozak de telefoon had opgenomen. 'Hij is vanmiddag laat gearriveerd met Bartlett, Brenner en een vrouw.'

Shit. 'Een jonge vrouw?'

'Voor in de twintig. Aantrekkelijk om te zien. Roodbruin haar. Ken je haar?'

Grozak vloekte. 'Jane MacGuire. Ik had al tegen die idioot van een Leonard gezegd dat hij te hard van stapel liep. Sinds hij Fitzgerald naar de andere wereld heeft geholpen, probeert hij als een gek zijn eigen hachje te redden. Gisteravond is hij in paniek geraakt en heeft hij Donnell ook om zeep gebracht. Daardoor is Trevor in actie gekomen.'

'Wat moet ik doen?'

Daar dacht Grozak over na. 'Ik kan niet toestaan dat Leonard door de politie wordt opgepakt, en hij heeft een vergissing te veel begaan. Ruim hem uit de weg.'

'Moet ik het kasteel niet langer in de gaten houden?'

'Als je niet net zo'n dwaas als Leonard bent, moet het je niet veel tijd kosten.'

'Hoe zit het met Wharton?'

'Dat laat ik aan jou over. Hij is Leonards partner, maar hij zal wel geen bezwaar tegen een nieuwe partner hebben. Als hij je voor de voeten loopt, mag je ook met hem afrekenen. Daarna kun je teruggaan naar het kasteel om dat in de gaten te houden.' Hij legde de hoorn op de haak en leunde achterover in zijn stoel.

Misschien viel het allemaal nog wel mee. Jane MacGuire zat onder de vleugels van Trevor, maar Joe Quinn was in elk geval niet in de buurt om haar te beschermen. Hij, Grozak, had eigen mensen in de buurt van MacDuff's Run gestationeerd en misschien kregen die de kans bij het meisje te komen.

Waar zat zijn gezonde verstand? Dwazen en zwakkelingen verlieten zich op kansen. Hij moest denken, plannen en een gelegenheid scheppen. Als hij haar niet rechtstreeks te grazen kon nemen, zou hij proberen vanuit een andere hoek op Trevor in de aanval te gaan.

Maar Reilly zou daar anders over denken. Die man wilde alleen het goud en Jane MacGuire hebben. Krankzinnige rotzak. Hij zat daar in zijn appartement dik en even arrogant als een siamese kat te zijn en bevelen te geven aan hem, Grozak.

En die moest hij verdomme nog uitvoeren ook.

Hij keek naar de kalender op zijn bureau. De achtste december. Nog veertien dagen te gaan tot de door Reilly gegeven deadline van 22 december. Kon hij de operatie uitstellen als Reilly niet op tijd doorkwam?

Nee. Alles was al in beweging gezet. Mensen waren omgekocht. Explosieven waren vanuit het Midden-Oosten onderweg. Dit was zijn grote kans, en die zou hij niet door zijn vingers laten glippen. Reilly had hem in niet mis te verstane bewoordingen meegedeeld dat hij met Trevor zaken zou doen en hém, Grozak, met lege handen zou laten zitten als hij niets kon leveren.

Dat zou niet gebeuren. Iedereen had een zwakke plek en die van Reilly was zijn machtswellust. Plus het feit dat hij werd geobsedeerd door Cira's goud. Als hij, Grozak, daar gebruik van kon maken, zou hij Reilly in zijn macht hebben.

Maar daarvoor had hij Jane MacGuire nodig.

Godzijdank had hij een alternatief plan om Trevor onderuit te halen. Maar hij zou niet meer werken met incompetente types als Leonard. Hij had iemand nodig met lef en genoeg hersens om bevelen op te volgen.

Wickman. Hij had nog nooit een koudere kikker ontmoet, en Wickman was voor de juiste prijs tot alles bereid. Hij zou ervoor zorgen dat die prijs juist was. Nu hij Reilly's adem in zijn nek voelde, had hij geen keus.

Hij had niet veel tijd meer.

'Vond je de stoofschotel lekker?'

Jane, die zat te lachen om iets wat Mario had gezegd, keek naar Trevor. Hij had haar verdorie de hele maaltijd in de gaten zitten houden, dacht ze geërgerd. Elke keer wanneer ze opkeek, had ze die kritische blik gezien, alsof ze onder een microscoop lag.

'Ja. Hij was heel smakelijk,' zei ze, en ze leunde achterover in haar stoel. 'Wie heeft hem klaargemaakt?'

'Ik.' Brenner grinnikte. 'Mijn talenten als kok zijn met sprongen vooruitgegaan sinds ik deze baan heb aangenomen. Trevor had er bij de taakomschrijving overigens geen melding van gemaakt.' Sluw keek hij naar Trevor. 'Misschien ben ik er te goed in geworden. Ik kom in de verleiding om de volgende keer dat ik keukendienst heb slangenragout te serveren.'

'Geen probleem, mits jij er ook van eet,' zei Trevor, 'en ik denk niet dat je dat zult doen. Ik herinner me dat ik in Colombia het exotische voedsel veel beter kon verdragen dan jij als we weer eens niets anders konden eten dan wat we konden vangen of plukken.' Hij glimlachte. 'Herinner je je de keer nog dat García met die python kwam aansjouwen?'

Brenner trok een vies gezicht. 'Ik had die kunnen eten, maar toen ik zag wat er in zijn maag zat ben ik tot de conclusie gekomen dat ik toch niet zoveel honger had.'

Er bestond een bijna zichtbare kameraadschappelijke band tussen de twee mannen, dacht Jane. Deze kant van Trevor had ze nooit gezien. Hij leek minder op zijn hoede. Jonger...

'Dat is geen onderwerp voor aan tafel,' zei Mario met gefronste wenkbrauwen. 'Jane zal nog gaan denken dat we barbaren zijn.'

'En dat zijn we niet?' Trevor trok zijn wenkbrauwen op. 'Jij en Bartlett zijn geciviliseerd, maar Brenner en ik hebben de neiging af en toe terug te glippen naar de jungle.' Toen knikte hij en zei tegen Jane: 'Hij heeft gelijk. Mijn excuses als onze lompheid je heeft beledigd.'

'Jullie hebben me niet beledigd.'

Trevor keek Mario met een glimlach aan. 'Zie je nu wel? Ze is niet van porselein.'

'Maar ze is wel een dame, en ze moet met respect worden behandeld.'

De glimlach van Trevor verdween. 'Mario, wil jij mij vertellen hoe ik onze gaste moet behandelen?'

'Ik zal de koffie halen.' Brenner ging snel staan. 'Geen toetje, wel een kaasplank. Bartlett, wil je me even helpen?'

Bartlett keek van Trevor naar Mario. 'Misschien kan ik beter hier blijven en...' Toen haalde hij zijn schouders op, ging staan en liep achter Brenner aan de kamer uit.

'Mario, je hebt me nog geen antwoord gegeven op mijn vraag,' zei Trevor.

Mario verstijfde toen hij de dreigende ondertoon in de zachte stem van Trevor hoorde. Hij bloosde en stak zijn kin omhoog. 'Dat had ik niet moeten doen.'

Jane besefte dat de jongeman bang was voor Trevor. En waarom ook niet? Op dat moment was Trevor uiterst intimiderend. Maar bang of niet, Mario wilde nog van geen wijken weten en Trevor was duidelijk niet in de stemming om tolerant te zijn. Ze schoof haar stoel naar achteren. 'Ik heb geen trek in koffie. Mario, je had beloofd me te laten zien waar je werkt.'

Mario haakte daar grif op in. 'Natuurlijk.' Hij ging snel staan. 'Ik moet sowieso weer aan het werk.'

'Inderdaad,' zei Trevor, 'dus kun je Jane je werkkamer later laten zien. Misschien zal ze van gedachten veranderen, bij ons blijven en een kopje koffie drinken. We willen niet dat je wordt afgeleid.' Hij keek even naar Jane. 'En zij zou je zeker afleiden.'

Mario keek haar onzeker aan. 'Maar ze wilde...'

'Ze wil je beslist niet storen bij je werk. Dat is toch zo, Jane?'

Het was duidelijk dat hij niet wilde dat ze met Mario meeging en Mario's zenuwachtigheid gebruikte om haar hier te houden. En dat zou hem nog lukken ook, want ze wilde Mario niet in de problemen brengen omdat ze duidelijk wilde maken dat Trevor haar irriteerde. Langzaam ging ze weer zitten. 'Ik denk dat ik toch maar een kopje koffie neem.' Ze gaf Mario een warme glimlach. 'Ga jij alvast maar. Ik zie je later wel weer.'

'Oké, als jij dat wilt.' Spijt en opluchting vochten op Mario's gezicht om de eerste plaats. 'Ik zal je mijn werk graag een keer laten zien. Morgen misschien?'

Ze knikte. 'Morgen. Zonder misschien.'

Hij glimlachte stralend en liep de kamer uit.

Zodra hij weg was ging ze staan. 'Ik ga.'

'Geen koffie?'

'Die voldoening zal ik jou niet schenken.' Ze keek hem nijdig aan. 'Ben je trots op jezelf?'

'Niet bijzonder. Het was te gemakkelijk.'

'Omdat je een bullebak bent.'

'Normaal gesproken ben ik dat niet. Ik ergerde me. Ik heb je de hele maaltijd met hem zien smoezen en giechelen en dat zat me niet lekker. Tot hij besloot mij de les te lezen had ik alles redelijk onder controle.'

'Mario is nog maar een jongen, en hij is niet tegen jou opgewassen.'

'Hij is ouder dan jij.'

'Je begrijpt best wat ik bedoel.'

'Ja. Dat hij zacht is, en dromerig.' Hij keek haar recht aan. 'En sommige dromen van hem gaan over Cira. Als je hier op zoek bent naar iemand die je niet met Cira zal vergelijken, moet je bij mij zijn.'

'Onzin. In je gedachten kun jij ons niet van elkaar scheiden.'

Hij schudde zijn hoofd. 'Dat heb ik nooit gezegd. Jij bent degene die te snel conclusies heeft getrokken. Vanaf het moment waarop ik je voor het eerst zag, wist ik precies wie en wat je voor mij was. En dat was niet Cira.'

Ze kreeg het ineens weer warm. Jezus! Deze reactie wilde ze niet hebben, want die maakte haar verward en zwak. Daarnet was ze nog boos geweest en nu was ze... Nog altijd boos! 'Je bent niet eerlijk geweest. Mario lijkt op een vriendelijke pup.'

'Dat weet ik, en jij houdt van pups. Misschien is dat mijn probleem. Ik heb nog nooit op een puppy geleken.' Hij ging staan. 'Wees gerust. Ik maak het wel weer in orde met Mario. Ik ben alleen even uit mijn slof geschoten. Verder mag ik dat joch graag.'

'Daar heb je je anders niet naar gedragen.'

'Dat heb ik wel gedaan, want gezien mijn gevoelens heb ik me erg ingehouden. Maar als jij erdoor van streek bent, zal ik het waarschijnlijk goed moeten maken. Ik zal je niet tegenhouden als je achter Mario aan wilt gaan.'

'Wat een offer!'

'Daar heb je geen idee van.' Hij keek haar aan. 'Ik neem aan dat dit niet het moment is om je te vragen met mij naar bed te gaan?'

Ze verstijfde volledig. 'Wát zeg je?'

'Dat dacht ik al.' Hij draaide zich om en liep naar de deur. 'Het is er te vroeg voor, en je bent razend op me. Toch meende ik het te moeten zeggen, om je te laten wennen aan het idee dat dat eraan zit te komen. Ik moet nog wat werken, en dat ga ik nu maar doen.' Over zijn schouder glimlachte hij naar haar. 'Nu ik vertrek, kun jij rustig een kop koffie drinken. Ik zie je morgen wel weer.'

Ze kon de juiste woorden niet vinden om hem van repliek te dienen. Ze kon hem alleen nastaren, met een chaotische geest en dito emoties.

'We zijn kennelijk lang genoeg weggebleven om de zaak op te lossen,' zei Bartlett, die met een kaasplank naar binnen kwam. 'Ik mag aannemen dat er geen geweld is gebruikt?'

'Inderdaad. Mario is naar boven gegaan om te werken,' zei ze afwezig.

'Heel verstandig. Jongemannen hebben de neiging iedereen en alles uit te dagen, maar ik had verwacht dat hij te slim zou zijn om dat met Trevor te doen.'

'Mario is een lieve jongen.'

'Als hij een jongen was, zou Trevor minder moeite met hem hebben.' Hij zette de plank op tafel. 'Ik zal gaan kijken waar Brenner met de koffie blijft. Ik dacht dat hij vlak achter me aan kwam.'

'Niet voor mij. Ik wil niets meer hebben.' Ze liep naar de deur.

'Ik ga naar mijn kamer. Het is een lange dag geweest.'

'Dat is waar, en dat is misschien het verstandigst. Slapen zorgt voor een helder hoofd.'

'Mijn hoofd is helder.' Dat loog ze. Haar gedachten waren verward en ze kon de herinnering aan Trevors woorden niet van zich af zetten. Ze kon hém niet uit haar hoofd zetten. Sinds ze hem bij dat studentenhuis weer had gezien was de seksuele spanning toegenomen, ook al had ze geprobeerd die te negeren. Nu hij die zin over zijn lippen had laten komen, kon van negeren geen sprake meer zijn. Ze moest het onder ogen zien en ermee afrekenen.

'Daar ben ik blij om. Je lijkt een beetje overstuur. Kan ik iets doen om te helpen?'

'Ik voel me goed.' Ze dwong zichzelf te glimlachen terwijl ze verder naar de deur liep. 'Bedankt en welterusten, Bartlett.'

'Droom lekker.'

Het aangenaamste vooruitzicht dat ze kon hebben was helemaal niet te dromen. Niet over Cira en dat ellendige geren door die tunnel. En niet over Trevor, die zo'n groot deel van haar gedachten in beslag had genomen sinds hij vier jaar geleden in haar leven was gekomen.

Jezus! Ze had zo hard haar best gedaan hem uit haar geheugen te wissen. Toen dat niet lukte, had ze de herinnering gebruikt en ermee geleefd in een poging die machteloos te maken. Ze had gedacht dat ze daarin was geslaagd.

Geen sprake van. Hij had haar niet eens aangeraakt en nu tintelde haar lichaam al, had ze het gevoel echt te leven en hem nodig...

Nee, ze had hem niet nodig, en zover zou het ook nooit komen. Dat woord wees op zwakheid, en ze was niet zwak. Ze had niemand nodig.

Ze liep de trap op. Ze zou naar haar kamer gaan en de warme douche nemen die Bartlett zo had aanbevolen. Daarna zou ze Eve bellen en dan zou deze onrust geleidelijk afnemen of helemaal verdwijnen.

Ze loog tegen zichzelf. Voor het laten verdwijnen van die onrust was er meer nodig dan een praatje met de persoon van wie ze het meeste hield. Ze zou moeten doen wat ze altijd met een probleem deed: het onder ogen zien en dan een manier bedenken om zich ervan te ontdoen.

'Trevor, ik heb koffie voor je meegenomen,' zei Bartlett terwijl hij de deur van de bibliotheek openmaakte. 'Iemand moet die drinken nadat Brenner de moeite heeft genomen hem te zetten. Hij raakt een beetje aangebrand.'

'En dat willen we niet.' Trevor zag Bartlett een dienblad op het bureau zetten. 'Twee koppen?'

'Ik heb ook nog geen koffie gehad. We liepen allemaal op onze tenen om jouw slechte manieren te ontwijken.' Hij schonk de koffie in. 'Die scène was jou onwaardig.'

'Bartlett, ik heb vanavond al wel genoeg preken gehad.'

'Hij wilde alleen indruk op haar maken, en normaal gesproken zou jij dat hebben genegeerd. Hij behoort niet tot jouw klasse.'

'Dat weet ik.' Trevor nam een slokje koffie. 'Anders had ik hem veel harder aangepakt. Ik was in een rothumeur.'

Bartlett knikte. 'Jaloezie. Het was verfrissend jou over de rooie te zien gaan. Dat amuseerde me bijzonder.'

'Dat zal best. Waarom ga je niet weg? Venable heeft gebeld terwijl ik zat te eten, en ik moet hem terugbellen.'

'Als ik mijn koffie op heb.' Bartlett leunde achterover in zijn stoel. 'Je hebt de situatie heel onhandig afgehandeld. Natuurlijk ging Jane hem verdedigen. Dat ligt in haar aard.'

'Moet ik nu een goede raad aannemen van een man die drie keer is gescheiden? Je hebt nauwelijks recht van spreken, Bartlett.'

'Ik mag dan niet in staat zijn geweest om een vrouw bij me te houden, maar ik heb er telkens wel een gekregen.'

'Ik wil Jane niet "krijgen". Heb je ooit gemerkt dat ik behoefte heb aan dat soort bagage?'

'Ik ben er zeker van dat lustgevoelens je houding voor een groot deel bepalen, en dat is best begrijpelijk na vier jaar wachten.'

'Je slaat de plank helemaal mis.'

Bartlett schudde zijn hoofd. 'Ik weet dat je sinds Herculaneum andere vrouwen hebt gehad, en die Laura vond ik heel aardig. Ze deed me denken aan...'

'Maak dat je wegkomt.'

Bartlett glimlachte en dronk zijn koffie op. 'Ik ga al. Ik wilde je alleen laten delen in mijn ruime ervaring, want vanavond heb je bewezen daar behoefte aan te hebben. Dat verbaast me gezien het feit dat je altijd zo gladjes opereert. Ik voelde me geweldig superieur, tot ik met Jane te doen kreeg.'

'Zij kan best voor zichzelf zorgen. Of wil je zeggen dat ze nog te jong is om te weten wat ze wil? Dat ze beter af zou zijn met een idealistisch joch als Mario?'

'Dat heb ik niet gezegd.' Bartlett ging staan. 'Maar ik heb je geobserveerd, elke keer dat je in de aanval ging. Zodra je eenmaal een besluit hebt genomen, ben je niet meer te stoppen. Je hebt jaren meer ervaring dan Jane en dat zou...'

'Ik ben vierendertig, en dus geen Methusalem,' zei Trevor met opeengeklemde kaken.

Bartlett grinnikte. 'Ik dacht al wel dat je je daardoor op je tenen getrapt zou voelen. Nu zal ik je alleen laten.'

'Rotzak.'

'Je verdiende het omdat je jezelf tijdens het eten zo voor aap hebt gezet. Ik geniet van mijn maaltijden en alles wat mijn spijsvertering belemmert loopt het risico te worden uitgeschakeld.' Hij liep naar de deur. 'Denk daaraan wanneer je in de verleiding komt een andere jóngere man onder de grill te leggen omdat je uit je humeur bent.'

Hij deed de deur achter zich dicht voordat Trevor nog iets kon zeggen.

De rotzak. Als hij hem niet zo aardig vond, zou hij hem van de borstwering van dit ellendige kasteel smijten. Dat zou altijd nog kunnen gebeuren als Bartlett zo bezig bleef. Zijn temperament was op dit moment kennelijk allesbehalve stabiel, want anders zou hij Mario niet zo stom hebben aangepakt. Bartlett had gelijk.

En tijdens het gesprek daarna met Jane was hij al even onhandig geweest. Hij had afstand moeten bewaren om haar de tijd te geven weer aan hem te wennen.

Nee! Ze hoefde niet aan hem te wennen. Het was alsof ze nooit van elkaar gescheiden waren geweest, en hij kon niet anders optreden als hij bij haar was. Hij was geen Bartlett en hij zou niet...

Zijn mobieltje ging over. Venable.

'Ik heb het nog niet,' zei hij voordat Venable iets kon zeggen. 'Misschien in de komende dagen. Mario is bezig met een andere tekst van Cira.'

'Stel dat die ook niets oplevert?' De stem van Venable klonk heel gespannen. 'We moeten in actie komen.'

'Dat zal ook gebeuren, maar als we iets anders kunnen ontdekken zullen we die weg bewandelen. We hebben de tijd.'

'We hebben niet veel tijd meer. De verleiding is groot om naar je toe te komen, die teksten mee te nemen en...'

'Als je dat doet, zul je niets anders dan as aantreffen.'

'Dat zou je nooit doen, want die perkamentrollen zijn ontzettend waardevol.'

'Voor jou. Als ik de teksten eenmaal heb gelezen, betekenen ze niets meer voor me. Ik ben zo'n filistijn.'

Venable vloekte.

'Ik denk dat ik de verbinding maar verbreek, want ik ben vanavond al genoeg uitgekafferd. Ik zal je bellen zodra ik iets concreets heb.'

'Nee, wacht. We hebben vanavond een telefoontje onderschept van die Jane MacGuire. Ze heeft Eve Duncan gebeld.'

'En?'

'Ze heeft haar verteld over Grozak, MacDuff's Run en ga zo nog maar even door.'

'Dat was te verwachten, want die twee zijn heel close.'

'Je had haar niet moeten meenemen.'

'Ga mij de wet niet voorschrijven, Venable.'

Hij verbrak de verbinding. Binnen twee minuten zou Venable terugbellen om excuses aan te bieden en te zeggen dat hij uit wanhoop over de schreef was gegaan.

Hij kon barsten. Hij was geen slechte vent, maar hij begon hem op de zenuwen te werken. Hij was bang, en doodsbang dat hij, Trevor, een blunder zou maken.

Blunderen leek vanavond schering en inslag te zijn, dacht Trevor spijtig. Maar hij had er genoeg van alles te analyseren wat hij zei of deed. Het merendeel van zijn leven had hij zijn instincten gevolgd, en zo zou hij deze situatie ook afhandelen.

Hij liep naar het raam. Er stond een stralende maan aan de hemel en hij kon de kale rotsen en de zee daarachter zien. Hoe vaak had Angus MacDuff hier naar buiten staan kijken, denkend aan de volgende reis, de volgende roofoverval, het volgende spel?

Het spel.

Hij draaide zich om en liep naar de deur. Hij moest ervoor zorgen dat hij weer helder kon nadenken en zijn prioriteiten op een rijtje had staan, en hij wist waar hij dat kon realiseren.

De Run.

Jane nam een lange douche voordat ze een van Bartletts te grote flanellen hemden aantrok en naar dat immense bed toe liep.

Ze moest gaan slapen en Trevor en de scène beneden vergeten. Hij was een grootse manipulator en wie wist wat hij had bedoeld met de opmerking dat hij met haar naar bed wilde. Misschien wilde hij haar echt graag hebben, of misschien gebruikte hij het feit dat hij haar verlangens kende gewoon om haar in de door hem gewenste richting te duwen. Het zou het verstandigst zijn te doen alsof het nooit was gebeurd en zich bezig te houden met wat ze hier moest doen.

Dat lag echter niet in haar aard. Ze voelde er niets voor om voorzichtig te doen terwijl Trevor haar een staaf dynamiet had toegeworpen. Ze zou de confrontatie met hem moeten aangaan, en daar verheugde ze zich niet op.

Jezus, wat had ze het heet. De zware fluwelen gordijnen werkten verstikkend. Of misschien was ze zo opgeladen dat het alleen heet léék. Het deed er niet toe. Ze had frisse lucht nodig.

Nacht zonder lucht.

Nee, dat was de droom. De droom van Cira.

Ze zette het zware raam open.

Maanlicht bescheen het oude binnenplein beneden.

Oud? Vergeleken met de ruïnes van Herculaneum was dit kasteel helemaal niet oud. Maar toch leek het oud als ze het vergeleek met de tijd dat Amerika en de stad Atlanta waarin zij was opgegroeid bestonden. MacDuff's Run was op een andere manier nog intrigerender dan Herculaneum. Daar was je door het verstrijken van duizenden jaren gedwongen de dood van de stad en zijn bewoners te accepteren. Hier kon je je nog steeds voorstellen dat de Schotten die hier hadden gewoond de weg naar het kasteel af zouden marcheren, of de poort door zouden gaan om...

Er stond iemand bij de staldeur aan de overkant van het binnenplein, en die keek op naar het kasteel.

MacDuff?

Nee. Deze man was slank, bijna mager, en zijn haar leek licht in plaats van donker te zijn. Zeker niet MacDuff. Maar de intensiteit van zijn lichaamstaal was onmiskenbaar.

De man verstijfde terwijl hij naar iets of iemand op de bordestrap keek. Toen verdween hij de stal in. Wie had hij gezien?

Trevor.

Ze zag hem naar de poort lopen. Zelfs na al die jaren herkende ze die veerkrachtige tred meteen. De auto's stonden op het binnenplein geparkeerd, maar daar was hij kennelijk niet naartoe onderweg.

Waarheen dan wel?

Ze was duidelijk niet de enige die zich dat afvroeg. Een man in een windjack stapte de schaduw uit toen Trevor die kant op liep. Een van de bewakers van wie hij melding had gemaakt? Ze spraken even met elkaar en toen liep Trevor het hek door terwijl de andere man weer in de schaduw verdween.

Het terrein buiten het kasteel was ruw en nodigde niet direct uit tot het maken van een wandelingetje. Zou hij iemand ontmoeten? Zo ja, dan moest die persoon er al zijn, want de duisternis werd niet doorsneden door het licht van koplampen.

En wat deed hij daar zonder enige bescherming terwijl hij had gezegd hoe gevaarlijk het was wanneer zij zoiets zou doen? Als Grozak hem zo haatte als hij had gezegd, zou hij nu een prima doelwit vormen.

Angst deed het bloed in haar aderen stollen, maar meteen duwde ze die weg. Trevor was haar zorg niet. Als hij zo stom was dat niemandsland in te lopen, verdiende hij wat hij eventueel zou krijgen. Hij kon best voor zichzelf zorgen.

En ze zou hier niet blijven staan wachten om te zien of hij weer veilig die poort door kwam. Ze deed het raam en de gordijnen dicht. Even later kroop ze tussen de lakens en sloot haar ogen.

Ga slapen, zei ze tegen zichzelf. Je hebt er niets aan om je zorgen te maken over die arrogante rotzak. Denk niet meer aan hem.

Maar waar was hij verdomme naartoe gegaan?

7

'Ik ben naar het dorp gegaan en ik heb een schitterende garderobe voor je gekocht,' zei Bartlett de volgende morgen toen hij Jane bij de trap trof. 'Nou ja, misschien niet schitterend, want er zijn maar een paar winkels. Schitterend duidt op baljurken en fluwelen omslagdoeken, en ik heb broeken en wollen truien gekocht. Maar ze zijn wel van een heel mooie kwaliteit, ook al zie jij er in onze kleren veel beter uit dan wij dat zelf ooit hebben gedaan.'

'Dat zal best,' zei ze, en ze keek naar de ruimvallende spijkerbroek en de marineblauwe trui die ze aanhad. 'Ik waardeer het aangebodene, maar ik zal graag iets aantrekken waarover ik niet struikel. Heb je ook een schetsboek voor me kunnen vinden?'

Hij knikte. 'Dat was iets moeilijker. Toch is het me wel gelukt.'

'Het verbaast me overigens dat je zo vroeg in de ochtend al iets hebt kunnen kopen. Het is pas even na negenen.'

'De eigenaresse van de kledingzaak was zo aardig medelijden met me te hebben en eerder open te gaan. Ik neem aan dat ik er voor haar etalage een beetje verloren uitzag. Het was een aardige dame.'

Het was Jane duidelijk waarom het hart van die aardige dame voldoende was gesmolten om haar winkel voor Bartlett te openen. 'Dank voor de moeite. Je had ermee kunnen wachten.'

'Een vrouw voelt zich altijd beter als ze niet in het nadeel is, en de meeste vrouwen koppelen mode aan een gevoel van eigenwaarde. Hoewel jij anders bent dan de meeste vrouwen, dacht ik dat het geen kwaad kon.' Hij draaide zich om naar de deur. 'Ik ga de spullen uit de auto halen.'

'Wacht nog even.'

Hij keek om. 'Heb je nog iets nodig?'

Ze schudde haar hoofd. 'Gisteravond heb ik iemand bij de stal zien staan. Blond, mager en jongensachtig. Weet jij wie dat was?'

'Jock Gavin, een van de werknemers van MacDuff. Hij heeft in de stal een eigen kamer en loopt als een pup achter MacDuff aan. Aardige, heel stille jongen. Lijkt een beetje traag. Hij heeft je toch niet lastiggevallen?'

'Nee. Ik heb hem alleen vanuit mijn raam gezien. Hij scheen heel geïnteresseerd te zijn in iets in dit kasteel.'

'Zoals ik al heb gezegd is Jock een beetje traag. Wat hij aan het doen was, is moeilijk te zeggen. Als hij het je lastig maakt, moet je me dat laten weten en dan zal ik met hem praten.'

Ze glimlachte toen ze hem snel het binnenplein op zag lopen. Wat was hij toch een lieve man. Er waren weinig mensen die zich zoveel van anderen aantrokken als hij.

'Mijn hemel! Bartlett slaat weer toe.'

Haar glimlach verdween en ze draaide zich naar Trevor toe. 'Wat zeg je?'

Hij rilde gespeeld. 'Het was maar een opmerking. Ik wilde hem niet beledigen, maar ik moet wel zeggen dat ik ontzag heb voor zijn macht over jouw sekse.'

'Hij is een vriendelijke, zorgzame man.'

'En dat ben ik niet. Na al die jaren samen met hem accepteer ik mijn lot. Waarom deed hij zo beschermend ten aanzien van Jock Gavin? Heeft die jou benaderd?'

'Nee. Ik zag hem gisteravond intens naar het kasteel kijken en ik vroeg me af wie hij was.'

'Ik zal tegen MacDuff zeggen dat hij hem bij jou uit de buurt moet houden.'

'Ik ben niet bang dat die arme jongen tegen me gaat praten. Ik vroeg me alleen af wie hij was.'

'En dat weet je nu. Trek in een ontbijt?'

'Ik heb geen honger.'

Hij pakte haar arm. 'Sinaasappelsap en koffie dan.' Hij voelde de spieren van haar arm verstijven en zei ruw: 'Ik zal je heus niet bespringen. Je hoeft niet bang van me te zijn.'

'Dat ben ik ook niet.' Dat was de waarheid. Angst had er niet voor gezorgd dat haar spieren zich spanden. Shit. Dit wilde ze niet. Ze trok haar arm los. 'Raak me alleen niet aan.'

Hij zette een stap naar achteren en stak zijn handen omhoog. 'Zo goed genoeg?'

Nee. Ze wilde zijn handen verdorie weer voelen! 'Ja, prima.' Ze draaide zich om en liep met grote stappen naar de keuken.

Hij had haar ingehaald toen ze de deur van de koelkast openmaakte. 'Het is helemaal niet prima,' zei hij zacht. 'Je bent geïrriteerd en ik ben... Tja, laten we het nu maar niet over mijn gemoedstoestand hebben. Maar we zouden ons allebei gemakkelijker voelen met een harmonieuze relatie.'

'Ik heb me bij jou nooit op mijn gemak gevoeld.' Ze pakte het pak sinaasappelsap. 'En dat heb jij ook nooit gewild. Je moet iemand kennen om je bij hem op je gemak te voelen, en jij wilt niet dat iemand je leert kennen. Je wilt over het oppervlak scheren en je staartveren af en toe even in het water laten zakken.'

'Mijn staartveren in het water laten zakken?' herhaalde hij. 'Is dat een eufemisme voor wat ik denk dat je bedoelt?'

'Je mag het opvatten zoals je wilt.' Ze schonk het sap in een glas. 'Wil je onomwonden taal horen? Prima. Straatkinderen leren alle bekende smerige trucjes, en zoals je al tegen Mario hebt gezegd ben ik niet van porselein.'

'Dat ben je inderdaad niet. Je lijkt meer op de wijnranken die in Georgia groeien dan op een delicate bloem. Geweldig, sterk, veerkrachtig en in staat de wereld over te nemen als je daar de kans toe krijgt.'

Ze nam een slokje sinaasappelsap. 'Je doelt op "koedzoe"? Dat is een ergerlijk onkruid.'

'Ook dat. Heel lastig.' Hij glimlachte. 'Omdat je onvoorspelbaar bent. Ik had zonder meer verwacht dat je vanmorgen in de aanval zou gaan. Je kunt het niet uitstaan als mensen je in onzekerheid laten. Maar in plaats daarvan trek je je terug, dus moest ik wel achter je aan gaan.' Hij nam haar aandachtig op. 'Ik moet je echt van streek hebben gemaakt. Je bent er nog niet aan toe, en je wilt afwachten.'

O, wat kende hij haar goed. 'Je hebt me helemaal niet van streek...' Ze keek hem recht aan. 'Ja, je hebt me van streek gemaakt en dat was ook je bedoeling. Je kunt het niet uitstaan wanneer je niet alles onder controle hebt, en je dacht dat je me op het verkeerde been had gezet. Je probeerde me te manipuleren.'

'Waarom zou ik dat doen?'

'Omdat je niet wilde dat ik vragen ging stellen en het gemakkelijker was me af te leiden met...'

'Seks?' Hij schudde zijn hoofd. 'Daar is niets gemakkelijks aan. Je wilde vragen stellen? Kom maar op.'

Ze haalde diep adem. 'Volgens Joe ben je bij een heel smerig zaakje betrokken. Is dat zo?'

'Ja.'

'En je bent niet van plan me daar iets over te vertellen?'

'Uiteindelijk wel. Nog meer vragen?'

Ze zweeg even. 'Waar ben je gisteravond naartoe gegaan?'

Hij trok zijn wenkbrauwen op. 'Heb je me gezien?'

'Ja. Waar ben je naartoe gegaan?'

'Naar de Run.'

'Wat zeg je?'

'Die laat zich niet zo gemakkelijk beschrijven. Je kunt hem beter met eigen ogen zien. Ik zal je meenemen als je dat wilt.'

'Wanneer?'

'Na het avondeten. Eerst heb ik werk te doen vandaag.'

'Wat voor werk?'

'Onderzoek.'

'Dat heb je al eerder gezegd. Die perkamentrollen bestuderen, zeker?'

Hij knikte. 'Onder andere. Ik probeer de stukjes in elkaar te passen.'

'Welke stukjes?'

'Dat zal ik met je bespreken als ik het volledige plaatje heb.'

Ze balde haar handen gefrustreerd tot vuisten. 'En wat moet ik tot die tijd doen?'

'Het kasteel verkennen, een wandeling maken over het binnenplein, schetsen, Eve weer bellen en haar nogmaals laten zeggen dat ik een grote boef ben.'

'"Weer bellen"? Je weet dat ik Eve heb gebeld?'

'Je hebt me verteld dat Joe had ontdekt dat ik me met een smerige zaak bezighield.'

Dat was waar. 'Maar ik had je niet verteld dat Eve je een boef noemde.'

'Dat heeft ze waarschijnlijk ook niet gedaan, want ze mag me wel, ook al geeft ze dat niet graag toe. Ik ben er wel zeker van dat ze het als haar plicht beschouwde haar wantrouwen tegenover mij uit te spreken.' Hij hield zijn hoofd scheef en bestudeerde haar gezichtsuitdrukking. 'Ik kan je verzekeren dat ik dat gesprek niet heb afgeluisterd. Het kan me niets schelen wat je Joe en Eve vertelt.'

Ze geloofde hem. 'Ik ben met je meegegaan omdat ik antwoorden op mijn vragen wil hebben, en ik zal hier niet blijven als die niet komen. Twee dagen, Trevor.'

'Is dat een ultimatum?'

'Reken maar! Stimuleert je dat? Je gokt graag en je balanceert al even graag op het slappe koord. Je hebt jarenlang in je levensonderhoud voorzien door de kaarten in de casino's het hof te maken, nietwaar?'

'Jij stimuleert me altijd. Ga je vanavond met me mee naar de Run?'

'Ja. Ik wil antwoorden krijgen, op welke manier dan ook.' Ze zette haar glas in de gootsteen. 'Daarom ga ik niet wandelen op het binnenplein of het kasteel verkennen.' Ze draaide zich om naar de deur. 'Ik ga naar Mario om te kijken of hij bereid is wat mededeelzamer te zijn.' Over haar schouder keek ze sluw en voldaan naar zijn reactie. 'Wil je daar een weddenschap over afsluiten, Trevor?'

'Nee.' Hij keek haar recht aan. 'Maar je doet er goed aan te onthouden dat ik hem er verantwoordelijk voor zal houden als ik in ongenade val, en daarnaar zal handelen.'

Haar glimlach verdween. Die rotzak. Hij had niets kunnen zeggen wat haar daar sterker van zou kunnen weerhouden. 'Stel dat ik zeg dat me dat niets kan schelen?'

'Dan zou je liegen,' reageerde hij kortaf. 'Ga nu maar. Je hebt de reactie gekregen die je wilde hebben. Mario zal vast dolblij zijn je te zien.'

Die reactie had ze inderdaad gekregen, maar dat gaf haar geen triomfantelijk gevoel. Ze had hem boos willen maken, door die koele, gladde façade heen willen boren. Dat was haar ook gelukt. Hij had een overwinning echter in een patstelling weten te veranderen.

'Wat had je anders verwacht?' Trevor keek haar nog steeds strak aan. 'Ik ben niet een van de jongens met wie je in Harvard rondhangt. Je speelt om een hoge inzet, en dan moet je voorbereid zijn op een uitdaging om je woorden waar te maken.'

Ze keek hem niet meer aan en liep naar de hal. 'Het was geen bluf.'

'Dat hoop ik.'

Zijn woorden achtervolgden haar terwijl ze de trap op liep. Ze weigerde om te kijken. Ze zou hem niet laten merken dat dat zacht geuite dreigement haar verontrustte. Het had haar niet bang gemaakt. Wel verontrust. Ze was bevangen door een opwinding, een tintelend gevoel van onzekerheid en dreigend gevaar dat ze nog nooit eerder had gehad. Was dit zoiets als het slappe koord van Trevor? Voelde hij zich zo als...

Vergeet het, hield ze zichzelf voor. Zet het van je af. Ze zou zo veel mogelijk uit Mario los zien te peuteren zonder die jongen in de problemen te brengen, en vanavond zou ze meer over Trevor te weten komen. De Run...

Nee, zet Trevor van je af. Denk niet aan hem en smoor dit enthousiasme in de kiem, hield ze zichzelf voor. Concentreer je op Mario en Cira.

'Houd Jock bij Jane vandaan,' zei Trevor zodra MacDuff de telefoon had opgenomen. 'Ik wil hem niet bij haar in de buurt zien.'

'Hij zal haar niets aandoen.'

'Niet als je hem ver bij haar uit de buurt houdt. Ze heeft hem gisteravond gezien, en vanmorgen naar hem gevraagd.'

'Ik ben niet van plan hem als een dier op te sluiten. Hij is een twintigjarige jongeman.'

'Die bijna een van mijn bewakers had gedood omdat hij dacht dat die een bedreiging voor jou vormde.'

'Die man had Jock aan het schrikken gemaakt, en hij had niet in de stal moeten zijn. Ik had je gezegd dat die in het kasteel als enige plek voor jou verboden terrein is.'

'Je had me niet verteld dat je daar een lievelingstijger had zitten. Binnen twee seconden had hij een garrot om de nek van James geslagen en als ik niet tussenbeide was gekomen, zou die even later dood zijn geweest.'

'Maar dat is niet gebeurd.'

'En iets dergelijks zal Jane MacGuire ook niet overkomen. Ze heeft verdomd goede instincten, en aangezien ze naar hem heeft gevraagd moet ze aanvoelen dat er iets mis is met die jongeman.'

'Ik zal het afhandelen.'

'Dat is je geraden, want anders doe ik het.' Hij verbrak de verbinding.

Verdomme.

MacDuff stopte zijn telefoon in zijn zak, draaide zich om en liep met grote passen door de stal naar het schuurtje dat Jock in een van de achterste boxen had ingericht. 'Jock, ik had je opgedragen bij haar uit de buurt te blijven.'

Jock keek geschrokken op van de gardenia die hij in een terracotta pot aan het zetten was. 'Cira?'

'Ze is Cira niet. Ze heet Jane MacGuire. Ik heb al tegen je gezegd dat ze mij niet van streek maakt. Heb je gisteravond geprobeerd haar te zien?'

Jock schudde zijn hoofd.

'Hoe heeft ze jou dan kunnen zien?'

'Ze hebben haar de kamer gegeven die u gewoonlijk gebruikt. Ik kon haar bij het raam zien staan.' Hij fronste zijn wenkbrauwen. 'Dat hadden ze niet moeten doen. Het is uw kamer.'

'Ik vind het niet erg. Het kan me niets schelen waar ik slaap.'

'Maar u bent de kasteelheer.'

'Luister naar me, Jock. Het kan mij niets schelen.'

'Mij wel.' Hij keek naar zijn gardenia. 'Dit is een bijzondere gardenia uit Australië. Volgens de catalogus moet hij heel strenge winters kunnen overleven. Denkt u dat dat waar is?'

MacDuff voelde zijn keel verkrampen terwijl hij naar de jongen keek. 'Misschien wel. Ik heb wezens ongelooflijke ontberingen en wreedheden zien overleven.'

Jock raakte de roomwitte bloem voorzichtig aan. 'Maar dit is een bloem.'

'Dan zullen we het gewoon moeten afwachten, nietwaar?' Hij zweeg even. 'Je moeder heeft weer gebeld. Ze wil je zien.'

'Nee.'

'Je doet haar verdriet, Jock.'

Hij schudde zijn hoofd. 'Ik ben haar zoon niet meer. Ik wil haar niet zien huilen.' Hij keek MacDuff aan. 'Tenzij het van u moet.'

MacDuff schudde vermoeid zijn hoofd. 'Nee, het moet niet. Maar ik zeg je wel dat je niet in de buurt van Jane MacGuire mag komen, en dat moet je me beloven.'

Jock zweeg even. 'Toen ze bij het raam stond kon ik een soort van... silhouet zien. Ze stond kaarsrecht, met haar hoofd omhoog. Ze deed me denken aan een iris of een narcis... Het idee haar te breken maakte me triest.'

'Je hoeft niets of niemand te breken, Jock. Kom niet bij haar in de buurt. Beloof me dat.'

'Dat zal ik niet doen als u dat niet wilt.' Hij keek weer naar de gardenia. 'Ik hoop dat hij in leven blijft. Zo ja, dan zou u hem de volgende lente aan mijn moeder kunnen geven.'

Christus. Soms kon het leven pure shit zijn. 'Misschien wel.' Hij draaide zich om. 'Ik denk dat ze dat fijn zou vinden.'

Ze zag het borstbeeld zodra ze – na te hebben geklopt – de werkkamer van Mario in was gelopen.

Het stond op een piëdestal bij het raam en werd omgeven door stralend zonlicht.

'Ze is schitterend, nietwaar?' Mario, die achter het bureau had gezeten, ging staan en liep naar haar toe. 'Bekijk haar maar van wat dichterbij. Ze is echt perfect.' Hij pakte haar hand en nam haar mee naar het beeld. 'Maar misschien wist je dat al. Heb je dit beeld ooit eerder gezien?'

'Nee, maar wel foto's ervan.'

'Het verbaast me dat Trevor het je niet heeft laten zien. Je kent hem toch al lange tijd?'

'Ja, maar het juiste moment ervoor heeft zich gewoon nooit voorgedaan,' zei ze afwezig terwijl ze naar Cira's gezicht keek. Zelfs zij zag de gelijkenis, maar ze ging verder te zeer op in het idee dat degene die dit beeld had gemaakt Cira daadwerkelijk had gezien. Misschien had ze tweeduizend jaar geleden zelfs voor hem geposeerd. Toch zag het beeld er niet oud uit en was Cira's gezichtsuitdrukking even modern als een foto in het tijdschrift *People*. Ze keek brutaal de wereld in: alert, intelligent, met een humoristisch trekje rond haar lippen dat haar helemaal tot leven leek te brengen. 'Het is inderdaad schitterend. Ik heb me laten vertellen dat er veel beelden van Cira zijn gemaakt, maar dit moet het mooiste zijn.'

'Dat vindt Trevor ook. Hij is heel bezitterig waar het haar betreft. In eerste instantie mocht ik hier niet werken, maar toen heb ik tegen hem gezegd dat ik inspiratie nodig had.' Mario glimlachte ondeugend. 'Dat was een echte overwinning van me, en die boek ik niet vaak op Trevor.'

Het was vreemd hier te staan kijken naar het gezicht dat haar leven al op talrijke manieren had veranderd. De dromen, de episode vier jaar geleden die haar bijna het leven had gekost. Nu was de cirkel gesloten, met Cira in het midden ervan. Ze dwong zichzelf een andere kant op te kijken. 'Geeft ze je ook inspiratie?'

'Nee, maar ik keek graag naar haar als ik aan het werk was geweest met haar tekst. Dan leek het bijna alsof ze tegen me sprak.' Hij fronste zijn wenkbrauwen. 'Op het internet heb ik gelezen dat mevrouw Duncan een forensische reconstructie van een schedel heeft gemaakt die op Cira leek.'

'Nee, dat was een publiciteitsstunt. Ze heeft een reconstructie gemaakt van een schedel uit die periode – die Trevor van een museum in Napels had geleend – en die leek helemaal niet op Cira.'

'Foutje van mij, dus. Ik neem aan dat ik zo opging in haar tekst dat ik er niet voldoende aandacht aan heb besteed.'

'Haar tekst,' herhaalde Jane. 'Tot Trevor me tijdens de reis hierheen over die geschriften van haar vertelde, wist ik niets van het bestaan ervan af. Hij had altijd gezegd dat de teksten óver Cira gingen.'

'Ze zaten in een aparte kist in een muur achter in de bibliotheek. Trevor zei dat hij ze nog niet eerder had gezien en dat de muur door het instorten van de gang eveneens ingestort kon zijn. Hij gelooft dat ze had geprobeerd ze te verstoppen.'

'Dat is wel waarschijnlijk. In de tijd dat ze de maîtresse van Julius was zal ze vast niet zijn aangemoedigd geestelijk actief te zijn. Hij was alleen in haar lichaam geïnteresseerd.'

Hij glimlachte. 'Dat blijkt zonneklaar uit de door hem geschreven teksten. Wil je er een paar van lezen?'

'Hoeveel zijn er?'

'Twaalf, maar er is sprake van veel herhalingen. Hij was stapel op Cira, en kennelijk ook op porno.'

'En de teksten van Cira's hand?'

'Zijn interessant, maar veel minder prikkelend.'

'Wat een teleurstelling. Kan ik die lezen?'

'Ja. Trevor heeft daar gisteravond toestemming voor gegeven, en hij zei al dat die jou het meest zouden interesseren.' Hij knikte naar een gemakkelijke stoel in een hoek van de kamer. 'Ik zal je de vertaling van de eerste perkamentrol geven. In die hoek heb je licht zat.'

'Ik kan hem ook meenemen naar mijn kamer.'

Hij schudde zijn hoofd. 'Toen ik voor Trevor ging werken heb ik moeten beloven de perkamentrollen en de vertalingen geen moment uit het oog te verliezen.'

'Heeft hij ook gezegd waarom je dat moest beloven?'

'Hij zei dat ze heel belangrijk waren en dat wat ik deed gevaarlijk werk was omdat een zekere Grozak ze wil hebben.'

'Meer niet?'

'Meer hoefde ik ook niet te weten. Waarom zou ik nieuwsgierig zijn? Het kan me niets schelen waar Trevor en Grozak over vechten. Voor mij zijn alleen de teksten belangrijk.'

Dat was haar duidelijk. Zijn donkere ogen glansden en hij liet zijn hand bijna strelend over het perkament glijden. 'Ik neem aan dat Trevor het recht heeft bepaalde regels vast te stellen. Toch zou ik wel wat nieuwsgieriger zijn dan jij lijkt te zijn.'

'Dat kan, maar jij bent mij niet. Onze levens zijn waarschijnlijk heel verschillend. Ik ben in Noord-Italië opgegroeid, in een
dorp aan de voet van een klooster. Als kleine jongen heb ik in de
tuin van dat klooster gewerkt, en later in de bibliotheek. Ik boen-
de de vloertegels op handen en knieën tot die ervan begonnen te
bloeden, en aan het eind van de week mocht ik dan een uur lang
boeken bekijken.' Hij glimlachte. 'Zo oud. De leren banden waren glad en mooi. Ik zal me de geur ervan mijn leven lang blijven
herinneren. En de handschriften waren heel gracieus. Ik vond het
iets magisch hebben dat de priesters die ze hadden geschreven zo
geleerd en zo wijs konden zijn. Dat toont aan dat de tijd er in feite niet toe doet, nietwaar? We gaan door het leven en sommige
dingen veranderen terwijl andere hetzelfde blijven.'

'Hoeveel jaren heb je voor dat klooster gewerkt?'

'Tot ik vijftien was. Er is een tijd geweest dat ik priester wilde
worden, maar toen ontdekte ik de meisjes.' Hij schudde triest
zijn hoofd. 'Vervolgens viel ik in ongenade en zondigde ik. De
priesters waren heel erg in me teleurgesteld.'

'Je zult vast geen afschuwelijke doodzonde hebben begaan.'
Ze herinnerde zich de rauwe straten waarin zij was opgegroeid
en waar het begaan van zonden een dagelijks gegeven was geweest. 'Maar je hebt gelijk. Wij zijn op heel verschillende manieren opgegroeid.'

'Dat betekent niet dat we niet van elkaars gezelschap kunnen
genieten. Blijf alsjeblieft hier.' Hij glimlachte. 'Het zal heel opwindend voor me zijn je daar te zien lezen wat Cira heeft geschreven. En ook bizar. Het zal lijken alsof zij...' Hij zweeg schuldbe-
wust. 'Maar natuurlijk zie ik nu veel verschillen tussen jou en dit
beeld. Jij...'

'Leugenaar.' Toch glimlachte ze. 'Het is niet erg, Mario.'

'Gelukkig.' Hij zuchtte opgelucht. 'Ga zitten.' Hij bladerde
voorzichtig door een stapel papieren op zijn bureau. 'Ik heb de
teksten eerst van het Latijn in modern Italiaans vertaald, en toen
in het Engels. Daarna heb ik het nóg een keer gedaan om zeker te
weten dat ik accuraat had gewerkt.'

'Christus!'

'Dat wilde Trevor, maar ik zou het sowieso hebben gedaan.'

Hij pakte een dunne map met een paar vellen papier die aan elkaar waren geniet en gaf die aan haar. 'Ik wilde haar tegen me horen praten.'

Ze nam de map langzaam van hem over. 'Is dat ook gebeurd?'

'O ja,' zei hij zacht terwijl hij zich omdraaide en terugliep naar zijn bureau. 'Ik hoefde alleen maar te luisteren.'

Cira I stond op de titelpagina.

Cira.

Verdorie! Ze was zenuwachtig. Ze had nu al jaren met het beeld en het levensverhaal van Cira geleefd, maar dat was iets anders dan haar gedachten lezen. Dat maakte haar... werkelijk.

'Is er iets mis?' vroeg Mario.

'Nee.' Ze ging rechtop zitten en sloeg de titelpagina om.

Oké, Cira. Praat tegen me. Ik luister.

Luzern, Zwitserland

'Mag ik hier gaan zitten? Alle tafeltjes lijken bezet te zijn.'

Eduardo keek van zijn krant op naar de man die een kop espresso in zijn hand hield, en knikte. 'Je moet hier vroeg zijn om een tafeltje te vinden. Het uitzicht op het meer is hiervandaan bijzonder mooi.' Hij keek naar het door het Meer van Luzern weerkaatste zonlicht. 'Maar het is sowieso mooi.' Hij verschoof de krant iets om plaats vrij te maken. 'Het ontroert je hart.'

'Ik ben hier voor het eerst, maar ik moet het met u eens zijn.'

'U bent een toerist?'

'Ja.' Hij glimlachte. 'U ziet er trouwens uit als iemand die hier in Luzern woont.'

'Sinds mijn pensionering. Mijn zuster en ik delen een appartement in de stad.'

'Dus kunt u hier elke morgen naartoe om te genieten. Daar boft u mee.'

Eduardo keek niet al te enthousiast. 'Natuurschoon kun je niet eten. Met mijn pensioen kan ik me als ontbijt niet meer permitteren dan een kop koffie en een croissant.' Hij keek naar het meer. 'Maar misschien bof ik inderdaad wel. Schoonheid is voedsel voor de ziel.'

'Kent u Luzern goed?'

'Het is een kleine stad en er valt niet zoveel over te weten.'

De man boog zich naar voren. 'Misschien zou ik u er dan toe kunnen overhalen me nog andere bezienswaardigheden te laten zien? Ik ben niet rijk, maar ik zal u graag voor uw moeite betalen.' Hij aarzelde even. 'Als ik u tenminste niet beledig door u geld aan te bieden.'

Eduardo nam een slokje koffie en dacht na. De man was hoffelijk, sprak keurig netjes en gedroeg zich niet zo opdringerig als de meeste toeristen die in drommen naar Luzern kwamen. Misschien was hij leraar, of ambtenaar, want zijn kleren zagen er niet duur uit. En hij wist kennelijk dat trots voor arme mensen heel belangrijk was. Hij was ook respectvol en het aarzelende enthousiasme waarmee hij naar hem, Eduardo, keek was heel vleiend.

Waarom niet? Een beetje extra geld kon hij altijd gebruiken, en het zou fijn zijn weer een doel te hebben. Zijn dagen waren lang en saai en met pensioen zijn was anders dan hij had gedacht. Hij kon nu begrijpen dat ouderen alles opgaven en wegzakten omdat ze geen reden hadden om elke morgen op te staan. Hij knikte langzaam. 'Misschien kunnen we wel iets regelen. Waarin bent u met name geïnteresseerd, meneer...'

'Sorry! Wat onbeleefd van me.' Hij glimlachte. 'Ik heet Ralph Wickman.'

De klerk Actos, die me dit vel perkament heeft gegeven, zegt dat ik niets moet opschrijven waarvan ik niet wil dat Julius het leest. Dat ik voorzichtig moet zijn.

Ik heb er genoeg van voorzichtig te zijn, en misschien kan het me niet langer iets schelen als hij dit leest en boos wordt. Het leven lijkt op dit moment heel saai en ik kan het niet toestaan dat hij mijn geest net zo verstikt als mijn lichaam. Ik moet voorkomen dat ik word gesignaleerd terwijl ik met iemand praat, uit angst dat Julius een manier zal vinden om die persoon iets aan te doen. Maar misschien zal ik deze tekst naar jou kunnen sturen, Pia. Hij is niet op de hoogte van jouw bestaan, en dus zou dat veilig kunnen zijn. Julius houdt me voortdurend in de gaten sinds hij heeft ontdekt dat ik Antonio als minnaar heb genomen. Soms vraag ik me af of hij krankzinnig is. Hij zegt dat hij door de liefde gek is geworden, maar hij houdt alleen van zichzelf. Toen hij Antonio geld had gegeven om mij te verlaten, dacht hij dat ik als een mak schaap zou terugkomen om onder zijn juk te leven.

Ik zal nooit de slavin van welke man dan ook worden. Het enige wat zij begrijpen is wat er tussen mijn dijbenen zit en het goud dat ze in hun handpalm kunnen houden. Dus heb ik tegen Julius gezegd dat hij mijn lichaam weer kon hebben mits hij er genoeg geld voor over had. Waarom ook niet? Ik hield van Antonio, en hij heeft me verraden. Maar een kist met goud zou ons voor de rest van ons leven veilig en vrij houden.

Hij werd razend, maar heeft me uiteindelijk wel die kist met goud gegeven. Hij zei dat ik hem in een kamer in de tunnel moest bewaren, onder bewaking, opdat ik onze overeenkomst niet nog eens verbreek, het goud pak en hem verlaat. Ik weet dat hij hoopte dat hij genoeg van me zou krijgen en dan zijn goud weer kon opeisen. Maar dat zal niet gebeuren. Daar zal ik voor zorgen. Als er één ding is wat ik heb geleerd, is dat hoe ik een man moet behagen.

Dat goud is van mij en zal van mij blijven. Ik ben al een praatje gaan maken met de bewakers die het in de gaten moeten houden, en het zal niet lang duren voordat ik hen heb overgehaald naar mijn kamp.

Daarna moet jij me helpen, Pia. Mijn bediende Dominic zal het goud naar je toe brengen, met instructies over wat je ermee moet doen. Daarna moet hij Herculaneum achter zich laten en zich op het platteland verbergen voordat Julius te weten komt dat hij me heeft geholpen. Ik heb tegen hem gezegd dat hij Leo mee moet nemen, omdat Julius eenieder die mij nabij is zal doden zodra ik hem heb verlaten. Het zal hem niets kunnen schelen dat Leo nog maar een kind is. Zoals ik al heb geschreven, is hij krankzinnig.

Jij moet je ook schuilhouden. Je moet tegen Dominic zeg-

gen waar je zult zijn, en dan zal hij dat bericht aan mij door-
geven.
 Ik weet niet of het verstandiger is het risico te nemen dit
bericht naar je toe te sturen om je op de komende gebeurte-
nissen voor te bereiden, of dat ik Dominic gewoon met het
goud bij jou voor de deur moet laten verschijnen. Die beslis-
sing zal ik spoedig moeten nemen.
 Ik wil je met mijn woorden beroeren voor het geval ik je
nooit meer zal zien, en ik ben bang dat dat een heel reële
mogelijkheid is.
 Nee, dat is onzin. Alles zal goed gaan. Ik zal me door Juli-
us niet laten verslaan. Doe gewoon wat ik je heb opgedra-
gen.
Alle liefs,
Cira

Mijn hemel! Jane besefte dat haar handen trilden. Ze haalde diep adem en probeerde zichzelf weer onder controle te krijgen.

'Dat is me nogal wat, hè,' zei Mario vanaf de andere kant van de kamer. 'Ze was een geweldige vrouw.'

'Dat was ze inderdaad. Ze was kennelijk tot de conclusie gekomen dat het niet veilig was deze brief te versturen. En nu vertaal je een andere tekst van haar?'

Hij knikte. 'Daar ben ik net mee begonnen.'

'Dus we weten niet of ze het goud vóór de uitbarsting van de Vesuvius de tunnel uit heeft gekregen?'

'In elk geval nog niet.'

'Weten we wie Pia was?'

Hij schudde zijn hoofd. 'Duidelijk iemand van wie ze hield. Misschien een bevriende actrice uit het theater.'

'Trevor heeft me verteld dat ze volgens de geschriften van Julius geen familie of goede vrienden had. Er waren alleen een bediende – Dominic, een ex-gladiator – en een straatkind dat ze in huis had genomen.'

Mario knikte. 'Leo.'

'Trevor heeft geen naam genoemd, maar dat zou kunnen. Wie kan die Pia in vredesnaam zijn?'

'Het is mogelijk dat Julius minder van Cira wist dan hij dacht.'

Dat was waar. Cira had uitsluitend in fysiek opzicht intiem met hem willen zijn.

Toen Mario haar gefrustreerde gezichtsuitdrukking zag trok hij zijn wenkbrauwen en zijn schouders op. 'Sorry. Zoals ik je al heb gezegd ben ik net met die tweede tekst van haar aan de slag gegaan.'

Maar ze wilde het wéten.

'Ik begrijp het,' zei Mario zacht. 'Ik ben even nieuwsgierig als jij. Het vertalen van de woorden én de nuances kost echter tijd. Ik moet voorkomen dat ik vergissingen maak. Trevor heeft me laten beloven dat er van een verkeerde interpretatie geen sprake mag zijn.'

'En we willen Trevor niet teleurstellen.' Ze knikte berustend. 'Ik kan wachten.' Ze trok haar neus op. 'Vol ongeduld.'

Hij lachte, pakte een andere map van zijn bureau en ging staan. 'Wil je ook iets van Julius lezen?'

'Ja. Het kan interessant zijn te weten hoe hij over Cira dacht. Maar gezien alles wat jij hebt gezegd reken ik niet op verrassingen.' Ze nam de map van hem over en krulde zich op in de stoel. 'Misschien heb je later in de middag een nieuw stukje tekst van Cira voor me?'

Hij schudde zijn hoofd. 'Met deze tekst heb ik problemen, want het perkament was niet zo goed bewaard gebleven als dat van de eerste brief. De koker waarin hij zat was gedeeltelijk beschadigd.'

Ze moest zich niet gefrustreerd voelen. De brief van Cira aan Pia had niet alleen haar indruk van het karakter van Cira bevestigd, maar ook veel nieuwe informatie verschaft. De geschriften van Julius konden eveneens interessant zijn, en tot het avondeten had ze niets anders te doen. Daarna zou Trevor haar de Run laten zien. Ze zuchtte. 'Dan zal ik hier gewoon moeten blijven zitten om je de inspiratie te geven om iets harder te werken.'

8

Ze had vier teksten van Julius gelezen toen ze opstond uit de stoel en de rest terugbracht naar Mario's bureau. 'Mijn hemel, wat was hij een geile rotzak.'

Mario grinnikte. 'Heb je er genoeg van?'

'Voorlopig wel. Het enige wat hij me over Cira vertelt, is wat een opmerkelijke geslachtsdelen ze had. Ik zal het later nog eens proberen. Nu ben ik aan een adempauze toe. Ik ga op het binnenplein tekenen.' Ze glimlachte. 'Daarna kom ik terug om je weer te sarren.'

'Daar verheug ik me op.' Hij klonk afwezig en was duidelijk alweer bezig met de vertaling.

Ze wenste dat zij ergens zo volledig in kon opgaan. Na al die jaren wachten op het moment dat ze de teksten van Julius kon lezen waren die zeer beslist een teleurstelling. De details van Cira's leven had ze al van Trevor gehoord, en de seksuele fantasieën van Julius over haar waren vernederend en ergerlijk. Ze wilde dolgraag de tweede tekst van Cira lezen!

Maar dat zou moeten wachten. Dus moest ze Cira even vergeten en opgaan in haar eigen werk. Daarmee zou ze de tijd kunnen doden tot ze het aankon de porno van Julius weer te lezen.

Een uur later zat ze op de rand van de fontein en maakte een schets van de tinnen af. Saai. Het kasteel was interessant en ze was er zeker van dat het een kleurrijke geschiedenis had, maar er was niets waar ze echt haar tanden in kon zetten. Het was een brok steen, cement en...

De staldeur ging open. 'Je bent weer boos, hè?'

Ze keek naar de man die in de deuropening stond. 'Nee, geen man. Een jongen van een jaar of twintig.

En o god, dat gezicht...

Mooi. Knap was het juiste woord niet, net zomin als dat gold voor de beelden van Griekse helden die ze had gezien. Zijn verwarde blonde haar omlijstte perfecte gelaatstrekken en grijze ogen die haar met een soort verontruste onschuld aankeken. O ja. Bartlett had gezegd dat Jock Gavin traag, kinderlijk, was.

'Ben je nog steeds boos op de kasteelheer?' vroeg hij, en de frons in zijn voorhoofd werd dieper.

'Nee.' Zelfs die frons deed niets af aan het feit dat zijn gezicht mateloos fascinerend was. Hij gaf het alleen nog meer karakter, nog meer lagen. 'Ik ben op niemand boos, en ik ken MacDuff in feite niet.'

'Je was boos toen je hier arriveerde. Dat heb ik gezien. Je hebt hem ongelukkig gemaakt.'

'Nou, ik werd ook niet echt blij van hém.' De frons was er nog steeds en het was haar duidelijk dat ze niet echt tot hem doordrong. 'Het was een misverstand. Begrijp je wat ik bedoel?'

'Natuurlijk. Maar soms spreken mensen niet de waarheid.' Hij keek nu naar het schetsboek. 'Je bent iets aan het tekenen. Dat heb ik gezien. Wat?'

'De tinnen.' Ze draaide de schets om, om die aan hem te laten zien. 'Maar het is niet echt goed. Schetsen van gebouwen maken vind ik eigenlijk niet zo leuk. Ik teken liever mensen.'

'Waarom?'

Ze haalde haar schouders op. 'Omdat die leven. Gezichten worden ouder en veranderen van minuut op minuut en jaar op jaar.'

Hij knikte. 'Net als bloemen.'

Ze glimlachte. 'Sommige gezichten die ik heb getekend hadden helemaal niets weg van een bloem, maar het idee is inderdaad hetzelfde. 'Hou je van bloemen?'

'Ja.' Hij zweeg even. 'Ik heb een nieuwe plant. Een gardenia. Ik wilde hem in de lente aan mijn moeder geven, maar nu zou ik haar er alvast een tekening van kunnen geven, hè?'

'Ze zal waarschijnlijk de voorkeur geven aan de bloem.'

'Maar die kan doodgaan.' Zijn gezicht betrok. 'Ik kan doodgaan. Sommige dingen gaan dood.'

'Je bent jong,' zei ze zacht. 'Jonge mensen gaan meestal niet zomaar dood.' Mike was echter wel overleden en hij was even jong geweest als deze beeldschone jongen. 'Maar ik zou die bloem nu kunnen tekenen, en dan kun je de plant later altijd nog aan je moeder geven.'

Hij keek enthousiast. 'Wanneer zou je dat kunnen doen?'

Ze keek op haar horloge. 'Nu. Ik heb tijd en het zal niet lang duren. Waar is die plant?'

'In mijn tuin.' Hij zette een stap opzij en wees de stal in. 'Kom mee. Ik zal je laten zien waar...' Zijn glimlach verdween. 'Nee, dat kan ik niet doen.'

'Waarom niet?'

'Ik heb de kasteelheer beloofd niet bij jou in de buurt te komen.'

'O, kom nou toch.' Ze herinnerde zich dat Bartlett en Trevor hadden gezegd dat de jongen haar niet mocht lastigvallen. Ondanks het feit dat zij had gezegd dat de jongen haar niet stoorde, hadden ze er kennelijk met MacDuff over gesproken. Nu ze hem had leren kennen, vond ze het helemaal onzin. 'Het is oké, Jock.'

Hij schudde zijn hoofd. 'Ik heb het hem beloofd.' Hij dacht na. 'Maar als ik vooroploop en jij me volgt, zal ik niet echt bij je in de buurt zijn, hè?'

Ze glimlachte. Hij mocht dan kinderlijk zijn, maar hij was niet zo traag als Bartlett dacht. 'Prima, Jock. Bewaar maar afstand.' Ze liep het plein over naar de stal. 'Ik kom vlak achter je aan.'

'Waarom zijn alle boxen leeg?' vroeg Jane terwijl ze door de stal liep. 'Heeft MacDuff geen paarden?'

Hij schudde zijn hoofd. 'Die heeft hij verkocht. Hij komt hier niet vaak meer.' Hij was nu bij de deur achter in de stal en smeet die open. 'Dit is mijn tuin. Het zijn alleen potplanten, maar de kasteelheer heeft gezegd dat ik ze later buiten in de grond kan zetten.'

Ze liep achter hem aan het zonlicht in. Bloemen. De kleine, bestrate ruimte leek op een patio, maar door de vele vazen en potten kon je er nauwelijks lopen. Een glazen dak maakte er een perfecte kas van. 'Waarom niet nu?'

'Hij is er niet zeker van waar we straks zullen zijn, en hij zei dat het belangrijk is goed voor bloemen te zorgen.' Hij wees op een terracottapot. 'Dat is mijn gardenia.'

'Mooi.'

Hij knikte. 'En hij zal nog leven als de winterwind waait.'

'Ook mooi.' Ze sloeg haar schetsboek open. 'Is de gardenia jouw lievelingsbloem?'

'Nee. Ik vind alle bloemen mooi.' Hij fronste zijn wenkbrauwen. 'Met uitzondering van lelies. Daar hou ik niet van.'

'Waarom niet? Ze zijn mooi en ik denk dat ze het hier goed zouden doen.'

Hij schudde zijn hoofd. 'Ik hou er niet van.'

'Ik wel. Thuis hebben we er heel veel.' Ze begon te tekenen. 'De bloesems van je gardenia hangen een beetje. Kun je de takken opbinden tot ik de tekening af heb?'

Hij knikte en haalde een leren koord uit zijn zak. Even later stond de gardenia rechtop in de pot. 'Zo goed?'

Ze knikte afwezig terwijl haar potlood over het papier vloog. 'Prima... Ga jij maar op dat krukje bij de tafel zitten als je dat wilt, want het zal even duren.'

Hij schudde zijn hoofd en liep naar het andere uiteinde van de patio. 'Te dichtbij. Ik heb het beloofd.' Hij keek naar het koord om de gardenia. 'Maar hij weet dat ik in feite niet dicht in de buurt hoef te zijn. Er zijn zoveel manieren...'

'Wat doe jij verdomme hier?'

Jane keek over haar schouder en zag MacDuff in de deuropening staan. 'Wat denk je?' Ze draaide haar hoofd weer en maakte de schets af. Toen scheurde ze het vel los en stak het Jock toe. 'Alsjeblieft. Mooier kan ik het niet maken. Ik heb je al verteld dat ik beter ben met gezichten.'

Jock kwam niet in beweging en bleef strak naar MacDuff kijken. 'Ik ben niet dicht bij haar in de buurt. Ik heb mijn belofte niet verbroken.'

'Dat heb je wel gedaan. Je wist precies wat ik bedoelde.' Hij nam de schets van Jane over en stak hem Jock toe. 'Hier ben ik niet blij mee.'

De jongen leek totaal van slag en Jane werd boos. 'O, hou toch op! Ik zou je een dreun kunnen verkopen. Ik heb zelf aangeboden deze schets te maken. Hij heeft niets gedaan.'

'Shit!' MacDuff keek naar Jocks gezicht. 'Hou verder je mond en maak dat je wegkomt.'

'Geen sprake van.' Ze liep naar de gardenia en verwijderde het koord. 'Niet tot jij hem excuses hebt aangeboden.' Ze liep naar Jock toe en gaf hem het koord. 'Dit heb ik niet meer nodig. Ik hoop dat je moeder de tekening mooi vindt.'

Hij zweeg en keek naar het koord. 'Ga je hem pijn doen?'

'MacDuff? Ik kan hem wel wurgen.' Ze hoorde MacDuff iets mompelen. 'Hij zou je niet zo mogen behandelen en als jij verstandig was, zou je naar hem uithalen.'

'Dat kan ik niet doen.' Hij staarde nog even naar de schets en stopte het koord toen langzaam in zijn zak. 'En dat moet jij ook niet doen. Ik moet voorkomen dat iemand hem iets aandoet.' Hij keek weer naar de schets en glimlachte langzaam. 'Dank je.'

'Graag gedaan.' Zij glimlachte eveneens. 'Als je me echt wilt bedanken, kun je me een gunst bewijzen. Ik zou jou graag willen tekenen, en ik kan je beloven dat die schets veel beter zal worden dan deze.'

Jock keek onzeker naar MacDuff.

Hij aarzelde even en knikte toen langzaam. 'Het is goed, als ik er maar bij ben.'

'Ik wil jou er niet bij hebben, MacDuff.' Ze zag Jock opnieuw zijn wenkbrauwen fronsen en zuchtte berustend. Het had geen zin de jongen bezorgd te maken, en de kasteelheer leek hem stevig onder de duim te hebben. 'Oké. Oké.' Ze draaide zich om en liep naar de deur. Het werd tijd om terug te gaan naar Cira en Julius, weg van deze beeldschone jongen en de man die hem volledig onder controle scheen te hebben. 'Tot morgen, Jock.'

'Wacht.' MacDuff liep achter haar aan naar de deur naar het binnenplein. 'Ik wil met je praten.'

'Maar ik wil niet met jou praten. De manier waarop je die jongen behandelt staat me niet aan. Als hij problemen heeft moet hij worden geholpen en niet worden gedwongen te gehoorzamen.'

'Ik help hem ook.' Hij zweeg even. 'Maar misschien kun jij hem eveneens helpen. Hij reageerde daarnet anders dan ik had verwacht. Het zou… heilzaam kunnen zijn.'

'Om eens als een mens in plaats van een robot te worden behandeld? Dat lijkt me inderdaad heilzaam.'

Hij negeerde haar sarcasme. 'De regels zijn voor jou hetzelfde als voor hem. Ik ben erbij als jij Jock tekent. Uitzonderingen daarop worden niet gemaakt.'

'Verder nog iets?'

'Als je het aan Trevor vertelt, zal hij je er geen toestemming voor geven, want hij zal bang zijn dat Jock je iets aandoet. Hij weet dat de jongen niet stabiel is.' Hij keek haar recht aan. 'Dat is de waarheid. Hij zou je iets kunnen aandoen.'

'Hij was anders heel vriendelijk.'

'Geloof me als ik je zeg dat er alleen een figuurlijk startschot voor nodig is.'

Ze keek hem aan. 'En dat startschot personifieer jij. Hij is heel beschermend tegenover jou en je zou moeten proberen hem tot andere gedachten te...'

'Denk je dat ik dat niet heb gedaan?' onderbrak hij haar ruw. 'Hij weigert naar me te luisteren.'

'Waarom? Jij lijkt me nu niet direct iemand die bescherming nodig heeft.'

'Ik heb hem een keer een gunst bewezen, en daardoor heeft hij het gevoel dat hij mij iets schuldig is. Ik hoop dat dat gevoel geleidelijk zal verdwijnen.'

Ze schudde haar hoofd bij de herinnering aan de gezichtsuitdrukking van Jock toen MacDuff zei dat hij niet blij met hem was. Absolute toewijding. Volstrekte afhankelijkheid. 'Dat zou nog wel eens heel lang kunnen duren.'

'Dat moet dan maar,' zei hij hard. 'Ik ben niet van plan hem achter tralies te laten opsluiten om hem te laten bekijken door artsen die geen moer om hem geven. Ik zorg voor de mijnen.'

'Bartlett zei dat hij uit het dorp komt, en Jock maakte melding van zijn moeder. Heeft hij nog meer familie?'

'Twee jongere broers.'

'En die familie is niet bereid hem te helpen?'

'Dat staat hij niet toe. Ik vraag je niet veel. Ik zal zorgen dat je niets overkomt als je bij hem bent en met hem praat. Je hebt zelf gezegd dat je hem wilde tekenen. Ben je van gedachten veranderd omdat daar een risico aan verbonden kan zijn? Ja of nee?'

Ze had al genoeg op haar bordje zonder die mooie jongen ook nog eens te gaan helpen. Hoewel ze hem wilde tekenen, kon ze nieuwe complicaties missen als kiespijn. Ze vond het moeilijk te geloven dat hij even onstabiel en gevaarlijk was als MacDuff beweerde, maar als hij dacht dat het nodig was haar te waarschuwen moest er minstens iets van waar zijn. 'Waarom ik?'

Hij haalde zijn schouders op. 'Dat weet ik niet. Hij heeft Trevors beeld van Cira gezien en me gevraagd wat Trevor hier deed. Hij is uiterst visueel ingesteld, dus heb ik op het internet een verhaal over Cira opgezocht, waar jij een nogal prominente rol in speelde.'

Weer Cira. 'En hij gelooft dat ik Cira ben?'

'Nee. Stom is hij niet. Hij heeft alleen problemen.' Hij zweeg even. 'Tja... misschien raakt hij soms in de war.'

En MacDuff wilde Jock kennelijk even graag beschermen en verdedigen als de jongen hem. Voor het eerst voelde ze medeleven en begrip voor MacDuff. Die man zorgde niet alleen uit plichtsgevoel voor de jongen. 'Je mag hem graag.'

'Ik heb hem zien opgroeien. Zijn moeder was hier het hoofd van de huishouding en als jonge jongen liep hij het kasteel in en uit. Hij is niet altijd zoals nu geweest. Hij was intelligent en gelukkig...' Hij maakte zijn zin niet af. 'Ja, ik mag hem graag. Wil je het doen of niet?'

Langzaam knikte ze. 'Ik zal het doen, maar ik weet niet hoelang ik hier zal zijn.' Ze trok een gezicht. 'Jij waardeert mijn aanwezigheid kennelijk niet.'

'De situatie is al te ingewikkeld.' Hij zweeg even. 'Maar het is goed dat jij nuttig voor mij kunt zijn,' voegde hij er ernstig aan toe.

Ze keek hem verbaasd aan. 'Ik ben niet een van jouw mensen, en ik zal me niet laten gebruiken door...' Hij glimlachte en ze besefte dat hij een grapje had gemaakt. 'Jeetje, bespeur ik daar een gevoel voor humor?'

'Niet tegen Trevor zeggen, hoor. Je moet je dekking nooit laten zakken. Ga je hem vertellen dat je van plan bent Jock te tekenen?'

'Als ik daar zin in heb.' Ze begreep echter wat hij daarmee bedoelde. Sinds Trevor weer in haar leven was gekomen was ze al op haar hoede voor hem. 'In feite heeft hij er niets mee te maken.'

'Hij zal er niet mee akkoord gaan, en hij zou je niet hebben meegenomen als je onbelangrijk was voor hem.' Hij maakte de staldeur voor haar open. 'Als je hier morgen niet bent, zal ik dat begrijpen.'

Die ellendeling zei precies het enige waardoor ze beslist zou komen. Hij kon mensen bijna even goed manipuleren als Trevor, dacht ze geamuseerd. Waarom irriteerde haar dat in zijn geval niet? 'Ik zal er om negen uur morgenochtend zijn.'

'Dank je.' Hij keek haar recht aan. 'Ik los mijn schulden altijd af.'

'Prima.' Ze keek uit over het binnenplein. 'Het is goed dat ik jou kan gebruiken, MacDuff.'

Ze hoorde hem verbaasd grinniken, maar ze keek niet om. Het was waarschijnlijk een vergissing om zich in te laten met Jock Gavin. Met hem had ze niets te maken. Geen enkele schets was het risico waard waarvoor MacDuff haar had gewaarschuwd.

O, wat deed het er ook toe? Wezen en lamme eenden leken haar ondergang te moeten bewerkstelligen. Ze was nooit in staat geweest om weg te lopen als iets moeilijk werd. Als het een vergissing was, was het in elk geval háár vergissing en zou ze daarmee leven.

Had Cira er net zo over gedacht toen ze de jonge Leo in huis had genomen?

Jock Gavin was Leo niet, en zij was Cira niet. Dus moest ze ophouden met het maken van vergelijkingen en teruggaan naar Mario om te proberen hem wat vaart achter de vertaling te laten zetten.

Toen ze door de voordeur naar binnen liep stond Bartlett in de hal. Hij keek bezorgd. 'Ik heb je met de jongen de stal in zien lopen, en je bent lang weggebleven. Is alles oké?'

'Geen probleem. Hij was heel lief.' Ze wees op haar schetsboek. 'Ik heb getekend.'

Hij schudde verwijtend zijn hoofd. 'Je had de stal niet in moeten gaan. Die is door Trevor voor iedereen tot verboden terrein verklaard. De stal is het territorium van MacDuff.'

'MacDuff heeft me de deur niet uit getrapt, dus had hij er kennelijk geen bezwaar tegen.' Ze liep de trap op. 'Ik moet nu terug naar Mario. We zien elkaar later wel weer.' Op de overloop keek ze om en zag hem nog altijd bezorgd naar haar kijken. 'Het is goed, Bartlett,' zei ze zacht. 'Maak je geen zorgen.'

Hij dwong zichzelf te glimlachen en knikte. 'Daar zal ik mijn best voor doen.' Hij draaide zich om. 'Vroeger ging me dat gemakkelijker af. Hoe ouder ik word, hoe meer ik besef over hoeveel dingen je je op deze wereld zorgen moet maken. Jij weet dat nog niet. Jonge mensen denken altijd dat ze onsterfelijk zijn.'

'Daar vergis je je in. Als kind wist ik al dat ik niet onsterfelijk was. Ik wist dat je moest vechten om in leven te blijven.' Ze liep de trap verder op. 'Maar ik ben niet van plan ook maar een minuut te verspillen met piekeren tenzij ik tot de conclusie ben gekomen dat daar echt een reden toe is.'

'Trevor, mag ik binnenkomen?' vroeg MacDuff nadat hij de deur van de bibliotheek had opengemaakt. Hij knikte naar Bartlett, die naast het bureau stond. 'Ik heb je op het binnenplein naar de stal zien kijken alsof die een windmolen was, en jij Don Quichot.' Hij ging in een stoel zitten en glimlachte naar Trevor. 'Dus heb ik besloten jou de moeite om mij te gaan zoeken te besparen, want je bent zo'n drukbezette man.'

'Je had gezegd dat je hem bij haar uit de buurt zou houden,' zei Trevor koud. 'Zorg dat hij verdwijnt.'

MacDuff glimlachte niet langer. 'Jock woont bij mij. In elk geval voorlopig.'

'Ik denk dat ik jullie dit maar onder vier ogen laat afhandelen.' Bartlett liep naar de deur. 'Ik vecht nooit tegen windmolens, MacDuff. Ik denk echter wel dat de adeldom van Don Quichot zijn dwaasheid overschaduwde.'

Toen de deur achter Bartlett gesloten was, zei Trevor nogmaals: 'Zorg dat Jock verdwijnt. Als jij dat niet doet, doe ik het wel.'

MacDuff schudde zijn hoofd. 'Nee, dat zul je niet doen, want je hebt me nodig en als hij vertrekt, vertrek ik ook.'

'Bluf niet.' Hij keek MacDuff strak aan. 'Misschien kun je me niet eens helpen. Als Mario die vertalingen af heeft, kan ik dat goud wellicht zelf vinden. Ik weet verdomme niet eens zeker of jij een deugdelijk aanknopingspunt hebt. Het kan zijn dat je probeert me een loer te draaien.'

'Dat zul je pas weten als je me hebt gegeven wat ik hebben wil.'

'Bloeddorstige rotzak.'

'Dat ben ik inderdaad, maar toen je alles had gezien, had je moeten beseffen dat ik bereid was dat op te geven om mijn kans te krijgen.' Hij leunde achterover in zijn stoel en keek in de bibliotheek om zich heen. 'Het is vreemd in deze stoel te zitten in plaats van in de stoel achter het bureau. Het leven kan soms een rare wending nemen, nietwaar?'

'Je verandert van onderwerp.'

'Alleen een klein uitstapje.' Hij keek weer naar Trevor. 'Ik had tegen hem gezegd dat hij bij haar uit de buurt moest blijven, en dat is misgegaan. Het zal niet nog eens gebeuren.'

'Hij zal nu verder wel bij haar uit de buurt blijven?'

'Nee, maar ik zal altijd bij hen zijn.' Hij stak een hand op toen Trevor begon te vloeken. 'Ze wil hem tekenen. Ik heb haar voor hem gewaarschuwd. Ik ben er niet zeker van of ze me gelooft, maar dat is onbelangrijk. Zolang ik er maar ben om zo nodig tussenbeide te komen.'

'Daar komt niets van in.'

'Dat moet jij dan maar tegen haar zeggen.' Hij hield zijn hoofd scheef. 'Als je denkt dat dat werkt.'

'Klootzak.'

MacDuff ging staan. 'Ik zal ervoor zorgen dat Jane hem op het binnenplein tekent. Dan kun jij hen in de gaten laten houden door iemand die je vertrouwt, want ik weet dat ik diegene niet ben.' Hoofdschuddend keek hij opnieuw om zich heen. 'Vreemd...'

'Ik hoop dat je het heel vervelend vindt mij hier te zien,' zei Trevor met opeengeklemde kaken.

MacDuff schudde zijn hoofd. 'Dat is niet zo, want dit kasteel definieert niet wie ik ben. Hou ik ervan? Heel veel. Maar ik hoef hier niet per se te zijn. Ik kan het altijd met me mee dragen.' Hij glimlachte. 'Je ziet er heel goed uit in die stoel, Trevor. Een ware kasteelheer. Geniet er maar van.' Zijn glimlach verdween toen hij naar de deur liep. 'Ik zal dankbaar zijn als je besluit niet tussenbeide te komen. Het is de eerste keer dat Jock positief heeft gereageerd op iemand anders dan mij. Ik denk dat ze goed voor hem zal zijn. Daar komt het in wezen op neer.'

'Ik ben niet van plan...'

MacDuff was de bibliotheek al uit gelopen.

Trevor haalde diep adem en probeerde het snel opkomende gevoel van frustratie te onderdrukken. Hij had MacDuff verdomme echt nodig. Aanvankelijk had hij gedacht dat MacDuff hem heel misschien iets wijzer zou kunnen maken, maar naarmate hij meer over diens bezoeken aan Herculaneum te weten was gekomen, was hij steeds sterker gaan geloven dat die man het antwoord op zijn vragen nog wel eens kon zijn.

Blufte MacDuff? Misschien, maar dat risico kon hij niet nemen. Oké. Nu moest hij kalm over de situatie nadenken. MacDuff zou niet willen dat Jane iets overkwam, want daar had hij geen baat bij. Hij had beloofd Jane en Jock in de gaten te houden, en Trevor wist dat hij die belofte zou houden. Dat nam echter niet weg dat hij Brenner ook een oogje in het zeil zou laten houden.

Verdorie! De hele situatie kon worden opgelost als hij naar Jane toe kon gaan met de mededeling dat die afspraak om Jock te tekenen onaanvaardbaar was. Dat was echter geen optie.

Als MacDuff haar voor Jock had gewaarschuwd en ze nog altijd van plan was die jongen te zien, zou hij niets wijzer worden van een poging tussenbeide te komen. Ze zou doen wat ze wilde, en protesten van hem zouden zinloos zijn.

Maar ze liet koppigheid nooit prevaleren boven gezond verstand. Dus moest hij argumenten proberen te vinden om haar ervan te overtuigen dat ze de jongen links moest laten liggen. Tot die tijd zou hij maatregelen nemen om haar te beschermen en proberen niet al te opvallend tussen die twee in te gaan staan.

Argumenten. Hij pakte de telefoon en draaide het nummer van Venable. 'Ik moet je om een gunst vragen. Ik heb informatie nodig.'

Jane was nog bij Mario toen Trevor om kwart over acht die avond op de deur klopte en zonder een reactie af te wachten naar binnen liep. 'Jane, ik vind het heel vervelend jullie te storen,' zei hij sarcastisch, 'maar ik kan het niet toestaan dat je Mario nog langer afleidt van zijn werk.'

'Ze leidde me niet af,' zei Mario snel. 'Ze is heel stil en ik vind haar aanwezigheid geruststellend.'

'Geruststellend? Verbazingwekkend. Bartlett heeft me verteld dat ze laat deze middag naar de keuken is gegaan om voor jullie allebei iets te eten en te drinken te maken. Jij moet een kant van haar hebben ontdekt die ze mij nog nooit heeft laten zien.'

'Mensen reageren verschillend op andere mensen,' zei Jane. 'Ik wilde Mario niet storen.'

Mario grinnikte. 'Omdat ze wil dat ik de vertaling waarmee ik nu bezig ben zo snel mogelijk afrond.'

Jane knikte en glimlachte spijtig. 'Ik hoopte eigenlijk dat ik morgen iets zou kunnen lezen.'

'Ik heb je al gezegd dat ik er problemen mee heb. Er ontbreken hele woorden, en daar moet ik naar raden. Of misschien doe ik er wel zo lang over om jou daar maar te kunnen zien zitten.'

'Ik kan je aanraden dat niet te doen,' zei Trevor.

'Het was maar een grapje. Alles gaat goed, Trevor.'

'Al een verwijzing gevonden?'

'Nog niet.'

'Een verwijzing naar wat?' vroeg Jane.

'Het goud, natuurlijk. Wat anders?' zei Trevor. 'Als je de eerste brief van Cira hebt gelezen moet je weten dat de kans bestaat dat het goud niet meer in de tunnel is. Dat ze het ergens anders heeft verstopt.'

'Als dat zo is, heb jij pech.'

'Tenzij ik een aanwijzing vind over de plaats waar het wel is.'

'Je bedoelt waar Pia het heeft verstopt. Wie is die Pia trouwens?'

Hij haalde zijn schouders op. 'Jij weet in dat opzicht evenveel als ik.' Hij keek haar recht aan. 'Je zei dat je naar de Run wilde gaan. Ben je van gedachten veranderd?'

'Nee. Waarom zou ik?'

'Je lijkt gefascineerd te worden door Mario en zijn wetenschappelijke trukendoos.' Hij draaide zich om. 'Kom mee.'

'Wacht even.'

Hij wachtte niet. Hij was de gang al half door gelopen.

'Tot morgen, Mario,' zei Jane.

Trevor was bij de trap toen ze hem had ingehaald. 'Je gedraagt je wel heel erg onbeschoft.'

'Dat weet ik, en daar heb ik zin in. Het is een privilege dat ik mezelf af en toe permitteer.'

'Het verbaast me dat iemand – wie dan ook – dat gedrag van je pikt.'

'Dat hoeven ze niet te doen. Ze kunnen me rustig naar een hoge boom verwijzen.'

'Inderdaad. Je kunt de boom in.' Op de trap bleef ze staan.

Hij keek over zijn schouder. 'Die reactie had ik verwacht. Je moet me niet…' Hij zweeg even en toen lichtte zijn gezicht op door een glimlach. 'Ik gedraag me als een onbeschaafde rotzak, hè?'

'Inderdaad.'

'En jij hebt vandaag je uiterste best gedaan me uit te dagen.' Hij keek cynisch. 'Ik heb het gemakkelijk voor je gemaakt, want je wist waarop je in de aanval moest gaan. Ik ben altijd trots geweest op mijn zelfvertrouwen. Het is jou echter gelukt dat te ondermijnen. Ik was echt jaloers op Mario.' Hij stak een hand op toen zij iets wilde zeggen. 'En vertel me niet dat je me niet wilde irriteren. Je was gefrustreerd door de situatie hier, en je wilde dat ik ook gefrustreerd raakte. Nou, dat is je gelukt. We staan quitte. Vrede?'

Ze stonden niet quitte, maar ze verwelkomde de mogelijkheid de spanning tussen hen te negeren. De laatste vierentwintig uur waren ondraaglijk geweest. 'Ik zou Mario nooit aanmoedigen om wraak te nemen op jou. Ik speel niet met de gevoelens van mensen, en bovendien vind ik hem daar veel te aardig voor.'

'Ik geloof je, maar je zou het niet erg vinden als ik me het een en ander ging afvragen. Ik heb je een zwakke plek laten zien en daar ben je meteen op af gedoken. Misschien wilde je me diep in je binnenste straffen omdat ik vier jaar geleden zo stom ben geweest je van me af te duwen.'

Ze streek met haar tong over haar lippen. 'Daar wil ik nu niet over praten. Neem je me mee naar de Run of niet?'

Hij knikte en liep naar de deur. 'We gaan.'

Bij het hek werden ze staande gehouden door iemand van de bewakingsdienst. 'Jane, dit is Patrick Campbell,' zei Trevor. 'Pat, we gaan even naar de Run. Is alles rustig vanavond?'

Campbell knikte. 'Douglas heeft drie uur geleden iemand gezien, maar niet dicht in de buurt van dit kasteel.' Hij pakte zijn mobieltje. 'Ik zal jouw beveiligingsmensen voor de zekerheid opdracht geven hun ogen goed open te houden.'

'Prima.' Trevor pakte de elleboog van Jane en duwde haar het hek door. 'We nemen het pad om het kasteel naar de rotsen. Het is een minuut of tien lopen.' Hij keek naar de hemel. 'Volle maan, dus moet je alles goed kunnen zien...'

Toen ze de hoek om gingen en naar de rand van de rots liepen, zag Jane aanvankelijk niets anders dan de zee. 'Wat is dit? Wat moet ik...'

Ze hadden de top van een heuveltje bereikt en onder hen zag ze een vlakke grasvlakte langs de gehele achterkant van het kasteel. Het gras was perfect verzorgd en bij beide uiteinden lagen rijen grote stenen.

'MacDuff's Run,' zei Trevor.

'Wat is dit? Een plek waar druïden bijeenkwamen?'

'Inderdaad een plek waar mensen bijeenkwamen. Angus Mac-Duff had een passie voor atletische spelen. Hij had wel wat van een roofridder, en hij bewonderde macht in welke vorm dan ook. In 1350 was de bouw van dit kasteel voltooid, en de volgende lente organiseerde hij hier de eerste Schotse Spelen.'

'Zo lang geleden?'

'In 844 organiseerde Kenneth MacAlpine, koning der Schotten, al drie dagen durende spelen om zijn leger bezig te houden terwijl hij wachtte op gunstige voortekenen voor zijn strijd tegen de Picten. Malcolm Canmore, die in 1058 de troon besteeg, organiseerde regelmatig spelen om de sterkste en snelste Schotten voor zijn elitegarde te selecteren.'

'Ik dacht dat ze de Highland Games werden genoemd.'

'De MacDuffs komen oorspronkelijk uit de Hooglanden, en ik denk dat zij de spelen hebben meegenomen. Volgens hun verslagen waren die spelen het hoogtepunt van elk jaar. Curling, worstelen, racen en een paar wat vreemde plaatselijke sporten. Alle jongemannen die MacDuff in dienst had, deden eraan mee.' Hij glimlachte naar Jane. 'En af en toe ook een vrouw. Het is bekend dat Fiona MacDuff toestemming kreeg om mee te doen aan het hardlopen. Die wedstrijd heeft ze twee jaar achtereen gewonnen.'

'Daarna mochten vrouwen zeker niet meer meedoen?'

Hij schudde zijn hoofd. 'Ze werd zwanger en is er toen zelf mee gestopt.' Hij bleef bij een van de grote stenen aan het eind van de Run staan. 'Ga zitten. Ik neem aan dat latere generaties stoelen meenamen om de spelen gade te slaan, maar dit waren de eerste zitplaatsen.'

Langzaam ging ze op de steen naast hem zitten. 'Waarom ga jij hierheen?'

Hij keek over het gras naar het eind van de Run. 'Het is een goede plek om je hoofd helder te maken. Ik voel me hier thuis, en ik denk dat ik ervan zou hebben genoten Angus MacDuff te kennen.'

Ze staarde naar zijn profiel en geloofde hem. De wind uit zee blies zijn haar van zijn voorhoofd en zijn mond had iets roekeloos. Hij had zijn ogen tot spleetjes vernauwd alsof hij de moeilijkheidsgraad van de volgende wedstrijd wilde inschatten. Ze kon zich voorstellen dat hij hier zat, samen met de kasteelheer lachte en zich voorbereidde op zijn beurt op de Run. Jezus! Ze wou dat ze haar schetsboek bij zich had. 'Aan welk onderdeel zou jij hebben meegedaan?'

'Dat weet ik niet. Hardlopen. Curling, misschien...' Hij keek haar met ondeugende pretlichtjes in zijn ogen aan. 'Of misschien had ik me beter met het gokken op alle wedstrijden kunnen bezighouden. Ik twijfel er niet aan dat er tijdens de spelen stevige weddenschappen werden afgesloten.'

Ze glimlachte eveneens. 'Dat kan ik je wel met succes zien doen.'

'Misschien had ik het allebei gedaan, omdat ik me anders was gaan vervelen.'

'Ja, stel je voor!' Ze keek een andere kant op. 'Dit had ik niet verwacht.'

'Dat weet ik. Je zult wel hebben gedacht dat de Run een van mijn ernstigere criminele ondernemingen was.'

'Of iets te maken had met Grozak. Waarom heb je me er eerder niets over verteld?'

'Omdat ik je hier wilde hebben. Ik heb het hier naar mijn zin, en ik wilde dat jij dat ook zou hebben.'

Hij sprak de waarheid, en deze omgeving beviel haar verdorie inderdaad. Het leek alsof alles hier tot het meest basale en primitieve werd gereduceerd. Ze kon bijna de doedelzakken horen en de aarde voelen trillen onder de voeten van die hardlopers uit het verre verleden. 'Zou het zo moeilijk zijn geweest dat gewoon tegen me te zeggen?'

'Ja. Het kost jou tegenwoordig al moeite naar me te kijken zonder meteen een hindernis op te werpen. En toen heb ik het nog erger gemaakt door over seks... Zie je wel? Je raakt alweer gespannen. Kijk me aan. Dit is niets voor jou, Jane.'

'Hoe weet je dat? Je hebt me vier jaar lang niet gezien.' Ze dwong zichzelf echter hem aan te kijken, en ze wenste meteen dat ze dat niet had gedaan. Hoe zou ze haar blik nu nog kunnen afwenden?

'Moeilijk, hè? Voor mij ook.' Hij staarde naar haar op de steen rustende hand. 'Ik wil je dolgraag aanraken.'

Dat deed hij niet, maar het leek alsof dat wel gebeurde. Haar handpalm tintelde en ze ervoer opnieuw die eigenaardige ademloosheid.

Hij bleef naar haar hand kijken. 'Je hebt me een keer aangeraakt. Je drukte een hand tegen mijn borstkas en ik moest me beheersen. Ik kon jou niet aanraken, en dat was bijna mijn dood geworden.'

'Het hád je dood moeten worden, want toen gedroeg je je stom.'

'Je was pas zeventien.'

'Ik was oud genoeg om te weten wat ik wilde.' Snel ging ze door. 'Niet dat jij zo bijzonder was. Je was gewoon de eerste man voor wie ik die gevoelens had. Op het gebied van seks liep ik een beetje achter.'

'Dat bleek anders niet uit je gedrag. Ik dacht dat je me een fikse mep zou geven.'

'Je had me een schoolmeisje genoemd.'

'Ik probeerde je zo kwaad te maken dat ik daardoor zou worden beschermd.'

Ze was nog steeds boos, en vervuld van bittere spijt. 'Arme Trevor.'

'Ik heb je gekwetst.'

'Onzin. Ik laat me door mensen niet kwetsen. Dacht je dat je me voor andere relaties een litteken had bezorgd? Geen sprake van.'

Hij schudde zijn hoofd. 'Je hebt me gewaarschuwd dat je op zoek zou gaan naar iemand die beter was dan ik, en dat heb je ook gedaan.' Hij keek naar de zee. 'Clark Peters. Aardige jongen, die na twee maanden te bezitterig werd. Tad Kipp, heel intelligent en ambitieus, maar hij vond je hond Toby niet aardig toen je hem had meegenomen om hem voor te stellen aan Eve en Joe. Jack Ledborne, professor in de archeologie en leider van de tweede opgraving waaraan jij hebt meegedaan. Hij vergat je te vertellen dat hij getrouwd was en je hebt hem de laan uit gestuurd toen je dat te weten was gekomen. Peter Brack, een agent van het bureau van Quinn. Hondenbrigade. Een hemelse combinatie. Smeris en hondenliefhebber. Maar hij moet iets verkeerds hebben gedaan, want jij...'

Ze kon haar oren niet geloven. 'Heb je me in de gaten laten houden?'

'Alleen als ik dat zelf niet kon doen.' Hij keek nu weer naar haar gezicht. 'En meestal kon ik dat wel. Moet ik doorgaan, of wil je dat ik je vertel hoe trots ik was toen je de Mondale International Art Award had gewonnen? Ik heb geprobeerd dat schilderij te kopen, en toen hoorde ik dat ze zulke doeken vijf jaar in hun bezit houden om ze overal in het land tentoon te stellen.' Hij glimlachte. 'Natuurlijk heb ik erover gedacht het te stelen, maar ik dacht niet dat dat jouw goedkeuring zou kunnen wegdragen. Ik heb wel iets anders gestolen wat van jou was.'

'Wat?'

'Een schetsboek. Dat had je twee jaar geleden op een bank in het Metropolitan Museum laten liggen toen je met vrienden naar de cafetaria ging. Ik bladerde het door en kon de verleiding niet weerstaan het mee te nemen. Ik ben aldoor van plan geweest het aan je terug te geven, maar daar is het nooit van gekomen.'

'Ik kan het me nog herinneren, en ik was pisnijdig.'

'Het leken geen schetsen waarvan je uiteindelijk een schilderij wilde maken. Ze leken... persoonlijker.'

Persoonlijker. Ze probeerde zich te herinneren of er schetsen van Trevor in hadden gestaan. Waarschijnlijk wel. 'Waarom?' vroeg ze fluisterend. 'Waarom heb je dat allemaal gedaan?'

'Toen je uit Napels vertrok heb je tegen me gezegd dat het voor jou nog niet was afgelopen. Dat bleek het voor mij ook niet te zijn. Soms heb ik gebeden dat dat wel zo was. Je bent een harde, Jane...'

'Waarom heb je dan niet...'

'Jij had tegen me gezegd dat er de eerste vier jaar geen plaats voor mij was in jouw leven. Ik wilde je de kans geven om erachter te komen of dat waar was.'

'En als het dat was geweest?'

'Wil je de waarheid horen? Ik ben geen martelaar. Dan was ik het keurige leventje dat je voor jezelf had opgebouwd komen verstoren.'

'Wat bedoel je daar precies mee?'

Zijn hand was nu nog maar een paar centimeter van de hare vandaan en ze kon de warmte ervan voelen. 'Ik wil zo graag met je naar bed dat het voortdurend pijn doet. Ik respecteer je. Ik bewonder je. Je hebt me er eens van beschuldigd door Cira te worden geobsedeerd, maar dat stelt niets voor vergeleken met wat ik voor jou voel. Daar ben ik niet blij mee en ik weet niet of het blijvend zal zijn. Soms hoop ik van niet. Is dat duidelijk genoeg?'

'Ja.' Haar keel zat dichtgeknepen en ze moest die schrapen. 'Als het de waarheid is.'

'Het meest voor de hand liggende deel ervan kan in elk geval getest worden.'

Nu raakte zijn hand de hare.

Ze rilde, maar niet omdat ze het koud had. Ze kreeg het heel erg heet.

Te veel. Te intens.

Ze trok haar hand los. 'Nee.'

'Je wilt het wel.'

Daar kon ze niet over liegen, want ze had het gevoel als een hitsig dier signalen uit te zenden. 'Het gaat te snel.'

'Onzin.'

'En seks is... niet alles. Ik weet niet eens of ik je wel vertrouw.'

'En je bent nog steeds op je hoede.'

'Daar heb ik alle reden toe.'

'Werkelijk? Je vriend is gestorven. Denk je dat ik daar schuld aan heb?'

'Dat weet ik niet.'

'Dat weet je wel. Ik wil dat alles tussen ons duidelijk is. Daarom heb ik je hierheen meegenomen. Denk na. Neem een beslissing.'

'Mike was misschien nog in leven geweest als jij niet achter het goud aan was gegaan en je niet had ingelaten met die Grozak.'

'Dus je geeft mij de schuld van het domino-effect?'

'Nee, dat denk ik niet. Of misschien toch wel. Ik ben er niet meer zeker van. Ik weet verdomme niet wat er allemaal aan het gebeuren is.'

'Als ik het had gekund, had ik hem gered. Ik wou dat ik de klok kon terugdraaien.'

'Maar je zou nog altijd wel achter het goud aan gaan, nietwaar?'

Hij zweeg even. 'Ja. Ik zal niet tegen je liegen. Ik moet dat goud hebben.'

'Waarom? Je bent een briljante man. Je hoeft dit niet te doen. Ik geloof dat het spel in feite het enige is wat er voor jou toe doet.'

'Je vergist je. Het goud betekent nu wel degelijk iets voor me. Als ik het in handen krijg, krijgt Grozak het niet.'

'Wraak?'

'Deels. Daar voel jij je ook niet te goed voor, Jane.'

'Dat klopt.' Ze ging staan. 'Maar dat zal ik niet doen door een moordenaar te beroven van een zak vol goud. Wij denken verschillend.'

'Soms is denken niet nodig.'

144

Weer dat hete gevoel. 'Voor mij wel.'

'Dat zullen we nog wel eens zien.' Hij ging eveneens staan. 'Maar ik moet je wel waarschuwen. Als je besluit me weer aan te raken, zul je een andere reactie krijgen dan destijds.' Hij liep naar het pad. 'En dat zou Angus MacDuff volledig begrijpen.'

9

'Ik heb de oude man,' zei Wickman zodra Grozak de telefoon had opgenomen. 'Wat moet ik met hem doen?'

Grozak voelde zich meteen heel voldaan. Dít was pas efficiency. Hij had er verstandig aan gedaan Wickman erbij te halen. Hij draaide net een paar dagen mee, en hij had zijn honorarium nu al verdiend.

Nou ja... nog niet helemaal.

'Heeft hij het briefje geschreven?'

'Dat heb ik op zak.'

'Dan is het tijd om de klus af te ronden.'

'Hoe?'

Daar dacht Grozak over na. Om het maximale effect te sorteren moest de methode shock, angst en afgrijzen oproepen.

'Hoe?' vroeg Wickman nogmaals.

'Daar ben ik over aan het nadenken.'

Toen wist hij het.

'Ik weet het een en ander van Grozak, en hij is een stuk ellende,' zei Joe toen hij Eve die avond belde.

'Dat had Trevor al tegen Jane gezegd. Details?'

'Die heb ik niet. De FBI geeft de in de computer ingevoerde gegevens niet vrij.'

'Waarom niet?'

'Misschien om dezelfde reden waarom Interpol me de dossiers van Trevor niet wilde laten bekijken.' Hij zweeg even. 'En de CIA gooide me zo snel het internet af dat ik er duizelig van werd. Vijf minuten later kreeg ik een telefoontje van mijn baas, die wilde weten wat ik met geheime gegevens aan het doen was. Die sites worden verdomd nauwlettend in de gaten gehouden.'

Eve voelde een rilling van angst door zich heen gaan. 'Ben je in elk geval iets wijzer geworden?'

'Ik heb het dossier van de plaatselijke politie over Grozak kunnen inzien. Hij is geboren in Miami, Florida, en hij had op zijn dertiende al een strafblad omdat hij tot een bijzonder gewelddadige tienerbende behoorde. Ze waren betrokken bij een aantal door haat ingegeven misdaden die varieerden van verkrachting en marteling van een zwart meisje tot het samen met een groep nazi's afranselen van een joodse winkelier. Hij is in een jeugdgevangenis opgesloten toen hij op zijn veertiende een Latijns-Amerikaanse agent had gedood. Op zijn achttiende kwam hij voorwaardelijk vrij, en daarna is hij van het radarscherm verdwenen. Dat is nu meer dan twintig jaar geleden.'

'Dan heeft hij zijn horizon – gezien de betrokkenheid van de CIA – kennelijk verbreed naar internationaal terrein.' Ze rilde. 'Door haat ingegeven. Je hebt gelijk. Slecht nieuws.'

'Hij lijkt de wereld te haten, en zijn psychologische profiel duidde erop dat het alleen maar erger zal worden.'

'Waarom hebben ze hem dan in vredesnaam vrijgelaten?'

'Je moet elk jong mens na het begaan van een moord een goede kans geven om dat nog eens te doen. Zo werkt het Amerikaanse systeem.'

'Volgens Trevor heeft hij Mike vermoord. Het is niet eerlijk.' Ze haalde onregelmatig adem. 'Gaan we Jane meteen bellen?'

'Nee. Dat doen we pas als we meer weten. Weten wat hij als kind heeft gedaan zal haar niet helpen. We moeten recentere informatie achterhalen, en misschien kan zij daarvoor zorgen. Ik ben er zeker van dat ze in MacDuff's Run geen duimen zit te draaien.'

'Venable heeft geprobeerd je via de gewone telefoon te bereiken.' Bartlett kwam de bibliotheek uit toen Jane en Trevor door de voordeur naar binnen liepen. 'Hij zei dat hij je op je mobiel niet kon bereiken, en dat lukte mij ook niet.'

'Ik had hem uitgezet om mezelf een uurtje rust te geven. Was het belangrijk?'

'Dat wilde hij mij niet vertellen. Ik denk echter dat we kunnen aannemen dat hij alles wat hij doet belangrijk vindt.' Hij richtte het woord tot Jane. 'Je hebt het avondeten overgeslagen. Moet ik een sandwich voor je maken?'

'Nee, ik heb geen honger.' Ze liep de trap op. 'Ik ga naar bed, tenzij een van jullie me wil vertellen wie Venable is.'

'Een man die onze angst voor Grozak deelt,' zei Trevor. 'Helaas weet hij niet wat hij eraan moet doen.'

'En jij weet dat wel?'

'Ja, maar als de Venables van de wereld je voor de voeten gaan lopen, heb je een probleem.'

'Toch sta jij het toe dat hij contact met je kan opnemen.' Op de derde traptrede hield ze halt. 'Trevor, ik wil niet langer worden buitengesloten, want dat ben ik zat. Je hebt Cira als lokaas gebruikt om te voorkomen dat ik me op Grozak zou concentreren, en dat heb ik je laten doen omdat zij zoveel voor mij betekent. Ik heb je een paar dagen de tijd gegeven, en die zijn nu om.'

'Cira was niet direct een lokaas.' Hij bestudeerde haar gezichtsuitdrukking. 'Maar je hebt gelijk. Het gaat te lang duren. Je moet me gaan vertrouwen, en daar zal ik aan werken.' Hij glimlachte. 'Morgen.' Toen verdween hij de bibliotheek in.

Het was maar goed dat hij haar uitdaging niet had aangenomen, dacht ze vermoeid. Haar emoties waren rauw, ze was in de war en ze was ook gefrustreerd. De avond was te intens geweest, te seksueel geladen. Op de terugweg had ze haar zelfbeheersing maar net kunnen bewaren. Ze was zich van elk van zijn bewegingen bewust geweest, en het was idioot zo te reageren! Ze was verdorie niet meer de onervaren tiener die ze was geweest toen ze hem net had leren kennen.

'Je kunt hem best vertrouwen,' zei Bartlett. 'Hij is een beetje onconventioneel, maar hij heeft mij nog nooit teleurgesteld als het echt belangrijk was.'

'Werkelijk? Daar staat echter tegenover dat jullie relatie heel anders is dan de onze, nietwaar? Welterusten, Bartlett.'

'Welterusten.' Hij liep naar de bibliotheek. 'Tot morgen.'

Ja, morgen. Ze zou eerst naar Mario's werkkamer gaan om daar een paar uur te lezen voordat ze Trevor weer onder ogen kwam. De uren met Mario waren aldoor heel rustig geweest en ze had behoefte aan vrede. Vannacht zou ze slapen en Trevor uit haar gedachten zetten. Ze zou proberen niet te denken aan het feit dat ze hem dolgraag wilde aanraken. Hem aanraken? Ze wilde hem het bed in sleuren en als een nymfomane met hem neuken. Een grotere vergissing kon ze zich echter niet indenken. Ze moest haar hoofd helder houden en ze wist niet of dat mogelijk was als ze aan een seksuele relatie met Trevor begon. Nog nooit had ze zo intens op een man gereageerd, en de band tussen hen was nog altijd even sterk als vier jaar geleden. Ze kon het zich niet permitteren die nog sterker te laten worden.

Dus moest ze zich niet herinneren hoe ze zich had gevoeld toen ze bij de Run op die steen naast hem had gezeten. Ze moest zich concentreren op die Venable.

Trevor had de verbinding net verbroken toen Bartlett de bibliotheek in kwam.

Bartlett trok zijn wenkbrauwen op. 'Dat was snel. Ik neem aan dat Venable te heftig reageerde?'

'Misschien.' Trevor fronste nadenkend zijn wenkbrauwen. 'Maar ik heb liever dat hij te heftig reageert dan dat hij op zijn kont blijft zitten en net als Sabot in dromenland leeft.'

'Wat was het probleem?'

'Quinn heeft geprobeerd toegang te verkrijgen tot de dossiers van de CIA over Grozak, en dat heeft Venable zenuwachtig gemaakt.' Hij haalde zijn schouders op. 'Dat zat er natuurlijk aan te komen. Quinn heeft voor de FBI gewerkt, en hij heeft contacten. Hij zal een manier bedenken om bij de informatie te komen die hij hebben wil. Ik handel het wel af als dat nodig wordt.'

'En dat was alles wat Venable wilde?'

Trevor schudde zijn hoofd. 'Hij meldde dat hij een informant in Zwitserland had die zei dat er in Luzern iets belangrijks gaande was.'

'Wat? Grozak?'

'Dat is een mogelijkheid.'

Bartlett hield zijn hoofd scheef. 'Het zit je dwars.'

'Grozak zit me altijd dwars als ik niet weet wat zijn volgende zet zal zijn.'

'Misschien heeft die informant van Venable het mis.'

'Maar misschien ook niet.' Trevor leunde achterover in zijn stoel en probeerde de mogelijkheden te analyseren. 'Luzern...'

'Jock komt naar de fontein,' zei MacDuff terwijl hij over het binnenplein naar Jane toe liep. 'Is dat oké?'

'Ik vind het best.' Ze ging op de rand van de fontein zitten en sloeg haar schetsboek open. 'Wanneer?'

'Over een paar minuten. Hij moest zijn planten nog water geven.' Hij fronste zijn wenkbrauwen. 'Wat ben je aan het doen?'

'Ik maak een schets van jou, want ik heb een hekel aan tijdverspilling.' Haar potlood bewoog zich snel over het papier. 'Je hebt een heel interessant gezicht. Allemaal harde lijnen, met uitzondering van je mond.' Ze voegde een paar lijnen aan de jukbeenderen toe. 'Ik wist dat je me aan iemand deed denken. Heb je *Highlander*, dat televisieprogramma, ooit gezien?'

'Nee. Dat is me bespaard gebleven.'

'Je lijkt op de acteur die de hoofdrol speelde.'

'O, mijn god.'

'Hij was heel goed.' Ze glimlachte sluw en vroeg zich af hoe ver ze dit kon doorvoeren. 'En aantrekkelijk om te zien. Heel aantrekkelijk.'

Hij hapte niet. 'Je wordt geacht Jóck te tekenen.'

'Ik ben me aan het inwerken. Net zoiets als strekoefeningen doen voordat je gaat hardlopen... Tussen twee haakjes: Trevor heeft me gisteravond meegenomen naar de Run.'

'Dat weet ik.'

'Hoe weet je dat?'

Hij deed er het zwijgen toe.

'O ja, natuurlijk. Trevor zei al dat je hier overal je eigen beveiligingsmensen had.' Ze keek weer naar de schets. 'Het moet moeilijk voor je zijn dit kasteel te verhuren. Ik ben op straat opgegroeid en heb nooit een plek gehad die echt van mij was, maar gisteravond heb ik me een paar minuten kunnen voorstellen hoe zoiets moet voelen.' Ze keek weer op. 'Ik geloof dat Trevor dat ook kon en hij de Run daarom zo aangenaam vindt.'

MacDuff haalde zijn schouders op. 'Dan moet hij er maar van genieten zolang dat kan, want ik zal alles terugpakken.'

'Hoe?'

'Op elke mogelijke manier.'

'Trevor zei dat je familie het zich niet kon veroorloven dit kasteel niet te verhuren.'

'Dan is dat dus de manier om het weer terug te krijgen, nietwaar?'

'Met Cira's goud?'

'Het goud lijkt voor ons allemaal het doel te zijn, dus waarom dan niet ook voor mij?'

'Is dat de reden waarom je je zorgen maakt over Grozak?'

'Wat heeft Trevor gezegd?'

'Dat ik jou ernaar moest vragen.'

Hij glimlachte vaag. 'Ik ben blij dat hij woord heeft gehouden.'

'Ik niet. Ik wil weten hoe jij hierbij bent betrokken. Gaat het alleen om het goud?'

Hij gaf geen rechtstreeks antwoord op haar vraag. 'Dat goud moet genoeg motivatie zijn voor welke man dan ook, zeker een man die geld zo wanhopig hard nodig heeft als ik.' Hij keek over haar schouder. 'Daar komt Jock. Doe niet onaardig tegen me als hij in de buurt is. Dat zal voor ons allemaal gezonder zijn.'

Ze draaide zich om en zag de jongen hun kant op komen. Hij glimlachte en zijn gezichtsuitdrukking had – vaag – iets enthousiasts. Mijn hemel. Dat gezicht... Automatisch sloeg ze een bladzijde om. 'Goeiemorgen, Jock. Heb je lekker geslapen?'

'Nee. Ik heb gedroomd. Droom jij wel eens?'

'Soms.' Ze begon te tekenen. Zou ze de gekwelde uitdrukking achter die glimlach kunnen vangen? Wilde ze dat? De kwetsbaarheid van de jongen was bijna tastbaar en die vastleggen leek een inbreuk op zijn privacy. 'Waren het nare dromen?'

'Niet zo erg als vroeger.' Hij keek naar MacDuff, met zoveel toewijding dat Jane verbaasd haar hoofd schudde. 'Ze worden echt minder erg, meneer.'

'Zo hoort het ook. Ik had al tegen je gezegd dat het een kwestie van wilskracht is. Die moet je gebruiken.' Hij ging ook op de rand van de fontein zitten. 'Hou nu op met dat gejammer en laat je door haar tekenen.'

'Ja, meneer.' Jock keek naar Jane. 'Wat moet ik doen?'

'Niets.' Ze keek naar het tekenvel. 'Gedraag je normaal. Praat tegen me. Vertel me over je bloemen…'

'Goeiemorgen,' zei Jane toen ze met een dienblad de werkkamer van Mario in liep. 'Hoe gaat het vandaag met je?' Ze schudde haar hoofd toen ze de stapels papieren op zijn bureau zag. 'Of je hebt gisteren tot laat gewerkt, of je bent vanmorgen vroeg begonnen. In beide gevallen zul je wel toe zijn aan een pauze met koffie en toast.'

Hij knikte. 'Dank je. Ik heb vannacht niet veel geslapen en waarschijnlijk heb ik al te veel koffie op, maar ik lust best nog een kop.'

Ze nam hem aandachtig op. 'Je bent gespannen.'

'Het wordt weer interessant.' Hij nam een slok koffie. 'Urenlang ben je met veel pijn en moeite bezig om een tekst te ontcijferen en dan opent die zich opeens voor je.' Hij glimlachte enthousiast. 'Zoals het doek dat in een theater wordt opgehaald wanneer de voorstelling begint. Opwindend…'

'Dat zie ik.' Ze liep naar haar stoel in de hoek en ging zitten. 'Maar je hebt te veel van en over Cira vertaald als je vergelijkingen gaat maken met theaters en voorstellingen.'

Hij keek even naar het beeld bij het raam. 'Van Cira zal ik nooit genoeg kunnen krijgen.' Hij keek naar de fotokopie die voor hem lag. 'Ik moet Trevor spreken, want het is mogelijk dat ik een van de verwijzingen heb gevonden waarnaar hij op zoek is.'

'Over het goud?'

'Ja. Alles wat met het goud te maken heeft is belangrijk.' Hij fronste zijn wenkbrauwen. 'Nee. Ik zal ermee wachten tot deze vertaling af is. Ik moet de door mij gemaakte toevoegingen nog controleren. Ik moet er zeker van zijn dat…'

'De post.' Trevor stond in de deuropening met een klein pakje en twee brieven in zijn hand. 'Voor jou, Mario. Net afgeleverd door een speciale bode.' Hij liep naar het bureau. 'Wie ken jij in Luzern?'

Trevors stem klonk neutraal, maar Jane was zich bewust van een onderliggende spanning.

'Luzern?' Mario keek naar de post die Trevor voor zijn neus had neergelegd. 'Voor mij?'

'Dat zei ik.' Trevors mond verstrakte. 'Maak open.'

Jane voelde de koude rillingen over haar rug lopen. Ze wist hoe voorzichtig Trevor was met alle aspecten van de beveiliging, en dit stond haar niet aan. Er was iets mis. 'Heb je alles gecontroleerd?'

'Natuurlijk.' Hij bleef strak naar Mario kijken. 'Geen bom en geen poeder.'

'Waarom ben je dan…' Ze maakte haar vraag niet af toen Mario de brief openmaakte en die begon te lezen.

'Of misschien is er toch wel een bom,' mompelde Trevor.

Ze wist wat hij bedoelde. Mario keek eerst verbaasd en toen dodelijk verschrikt terwijl zijn blik over het velletje papier vloog. 'Mario, wat is er aan de hand?'

'Alles is mis.' Hij keek op. 'Alles. Hoe heb je dit kunnen doen, Trevor? Waarom heb je me de andere brieven niet gegeven?'

'Welke andere brieven?'

'Ik moet de band bekijken.' Hij trok het papier om het pakje los en haalde er een zwarte videocassette uit. 'Is er hier een videorecorder?'

'In de bibliotheek. Ik zal met je meegaan.'

'Nee, ik wil jouw hulp er niet bij hebben.' Hij rende de kamer uit.

'Wat is er gebeurd?' vroeg Jane, die ging staan.

'Dat weet ik niet, maar dat zal ik achterhalen.' Trevor liep naar het bureau en pakte de brief.

Jane fronste haar wenkbrauwen. 'Zo schend je zijn privacy.'

'Sleep me maar voor de rechter.' Hij was de brief al aan het lezen. 'Ik heb het idee dat de inhoud toch voor mij bestemd is. Mario was… Shit!' Hij stak Jane de brief toe en liep naar de deur. 'Lees hem. Die klootzak…'

Jane keek naar de brief.

Mario,
Waarom beantwoord je ze niet? Ik heb je de ene na de ande-
re brief gestuurd en je verteld wat ze met mij zullen doen als
jij niet ophoudt met jouw werkzaamheden. Familie is toch
zeker belangrijker dan jouw werk? Bij welk kwaad ben je zo
betrokken geraakt dat die mannen mij dit aandoen?
Ik wil niet dood. Reageer op mijn brieven. Zeg hun dat je
ermee stopt.
Je vader,
Eduardo Donato

Onder de handgeschreven brief was nog iets getypt.

Omdat we niet zeker weten of je die brieven ontvangt, is ons
geduld op en moeten we jou én Trevor laten zien dat we me-
nen wat we zeggen.

De band!

'Christus!' Ze smeet de brief op het bureau en vloog de kamer
uit.

De deur naar de bibliotheek stond open en terwijl ze de gang
door rende hoorde ze gesnik.

'O, mijn god.'

Het televisiescherm was leeg, maar Mario zat dubbelgeklapt
en zijn schouders trilden hevig. '*Santa Maria*. God in de hemel.'

Trevor hield zijn schouders troostend vast. 'Ik vind het verschrikkelijk, Mario.'

'Raak me niet aan!' Mario rukte zich los. 'Ze hebben hem af-
geslacht. Jij hebt hem door hen laten vermoorden.' Tranen
stroomden over zijn wangen. 'Hij was een oude man, die zijn hele leven lang hard heeft gewerkt en het verdiende in vrede te leven. Hij verdiende het niet...' Hij slikte. 'Mijn god. Wat ze hem
hebben aangedaan...' Hij rende langs Jane de kamer uit en leek
haar niet eens te zien.

Jane staarde naar het flikkerende televisiescherm. Ze wilde het
antwoord op haar vraag niet horen, maar toch moest ze hem stellen. 'Wat hebben ze met hem gedaan?'

'De oude man is onthoofd'

'Wat zeg je? Onthoofd?'

'Ja. Barbaars, nietwaar? En ze hebben alles eromheen ook goed in scène gezet. Inclusief het omhooghouden van zijn hoofd toen het eenmaal was gebeurd.'

Ze voelde zich misselijk. Het was meer dan barbaars. Het was monsterlijk. Die arme Mario. 'Grozak?'

'Niet persoonlijk. De beul had een kap op, maar hij was langer en magerder dan Grozak.'

Ze masseerde haar slapen. Het was moeilijk te bevatten terwijl ze alleen het door Trevor beschreven beeld kon zien. 'Brieven, zei hij?'

'Er zijn helemaal geen brieven hierheen gestuurd. Dit was de enige die Mario heeft gekregen sinds hij naar MacDuff's Run is gekomen.'

'Maar waarom beweert Grozak dan...'

'Om mij dwars te zitten,' zei Trevor hard. 'Ik had Mario nodig om die teksten te vertalen en Grozak wil me tegenhouden of mijn tempo vertragen tot hij in actie kan komen. En dat zou zeker gebeuren als Mario dacht dat ik de brieven waarin om losgeld voor zijn vader werd gevraagd expres achterhield.'

'Hij heeft die man onthoofd zonder iemand de kans te geven losgeld voor hem te betalen?'

'Losgeld was het doel niet. Dat zou de zaak te lang hebben gerekt, en zoveel tijd heeft Grozak niet. Wat hem betrof moest het vertalen meteen worden gestaakt, en dit was de snelste – en meest zekere – manier om dat te bewerkstelligen.'

'Zijn vader...' Ze herinnerde zich iets wat Mario had gezegd toen ze hier net was gearriveerd. 'Hij heeft me verteld dat hij tegen jou had gezegd dat hij geen naaste familie had. Dat je dat als een van de eisen voor de baan had gesteld.'

'Hij lijkt dus te hebben gelogen, en dat was stom.' Even keek hij nog gekwelder dan Mario had gedaan. 'Hij heeft me geen kans gegeven. Ik had...' Hij pakte zijn mobiel en toetste een nummer in. 'Brenner, ik ben in de bibliotheek en ik heb je nú nodig.' Hij verbrak de verbinding. 'Verlaat deze kamer, Jane.'

'Waarom?'

'Omdat ik die band weer zal afdraaien zodra Brenner hier is en ik niet denk dat je die wilt zien.'

Ze keek hem vol afschuw aan. 'Waarom zou je dat doen?'

'Brenner en ik kennen de meeste huurmoordenaars met wie Grozak in zee kan zijn gegaan en als we die band vaak genoeg bekijken, kunnen we de beul misschien identificeren.'

'Hoe kun je gaan zitten kijken...' Ze wist het antwoord op die vraag al. Een mens kon alles doen wat echt moest. Maar het telkens weer bekijken van die band moest zelfs voor de meest ongevoelige persoon nog moeilijk zijn. 'Is dat echt nodig?'

'Ik zal Grozak niet laten krijgen wat hij wil hebben zonder daar de prijs voor te betalen.' Brenner kwam de kamer in. 'Ga nu, Jane. Ik zal het je laten weten als we iets ontdekken.'

Ze aarzelde.

'Je kunt niets doen. Je zou ons alleen voor de voeten lopen.'

Hij wilde niet dat ze die band zag. Die wilde ze ook niet zien. En hij had gelijk: er zou geen enkel doel mee zijn gediend. Ze draaide zich om en liep naar de deur. 'Ik ga kijken of ik Mario kan helpen.'

Ze voelde zich verdoofd toen ze de gang door en de trap op liep. Ze had geweten dat Grozak boosaardig was, maar dit spande de kroon. De puur berekenende kilheid van deze daad was onbegrijpelijk. Wat voor een wezen was die man?

Anders dan ze had verwacht was Mario niet in de werkkamer. Nee, natuurlijk was hij daar niet. Hij zou het werk dat de dood van zijn vader had veroorzaakt niet kunnen zien. Ze klopte op de deur van de aangrenzende slaapkamer. 'Mario?'

'Ga weg.'

Ze kwam in de verleiding om dat te doen, want hij zou waarschijnlijk tijd nodig hebben om de schok in zijn eentje te verwerken.

Nee. Dat kon ze niet laten gebeuren! Ze maakte de deur open. Hij zat in een stoel aan de andere kant van de kamer. De tranen waren opgedroogd, maar zijn gezichtsuitdrukking was gekweld. Ze liep de kamer in. 'Ik zal niet lang blijven. Ik wilde je alleen laten weten dat ik er ben als je de behoefte voelt met iemand te praten.'

'Ik heb jou niet nodig. Ik heb niemand van jullie nodig.' Hij keek haar beschuldigend aan. 'Wist jij het van die brieven?'

'Er waren geen andere brieven,' zei ze zacht. 'Grozak wilde dat jij dat dacht, zodat je het vertalen zou staken en Trevor overal de schuld van zou geven.'

Hij schudde zijn hoofd.

'Het is de waarheid. Grozak is een verschrikkelijke man. Daarom wilde Trevor zeker stellen dat hij geen doelwit had.'

'Hij heeft mijn vader door hen laten vermoorden.'

'Je hebt me zelf verteld dat je Trevor had gezegd dat je geen naaste familieleden had die nog in leven waren.'

Hij keek een andere kant op. 'Anders had hij me de baan niet gegeven. Het was duidelijk wat hij wilde van de man die hij inhuurde. En het was niet helemaal een leugen. Mijn moeder is jaren voordat ze stierf van mijn vader gescheiden. Hij is toen naar Luzern verhuisd en ik zag hem niet vaak.' Zijn stem brak. 'Maar ik hield van hem en ik had de moeite moeten nemen hem vaker te zien. Maar daar had ik het te druk voor.' Hij drukte een trillende hand tegen zijn ogen. 'En nu heb ik hem door Trevor laten doden.'

'Grozak heeft hem vermoord. Trevor was niet eens van zijn bestaan op de hoogte.'

'De brieven.'

Ze kon daar niet verder over in discussie gaan. Hij was van streek en hij rouwde. Toen herinnerde ze zich Trevors gezichtsuitdrukking in de bibliotheek. Zwijgen was instemmen, en ze merkte dat ze dat Trevor niet kon aandoen. 'Luister naar me.' Ze ging recht voor Mario op haar knieën zitten en haalde zijn handen van zijn ogen weg. 'Kijk me aan. Je bent niet eerlijk, en dat zal ik niet toestaan. Ik denk dat Grozak erop rekende dat je Trevor hier de schuld van zou geven. Hij heeft een val voor je uitgezet en daar loop jij nu regelrecht in.'

Mario schudde zijn hoofd.

'Je bent op zoek naar iemand die je de schuld kunt geven, en Trevor is het dichtstbijzijnde doelwit. Maar hij heeft er niets mee te maken gehad. Het is een verschrikkelijke tragedie en de enige die schuld treft, is Grozak.'

Mario keek haar kwaad en vol ongeloof aan. 'Jij gelooft Trevor? Jij vertróúwt hem?'

Ze zweeg. Als hij haar dat gisteravond had gevraagd, zou ze niet zeker hebben geweten wat ze moest zeggen. Wat was er veranderd?

Het antwoord op die vraag was zonneklaar. Deze monsterlijke moord had een eind gemaakt aan alle verwarring en alle aarzelingen. Voor het eerst sinds ze Trevor weer had gezien bij dat studentenhuis in Harvard reageerde ze instinctief en niet emotioneel.

'Ja,' zei ze langzaam. 'Ik vertrouw hem inderdaad.'

'Wickman?' vroeg Trevor terwijl hij de band stilzette. 'Dezelfde lengte.'

Brenner fronste zijn voorhoofd. 'Eigenlijk dacht ik aan Rendle. Ik ben er niet zeker van dat Wickman zo mager is. Maar natuurlijk ben jij hem vaker tegengekomen dan ik.'

'Twee keer. Een keer in Rome en een keer in Kopenhagen. Hij is een gladjanus. Alles aan hem is glad. De manier waarop hij praat, de manier waarop hij zich beweegt...'

'Dat herinner ik me, maar Rendle is magerder.'

'Je gewicht kan variëren. Je lichaamstaal laat zich moeilijk veranderen.' Hij drukte op de knop om de band terug te spoelen. 'Misschien heb je gelijk. We zullen er nog eens naar kijken.'

Brenner rilde even. 'Geweldig!'

Trevor wist hoe hij zich voelde. Hij had in zijn leven veel afschuwelijke dingen gezien, maar de grote verbazing en doodsangst van de oude man maakten hem kotsmisselijk. 'We moeten weten met wie we te maken hebben.'

'Om hem vervolgens naar de andere wereld te helpen?'

Trevor knikte kort. 'Zeker als hij Wickman is. Hij is goed en ik wil niet dat hij wordt losgelaten op Jane of een van de anderen hier.' Hij drukte op een andere knop en het gezicht van Eduardo verscheen weer op het scherm. 'Dus zullen we zo nodig naar deze klote video blijven kijken tot we er blind van worden. Wickman of Rendle?'

10

'Ze zijn nog steeds in de bibliotheek,' zei Bartlett een uur later tegen Jane toen zij de trap af liep. 'Ik moest je daar van Trevor weghouden. Ik heb hem niet gevraagd hoe ik dat moest doen, gezien het feit dat jij waarschijnlijk beter vecht dan ik ooit zal kunnen.' Hij fronste zijn wenkbrauwen. 'Maar "alsjeblieft" heeft voor mij altijd gewerkt. Wil je het me alsjeblieft niet onnodig moeilijk maken door daar naar binnen te walsen?'

'Ja. Ik hoef die videoband niet te zien om te weten waarmee we te maken hebben. Mijn vriend is door hen vermoord.' Ze rilde. 'Ik moet echter wel toegeven dat wat ze Mario's vader hebben aangedaan bijna ongelooflijk is. Het is... barbaars.'

Bartlett knikte. 'Doet je aan Attila de Hun denken. Trevor had me verteld dat Grozak kwaadaardig was, maar je begrijpt pas hoe erg als je...'

'Bartlett, ik moet een vliegtuig charteren.' Brenner kwam de bibliotheek uit en liep naar hen toe. 'Organiseer een helikopter om me naar Aberdeen te brengen, en zorg dat daar een toestel klaarstaat zodra we zijn geland.'

'Oké.' Bartlett draaide zich om naar de telefoon op de haltafel. 'Waar ga je heen?'

'Luzern. Trevor en ik kunnen het niet eens worden over de identiteit van de beul. Ik ga daar rondneuzen en proberen die op de een of andere manier bevestigd te krijgen.' Hij keek naar Jane. 'Hoe gaat het met Mario?'

'Niet goed. Hij is totaal van de kaart. Wat had je anders verwacht?'

'Dat hij razend is en niet instort. Dat hij vecht om een plaatsje in het vliegtuig dat naar Luzern gaat.'

'Brenner, hij is anders dan jij.' Ze liep naar de bibliotheek. 'Geef hem een kans.'

'Dat zal ik doen als hij maar niet tegen mij zegt dat dit de schuld van Trevor is.' Zijn stem klonk koud. 'Als hij dat wel doet, komen er problemen.' Hij liep naar de voordeur. 'Trevor heeft me opgedragen er voor mijn vertrek voor te zorgen dat de beveiligingsmensen honderd procent op hun hoede zijn. Bel me als je weet wanneer die helikopter zo ongeveer zal arriveren, Bartlett.'

Bartlett had de telefoon al gepakt en knikte slechts.

Er kwam beweging in de zaak. Bartlett ging uiterst nauwkeurig te werk en Brenner was niet langer de relaxte Australiër die ze op de heenweg in het vliegtuig had leren kennen. Hij was ongeduldig, heel scherp en kennelijk vast van plan zijn vriend door dik en dun te verdedigen. Die reactie kon ze wel begrijpen. Ze was zelf ook ongeduldig en ze wilde eveneens in actie komen.

De deur van de bibliotheek stond open. Trevor zat achter het bureau en deed de videoband in een envelop. Ze had hem nog nooit zo uitgeput en teleurgesteld gezien, en ze aarzelde. 'Is alles in orde met jou?'

'Nee.' Hij legde de envelop neer. 'Ik voel me doodziek, en ik vraag me af waarom het mensenras niet zo ontwikkeld is geraakt dat er geen Grozaks meer kunnen worden geproduceerd.' Hij keek haar aan. 'Mario heeft je er dus van overtuigd dat ik een gevoelloze rotzak ben?'

'Doe niet zo stom. Soms ben ik een softie, maar met mijn hoofd is niets mis. Hoe zou iemand jou dit nu kwalijk kunnen nemen? Grozak heeft tegen Mario gelogen.' Ze zweeg even. 'Bovendien ben jij niet zo kil dat je expres een brief waarin losgeld wordt geëist zou negeren om Mario maar te laten doorwerken.'

'O nee?' Hij trok zijn wenkbrauwen op. 'Weet je dat zeker?'

'Ja.' Er verscheen een frons in haar voorhoofd. 'En ik ben niet hierheen gekomen om jou tegenover jezelf te verdedigen. Ik heb net geprobeerd Mario een beetje tot rede te brengen.'

'Ben je daarin geslaagd?'

'Nee. Hij heeft het te druk met iedereen behalve zichzelf de schuld van de dood van zijn vader te geven. Maar dat is een begrijpelijke reactie.' Ze perste even haar lippen op elkaar. 'Dus ben ik opgehouden diplomatiek en geduldig te zijn en heb ik tegen hem gezegd dat hij de waarheid onder ogen moest zien.'

Om een van Trevors mondhoeken verscheen een vaag glimlachje. 'Dat is inderdaad niet diplomatiek.'

'Hij had geen enkel recht jou er de schuld van te geven, ook al was hij natuurlijk ongelooflijk geschokt. Als je wilt dat hij doorgaat met vertalen, zul je moeten proberen hem weer tot bedaren te brengen.'

'Mijn hemel! Ik krijg de indruk dat je mij aan het verdedigen bent.'

'Ik geloof gewoon niet in oneerlijkheid. Beeld je maar niets in.'

'Geen haar op mijn hoofd die daaraan denkt.'

'Het kan zijn dat ik Mario niet volledig van me heb vervreemd. Hij is een aardige jongen. Misschien zal hij gaan inzien dat hij hier zelf schuld aan heeft en het jou niet meer kwalijk nemen als we hem daar voldoende tijd voor geven.'

'Ik weet niet hoeveel tijd we hebben.'

'Vanwaar de haast?' Ze ging in de stoel voor het bureau zitten. 'Waarom zou Grozak die arme man alleen hebben vermoord om tijd te winnen?'

'Grozak en ik zijn in een soort competitie verwikkeld. De eerste die de finish haalt, krijgt de prijs.'

Ze schudde haar hoofd. 'Weer een van je spelletjes? En waar bestaat die prijs dan wel uit?'

'Aanvankelijk? Een kist met goud.'

'Wat bedoel je met "aanvankelijk"?'

'Dat de prijs na verloop van tijd nog wel eens veel groter zou kunnen zijn.'

'Doe niet zo cryptisch en geef me een rechtstreeks antwoord op mijn vraag.'

'Ik probeer niet cryptisch te zijn.' Hij leunde vermoeid achterover in zijn stoel. 'Gisteravond heb ik je verteld dat ik me niet meer verstop. Ik denk dat ik gewoon moe ben.' Hij haalde een opgerold document uit een la en vouwde dat open. Het bleek een kaart van de Verenigde Staten te zijn. 'Wil je weten wat de prijs is?' Hij wees op Los Angeles. 'Dat is een prijs.' Hij wees op Chicago. 'En dat.' Toen tikte hij met zijn wijsvinger op Washington D.C. 'En dat zou nog wel eens de allergrootste prijs kunnen zijn.'

'Waar héb je het over?'

'Op de drieëntwintigste december zullen er in twee steden nucleaire explosies plaatsvinden. Ik heb niet kunnen achterhalen in welke steden, maar ze moeten behoorlijk groot zijn en duizenden mensen zullen door het vrijkomende radio-actieve materiaal de dood vinden.'

Ze staarde hem vol afschuw aan en fluisterde: '11 september.'

'Misschien nog erger. Dat hangt af van het aantal kamikazepiloten dat wordt ingezet.'

'Kamikazepiloten?'

'De hedendaagse terroristische versie daarvan: de menselijke bom. Zo'n aanslag werkt stukken beter wanneer de man die hem uitvoert, bereid is zijn nek in de strop te steken.'

'Wacht eens even. Heb je het over terroristen? Is Grozak een terrorist?'

Hij knikte. 'Sinds 1994. Nadat hij een tijdje huursoldaat was geweest heeft hij eindelijk zijn niche gevonden. Door de jaren heen heeft hij zichzelf aan diverse terroristische groeperingen verhuurd. Voor de lol en voor de poen. Hij haatte toch al vrijwel elke minderheidsgroepering, en op die manier kon hij die haat omzetten in geweldpleging en daar nog voor betaald krijgen ook. Voor zover ik weet, is hij actief geweest in Sudan, Libanon, Indonesië en Rusland. Hij is slim, hij heeft contacten en hij heeft er geen problemen mee de laatste stap te zetten.'

'De laatste stap?'

'Veel terroristen nemen gas terug als de risico's te groot blijken te zijn. Grozak bouwt een vluchtgang en zet gewoon door.'

'Waarom heeft de CIA hem niet opgepakt als hij zo gevaarlijk is?'

'Dat hebben ze een paar keer geprobeerd, maar ze kampen met een personeelstekort en hij is niet nummmer één op hun prioriteitenlijst. Elke week krijgen ze honderden tips over mogelijke terroristische dreigingen. Ik heb al tegen je gezegd dat Grozak slim is. Hij heeft zijn aanvallen gericht op andere landen in Europa en Zuid-Amerika en tot dusver geen Amerikaans doelwit uitgezocht in Amerika zelf of elders.'

Tot dusver. Dat bezorgde haar de rillingen. 'Waarom nu dan wel?'

'Ik denk dat hij de tijd heeft genomen om contacten op te bouwen. Hij heeft altijd al een hekel gehad aan de Verenigde Staten, en het stond vast dat hij op een gegeven moment Amerika als doelwit zou uitkiezen. De enige vraag was wanneer dat zou gebeuren.'

'Waarom nu dan wel?' vroeg ze nogmaals.

'Omdat alles wat hem betreft gereed is. Hij heeft het geld en de wapens voor de aanslag, en het enige wat hij nu nog nodig heeft, is mankracht. Of zou ik beter "kanonnenvoer" kunnen zeggen? Dat woord is toepasselijker. Het meest waardevolle instrument van een terrorist zijn medeplichtigen die bereid zijn hun leven voor de zaak te geven. Dat is op 11 september wel bewezen. Ze zijn bereid elk risico te nemen, en als ze hun missie hebben uitgevoerd kunnen ze hun mond niet opendoen om de thuisbasis te verraden. Het is echter steeds moeilijker geworden om fanatici te rekruteren die niet op het laatste moment terugkrabbelen. Natuurlijk zijn er de godsdienstfanaten uit het Midden-Oosten, maar die worden door de CIA nauwlettend in de gaten gehouden.'

'En door de Binnenlandse Veiligheidsdienst.'

Hij knikte. 'Ik ben er zeker van dat Grozak bereid is de halve wereld achter zich aan te krijgen in ruil voor het genoegen de Verenigde Staten op de knieën te dwingen, maar hij wil bijkomende risico's vermijden.'

'Het is krankzinnig. Hij zou net als Saddam Hoessein in een hol moeten kruipen.'

'Ja, maar zijn hol zal met goud zijn bekleed, en hij is arrogant genoeg om te geloven dat ze hem niet zullen vinden. Dan zou hij voor de terroristische wereld een held zijn, en veel steun krijgen.'

Ze schudde haar hoofd. 'Je zei dat hij slim was, maar dit is krankzinnig.'

'Slim is hij inderdaad. Hij zit ook vol venijn en bitterheid en heeft een ego van hier tot Tokyo. Hij zal doorzetten, want hij werkt al jaren naar dit doel toe.'

'Hoe weet je dat?'

'We hebben samen in Colombia gezeten. Ik wist toen al dat hij een klootzak was en de Verenigde Staten geen goed hart toedroeg. Hij tierde altijd over de zwijnen die hem achter de tralies hadden gezet. Het is nogal ironisch dat de Verenigde Staten door hem voor *hate-crimes* op te sluiten al die haat in de richting van de Amerikaanse overheid hebben gekanaliseerd. Ik vond het in die tijd echter belangrijker ervoor te zorgen dat die hufter mij niet te grazen nam dan te luisteren naar zijn politieke overtuigingen. Voordat ik uit Colombia vertrok, heb ik zijn arm gebroken. Dat kan de reden zijn waarom hij mij zo hartgrondig haat. Wat denk jij?'

'Dat zou kunnen,' zei ze afwezig. 'Hoe ben je te weten gekomen dat Grozak dit van plan was?'

'De precieze details waren me niet bekend. Door de jaren heen heb ik hem in de gaten gehouden omdat hij een wraakzuchtige klootzak is en ik wist dat hij op een gegeven moment achter mij aan zou komen. Acht maanden geleden kreeg ik voor het eerst vreemde verslagen over het doen en laten van Grozak en zes maanden geleden heb ik een informant uit Grozaks kring te pakken gekregen, die ik ertoe heb overgehaald zijn mond open te doen.'

'Ertoe overgehaald?'

'Oké. Met geweld. Daarna heb ik hem wel genoeg geld gegeven om onder te duiken.'

Ze kon alles wat hij haar vertelde eigenlijk niet verwerken. Het was ongelooflijk, maar toch was ze heel erg bang dat het de waarheid was. 'Wat kunnen we doen om dit te voorkomen?'

'Cira's goud vinden.'

'Wát zeg je?'

'Grozak heeft mensen nodig die bereid zijn zichzelf op te blazen, en om die te krijgen onderhandelt hij met Thomas Reilly. Het kan ook zijn dat Reilly Grozak in eerste instantie heeft benaderd. Reilly had spierkracht nodig om te krijgen wat hij hebben wilde, en het is mogelijk dat hij Grozak aan het manipuleren is om het goud te krijgen.'

'Manipuleren?'

'Dat is zelfs waarschijnlijk. Reilly blijft graag op de achtergrond om daar aan de touwtjes te trekken. Hij heeft ook een ontzettend groot ego en vindt het prachtig te laten zien hoe slim hij is. Hij is jarenlang actief bij de IRA betrokken geweest. Later heeft hij zijn werkterrein uitgebreid naar andere terroristische organisaties en is hij naar Griekenland verhuisd. Toen heeft hij vijf jaar geleden zijn biezen gepakt en is hij verdwenen. Het gerucht ging dat hij in de Verenigde Staten was ondergedoken.'

'En hoe zou Reilly Grozak kunnen helpen?'

'Reilly heeft iets wat hem van onschatbare waarde maakt. Hij was een briljant psycholoog en pikte dissidenten en jonge jongens op die gemakkelijk beïnvloedbaar waren. Zij werden gehersenspoeld en daarna deden ze bijna alles wat hij wilde. Ze namen krankzinnige risico's en er zijn er nogal wat om het leven gekomen terwijl ze op zijn bevel een bom plaatsten. Later ging het gerucht dat hij menselijke bommen trainde in een terroristenkamp in Duitsland. Ik weet dat hij Al-Qaida op een gegeven moment heeft benaderd om te proberen met hen een deal te sluiten.'

Jane verstijfde. 'Al-Qaida?'

Hij schudde zijn hoofd. 'Nee, zij zijn hier niet bij betrokken, want ze doen niet graag zaken met niet-moslims. Toen Reilly hun jaren geleden zijn diensten aanbood, werd hij niet met open armen ontvangen. En Grozak wil op dit moment niets met Al-Qaida te maken hebben, want dan zou de rode vlag worden gehesen en wordt hij in de kaart gekeken. Hij heeft meer belangstelling voor een andere nevenactiviteit die door Reilly wordt verkend. Het gerucht gaat dat Reilly een team van Amerikaanse ex-GI's heeft gerekruteerd die een wrok koesteren jegens de VS, en die lui aan het trainen is.'

'Hersenspoelen, bedoel je.'

'Dat klopt. Het potentieel is voor Grozak heel aantrekkelijk. Amerikanen met een Amerikaanse achtergrond en Amerikaanse papieren, die bereid zijn zelfmoord te plegen om wraak te nemen op de Amerikaanse overheid.'

'Ik kan niet geloven dat ze dat ook daadwerkelijk zouden doen.'

'Daar had ik aanvankelijk ook zo mijn twijfels over. Reilly heeft me een film gestuurd van een GI die zichzelf heeft opgeblazen voor de Amerikaanse ambassade in Nairobi.' Hij perste even zijn lippen op elkaar. 'Hij had ervoor gezorgd dat de jongen niet al te dicht bij de ambassade in de buurt was en niet genoeg explo-sieven op zijn lijf droeg om werkelijke schade aan te richten en hem daardoor in de problemen te brengen. Het was uiteindelijk alleen een promotiefilmpje.'

'En dat heeft hij jou toegestuurd?'

'Hij wilde me laten weten hoeveel macht hij had, en hij is er niet zeker van dat Grozak het gevraagde zal kunnen leveren. Hij zei dat hij de deal met Grozak zou afblazen als ik Cira's goud kon produceren. Dat hij me dan zelfs zou helpen Grozak in de val te lokken.'

Ze keek hem stomverbaasd aan. 'Je hébt Cira's goud niet en wat voor verschil zou dat sowieso uitmaken voor een schoft zo-als hij?'

'Ook schoften hebben hun zwakke plekken. Hij verzamelt an-tiek en heeft een ware passie ontwikkeld voor alles wat verband houdt met Herculaneum. Door de jaren heen heb ik hem een paar keer ontmoet terwijl hij probeerde gestolen artefacten te verkrijgen. Ik heb het beeld van Cira onder zijn neus vandaan ge-kocht, en daar was hij razend om. Hij weet waarschijnlijk meer over Herculaneum dan de meeste professoren. Hij is in het bezit van oude brieven, scheepsjournaals, documenten, lijsten van voorraden. Alles waarmee hij de Herculaneum-ervaring kan be-leven. Zijn collectie moet gigantisch zijn, en hij heeft een bijzon-dere hartstocht voor oude munten. Hij zou alles overhebben voor het goud uit de tunnel van Precebio.'

'Hoe weet je dat?'

'Van Dupoi heb ik de namen gekregen van degenen die hij had benaderd om de perkamentrollen te verkopen. Hij vertelde me dat Reilly hoog op de lijst stond van mensen van wie hij wist dat ze er belangstelling voor zouden hebben. Met Grozak had hij nog geen contact opgenomen. Die behoorde tot de tweede benader-bare groep.' Hij zweeg even. 'Tot verbazing van Dupoi kwam Reilly niet met een aanbod. Maar Grozak benaderde Dupoi vrij-wel meteen nadat die laatste met Reilly contact had opgenomen om te onderhandelen.'

'Reilly heeft Grozak erop uit gestuurd?'

'Dat denk ik wel, en dat had ik niet verwacht. Het idee dat

Reilly tot het kamp van Grozak behoorde maakte me behoorlijk zenuwachtig. Grozak stelde niet veel voor zolang hij geen totaalpakket kon samenstellen, maar Reilly was in staat de ontbrekende schakels te leveren.'

'Christus.'

'Reilly heeft me later verteld dat hij in ruil voor Cira's goud zou zorgen voor chauffeurs voor de wagens van Grozak. Ik heb toen tegen hem gezegd dat Grozak geen schijn van kans had om dat goud te leveren en dat ik het hem zou geven als hij de deal met Grozak ongedaan maakte.'

Vol ongeloof schudde ze haar hoofd. 'Jullie zijn allebei maf. Jullie hebben dat goud geen van beiden.'

'Maar ik heb tegen hem gezegd dat ik wist waar het was. Dat de locatie vermeld stond op de perkamentrollen waar Grozak de hand niet op kon leggen.'

'En hij geloofde je?'

'Ik kan behoorlijk goed pokeren. Hij heeft me tot de tweeëntwintigste december de tijd gegeven om hem alles te overhandigen wat hij hebben wil. Daarna zet hij de deal met Grozak door. En wie zal het zeggen? Misschien was het geen bluf. Daarom wilde ik dat Mario die tweede brief van Cira zou vertalen.'

'En als hij die nu niet meer wil afmaken?'

'Dan zal ik iemand anders in de arm nemen.'

'Het is mogelijk dat er geen enkele aanwijzing in staat over de plaats waar dat goud is.'

'Dat is waar, maar op die manier heb ik in elk geval de tijd om een ander actieplan uit te werken.'

'Je kunt geen risico's nemen met een potentiële ramp als deze. We moeten de autoriteiten ervan in kennis stellen.'

Hij pakte zijn mobiel en gaf die aan haar. 'Het nummer staat in het geheugen. Carl Venable. Speciaal agent. CIA. Als je hem belt, kun je hem ook over Eduardo Donato vertellen. Dat heb ik namelijk nog niet gedaan.'

Ze keek naar de telefoon. 'Venable. Je werkt samen met de CIA?'

'Zoveel ik kan. Ze lijken het onderling oneens te zijn. Sabot is de baas van Venable, en hij denkt dat Grozak geen bedreiging vormt. Hij gelooft dat Grozak een vrij onbelangrijke speler is die er niet in is geïnteresseerd een aanslag in Amerika te organiseren en ook niet in staat is zo'n grote operatie op touw te zetten.' Hij trok een gezicht. 'En Grozak of Reilly heeft een loosalarmscenario opgezet dat Sabot ervan weerhoudt te geloven dat er een aanslag aan zit te komen.'

'Loos alarm?'

'De laatste jaren is er informatie gelekt naar de CIA, de FBI en de Binnenlandse Veiligheidsdienst: waarschuwingen voor aanvallen op specifieke plaatsen. Door Grozak. Ze hebben er teams op uitgestuurd, maar er is niets gebeurd en ze waren allemaal razend. Sabot is niet bereid zich nog eens voor aap te laten zetten. Hij denkt dat dit weer zo'n nepdreigement is.'

'Hij houdt zichzelf voor de gek.'

'Inderdaad. En Reilly is al jaren van hun radar verdwenen. Er zijn niet eens bewijzen dat hij nog in leven is. Behalve dan mijn verhaal over ons gesprek, en ik ben niet direct een betrouwbaar persoon.'

'Hoe zit het met Venable?'

'Hij is zenuwachtig en wil niet voor een commissie van het Congres moeten verschijnen om na een aanslag vragen te beantwoorden. Hij dekt zich liever op alle fronten in. Sabot heeft hem een beperkt gezag gegeven om zijn eigen hachje te redden als er iets misgaat. Wat haat ik de bureaucratie toch.'

'En Reilly is onvindbaar?'

'Nog wel. Ik heb Brenner naar de Verenigde Staten gestuurd om te kijken of hij iets over hem aan de weet kon komen, en de kans bestaat dat hij zich ergens in het noordwesten ophoudt. Brenner heeft twee valse sporen gevolgd, maar hij denkt dat hij nu misschien een juiste aanwijzing heeft ontdekt.'

'Die man moet worden gevonden.'

'Jane, ik doe wat ik kan. We zullen hem uiteindelijk vinden. De derde keer zal ik geluk hebben.'

'Geluk?'

'Sorry, maar ik ben nu eenmaal degene die ik ben. Ik kan je verzekeren dat ik het deze keer niet van het toeval af laat hangen.' Hij trok een grimas. 'Hoewel het me tegen de borst stuit dat goud op te geven, zal ik dat wel doen als ik die kist kan vinden.'

'Die kans is niet groot.' Ze fronste haar wenkbrauwen. 'Ik kan eigenlijk niet geloven dat Grozak zijn aanslag zal uitstellen vanwege een káns op steun van Reilly.'

'Het alternatief is uitstel voor onbepaalde tijd, en na al deze jaren kan Grozak niet meer wachten. Hij wil worden gezien als het meesterbrein dat in staat is de wereld op zijn grondvesten te laten schudden.'

'Maar de kans dat dat goud wordt gevonden is zo klein.'

'Dat weet Grozak niet.' Hij haalde een fluwelen buidel uit de bureaulade. 'Hij is er zeker van dat hij op het juiste spoor zit.' Hij gooide haar de buidel toe. 'Dit heb ik met de perkamentrollen naar Dupoi gestuurd, met het verzoek de ouderdom en de waarde te laten taxeren.'

Langzaam maakte ze de buidel open en schudde de inhoud in haar hand. Vier gouden munten. Ze keek Trevor meteen weer aan. 'Heb je de kist al gevonden?'

Hij schudde zijn hoofd. 'Nee, maar ik heb deze oude munten kunnen lokaliseren en kopen, en ik dacht dat ze een goed lokaas waren.'

Ze keek verbaasd naar het gezicht op de munten. 'Weet je zeker dat ze uit de tijd van Cira dateren?'

'De afbeelding erop is van Vespasianus Augustus, die in de tijd van de uitbarsting van de Vesuvius keizer was. Dupoi heeft ze laten onderzoeken en dat heeft een datum opgeleverd: 78 n.Chr. De uitbarsting vond plaats in 79 n.Chr. Dupoi heeft ook laten vaststellen dat ze uit Herculaneum kwamen. Hij vroeg waar ik ze vandaan had en of er nog meer waren. Toen heb ik hem over de kist verteld.'

'Wat zeg je?' Even later drong het tot haar door. 'Een val. Je hebt hem die informatie met opzet gegeven. Je wist dat Dupoi je aan Grozak zou verraden.'

Hij haalde zijn schouders op. 'Die kans was inderdaad vrij groot. Het was bekend dat Grozak probeerde alle artefacten te vinden die met Herculaneum te maken hadden, en hij vroeg met name naar artefacten die verband hielden met Cira. Vier jaar geleden was er veel publiciteit rond Cira, zoals je weet, maar ik kon niet begrijpen waarom Grozak er belangstelling voor had als hij zelf geen verzamelaar was. Ik had geen idee dat hij inmiddels een partner had aangetrokken.'

'Reilly.'

Hij knikte. 'Het was een vermoeden, maar wel voldoende om me aan het denken te zetten.'

'En toen jij Dupoi de perkamentrollen en de munten weer had afgepakt, moest Grozak achter jou aan om te krijgen wat hij hebben wilde. Je hebt Dupoi als lokaas gebruikt, en als iemand die de authenticiteit van de vondst moest bevestigen.' Ze schudde haar hoofd. 'Jezus! Je bent een verdomd sluwe klootzak.'

'Maar deze keer sta ik aan de goede kant, en dat zou jou gelukkig moeten maken.'

'Ik ben veel te bang om ergens gelukkig mee te kunnen zijn.' Ze rilde. 'En toen ben je naar de CIA gestapt?'

'Niet meteen. Ik heb een probleem met al die zelfopofferende onzin. Ik besloot alles te checken en wat onderzoek te plegen. De mogelijkheid bestond dat Grozak er deze keer ook geen succes van zou weten te maken. Maar toen verscheen Reilly op de achtergrond en wist ik dat het plan uitvoerbaar was.' Hij haalde zijn schouders op. 'De gelegenheid leek te goed om er geen gebruik van te maken. Ik kon mezelf van Grozak ontdoen voordat hij een manier had gevonden om mij uit te schakelen. Ik kon de wereld redden.' Hij glimlachte. 'En als ik het spel goed speelde, kon ik het goud uiteindelijk altijd nog in handen krijgen en houden. Hoe had ik daar weerstand aan kunnen bieden?'

'Ja, hoe?' Ze keek naar de envelop met de videoband. 'Het ultieme slappe koord.'

Zijn glimlach verdween. 'Maar ik wilde niet dat jij erbij betrokken zou raken. Geloof me. Als ik een manier had kunnen bedenken om jou in een nonnenklooster op te sluiten tot dit alles voorbij is, zou ik dat hebben gedaan.'

'Een nonnenklooster?'

'Inderdaad een beetje extreem, maar voor het geval het je nog niet is opgevallen... Ik ben heel jaloers als het om jou gaat.'

'Ik zal me nergens laten opsluiten, en wat Mario's vader is overkomen zal ik niet laten gebeuren met Eve of Joe.'

'Toen ik het idee kreeg dat jij in gevaar zou kunnen verkeren heb ik Venable meteen gezegd dat hij hen beiden vierentwintig uur per etmaal moest laten beveiligen.'

'Maar je bent niet onder de indruk van de daadkracht van de CIA.'

'Ik heb hem meegedeeld dat ik de CIA niets meer zou vertellen als die twee iets overkwam. Zoals ik je al heb gezegd, is Grozak een zenuwachtig type.'

'Toch zal ik hen waarschuwen.'

'Doe dat maar als je dat wilt.'

Ze kreeg een andere gedachte. 'Hoe gaan ze het doen? Wat zijn de specifieke doelwitten?'

'Dat weet ik niet. Ik heb al mazzel met de informatie die ik heb weten te bemachtigen. Ik betwijfel of iemand anders dan Grozak alle details kent.' Hij pakte zijn telefoon weer. 'Als jij Venable niet belt, kan ik dat maar beter doen, want ik wil niet dat zijn mensen Brenner voor de voeten lopen wanneer die in Luzern is gearriveerd.'

'Brenner zei dat jullie denken te weten wie de moordenaar is.'

'Ralph Wickman, volgens mij. Tom Rendle, volgens Brenner. Ik kan me vergissen, maar dat denk ik eigenlijk niet. Brenner gaat daar rondneuzen om te kijken of iemand een idee heeft van zijn volgende zet.'

'Zal hem dat lukken?'

'Die kans is klein, maar het kan geen kwaad de mogelijkheden te verkennen. Als Wickman voor Grozak werkt, moeten we hem in de gaten houden.'

Ze rilde. 'Hij moet een afschuwelijke man zijn.'

'Dat is hij, maar dat is de man die hem heeft ingehuurd ook.' Uit de bureaulade viste hij twee foto's en smeet er een voor haar neer. 'Grozak.' Het gezicht was dat van een man van ergens in de veertig, niet lelijk om te zien, maar ook niet buitengewoon. 'Als Grozak het zelf had moeten doen, had hij het zwaard zonder enig gewetensbezwaar gehanteerd, en er nog van genoten ook.' Toen was de andere foto aan de beurt. 'Thomas Reilly.' Reilly was ouder, ergens in de vijftig, en zijn gelaatstrekken waren bijna aristocratisch door de fijne beenderstructuur, de lange neus en de dunne, goedgevormde lippen. 'Op zijn manier laat Reilly Grozak er nog als een engel uitzien.' Hij pakte zijn mobiel. 'Wil je met Venable spreken?'

Ze ging staan. 'Waarom zou ik dat moeten doen?'

'Om te achterhalen of ik de waarheid heb gesproken.'

'Dat heb je gedaan.'

'Hoe weet je dat?'

Ze glimlachte licht. 'Omdat je hebt beloofd nooit tegen me te liegen.'

'Goeie god! Volgens mij is er echt sprake van een doorbraak.'

'En als je Venable voor de gek had willen houden, had je dat probleemloos kunnen doen. Ik heb je in actie gezien.'

'Nu heb je alles weer verpest.'

'Daar zul je mee moeten leven.' Ze zweeg even. 'Wie is op de hoogte van je contacten met Venable?'

'Alleen Bartlett, Brenner en MacDuff. Denk je dat ik wil dat de hele wereld weet dat ik contact houd met de CIA? Hoe meer mensen het weten, hoe groter de kans op een lek wordt.'

'Eve en Joe zullen het nu ook te weten komen.'

'Dan zouden ze er verdomd verstandig aan doen dat niet aan de grote klok te hangen.'

'Je weet dat ze dat niet zullen doen.' Ze liep naar de deur. 'Ga jij dat telefoontje maar plegen. Ik moet terug naar Mario.'

'Waarom?'

'Omdat ik het hem niet zal toestaan jou er de schuld van te blijven geven, zich tot een balletje op te krullen en de rest van de wereld buiten te sluiten. Het vertalen van die teksten is daar te belangrijk voor, en ik zal ervoor zorgen dat hij dat ook doet.'

Hij trok zijn wenkbrauwen op. 'Wat een vastberadenheid.'

'Inderdaad.' Ze keek hem diep in de ogen terwijl ze de deur openmaakte. 'Trevor, ik ben een Amerikaanse. Geen enkele klootzak zal een grote of een kleine stad, of een gehucht, in mijn land opblazen als ik daar iets aan kan doen. Jij mag alle spelletjes spelen die je wilt, zolang ze mij daarbij niet in de weg zitten. Voor mij is het echter geen spel. Grozak zal worden verslagen!'

'Ik had al tegen je gezegd dat ik je hier niet wilde zien,' zei Mario toen ze zijn kamer in liep. 'Jij hebt geen hart.'

'Maar ik heb wel hersens, en die gebruik ik ook. Wat stukken beter is dan wat jij doet.' Ze ging in de stoel tegenover hem zitten. 'Hoewel ik graag vriendelijk en geduldig zou willen zijn, hebben we daar de tijd niet voor. Ik kan het je niet toestaan medelijden met jezelf te blijven hebben, want er moet te veel werk worden verzet.'

'Ik werk niet langer voor Trevor.'

'Oké. Werk dan voor jezelf. Laat die rotzak niet wegkomen met wat hij je vader heeft aangedaan.'

'Het was Trevors schuld.'

Ze bestudeerde zijn gezichtsuitdrukking. 'Dat geloof je zelf niet, en je gelooft ook niet dat de schuld ligt bij de man die je vader heeft onthoofd.'

'Natuurlijk geloof ik dat wel.'

'Niet waar.' Zeg het. Wreed of niet, het moest worden gezegd omdat Mario zich anders voor de waarheid zou blijven verstoppen. 'Je denkt dat het jouw schuld was. Je denkt dat je deze baan niet had moeten aannemen, of Trevor in elk geval over je vader had moeten vertellen.'

'Nee!'

'Misschien is dat zo, maar die beslissing zul je zelf moeten nemen. Je dacht dat je vader niet in gevaar zou komen. Hield je jezelf daarmee voor de gek? Ik weet het niet. Ik weet alleen dat die man dood is en jij klaar zou moeten zijn om zijn dood te wreken in plaats van iedereen er de schuld van te geven. Inclusief jezelf.'

'Ga weg. Het zijn allemaal leugens.' Zijn stem brak.

'Het is de waarheid.' Ze ging staan. 'En ik geloof dat je mans genoeg bent om die onder ogen te kunnen zien. Ik ga in de kamer hiernaast in mijn hoekje zitten om naar het beeld van Cira te kijken en te wachten tot jij je werk hervat.'

'Ik zal niet komen.'

'Dat zul je wel doen, omdat dat juist is. In deze afschuwelijke situatie zijn er niet veel dingen juist, maar jij hebt de kans om in elk geval iets te doen wat goed is.' Ze liep naar de deur. 'Als je vindt wat Trevor zoekt, zullen de moordenaars die die hulpeloze oude man hebben vermoord niet winnen.'

'Leugens...'

Ze maakte de deur open. 'Ik zal op je wachten.'

Ze zat nog steeds in de stoel in de hoek toen Mario vier uur later de deur openmaakte.

In de deuropening bleef hij staan. 'Jij geeft nooit op, hè?'

'Niet als iets belangrijk is, en dit is ontzettend belangrijk.'

'Waarom? Om Trevor te laten krijgen wat hij hebben wil?'

'In dit geval behoren we allemaal hetzelfde als hij te willen hebben, en het is voor jouw eigen bestwil belangrijk dat je alles scherp ziet. Ook als je dat pijn doet.'

'Dat doet het.' Hij liep naar haar toe en ze zag tranen in zijn donkere ogen glinsteren. 'Verdomme, Jane.' Hij ging voor haar stoel op zijn knieën zitten en begroef zijn hoofd in haar schoot. 'Ik zal je dit nooit vergeven.'

'Dat is niet erg.' Zacht streelde ze zijn haar, met bijna moederlijke tederheid. 'Alles zal in orde komen, Mario.'

'Nee, dat zal het niet.' Hij keek wanhopig op en dat wekte haar medeleven. 'Omdat ik leugens verkondig. Jij bent niet degene die ik dit nooit zal vergeven. Ik... heb hem gedood, Jane.'

'Nee, dat is niet waar. Dat heeft Grozak gedaan.'

'Ik had moeten... Trevor had tegen me gezegd dat er gevaar dreigde, maar ik dacht dat dat alleen voor mij gold. Ik was egoïstisch. Ik wilde het niet geloven. Ik kon me niet voorstellen dat iemand zoiets kon doen.' Tranen stroomden over zijn wangen. 'En ik ben niet degene die er de prijs voor heeft betaald. Ik was een idioot en ik had...'

'Stt.' Ze drukte haar vingers tegen zijn lippen. 'Je hebt een vergissing begaan en daarmee zul je moeten leven. Maar Grozak is de schuldige, en dat zul je ook moeten accepteren.'

'Dat is moeilijk.' Hij leunde achterover op zijn hielen en deed zijn ogen stevig dicht. 'Ik heb het gevoel dat ik moet worden gekruisigd.'

Hij werd al gekruisigd, dacht ze. Hij gaf zichzelf nu even hartstochtelijk de schuld als Trevor eerder. 'Ga dan hard aan het werk. Zet het van je af. Ik voelde me schuldig toen mijn vriend Mike werd vermoord en ik heb me afgevraagd wat ik anders had kunnen doen, hoe ik zijn leven had kunnen redden. Maar uiteindelijk moet je het van je afzetten en doorgaan. Midden in de nacht zal het soms nog weer bovenkomen, maar het enige wat je kunt doen is dat verdragen en ervan leren.'

Zijn ogen gingen weer open. 'Ik gedraag me als een kind, en dat verdien jij niet.' Hij dwong zichzelf te glimlachen. 'Ik ben blij dat je hier bent.'

'Ik ook.'

Hij schudde zijn hoofd alsof hij dat daarmee helder kon maken en ging staan. 'Ga nu weg. Ik heb behoefte aan een douche. Gek, hè, dat ons instinct ons vertelt dat we door ons lichaam te wassen ook onze ziel kunnen reinigen.'

'Zal ik terugkomen?'

'Niet meteen. Later kom ik naar beneden om met Trevor te praten.' Hij keek naar het bureau. 'Ik moet weer aan de slag gaan. Dat zal niet gemakkelijk zijn. Ik zal me blijven herinneren waarom... Misschien zal ik niet meer dan een paar regels kunnen vertalen, maar dat is in elk geval een begin. Hoe zeggen jullie dat ook alweer? Weer op het paard gaan zitten dat je heeft afgeworpen?'

Ze knikte.

'Goeie uitdrukking.' Hij draaide zich om. 'Ik heb het gevoel dat dat paard al mijn botten heeft gebroken. Dat is echter niet gebeurd, en dat zal ook niet gebeuren. Misschien dat mijn hart... Maar harten kunnen genezen, nietwaar?'

'Dat zeggen ze.'

Hij keek naar haar om. 'Hoewel je allerlei wijsheden verkondigt, weet je het allerbelangrijkste niet? Het is duidelijk dat je geen Italiaanse bent.'

Dat was bijna een grapje, godzijdank. Het verdriet was er nog, maar hij was niet meer volledig van streek. Ze glimlachte. 'Ik besef dat dat een grote handicap is.'

'Inderdaad, maar jij bent uitzonderlijk genoeg om daaroverheen te kunnen komen.' Hij zweeg even en zei toen: 'Dank je, Jane.'

Toen liep hij, zonder op een reactie te wachten, de kamer uit.

Langzaam ging ze staan. Ze had gekregen wat ze nodig had, ook al was de ervaring voor hen beiden pijnlijk geweest. En gedurende de laatste minuten had ze in Mario iets gezien wat haar verbaasde. Het was alsof ze getuige was geweest van een wedergeboorte, een volwassen worden of...

Ze wist het niet. Het kon zijn dat ze het zich verbeeldde door alle emoties die ze vandaag allebei hadden moeten doorstaan. Persoonlijkheidsveranderingen deden zich zelden zo snel voor.

Daar stond echter tegenover dat veranderingen ook zelden door zoiets afschuwelijks werden ingezet.

Was haar houding tegenover Trevor daar ook niet helderder door geworden? Het leven om haar heen was aan het veranderen terwijl Grozak en Reilly aan de touwtjes trokken.

Daar moest een eind aan komen.

11

'Hoe is het met hem?' vroeg Trevor toen ze tien minuten later de bibliotheek in liep. 'Haat hij me nog steeds uit de grond van zijn hart?'

'Nee. Nu haat hij zichzelf, maar hij zal je geven wat je hebben wilt. Vanavond gaat hij weer verder met de vertaling.'

'Je moet hem hebben betoverd.'

Ze schudde haar hoofd. 'Ik heb hem de waarheid verteld, al vermoed ik dat hij die zelf ook wel had ontdekt als we hem wat meer tijd hadden gegund. Je zult waarschijnlijk merken dat hij... anders is.'

'Hoe?'

Ze haalde haar schouders op. 'Daar ben ik niet zeker van, maar ik denk niet dat ik ooit nog in de verleiding zal komen hem een "aardige jongen" te noemen. Oordeel zelf. Straks komt hij naar beneden om met je te praten.' Ze veranderde van onderwerp. 'Ben je van Venable iets te weten gekomen over Wickman?'

'Hij belt me terug. Hij had een mannetje naar de zuster van Eduardo gestuurd, en zij zei dat ze hem sinds gistermorgen niet meer had gezien. Eduardo had haar gebeld met de mededeling dat hij een baantje als gids zou aannemen voor een toerist die hij in een koffiehuis had ontmoet.'

'Heeft hij ook de naam van die toerist genoemd?'

Trevor schudde zijn hoofd. 'Hij werd midden onder het gesprek onderbroken en hing snel op.'

'Kan Venable ons een foto van Wickman geven?'

'Later, misschien. Tot dusver heeft hij nog geen dossier boven water kunnen krijgen. Wickman lijkt de onzichtbare man te zijn. Maar ik zal Brenner naar dat koffiehuis sturen om te kijken of een van de obers die man kan beschrijven.'

Ze bewoog zich niet. 'Ik heb een beter alternatief.'

Hij begreep meteen wat ze bedoelde. 'Nee, nee en nog eens nee.'

'Met een goede beschrijving kan ik een schets maken. Omdat ik Wickman nooit heb gezien, zal die schets je ongetwijfeld precies vertellen wat je weten wilt.'

'Dan zal ik Brenner de vragen laten stellen en hem jou de antwoorden telefonisch laten doorgeven.'

'Zo werkt het niet. Ik moet de schets onder het tekenen aan de getuige kunnen laten zien om bevestigd te krijgen of de gelaatstrekken kloppen.' Haar mond verstrakte even. 'Ik ben niet van plan hier te blijven zitten wachten terwijl Brenner tijd verspilt met een poging tot identificatie terwijl ik dat stukken sneller kan doen.'

'Jij kunt niet veilig door Luzern gaan rondzwerven. Hier kan ik je wel beschermen.'

'Ik ga niet rondzwerven door Luzern. Ik ga naar een café, en jij zult me op het vliegveld wel laten opwachten door Brenner. Kun je zorgen voor een helikopter en een privévliegtuig in Aberdeen, met een piloot die jij vertrouwt?'

'Dat zou kunnen, maar dat zal ik niet doen.'

'Jawel. Omdat je weet dat ik er hoe dan ook naartoe ga.' Ze draaide zich om. 'Ik ga een reistas en mijn schetsboek pakken.'

'Welk deel van mijn nee heb je niet begrepen?'

'Het deel waarin je me bevelen gaf die tegen mijn gezonde verstand indruisen. Bel Brenner en zeg dat ik eraan kom. Zo niet, dan vind ik de weg naar dat café zelf wel.'

Mario zag Jane toen ze haar slaapkamer uit kwam en naar de trap liep. Hij fronste zijn wenkbrauwen bij het zien van de reistas. 'Waar ga je heen?'

'Ik moet aan het werk. Vanavond of morgen ben ik weer terug.'

'Wat voor werk?'

Ze zweeg even, omdat ze niet wist hoe hij op de waarheid zou reageren. 'Ik ga naar Luzern om te proberen een schets te maken van de moordenaar van je vader. Als ik een goede beschrijving van die man kan krijgen.'

'Kun je zo'n schets maken?'

Ze knikte. 'Ik ben er behoorlijk goed in.'

'Iemand heeft hem gezien?'

'We denken dat die kans groot is. Je vader was een goede bekende in dat café en...'

Hij draaide om en wilde teruglopen naar zijn kamer. 'Ik ga met je mee.'

'Nee.'

'Het moet gevaarlijk zijn. Stel dat hij daar nog in de buurt is? Ik zal jou geen risico laten nemen. Mijn vader is vermoord en hij had niets...'

'Nee. Jij bent hier waardevoller.' Hij wilde protesteren en ze ging snel door. 'Ik heb je niet nodig. Brenner zal me helpen.'

Hij zweeg even en toen plooiden zijn lippen zich tot een vreugdeloze glimlach. 'Dan zul je me inderdaad wel niet nodig hebben. Je zou sowieso niet veel aan me hebben, hè? Ik kan beter omgaan met boeken dan met de werkelijke wereld. Ik heb nooit beseft dat ik ooit zou moeten weten hoe je de strijd moet aanbinden met mensen als Grozak.' Hij zweeg even. 'Weet je zeker dat je bij Brenner veilig zult zijn?'

'Ja. Tot ziens, Mario.' Ze liep snel de trap af, voordat hij opnieuw kon protesteren. Trevor stond bij de voordeur. 'Heb je Brenner gebeld?' vroeg ze aan hem.

'Ja, en ik ga met je mee.' Hij maakte de deur voor haar open. 'Bartlett heeft een helikopter geregeld, en die zal over vijf minuten landen.'

'Nee.'

'Wat zeg je?'

'Nee.' Ze herhaalde een door hem eerder gestelde vraag. 'Welk deel van mijn nee heb je niet begrepen? Jij gaat niet met me mee. Het enige wat je zou doen, is mij beschermen, en daar is Brenner al voor. Je hebt me verteld dat het hier een van je taken was een oogje te houden op Mario. Dat is nu belangrijker dan ooit tevoren.'

'En hoe zit het met een oogje houden op jou?'

'Grozak lijkt een ander doelwit te hebben gekozen: Mario. Dus heb je alle reden om ervoor te zorgen dat hem niets overkomt.' Ze zag zijn mond verstrakken en zei fel: 'Ik heb Mario ertoe overgehaald weer aan de slag te gaan, en dat zal ook gebeuren. Het is belangrijk dat hij die vertaling zo snel mogelijk afmaakt. Iemand moet hier zijn om hem aan te moedigen en te steunen. Dat moet jij doen, of ik, en ik ga naar Luzern. Probeer me niet tegen te houden, Trevor.'

'Daar zou ik niet eens over dénken,' zei hij sarcastisch. 'Je zou me waarschijnlijk de helikopter uit duwen.'

'Dat klopt.'

'En ik zou er niet eens over drómen te proberen het vuur te doven dat ik lijk te hebben ontstoken.'

'Dat zou je niet lukken.' Ze keek hem recht aan. 'Jij bent in Johannesburg geboren en je hebt het merendeel van je leven een zwervend bestaan geleid. Ik weet niet of je jezelf beschouwt als een wereldburger of als een man zonder land. Ik heb wel een land, en ik bescherm wat van mij is. Ik ben inderdaad laaiend. We zullen doen wat het beste is om Grozak bij mijn landgenoten vandaan te houden. Wie daardoor ook risico's loopt.'

'Mijn hemel. Een patriot.'

'Ik schaam me daar niet voor, dus drijf er gerust de spot mee.'

'Ik drijf er niet de spot mee. Ik ben jaloers op je.' Hij draaide zich om. 'Stap nu maar snel die helikopter in, voordat ik me die video van Eduardo Donato weer ga herinneren. Ik zorg wel voor Mario.'

Een paar minuten later zag Trevor de helikopter opstijgen en in oostelijke richting wegvliegen. Hij balde zijn handen tot vuisten.

Verdomme. Hij wilde Cookson, de piloot, bellen om hem op te dragen haar terug te brengen. In plaats daarvan belde hij Brenner. 'Ze is onderweg. Cookson is net opgestegen. Ik wil haar over vierentwintig uur weer hier hebben en als haar wat overkomt, zul jij dat zwaar moeten bezuren.'

'Dat kun je proberen,' zei Brenner. 'Maar ik zal ervoor zorgen dat haar niets overkomt, Trevor.'

'Ik hoop dat ze je daar de kans toe geeft. Ze is pisnijdig en heel patriottisch.'

'Wat een combinatie. Het kunnen nog wel eens vierentwintig interessante uren worden,' zei Brenner. Toen verbrak hij de verbinding.

Interessant? Trevor zag de helikopter naar de horizon vliegen. Dat was niet het woord dat hij zou hebben gebruikt. Het zou verdomme een...

'Is ze vertrokken?'

Trevor draaide zich om en zag dat Mario achter hem stond en eveneens naar de helikopter keek. Hij knikte kort. 'Ze komt terug zodra ze die schets heeft gemaakt.'

'Ik wilde met haar meegaan.'

'Ik ook, maar daar wilde ze niets van weten.'

Mario glimlachte licht. 'Ze is een heel sterke vrouw.' Zijn glimlach verdween. 'Hebben ze mijn vader al gevonden?'

'Nee.'

Mario rilde. 'Ik haat het idee dat zijn lichaam zonder enig respect is weggewerkt door die...' Hij haalde diep adem. 'Heb je de videoband aan de politie laten zien?'

'Nog niet, maar hij wordt nu direct verstuurd.' Hij keek de jongen recht aan. 'Als je me nog altijd niet vertrouwt, zal ik je desgewenst zelf met de politie laten praten.'

Mario schudde zijn hoofd. 'Ik hoef niet met ze te praten. Het spijt me dat... Ik had dat zwijn niet moeten geloven toen hij schreef dat hij... Nee, ik geloofde hem ook niet. Niet echt. Ik kon alleen niet accepteren dat ik...'

'Vergeet het maar. Het is begrijpelijk.'

'Ik kan het niet vergeten. Ik heb mezelf blind gemaakt voor de waarheid omdat die anders was dan ik wilde. Ik heb me – zoals altijd – opgesloten in mijn cocon.' Hij perste even zijn lippen op elkaar. 'Dat kan ik nu niet langer meer doen.'

Trevor keek hem strak aan. 'Is dat een inleiding voor een belangrijke mededeling?'

'Ja. Jane wilde me niet laten meegaan omdat ze wist dat ze bij Brenner veilig zou zijn.' Hij fronste zijn wenkbrauwen. 'Ik ben niet toegerust voor een leven buiten mijn ivoren toren. Dat moet veranderen. Ik wil geen hulpeloze pion zijn die zijn kop in het zand heeft gestoken.'

'Je bent geen pion.'

'Grozak denkt van wel. Hij heeft mijn vader vermoord om me te laten doen wat hij wilde. Als hij daar de kans toe krijgt zal hij Jane ook vermoorden, hè?'

'Hij zal haar liever levend in handen krijgen, maar hij zal inderdaad niet aarzelen haar te doden als dat hem uitkomt.'

'Hmmm. Ik moet de vragen stellen die ik had moeten stellen toen ik hier net was gearriveerd. Toen wilde ik niets weten wat me een ongemakkelijk gevoel kon geven of me kon afleiden van mijn werk.' Hij schudde zijn hoofd. 'Wat ben ik stom geweest.'

'Je hoefde niet alles te weten. Het was jouw taak die teksten te vertalen, en de mijne jou te beschermen.'

'En nu heb ik een andere taak. Ik heb mijn vader niet beschermd, maar ik kan zijn dood wel wreken.'

'Nee, dat handelen wij wel af.'

Mario glimlachte triest. 'Omdat je gelooft dat ik niet mans genoeg ben om dat zelf te doen. Ik zal je laten zien uit welk hout ik ben gesneden. Ik mag dan nutteloos lijken, maar ik ben niet bang.'

'Dat zou je anders verdomme wel moeten zijn.' Trevor fronste zijn wenkbrauwen. 'Als je wraak wilt nemen, moet je de vertaling van die teksten afmaken.'

'Dat spreekt vanzelf. Hoe snel dat gebeurt, is afhankelijk van jou.'

'Ruik ik iets als chantage?'

'Ik wil een deal met je sluiten, want er zijn dingen die ik moet leren.'

'Zoals?'

'Ik weet niets van wapens, maar ik twijfel er niet aan dat jij me kunt leren daarmee om te gaan.'

'Mario...'

'Wapens. Dat moet niet al te lang hoeven duren.'

Trevor nam hem aandachtig op. Jane had gelijk. Mario veranderde vrijwel met de minuut. Hij werd rijper en harder. 'Je meent dit serieus.'

'Ik moet ook het een en ander leren over zelfverdediging.'

'Ik heb de tijd niet om een cursus...' Hij maakte zijn zin niet af toen hij de vastberaden stand van de kaak van Mario zag. O, wat deed het er ook toe. Hij kon niet aan een discussie beginnen over de beweegredenen van de jongen. Onder soortgelijke omstandigheden zou hij precies hetzelfde hebben gedaan. Maar die omstandigheden waren er voor hem nooit geweest. Hij kon zich geen tijd herinneren waarin hij niet op de een of andere manier had moeten vechten om in leven te blijven. Ivoren torens bestonden alleen in mythen. 'Oké. Twee uur per dag. Op de Run. De rest van de tijd hou jij je bezig met de teksten.' Hij stak een hand omhoog toen Mario zijn mond opendeed. 'Verder staat MacDuff bij me in het krijt. Ik zal hem vragen jou de grondbeginselen van karate bij te brengen. Meer krijg je niet, Mario.'

'En daar beginnen we vandaag mee?'

'Mij best.'

'Dat is, voorlopig, voldoende. Er is nog één ander ding.'

'Je wilt te veel.'

'Ik heb het recht het te weten, en het is een vraag die ik al meteen had moeten stellen. Waarom wil Grozak die perkamentrollen hebben? Waarom heeft hij mijn vader vermoord?'

Trevor knikte. De jongen was te onstabiel om hem alles te kunnen vertellen, maar op de basisgegevens had hij recht. 'Je hebt gelijk. Het is niet juist je in onzekerheid te laten.' Hij draaide zich om naar de voordeur. 'Kom mee naar binnen. We zullen naar de bibliotheek gaan en een borrel drinken. Die zou je nog wel eens nodig kunnen hebben, want het is een smerig verhaal.'

'Je hebt Trevor van streek gemaakt,' zei Brenner toen Jane uit het vliegtuig stapte. 'Hij dreigt met hel en verdoemenis als ik niet fatsoenlijk op je pas.'

'Doe dat dan. Hel en verdoemenis zijn jou anders ook niet onbekend.' Ze veranderde van onderwerp. 'Heb je al met de obers van dat café gesproken?'

Hij knikte. 'Het is daar vroeg in de morgen behoorlijk druk. Er zijn kennelijk veel vaste klanten, zoals Donato, die zich er elke dag laten zien. Albert Dengler, de man achter de bar, zegt dat hij de kerel die bij Donato aan een tafeltje zat goed heeft gezien. Het café heeft wel iets weg van jullie Starbucks, en hij heeft hem aan de bar bediend. Ik vond het het verstandigst hem alleen te vertellen dat Donato werd vermist en daar geen details aan toe te voegen.'

'Werkt hij daar vandaag, of moeten we naar zijn huis?'

Brenner keek op zijn horloge. 'Over een uur en veertig minuten begint zijn dienst.'

'Laten we er dan maar naartoe gaan.'

'Jawel, mevrouw.' Hij maakte het autoportier voor haar open. 'Verder nog iets?'

'Je moet ervoor zorgen dat ik genoeg tijd met hem heb om voldoende informatie voor het maken van een schets te verkrijgen.'

'Ik zal mijn best doen.' Hij glimlachte. 'Dat moet geen probleem zijn. Zo nodig zal ik zijn dienst overnemen, al kan ik niet beloven dat de *caffe mocha* dan geen *caffe latte* wordt. Maar ik zal me zo charmant gedragen dat dat niemand iets zal kunnen schelen.'

'Maak Dengler alsjeblieft niet zo zenuwachtig dat hij zich niet kan concentreren.'

'Hij lijkt me geen zenuwachtig type, en als hij dat wel is, is hij het in elk geval niet wanneer hij zijn favoriete jointje rookt.'

'O, geweldig. Hij gebruikt drugs?'

'Marihuana. De geur die aan hem kleeft is onmiskenbaar, en hij leek heel relaxed.'

'Misschien te relaxed om zich details te kunnen herinneren.'

'Tja, als hij dat spul regelmatig gebruikt zal zijn geheugen niet geweldig zijn. Dat zul je moeten afwachten, nietwaar?' Hij startte de auto. 'Maar als hij dat spul heeft gebruikt zal hij je wel alle tijd geven die je nodig hebt.'

'Gewoonlijk zat hij daar.' Dengler knikte naar een tafeltje voor de smeedijzeren railing bij het meer. 'Een aardige oude heer. Altijd keurig netjes gekleed. Anders dan sommige jongeren die hier komen en tegen wie ik nog moet zeggen dat ze schoenen moeten aantrekken. Je zou toch verwachten dat ze beseffen dat dit...'

'Hebt u hem ooit eerder met die andere man gezien?'

Hij schudde zijn hoofd. 'Hij was altijd alleen. O nee. Hij is hier ook een keer met een vrouw geweest.' Hij fronste zijn voorhoofd. 'Achter in de vijftig, grijs haar en een beetje aan de mollige kant.'

Donato's zuster, vermoedde Jane. 'Hoe lang geleden was dat?'

Hij haalde zijn schouders op. 'Dat weet ik niet. Zes maanden, misschien.'

De beschrijving was goed, uitstekend zelfs gezien de tijd die er was verstreken. Brenner had gelijk gehad toen hij zei dat Dengler naar een jointje rook, maar hij zou dat spul vast niet regelmatig gebruiken als zijn geheugen nog zo fatsoenlijk was.

'Was er iets ongewoons aan de man die aan het tafeltje van Donato was gaan zitten?'

Daar dacht hij over na. 'Hij was lang en mager. Lange benen. Hij leek een en al been te zijn.'

'Ik doel op zijn gezicht.'

Daar dacht Dengler ook over na. 'Niets echt ongewoons. Grote ogen. Bruingroen, geloof ik.'

'Geen littekens?'

Hij schudde zijn hoofd. 'Zijn huidskleur was een beetje bleek, alsof hij vaak binnenshuis werkte.' Hij zweeg even en keek naar haar geopende schetsboek. 'Kunt u dat echt doen?'

'Als u me erbij helpt.'

'O, dat doe ik graag. Het is hier saai aan het worden en dit is het eerste interessante dat me in maanden is overkomen.' Hij trok een gezicht. 'Dat klinkt heel gevoelloos. Natuurlijk wil ik graag dat die oude man wordt gevonden. Zoals ik al heb gezegd was hij altijd aardig. Tegenover iedereen. U zegt dat hij is verdwenen? Geen zuivere koffie?'

Absoluut niet, dacht ze toen ze zich de dood van Donato herinnerde. 'Dat zullen we moeten bekijken als we hem hebben gevonden.'

'Bent u van de politie?'

'Nee. Ik ben een vriendin van de familie.' Dat was de waarheid. 'Ze maken zich erg veel zorgen. Natuurlijk zal ik de schets aan de politie geven zodra die goed lijkt.'

'U bent heel zeker van uw zaak.'

Ze lachte hem toe. 'Natuurlijk ben ik dat. U bent duidelijk een intelligente man met een goed geheugen. Als we lang genoeg samenwerken, zal het ons zeker lukken.'

'U vleit me.' Opeens glimlachte hij. 'Maar dat bevalt me wel. Hoe beginnen we?'

Ze pakte haar potlood. 'Met de vorm van het gezicht. We moeten ergens van uitgaan. Vierkant? Rond? Hoekig?'

'Ben je bijna klaar?' Brenner kwam naast haar staan. 'Je bent er al meer dan vier uur mee bezig.'

Ze bleef naar het schetsboek kijken. 'Ik wil zo zeker mogelijk van mijn zaak zijn.' Ze voegde nog een paar lijntjes toe aan de linkerwang. 'Het is niet gemakkelijk, hè, Albert? Zoveel keuzes...'

'Laat haar met rust,' zei Dengler. 'We doen ons uiterste best.'

We.

Brenner onderdrukte een glimlach. Ze had haar charme kennelijk gebruikt om Dengler het idee te geven dat ze een team vormden. Dat verbaasde hem, omdat hij alleen de harde, achterdochtige kant van Jane MacGuire had gezien. Het was interessant geweest haar Dengler zo handig te zien inpakken. Ze was duidelijk een vrouw met veel kanten. 'Sorry.' Hij draaide zich om. 'Ik wilde alleen even kijken hoe ver jullie waren. Nu ga ik terug naar de bar om het koffiezetapparaat schoon te maken of zoiets.'

'Wacht.' Jane tekende het haar van de man. 'Zo, Albert?' Ze draaide de schets om. 'Is hij dit?'

Dengler staarde ernaar. 'Mijn god.'

'Is hij het?'

Dengler knikte en glimlachte toen trots. 'Het lijkt wel een foto. Het is ons gelukt.'

'Geen veranderingen meer nodig?'

'Je hebt het haar dunner gemaakt, en de rest was al perfect.'

'Betekent dit dat ik geen caffe latte meer hoef te maken?' vroeg Brenner.

'Ja.' Ze gaf Brenner de schets. 'Wie is dit?'

'Ze heeft hem geïdentificeerd,' zei Brenner door de telefoon tegen Trevor. 'Je had gelijk. Het is niet Rendle maar Wickman.'

'Prima. Is ze weer onderweg naar Schotland?'

'We lopen net het café uit, en ze is nog met Dengler in gesprek. Toen ze de schets af had, is ze Dengler zo'n veertig minuten lang complimenten blijven maken en heeft ze hem het gevoel gegeven een geweldige man te zijn. Als je iemand kon gebruiken, moest je hem op zijn minst met een goed gevoel achterlaten, zei ze.' Hij zweeg even. 'Ze is… interessant.'

'Zet haar in het vliegtuig. Je bent niet gevolgd?'

'Ik ben geen amateur en ik zal haar veilig terugbrengen naar dat vliegtuig. Daarna ga ik met een paar contactpersonen praten om te kijken wat ik over Wickman te weten kan komen, maar hij zal zich wel allang uit de voeten hebben gemaakt.'

'Probeer Rome. Dat is een van de steden waar ik hem tegen het lijf ben gelopen.'

'Hij kan nu ook bij Grozak zijn.'

'Toch moeten we zo veel mogelijk over hem te weten zien te komen. Als hij degene is die het vuile werk voor Grozak gaat opknappen, moeten we hem om zeep helpen.' Hij zweeg even. 'Probeer voordat je uit Luzern vertrekt te kijken hoeveel geruchten je kunt verzamelen over de plaats waar het lijk van Donato is gedumpt.'

'Is dat zo belangrijk? Het lijdt geen enkele twijfel dat hij dood is.'

'Het is belangrijk. Mario heeft verdriet en hij moet deze periode kunnen afsluiten.'

'Oké. Ik zal me ermee bezighouden. Als Venable je al vóór de dood van Donato kon vertellen dat hier iets gaande was, moeten er bronnen zijn die ik kan aftappen. Maar ik dacht dat je wilde dat ik zou teruggaan naar Colorado, ook al heb ik daar nog niets ontdekt over Reilly.'

'Besteed twaalf uur aan Donato en pak dan een vliegtuig naar Colorado.'

'Prima.' Hij zweeg even. 'Kun je Mario nog steeds onder controle houden?'

'Onder controle? Dat weet ik niet. Hij vertaalt weer en ik leef bij de dag. Zorg jij er nu maar voor dat je het lijk van die oude man vindt.'

Na negen uur die avond was Jane terug bij MacDuff's Run.

Zodra ze de helikopter uit was gestapt gaf ze Trevor de schets. 'Volgens Brenner is het Wickman.'

Hij keek ernaar en knikte. 'Ik heb Venable meteen gebeld toen Brenner me had verteld dat jij hem had geïdentificeerd, maar ik zal deze schets ook direct faxen. Je hebt goed werk afgeleverd.'

Ze rilde. 'Hij ziet er heel gewoon uit. Als een onderwijzer, of een klerk. Het lijkt onmogelijk dat hij die afschuwelijke moord heeft gepleegd.'

'Dat maakt hem zo waardevol voor zijn cliënten. Hij is een doorsneeman. Wie zou vermoeden dat hij in feite een Jack the Ripper is?' Hij pakte haar elleboog en nam haar mee naar de voordeur. 'Ga naar binnen en eet iets voordat je je bed in duikt. Je ziet er doodmoe uit.'

'Ik heb in het vliegtuig gegeten. Brenner had in het café een pasteitje en een sandwich met ham voor me ingepakt. Hij zei dat dat wel het minste was wat ze hem konden betalen na al zijn harde werken achter de bar. Hoe is het met Mario?'

'Die is de Terminator aan het worden.'

'Wat zeg je?'

'Ik ben deze middag twee uur bezig geweest om hem de grondbeginselen van het afvuren van een pistool bij te brengen, en ik heb tegen hem gezegd dat hij geweren nog maar een tijdje moet vergeten tenzij hij sluipschutter wil worden. Die raad heeft hij aangenomen, maar ik weet niet hoe lang ik hem nog kan afremmen.'

'Waarom...' Ze begreep het en maakte haar vraag niet af. 'Trevor, dat kun je hem niet laten doen. Dat zou net zoiets zijn als een kind een wapen in handen geven.'

'Daar ben ik niet zeker van, want hij heeft er aanleg voor.' Hij keek even naar haar terwijl hij de deur openmaakte. 'We hebben een deal gesloten. Hij blijft vertalen en ik verander hem in de Terminator.'

'Niet geestig.'

'Dat vind ik ook niet, maar het zal wel gebeuren. Ik moest er van jou voor zorgen dat Mario bleef vertalen, en dat doe ik ook. Morgenochtend begint hij met MacDuff te trainen voor een gevecht van man tegen man.'

'Daar is MacDuff mee akkoord gegaan?'

'Met tegenzin, maar hij had nog een schuld bij me uitstaan.' Hij liep achter haar aan de hal in. 'Denk er eens over na. Zou jij niet hetzelfde doen wanneer je in Mario's schoenen stond?'

'Achter de man aangaan die je vader heeft onthoofd?' Ze haalde diep adem. Ja. Zij zou zeker wraak willen nemen, op welke manier dan ook. Mario was echter zo'n vriendelijke jongeman, en het leek onmogelijk dat hij tot geweld in staat was. 'Waar is hij?'

'In de werkkamer. Stoor hem niet, Jane. En dat zeg ik niet omdat ik jaloers ben op dat zwakke plekje dat je voor hem hebt. We hebben een deal gesloten en hij moet zich aan zijn belofte houden. Dat weet jij net zo goed als ik. We hebben te weinig tijd om spelletjes te kunnen spelen.'

'Ik ga geen spelletjes spelen. Dat zou niet eens in me opkomen.' Ze liep de trap op. Wat was ze moe. 'Ik zal Mario vanavond niet storen. Morgen is vroeg genoeg.'

Ze voelde de ogen van Trevor in haar rug branden. 'Je hoeft me niet in de gaten te houden. Ik ga vanavond echt niet naar Mario toe. Ik ga regelrecht naar mijn kamer en mijn bed.'

'Ik kijk graag naar je. Daar hoef ik geen excuus voor te zoeken.'

Ze verstijfde even en liep de trap toen verder op. Nee. Dit zou ze hem haar niet laten aandoen. Niet nu. Er stond te veel op het spel om zich te laten afleiden. 'Een goede avond verder, Trevor.'

'Het is inderdaad een goede avond nu je weer terug bent en niet door Zwitserland rondrent.'

'Ik heb helemaal niet...' Ze keek over haar schouder en zag

hem naar de bibliotheek lopen. O ja. Hij zou de schets naar Venable faxen. Zij had haar deel gedaan en nu ging hij ermee door. Daar moesten ze zich op concentreren. Het tegenhouden van Grozak was veel belangrijker dan de emoties die haar en Trevor naar elkaar toe trokken. Ze hadden vier jaar geleden goed samengewerkt, en dat konden ze weer doen.

Dat móésten ze weer doen.

'Ze weet wie ik ben,' zei Wickman toen hij de hotelkamer in liep. 'Ze heeft in het café verdomme een schets van mij gemaakt.'

'Een vergissing?' Grozak trok zijn wenkbrauwen op. 'Wickman, ik had je al gezegd dat ik inefficiëntie niet kan tolereren. Hoe weet je overigens dat ze dat heeft gedaan?'

'Ik ben niet inefficiënt. Ik ben teruggegaan om af te rekenen met de getuigen, maar zij was er eerder dan ik. Sam Brenner was bij haar. Anders had ik dat probleem wel kunnen oplossen.'

'Maar dat heb je niet gedaan en nu weet Trevor wie je bent.' Grozak glimlachte. 'Wat jammer. Uit puur lijfsbehoud zul je hem naar de andere wereld moeten helpen, en in feite zou ik je daar niet eens voor moeten hoeven te betalen.'

'Grozak, als ik jou was, zou ik niet proberen mij een loer te draaien.' Het gezicht van Wickman was uitdrukkingsloos. 'Ik heb gedaan wat ik moest doen, en goed ook. De verdere afhandeling zal ik al even goed voor mijn rekening nemen.'

'Ik belazer je niet als ik erop wijs dat we nu een gemeenschappelijk doel hebben. Je kunt geen liefde voelen voor die zelfvoldane zakken in de Verenigde Staten. Help me hen ten val te brengen.'

Klootzak, dacht Wickman minachtend. Hij was al eerder met mannen als Grozak in aanraking gekomen. Zij gingen zo op in hun eigen haat dat ze niet verder konden kijken. 'Mijn enige doel is voor mijn vertrek zo veel mogelijk geld binnenhalen.'

'Onze moslimse extremistische vrienden zullen me heel goed voor projecten in de toekomst betalen als dit een succes wordt, en daar kun jij in delen.'

'Dat wil ik niet. Ik wil vooruit worden betaald.'

Daar was Grozak duidelijk niet blij mee. 'Je bent nog niet klaar.'

'Wil je dat ik je Donato's hoofd overhandig? Sorry. Dat ligt op de bodem van een moeras in de buurt van Milaan.'

'Donato kan me niets schelen. Trevor wel.'

'Niet voordat je me hebt betaald.'

Grozak keek nijdig, haalde toen een envelop uit de bovenste la van zijn bureau en smeet die Wickman toe. 'De helft.'

Wickman telde het geld. 'Wil je zijn hoofd ook hebben?'

'Later, misschien. Ik wil dat je eerst achter de vrouw aan gaat. Ik wil haar levend in handen hebben, want ik heb haar nodig.'

'Waarom?'

'Daar heb jij niets mee te maken. Je hoeft alleen maar te weten dat ik haar levend in handen wil hebben en dat ik met Trevor moet kunnen praten voordat hij sterft.'

'Waarover wil je met hem praten?'

'Hij kan me misschien de weg wijzen naar iets wat ik nodig heb.'

Geld, dacht Wickman. Misschien. Met fanatici als Grozak kon het net zo goed een waterstofbom zijn. Toch was het wel iets om in gedachten te houden. 'Dat brengt voor mij meer risico's met zich mee. Snel en clean is beter. Ik wil er dus meer geld voor hebben.'

Grozak mompelde een vloek en knikte toen. 'Dat krijg je, maar niet nu. Het is niet gemakkelijk zoveel geld bijeen te schrapen. Alles wat ik heb, zit al in dit project.'

'Haal het dan bij Reilly.'

'Reilly is heel krenterig met alles, behalve met mankracht.'

Wickman dacht er even over om aan te dringen en besloot toen dat niet te doen. Na een klus had het hem nooit problemen gegeven geld uit zijn werkgevers te persen. Het verbaasde hem altijd hoe snel ze toegaven wanneer hij zijn aandacht volledig op hen richtte. 'Ik zal je een paar dagen de tijd geven.' Hij liet zich in een stoel vallen. 'Maar als je die vrouw wilt hebben, moet je me iets geven waarmee ik aan het werk kan gaan. Je zult me alles moeten vertellen wat je over haar weet.'

12

'Fijn dat je weer terug bent,' zei Bartlett toen hij Jane de volgende morgen in de hal zag. 'Ik heb me zorgen over je gemaakt.'

'Brenner was bij me, en ik moest erheen.'

Hij knikte plechtig. 'Dat heeft Trevor me verteld.'

'Heb je Mario gezien? Hij is niet in zijn kamer.'

'Hij is bij de Run, met MacDuff. Wil je ontbijten?'

'Later,' zei ze afwezig, en ze liep naar de deur. 'Ik wil met Mario praten.'

Het kostte haar tien minuten om via het hek en om het kasteel heen naar de Run te lopen.

Een aantal meters van de stenen vandaan bleef ze staan. Mario en MacDuff hadden allebei een ontbloot bovenlijf, dat ondanks de kou glansde van het zweet. MacDuff wierp Mario net op de grond door zijn been met een *round kick* onder hem vandaan te halen.

Mario mompelde een vloek en ging moeizaam staan. 'Nog een keer.'

'Je hebt de tijd niet om wat dan ook te leren,' zei MacDuff grimmig. 'Behalve dan te leren vallen zonder jezelf te bezeren. Maar dat is niet voldoende om zo nodig je leven te redden.'

'Nog eens,' zei Mario, en hij dook op MacDuff af.

MacDuff werkte hem tegen de grond en ging boven op hem zitten. 'Geef het op. Het zal weken duren. Gebruik verdomme maar een wapen.'

'Met elke val leer ik iets.' Mario keek hem nijdig aan. 'Nog eens.'

MacDuff mompelde opnieuw een vloek.

'Hij is boos.' Jane draaide haar hoofd en zag Jock naar haar toe lopen terwijl hij met gefronste wenkbrauwen naar de twee mannen keek. 'Hij kan de kasteelheer iets aandoen.'

'Mario? Dat is niet waarschijnlijk.' Ze zag dat MacDuff van

Mario af stapte en de jongen overeind sprong. 'Ik maak me geen zorgen over MacDuff. Mario is het meest kwetsbaar en hij kan...'

Ze zweeg toen Mario zijn hoofd boog en in de maag van Mac-Duff ramde. MacDuff viel op zijn knieën en snakte naar adem. 'Dat heb ik je verdomme niet geleerd. Je wordt niet geacht... Nee!'

Jock stond achter Mario, met zijn arm om diens nek. Hij was zo bliksemsnel in actie gekomen dat Jane stomverbaasd was.

Maar MacDuff gaf Jock al een keiharde klap op de arm die Mario in de tang had. 'Hou daarmee op, Jock. Laat hem los.'

Jock bewoog zich niet.

'Jock!'

Jock liet Mario langzaam los. 'U had het me moeten laten doen. Hij kan u iets aandoen.'

'Hij wil me helemaal niets aandoen. We zijn aan het trainen. Het is een spel.'

'Niet waar. Hij heeft u in uw maag geramd. Er zijn manieren om een rib te breken en die het hart te laten doorboren.'

'Die manieren kent hij niet,' zei MacDuff langzaam en geduldig. 'Hij weet niets. Daarom probeer ik hem het een en ander te leren.'

'Waarom?'

'Wat betekent dit in vredesnaam?' Mario staarde Jock verbaasd aan.

MacDuff negeerde hem en bleef naar Jock kijken. 'Iemand heeft zijn vader iets aangedaan, en hij moet zichzelf kunnen beschermen.'

Jock keek naar Mario. 'U bedoelt dat hij iemand wil vermoorden.'

'Met zijn blote handen? Zeker niet. Zoals ik al heb gezegd wil hij alleen zichzelf kunnen beschermen.'

Jock fronste zijn wenkbrauwen. 'Hij zou u iets kunnen aandoen. Ik zal hem wel leren wat hij weten moet.'

'Geen sprake van. Je zou kunnen vergeten waar dit om gaat. Zoals ik al zo vaak tegen je heb gezegd ben ik niet zo goed als jij, maar wel uitstekend in staat voor mezelf te zorgen.'

'Dat weet ik.'

'Ga dan terug naar de stal.'

Jock schudde zijn hoofd en liep naar de grote stenen aan het einde van de Run. 'Ik ga hier zitten kijken.'

MacDuff keek hem geïrriteerd aan en draaide zich toen weer om naar Mario. 'Kom vanmiddag om twee uur maar terug. Dit is geen goed moment.'

Mario aarzelde even en pakte vervolgens zijn shirt van de grond. 'Twee uur.' Toen hij langs Jane liep trok hij een gezicht. 'Eigenaardig. Heel eigenaardig.'

Dat was ze volledig met hem eens en ze ging zo op in Jock en MacDuff dat Mario al om de hoek van het kasteel was verdwenen voordat ze weer wist dat ze hierheen was gekomen om met hem te praten.

'Ik kan me niet herinneren uitnodigingen te hebben verstuurd.' MacDuff keek naar haar terwijl hij het zweet van zijn borstkas en armen veegde. 'Waarom ben je hier?'

'Ik wilde proberen Mario ertoe over te halen dit krankzinnige idee te laten varen.'

'Het zou niet krankzinnig zijn als we niet met een tijdklok te maken hadden. Dan zou het zelfs heel redelijk zijn. De wens om wraak te nemen is volstrekt begrijpelijk.' Hij keek naar het pad waarover Mario was verdwenen. 'En als hij lang genoeg in leven blijft, zal hij zich goed kunnen verweren. Die laatste actie verraste me.'

'Jock is degene die mij heeft verrast.' Ze keek naar de jongen, die een eindje verderop doodstil op een steen zat. Hij glimlachte toen hij haar naar hem zag kijken: een lieve glimlach die zijn gezicht liet stralen. Ze kon niet geloven dat dat hetzelfde gezicht was waarop zo'n ijskoude, woeste uitdrukking had gelegen toen hij zijn arm om Mario's keel sloeg. Met moeite glimlachte ze eveneens en keek toen weer naar MacDuff. 'Hij was van plan hem te vermoorden, hè?'

'Ja.' Hij trok een sweatshirt aan. 'Dat zou binnen een paar seconden zijn gebeurd. Jock is heel snel.'

Verbaasd schudde ze haar hoofd. 'Ik zou het niet hebben geloofd als ik het niet met eigen ogen had gezien. Hij lijkt zo zachtaardig.'

'Dat is hij ook. Als hij niet bezig is een moord te plegen.'

Haar ogen werden groot toen ze hoorde hoe bitter zijn stem klonk. 'Een moord? Hij was toch alleen boos omdat hij dacht dat Mario jou iets zou aandoen?'

Daar reageerde hij niet op.

'Dat was toch zo?'

Hij bleef nog even zwijgen en haalde toen zijn schouders op. 'Hij was niet boos. Hij was bezig met een missie, en deze keer was ik die missie.'

'Hoe bedoel je dat?'

'Hij beschouwt het als zijn plicht mij te beschermen. Aanvankelijk liet ik dat toe, omdat ik niet wist of ik hem in leven kon houden zonder hem een motivatie te geven. Nu is hij sterker en probeer ik het hem voorzichtig af te leren. Maar dat valt niet mee.'

'Omdat je niet wist of je hem in leven kon houden?' herhaalde Jane.

'Nadat ik hem uit de klauwen van die klootzak van een Reilly had gered heeft hij drie keer geprobeerd zelfmoord te plegen.'

Reilly. De man om wie Trevor volgens zijn zeggen met Grozak in de clinch lag.

'De naam Reilly is je duidelijk niet onbekend.' MacDuff keek strak naar haar gezicht. 'Heeft Trevor je over hem verteld?'

Ze knikte. 'Maar hij heeft niets gezegd over een connectie tussen Reilly en jou of Jock.'

'Hij is ook niet op de hoogte van de connectie met Jock. Hij weet alleen dat ik Reilly wil hebben.' Hij keek even naar Jock. 'Dood.'

'Waarom vertel jij het me dan wel?'

'Omdat Jock jou aardig vindt en jij ervoor hebt gekozen hem te helpen. Ik dacht dat ik hem onder controle kon houden. Maar het is mogelijk dat ik op een gegeven moment niet aanwezig ben, en dan kun jij die informatie hard nodig hebben om hem te sturen.'

'Is hij... krankzinnig?'

'Niet meer dan een ieder van ons dat zou zijn die hetzelfde had meegemaakt als hij. Hij weigert aan bepaalde dingen te denken, en soms keert hij terug naar de eenvoud van de jeugd. Toch gaat het elke dag beter met hem.'

'Welke dingen probeert hij te vergeten?'

MacDuff zweeg even. 'Ik weet dat hij op zijn minst tweeën-twintig mensen heeft gedood, en waarschijnlijk nog veel meer. Meer staat hij zichzelf niet toe te herinneren.'

'Allemachtig.'

'Het was zijn schuld niet,' zei MacDuff. 'Dat zou je beseffen als je hem als jongen had gekend. Hij was wild, maar hij had een heel vriendelijk hart en een zachtaardige natuur. Het is allemaal de schuld van die klootzak van een Reilly.'

'Hij kan niet ouder dan negentien zijn,' fluisterde Jane.

'Hij is twintig.'

'Hoe...'

'Zoals ik al zei was hij wild. Toen hij vijftien was is hij van huis weggelopen om de wereld te verkennen. Ik weet niet wanneer en hoe hij met Reilly in aanraking is gekomen. Het enige wat ik weet is dat zijn moeder niet zo lang geleden naar me toe kwam met de vraag haar zoon hierheen te halen. Hij zat in een krankzinnigen-gesticht in Denver, Colorado. De politie had hem opgepakt toen hij op een snelweg in de buurt van Boulder liep. Geen papieren, en ze konden hem niet zover krijgen ook maar iets te vertellen. Pas toen hij twee weken in dat gesticht zat heeft hij zijn mond opengedaan en om pen en papier gevraagd om naar zijn moeder te schrijven.' Hij zweeg even. 'Het was een afscheidsbrief. Ze was hysterisch toen ze naar me toe kwam met het verzoek hem te halen. Ze dacht dat hij van plan was zelfmoord te plegen.'

'Waarom is ze zelf niet naar hem toe gegaan?'

'Ik ben de kasteelheer en mijn mensen zijn eraan gewend in noodsituaties naar mij toe te komen.'

'Waarom heeft ze dat dan niet gedaan toen hij van huis was weggelopen?'

'Op dat moment was ik niet in het land. Ik was in Napels, waar ik probeerde voldoende geld bij elkaar te sprokkelen om de Run uit de schulden te krijgen.' Zijn mond verstrakte even. 'Ik had hier moeten zijn. Ik was bijna te laat. Toen ik daar arriveerde had hij al een scheermes bemachtigd en zijn polsen doorgesne-den. Ze hebben zijn leven maar net kunnen redden.'

'Wat heb jij toen gedaan?'

'Wat denk je? Hij was een van de mijnen. Ik heb een chalet in de bergen gehuurd en hem het ziekenhuis uit gehaald. De eerste maand daarna ben ik aldoor bij hem gebleven. Ik heb hem vastgehouden terwijl hij tierde, ijlde en huilde. Ik heb tegen hem gepraat en hem ertoe overgehaald ook tegen mij te praten.'

'Heeft hij je verteld wat er met hem is gebeurd?'

'Alleen stukjes en beetjes. Reilly kon hij zich heel duidelijk herinneren, maar hij kon niet besluiten of die man een duivel of God was. In elk geval domineerde en strafte Reilly, en hield hij mensen volledig onder controle.'

'Je bedoelt hersenspoelen, wat hij volgens Trevor met die GI's heeft gedaan?'

'In die tijd was hij duidelijk diepgaand aan het experimenteren. Hoe maak je een moordenaar van een goedhartige jongen zoals Jock? Drugs? Slaaptekort? Martelingen? Hallucinaties? Zijn geest en zijn emoties aanvallen? Of alles tegelijk? Hij was getraind in allerlei vormen van moorden en moest toen opdrachten van Reilly gaan uitvoeren. Het moet moeilijk zijn geweest Jock gedurende die lange periode van moorden onder controle te houden. Reilly was heel slim.'

'En een monster.'

'Ongetwijfeld, en monsters verdienen het niet op deze aarde rond te lopen. Dat zal hij ook niet veel langer kunnen doen. Ik heb een deal gesloten met Trevor. Ik krijg Reilly. De rest interesseert me niet.'

Jane bedacht zich iets. 'Waarom Jock? Het is onmogelijk dat Reilly hem puur toevallig uit het niets heeft geplukt.'

'Inderdaad. Van toeval is geen sprake. Ik heb er geen geheim van gemaakt dat ik naar het goud van Cira zoek. Dat verhaal op het internet heeft mij even sterk aangetrokken als alle anderen. Een pot met goud aan het eind van de regenboog. Het antwoord op mijn gebeden. De afgelopen drie jaar ben ik vijf keer in Herculaneum geweest, en dat moet Reilly ter ore zijn gekomen. Trevor zegt dat Reilly iedereen met adelaarsogen in de gaten houdt die een kans maakt het goud eerder te vinden dan hij. Hij is geobsedeerd door die gouden munten, en hij wilde waarschijnlijk achterhalen of ik iets belangrijks te weten was gekomen. Jock liep voortdurend het kasteel in en uit voordat hij besloot de wereld te gaan verkennen. Dus aan wie had hij het beter kunnen vragen?' Bitter perste hij zijn lippen op elkaar. 'Hij heeft Jock waarschijnlijk opgespoord om hem een paar cruciale vragen te stellen en toen hij die niet kon beantwoorden besloten hem op een andere manier te gebruiken.'

'Dus ben jij achter Reilly aan gegaan. Kon Jock je iets over hem vertellen?'

'Niet veel. Elke keer wanneer hij zich iets begon te herinneren, kreeg hij stuiptrekkingen en begon hij te krijsen van de pijn. Een klein posthypnotisch geschenk van Reilly. Het gaat beter met hem, zoals gezegd, maar sinds die eerste maand heb ik hem er nooit meer naar gevraagd. Ik wacht tot hij is genezen – áls dat ooit gebeurt.'

'En in plaats daarvan heb je je aangesloten bij Trevor. Waarom?'

'Ik ben een van de mensen met wie Dupoi contact heeft opgenomen toen hij probeerde Trevor een loer te draaien. Iedereen in Herculaneum wist dat ik er belangstelling voor had en hij dacht dat ik misschien genoeg geld had om het bieden interessant te maken. In dat opzicht had hij het mis. Maar van Dupoi had ik genoeg over Trevor en diens achtergrond gehoord om te weten dat hij dezelfde doelen kon hebben als ik – plus de contacten om Reilly te vinden.' Hij keek haar recht aan. 'Ben je nu bang om bij Jock in de buurt te zijn?'

Ze keek hem eveneens strak aan. 'Een beetje.'

'Dan heb ik het verknald. Ik dacht dat je het misschien zou begrijpen.'

'Tweeëntwintig moorden zijn moeilijk te begrijpen.'

'Als hij voor jouw regering had gemoord, zou je dat accepteren en zou hij in sommige kringen als een held worden beschouwd.'

'Je weet dat dat onzin is. Ik heb met hem te doen, maar ik kan werkelijk totaal niet begrijpen hoe Reilly hem zo verwrongen heeft kunnen maken.' Ze rechtte haar schouders. 'Dat zal ik dus ook niet proberen. Ik zal aanvaarden dat het is gebeurd en doorgaan.'

'Welke kant op? Zul je hem in de steek laten?'

'O, verdorie. Hij is niet mijn probleem.' Wat zou ze doen? Jock had haar beroerd en achtervolgd vanaf het moment dat ze hem had gezien. Het horrorverhaal had haar geschokt, maar daardoor had ze ook erg met de jongen te doen. 'Ik weet nog niet wat ik zal doen.' Maar welke beslissing ze ook nam, ze moest dit wel onder ogen zien. Met grote passen liep ze over de Run naar Jock toe.

Hij keek naar haar gezicht en vroeg: 'Hij heeft je over mij verteld, hè? Je komt zeggen dat je me niet meer wilt tekenen.'

'Waarom denk je dat?'

'Omdat ik lelijk ben,' zei hij eenvoudigweg. 'Dat kun je nu zien, hè?'

O, verdorie. Dat medelijden kwam weer opzetten. 'Je bent niet lelijk. Je hebt alleen lelijke dingen gedaan, maar die zul je niet meer doen.'

'Misschien wel. Hij zei dat ik zo ben. Dat ik niets anders kan doen.'

'Hij? Reilly?'

'Soms weet ik zeker dat hij gelijk heeft. Het is zo gemakkelijk. Dan hoef ik niet na te denken.'

'Hij heeft niet gelijk. Dat zal MacDuff ook wel tegen je zeggen.'

Hij knikte. 'Dat doet hij voortdurend.'

'En ik zeg het je nu ook.' Ze keek hem aan. 'Hou dus op met die onzin en zet die rotzak uit je hoofd.' Ze draaide zich om. 'Zorg ervoor dat je over een uur op het binnenplein bent. Ik moet die schets afmaken.'

Dat was slechts een kleine toezegging, en ze kon altijd nog terugkrabbelen. Toen ze bij het pad was, keek ze over haar schouder. MacDuff was naast Jock op de steen gaan zitten. Hij had zijn wenkbrauwen gefronst en sprak snel en zacht tegen de jongen. Jock knikte, maar hij keek nog altijd strak naar haar.

Toen glimlachte hij. Een glimlach vol triestheid, acceptatie en – verdorie – hoop.

Ze zuchtte. Voor de bijl gegaan.

'Ben je gevolgd?' vroeg Reilly aan Chad Norton toen die het pakje aan hem overhandigde.

'Nee. Ik ben voorzichtig geweest. Ik werd door niemand gevolgd en ik heb het pakket gecontroleerd op apparaatjes waarmee het kan worden getraceerd. Niets aan de hand.' Norton keek Reilly hoopvol aan, wachtend op lovende woorden.

Zou hij die over zijn lippen moeten laten komen? Lof of veroordeling? Altijd een delicate balans bij de onderdanen die hij voor het dagelijkse werk dicht bij hem in de buurt hield. Je zou hebben verwacht dat het gemakkelijker zou zijn, maar te grote nabijheid kon het commando-effect afzwakken. Misschien een mix in dit geval. 'Je hebt er te lang over gedaan. Je hebt me laten wachten.'

Norton verstijfde en Reilly kon paniek zien opkomen. 'Ik heb geprobeerd snel te zijn, maar ik was bang de snelheidslimiet te overtreden. U had gezegd dat ik geen aandacht moest trekken.'

'Ik had niet gezegd dat je er een halve dag over kon doen.' Dat was genoeg: een klap van de zweep, en nu een kalmerend zalfje. Hij glimlachte Norton toe. 'Maar ik ben er zeker van dat je alleen voorzichtig bent geweest omdat je mij veilig wilde houden. Alles in aanmerking genomen heb je het goed gedaan.'

Hij zag de opluchting op Nortons gezicht. 'Dat heb ik geprobeerd. Dat doe ik altijd.' Hij zweeg even. 'Beter dan Gavin?'

Reilly trok zijn wenkbrauwen op. 'Kim heeft dus gepraat.'

Norton schudde zijn hoofd. 'Ze zei alleen dat ik nooit zo goed zou worden als... Ze zei dat Jock Gavin speciaal voor u was.'

'Dat was hij, maar dat ben jij ook. Dus mag je de volgende week weer de post ophalen.' Hij maakte een handgebaar om Norton weg te sturen en draaide zich naar het pakketje toe. 'Zeg tegen Kim dat ze je dosering vanavond mag verhogen.'

'Dank u.'

Toen de deur achter Norton was gesloten, glimlachte Reilly om het enthousiasme in de stem van de jongeman. Extra cocaïne bracht altijd de beoogde vreugde en opwinding met zich mee, en hij had er nooit een geschikt substituut voor kunnen vinden. Hij had een paar keer geëxperimenteerd met posthypnotische suggestie in combinatie met bepaalde vormen van ontberingen om de onderdanen te laten geloven dat ze harddrugs kregen. In sommige gevallen had de list gewerkt, maar de effecten waren te kort om bevredigend te zijn. Jammer. Het zou een teken van ultieme macht zijn geweest om zowel intens genot als pijn te kunnen geven. Zoals God.

Hij moest echter niet al te teleurgesteld zijn. Het was een schitterende ervaring andere mensen onder controle te hebben alsof zij slaven waren en hij de meester was. Grozak had duidelijk geen idee van de ingewikkelde en moeilijke methoden die hij gebruikte om de gewenste resultaten te verkrijgen. Die man dacht dat de onderdanen een zwakke geest en een dito wil hadden, en in het begin had Reilly inderdaad met dat type persoonlijkheid geëxperimenteerd. Dat was hem echter al snel gaan vervelen en irriteren, en toen was hij zichzelf op de proef gaan stellen met moeilijkere onderdanen. Dat was de reden waarom hij Norton had gepakt nadat Jock Gavin hem was ontglipt. Hij had willen bewijzen dat hij alle verzet kon breken, ondanks het feit dat hij met Gavin had gefaald.

Niet echt gefaald, bracht hij zichzelf in herinnering. De jongen was ingestort, maar de wezenlijke conditionering wás er nog. Zo niet, dan zouden de Binnenlandse Veiligheidsdienst en de CIA overal in Montana en Idaho naar hem op zoek zijn. Hij had Jock door Grozak in de gaten laten houden nadat MacDuff hem had meegenomen naar Schotland, maar hij was geleidelijk weer tot rust gekomen. Het overlopen van Jock was bijna de moeite waard geworden omdat het bewees hoe ondoordringbaar de wezenlijke conditionering was. Jock zou nog eerder sterven dan hem verraden. Hij hoopte bijna dat hij dat laatste zou proberen, want dat zou een schitterende overwinning opleveren.

'Norton zei dat ik hem van jou extra cocaïne mocht geven.' Kim Chan stond in de deuropening. 'Dat had je niet moeten doen. Met Jock ben je nooit zo soft geweest.'

'Jock was anders. Die teugels moest ik strak houden. Norton is geen probleem.' Hij leunde achterover in zijn stoel. 'Je ondermijnt zijn training door hem met Jock te vergelijken. Tegenover mij mag je je ongenoegen uiten. Verder moet je je mond houden.'

Kim bloosde. 'Het is de waarheid. Bij een beetje pijn stort Norton al in. Ik walg van hem.'

'Maar niet voldoende om hem geen pijn meer te bezorgen.' Hij glimlachte. 'En tot je dat punt hebt bereikt, hoef je me niet te komen vertellen hoe ik mijn werk moet doen.' Toen werd zijn stem staalhard en tegelijkertijd zacht. 'Je bent kennelijk vergeten dat je niet mijn partner bent. Je werkt voor me, en als je me te zeer ergert smijt ik je terug in die hoerenkast in Singapore waar ik je heb gevonden.'

'Dat zul je niet doen. Je hebt me nodig.'

'Ik heb iemand zoals jij nodig. Je bent niet uniek. Misschien zou ik Jack niet zijn kwijtgeraakt als jij je werk efficiënter had gedaan.'

'Dat kun je mij niet kwalijk nemen. Jij bent degene die...' Ze zweeg toen haar blik de zijne kruiste. Hij zag haar worstelen met haar woede, maar uiteindelijk nam ze – zoals hij al had geweten – gas terug. 'Het was mijn schuld niet,' mompelde ze. 'Als hij bij mij was, had ik hem volledig onder controle. Ze draaide zich om. 'Ik zal Norton die extra dosis geven, maar dat is wel een vergissing.'

En ze besefte dat zij ook een vergissing had begaan, dacht Reilly. Ze was arrogant geweest toen hij haar had uitgekozen, en door de jaren heen had hij die arrogantie onder de duim moeten houden. Hij was in de verleiding gekomen te proberen haar te trainen, maar daarmee had hij het dominerende trekje dat haar zo waardevol maakte, de das om kunnen doen.

Ze had echter wel gelijk. Norton was geen Jock Gavin, hoewel hij een briljant student aan de Universiteit van Colorado was geweest, voorzitter van de studentenraad en een ster in het basketbalteam. Dat alles had hem een jeugdige arrogantie gegeven die hem een tijdje interessant had gemaakt.

Nu was dat echter veranderd. Hij zou zich spoedig van hem moeten ontdoen en iemand anders moeten vinden die zijn belangstelling stimuleerde. Het werd steeds moeilijker de verveling te vermijden. Als menselijke bom zou hij niets aan Norton hebben, omdat die specifieke onderdanen een zekere bitterheid in zich moesten hebben en ook een maanden durende, speciale training moesten doorlopen. De aan Norton gespendeerde training zou hij moeten afschrijven. Kim zou opdracht krijgen hem een overdosis toe te dienen zodra er een vervanger voor hem was gevonden.

Hij maakte het pakketje open en haalde voorzichtig de plastic beschermlaag om het kistje weg.

Hij zuchtte van genot. Mooi...

Trevor trof Jane toen ze het binnenplein weer op liep. 'Bartlett zei dat je naar Mario ging. Heb je met hem gesproken?'

Ze schudde haar hoofd. 'Nee, maar wel met MacDuff. Hij vertelde dat jullie hadden afgesproken dat jij Reilly aan hem zou overdragen.'

'Werkelijk? En wat vond jij daarvan?'

'Het kan me niets schelen wie definitief met Reilly afrekent, zolang dat maar gebeurt. En MacDuff lijkt een goede reden te hebben om hem dood te wensen. Reilly moet een ware schoft zijn.'

'Dat had ik je al eerder verteld.'

'Dat klopt, maar door het verhaal van MacDuff over Jock heb ik daar een goed voorbeeld van te horen gekregen. Reilly is duidelijk een uitstekende partner voor Grozak.' Ze bestudeerde zijn gezichtsuitdrukking. 'Hoewel MacDuff zei dat je niet op de hoogte was van Jocks connectie met Reilly, kost het me moeite dat te geloven.'

'Ik had er een vermoeden van en toen heb ik bij Venable proefballonnetjes opgelaten om te kijken of ik het op de een of andere manier bevestigd kon krijgen. Hij heeft me daarover nog niet teruggebeld.' Hij glimlachte licht. 'En nu hoeft dat ook niet meer. Jock is door Reilly gehersenspoeld en getraind?'

'Ja, en daardoor is hij bijna krankzinnig geworden. Hij heeft geprobeerd zelfmoord te plegen.'

'Waardoor jij die arme jongen natuurlijk wilt bemoederen.' Zijn glimlach verdween. 'Hij is een slachtoffer, maar wel een slachtoffer dat tot moordenaar is opgeleid en ook nog eens onevenwichtig is. Blijf bij hem uit de buurt, Jane.'

Ze schudde haar hoofd. 'Denk je dat ik dat niet tegen mezelf heb gezegd? Dat heeft niet geholpen. Ik kan hem niet in de steek laten. Hij is mishandeld door die rotzak, en hij verdient hulp.'

'Laat MacDuff hem dan helpen.'

'Die doet zijn best.' Ze zweeg even. 'Volgens MacDuff weigert Jock zich veel over Reilly te herinneren, maar hij moet wel heel veel weten. Als we die kennis kunnen aftappen...'

'MacDuff moet dat intensief hebben geprobeerd.'

'Dat is ook zo. Het kan echter zijn dat hij er in een te vroeg stadium mee is begonnen. Misschien lukt het iemand anders met een frisse benadering wel.'

Trevor vloekte binnensmonds. 'Als je probeert herinneringen naar boven te halen, zal dat je waarschijnlijk op een gebroken nek komen te staan. Hij is ontzettend wispelturig.'

'Ik zal Jock nooit opzettelijk iets aandoen, maar al die begraven herinneringen kunnen hem ook geen goed doen. Als ik een manier kon bedenken om hem de werkelijkheid onder ogen te laten zien zou hij een stap terug kunnen zetten naar..'

'Nee! Verdomme!'

'Ga het me niet verbieden.' Ze keek hem woest aan. 'Jij kunt het goud niet vinden en Brenner kan Reilly niet vinden. Ik zal Grozak niet de tijd geven om van Reilly te krijgen wat hij hebben wil.' Ze liep het binnenplein over. 'Als Jock kan helpen, zal ik mijn uiterste best doen hem aan de praat te krijgen. Ik wil dat niet doen, want ik ben bang dat het de vooruitgang die MacDuff met Jock heeft geboekt geen goed zal doen. Dus geef me een reden waarom ik me niet meer met die arme jongen zou moeten bemoeien.'

Ze liep het kasteel in en fronste haar wenkbrauwen toen ze zich herinnerde hoe ze Jock had beschreven. Die 'arme jongen' had een fiks aantal mensen vermoord en bijna Mario's nek gebroken. Toch kon ze niets anders dan medelijden voor hem voelen.

Nou, daar moest ze zich overheen zetten. Ze zou hard en af en toe meedogenloos moeten zijn om Jock zich alle verschrikkingen te laten herinneren die hij had moeten doorstaan. Het zou haar pijn doen, maar lang niet zoveel als Jock.

Toch moest het gebeuren. De inzet was te hoog om het niet op zijn minst te proberen.

Reilly wachtte twee uur nadat hij de door Norton gebrachte doos had opengemaakt voordat hij Grozak belde. 'Hoe gaat het ermee, Grozak? Al voortgang geboekt?'

'Ja,' reageerde Grozak achterdochtig. 'Waarom vraag je dat?'

'Omdat ik hier zit te kijken naar een oud boek over nog oudere munten, dat ik van een dealer in Hongkong heb gekocht. Ik heb verhalen gehoord over een bepaalde munt en toen heb ik dat boek besteld om er meer over te weten te komen. Weet je dat het gerucht gaat dat een van de penningen die Judas heeft aangenomen om Christus te verraden nog steeds bestaat? Kun je je voorstellen hoeveel die munt nu waard zou zijn?'

'Nee. Daar heb ik geen belangstelling voor.'

'Dat zou wel moeten. Men zegt dat die munt naar Herculaneum is meegenomen door een slaaf die was voorbestemd gladiator te worden. Wist je dat Cira een bediende had die eens gladiator was geweest? Zou het niet redelijk zijn om aan te nemen dat hij haar die in bewaring had gegeven? Dat die munt in de kist met goud kan zitten?'

'Dat zijn toch zeker allemaal verzinsels?'

'Misschien. Maar ik vond dat ik je moest laten weten hoe ongelukkig ik zou zijn als ik ook maar een kans had om die munt te verkrijgen en hem toch niet kreeg. Is er nieuws over de kist van Cira?'

'Daar ben ik mee bezig.'

'En het is je niet gelukt Jock Gavin uit de weg te ruimen. Ook dat behoorde tot onze deal. Hij weet te veel.'

'Je hebt zelf tegen me gezegd dat Gavin misschien geen bedreiging vormde. Dat hij niet in staat zou zijn zich jou te herinneren.'

'Daar is inderdaad een kleine kans op, maar ik hou niet van kansen. Vind een manier om hem naar de andere wereld te helpen.'

'Dan ben je er duidelijk niet zo zeker van dat die training van jou effectief is.'

'Je weet niet waarover je het hebt. Je hebt geen idee van wat ik kan doen.' Hij zweeg even. 'Je hebt me Jane MacGuire beloofd. Ik heb een foto van haar gezien en de gelijkenis met Cira is opmerkelijk. Ze lijken in feite sprekend op elkaar. Jane MacGuire is als een tot leven gekomen Cira.'

'En?'

'Uit wat jij me hebt verteld kan ik opmaken dat MacGuire jong en slim is, en een sterke wil heeft. Net als Cira. Wat een uitdaging voor een man met mijn talenten!'

'Je gaat haar trainen?'

'Hoewel het daar uiteindelijk op neer kan komen, hoop ik van niet. Het enige wat ik hebben wil, is informatie. Vrouwen zijn moeilijk te trainen. De meesten breken voordat ze buigen. Maar zij zou anders kunnen zijn.'

'Over wat voor informatie heb je het?'

'Het goud. Het gaat toch allemaal om het goud?'

'Als zij iets wist, zou ze daar zelf wel achteraan zijn gegaan.'

'Ze weet waarschijnlijk meer dan ze denkt. De afgelopen vier jaar is ze drie keer in Herculaneum geweest. Ze kent Trevor heel goed en ze wordt al duidelijk jaren volledig door Cira in beslag genomen. Waarom ook niet? Ze zouden een tweeling kunnen zijn.'

'Dat betekent niet dat ze weet waar Cira's goud verborgen is.'

'Het is de moeite van het bekijken waard. Misschien heeft ze informatie opgepikt zonder zich daarvan bewust te zijn. Ik kan je niet vertellen hoe vaak ik feiten te weten ben gekomen die een onderdaan zich zonder mijn hulp niet herinnerde.'

'En jij kunt die haar ontfutselen?'

'Ik kan alles wat ze weet naar boven halen. In één keer. Dat kan gevaarlijk zijn, en de kans bestaat dat de onderdaan daarna nooit meer kan functioneren. Maar ook als ze me niet meer dan een aanwijzing – een fragment – kan geven, is het al de moeite waard.' Hij zweeg even. 'Tenzij jij me die moeite kunt besparen door me de kist te overhandigen. Ik bespeur echter iets te veel enthousiasme in de vragen die je me stelt.'

'Het gaat allemaal niet zoals ik had gehoopt,' zei Grozak. 'Stel dat ik je de vrouw kan bezorgen en je nog even op de levering van dat goud zult moeten wachten?'

Reilly hield de hoorn iets steviger vast. 'Dat bevalt me helemaal niet.'

'Ik zit op het spoor,' zei Grozak snel. 'Ik heb nog een paar troeven in handen, maar het kan zijn dat ik niet voor de tweeëntwintigste kan leveren. Wat zou je ervan denken als ik een contante aanbetaling doe en je het goud na de aanslag overhandig?'

Mijn hemel! Dacht die man dat hij een dwaas was? 'Jouw contante geld interesseert me niets. Ik heb al het geld wat ik nodig heb en als ik meer wil, dan hoef ik daar alleen maar een van mijn mannetjes op uit te sturen. Ik wil Cira's goud hebben. Ik wil het kunnen zien en aanraken.'

'Dat zal ook gebeuren. Later.'

'Misschien ben jij er later niet meer. Wat zou jou ervan weerhouden je belofte te verbreken als ik me wel aan de deal heb gehouden?'

'Natuurlijk zal ik na de aanslag een tijdje moeten onderduiken, maar ik ben niet zo dwaas dat ik ga proberen jou te belazeren. Dan zou je alleen maar een van jouw zomb... mensen opdracht hoeven te geven mij op te sporen.'

Daar dacht Reilly even serieus over na, ook al had hij die mogelijkheid al eerder overwogen. Als je te maken had met mensen als Grozak, moest je op alles zijn voorbereid. 'Dat is waar. Misschien ben ik bereid uitstel van de levering van het goud in overweging te nemen als je me de vrouw bezorgt. Ik heb het wel over uitstel, Grozak. Geen afstel.'

'En dan zul je me de mankracht op de afgesproken datum leveren?'

'Ik zal met je samenwerken. Je zult mijn mensen een paar dagen voor die datum tot je beschikking hebben. Dan zul je de tijd hebben exacte instructies te geven. Maar er is voor hen een telefoontje van mij nodig om in actie te komen, en dat zal ik vlak voor de aanval plegen. Als ik de vrouw in handen heb.' Tijd om de prikkel in stelling te brengen. 'Als ik die vrouw niet in handen krijg, zal ik Trevor bellen, jouw hoofd op een presenteerblaadje aanbieden en weer gaan onderhandelen.'

'Je bluft. Hij zal je die vrouw nooit geven.'

'Misschien wel. Sommige mensen zouden iedere vrouw onbelangrijk vinden vergeleken met een judaspenning. Jij niet?'

'Ik ben Trevor niet.'

Daar was Reilly blij om. Trevor was een veel moeilijkere man om zaken mee te doen en zou zich anders dan Grozak niet laten manipuleren. 'We zien het wel. Als je over de brug komt, is dit een zinloze discussie. Laat me weten wanneer ik haar kan verwachten en dan zullen we een ontmoetingsplaats afspreken.' Hij verbrak de verbinding.

Genoeg druk op de ketel gezet?

Misschien. Zo niet, zou hij er nog wat aan moeten toevoegen.

Hij ging staan en liep naar de planken. Daarop stond een aantal zeer waardevolle munten uit alle oude werelden. Jarenlang had hij alle artefacten verzameld die hij uit Egypte, Herculaneum en Pompeji had kunnen bemachtigen. Munten waren echter zijn ware hartstocht. Ook in die tijd hadden ze al macht betekend.

Wat een tijd, dacht hij. Hij had toen moeten leven, in die gouden periode van de geschiedenis. Een man kon zijn leven en het leven van anderen meedogenloos efficiënt vormgeven. En daar was hij voor geboren. Natuurlijk was het niet zo dat hij dat in het heden niet had kunnen doen. Maar toen werd de slavernij niet alleen geaccepteerd, hun meesters werden bewonderd en gerespecteerd. Slaven leefden en stierven conform de grillen van hun bezitters.

Cira was als slaaf geboren. Toch was ze nooit overwonnen.

Hij had haar wel kunnen overwinnen. Hij zou een manier hebben gevonden om haar te breken, zelfs zonder de middelen die hij nu gebruikte. Wat zou ze een geweldige onderdaan zijn geweest, dacht hij mijmerend. Het zou werkelijk geweldig zijn geweest een vrouw met zoveel kracht onder controle te hebben.

Jane MacGuire was echter ook sterk. Hij had gelezen hoe ze die moordenaar die haar had gestalkt in een val had laten lopen. Niet veel vrouwen zouden dat hebben geriskeerd en nog met succes bekroond hebben gezien ook.

Hij was erdoor geïntrigeerd geraakt, en zijn verbeeldingskracht was geactiveerd door de gelijkenis met Cira. De laatste tijd had hij erover gefantaseerd hoe hij haar zou ondervragen. Maar het was wel zo dat Jane MacGuire in zijn gedachten met Cira bleef versmelten.

Toen kreeg hij opeens een gedachte en glimlachte geamuseerd. Hoe zou hij beter uit haar geest en geheugen kunnen putten dan door haar te laten denken dat ze Cira was? Die mogelijkheid moest hij nog eens zorgvuldiger overwegen...

13

'Jock, waar denk je aan?' Janes potlood vloog over het tekenpapier. 'Je bent mijlenver weg.'

'Ik vroeg me af of jij ook boos op me was,' zei Jock ernstig. 'De kasteelheer is boos. Hij zei dat ik vanmorgen niet had moeten proberen hem tegen die Mario in bescherming te nemen.'

'Hij heeft gelijk. Mario deed niets verkeerds en je kunt niet gewoon doorgaan met het vermoorden van mensen.' Mijn god, wat klonk dat simplistisch. 'Als MacDuff je niet had tegengehouden, zou je iets verschrikkelijks hebben gedaan.'

'Dat weet ik... soms.' Jock fronste zijn wenkbrauwen. 'Als ik erover nadenk. Maar als ik me zorgen maak kan ik niet denken en doe ik het gewoon.'

'En je maakt je zorgen over MacDuff.' Ze keek naar de schets. 'Waarover nog meer?'

Hij schudde zijn hoofd en gaf geen antwoord op haar vraag.

Dring niet te veel aan, hield ze zichzelf voor, en een paar minuten tekende ze zwijgend door. 'Mario is heel verdrietig, maar MacDuff was niet degene die hij iets wilde aandoen.'

'Dat heeft de kasteelheer mij ook verteld. Hij wil de man straffen die samenwerkt met... Reilly.' Die naam kwam er met moeite uit.

'Inderdaad. Reilly. En daar zou jij blij om moeten zijn. Wil je niet dat die man wordt gestraft?'

'Ik wil niet over hem praten.'

'Waarom niet?'

'Omdat ik met niemand over hem mág praten.'

Een deel van die afschuwelijke hersenspoeling was duidelijk blijven bestaan. 'Je mag alles doen wat je wilt doen.'

Opeens glimlachte hij. 'Behalve Mario doden.'

Mijn hemel! Een flits van bittere humor. Ze keek hem aan en even was er niets kinderlijks aan hem. 'Behalve iemand die niets verkeerds heeft gedaan vermoorden. Maar niemand zou in staat moeten zijn je geest onder controle te houden of het je te beletten vrijuit te spreken.'

'Reilly.' Opnieuw kostte het hem moeite die naam over zijn lippen te krijgen. 'Dat doet Reilly wel.'

'Dan moet je daar een eind aan maken.'

Hij schudde zijn hoofd.

'Waarom niet? Je moet hem haten.'

Hij keek haar aan.

'Haat je hem niet?'

'Mag niet over hem praten.'

'Haat je hem niet?'

'Ja.' Hij deed zijn ogen dicht. 'Soms. Moeilijk. Doet zeer. Als een vuur dat maar blijft branden. Toen de kasteelheer naar me toe kwam haatte ik Reilly niet, maar de laatste tijd word ik door die haat verschroeid.'

'Omdat je je herinnert wat hij met je heeft gedaan.'

Zijn ogen gingen open en hij schudde zijn hoofd. 'Dat wil ik me niet herinneren. Doet pijn.'

'Als je het jezelf niet toestaat je dat te herinneren... als je ons niet vertelt waar we Reilly kunnen vinden, zullen andere mensen worden gekwetst en gedood. En dat zal dan jouw schuld zijn.'

'Doet pijn.' Hij ging staan. 'Ik moet terug naar mijn tuin. Tot ziens.'

Hulpeloos zag ze hem weglopen. Was het haar gelukt ook maar een deukje in het harnas aan te brengen? 'Ik heb de schets nog niet af!' riep ze hem na. 'Kom hier om vijf uur weer naartoe.'

Zonder iets te zeggen verdween hij de stal in.

Zou hij komen?

'Je hebt hem van streek gemaakt.' MacDuff liep vanaf de stal naar haar toe. 'Je moest hem juist helpen. Niet hem overstuur maken.'

'Het zal hem helpen zich die ellendeling van een Reilly te herinneren. Dat moet jij toch met me eens zijn. Je hebt me zelf verteld dat je hebt geprobeerd informatie over Reilly uit hem los te peuteren.'

'Maar dat is me niet gelukt.'

'Misschien ben je er te snel over begonnen.'

'En misschien zijn de wonden zo diep dat hij dood zal bloeden als hij erin gaat wroeten.'

'Er zullen verdomme mensen gaan sterven!'

'Ik vertrouw erop dat Trevor Reilly voor die tijd heeft gevonden.'

'Misschien zou dat probleem al door een paar woorden van Jock zijn opgelost.'

'Het kan zijn dat hij niet eens weet waar Reilly is. Toen ik hem net had gevonden heb ik van alles geprobeerd, inclusief hypnose. Daardoor raakte hij echter in een vrije val. Ik denk dat dat een van de eerste barrières is die Reilly heeft aangebracht.'

'Maar stel dat hij het wel weet?' Ze deed het schetsboek dicht. 'Stel dat hij ons wel degelijk de weg kan wijzen en wij niet proberen hem daartoe aan te zetten?' Ze keek hem recht aan. 'Even heb ik iets in Jocks gezichtsuitdrukking gezien... Naar mijn idee is het mogelijk dat hij verandert... dat hij terugkomt.' Ze maakte een gefrustreerd gebaar. 'Verdorie. Ik zal hem niets aandoen. Waarom ben je er zo op tegen dat ik het probeer?'

'Omdat hij er misschien nog niet aan toe is om terug te komen.' Hij keek naar de stal. 'Ik heb die momenten ook gezien. Alsof de zon op een bewolkte dag doorbreekt. Maar stel dat hij terugkomt voordat hij daar echt klaar voor is? Vergeleken met hem is Rambo een kleuter. Een tijdbom die elk moment kan ontploffen.'

'Hij houdt van jou. Jij zou hem onder controle kunnen houden.'

'Werkelijk? Ik ben blij dat jij daar zo zeker van bent.' Hij bestudeerde haar gezichtsuitdrukking. 'Je bent ook meedogenloos. Dat had ik moeten weten. Vrouwen zijn altijd dodelijker dan mannen.'

'Wat een cliché! Ik ben niet meedogenloos. Of misschien ben ik dat wel. Ik weet alleen dat ik die rotzakken mijn landgenoten niets zal laten aandoen.' Ze draaide zich om. 'Jij en Trevor spelen een ander spel dan ik. Ga je het me beletten nog met Jock te praten?'

Hij zweeg even en zei toen langzaam: 'Nee. Ik zal je het laten proberen. Maar wees voorzichtig. Het zal geen pretje zijn als hij over de rooie gaat.'

Ze zou voorzichtig zijn, dacht ze terwijl ze terugliep naar het kasteel. Niet alleen omwille van haar eigen veiligheid. Ook omwille van die arme, gekwelde jongen. Alles wat ze over Reilly had gehoord maakte haar boos en misselijk. Ze had gedacht dat Grozak een verschrikking was, maar hij had op zijn mínst zijn gelijke gevonden in die gangster die een geest verwrongen maakte, wilskracht brak en handelde in massale vernietiging.

Val dood, Reilly.

'Je bent het niet eens met wat ik doe,' zei Mario toen ze vijf minuten later zijn werkkamer in liep. 'Maar het is noodzakelijk, Jane. Tegenover die mensen ben ik hulpeloos, en dat moet veranderen.'

'Daar zal ik niet met je over in discussie gaan.' Ze ging in de stoel in de hoek zitten. 'Ik kan begrijpen hoe je je voelt. Ik wil alleen niet dat je ten onrechte op pad gaat met het idee dat je capabel bent. Het duurt lang voordat je goed met wapens kunt omgaan en je echt in de vechtkunsten hebt bekwaamd, en die tijd heb je niet. Alles gaat te snel.'

'Ik kan er in elk geval een begin mee maken, en jij zult me niet tot andere gedachten kunnen brengen. Soms kan ik heel koppig zijn.' Opeens grinnikte hij. 'Zoals MacDuff heeft ontdekt. Ik geloof dat ik hem heb overrompeld.'

Ze glimlachte naar hem terug. 'Dat geloof ik ook.' Ze had gezegd wat ze wilde zeggen, maar hij was daar kennelijk doof voor. Ze kon dat onderwerp beter laten rusten om er later misschien nog eens op terug te komen, ook al betwijfelde ze sterk of dat zou helpen. 'Hoe gaat het met de vertaling?'

'Die vordert langzaam.' Hij keek naar het vel papier voor hem. 'Ik ben een beetje afgeleid geweest.'

'Dat kan ik begrijpen, maar toch kan het onze beste kans zijn om te voorkomen dat die afschuwelijke dingen gebeuren.'

'Die kans lijkt niet groot.' Hij keek haar aan. 'Tweeduizend jaar is een lange tijd, en een verloren schat vinden is iets als een sprookje. Geloof jij dat het kan gebeuren?'

'Volgens mij is alles mogelijk.'

'Dit is niet zomaar iets.'

Daar dacht ze over na. Gewoonlijk was ze pragmatisch en cynisch, maar om de een of andere reden had ze er nooit aan getwijfeld dat het goud nog ergens was. Misschien kwam het door de dromen die haar al deze jaren hadden geplaagd. Of misschien omdat Cira voor haar leek te leven en het goud dus ook heel reëel was. 'Geloof jij dat die teksten door Cira zijn geschreven?'

'Ja.'

'Hoe groot was de kans dat ze in die tunnel ooit zouden worden gevonden? Dat is op zich al een sprookje.'

Hij glimlachte. 'Daar zul je wel gelijk in hebben.'

'Inderdaad.'

'Nu moet je mij weer mijn werk laten doen.'

Haar wenkbrauwen gingen omhoog. 'Voorheen heb je nooit last van mijn aanwezigheid gehad.'

'Jawel, maar toen vond ik het niet erg te worden afgeleid. Nu is dat veranderd.' Zijn glimlach verdween. 'Voor mij is dit meer een horrorverhaal dan een sprookje, maar ik wil dat een deel ervan een gelukkig einde krijgt. Ik zal het je meteen laten weten als ik iets heb gevonden.'

Hij deed zakelijk, zelfs kortaf, en leek stukken ouder te zijn geworden. Even was ze een beetje triest omdat zijn jongensachtige enthousiasme voorgoed verleden tijd was. 'Oké.' Ze ging staan. 'Het is toch tijd dat ik Eve en Joe bel om hen op de hoogte te stellen van de stand van zaken. Dat wilde ik gisteravond al doen, maar ik was uitgeput door de reis naar Luzern.'

'Je gaat die twee alles vertellen?'

'Natuurlijk. We hebben alle hulp nodig die we krijgen kunnen. Joe heeft overal contacten. Misschien kan hij de autoriteiten ertoe overhalen echt serieuze pogingen in het werk te stellen om Grozak en Reilly te vinden.'

Mario schudde zijn hoofd. 'Door wat Trevor me heeft verteld lijkt dat me niet waarschijnlijk. Geen bewijs. Wie zal bereid zijn naar Joe en Eve te luisteren?'

'Dat weet ik niet, maar Joe zal wel naar mij luisteren.' Ze liep naar de deur. 'En Eve ook. Verder heb ik hén liever in mijn team dan welke gezagsdrager ook.'

'Christus,' mompelde Joe toen Jane haar verhaal had gedaan. 'Wat een verschrikkelijk beroerde toestand.'

'We moeten Grozak of Reilly vinden om dit alles een halt toe te roepen. Jij kent mensen. Er moet een manier zijn om die twee te vinden en uit te schakelen voordat dit een feit is. Het mág niet gebeuren.'

'Inderdaad,' zei Eve, die op het andere toestel meeluisterde. 'En het zal ook niet gebeuren. Wij zullen hier aan de slag gaan. Joe heeft nog veel contacten binnen de FBI. Ik zal John Logan bellen en kijken of hij op een paar knoppen kan drukken.' Ze zweeg even. 'Jane, kom naar huis.'

'Nee. Hier kan ik in elk geval iets doen. Misschien zal het me lukken informatie uit Jock los te krijgen.'

'Maar misschien ook niet.'

'Ik moet het in elk geval proberen. Hier is sprake van actie, Eve. Als ik met Jock geen doorbraak kan bewerkstelligen, kunnen we wellicht wel iets over dat goud te weten komen. Dat zou bijna even belangrijk kunnen zijn als Trevor een deal met Reilly kan sluiten.'

'Die rotzak. Ik haat het idee met hem te moeten onderhandelen.'

'Ik ook, maar op dit moment ben ik tot alles bereid om een ramp te voorkomen.'

'Je zei dat Cira volgens die brief zou proberen het goud die tunnel uit te krijgen. Als haar dat is gelukt, zal het nog veel moeilijker te vinden zijn.'

'Tenzij zij ons in de tekst waarmee Mario nu bezig is vertelt waar die Pia het heeft verborgen.'

'En als het niet nog begraven ligt onder al die gestolde lava,' zei Joe.

'We hebben inderdaad een doorbraak nodig.' Jane zweeg even. 'Ik heb zitten nadenken. Al dat gedoe met Cira – de dromen en het goud – is bizar geweest en lijkt ons allemaal te raken. Misschien probeert Cira dit een halt…' Ze zweeg en zei toen walgend: 'Jezus. Ik kan niet geloven dat die woorden over mijn lippen zijn gekomen. Al die spanning moet een nadelige invloed hebben op mijn geest. Bel me en laat me weten wat jullie kunnen doen.'

'Geef de moed niet op,' zei Joe. 'De slechteriken zullen deze keer niet winnen. We moeten alleen keihard werken tot we een manier hebben gevonden om die klootzakken uit te schakelen. Ik bel je later weer.'

'Ik had nooit gedacht dat het zo erg zou zijn,' fluisterde Eve terwijl ze de hoorn op de haak legde. 'En ik vind het niet prettig dat Jane daar is. Het interesseert me niet dat ze met die jongen te doen heeft. Als ze hem te veel onder druk zet, is de kans groot dat hij zal ontploffen. We weten allebei hoe snel een getrainde moordenaar kan doden.'

'Misschien zal het daar niet van komen. Jane heeft gelijk als ze stelt dat er twee opties zijn. Wellicht vinden ze Cira's goud en dan kunnen ze onderhandelen met Reilly.' Hij trok een grimas. 'Ik moet daar echter wel aan toevoegen dat ik niet graag mijn geld inzet op zo'n kleine kans.'

Eve zweeg en dacht na. 'Misschien is die kans niet zo klein.'

Joe keek haar vragend aan. 'Hoezo?'

Ze keek hem niet aan. 'Er kan van alles gebeuren. Als Mario die tekst heeft vertaald is het mogelijk dat ze precies weten waar het goud is.'

'Dat bedoelde je niet, en ik geloof niet dat hier alleen sprake is van wishful thinking,' zei Joe terwijl hij strak naar haar gezicht keek.

'Je vergist je. Ik wens met heel mijn hart dat ze dat goud vinden, en snel ook.' Ze pakte de hoorn van de haak, toetste het nummer van John Logan in, kreeg de dienst die zijn telefoontjes aannam aan de lijn en vroeg of ze kon worden teruggebeld. 'Ik zal John weer bellen als ik terug ben.' Ze liep naar de voordeur. 'Ik ga met Toby een wandeling bij het meer maken, want ik moet stoom afblazen.' Ze floot de hond. 'Hij zit te kniezen sinds Jane weer is vertrokken. Ga jij nu meteen met Washington bellen?'

'Reken maar.' Hij pakte zijn mobieltje. 'Zoals je al zei, hebben we niet veel tijd.'

'En jij hebt liever dat ze Reilly naar de andere wereld helpen dan dat er met dat stuk vreten moet worden onderhandeld.'

'Ja. Als hij dat goud in handen heeft, is de kans groot dat hij zich ergens ingraaft en later weer opduikt. Je weet dat dat waar is.'

'Ja.' Maar het zou Jane ook de tijd geven om veilig uit deze nachtmerrie tevoorschijn te komen. 'Ik kom gauw weer terug.'

De hordeur sloeg achter haar dicht en ze liep het trapje van de veranda af. Toby rende voor haar uit het pad over, en ze liet hem zijn gang gaan. Hij had beweging nodig, en zij had behoefte aan een beetje tijd om na te denken.

Jezus! Ze was bang. Wat moest ze in vredesnaam doen? Ze kón niets doen. Joe had gelijk. De kans dat dat goud zou worden gevonden was heel klein.

En het zou ook fout zijn. Het was mogelijk...

Geblaf.

Toby stond midden op het pad en blafte naar iets in de bomen. Hij zat gespannen op zijn hurken, en zijn geblaf werd steeds schriller.

'Toby, kom hier.'

Hij luisterde verdorie helemaal niet! Het kwam wel eens voor dat een beer of een bergleeuw vanuit de heuvels hierheen kwam, en ze wilde niet dat Toby in de aanval ging en gewond raakte.

'Toby!'

Hij liep naar de bomen.

Ze rende achter hem aan en pakte zijn halsband. 'Er is daar niets.'

Maar er was daar wel degelijk iets.

Haar nekharen gingen overeind staan.

Ze trok Toby terug toen hij naar voren wilde schieten. 'Naar huis. Ga naar huis, jongen.' Hij draaide om en ze zag tot haar opluchting dat hij deed wat ze van hem vroeg.

Ze ging meteen achter hem aan. Wat dwaas dat haar hart zo op hol sloeg. Misschien was het helemaal geen gevaarlijk dier geweest. Toby was niet de slimste hond ter wereld. Het kon een uil of een opossum zijn geweest.

Toch haalde ze pas gemakkelijker adem toen ze de veranda had bereikt. Ze ging op het trapje zitten, met Toby naast zich. 'Ik zal Jane moeten vertellen dat je een opfriscursus gehoorzaamheid nodig hebt,' zei ze terwijl ze een arm om zijn rug sloeg. '"Kom hier" is niet hetzelfde als "val aan". Je had aan stukken gescheurd kunnen worden.'

Hij keek niet naar haar, maar staarde strak naar het pad.

Ze voelde een koude rilling door zich heen gaan. Haar verbeelding nam een loopje met haar.

Het pad was verlaten. Niets kwam naar hen toe.

Niets en niemand.

Toch bleef ze het koud hebben. Ze ging staan en liep naar de voordeur. Ze had de kans niet gekregen om na te denken over wat ze moest doen, maar dat moest wel gebeuren. 'Kom mee. Ik ga een kop warme chocolademelk maken en jij krijgt een hondenkoekje, ook al heb je dat eigenlijk niet verdiend.'

Glimlachend verbrak Jane de verbinding. Ze voelde zich altijd beter wanneer ze met Joe en Eve had gesproken, en ze had tot dit moment niet beseft hoe wanhopig en ontmoedigd ze zich had gevoeld. Maar gedurende de paar minuten die het gesprek had geduurd, waren Joe en Eve in staat geweest hun kracht met haar te delen.

Er werd op de deur geklopt en Trevor deed meteen open. 'Je krijgt bezoek,' zei hij grimmig. 'Venable heeft net gebeld. Briesend van woede.'

'Waarom?'

'Je laatste gesprek met Joe en Eve stond hem niet aan. Hij heeft het over een inbreuk op de nationale veiligheid, inmenging in aangelegenheden van de CIA en het veroorzaken van een bedreiging voor het nationale belang.'

'Wát zeg je?' Toen drongen zijn woorden pas echt tot haar door. 'Hij laat mijn gesprekken afluisteren?'

'Ja. De mijne ook, en dat heb ik hem laten doen. Hij voelde zich er zekerder door, en er is altijd wel een manier om afluisterapparatuur te omzeilen. Ik heb tegen hem gezegd dat het mij geen moer kon schelen wat je Joe en Eve had verteld, maar hij voelt zich nu door jouw toedoen kennelijk heel ongemakkelijk. Wat heb je Joe gevraagd te doen?'

'Iedereen alert maken, om wat hulp te krijgen bij het vinden van Reilly en Grozak.'

'Daarom is hij dus zo kwaad. Overheidsinstellingen zijn heel snel aangebrand wanneer iemand zich met hun jurisdictie bemoeit.'

'Vette pech, dan.'

'Dat ben ik met je eens.' Hij wees op de deur. 'Zullen we naar beneden gaan om hem dat te vertellen? Hij kan nu elk moment arriveren.'

'Dan moet hij echt overstuur zijn.' Met gefronste wenkbrauwen liep ze langs Trevor heen. 'En ik vind het wel erg als mijn telefoongesprekken worden afgeluisterd.'

'Dat moet je tegen hem zeggen, en niet tegen mij.'

'Je had me niet verteld dat hij dat deed.'

'Je voelde je al onzeker genoeg.' Voor haar uit liep hij de trap af. 'En ik wilde dat je hier bleef. Dat was belangrijk voor me.'

'Maar nu heb je het me wel verteld.'

'Ik denk dat je op dit moment nog niet zou vertrekken wanneer er een waterstofbom ontplofte. Je bent er te intens bij betrokken.' Hij keek even over zijn schouder. 'Dat klopt toch?'

Hij had verdorie gelijk. Zoals ze tegen Eve en Joe had gezegd, was dit de enige plek waar ze zich nuttig kon maken. 'Inderdaad,' zei ze, 'maar dat betekent niet dat ik bereid ben dit onzinnige gedoe te slikken om maar hier te blijven.'

'Dat weet ik. Daarom laat ik Venable alle hindernissen weghalen om alles openlijk te bespreken.' Onder aan de trap draaide hij zich om. 'En om jou ervan te overtuigen dat Venable echt bestaat en ik je de waarheid heb verteld toen ik zei dat ik met hem samenwerkte.'

'Ik heb nooit gedacht dat je daarover loog.'

'Misschien niet bewust. Maar onbewust? Je weet dat ik tot vrij ingewikkeld bedrog in staat ben, en ik wilde er zeker van zijn dat je wist dat ik volkomen eerlijk ben.' Hij draaide zich weer om en maakte de voordeur open. 'Je kunt Venable alle vragen stellen die je wilt.' Hij glimlachte. 'Maar misschien zal hij die niet beantwoorden omdat je nu een aanzienlijk veiligheidsrisico bent.'

Carl Venable zag er niet uit als de zenuwachtige man die Trevor had beschreven, dacht Jane toen de man de helikopter uit stapte.

Hij was groot en gezet, had een dikke bos grijzend rood haar en straalde zelfvertrouwen en gezag uit.

De frons op zijn gezicht en zijn houterige bewegingen spraken dat zelfvertrouwen echter tegen. 'Ik had al tegen je gezegd dat je haar niet hierheen moest halen,' zei hij kortaf tegen Trevor. 'Sabot is razend en heeft gedreigd me van deze zaak af te halen.'

'Dat zal hij niet doen. Quinn zal ongetwijfeld voor beroering zorgen, maar hij zal jou afschilderen als een van de goeien. Sabot zal het te druk hebben met het beantwoorden van vragen en het aannemelijk maken van zijn positie om de jouwe te kunnen ondermijnen.'

'Dat zeg jij.' Hij wendde zich tot Jane. 'Je weet niet wat voor een grote troep je van dit alles hebt gemaakt. Nu zal het voor ons twee keer zo moeilijk zijn iets efficiënt gedaan te krijgen. Quinn zal er ongetwijfeld de Binnenlandse Veiligheidsdienst bij betrekken, en dat betekent dat wij ons tegenover die instantie moeten verantwoorden. Het kan zijn dat je elke kans die we hebben om Grozak op te pakken, hebt verknald.'

'Jij hebt het tot nu toe anders ook niet zo geweldig gedaan,' zei Jane. 'En als op deze manier een tweede 11 september kan worden voorkomen, kan het me niets schelen hoe moeilijk ik jouw werk heb gemaakt. Ik zal doen wat ik wil.'

Hij liep rood aan. 'Niet wanneer ik je arresteer en je als doorslaggevende getuige onder onze bescherming plaats.'

'Venable, zo is het wel genoeg,' zei Trevor. 'Ik begrijp dat je overstuur bent, maar we weten allebei dat dat niet zal gebeuren.'

'Ik zou het wel degelijk moeten doen. Het zou voor ons allemaal veiliger zijn. Ook voor haar. Dan zou Reilly niet bij haar in de buurt kunnen komen. Je hebt me zelf verteld dat hij haar voor iets wilde inruilen, en nu wordt ze een doorn...'

'En ik had ook tegen je gezegd dat je je mond moest houden over wat Reilly had gezegd, idioot!' zei Trevor met afkeer.

'Wacht eens even,' zei Jane, die zich bliksemsnel naar Trevor toe draaide. 'Waar heb je het over? Een ruil?'

Hij zweeg even en haalde zijn schouders op. 'Toen hij me belde, kwam hij met een lijst van eisen die moesten worden ingewilligd om te voorkomen dat hij definitief met Grozak in zee ging.'

'Welke eisen?'

'Het goud, mijn beeld van Cira... en jij. Jij stond hoog op zijn lijst.'

'Waarom?'

'Waarom denk je? Ik heb je al verteld dat hij gek is op alles wat met Herculaneum te maken heeft, en met name op Cira's goud. Wat heeft meer met Cira te maken dan jij? Je lijkt sprekend op haar, en hij gelooft dat je misschien meer weet dan je denkt. Of dat je wel degelijk iets weet en je gedeisd houdt, wachtend op het geschikte moment om dat goud te pakken.'

'Dat is absurd.' Ze probeerde na te denken. 'En ik zou niet weten hoe hij me kan dwingen hem iets te vertellen waar...' Opeens was het haar duidelijk. 'Jock...'

'Bingo. Controle over je geest. Je dwingen je geest open te stellen en die door hem grondig te laten verkennen,' zei Trevor. 'Ongetwijfeld in combinatie met een paar andere smerige trucjes.'

'Die rotzak.' De koude rillingen liepen weer over haar rug.

'Ik heb hem gezegd dat er over jou niet te onderhandelen viel. Dat ik bereid was hem het goud te geven als ik dat zou vinden, en ook mijn beeld, maar dat hij het zonder jou zou moeten stellen.'

'Waarom heb je me dat niet verteld?'

'Dat had hij wel moeten doen,' zei Venable. 'Ik heb tegen hem gezegd dat we misschien in staat zouden zijn gebruik te maken van dat...'

'En toen heb ik tegen jou gezegd dat dat niet zou gebeuren.'

Jane probeerde over de eerste schrik van dat dreigement heen te komen. 'Venable heeft gelijk. We moeten alles onderzoeken wat...'

'Verdomme!' reageerde Trevor. 'Ik wist dat dit jouw reactie zou zijn, en daarom heb ik het je niet verteld. Vier jaar geleden heb ik jouw leven gevaar laten lopen, en dat zal niet weer gebeuren.'

'Die beslissing heb jij destijds niet genomen. Ik heb toen zelf een keus gemaakt, en dat zal ik opnieuw doen.'

'Reilly heeft het aanbod van het goud en het beeld aarzelend geaccepteerd. In feite gaat het hem om het goud, en dus hoef jij geen enkele beslissing te nemen.'

'We hebben het goud nog niet gevonden.'

'We hebben nog tijd.' Hij keek even naar Venable. 'Idioot.'

'Ik heb het eruit geflapt, maar misschien is dat wel goed. Ze moet beseffen dat elke actie die ze onderneemt op ons allemaal van invloed kan zijn. Ik kom nog steeds in de verleiding haar mee te nemen en haar...' Hij maakte zijn zin niet af en zuchtte vermoeid. 'Nee, dat zal ik niet doen, maar de kans bestaat dat we allemaal stukken veiliger zouden zijn als ik het wel deed. Inclusief Joe Quinn en Eve Duncan, Jane.'

Jane verstijfde. 'Hoe bedoel je dat?' Ze draaide zich bliksemsnel naar Trevor toe. 'Jij hebt gezegd dat ze werden beveiligd.'

'Dat is ook zo. Venable, hou op met die pogingen haar angst aan te jagen.'

'Worden ze beveiligd?' vroeg Jane op hoge toon.

'Ja. We zullen ervoor zorgen dat hun niets overkomt.' Venable haalde zijn schouders op. 'Er is net een rapport binnengekomen van de dienstdoende agenten over tekenen van iets abnormaals in de bossen bij het huis aan het meer.'

'Wat voor abnormaals?'

Hij haalde zijn schouders op. 'Niets concreets.' Hij draaide zich weer om naar de helikopter en zei tegen Trevor: 'Ik moet terug naar Aberdeen. Ik had niet hierheen moeten komen. Ik was van plan heel diplomatiek te zijn, te proberen haar ervan te overtuigen dat we ons uiterste best deden en haar te vragen Quinn en Duncan terug te fluiten. Maar zo is het niet gegaan. Ik heb het verknald, en Sabot zal zo'n verspreking nooit tolereren of begrijpen. Misschien zou ik mijn ontslag moeten aanbieden. Sinds dit allemaal is begonnen heb ik niet goed kunnen functioneren. Daar ben ik te bang voor geweest.'

'Bang?' herhaalde Jane.

'Waarom niet? Ik heb een vrouw en vier kinderen, drie broers, een vader in een verpleeghuis en een moeder die voor ons allemaal zorgt. We weten niet waar die bommen zullen exploderen.' Hij keek naar Jane. 'Ze kunnen het gemunt hebben op jouw Atlanta: een grote stad met een belangrijk vliegveld. Kom jij niet in de verleiding om snel naar huis te gaan en de mensen van wie je houdt mee te nemen naar een grot in de dichtstbijzijnde berg? Ik wel.'

Dat wilde ze inderdaad graag doen. Vanaf het moment waarop Trevor haar over Grozaks plannen had verteld had ze geprobeerd haar angst te bedwingen. 'Eve en Joe zouden niet meegaan.' Ze keek hem recht aan. 'En jij bent ook niet naar huis gerend. Je bent hier gebleven en hebt geprobeerd er iets aan te doen.'

'Maar dat is me volgens Trevor niet al te best gelukt.' Hij haalde zijn schouders op en draaide zich om. 'Toch zal ik het blijven proberen tot Sabot genoeg van me heeft en me ontslaat. Maak je geen zorgen, Jane. Quinn en Duncan zal niets overkomen. Dat heb ik Trevor beloofd.' Hij stapte de helikopter weer in. 'Trevor, ik bel je wel weer.'

'Doe dat. Kom niet hierheen om de doodeenvoudige reden dat je boos bent. Ik doe mijn uiterste best te voorkomen dat Grozak te weten komt dat de CIA hierbij is betrokken. Heb je je goed ingedekt?'

'Ik ben geen amateur. De helikopter is gehuurd door de Herculaneum Historical Society. Misschien zal Grozak zich nu een beetje bezorgd gaan afvragen of je het goud hebt gevonden en iemand hebt laten overkomen om de authenticiteit ervan vast te stellen. Vanuit Aberdeen vlieg ik regelrecht naar Napels. Tevreden?'

'Nee. Ik zou tevreden zijn geweest als je beter op je woorden had gelet.'

'Daar was ik niet toe in staat.' Venable keek naar Jane. 'Jij hebt een beerput geopend. Je hebt geen idee hoe snel en hard de Binnenlandse Veiligheidsdienst in actie kan komen als die dat wil. Het kan alleen een actie voor de vorm zijn, omdat zij evenmin als Sabot geloven dat Grozak een bedreiging vormt. Maar het zal voldoende zijn om alle dekking die je hebt teniet te doen. Ik ben waarschijnlijk te laat tot handelen overgegaan, maar ik moest het in elk geval proberen.' De deur van de helikopter werd achter hem gesloten.

Trevor keek naar Jane. 'Je hebt hem geen vragen gesteld over mij.'

'Daar heb ik de kans niet toe gehad.' Ze draaide zich om naar de voordeur. 'Verder heb ik nooit gezegd dat ik hem vragen wilde stellen. Dat was jouw idee.'

'Wat vond je van hem?'

'Een trieste en heel menselijke man. Ik geloof dat hij inderdaad zal doen wat hij kan.'

'Dat doen we allemaal.' Trevor maakte de deur voor haar open en liet haar voorgaan. 'Verder zou ik best iets kunnen gebruiken van de verdraagzaamheid die je tegenover Venable hebt getoond.'

'Je had me moeten vertellen wat Reilly had gezegd.'

'Nee. Ik maak het mezelf nooit moeilijk als ik dat kan voorkomen, en deze keer kon ik dat.'

'Maar ik ben degene die gevaar loopt. Elke keer als ik denk dat we samenwerken kom ik te weten dat jij me iets niet hebt verteld. Ik begrijp verdomme niet eens hoe jij denkt.'

Hij glimlachte. 'Room dan het oppervlak af. Ik kan je garanderen dat ik dat voor jou de moeite waard zal maken.'

Weer kreeg ze dat inmiddels bekende warme gevoel terwijl ze naar hem keek. Zijn houding was nonchalant, maar zijn glimlach had niets nonchalants. Die was intiem, sensueel en ontzettend verleidelijk. Waarom liet ze hem haar dit aandoen? Dat tintelende gevoel was verdorie vanuit het niets tevoorschijn gekomen. Het ene moment was ze van streek en bijna verontwaardigd geweest, en toen was die lichamelijke reactie gekomen. 'Ik weet niet hoe ik dat zou moeten doen.'

'Dan zal ik het je leren, want ik ben er een expert in.' Hij bestudeerde haar gezichtsuitdrukking. 'Niet nu?'

'Het... ligt niet in mijn aard.' Ze liep snel naar de trap. 'Ik moet even kijken hoe het met Mario gaat, en om vijf uur heb ik met Jock afgesproken op het binnenplein.'

'Hij leek overstuur toen hij vanmorgen wegliep. Het kan zijn dat hij niet komt opdagen.'

'Je hebt toegekeken?'

'Brenner was er niet en hoewel ik MacDuff vertrouw, heeft die zo zijn eigen agenda. Natuurlijk heb ik jullie in de gaten gehouden, en dat zal ik vanmiddag ook weer doen.'

'Ik geloof niet dat hij me iets zal aandoen.'

'Daar wil ik zeker van zijn.' Hij zweeg even. 'Na het avondeten ga ik naar de Run, en ik wil je daar bij me hebben. Kom je?'

'Dat weet ik nog niet. Ik ben nog altijd boos op je.'

'Maar er is ook iets anders gaande, nietwaar?' Hij keek strak naar haar gezicht en opeens klonk er rauwe emotie in zijn stem door. 'Ik wil het heel graag. Zo graag dat ik nu uit je buurt moet zien te komen, want anders zal ik het je hier en nu laten merken. Ik zal op je wachten.' Hij liep naar de bibliotheek. 'Ik ben verdomme ook maar een mens, Jane. Kom dat zelf vaststellen.'

Om kwart over vijf zag Jane Jock over het binnenplein naar haar toe lopen.

'Je bent gekomen.' Ze probeerde niet te laten merken hoe opgelucht ze zich voelde en sloeg haar schetsboek open. 'Daar ben ik blij om.'

'Ik moest het van de kasteelheer doen.' Hij fronste zijn wenkbrauwen. 'Zelf wilde ik het niet.'

'Omdat ik je een ongemakkelijk gevoel had gegeven?' Ze begon te tekenen. 'Het was niet mijn bedoeling om...' Ze zweeg even en zei toen: 'Nee, dat is de waarheid niet. Ik wilde dat je je zorgen ging maken. We maken ons allemaal zorgen, dus waarom jij niet? We moeten de man die jou pijn heeft gedaan tegenhouden, en het is jouw taak ons daarbij te helpen.'

Hij schudde zijn hoofd.

'Geloof je dat het voorbij is? Dat is het niet, Jock. Reilly zal een heleboel mensen kwaad berokkenen omdat jij probeert je kop in het zand te steken. En als het hem lukt, zal dat jouw schuld zijn.'

'Niet mijn schuld.'

'Jawel.' Ze zocht als een gek naar een manier om tot hem door te dringen. 'En hij zal niet alleen onbekenden pijn doen. Hij zal boos zijn omdat MacDuff probeert hem te laten ophouden. Ben je bereid Reilly met hem zijn gang te laten gaan?'

Hij keek een andere kant op. 'Ik zal voor de kasteelheer zorgen. Niemand zal hem iets kunnen aandoen.'

'Dat zal MacDuff niet toestaan. Hij wil Reilly vinden en doden om wat die man jou heeft aangedaan. MacDuff is sterk en vastberaden, en jij zult hem niet kunnen tegenhouden. Diep in je hart weet je dat. We kunnen hem alleen veilig houden als wij in staat zijn Reilly eerder aan te vallen dan hij ons. We moeten weten waar hij is.'

'Ik weet niet waar hij is.'

'Ik denk dat je dat wel weet.'

'Nee. Nee.' Zijn stem werd scherper. 'Hou erover op.'

'Dat zal ik doen als je mij over Reilly vertelt.'

'Ik kan je dwingen erover op te houden.' Hij zette een halve stap haar kant op en stak een hand in zijn zak. 'Dat is gemakkelijk. Ik weet hoe ik dat moet doen.'

Ze verstijfde. De garrot. Hij wilde de garrot pakken. Ze dwong zichzelf te blijven staan waar ze stond. 'Ik ben ervan overtuigd dat je allerlei manieren kent om je vijanden het zwijgen op te leggen, maar ik ben je vijand niet.'

'Je wilt maar niet ophouden, hè? Je valt me lastig.'

'Is dat een reden om te doden? Heeft Reilly je dat geleerd? Doe je nog steeds wat hij je beveelt?'

'Nee! Ik ben weggelopen. Ik wist dat het slecht was, maar ik kon er niet mee ophouden.'

'Je bent er nog altijd niet mee opgehouden. Je laat het maar doorgaan, en binnenkort zal het de dood van MacDuff worden.'

'Nee.' Zijn gezicht was bleek en hij was niet verder dan één stap van haar vandaan. 'Dat zal niet gebeuren.'

'Dat zal wel gebeuren, tenzij jij hem helpt.'

Zijn gezicht vertrok. 'Ik kan het niet doen,' fluisterde hij. 'Hij is er altijd. Hij praat tegen me. Ik kan hem niet buitensluiten.'

'Probeer het.' Ze zette een stap zijn kant op en legde haar hand zacht op zijn arm. 'Probeer het gewoon, Jock.'

Hij schudde haar hand los en keek paniekerig. 'Hou je mond. Ik kan niet naar je luisteren.'

'Omdat je dat van Reilly niet mag? Omdat hij je heeft opgedragen iedereen te doden die naar hem vroeg?' riep ze hem na terwijl hij vrijwel van haar weg rénde. 'Zie je niet in hoe fout het is hem ongestraft zijn gang te laten gaan?'

Hij zei niets en verdween de stal in.

Trillend haalde ze adem en keek hem na. Ze wist niet hoe groot de kans was geweest dat ze die garrot om haar nek zou krijgen, maar daar wilde ze niet over nadenken. Was dit dat waard geweest? Had ze hem aan het denken gezet, of zou hij zichzelf gewoon voor haar woorden afschermen? De tijd zou het leren.

Misschien had ze hem niet zo onder druk moeten zetten. Het was niet haar bedoeling geweest, maar de woorden waren gewoon over haar lippen gekomen. Ze raakte steeds meer in paniek door het wanhopige zoeken naar een manier om een einde te maken aan deze nachtmerrie, en Jock was op dit moment haar enige hoop.

'Mijn god! Waar was je mee bezig? Probeerde je te worden vermoord?'

Ze draaide zich om en zag Trevor over het binnenplein haar kant op lopen. 'Die kans was klein. Jij hield de wacht en ik weet zeker dat MacDuff als Superman de stal uit was gekomen als Jock me had aangeraakt.'

'Misschien hadden we in dat geval niet genoeg tijd gehad,' zei hij grimmig. 'Toen we hier net waren heb ik hem in actie gezien met een van mijn mensen. Hij was snel. Heel snel.'

'Nou, er is niets gebeurd.' Snel liep ze langs hem heen naar de trap. 'Met de nadruk op niets. Ik weet niet eens zeker of hij zich ons gesprek zal herinneren. Reilly heeft hem nog steeds onder de duim.'

'Dan zul je dus niet meer met hem praten.'

'Jawel. Ik moet op hem in blijven hakken.'

Hij balde zijn handen tot vuisten. 'Geen sprake van. Ik zou je het liefst eens stevig door elkaar rammelen.'

'Ga dan maar leren jezelf onder controle te houden. Als je me ook maar met een vinger aanraakt, zal ik je vloeren. Ik zal doen wat naar mijn idee juist is.' Ze trok de voordeur keihard achter zich dicht. Ze was niet in de stemming om met hem in discussie te gaan, want ze was nog een beetje van streek door de laatste ontmoeting met Jock. Ze had al haar kracht moeten gebruiken om te blijven staan waar ze stond. Toen MacDuff haar over Jock vertelde, had het haar moeite gekost de verhalen over zijn moorddadigheid te geloven. De dodelijke vibraties die Jock de laatste paar minuten had uitgestraald, lieten zich echter niet verkeerd interpreteren. Hij mocht dan even mooi zijn als Lucifer voor zijn val, hij was ook even gekweld en gevaarlijk.

Toch leed het geen enkele twijfel dat ze het nogmaals zou proberen. Hoewel Jock onstabiel was, was hij ook kwetsbaar. En hij had haar niets aangedaan. Hij was daar dicht bij in de buurt gekomen, maar die laatste stap had hij niet gezet. Wie wist hoeveel moeite hem dat had gekost? Reilly had verschrikkelijke dingen met zijn geest gedaan en die leidden nog altijd een sluimerend bestaan.

De angst verdween geleidelijk en toen ze de trap op liep, raakte ze opeens optimistisch gestemd. Ze had zichzelf voortgesleept en was bijna even bang van Grozak en Reilly geweest als Jock. Maar er kon verandering in de situatie worden gebracht. Eve en Joe zouden helpen, en ze had een beetje voortgang geboekt met Jock. Ze stonden niet stilletjes te wachten tot de ramp zich zou voltrekken.

Ze zou een douche nemen, gaan werken aan de achtergrond van de schets van Jock en daarna misschien naar Mario gaan.

'Ik ga naar de Run en ik wil dat jij daar ook bent.'

Toen hij haar had gevraagd daarheen te komen, had ze ontwijkend gereageerd. Waarom? Ze was trots op haar zelfvertrouwen en lef, maar sinds ze hier was gekomen was ze een doetje geweest. Het werd tijd dat ze zich normaal ging gedragen. Die beslissing gaf haar een opgewonden, tintelend gevoel. De herinnering aan Trevor die daar in het maanlicht had gestaan terwijl het briesje met zijn haar speelde – en aan de glimlach waardoor ze hem had vergeleken met een van die wilde, oude Schotten – maakte haar gespannen en stemde haar tegelijkertijd verwachtingsvol.

'Ik wil dat jij daar ook bent…'

14

'Ik vroeg me al af of je zou komen.' Trevor had op een van de grote stenen gezeten en ging nu staan. 'Eerlijk gezegd dacht ik dat je dat niet zou doen.'

'Het spande erom.' Jane liep verder naar hem toe. Hij had een spijkerbroek aan, en een donker sweatshirt dat in het maanlicht zwart leek. Hij zag er jonger uit, minder hard, kwetsbaarder.

Maar wanneer was hij ooit kwetsbaar? 'Het stond me niet aan dat je me niets over het aanbod van Reilly had verteld, en ik was behoorlijk in de war.'

'En dat ben je nu niet meer?'

'Alles wordt me geleidelijk duidelijker.' Ze keek naar de stenen rond de Run. 'Waarom wilde je hier vanavond naartoe?'

Hij glimlachte. 'Niet omdat ik gerustgesteld wilde worden.' Hij glimlachte. 'Wil je de waarheid horen? Deze plaats heeft zoveel sfeer. Je kunt Angus, Fiona en hun Schotse makkers bijna zien. Ik ben een manipulerende rotzak en ik kon zien dat jij op de vibraties hier reageerde. Als het om jou gaat, heb ik alle hulp nodig die ik kan krijgen.'

Ze kreeg dat warme, tintelende gevoel weer. 'Werkelijk?'

Zijn glimlach verdween terwijl hij aandachtig naar haar gezicht keek. 'Is dat dan niet zo?'

'Het is niets voor jou om op welk gebied dan ook onzeker te zijn.' Ze zette nog een stap dichter naar hem toe. 'En als het om wezenlijke zaken gaat stelt "sfeer" niets voor.'

Hij raakte gespannen. 'Wezenlijke zaken. Wat bedoel je daarmee?'

'Het leven kan heel kort zijn. Overal om je heen waart de dood rond en je weet nooit wanneer...' Ze keek hem recht aan. 'Ik ben niet van plan genoegens aan me voorbij te laten gaan omdat ik geloof dat het daar niet het juiste moment voor is. De enige juiste tijd die bestaat is de huidige.'

'De juiste tijd waarvoor?'

'Wil je dat ik het hardop zeg?' Ze liep nog dichter naar hem toe, tot ze vlak voor hem stond. Ze kon de hitte van zijn lichaam voelen en daardoor kreeg ze het nog warmer. 'Toen ik zeventien was, wilde ik met je naar bed. Jij was dom en nobel en liet me vier jaar lang gefrustreerd en met een leeg gevoel achter. Ik wil nog steeds met je naar bed, en dat zal ook gebeuren.' Ze drukte een hand tegen zijn borstkas. Hij rilde en ze kreeg een dronken makend gevoel van macht. 'Dat is toch zeker zo?'

'Ja.' Hij legde zijn hand op de hare en liet die toen langzaam over zijn borstkas glijden. 'Ik had al tegen je gezegd dat ik je niet meer zou wegsturen als je me aanraakte.'

Ze kon zijn steeds snellere hartslag onder haar handpalm voelen, en zelfs in haar eigen lichaam. Het leek wel alsof ze al één waren geworden. Ze leunde tegen hem aan tot hun beider handen tegen haar borstkas drukten. O god. Ze smolt. 'Waar?'

'Hier,' fluisterde hij terwijl zijn lippen zich in haar hals begroeven. 'Achter de stenen. Het kan me niets schelen.' Zijn tong voelde warm aan in het holletje van haar hals. 'Waar dan ook.'

Ze stond in brand. Ze wilde hem de harde aarde op sleuren, hem in zich trekken, zich bewegen, alles van hem nemen. Ze sloeg haar armen om zijn schouders. 'Hier,' fluisterde ze. 'Je hebt gelijk. Het doet er niet toe.'

Hij verstijfde en duwde haar een eindje van zich af. 'Ja, dat doet het wel.' Hij haalde moeizaam adem en zijn ogen glinsterden fel in zijn gespannen gezicht. 'Ik wil niet dat MacDuff of een van de mensen van de beveiliging over ons struikelt. Ik heb hier zo lang op gewacht dat tien minuten er nog wel bij kunnen. Ga terug naar je kamer. Ik kom zo meteen achter je aan.'

Ze stond daar en keek hem verbijsterd aan. 'Wat zeg je?'

'Blijf daar niet staan. Ik beloof je dat dit mijn laatste nobele daad zal zijn.' Hij perste zijn lippen even op elkaar. 'Als je van gedachten verandert en je deur op slot doet, zal ik die forceren.'

Ze kwam niet in beweging. Ze was er niet zeker van of ze nog tien minuten kon wachten, en ze wist dat ze dat ook niet zou hoeven te doen als ze hem weer aanraakte.

'Ik wil dit goed doen,' zei hij hard. 'Ga naar je kamer.'

O, wat deed het er ook toe? Ze moest hem maar gewoon zijn zin geven. Misschien had hij gelijk. Op dit moment stond haar lichaam het haar geest niet toe naar behoren te functioneren. Ze draaide zich om en liep snel over het pad om het kasteel.

Jock zag het licht in de kamer van Jane aangaan. Hij had haar nog maar even geleden het hek door en het kasteel in zien rennen, en hij had zich afgevraagd of hij achter haar aan moest gaan.

Toen had hij Trevor met grote passen over het binnenplein zien lopen, en waren al zijn zintuigen alert geraakt. Trevors gezichtsuitdrukking was gespannen en hard. Zou hij van plan zijn haar iets aan te doen? Jock pakte zijn garrot en liep het binnenplein op.

'Kom terug, Jock.'

Hij draaide zich om en zag de kasteelheer in de deuropening van de stal staan. 'Hij gaat haar iets aandoen.'

'Nee. En als hij iets met haar gaat doen, zal dat gebeuren omdat zij dat wil.' MacDuff glimlachte.

'Zijn gezicht…'

'Dat heb ik gezien, maar je interpreteert de uitdrukking erop verkeerd. Het leven draait niet altijd om dood en pijn. Kun je je dat niet herinneren?'

Daar dacht Jock even over na en toen knikte hij. 'Seks?'

'Inderdaad.'

Wild en met veel genoegen vrijen herinnerde Jock zich inderdaad. In het dorp met Megan en later, toen hij over de wereld rondzwierf, met andere meisjes.

En daarna met Kim Chan bij Reilly thuis.

De gedachte aan haar zette hij snel weer van zich af. 'En Jane wil het?'

'Jock, hij zal haar nergens toe dwingen.' Hij zweeg even. 'Vind je dat vervelend?'

'Niet als hij haar geen pijn doet.' Jock hield zijn hoofd scheef. 'Dacht u dat ik het erg zou vinden?'

'Ik vroeg het me alleen af, omdat jij duidelijk aan haar gehecht bent.'

'Ik… vind haar aardig.' Hij fronste zijn wenkbrauwen. 'Maar soms geeft ze me het gevoel… Het doet pijn. Ze blijft praten en porren, en dan wil ik haar knevelen.'

'Maar je wilt je garrot niet om haar hals slaan.'

Jock schudde zijn hoofd. 'Dat zou ik nooit doen. Maar zelfs toen ik was weggegaan, bleef ik horen wat ze heeft gezegd. Dat hoor ik nog steeds.'

'Misschien zegt je geest je dan dat het tijd is om te luisteren.'

'U wilt ook dat ik me alles herinner.'

'Wil je dat diep in je binnenste zelf ook niet?'

Vier acht twee. Vier acht twee.

Niet nu. Zet het van je af. Zet het van je af. De kasteelheer zou zijn lijden zien en erdoor van streek raken.

Maar de kasteelheer begreep het niet, dacht Jock triest. Hij begreep de ketenen en de pijn niet waartegen hij, Jock, elke nacht moest vechten, en hij wilde niet dat hij het wist. 'Ze zei... dat u niet zou wachten. Dat u zonder mijn hulp achter Reilly aan zou gaan.'

'Als dat moet wel, ja.'

'Doet u dat alstublieft niet,' fluisterde Jock.

MacDuff draaide zich om. 'Kom me helpen met de afwas. Ik heb werk te doen.'

'Reilly zal...'

'Tenzij je me kunt vertellen wat ik weten wil, wil ik niets meer over Reilly horen.'

Jock werd wanhopig toen hij MacDuff de stal in zag lopen. Herinneringen aan dood, schuld en pijn wervelden door zijn hoofd en trokken aan het web van littekenweefsel dat was ontstaan sinds MacDuff hem vanuit Colorado hierheen had meegenomen.

Vier acht twee. Vier acht twee.

Pijn. Pijn. Pijn.

Trevor stond in de deuropening van de slaapkamer van Jane. 'Je hebt je deur opengelaten.'

'Ik wilde geen misverstanden over mijn bedoelingen laten ontstaan.' Jane hoorde haar stem trillen en probeerde daar een eind aan te maken. 'Geen sloten. Geen dichte deuren. Kleed je uit en kom hierheen. Ik wil niet de enige zijn die naakt is, want dat geeft me het gevoel kwetsbaar te zijn.' Ze sloeg opeens de dekens terug. 'Ik bén kwetsbaar, en daar zal ik niet over liegen.'

'Geef me een minuut.' Hij deed de deur dicht en trok zijn sweatshirt uit. 'Nog niet eens.'

Zijn lichaam was even mooi als ze had geweten dat het zou zijn. Smal middel, sterke benen en brede schouders, waar ze haar nagels in wilde zetten. Ze wilde hem tekenen. Nee, geen sprake van. Op dit moment wilde ze maar één ding. 'Je bent te traag.'

'Zeg dat nog maar eens tegen me als ik eenmaal in bed lig.' Hij liep naar haar toe. 'Ik zal proberen het langzaam aan te doen, maar ik kan niets garanderen.'

Ze stak een hand naar hem uit en trok hem omlaag. 'Garanties wil ik niet.' Ze sloeg haar benen om hem heen en bracht haar onderlichaam omhoog toen ze hem voelde. 'Ik wil dat je...'

Hij drukte zijn lippen op de hare om haar kreet te smoren toen hij zich begon te bewegen. 'Dit? En dit?' Hij haalde moeizaam adem. 'Zeg het me. Ik wil dat je hiervan kunt genieten. Mijn god. Ik wil dat we hier allebei van kunnen genieten...'

Jane streek met haar lippen over Trevors schouder voordat ze dichter tegen hem aan kroop. 'Ben je moe? Ik wil het namelijk nog eens doen.'

'Moe?' Hij grinnikte. 'Twijfel je aan mijn doorzettingsvermogen? Ik geloof dat ik jou wel kan bijhouden.' Hij likte haar tepel. 'Nu?'

'Straks, als ik weer op adem ben gekomen.' Ze keek de duisternis in. 'Het was goed, hè?'

'Het was schitterend. Wild. Verbijsterend.'

'Ik was bang dat ik teleurgesteld zou zijn. Soms kun je je ergens zo op verheugen dat de werkelijkheid erdoor wordt verpest.'

'En had je je hierop verheugd?'

'Zeker' Ze kwam steunend op een elleboog overeind om naar hem te kunnen kijken. 'Ik heb geprobeerd dat niet te doen, maar als je een reep chocola wordt onthouden, is dat het enige wat je tot je wilt nemen. En nu ben ik bezig jou op te peuzelen.'

'Hmmm. Ik zal ervoor zorgen dat ik veel lekkerder ben dan een reep chocolade en je nooit genoeg van me krijgt.' Hij keek haar glimlachend aan. 'Waarop had je je precies verheugd?'

'De Kamasutra.'

'Christus! Wat een uitdaging!'

'Kun je die aan?'

'O ja' Hij kwam weer boven op haar liggen en zijn ogen glansden. 'Jij ook?'

Julius was niet degene die haar pad blokkeerde, zag Cira toen ze het eind van de tunnel naderde. Ze dankte de goden toen ze haar bediende Dominic zag.

'Dominic, wat doe je hier? Ik had tegen je gezegd dat je de stad

uit moest gaan.'

'Pia heeft me gestuurd.' Hij keek langs haar heen, zag Antonio en verstijfde. 'Wilt u hem dood hebben?'

'Cira, ik had al tegen je gezegd dat ik je niet heb verraden.' Antonio stond naast haar en trok zijn zwaard uit haar hand. 'Laten we nu maken dat we wegkomen.'

Dominic zette een stap richting Antonio. 'Hij heeft u ongelukkig gemaakt. Zal ik hem doden?'

Er weerklonk een laag gerommel en de vloer van de tunnel trilde.

'We moeten naar buiten,' zei Antonio. 'Ik zal ons niet allemaal laten sterven om Dominics bloeddorst te bevredigen.' Hij pakte de arm van Cira en trok haar mee naar de uitgang van de tunnel. 'Of de jouwe.'

Dominic zette nog een stap zijn kant op.

'Nee, het is in orde,' zei Cira terwijl ze aan een dag begonnen die meer op een nacht leek. Rook. Ze kon nauwelijks ademhalen. Vol afschuw bleef ze staan en staarde naar de als een vlammend zwaard brandende berg, met vingers van lava die langs de hellingen stroomden. 'Later, Dominic. We moeten naar de stad. Pia…'

'Daarom heeft zij me naar u toe gestuurd,' zei Dominic terwijl hij achter hen aan de heuvel af rende. 'Ze was bang dat Julius het een en ander over haar te weten was gekomen, en ze dacht dat iemand haar sinds gisteren volgde. Daarom moest ik u van haar gaan vertellen dat ze u bij het schip zou ontmoeten.'

'Welk schip?' vroeg Antonio.

'Het ligt iets verderop langs de kust afgemeerd,' zei Cira. 'Ik heb Demonidas betaald om ons mee te nemen.'

'Werkelijk?'

'Waarom verbaast je dat? Ik ben geen dwaas. Julius zal geen rust kennen zodra hij heeft ontdekt dat ik er niet meer ben. Ik moet zo ver mogelijk uit de buurt van Herculaneum komen.'

'Het verbaast me alleen dat je iemand zover hebt kunnen krijgen je te helpen. Julius is heel machtig.'

'Het is me gelukt, en Pia heeft me daarbij geholpen. Demonidas wacht op me.'

'Misschien,' zei Antonio, en hij keek naar de langs de hellingen van de vulkaan stromende lava. 'Het kan ook zijn dat hij is weg-gevaren zodra de uitbarsting een feit was.'

Dat was een van de dingen waarvoor Cira bang was geweest terwijl ze door de tunnel rende. 'Hij is hebzuchtig en ik heb hem pas de helft van het geld gegeven. Hij zal op me wachten. De lava lijkt niet die kant op te stromen. Die is regelrecht onderweg naar...' Vol afschuw zweeg ze. 'Naar de stad.' Over haar schou-der keek ze naar Dominic. 'Hoe lang geleden heeft Pia je hier-heen gestuurd?'

'Een uur.'

'En zij ging direct naar het schip?'

Dominic keek eveneens naar de lavastroom en knikte. 'Ik moest u zeggen dat ze daar op u zou wachten.'

Het leek alsof de vulkaan een eeuwigheid geleden tot uitbar-sting was gekomen, maar het moest veel korter geleden zijn ge-beurd. Pia was beslist de stad al uit.

'Moet ik het gaan controleren?' vroeg Dominic.

Hem die gloeiend hete val in sturen? Die dodelijke lava stroomde met de seconde sneller. Maar stel dat Pia...

Ze dwong zichzelf een andere kant op te kijken. 'Als iemand dat gaat doen, zal ik diegene zijn.'

'Nee!' zei Antonio. 'Dat zou gekkenwerk zijn. Je zou de rand van de stad niet eens kunnen bereiken voordat...'

'Jij hebt hier niets mee te maken.'

'Bij alle goden! Ik heb hier alles mee te maken.' Zijn gezichts-uitdrukking was grimmig. 'Wat heb ik je nu geprobeerd duidelijk te maken? Wil je dat ik achter die Pia aan ga? Ik ben gek genoeg om zelfs dát voor jou te doen.' Hij keek haar recht aan. 'Als je dat wilt, ga ik.'

Ze geloofde hem. Hij zou liever zelf gaan dan haar haar leven te laten riskeren.

De grond trilde opnieuw.

Ze wendde met moeite haar blik van Antonio af en vroeg aan Dominic: 'Is Leo bij haar?'

'Nee. Ik heb hem in opdracht van haar gisteravond al naar het schip gebracht. Hij is bij Demonidas.'

En Demonidas zou de jongen behandelen conform het hem

gegeven geld. Ze kon het risico niet nemen hem alleen en onbe-
schermd achter te laten. Ze moest aannemen – en bidden – dat
Pia de stad inderdaad had verlaten. 'Dan gaan we naar het
schip.' Ze keerde de stad haar rug toe en zette het op een rennen.
'Haast maken!'

'Ik heb twee paarden bij de voet van de heuvel achtergelaten.'
Antonio rende langs haar heen. 'Dominic?'

'Ik heb ook een paard voor haar meegenomen,' zei Dominic.
'Ik verwachtte niet dat jij zou terugkomen. Jij hebt…' Hij zweeg,
keek naar de berg en vloekte binnensmonds. 'Het komt deze kant
op.'

Hij had gelijk, besefte Cira.

Hoewel de grote stroom de kant van de stad op ging, was een
rivier van gesmolten lava onderweg naar de villa van Julius, en
dus naar hen.

'We hebben nog tijd om de paarden te bereiken.' Antonio pak-
te de hand van Cira steviger vast. 'We gaan naar het noorden, om
de lavastroom te ontwijken.'

Als dat zou lukken. Rook en lava leken hen vanaf alle kanten
aan te vallen en te verstrikken.

Natuurlijk zou het lukken, dacht Cira ongeduldig. Ze was niet
zo ver gekomen om nu te falen. 'Hou dan je mond en breng me
naar die paarden toe.'

'Dat probeer ik ook, veeleisend mens.' Antonio trok haar mee
naar een groepje bomen. 'Dominic, ga je paard halen en maak
dat andere dier los. Geef hem een klap op zijn achterste en stuur
hem naar het noorden.'

Dominic verdween de rook in.

Ze kon de paarden horen hinniken van angst.

Toen zette Antonio haar bliksemsnel op de rug van een van de
paarden en overhandigde haar de teugels. 'Jij moet voorop rij-
den. Ik kom vlak achter je aan.'

'Dat is niks voor jou.'

'Ik heb geen keus. Ik blijf dicht bij je in de buurt, want je zult
ongetwijfeld proberen mij kwijt te raken.' Hij keek haar recht
aan. 'Maar dat zal je niet lukken. Ik heb je een keer verlaten, en
daarna wist ik dat wat er tussen ons bestaat voor eeuwig is, Cira.'

Voor eeuwig. Hoop en vreugde voegden zich bij haar angst.
Ze zette het paard in galop. 'Woorden hebben weinig waarde. Je
zult het moeten bewijzen.'

Het was ongelooflijk, maar ze hoorde hem achter haar grinni-
ken. 'Alleen jij kunt een dergelijke voorwaarde stellen. Dat zullen
we later bespreken, maar nu moeten we deze hel uit.'

Een hel was het inderdaad. De toppen van de hoge bomen
langs de weg stonden door de vonken in brand. Ze keek naar de
lavastroom. Was die al dichter bij hen in de buurt? Ze moesten
nog minstens anderhalve kilometer afleggen voordat ze het pad
voorbij waren. Hopelijk zouden ze voor die tijd niet worden af-
gesneden...

Een brandende boom viel over de weg voor haar! Haar paard
krijste en steigerde, en ze voelde zich uit het zadel glijden...

'Antonio!'

Jane schoot overeind in bed en zei naar adem snakkend: 'Nee!'

'Rustig maar.' De geruststellende hand van Antonio rustte op
haar schouder. 'Rustig maar.'

Niet Antonio. Trevor. Niet tweeduizend jaar geleden. Hier.
Nu.

'Is alles goed?' Trevor trok haar omlaag, tegen zijn naakte lichaam aan. 'Je trilt van top tot teen.'

'Alles is in orde.' Ze streek met haar tong over haar droge lippen. 'Ik neem aan dat ik nare dromen had kunnen verwachten
nadat je me had verteld wat Reilly met me van plan was. Ik kan
me niets ergers voorstellen dan dat iemand in staat is je geest en je
wil te beheersen. Alleen al het denken eraan maakt me gek. Cira
was als slaaf geboren, en waarschijnlijk heb ik dat in verband gebracht met...'

'Kom tot bedaren. Haal een keer diep adem. Jij bent Cira niet
en Reilly zal je niet in handen krijgen.'

'Dat weet ik.' Ze zweeg even. 'Sorry.'

'Er is niets waarvoor je sorry hoeft te zeggen. Wat was het
voor een nachtmerrie?'

'Ik dacht dat alles goed zou gaan voor haar, en toen kwam de
boom...'

'Je doelt op Cira?'

'Op wie anders? Ze wil me maar niet met rust laten.' Ze keek walgend. 'Verdomme. Dat klinkt zo eigenaardig. Ik ben er nog steeds half van overtuigd dat ik ergens iets over haar moet hebben gelezen wat deze dromen veroorzaakt.'

'Maar niet meer dan half overtuigd.'

'Ik weet het niet.' Ze nestelde zich wat dichter tegen hem aan. 'Ze lijken zo werkelijk. Het lijkt alsof zich een verhaal aan het ontvouwen is. Alsof ze probeert me iets te vertellen.' Steunend op een elleboog kwam ze overeind. 'Je lacht me niet uit.'

'Dat zou ik niet durven.' Hij glimlachte. 'Anders zou de geest van Cira me nog wel eens met een bliksemschicht kunnen vellen.' Zijn glimlach verdween. 'Of jij zou kunnen besluiten me te verraden. Beide scenario's zouden een ramp voor me zijn.'

'Nu maak je een grapje,' zei ze onzeker, omdat zijn gezichtsuitdrukking merkwaardig, gespannen en humorloos was.

'O ja? Misschien.' Hij trok haar opnieuw omlaag en drukte zijn lippen in het haar bij haar slaap. 'Je zei dat het te vroeg was, en je hebt waarschijnlijk gelijk. Maar ik weet heel goed dat ik de kans wil hebben dat te achterhalen.' Hij sloeg zijn armen iets steviger om haar heen toen hij haar voelde verstijven. 'Oké. Ik zal je geen ongemakkelijk gevoel meer geven. God weet dat ik zelf al genoeg uit balans ben. Ik verwachtte een lekker nummertje met een vrouw die ik al jaren begeer, en ik had niet verwacht...' Hij maakte zijn zin niet af. 'Ik geloof dat verandering van onderwerp op zijn plaats is. Zou je me iets willen vertellen over die laatste droom over Cira?'

Ze aarzelde. Ze had niemand details over die dromen verteld, met uitzondering van Eve. Eve leek niet alleen haar andere ik te zijn, maar ze had ook haar eigen geheimen, die ze zelfs niet met Joe had gedeeld. Jane begreep dat instinctieve vermijden. Zij was even gesloten als Eve, en het was moeilijk iemand iets te vertellen over dromen die helemaal geen dromen leken te zijn.

'Ik zal het begrijpen als je er niet over wilt praten,' zei Trevor rustig. 'Maar ik wil wel dat je weet dat ik zal geloven wat jij gelooft. Ik vertrouw jouw instincten en jouw beoordelingsvermogen, en de rest kan barsten.'

Ze zweeg nog even en zei toen aarzelend: 'Ik weet niet wat ik moet geloven. Cira is de tunnel uit. Antonio is bij haar, en Dominic ook. Ze zijn onderweg naar een schip dat langs de kust ligt afgemeerd. Cira had Demonidas betaald om haar mee te nemen, ver van Herculaneum vandaan.'

'Demonidas?'

'Hij is hebzuchtig. Ze gelooft dat hij op haar zal wachten, ondanks het feit...' Ze schudde haar hoofd. 'Ondanks het feit dat het eind van hun wereld nabij is. Antonio is daar niet zo zeker van.' Ze staarde de duisternis in. 'Overal om hen heen is vuur. De cipressen langs de weg staan allemaal in brand. Een ervan viel recht voor Cira over de weg, en ze gleed het zadel uit. Ze riep om Antonio...' Ze deed haar ogen dicht. 'Het klinkt als iets uit *De gevaren van Pauline*, nietwaar? Gelukkig waren er toen geen spoorbanen. Daar zou ik Cira anders waarschijnlijk op vastgebonden hebben gezien terwijl er een locomotief haar kant op denderde.'

'Cira lijkt daar ook wel weg mee te weten,' zei Trevor. 'Demonidas...'

Ze deed haar ogen open en keek hem aan. 'Waar denk je aan?'

'Jij bent niet in staat geweest een verwijzing naar Cira te vinden die je onder ogen kan hebben gehad voordat je over haar ging dromen. Demonidas is een nieuwe speler. Het kan zijn dat hij een bekende koopman en handelaar was. Misschien kunnen we Cira via hem opsporen.'

We. Dat gaf haar een heel warm gevoel vanbinnen. 'Als hij echt heeft bestaan.'

'Niet zo pessimistisch. Hij heeft bestaan tot het tegendeel is bewezen. Ik zal morgen kijken of ik ergens een verwijzing naar hem kan vinden.'

'Dat is mijn taak.'

'Dan zullen we het samen doen. Er zijn voldoende wegen om samen te verkennen.'

'Het zijn er te veel en we hebben de tijd niet om dat te doen. Niet terwijl Reilly en Grozak...'

'We hebben nog wel een beetje tijd, en het zou belangrijk kunnen zijn. Is het waarschijnlijk dat Cira zónder het goud voor Julius op de loop zou gaan?'

Ze verstijfde. 'Nee.'

'Zou het dan niet logisch zijn om aan te nemen dat het goud aan boord van dat schip was?'

'Ja. Mijn hemel, je praat alsof ene Demonidas echt heeft bestaan.'

'Jij zei dat je alles half geloofde, en daar zal ik van uitgaan. Kun je de naam Demonidas in het verleden ooit zijn tegengekomen en daar een fantasie omheen hebben geweven? Dat is mogelijk. Maar waarom zouden we dat niet nagaan? Kwaad kan het niet.'

'Het kan tijdverspilling zijn, en we hebben geen tijd.'

'Ik heb al tegen je gezegd dat ik zal geloven wat jij gelooft, en ik heb het idee dat jij meer gelooft in Cira, Antonio en Demonidas dan je bereid bent toe te geven. Je vertrouwt me alleen nog niet voldoende.'

'Ik... vertrouw je wel.'

Hij lachte. 'Dat was een tamelijk lauwe reactie.' Hij ging boven op haar liggen. 'Dat is niet erg, want op andere gebieden reageer je heel enthousiast. Ik zal alleen hard moeten werken voor een belangrijke doorbraak.' Hij duwde haar dijbenen uit elkaar en fluisterde: 'Maar er zijn allerlei soorten doorbraken, en ik denk dat we nu een heel interessante kunnen realiseren.'

Ze kreeg het weer heet terwijl ze naar hem keek. Hij besefte niet dat hij vannacht al een doorbraak had verwezenlijkt. Niet de seksuele, die haar volslagen had overrompeld. Ze had hem toegestaan de hindernissen naar haar geest te nemen, het deel van haar te bereiken dat ze niemand ooit had toevertrouwd. Ze had het gevoel een deel van hem te zijn en het feit dat ze seksueel zo goed bij elkaar pasten verbleekte daarmee vergeleken bijna.

Bijna. Wat een rare gedachte. Seks met Trevor had niets bleeks. Het was onthutsend. Ze trok hem dichter tegen zich aan. 'Ik ben helemaal in voor doorbraken.' Ze probeerde haar stem niet te laten trillen. 'Laat maar wat zien...'

'Wat doe je daarbuiten?' Joe liep de veranda op en ging naast Eve zitten. 'Het is bijna drie uur 's nachts. Maak je je zorgen?'

'Natuurlijk doe ik dat.' Ze leunde tegen hem aan toen hij een arm om haar schouders sloeg. 'En ik ben doodsbang. Ook niet zo verwonderlijk. Alle politici ruziën nog over de verantwoordelijkheid voor 11 september. Ik ben bang dat we niet genoeg kunnen doen om die krankzinnige Grozak een halt toe te roepen.'

'We doen wat we kunnen. Heeft John Logan teruggebeld?'

Ze knikte. 'Hij vliegt naar Washington om met de hoogste bazen van de Binnenlandse Veiligheidsdienst te praten. Vanwege zijn bijdragen aan de verkiezingscampagnes van diverse congresleden zullen die lui op zijn minst naar hem moeten luisteren. Hij zei dat hij in elk geval kon beloven dat ze de waarschuwing krachtiger zullen verwoorden. Morgen belt hij me terug.'

'Ik heb contact gehad met de directeur van de FBI. Hij hield zich behoorlijk op de vlakte, maar ik heb hem meegedeeld dat ik alle media zou inschakelen als hij niet ging praten met de CIA. Dus hou op met tobben, Eve.'

'Ik zit niet te tobben. Ik probeer – zonder succes overigens – het nemen van een pijnlijke beslissing te vermijden. Ik denk niet dat ik er op de een of andere manier omheen kan.'

'Waarover heb je het in vredesnaam?'

'Dat we alles moeten doen wat we kunnen. Ik blijf mezelf voorhouden dat er waarschijnlijk geen verband is, maar het risico dat het wél zo is kan ik niet nemen.' Ze keek op haar horloge. 'In Schotland is het nu acht uur, dus zal ik Jane niet uit haar slaap halen als ik haar nu bel.' Ze ging staan. 'Ik ga een pot koffie zetten. Ga mee naar binnen. Dan zullen we praten.'

'Dat was Eve.' Jane legde langzaam de hoorn op de haak. 'Ze wil me vanavond nog in Napels treffen.'

'Wat zeg je?' Trevor leunde achterover in zijn stoel. 'Geen sprake van.'

Ze schudde haar hoofd. 'Ik moet erheen. Eve vraagt me nooit wat, maar nu is ze met dit verzoek gekomen.'

'Waarom?'

'Dat weet ik niet. Ze zei alleen dat het belangrijk voor haar was. Ze zal me op het vliegveld opwachten. Haar toestel landt even na zessen.' Ze fronste haar wenkbrauwen. 'Ik maak me zorgen. Eve klonk...'

'Ik ga met je mee.'

Ze schudde haar hoofd. 'Nee. Ze zei dat ik alleen moest komen.'

'Geen sprake van. Ze zou niet willen dat je naar Napels kwam als ze wist dat daar een risico aan verbonden was. Zal Quinn daar ook zijn?'

'Nee.' Ze stak een hand op om het protest dat zeker zou komen in de kiem te smoren. 'Ze zei dat het oké was als je iemand met me mee wilde sturen die me kon beveiligen. Ze wilde alleen niet dat iemand zich ermee ging bemoeien.'

'Ik zal me er niet mee bemoeien.'

Ze keek hem sceptisch aan.

'Oké. Ik zal proberen dat niet te doen.' Hij schudde zijn hoofd. 'Ik heb je zonder mij naar Luzern laten gaan, maar deze keer zal ik je niet in je eentje laten vertrekken. Ik zal op de achtergrond blijven en fungeren als chauffeur en lijfwacht. Je kunt me negeren.'

'Dat is niet gemakkelijk. Hoe zit het met Brenner?'

'Hij heeft niets kunnen ontdekken over de vader van Mario, en ik heb hem teruggestuurd naar Colorado.' Hij perste even zijn lippen op elkaar. 'Ik ga met je mee, Jane.'

Gefrustreerd keek ze hem aan. 'Maar Eve wil je daar niet hebben.'

'Dan zal ze mijn aanwezigheid met een grimmig grijnsje moeten verdragen.' Hij pakte zijn telefoon. 'Ik ga een helikopter regelen, en dan zal ik Venable bellen om ervoor te zorgen dat zijn mensen niet overal op het vliegveld van Napels rondkruipen.'

Ze was Venable en de afluisterapparatuur even helemaal vergeten. Maar Trevor was altijd nog beter dan de CIA, en ze moest toegeven dat ze zich prettiger zou voelen als hij bij haar was. 'Maak jezelf dan wel onzichtbaar. Ik ga Mario vertellen dat we weggaan, en daarna haal ik mijn reistas en mijn paspoort.'

MacDuff stond op het binnenplein toen de helikopter een uur later landde. 'Gaan jullie weg?'

Ze knikte. 'Naar Napels. Vanavond of morgen zijn we weer terug. Hoe is het met Jock?'

'Die is stilletjes. Heel erg stilletjes. Bijna volledig teruggetrokken.' Hij fronste zijn wenkbrauwen. 'En hij heeft de afgelopen nacht een nachtmerrie gehad. Ik had gehoopt dat die voorbij waren.'

'Mijn schuld?'

'Misschien. Of de mijne. Wie zal het zeggen?' Hij keek naar Trevor, die het kasteel uit kwam. 'Maar altijd die van Reilly. Waarom Napels?'

'Eve wil me daar hebben.'

'Eve Duncan.' Hij fronste opnieuw zijn wenkbrauwen. 'Waarom komt ze niet hierheen?'

'Dat zal ik je vertellen zodra ik het weet.' Ze liep naar de helikopter. 'Zeg tegen Jock dat ik later weer met hem zal praten en dat ik...' Ze wist niet zeker wat ze hem wilde laten weten. Het speet haar niet dat ze mogelijk oude wonden had opengereten, omdat dat noodzakelijk was. Ze had alleen spijt van de pijn die ze daarmee had veroorzaakt. 'Tot ziens, MacDuff. Pas goed op hem.'

'Dat hoef je niet tegen mij te zeggen.'

Ze glimlachte. 'Dat weet ik.' Ze herhaalde de zin die hij over zijn lippen had laten komen. 'Hij is een van de jouwen.'

'Inderdaad.' Hij draaide zich om. 'Een van de mijnen.'

Eve gaf Jane een knuffel toen ze de douane door was en zond Trevor toen een koele blik. 'Wat doe jij hier?'

'Wat denk je? Een paar dagen geleden heb ik een man onthoofd zien worden, en ik wilde het leven van Jane niet riskeren.' Hij pakte haar reistas. 'Maar ik heb haar beloofd dat ik jullie niet voor de voeten zal lopen. Dat ik zal versmelten met de achtergrond. Tenzij jullie me nodig hebben.'

'Dat moet pijn hebben gedaan,' merkte Eve droog op.

'Inderdaad.' Hij gaf Eve een sleutelbos, draaide zich om en liep naar de uitgang. 'Je huurauto staat voor de deur geparkeerd, en ik zal jullie volgen in een andere huurauto. Of kunnen jullie alles hier op het vliegveld afhandelen?'

Eve schudde haar hoofd.

'Dat dacht ik al, want in dat geval had je haar niet naar Italië laten komen. Omdat dit vliegveld het dichtst bij Herculaneum ligt, neem ik aan dat je daarheen wilt?'

'Veronderstellingen kloppen zelden,' zei Eve terwijl ze achter hem aan liep. 'Dat is een van de redenen waarom ik jou hier niet wilde zien. Jouw geest is altijd actief. Ik wilde niet dat jij me voor de voeten liep, en precies dat probeer je nu alweer.' Ze draaide zich naar Jane toe. 'Hoe is het met jou?'

'Hoe denk je? Ik ben bang. Ik ben in de war. Ik hou niet van onzekerheden. Waarom zijn we hier, Eve?'

'Omdat ik mijn mond niet langer kon houden.' Ze gaf Jane een duwtje in de richting van de door Trevor aangewezen huurauto. 'En ik ben er altijd beter in geweest iets duidelijk te maken door het te laten zien.'

15

Museo di Storia Naturale di Napoli

'Een museum voor natuurlijke historie?' Jane keek naar het bescheiden stenen gebouw aan een al even bescheiden straat. 'Eve, wat zijn we verdomme…'

'Denk eens even na.' Eve zette de motor af. 'Jij bent hier nooit geweest, maar vier jaar geleden heeft Trevor Signor Toriza, de directeur van dit museum, ertoe overgehaald hem een gunst te verlenen.'

Jane staarde haar geschokt aan. 'De schedel.'

'Ja. De schedel. We moesten een schedel hebben om die moordende maniak in de val te lokken, en Trevor heeft die van dit museum geleend. Ik moest een reconstructie maken en ervoor zorgen dat het resultaat op het beeld van Cira leek. Het druiste volledig tegen mijn principes in, maar toch heb ik het gedaan. We moesten Aldo te grazen nemen voordat hij jou vermoordde. We gaven die reconstructie de naam Giulia, en ik zorgde ervoor dat zij sprekend op Cira leek. Toen we haar niet langer nodig hadden, heb ik mijn belofte aan het museum ingelost om een échte reconstructie te maken.' Ze stapte uit. 'Kom mee. Die gaan we bekijken.'

241

'Maar ik heb die reconstructie al gezien,' zei Jane terwijl ze achter Eve aan de vier treden naar de hoofdingang op liep. 'In de kranten hebben van beide reconstructies foto's gestaan. Je hebt fantastisch werk afgeleverd met een schedel die zo weinig op het borstbeeld van Cira leek.'

'Fantastisch werk heb ik inderdaad afgeleverd, maar jij hebt de tweede reconstructie nog nooit met eigen ogen gezien.' Ze maakte de deur open. 'Daarom zijn we hier.' Ze knikte naar de kleine, kalende en goed geklede man die snel naar hem toe liep. 'Een goede avond, Signor Toriza. Heel vriendelijk van u om het museum voor mij open te houden.'

'Dat heb ik graag gedaan. U weet dat u alleen maar hoeft te bellen als u mijn hulp nodig hebt. We zijn u heel erg dankbaar.'

'Nee, ik ben degene die dankbaar is. Staat het klaar?'

Hij knikte. 'Zal ik met u meegaan?'

'Nee, dank u. Als u hier zou willen wachten... We zullen proberen het kort te houden.' Met grote passen liep Eve de gang door en draaide rechtsom een grote zaal in. Overal glazen vitrines. Oude artefacten, zwaarden, brokken steen en een vitrinekast die geheel aan reconstructies was gewijd.

Jane schudde haar hoofd. 'Ik had geen idee dat zo'n klein museum zo'n grote verzameling reconstructies zou hebben. Het moeten er acht of...'

'Het zijn er elf,' zei Eve, haar onderbrekend. 'Daardoor blijft het geld van de toeristen binnenstromen, en dat hebben ze heel hard nodig om deze luchtdichte vitrines te kopen die absoluut noodzakelijk zijn om te skeletten te conserveren. Door het gebrek daaraan gaan in Egypte zoveel artefacten en skeletten verloren. Dit museum is in het bezit van een aantal skeletten die zijn gevonden in de haven van Herculaneum, maar reconstructies van de schedels geven iedereen een beter beeld.' Ze liep verder. 'Dit is Giulia.'

'Ze ziet er net zo uit als op de foto's.' Jane keek verbaasd naar de reconstructie. Het meisje moest een jaar of vijftien zijn geweest. Ze had vrij regelmatige gelaatstrekken, met uitzondering van een ietwat brede, platte neus. Geen alledaags meisje, maar zeker ook geen schoonheid. 'Wat wil je dat ik zie?'

'Schuld.' Eve draaide zich om en liep naar een deur achter in de zaal. 'Kom mee. Ik wil dit achter de rug hebben.'

Jane liep langzaam achter haar aan. Schuld?

Eve smeet de deur open en zette een stap opzij om Jane te laten voorgaan. 'Goed. Toriza heeft de lichten al aangedaan. Dit is het atelier van het museum, waarmee ik de laatste paar jaren heel vertrouwd ben geworden.' Ze wees op de reconstructie in een doorschijnende, vierkante kist die midden op de werktafel stond. 'Giulia.'

'Maar de reconstructie in die zaal is Giulia. Hoe kan... O, mijn god.' Ze draaide zich bliksemsnel naar Eve om. 'Cira?'

'Dat weet ik niet.' Eve deed de deur dicht, leunde ertegen en keek naar de reconstructie. 'Ze lijkt op haar, maar als dit Cira is, was ze niet zo'n schoonheid als iedereen beweerde. De gelaatstrekken zijn grover dan die van het beeld, en volgens Toriza vertoont haar skelet tekenen van jaren hard werken. Mogelijk het torsen van zware lasten.'

'Cira was als slaaf geboren.' Jane kon haar blik niet van de reconstructie afwenden. 'Ik neem aan dat het zou kunnen dat...' Ze schudde haar hoofd. 'Dat is Cira niet.'

'En het is puur toeval dat de gelaatstrekken op het eerste gezicht zoveel op elkaar lijken?'

Jane schudde nu verward haar hoofd. 'Ik weet het niet. Ik zou niet denken dat dat...' Ze liet zich in de stoel bij de werktafel zakken. 'Maar dit is niet de Cira met wie ik de afgelopen vier jaar heb geleefd. Je hebt... me onderuit gehaald.'

'En wat is je eerste reactie?'

'Dat ik antwoorden op...'

'Ik dacht al wel dat je dat zou zeggen,' onderbrak Eve haar vermoeid. 'In eerste instantie dacht ik dat ik een eind zou kunnen maken aan die obsessie van jou met Cira als ik de reconstructie gewoon liet zoals die was op de avond dat we uit Herculaneum vertrokken. Als je dacht dat de zoektocht voorbij was en ze in die haven was gestorven, was het mogelijk dat je niet meer zou proberen meer over haar en het goud dat Julius haar had gegeven te weten te komen.' Ze keek naar het gezicht. 'De gelijkenis was er, maar er was geen sprake van een sprekende gelijkenis. Ik wist dat deze reconstructie je zou aansporen door te gaan met zoeken naar antwoorden op je vragen. Dat ik je dan een ander lokaas zou geven om die ellendige tunnel van Cira in te gaan.'

'Je hebt tegen me gelogen?' Jane kon haar oren niet geloven. 'Je bent de allereerlijkste vrouw die ik ooit heb ontmoet. Je liegt nooit.'

'Die avond heb ik wel gelogen. Ik heb alles wat op Cira leek verwijderd en een andere reconstructie gemaakt. Die leugen heb ik teruggestuurd naar het museum.'

'Waarom?' fluisterde Jane. 'Daarmee heb je je professionele ethiek geschonden.'

'Het was verdomme een schedel die tweeduizend jaar oud was.' Eve probeerde haar stem niet te laten trillen. 'Jij was zeventien en het volgende jaar zou je gaan studeren. Je had net een af-schuwelijke ervaring achter de rug met een maniak die je gezicht wilde villen. Je had nachtmerries over Cira. Je was moe en in de war, en het enige wat je nodig had was Herculaneum achter je te laten en weer de oude te worden.'

'Je had niet tegen me moeten liegen.'

'Misschien niet. Waarschijnlijk niet. Maar ik heb die keus ge-maakt. Ik wilde je de kans geven Cira en alles wat ons in Hercu-laneum was overkomen te vergeten.'

'Zonder mij een keus te laten. Hoewel ik pas zeventien was, was ik geen kind meer, Eve.'

Eve rilde. 'Het is altijd mijn bedoeling geweest het je later te vertellen. Nadat je de kans had gekregen Cira te vergeten. Maar je vergat haar niet. Je bleef voor opgravingswerkzaamheden naar Herculaneum gaan. Ook toen je was gaan studeren aan de uni-versiteit.'

'Waarom heb je het me dan toen niet verteld?'

'Een leugen gaat zweren. We waren altijd volkomen eerlijk te-genover elkaar geweest. Jij vertrouwde me, en ik wilde dat ver-trouwen wanhopig graag behouden. Toen verscheen Grozak op het toneel en vertelde jij me dat het goud van Cira een manier kon zijn om te voorkomen dat Grozak zou krijgen wat hij nodig had.'

'Wat heeft dat hiermee te maken?'

'Je hebt in de zaal niet gekeken naar de vitrinekast met de arte-facten.'

'Ik heb de reconstructies gezien.'

'En die trekken zoveel aandacht dat de meeste mensen nergens anders naar kijken. In de haven is een kleine buidel met gouden munten gevonden, in de buurt van het skelet van Giulia. Maar nadat ze haar hadden onderzocht en tot de ontdekking waren gekomen dat ze waarschijnlijk een arbeidster was geweest, kwamen ze tot de conclusie dat die munten het eigendom moesten zijn geweest van een van de andere slachtoffers uit de menigte die naar de zee vluchtte.'

'Mijn god.' Ze keek weer naar de reconstructie. 'Dus het kan Cira zijn geweest.' Nee, dat klopte niet. Dat was Cira niet. Dat kon ze voelen.

'Toriza kan gelijk hebben gehad toen hij stelde dat het goud niet van haar was, maar ik moest je hierover vertellen omdat ik niet wilde dat jij in de tunnel van Julius of het theater van Cira ging zoeken terwijl het ergens in de buurt van de haven begraven kon zijn.'

'Hoe ben je dat van die buidel te weten gekomen?'

'Signor Toriza en ik zijn gedurende de afgelopen vier jaar heel goede vrienden geworden. Je zou kunnen zeggen dat we elkaar wederzijds gunsten bewijzen.' Haar lippen plooiden zich tot een vreugdeloze glimlach. 'Ik kon niet echt met die leugen leven. Ik moest die voor het museum rechtzetten.' Ze knikte naar de reconstructie. 'En ik moest het voor haar goedmaken. Ik had van haar iemand gemaakt die ze niet was, en dat was niet eerlijk. Ik moest proberen haar naar huis te brengen. Dus ben ik in de zomer nadat we Herculaneum hadden verlaten weer hierheen gevlogen om met Toriza te praten. We hebben toen een deal gesloten. Ik mocht de reconstructie van Giulia opnieuw maken, en hij beloofde die pas aan het publiek te laten zien als ik daar toestemming voor had gegeven.'

'En de reconstructie in de zaal?'

'Geen schedel, maar een buste die ik identiek heb gemaakt aan de reconstructie die we aan het vervangen waren. Na alle publiciteit konden we haar niet gewoon laten verdwijnen. Ze moest worden tentoongesteld.'

'Het verbaast me dat Signor Toriza bereid was die reconstructie achter te houden en zo een compromis te sluiten met zijn principes.'

'Ik heb hem er goed voor betaald.' Eve haalde haar schouders op. 'Niet met geld, wel met zweet op mijn voorhoofd. Ik heb al tegen je gezegd dat we een deal hadden gesloten.'

'Wat voor een deal?'

'Om de zoveel maanden stuurt hij me een van zijn schedels voor een reconstructie. De laatste jaren heeft hij een van de beste verzamelingen van reconstructies uit de oudheid ter wereld verkregen.'

'Hoe heb je dat voor elkaar gekregen? Je komt altijd al om in het werk.'

'Ik heb gelogen. Ik heb het gelag betaald.' Ze keek Jane recht aan. 'En ik zou het weer doen, want er bestond altijd een kans dat jij Cira zou vergeten als ik geen olie op het vuur gooide, en zou doorgaan met je leven. Dat was een paar nachten doorwerken voor Toriza me waard.'

'Meer dan een paar. Elf. Wist Joe het?'

Eve schudde haar hoofd. 'Mijn leugen. De prijs die ik ervoor moest betalen.' Ze zweeg even. 'Wat voel je nu? Ben je boos op me?'

Jane wist niet wat ze voelde. Ze was te verbaasd om haar emoties te kunnen analyseren. 'Niet... boos. Maar je had het niet moeten doen, Eve.'

'Misschien had ik een andere beslissing genomen als ik niet zo moe en bezorgd was geweest. Nee. Ik zal geen excuses voor mezelf gaan verzinnen. Ik heb je vier jaar de tijd gegeven om je van een obsessie te ontdoen en een normaal leven te leiden. Weet jij hoe kostbaar dat is? Ik wel. Ik heb nooit een normaal leven gehad, en dat geschenk wilde ik je geven.' Ze zweeg opnieuw even. 'Ik besef dat je altijd hebt gedacht dat je wat mij betrof na Bonnie op de tweede plaats kwam.'

'Ik heb je al gezegd dat dat voor mij niet belangrijk was.'

'Het is wel belangrijk. Je kwam niet op de tweede plaats. Je was anders. Voor jou heb ik gelogen, mijn professionele ethiek geschonden en me een rotje gewerkt. Misschien zal dat duidelijk maken hoeveel ik om je geef.' Ze haalde vermoeid haar schouders op. 'Maar misschien ook niet.' Ze draaide zich om en maakte de deur open. 'Kom mee. Toriza wacht om het museum te kunnen afsluiten.'

'Eve.'

Eve keek om naar Jane.

'Je had het niet moeten doen.' Ze streek met haar tong over haar lippen. 'Maar dat verandert niets aan wat ik voor jou voel. Niets zou dat kúnnen veranderen.' Ze ging staan, liep het atelier door en bleef recht voor Eve staan. 'Ik kan op geen enkele manier weten wat ik onder dezelfde omstandigheden zou hebben gedaan.' Ze probeerde te glimlachen. 'We lijken zoveel op elkaar.'

'Niet echt.' Eve stak een hand uit en streelde zacht haar wang. 'Maar wel voldoende om me trots en tevreden te stemmen. Vanaf het moment dat je bij ons bent gekomen heb je een soort... licht over mij en Joe laten schijnen. Ik kon het idee dat dat licht minder fel zou worden gewoon niet verdragen.'

Jane voelde tranen in haar ogen branden terwijl ze haar armen om Eve heen sloeg. 'Wat kan ik daar nu in vredesnaam op zeggen?' Ze gaf Eve een snelle knuffel en zette toen een stap naar achteren. 'Oké. Laten we gaan. Mag ik het Trevor vertellen?'

'Waarom niet? Die bedenkt op dit moment naar alle waarschijnlijkheid toch al allerlei scenario's.' Ze wilde de deur dichtdoen. 'En dan kan hij maar beter weten welke het juiste is.'

'Wacht.' Jane keek nog een laatste keer naar de reconstructie op de werktafel. 'Ze lijkt op Cira, maar niet voldoende. Er zijn heel veel beelden van Cira gemaakt, en die zijn geen van alle zo... grof. Ze zou...' Jane draaide zich naar Eve toe. 'In jouw werk moeten de maten precies kloppen. Is het mogelijk dat je een vergissing hebt begaan?'

'Dacht je dat ik niet wilde dat dit Cira was? Als de overeenkomsten met de beelden sluitend waren geweest, zou alles daarmee zijn opgelost. Dan zou jij ervan overtuigd zijn geweest dat je haar eindelijk had gevonden en was de kous afgedaan. Ik ben heel zorgvuldig te werk gegaan. Ik heb de reconstructie drie keer opnieuw gemaakt, en elke keer was dit het resultaat.' Ze zweeg even. 'Heb je gedacht aan de mogelijkheid dat de beeldhouwers haar mooier hebben gemaakt dan ze in werkelijkheid was?'

'Ik neem aan dat dat...' Ze schudde haar hoofd. 'Het is niet...'

Ze liep de zaal in en liet Eve de deur van het atelier sluiten. 'Het voelt niet juist aan.'

'Maar jij hebt al zo lang een bepaald beeld van Cira in je hoofd dat elke verandering fout zou lijken. Is dat niet zo?'

Jane knikte langzaam. 'Ik ben nu te moe om te bepalen wat echt en wat fantasie is.' Ze liep de zaal door. 'Misschien berust alles op fantasie, behalve het goud dan. Dat bestaat echt en daar moet ik me op concentreren.'

'Om die reden heb ik je gevraagd hierheen te komen,' zei Eve zacht.

'Er is in de haven niet nog meer goud gevonden?'

'In elk geval niet bij de skeletten van deze slachtoffers.'

'Ik doel op een kist die in een van de huizen in de buurt was verstopt.'

Eve schudde haar hoofd. 'Maar een groot deel van Herculaneum bevindt zich nog steeds onder die steenlaag. Ik hoopte je alleen een beginpunt te geven, of een andere plaats om te zoeken.'

'Dank je. Ik weet dat je dat wilde.' Jane zuchtte. 'Ik hoop alleen dat het goud niet onder die gestolde lava begraven is.'

'Je moet het feit onder ogen zien dat dat heel goed mogelijk is.'

'Dat zal ik verdomme niet doen. Als dat Cira was, probeerde ze misschien het goud de stad uit te krijgen. Misschien is haar dat ook daadwerkelijk gelukt.' Ze balde haar handen tot vuisten. 'Maar zij is het niet. Dat wéét ik.'

'Dat weet je niet, en het goud is zo belangrijk om die klootzakken een halt toe te roepen dat we niet op ons instinct mogen gokken.' Eve liep naar de andere deur. 'Het bestaan van dat goud is nooit zeker geweest, al wou ik dat dat wel zo was. Maar we kunnen beter op zoek gaan naar een andere oplossing die we uit onze hoed kunnen toveren.'

'De haven,' mompelde Trevor terwijl ze het vliegtuig van Eve zagen opstijgen. 'Zelfs als het daar echt is, zal het verdomd moeilijk te vinden zijn. We zouden veel meer mazzel hebben als het nog in de tunnel van Julius is.'

'Maar we weten dat ze probeerde dat goud de tunnel uit te krijgen, en misschien is haar dat gelukt.'

'Waarna ze het heeft meegenomen naar de haven? Misschien was dat alleen een poging om te ontsnappen. Misschien heeft ze die buidel gepakt op de plaats waar ze die had verborgen en is ze naar de zee gerend.'

'Wat deed ze dan bij de haven? Julius liet haar in de gaten houden en het zou niet veilig voor haar zijn geweest om...'

'Je praat alsof dat Cira was.' Hij zweeg even. 'Je moet toegeven dat die kans behoorlijk groot is. Eve had gelijk. Die beelden kunnen het doel hebben gehad om haar te flatteren, of tegemoet te komen aan de smaak van Julius op het gebied van vrouwen.'

'Dat geef ik toe.' Haar mond verstrakte. 'Iets anders kan ik niet doen.' Ze draaide zich om en liep naar het terrein waar de privévliegtuigen stonden. 'Tot Mario die tekst heeft ontcijferd en we weten wat Cira te melden had. Stel dat er geen concrete verwijzing in staat over de plaats waar ze het goud heeft verborgen of wilde verbergen? Eve heeft gelijk. Op dat goud kunnen we niet vast rekenen. De kans dat we het zullen vinden is kleiner dan ooit, en dat maakt me doodsbang. Laten we nu maar teruggaan naar de Run.'

'Ik heb met Bartlett gesproken. Hij zei dat zich daar niets bijzonders had voorgedaan. Dus hebben we geen grote haast om terug te gaan.'

'Elke minuut is op dit moment kostbaar, en elke mogelijkheid is belangrijk.' Ze keek om. Het toestel van Eve was inmiddels achter de wolken verdwenen. 'Dat heeft Eve beseft, want anders was ze niet hierheen gevlogen. Het was niet gemakkelijk voor haar.'

'Het verbaast me dat je niet woest op haar bent. Ze heeft tegen je gelogen.'

'Dat heeft ze gedaan omdat ze om me geeft, en hoe had ik boos op haar kunnen zijn terwijl ze zichzelf al zoveel kwalijk neemt? Bovendien hou ik van haar. Daar komt het in wezen op neer. Ik zal haar altijd alles vergeven wat ze doet.'

'Dat is een behoorlijk indrukwekkend statement.' Hij maakte de deur open. 'Ik vraag me af wat ervoor nodig is zoiets over mij te horen.'

'Jaren van vertrouwen, van geven en nemen, van weten dat ze

er voor me zou zijn, wat er ook gebeurde.' Ze keek hem aan. 'Heb jij ooit zo iemand in je leven gehad?'

Hij zweeg even. 'Mijn vader. We waren... vrienden. Als kind wilde ik niets anders dan op onze boerderij wonen, de velden bewerken en precies zo zijn als hij.'

'Een boer? Dat kan ik me niet voorstellen.'

'Ik hield ervan dingen te zien groeien. Ik denk dat dat voor alle kinderen opgaat.'

'Maar nu is dat veranderd?'

Hij knikte. 'Je stopt je hart en je ziel in de aarde, en die kan binnen een seconde worden verwoest.'

Ze keek hem nu recht aan. De zin was bijna nonchalant uitgesproken, maar zijn gezichtsuitdrukking was gesloten. 'Is dat gebeurd?' Snel ging ze door. 'Geef maar geen antwoord op die vraag. Het zijn mijn zaken niet.'

'Ik vind het niet erg om erover te praten. Het is al zo lang geleden.' Hij versnelde zijn pas. 'Er was een plaatselijke, racistische bende die mijn vader haatte omdat hij zijn landarbeiders goed behandelde. Op een nacht hebben zij de aanval ingezet op de boerderij en ons huis en onze velden in de fik gestoken. Ze hebben zestien landarbeiders gedood die probeerden hen tegen te houden. Toen hebben ze mijn moeder verkracht en vermoord en mijn vader met een hooivork aan een boom gespietst. Hij is heel langzaam gestorven.'

'Allemachtig. Maar jij hebt het overleefd.'

'Ja. Ik ergerde de bendeleider door te proberen hem een messteek toe te brengen, en hij liet me vastbinden om naar de slachtpartij te kijken. Ik weet zeker dat hij van plan was mij later ook te vermoorden, maar hij werd gestoord door de soldaten. Onze buren hadden de brand en de rook gezien en het leger erbij gehaald.' Hij zette een stap opzij om haar de vliegtuigtrap als eerste op te laten gaan. 'Ze zeiden dat ik mazzel had gehad. Dat zal ik me altijd als een armzalige woordkeus blijven herinneren. Ik had dat gevoel namelijk helemaal niet.'

'Jezus!' Jane kon het verdriet bijna voelen, dat afschuwelijke tafereel bijna zien: een jongen die was vastgebonden en werd gedwongen toe te kijken hoe zijn ouders werden vermoord. 'Zijn ze opgepakt?'

Hij schudde zijn hoofd. 'Ze zijn in de bush verdwenen en de overheid heeft hen laten gaan. Ze voelden niets voor de beroerde pers die een proces zou hebben veroorzaakt. Begrijpelijk.'

'Ik vind dat helemaal niet begrijpelijk.'

'Dat vond ik toen ook niet, en dat was een van de redenen waarom ik gedurende mijn eerste jaar in het weeshuis als "niet te corrigeren" werd beschouwd. Maar daarna ben ik me gaan aanpassen en heb ik geduld leren oefenen. Mijn vader zei altijd dat geduld een schone zaak was.'

'Niet als die moordenaar niet is gestraft.'

'Ik heb niet gezegd dat hij niet is gestraft. Vlak voordat ik naar Colombia ging is de bendeleider beroerd aan zijn eind gekomen. Iemand had hem vastgebonden, gecastreerd en laten doodbloeden.' Hij glimlachte. 'Is het niet geweldig hoe het lot iets ter hand kan nemen?'

'Geweldig,' herhaalde ze terwijl ze hem aankeek. Nooit was ze zich er meer van bewust geweest hoe dodelijk Trevor kon zijn. Oppervlakkig gezien was hij wereldwijs en hoffelijk, waardoor ze geneigd was de gewelddadige ervaringen in zijn achtergrond te vergeten. 'En ze hebben nooit achterhaald wie dat had gedaan?'

'Een oude vijand, namen ze aan. Ze hebben niet echt intensief gezocht. Gezien het delicate politieke evenwicht in die tijd wilden ze geen problemen veroorzaken.' Hij deed de deur van de cabine dicht. 'Ga zitten en maak je veiligheidsgordel vast. We gaan.'

Ze zag hem naar de cockpit lopen. Gedurende de laatste paar momenten was ze meer over Trevor te weten gekomen dan ooit tevoren. Ze was er niet zeker van of dat goed of slecht was. Nu ze zich de jongen kon voorstellen die hij was geweest, wist ze niet of ze nog naar hem zou kunnen kijken zonder zich dat verhaal te herinneren, en haar hart ging naar hem uit.

'Nee.' Trevor keek over zijn schouder en interpreteerde haar gezichtsuitdrukking juist. 'Dat is niet wat ik van je wil. Seks, en misschien zelfs vriendschap. Maar geen medelijden. Ik ben Mike niet, die door jou gevoed en beschermd moest worden. Je had me een vraag gesteld en die heb ik beantwoord omdat het niet eerlijk is dat ik meer over jou weet dan jij over mij. Nu staan we quitte.' Hij verdween de cockpit in.

Niet precies quitte, dacht ze. Hij wist veel van haar, maar ze had hem nooit zoiets intiems en verdrietigs toevertrouwd als hij net had gedaan.

Hou daarmee op, hield ze zichzelf voor. Hij wilde geen medelijden, en dat zou ze zelf ook hebben gehaat. Zoals hij had gezegd was het allemaal lang geleden gebeurd, was die jongen groot geworden en had hij zich voorzien van een wapenrusting en scherpe klauwen.

MacDuff liep naar de helikopter toen die op de Run landde. 'Was het een succesvolle reis?'

'Ja en nee,' zei Jane. 'We hebben Cira misschien gevonden.'

Hij verstijfde. 'Wat zeg je?'

'In het museum in Napels staat een reconstructie die op haar lijkt. Haar skelet is in de haven gevonden. Bij een buidel met gouden munten.'

'Interessant.'

Interesse was nou niet direct wat ze aan zijn gezicht af kon lezen. Hij leek op zijn hoede en gespannen en ze kon hem bijna horen denken.

'Hoe groot is de gelijkenis?' vroeg hij.

'Zo groot dat je in eerste instantie denkt dat het Cira is,' zei Trevor. 'Dat zegt Jane in elk geval, want ik heb die reconstructie niet mogen zien. De reconstructie die tentoon wordt gesteld was een valse, die Eve vier jaar geleden heeft gemaakt.'

'Maar volgens de verhalen in de media en de foto die van die reconstructies is gemaakt lijkt die helemaal niet op...' Hij zweeg even. 'Die reconstructie was nep?'

'Ze dacht dat het voor mijn bestwil was,' zei Jane verdedigend. 'Ze zou nooit... Waarom probeer ik eigenlijk dit voor jou te verklaren?'

'Geen idee,' zei MacDuff. 'Ze zal er ongetwijfeld goede redenen voor hebben gehad. Hoe groot is de gelijkenis?' vroeg hij toen nogmaals.

'Zoals Trevor al zei lijkt ze op het eerste gezicht...' Ze haalde haar schouders op. 'Maar de gelaatstrekken zijn grover en er zijn andere, subtiele verschillen. Ik geloof niet dat het Cira is. In elk geval nóg niet.'

'Het is altijd het beste elk nieuw feit met een korreltje zout te nemen,' zei MacDuff. 'Spring niet met beide voeten tot je alle mogelijkheden hebt verkend.'

'Als die kist met goud in de haven ligt, zal het heel moeilijk zijn hem boven water te halen,' zei Trevor.

MacDuff knikte. 'Bijna onmogelijk gezien de tijdsfactor.' Hij keek weer naar Jane. 'Jij gelooft dat het goud daar kan zijn?'

'Ik weet het niet. De gouden munten... Ik wil het niet geloven, maar ik ben ook bang om dat niet te doen. De tijdsfactor is, zoals jij al stelde, belangrijk. Hoe is het met Jock?'

'Hetzelfde. Niet goed, maar ook niet erger.' Hij aarzelde even. 'Of misschien niet hetzelfde. Ik heb het gevoel dat er iets eigenaardigs gaande is in zijn hoofd.' Hij draaide zich om en liep naar de stal. 'Hoe dan ook... ik hou een oogje op hem.'

'Hij lijkt behoorlijk sceptisch,' zei Jane tegen Trevor terwijl hij naar de voordeur liep. 'Dat verbaast me een beetje, omdat dit de eerste solide aanwijzing over Cira is die we hebben.'

'Voor hem waarschijnlijk niet solide genoeg. Hij wil niet dat we tijd verspillen aan een gok. Hij wil Reilly te grazen nemen.'

'Dat willen wij ook.' Ze maakte de deur open. 'Ik ga naar boven om te kijken hoe het met Mario is. Ik zie je later wel weer.'

'Waar?'

Ze keek hem aan.

'Jouw bed of het mijne?'

'Niet zo brutaal!'

'Ik heb geleerd dat je nooit een stap terug moet zetten als je succesvolle voortgang hebt geboekt, en de afgelopen nacht was heel succesvol.'

Succesvol was het juiste woord niet, en alleen al door naar hem te kijken kwam de erotiek van die uren weer naar boven. 'Misschien zouden we het wat langzamer aan moeten doen.'

Hij schudde zijn hoofd.

Waarom aarzelde ze zo sterk? Dat was niets voor haar. Gewoonlijk was ze stoutmoedig en resoluut.

Omdat het te goed was geweest. Er waren momenten geweest waarop ze zichzelf niet meer in de hand had gehad, en dat had haar angst aangejaagd. Daar moest ze zich overheen zetten. Ze was met hem naar bed gegaan omdat ze had beseft hoe breekbaar het leven kon zijn en ze er geen seconde van wilde missen. Ze had de kans gegrepen en dat had haar niet teleurgesteld. Nu begeerde ze hem even sterk als gisteravond. Meer nog, omdat ze inmiddels wist wat haar wachtte. En ze wist zeker dat ze afleiding nodig had.

'Jouw bed.' Ze liep de trap op. 'Maar ik weet niet hoelang ik bij Mario zal blijven.'

'Ik zal wachten, en bovendien moet ik zelf ook een paar dingen controleren.'

'Zoals?'

'Ik wil weten of Brenner al iets meer heeft kunnen achterhalen.' Hij lachte haar toe. 'En dan ga ik aan de slag met Demonidas. We hebben deze morgen voordat Eve belde de tijd niet gehad naar hem op zoek te gaan.'

'Hij heeft waarschijnlijk niet echt bestaan,' zei ze vermoeid. 'Het was maar een droom, en die Giulia uit de haven is hoogstwaarschijnlijk Cira.'

Hij schudde zijn hoofd. 'Je bent moe. Anders zou je niet zo negatief zijn. We zullen die oude Demonidas proberen te vinden.' De deur van de bibliotheek ging achter hem dicht.

Ze was inderdaad moe. En ontmoedigd. Ze wilde niet dat dat arme meisje in het museum Cira was. Het toeval was echter overweldigend en ze kon niet ontkennen dat het Cira wel degelijk kon zijn.

Maar dat meisje was verdomme háár Cira niet. Niet de vrouw die de laatste vier jaar in haar geest en haar verbeelding had geleefd.

Zorg er dan voor dat je achter de waarheid komt, zei ze tegen zichzelf. Vergeet die dromen en geef Mario nog iets meer tijd om met de door jou gewenste realiteit te komen.

'Voortgang geboekt?' vroeg Mario toen ze op de deur van de werkkamer had geklopt en naar binnen was gegaan.

'Een skelet dat in de haven is gevonden en op Cira leek.' Ze liep naar het beeld bij het raam. De vastberadenheid, de humor en de kracht in dat gezicht waren kenmerkend voor de Cira die zij kende. 'Ik neem aan dat zij het zou kunnen zijn. Maar wat deed ze in de haven als ze in die tunnel op het landgoed van Julius was toen ze die brieven schreef?' Ze draaide zich weer om naar Mario. 'Hoeveel tijd heb je nog nodig voordat die vertaling is afgerond?'

'Het zal niet lang meer duren.' Hij leunde achterover in zijn stoel en wreef in zijn ogen. 'Het is me gelukt de meeste ontbrekende woorden aan te vullen. Een deel daarvan was giswerk, maar ik heb de slag nu te pakken.'

'Wanneer?'

'Jane, zet me niet onder druk. Ik heb het trainen met Trevor en MacDuff al gestaakt om hier fulltime mee bezig te zijn, maar harder dan hard kan ik niet werken.'

'Sorry.' Ze keek weer even naar het beeld. 'Ben je al ver genoeg gevorderd om te weten of we er iets aan zullen hebben?'

'Ik kan je vertellen dat deze brief in alle haast is geschreven en ze van plan was de tunnel die dag uit te gaan.'

'De dag van de uitbarsting…'

'Dat weten we niet, want er staat geen datum bij. Deze brief kan dagen voor de uitbarsting zijn geschreven. Ze kan de tunnel uit zijn gegaan en die dag bij de haven zijn geweest.'

'Daar zul je wel gelijk in hebben.' Het feit dat ze had gedroomd dat Cira tijdens de ramp in de tunnel was betekende nog niet dat dat waar was. 'Komt het goud ter sprake?'

'Niets definitiefs.'

'Of een schip?'

Hij keek haar nieuwsgierig aan. 'Nee. Waarom vraag je dat?'

Ze was niet van plan Mario in vertrouwen te nemen over die steeds minder substantieel wordende dromen. 'Als ze bij de haven was, moet ze daar een reden voor hebben gehad.'

'Overlevingsdrang. Ze was in het theater en is gaan rennen voor haar leven.'

Het logische antwoord. Dat zou ze moeten accepteren in plaats van naar een andere oplossing te zoeken. Ze zou moeten toegeven dat de vrouw in de haven de doodlopende steeg was waarover Eve het had gehad. 'Denk je er morgen mee klaar te zijn?'

'Die kans is groot. Als ik niet ga slapen.' Hij glimlachte vaag.

'Geen vriendelijk protest tegen die zelfopoffering?'

'Het is jouw beslissing. Ik ben egoïstisch genoeg om het meteen te willen weten, en jij zult er geen schade van ondervinden als je pas gaat slapen wanneer de vertaling af is. Ik denk dat ik diep in mijn hart altijd heb geloofd dat we het goud zouden vinden, en nu ben ik midden op zee op zoek naar een reddingsvlot. Ik weet niet welke kant ik op moet en ik voel me hulpeloos. We moeten dit laten ophouden, Mario.'

'Nogmaals: ik werk zo hard ik kan.'

'Dat weet ik.' Ze liep naar de deur. 'Morgen kom ik weer naar je toe.'

'Daar twijfel ik niet aan.' Hij keek naar de perkamentrol. 'Welterusten, Jane. Slaap lekker.'

De lichtelijk sarcastische ondertoon in zijn stem ontging haar niet. Ze kon het hem niet kwalijk nemen, maar het was niet typerend voor de Mario die ze vlak na haar aankomst hier had leren kennen. Hij was veranderd, opnieuw gesmeed in het vuur van tragedie en verlies. Het jongensachtige en het zachte waren geheel verdwenen, en ze was er niet zeker van dat ze de Mario zou herkennen die hij ongetwijfeld zou zijn wanneer dit alles achter de rug was.

Was zij ook veranderd? Waarschijnlijk wel. De dood van Mike en de afschuwelijke gebeurtenis die dreigend boven hun hoofd hing, waren door merg en been gegaan. En ze had nooit een seksuele ervaring gehad die zo intens was geweest als die met Trevor.

Trevor.

'Intens' was het juiste woord niet voor wat er tussen hen gebeurde. Zelfs aan hem dénken zorgde er al voor dat haar lichaam klaar voor hem was. Ze zou zich nu even geen zorgen maken over de vraag hoeveel zij of een van de anderen aan het veranderen was. Wie wist wat er morgen zou gebeuren? Ze moesten van elk moment genieten zolang ze daar de kans toe hadden.

Zijn slaapkamer. Hij zou op haar wachten, had hij gezegd.

Maar ze was nog geen tien minuten bij Mario geweest en Trevor zou alles wat hij moest doen nog wel niet hebben afgehandeld. Ze zou naar haar eigen kamer gaan, een douche nemen en dan naar Trevor gaan.

Naar hem toe gaan. Naar zijn bed. Ze versnelde haar pas. Elektrische toortsen verlichtten de stenen muren en zorgden voor driehoekige schaduwen op het gewelfde houten plafond en nog een van de vele verkleurde wandtapijten die de hal opsierden. De MacDuffs hielden beslist van wandtapijten...

Het zou vreemd zijn zich in dit oude kasteel aan een clandestien afspraakje te houden. Jezus! Ze voelde zich bijna als de maîtresse van die oude Angus MacDuff. Als hij een maîtresse had gehad. De meeste edellieden hadden zo iemand gehad, maar misschien had Angus een uitzondering op de regel gevormd. Dat zou ze MacDuff morgen moeten vragen.

In haar slaapkamer was het donker en ze smeet haar tas op de stoel hij de deur voordat ze een hand uitstak naar de lichtschakelaar.

'Niet aandoen.'

Ze verstijfde.

'Wees niet bang. Ik zal je niets aandoen.'

Jock.

Haar hart bonsde, maar ze haalde diep adem en draaide zich om naar de hoek van de kamer waar zijn stem vandaan was gekomen. Het door het raam naar binnen komende maanlicht was vaag, en het duurde even voordat ze hem kon zien. Hij zat op de grond, met zijn over elkaar geslagen armen om zijn knieën. 'Jock, wat doe jij hier?'

'Ik wilde met je praten.' Ze kon zien dat hij zijn handen tot vuisten balde. 'Ik moest met je praten.'

'En dat kon niet tot morgen wachten?'

'Nee.' Hij zweeg even. 'Ik was boos op je, want wat je zei stond me niet aan. Heel even heb ik je pijn willen doen. Dat heb ik de kasteelheer niet verteld. Hij zou boos op me zijn als ik jou iets aandeed.'

'Lang niet zo boos als ik zou zijn.'

'Jij zou niet meer boos kunnen worden, want dan zou je dood zijn.'

Klonk er een beetje zwarte humor door in die woorden? Dat was onmogelijk te bepalen, omdat ze zijn gezichtsuitdrukking niet kon zien. 'Betekent iemand iets aandoen automatisch iemand doden, Jock?'

'Ja. Daar komt het altijd op neer. Het gebeurt zo snel...'

'Waarover wilde je het met mij hebben?'

'Rei-Reilly.' Hij zweeg even en herhaalde toen: 'Reilly. Het kost me moeite over hem te praten. Hij... wil niet... dat ik... dat doe.'

'Maar je doet het toch, en dat maakt je sterker dan hij is.'

'Nog niet. Ooit.'

'Wanneer?'

'Als hij dood is. Als ik hem heb gedood.' Die woorden kwamen er met de allergrootst denkbare eenvoud uit.

'Jock, je hoeft hem niet te doden. Als je ons gewoon vertelt waar hij is, zullen we de rest door de autoriteiten laten afhandelen.'

Hij schudde zijn hoofd. 'Ik moet het doen. Ik moet degene zijn die dat doet.'

'Waarom?'

'Omdat de kasteelheer anders zal proberen het namens mij te doen. Hij zal niet op iemand anders wachten. Hij is... boos op hem.'

'Omdat hij een kwaadaardige man is.'

'De duivel. Als er een duivel bestaat, is... Reilly dat.'

'Vertel ons waar hij is.'

'Dat... weet ik niet.'

'Dat moet je weten.'

'Als ik eraan probeer te denken, doet mijn hoofd zo zeer dat ik denk dat het zal ontploffen.'

'Probeer het.'

'Dat heb ik gisteravond gedaan.' Hij zweeg even. 'Ik kreeg... beelden. Flitsen. Niet meer dan dat. Maar misschien zou ik het me herinneren als ik terugging.'

'Naar Colorado?'

'Niet naar Colorado.'

'Daar hebben ze je gevonden.'

'Niet naar Colorado. Verder naar het noorden. Misschien... Idaho?'

Ze kreeg opeens weer hoop. 'Herinner je je dat? Waar?'

Hij schudde zijn hoofd. 'Ik moet terug.'

Ze waren weer een stap dichterbij. 'Dan gaan we terug. Ik zal het met Trevor bespreken.'

'Nu meteen.'

'Vanavond.'

Hij ging staan. 'We zullen Reilly snel moeten vinden, want anders gaat de kasteelheer naar hem op zoek. Daar zal hij niet veel langer mee wachten.'

'We vertrekken zodra we dat hebben kunnen regelen.' Ze fronste nadenkend haar wenkbrauwen. 'Maar niemand mag weten dat jij bij ons bent, want anders kan Reilly denken dat zijn positie in gevaar is gebracht en op de vlucht slaan.'

'Dat zal niet gebeuren.'

'Waarom niet?'

'Hij weet waarschijnlijk dat ik hier ben en niet in staat ben geweest de kasteelheer iets te vertellen. Hij zal geloven dat hij veilig is.'

'Waarom zou hij dat geloven?'

'Omdat hij tegen me heeft gezegd dat ik zou sterven als ik iemand vertelde waar hij was.'

'Je bedoelt dat hij je dan zou vermoorden.'

'Nee, dan zou ik gewoon doodgaan. Dan zou mijn hart ophouden met slaan en dan zou ik doodgaan.'

'Dat is krankzinnig.'

'Nee. Ik heb het zien gebeuren. Reilly heeft... het me laten ervaren.' Hij raakte zijn borstkas aan. 'Ik voelde mijn hart bonzen en bonzen, en ik wist dat het stil zou blijven staan als hij zei dat dat zou gebeuren.'

Mijn hemel. Dat klonk als voodoo. 'Alleen als je dat zelf gelooft. Alleen als je hem laat winnen. Als je sterk bent, kan het niet gebeuren.'

'Ik hoop dat ik sterk genoeg zal zijn. Ik moet Reilly doden voordat hij de kasteelheer vermoordt.' Hij liep naar de deur. 'Eens wilde ik dood, maar dat stond de kasteelheer niet toe. Nu zijn er tijden dat ik het niet erg vind om te leven. Soms vergeet ik zelfs...' Hij maakte de deur open. 'Morgenochtend kom ik naar je toe.'

'Wacht. Waarom ben je naar mij toe gegaan en niet naar Mac-Duff?'

'Omdat ik moet doen wat hij zegt. Hij wil in zijn eentje achter Reilly aan gaan en als ik Reilly zou vinden, zou hij me bij hem uit de buurt houden omdat hij me wil beschermen. Maar dat zul jij niet doen. Met jou en Trevor zal ik mijn kans krijgen.'

'Ik zou proberen je te beschermen, Jock.'

Hij maakte de deur open en stak als een silhouet af tegen het licht in de gang. 'Niet zoals hij dat zou doen.' Toen was hij vertrokken.

Ze bleef daar nog even staan en voelde zich opgewonden en hoopvol. Er was geen garantie dat Jock zich de verblijfplaats van Reilly zou herinneren, maar het was mogelijk. Hij leek terug te komen, en hij had zich al herinnerd dat Reilly niet in Colorado was, maar in Idaho zou kunnen zijn.

En zijn antwoord op haar vraag waarom hij niet naar Mac-Duff was gegaan, had blijk gegeven van een volwassenheid en opmerkzaamheid die haar verbaasden. Hij had duidelijk over de gevolgen nagedacht en een eigen oplossing bedacht. Als hij al zo ver had kunnen komen, was er inderdaad hoop.

En ze zouden nu meteen in actie moeten komen. Deze avond nog had ze tegen Mario gezegd dat ze zich hulpeloos voelde, dat ze niet wist of ze een andere weg zou kunnen vinden nu het zeer de vraag was of ze het goud ooit zouden ontdekken. Nu hadden ze een andere kans, die ze zo snel mogelijk met beide handen moesten aangrijpen.

Maar Jock mee terug nemen naar de Verenigde Staten, waar MacDuff hem had gevonden, was gevaarlijk als ze geen voorbereidingen troffen voor een fall-out. Ze zouden alle hulp nodig hebben die ze konden krijgen.

Ze deed de deur open en liep naar de bibliotheek om met Trevor te overleggen.

16

'We kunnen niet door de Verenigde Staten gaan zwerven op grond van de kans dat Jock Reilly zal vinden,' zei Trevor. 'De Run wordt door Grozak in de gaten gehouden, en we zullen worden gevolgd als we vertrekken. Dan zal Grozak het aan Reilly vertellen en zal Reilly Grozak geven wat hij hebben wil.'

'Jock zei dat Reilly zich over hem geen zorgen zou maken.'

'Daar durf ik mijn kop niet om te verwedden. Ondanks zijn training is Jock op de vlucht geslagen voor Reilly. Reilly zou een egomaan moeten zijn om zeker te weten dat hij dat commando tot zelfdestructie niet zal negeren.'

'Christus. Het zou kunnen gebeuren, hè?' Ze schudde haar hoofd. 'Het schendt elke wet van zelfbehoud.'

'Ik heb gehoord van zelfmoordexperimenten die in de Tweede Wereldoorlog door de nazi's zijn uitgevoerd en volgens de verhalen succesvol waren. De geest kan een machtig wapen zijn. In elk geval gelooft Jock dat.'

'Hij is bereid zijn leven te riskeren om dat van MacDuff te redden.' Ze zweeg even. 'En dat zullen wij hem laten doen.'

'Om mogelijk ook nog duizenden andere mensen te redden.'

'Dat weet ik. Waarom denk je dat ik hier ben? Maar ik hoef er niet blij mee te zijn.' Haar handen omklemden de armleuningen van haar stoel. 'Hoe gaan we het aanpakken? Hoe kunnen we hier wegkomen zonder dat Grozak dat te weten komt?'

'Dat zal heel moeilijk zijn.'

'Hoe, vroeg ik.'

'Daar moet ik over nadenken. Verder moeten we ook rekening houden met Venable, die bijna voor onze deur geparkeerd staat. We kunnen hem hier niet bij betrekken, want dan zullen we ons vertrek nooit geheim kunnen houden. Lekken kunnen we ons niet veroorloven.'

'De CIA kan een clandestiene operatie toch zeker wel aan?'

Hij keek haar aan en zei niets.

Nee. Jock had haar in vertrouwen genomen, en zij wilde die verantwoording ook niet aan vreemden overdragen. 'Oké. Nog geen ideeën?'

'Een paar heel vage.' Hij leunde achterover in zijn stoel. 'Laat me erover nadenken.'

'Kunnen we MacDuff gebruiken?'

Hij glimlachte. 'Hij zou ontkennen dat iemand hem kan gebruiken, maar we zullen hem er vrijwel zeker bij moeten betrekken. Anders zouden we Jock moeten ontvoeren om hem bij zijn kasteelheer weg te krijgen.'

'Daar ben ik niet zo zeker van. Hij wilde MacDuff niet in de buurt van Reilly hebben.'

'En jij denkt dat MacDuff de boel niet op stelten zal zetten en achter ons aan zal gaan wanneer we zonder zijn supervisie met Jock op stap gaan?'

'Nee, dat denk ik niet.'

'Bovendien heb ik over Reilly een deal met MacDuff gesloten.'

'Reilly's hoofd op een schaal?'

'Laat ik maar zeggen dat ik hem heb beloofd dat hij zijn kans met Reilly zou krijgen als ik die man had gevonden.' Hij hield zijn hoofd scheef. 'Daar had ik gezien Reilly's karakter geen problemen mee.' Hij stak een hand uit naar de telefoon. 'Sorry dat ik je wakker maak, Bartlett, maar wil je naar de bibliotheek komen? Het is dringend.' Hij legde de hoorn op de haak. 'Jane, praat er voorlopig nog niet over met Eve of Quinn.'

'Waarom niet?'

'Toen ik Venable vanavond belde, zei hij dat zijn technici gisteren hier in de buurt een onbekend elektronisch signaal hebben onderschept. Het kan zijn dat het Grozak is gelukt de telefoon af te tappen.'

'Geweldig,' zei ze met afkeer in haar stem. 'Precies wat we op dit moment nodig hebben.'

'We vinden er wel wat op, en misschien kunnen we er zelfs gebruik van maken.'

Bartlett liep de kamer in.

'Bartlett, we gaan naar de Verenigde Staten.'

'Moet ik transport regelen?'

'Nog niet. Ik zal je laten weten wanneer wel. Niemand mag zien dat we vertrekken, dus kan het zijn dat we de piloot ergens uit de buurt van de Run moeten treffen. Deze keer zullen we ook een andere piloot moeten inhuren. Waarschijnlijk Kimbrough. Hij opereert vanuit Parijs.'

'Wanneer vertrekken we?'

'Jij vertrekt niet. Jij blijft hier.'

Bartlett fronste zijn wenkbrauwen. 'Waarom? Ik heb hier niets te doen en ik verveel me de laatste tijd behoorlijk.'

'Ik heb het idee dat dat niet lang zo zal blijven.' Trevor richtte het woord tot Jane. 'Jij kunt nu beter naar bed gaan.'

Probeerde hij haar buiten te sluiten?

Hij schudde zijn hoofd toen hij haar gezichtsuitdrukking zag. 'Morgen kan een moeilijke dag worden. Je kunt rustig hier blijven als je dat wilt, maar ik zal niets anders doen dan de beveiliging controleren en wat zaken regelen met Bartlett.' Hij glimlachte vaag. 'Ik beloof je dat ik nergens zonder jou naartoe zal gaan.'

Ze ging staan. 'Daar kun je van verzekerd zijn.' Ze liep naar de deur. 'Wanneer ga je met MacDuff praten? Daar wil ik bij zijn.'

'Acht uur?'

Ze knikte. 'Oké.'

Bartlett klopte de volgende morgen even na zessen echter al op haar deur. 'Sorry dat ik je wakker maak,' zei hij verontschuldigend, 'maar MacDuff is net de bibliotheek in gedenderd en Trevor heeft me gevraagd jou te halen.'

'Ik kom eraan.' Ze sprong het bed uit en pakte haar kamerjas. 'Geef me een minuut om mijn gezicht te wassen.'

'Ik zal wachten.' Hij keek haar na toen ze naar de badkamer rende en riep: 'Maar MacDuff lijkt heel ongeduldig. Ik denk dat Jock heeft besloten hem van zijn nieuws deelgenoot te maken.'

'Dat verbaast me niet.' Ze depte haar vochtige gezicht met een handdoek toen ze de badkamer uit kwam en naar de deur liep. 'Ik weet niet hoe onvoorspelbaar Jock vroeger was, maar nu is hij heel wispelturig.'

'Niet erger dan MacDuff,' mompelde Bartlett terwijl hij snel achter haar aan ging.

Ze zag wat hij bedoelde toen ze de bibliotheek in stapte. Mac-Duff stond voor Trevor en torende als een wrekende god boven hem uit. Zijn lippen waren opeen geperst en met glinsterende ogen draaide hij zich naar haar toe. 'Waarom moest ik het van Jock horen? Probeerde je me buiten te sluiten?'

'Daar heb ik over gedacht, omdat Jock niet wilde dat je mee-ging,' reageerde ze kortaf. 'Trevor zei echter dat hij een deal met jou had gesloten.'

'Wat integer,' zei MacDuff sarcastisch. 'En daar moet ik dank-baar voor zijn? Onze deal hield in dat jij Reilly zou vinden, Tre-vor. Nu blijkt Jock Reilly voor mij te willen vinden. Ik heb je niet langer nodig.'

'Maar Jock zal hem niet voor jou vinden,' zei Jane. 'Hij is bang dat jou iets zal overkomen. Hij wil dat wij meegaan.'

'Dat heeft hij me verteld.' Hij keek nijdig. 'Maar ik kan hem onder druk zetten.'

'Wil je dat ook doen?' vroeg Trevor. 'Zijn evenwicht lijkt nog-al wankel. Hij zou kunnen breken en over de rand kukelen.'

MacDuff zweeg even. 'Verdomme. Ik wil niet dat jullie je er-mee bemoeien.'

'Dat is dan jammer voor jou,' zei Jane. 'Jij bent niet de enige die van dat stuk verdriet te lijden heeft. Jock wil dat wij meegaan, en dat zullen we ook doen.' Ze keek hem recht aan. 'En jouw deal met Trevor interesseert mij niets. Jij bent kennelijk bereid je daar niet aan te houden om je maar van ons te ontdoen.'

'Dat is zo,' mompelde Trevor.

MacDuff bleef haar nog even nijdig aankijken en zei toen tussen opeengeklemde kaken door: 'Prima. Dan gaan we samen, maar ik beloof jullie niet dat we ook samen zullen blijven. Als Jock me ver-telt waar ik Reilly kan vinden, zal ik jullie het nakijken geven.'

'Dan is het niet meer dan eerlijk dat wij die keus ook hebben,' zei Trevor. 'Maar ik ben van mening dat we nu moeten gaan be-denken hoe we hier ongemerkt weg kunnen komen in plaats van ons af te vragen wat er zal gebeuren tegen de tijd dat we Reilly in het vizier hebben.'

'Geen CIA,' zei MacDuff. 'Niets wat Reilly een tip kan geven waardoor hij bang genoeg wordt om te proberen ons tegen te houden.'

'Dat ben ik met je eens,' zei Trevor. 'Grozak houdt het kasteel in de gaten en er bestaat een goede kans dat hij onze telefoon inmiddels heeft afgetapt. We kunnen ons niet hier door een helikopter laten oppikken.'

'Inderdaad.' MacDuff draaide zich om. 'Pak wat je nodig hebt en tref me over een uur in de stal.'

'Wat zeg je?'

'Je hebt me best gehoord,' zei MacDuff over zijn schouder. 'Als we moeten vertrekken, zullen we ook vertrekken.'

'Ik heb al tegen je gezegd dat we...'

'We zullen vertrekken. Dit is mijn kasteel en ik zal op mijn grondgebied door niemand gevangen worden gehouden. Niet door jouw CIA, noch door Grozak, of door wie dan ook.'

Jane rilde even toen de deur achter hem dicht knalde. 'Mijn hemel, hij is razend, maar hij lijkt geen probleem te hebben met de logistiek. Denk je dat hij een manier kan bedenken om hier ongemerkt weg te komen?'

'Hij denkt blijkbaar van wel. Het kan geen kwaad straks naar de stal te gaan om te horen wat hij te zeggen heeft als hij een beetje tot bedaren is gekomen.' Trevor kwam overeind uit zijn stoel. 'Ga je spullen pakken en wacht op me in de hal. Zeg ook even tegen Mario dat we vertrekken en snel weer contact met hem zullen opnemen.'

'Wat ga jij doen?'

'Bartlett en ik gaan voor wat afleiding zorgen.' Hij glimlachte naar Bartlett.

Ze liep naar de deur. 'Ik weet niet hoe Mario hierop zal reageren. Hij vindt het niet prettig dat hij sinds de moord op zijn vader opgesloten zit in die werkkamer.'

'Dat is dan jammer voor hem. Jij lijkt tegenwoordig de onderhandelaar te zijn, dus zul je hem ervan moeten overtuigen dat dit het beste is.'

Hem overtuigen, dacht ze geïrriteerd terwijl ze de trap op liep. Mario was vastbesloten zijn vader te wreken en ze moest hem zeggen dat hij dat moest vergeten en achter zijn bureau moest blijven zitten. Het enige wat hem tot nu toe had laten doorgaan met de vertaling, was de belofte hem vaardig genoeg met wapens te maken om met succes wraak te kunnen nemen. Nu was zijn werk bijna afgerond en lieten ze hem...

Ze haalde een keer diep adem en klopte op de deur van Mario's werkkamer.

'Nee,' reageerde Mario kortaf. 'Geen sprake van. Ik ga met jullie mee.'

'Mario, we weten niet eens waar we naartoe gaan, en al evenmin of we Grozak of Reilly kunnen vinden.'

'Jullie hebben een aanwijzing, en dat is meer dan jullie eerder hadden.' Hij ging staan.

'Je kunt niet helpen.'

'Hoe weet je dat?' Hij pakte het bovenste vel papier van de stapel en stopte dat in zijn zak. 'Ik ga mee.' De rest van de papieren verdween in de bovenste bureaulade. 'Discussie gesloten.'

'Ik ga er wel over in discussie, en voor Trevor geldt ongetwijfeld hetzelfde.'

'Dat doen jullie dan maar.' Hij tikte op zijn zak. 'Maar dat zal niet helpen, en wellicht zullen jullie de kans verpesten om de vertaling te lezen die ik net heb afgerond.'

Ze verstijfde. 'Die is af?'

Hij knikte. 'Heel interessant. Er is sprake van een paar verrassingen.'

'Heeft ze melding gemaakt van het goud?'

'Zeker.' Hij liep naar zijn slaapkamer. 'Ik moet mijn tanden poetsen en een douche nemen, want ik heb de hele nacht doorgewerkt. Ik zie je wel weer in de stal.'

'Mario, wat heeft ze verdomme geschreven?'

Hij schudde zijn hoofd. 'Als ik iets van al dit verschrikkelijks heb geleerd, is het dat wapens belangrijk zijn. Zelfs bij mensen van wie je gelooft dat ze je vrienden zijn. We zullen het over Cira hebben nadat we een manier hebben gevonden om Grozak en Reilly te grazen te nemen.'

'Misschien kunnen we met Reilly onderhandelen als jij ons

kunt vertellen waar het goud kan zijn.'

'Ik wil niet onderhandelen. Ik wil de hoofden van die rotzakken afhakken, net zoals ze dat bij mijn vader hebben gedaan.' Zijn mond kreeg een grimmig trekje. 'Niet zo netjes, hè? De priesters zouden nu voor mijn ziel bidden.' Hij maakte de deur van zijn slaapkamer open. 'Maar ze waren er niet om voor de ziel van mijn vader te bidden, nietwaar?'

'Mario, dit kunnen we niet tolereren. Trevor kan die vertaling zó van je afpakken.'

'Als hij hem kan vinden. Tegen de tijd dat je bij hem bent zal ik de vertaling zo goed hebben verstopt dat Sherlock Holmes haar nog niet zou kunnen vinden. Ik kan haar ook vernietigen en het later nog eens overdoen.'

Ze staarde hem even met een mengeling van medelijden en frustratie aan en liep toen naar de deur. Hij had een besluit genomen en was bereid de vertaling van de brief van Cira achter te houden om zijn zin te krijgen. Diep in haar hart kon ze hem dat niet kwalijk nemen, want de kans bestond dat zij precies hetzelfde zou hebben gedaan.

Jock stond in de deuropening van de stal toen Jane en Trevor daar een uur later naartoe liepen. 'Ik moest van de kasteelheer zeggen dat hij zo terug zal zijn.'

'Waar is hij?'

'Hij moest met de bewakers praten. Hij zei dat dat belangrijk was.' Hij draaide zich naar Jane toe. 'Hij is niet boos op me. Ik dacht dat hij dat zou zijn, maar in plaats daarvan is hij boos op jou. Dat spijt me.'

'Dat is niet jouw schuld, en hij zal er gewoon overheen moeten komen.' Ze zag MacDuff met grote stappen hun kant op komen. 'Hij voelt zich even gefrustreerd als de rest van ons, en hij geeft om jou.'

'Mijn hemel, wat genereus,' mompelde Trevor.

'Vrijgevigheid heeft er niets mee te maken. Een beetje begrip is belangrijk. MacDuff kan hard zijn, maar hij doet dit alles voor Jock en in zekere zin is dat bewonderenswaardig.'

'Ik zal hem óók bewonderen als we hier weg kunnen komen,'

zei Trevor. 'Jock, denk je dat hem dat zal lukken?'

'Natuurlijk.' Jock richtte het woord tot Jane. 'Ik heb mijn planten water gegeven, maar zou je Bartlett willen vragen dat weer te doen als we over een paar dagen nog niet terug zijn?'

'Dat zal hij vast met alle genoegen doen.' Ze draaide zich om. 'Ik zal even terug rennen en tegen hem zeggen...'

'Waar ga je heen?' vroeg MacDuff, die inmiddels vlak bij haar was.

'Ik moet tegen Bartlett zeggen dat hij de planten van Jock water moet geven.'

'Dat heb ik Patrick al opgedragen, en verder hoeft niemand betrokken te raken bij Jocks zaken.'

'Wat heb je tegen de bewakers gezegd?' vroeg Trevor.

'Dat ze zich volstrekt normaal moeten gedragen, alsof wij hier nog zijn.'

'Kun je ze vertrouwen?'

MacDuff keek hem minachtend aan. 'Natuurlijk. Het zijn mijn mensen. Als iemand naar het kasteel toe komt, zullen ze hem de toegang ontzeggen.' Hij zweeg even. 'Zelfs als ze beweren van de CIA te zijn.'

'Daar heb ik geen bezwaar tegen. Ik heb Venable vanmorgen gebeld en hem meegedeeld dat hij misschien een paar dagen niets van me zal horen omdat Mario de vertaling bijna af heeft en alles is stopgezet tot we hebben ontdekt of er een aanwijzing is over de plaats waar we het goud kunnen vinden.'

'En als hij jou belt?'

'Bartlett en ik hebben gisteravond een voice-oversubstituut uitgewerkt en hij zal die telefoontjes aannemen.'

'Leg dat eens nader uit,' zei Jane.

'Het is een heel slim apparaatje dat je aan de telefoon bevestigt en waardoor iedereen die praat exact hetzelfde klinkt als jij.' Hij glimlachte. 'Ik kan je verzekeren dat het werkt. Dit is niet de eerste keer dat Bartlett me moet dekken.'

'Dat verbaast me niet,' zei Jane. Toen zette ze zich schrap en zei tegen MacDuff: 'Mario gaat met ons mee.'

'Geen sprake van.' MacDuff draaide zich bliksemsnel naar Trevor toe. 'Wat ben je verdomme aan het doen?'

'Mij moet je er niet de schuld van geven.' Trevor stak zijn handen op. 'Ik heb er net zo op gereageerd als jij. Jane zegt dat Mario de vertaling af heeft en misschien een aanwijzing over het goud heeft gevonden. Maar hij zal ons de informatie niet verstrekken als we hem niet meenemen.'

'Een aanwijzing over het goud,' herhaalde MacDuff. 'Geloof je dat hij de waarheid spreekt?'

Jane knikte. 'Ja, maar honderd procent zeker ben ik er niet van. Hij is veranderd. Het kan zelfs zijn dat hij ons manipuleert om er zelf wijzer van te worden.'

'Om de moordenaar van zijn vader te grazen te kunnen nemen.' MacDuff zweeg even en dacht na. 'Het goud is belangrijk. Als Mario meegaat, zul jij ervoor moeten zorgen dat hij niemand voor de voeten loopt, Trevor. Ik zal het te druk met Jock hebben om Mario's hand te kunnen vasthouden.'

'Mario is geen kind meer. Je kunt redelijk met hem praten,' zei Jane.

'Zoals je dat kennelijk net hebt gedaan?' vroeg MacDuff.

'Dat is iets anders. Wij sloten hem buiten, en ieder van ons zou net zo hebben gereageerd. Met dat goud heeft hij een troef in handen. Daardoor moest ik toegeven. Zoals je zegt, is het belangrijk.' Ze keek hem recht aan. 'Hoe belangrijk is het voor jou? Ik dacht dat het er jou om ging onrecht ongedaan te maken.'

'Ik ben geen Sir Galahad. Ja, ik wil Reilly te grazen nemen.' Hij keek over het binnenplein naar het kasteel. 'Maar Trevor heeft me een deel van het goud beloofd, en dat zal ik nodig hebben. Dat móét ik in handen krijgen.'

'Niet als we een deal met Reilly kunnen sluiten,' zei Jane. 'We zullen onderhandelen als we die rotzak niet te grazen kunnen nemen, en dat grote kasteel van jou interesseert me niets, MacDuff.'

'Dat hoeft ook niet. Ik geef er genoeg om voor ons allemaal.' Hij knikte naar Mario, die de trap af kwam. 'Daar is jullie wetenschapper die een superheld wil zijn. Ik kom sterk in de verleiding de informatie gewoon uit hem te slaan en hem dan hier achter te laten. Trevor, je zult niet kunnen beweren dat jij er niet net zo over denkt.'

'Ik heb inderdaad met die gedachte gespeeld, maar hij is een man met een missie en het zou tijd kosten hem voldoende van zijn stuk te brengen om...'

'Nee,' zei Jane.

MacDuff haalde zijn schouders op. 'Dat lijkt dan voorlopig zo te zijn, maar als hij een probleem blijkt te vormen, zullen zich later nog andere gelegenheden voordoen.' Hij draaide zich om en liep de stal in. 'Trevor, zeg tegen hem dat hij haast moet maken als hij mee wil. Kom mee, Jock.'

Jane knikte snel naar Mario voordat ze achter MacDuff en Jock aan over het gangpad tussen de boxen door liep. 'Waar gaan we heen?'

'Naar Angus' plek,' zei Jock. 'Dat klopt toch?'

'Ja, en dat is heel gezellig.' MacDuff liep de derde box van achteren in. 'Als je tenminste geen bezwaar hebt tegen modder en de stank van schimmel.' Hij haalde een kist en drie zadels weg en toen werd een smerig valluik zichtbaar. 'Al moet de stank vroeger nog veel walgelijker zijn geweest. Angus had er terdege voor gezorgd dat niemand hierheen wilde. De grond werd altijd bedekt door een laag mest.'

'En waar komt dit valluik op uit?' Trevor had hen ingehaald en keek de duisternis in. 'Een trap?'

'Ja. Een wenteltrap die uitkomt bij de voet van de klif, bij de zee.' MacDuff maakte een kist naast het valluik open en haalde er een zaklantaarn uit. 'Iedereen moet zo'n zaklantaarn pakken en meenemen. Verlichting is hier niet en de trap draait te sterk om genoeg te hebben aan één leider met een zaklantaarn. Zodra je een bocht door bent, bevind je je in het volslagen donker, en de treden zijn nat en heel glibberig.' MacDuff liep de trap echter snel en zeker af. 'Kijk uit, want anders zul je eindigen met een schedelbasisfractuur. Mijn overgrootvader was op een avond een beetje dronken geworden, is gevallen en heeft toen twee jaar het bed moeten houden. Hij was bijna overleden voordat het hem was gelukt de trap weer op te klauteren.'

'Was er niemand bij hem?'

'Natuurlijk niet. Deze trap is een familiegeheim dat wordt doorgegeven van vader op zoon. Angus heeft hem laten aanbrengen toen het kasteel werd gebouwd. Hij was bedoeld als ontsnappingsroute naar zee, en er is een andere gang die naar de heuvel buiten de hekken leidt en hem zo in staat stelde achter een aanvallend leger te komen. Hij leefde in gevaarlijke tijden en wilde altijd op alles voorbereid zijn.'

'Dat was eeuwen geleden.' De treden waren inderdaad glad, dacht Jane, die de muur als steuntje gebruikte. 'En je wilt zeggen dat niemand van het bestaan hiervan op de hoogte was?'

'Ja. Er bestaat zoiets als eergevoel. We mochten het niemand buiten de directe familie vertellen. In latere jaren was het niet meer zo van cruciaal belang, maar wij zijn een familie die in traditie gelooft.'

'Jock lijkt hier anders wel van op de hoogte te zijn.'

'Pas sinds ik hem heb meegenomen uit Colorado, en hij zal liever sterven dan het aan iemand anders vertellen. Nog twee meter, en dan draaien we naar links. Daar begint de tunnel naar de heuvel.'

Ze kon die tunnel vaag zien terwijl ze naar links draaide. 'Hoeveel verder nog?'

'Niet ver. Hier wordt de trap steiler. Wees dus extra voorzichtig.'

'Wat gaan we doen als we bij de zee zijn?' vroeg Trevor. 'Zwemmen?'

'Angus was sterk genoeg om de ruim zes kilometer om de landtong heen te zwemmen, maar zijn afstammelingen waren niet zo spartaans. Er ligt een motorboot bij de voet van de trap. We zullen roeiriemen gebruiken in plaats van de motor aan te zetten en als we dicht bij de rotsen blijven moeten we over twintig minuten op veilige afstand van het kasteel zijn.'

'En dan?' vroeg Trevor.

'Ik zou niet alles voor jou moeten hoeven doen,' zei MacDuff. 'Colin, een van de dorpsbewoners, wacht ons daar met een auto op om ons naar Aberdeen te brengen. Ik neem aan dat jij daar wel voor transport naar de Verenigde Staten kunt zorgen?'

'Ik zal Kimbrough in Parijs bellen zodra we in de auto zitten. Ik heb al een paar jaar niet meer van zijn diensten gebruikgemaakt, en hij moet Grozak onbekend zijn.'

'Hoelang zal hij erover doen om hier te zijn?'

'Een paar uur, als hij geen andere klus heeft. Als dat wel zo is, zal ik iemand anders bellen.'

Jane hoorde Mario achter haar een kreet slaken en toen vloeken. 'Verdomme! Hoeveel verder nog, MacDuff? Ik had bijna mijn enkel gebroken.'

'Jammer dan,' zei MacDuff. 'Mensen die niet zijn uitgenodigd hebben het recht niet om te klagen.'

Trevor en zij waren ook niet uitgenodigd, dacht Jane, en ze vroeg zich af wat MacDuff zou doen als…

Ze hoorde geklots. 'Wat is dat?'

'Als het vloed is komen de onderste treden onder water te staan,' zei MacDuff. 'Ik zal door dat water heen moeten waden om bij de boot te komen. Niets om je zorgen over te maken.' Toen voegde hij daar sluw aan toe: 'Behalve dan over een aal of een krab die met de vloed meekomt. Maar jou zal niets gebeuren, want je loopt niet op blote voeten.'

'Wat een troostrijke gedachte.' Even later zag ze MacDuff en Jock weer. Ze stonden tot hun dijbenen in het water en liepen de laatste treden af naar een slanke zwarte en crèmekleurige motorboot die aan een stalen paal was vastgemaakt. Iets verderop zag ze een smalle opening naar de zee.

'Is alles goed?' Trevor was nu vlak achter haar, en ze had niet beseft dat ze was blijven staan.

Ze knikte en liep verder, met haar kleine rugtas over haar schouder.

Even later stond ze tot haar middel in koud, zout water. Ze snakte onderdrukt naar adem en liep toen verder. Nog weer iets later was ze bij MacDuff en Jock, die de boot in klommen.

Jock draaide zich om en stak haar een hand toe. 'Geef me je rugtas. Dan zal ik je de boot in trekken.'

'Dank je.' Ze gooide hem de tas toe en liet zich aan boord hijsen. MacDuff maakte een kist open en pakte roeispanen. 'Jock, jij kent hier behoorlijk goed de weg,' zei Jane.

'De kasteelheer wilde me aldoor dicht bij zich hebben toen we hier net terug waren. Hij moest hier werken en hij wilde mij niet in mijn eentje achterlaten.'

Omdat Jock zelfmoordneigingen had gehad. 'Ik twijfel er niet aan dat je hem goed hebt geholpen.'

'Dat heb ik in elk geval geprobeerd,' zei Jock ernstig. 'Ik heb gedaan wat hij me opdroeg, maar ik wist niet alles wat Angus en de kasteelheer wisten. Dit was Angus' plek. De kamer van Angus.'

'Kamer?'

'Al die traptreden, en de duisternis... Ik raakte de weg kwijt. Ik was wazig in mijn hoofd en de kasteelheer heeft me een keer uit het water moeten trekken.'

De weg kwijt? Bedoelde hij geestelijk of...

'Jock, ik heb je nodig,' riep MacDuff.

Jock ging meteen naar hem toe.

'Je bent doorweekt.' Trevor klauterde de boot in. 'Heb je hier handdoeken, MacDuff?'

'In de kist onder het stuurwiel.' MacDuff gaf Jock een roeispaan. 'Ze kan zich later afdrogen. Nu moeten we maken dat we wegkomen.'

'Ik kan roeien,' zei Mario, die nu eveneens aan boord was. 'Dat heb ik in mijn studententijd vaak gedaan.'

'Ga je gang. Verdien je eigen overtocht.' MacDuff gaf hem een roeiriem. 'Maar je zult merken dat het roeien hier niet zo gemakkelijk is.'

Trevor vond een handdoek en gaf die aan Jane. 'Droog je af. We hebben er niets aan als je ziek wordt.'

'Maak je over mij geen zorgen.' Ze probeerde iets van het water in haar kleren door de handdoek te laten opzuigen en keek bedenkelijk. 'Geen enkele aal gezien, MacDuff.'

'Werkelijk? Dan heb je mazzel gehad.'

'Laten we hopen dat dat zo blijft.' Trevor maakte de boot los. 'Neem ons mee, MacDuff.'

Kimbrough trof hen op het vliegveld buiten Aberdeen, waar Trevor was geland toen ze vanuit Harvard naar Schotland waren gegaan. Het was een kleine man van rond de veertig, en hij gedroeg zich heel zakelijk. 'Klaar om te vertrekken,' zei hij tegen Trevor. 'Ik heb een nepvliegplan met bestemming New Orleans ingediend. In Chicago zullen we moeten tanken, maar als het goed gaat komen we over ongeveer negen uur aan in Denver.'

'Prima.' Hij draaide zich om naar MacDuff. 'Je zei dat je toen je achter Jock aan was gegaan een huis buiten Denver hebt gebruikt. Denk je dat een semibekende omgeving zou helpen zijn geheugen te stimuleren?'

'Geen idee, maar kwaad zal het niet kunnen. We moeten een plek hebben om te beginnen. Ik zal het verhuurbedrijf bellen zodra we in het vliegtuig zitten.'

'Dat kun je niet doen. Ze zullen je naam herkennen en we moeten hoe dan ook voorkomen dat iemand ons kan opsporen.'

'Ze zullen de naam Daniel Pilton herkennen. Denk je nu echt dat ik het risico wilde lopen dat Reilly te weten zou komen waar Jock was?' Hij gebaarde naar Jock en Mario. 'Ga aan boord. Ik kom zo.' Nadat Jock en Mario in het toestel waren verdwenen, ging MacDuff grimmig door. 'Het is heel goed mogelijk dat Jock zal bevriezen zodra hij weer in de achtertuin van Reilly is.'

'Is dit geen tijdverspilling?' vroeg Jane. 'Volgens Jock is Colorado niet de achtertuin van Reilly. Hij had het over Idaho.'

'Ja, maar we weten niet wáár we daar moeten beginnen. Hij deed er te vaag over.' MacDuff perste even zijn lippen op elkaar. 'En geloof me als ik je zeg dat hij niet vaag is over Colorado. Dat zou je weten als je hem in die eerste maand nadat ik hem had gevonden, had gezien.'

'Maar je zei dat hij geen idee had wat hij daar deed.'

'Ik heb toen niet aangedrongen, want wat daar ook is gebeurd… het was genoeg om hem over de rand te duwen.' Hij liep de vliegtuigtrap op. 'Hij was al voldoende getraumatiseerd zonder dat ik in die wond ging peuteren.'

'Misschien zul je dat toch alsnog moeten doen,' zei Jane, die achter hem aan liep. 'Als hij dát niet meer weet, hoe kan hij zich dan herinneren wat er daarvóór is gebeurd?'

'Mijn hemel. Jij bent een harde,' zei MacDuff terwijl hij in het toestel verdween. 'En dat terwijl ik dacht dat ik gevoelloos was.'

Was ze hard? Wat ze had gezegd, was zonder erbij na te denken over haar lippen gekomen. Ze wilde het beste voor Jock, en ze zou hem helpen als ze daartoe in staat was. Maar het allerbelangrijkste was dat ze Reilly vonden. Dus misschien was ze inderdaad wel zo hard als MacDuff dacht.

'Die rotzak heeft je gekwetst,' zei Trevor, die achter haar aan liep, ruw. 'Hij mag van mij een hoge boom in.'

Ze probeerde te glimlachen. 'Hij heeft waarschijnlijk gelijk. De vriendelijkste vrouw ter wereld ben ik nooit geweest. Ik ben niet poeslief, en ook niet verdraagzaam. Ik heb zelfs Mike hard aangepakt wanneer hij zich niet op de door mij gewenste manier gedroeg.'

'Voel je je nu opeens weer schuldig?' Voordat ze het vliegtuig in kon stappen hield hij haar staande door een hand op haar schouder te leggen. 'Poeslief ben je inderdaad niet, en je bent zo onverdraagzaam als de pest. Af en toe kun je zachtaardig zijn, maar die gevoelens bewaar je meestal voor honden, Eve en Quinn.' Hij keek haar recht aan. 'Maar je bent ook eerlijk en slim en elke keer wanneer ik je zie glimlachen, geef je me het gevoel naar een zonsopkomst te kijken.'

Even kon ze geen woord uitbrengen. 'O.' Ze wist niet wat ze moest zeggen. 'Wat... poëtisch. En helemaal niets voor jou.'

'Dat ben ik met je eens.' Hij glimlachte. 'Dus zal ik die uitspraak afzwakken door te zeggen dat ik met jou de beste seks ooit heb gehad en ik oppervlakkig genoeg ben om te willen dat Jock zijn doorbraak niet had gekregen op een avond waarop ik van plan was me samen met jou een ongeluk te neuken. Is dat eerlijk genoeg?' Hij duwde haar de deur door. 'Later volgt meer. Nu moet ik naar de cockpit om met Kimbrough te praten.'

'Ik moet Eve bellen.'

'Dat had ik al verwacht, en het is ook maar het beste dat je Eve en Joe belt, want wie weet wat ze doen als ze niets van jou horen of je niet kunnen bereiken. Maar je kunt niet zeggen waar we zijn of wat we doen. Zeg alleen dat je veilig bent en later weer contact zult opnemen. Afgesproken?'

Daar dacht Jane over na. 'Voorlopig wel. Hoewel ze er niet blij mee zullen zijn, valt er op dit moment sowieso niet veel te vertellen. Maar ik zal ze niet lang in onzekerheid laten.'

'Ik hoop uit de grond van mijn hart dat dat ook niet zal hoeven. Of we krijgen van Jock te horen wat we weten willen, of dat gebeurt niet. Wil je met dat telefoontje wel wachten tot we in Chicago zijn geland?'

Ze keek hem na terwijl hij door het gangpad liep en zij naast Mario ging zitten. Trevor was vriendelijk geweest en dat had haar op dit spannende moment verbaasd. Zo'n groot deel van hun relatie was gebaseerd op de seksuele aantrekkingskracht die hun levens jarenlang zo sterk had overheerst. Zelfs nu reageerde haar lichaam nog op hem zodra ze naar hem keek. Maar inmiddels was er sprake van meer dan pure hartstocht. Er was ook warmte. Ze dwong zichzelf niet langer naar Trevor te kijken en zei tegen Mario: 'Je bent sinds ons vertrek heel stil geweest.'

'Ik was tot de conclusie gekomen dat het dwaasheid zou zijn te proberen deel te nemen aan het gesprek als niemand me wil horen. Het is me gelukt met jullie mee te gaan, maar welkom ben ik niet. Dus zal ik toekijken en luisteren en een manier vinden om aan dit alles mijn eigen bijdrage te leveren.'

'Je eigen bijdrage? Je hebt nu niet direct de indruk gewekt dat je koos voor een gezamenlijke operatie.'

'Ik ben geen dwaas. Ik ken mijn grenzen.' Hij keek naar Jock. 'Maar hij heeft nog meer beperkingen dan ik. We riskeren veel door erop te hopen dat hij niet volledig zal instorten.'

'We hebben geen keus.' Ze zweeg even. 'Tenzij jij besluit ons iets te geven waarmee we kunnen onderhandelen.'

Hij schudde zijn hoofd. 'Je begrijpt het niet. Ik ben niet gevoelloos. Ik wil geen ramp als die van 11 september veroorzaken. Maar ik moet zelf een kans hebben die hufters te grazen te nemen.' Hij leunde achterover in zijn stoel en deed zijn ogen dicht. 'Nu ga ik een dutje doen. Dus blijf me niet ophitsen. Daar zul je trouwens toch geen succes mee hebben.'

'Ik zal dat wel degelijk blijven doen, en misschien zul je dan op een helder moment beseffen dat "een kans" de prijs niet waard is.'

Hij reageerde niet en bleef zijn ogen dicht houden. Het was duidelijk dat hij van plan was haar verder te negeren.

Laat hem zijn gang maar gaan, dacht ze. Als ze in Colorado waren, zou ze de kans wel krijgen hem opnieuw onder druk te zetten. Ze glimlachte triest bij dat idee. MacDuff had haar ervan beschuldigd Jock het vuur na aan de schenen te leggen, en nu deed ze hetzelfde met Mario. Door wat Trevor tegen haar had gezegd twijfelde ze duidelijk niet meer aan zichzelf.

Nee. Die woorden hadden haar een warm gevoel van binnen gegeven, maar ze had zich snel hersteld omdat dat haar aard was. Haar leven lang was besluiteloosheid de vijand geweest. Je moest vooruit. Je kon geen stap naar achteren zetten of stil blijven staan. Een andere manier van doen kende ze niet.

Dus konden MacDuff en Mario barsten. Ze zou doen wat ze altijd had gedaan. Ze zou proberen haar wereld naar eigen inzichten vorm te geven. Dat was de enige manier om...

'Kom met me mee.' Trevor stond naast haar. 'Ik moet met je praten.'

'Waarom zou...' Ze zweeg toen ze zijn gezichtsuitdrukking zag, ging staan en liep achter hem aan richting cockpit. 'Is er een probleem?'

'Misschien.' Hij klemde even zijn kaken op elkaar. 'Ik ben net gebeld door Venable. Hij heeft één zin over zijn lippen laten komen en toen de verbinding verbroken. "Sorry, maar ik heb haar gewaarschuwd," zei hij.'

'Wat bedoelt hij daarmee?'

'Bel Eve. Kijk of zij iets weet.'

Ze toetste het nummer in. 'Eve, je spreekt met Jane. Er is iets eigenaardigs...'

'Verbreek de verbinding en maak dat je daar weg komt,' reageerde Eve kortaf. 'Joe is net te weten gekomen dat de Binnenlandse Veiligheidsdienst de zaak overneemt en de CIA uit beeld laat verdwijnen. Ze zijn van plan iedereen bij MacDuff's Run op te pakken, jullie allemaal te ondervragen en een eigen onderzoek in te stellen.'

'Shit! Dat kunnen ze niet doen. Dat zou Grozak tot actie aanzetten en onze mogelijkheden beperken.'

'Toch zal het gebeuren. John Logan heeft geprobeerd hen tot andere gedachten te brengen, maar hij heeft te goed voldaan aan het verzoek de Binnenlandse Veiligheidsdienst in beweging te krijgen. Ze zijn bang een slechte indruk te maken als ze geen actie ondernemen, en daardoor zijn ze in paniek geraakt. Verbreek nu

277

de verbinding. Onze telefoon wordt afgeluisterd en op deze manier kunnen ze jou traceren.'

'Prima. Dan zullen ze beseffen dat we niet meer bij MacDuff's Run zijn. Het zou zinloos zijn het kasteel in te rennen en te proberen ons te arresteren.'

'Geen arrestatie. Alleen een verhoor.'

'Dat komt in wezen op hetzelfde neer. Ze zullen onze bewegingsvrijheid beperken, en dat kunnen we ons op dit moment niet permitteren. We hebben een kans, Eve.' Ze keek even naar Trevor. 'Ik zal de verbinding verbreken en Trevor vragen je te bellen. Ze kunnen hem traceren, en dan zullen ze weten dat hij ook niet bij de Run is. Probeer iemand van de Binnenlandse Veiligheidsdienst te bereiken en zeg dat ze alles voor niets zullen verpesten.'

'Die mededeling hebben ze inmiddels al gehoord,' zei Eve. 'Ik zal ervoor zorgen dat John die nog eens herhaalt. Hij kan dat doen op een manier die zij het beste begrijpen. Een monumentale blunder zal hen regelrecht in de politieke *hot seat* plaatsen. Misschien zullen ze dan uit de buurt van de Run blijven, maar reken er niet op dat ze dan ook hun pogingen zullen staken jou te vinden. Pas goed op jezelf.' Ze verbrak de verbinding.

'Bel haar,' zei Jane tegen Trevor. 'De Binnenlandse Veiligheidsdienst heeft de zaak overgenomen en haar telefoon afgetapt. We moeten proberen hen uit de buurt van MacDuff's Run te houden.'

Trevor knikte en toetste het nummer van Eve in. Jane leunde tegen de wand van het vliegtuig en luisterde terwijl hij een paar minuten met Eve sprak. Toen verbrak hij de verbinding. 'Dat zou voldoende moeten zijn. Ik ben zo weer terug.'

'Waar ga je heen?'

'Ik ga tegen MacDuff zeggen dat hij zijn politieke vrienden in Londen moet bellen, en dat die ervoor moeten zorgen dat er allerlei obstakels worden opgeworpen om te voorkomen dat de Amerikaanse Binnenlandse Veiligheidsdienst met zijn tengels aan de Run komt. Om in het buitenland te kunnen opereren hebben ze speciale toestemming nodig, en ze hebben geen enkel concreet bewijs van een gepleegde misdaad. De Engelse regering zal geen kwaad woord over MacDuff geloven.'

'Hmmm. Je hebt me inderdaad verteld dat MacDuff een soort volksheld is.'

'En daar zouden wij ons voordeel nog wel eens mee kunnen doen.'

Ze zag hem naar MacDuff lopen en met hem praten.

MacDuff knikte, pakte zijn mobiel en toetste een nummer in.

Even later was Trevor weer terug bij Jane en maakte de deur van de cockpit open. 'Nu moeten we maken dat we wegkomen. Geef me je telefoon.' Dat deed ze. 'Ik zal Kimbrough opdracht geven laag te vliegen en al onze mobieltjes meteen na het opstijgen in de Atlantische Oceaan te laten verdwijnen. Zodra we in Colorado zijn, zal ik Brenner vragen andere satelliettelefoons voor ons te regelen.'

'Kunnen ze een mobieltje dan zo gemakkelijk traceren?'

'Dit is een elektronische wereld en alle inlichtingendiensten gebruiken satellieten om te spioneren. Ze kunnen op bijna alles inzoomen, en ze hebben ons waarschijnlijk al gevonden.' Toen richtte hij het woord tot Kimbrough. 'We moeten weg. Kijk of je de luchtverkeersleiding tot spoed kunt manen.' Hij deed de deur van de cockpit weer dicht en zei tegen Jane: 'Ga zitten en maak je veiligheidsgordel vast.'

Ze knikte, maar kwam niet in beweging. Ze voelde zich verdoofd en probeerde de implicaties van wat er was gebeurd te verwerken. 'Kan Venable alles niet uitleggen en die figuren bij ons uit de buurt houden?'

'Dat heeft hij waarschijnlijk al op alle mogelijke manieren geprobeerd. De Binnenlandse Veiligheidsdienst is tegenwoordig oppermachtig, en soms kunnen die lui niet goed samenwerken met anderen.' Hij fronste zijn wenkbrauwen. 'Zoals hij al zei: daar had hij je voor gewaarschuwd.'

'Dan kunnen we dus niet rekenen op hulp van de CIA,' zei Jane langzaam. 'En we kennen niemand in de Binnenlandse Veiligheidsdienst. We kunnen er niet op rekenen dat zij ook maar iets geloven van wat wij zeggen, of ons iets anders zullen laten doen dan wat zij dicteren. We zijn dus volledig op onszelf aangewezen.'

'Inderdaad.' Trevor trok zijn wenkbrauwen op. 'Maar dat was eerder ook al vrijwel zo.'

'Toen hadden we in Venable een sterke back-up. In die tijd voelde ik me veiliger.'

'We zullen proberen hen er weer bij te halen zodra we Reilly hebben gevonden,' zei Trevor. 'Maar als je Jock liever vergeet en jezelf in hun capabele handen wilt plaatsen, zouden we natuurlijk de Binnenlandse Veiligheidsdienst kunnen bellen met het verzoek ons op het vliegveld op te wachten.'

'Nee!'

'Dat dacht ik wel.' Hij maakte de deur van de cockpit weer open. 'Probeer een beetje te slapen. Kimbrough moet ons vluchtplan veranderen. We zullen in Detroit tanken en dan zal ik Bartlett bellen om te kijken of het Eve is gelukt de Binnenlandse Veiligheidsdienst te weerhouden van een inval in MacDuff's Run.'

17

Trevor belde MacDuff's Run een paar minuten voordat ze in Detroit weer zouden opstijgen.

Toen het gesprek ten einde was, liep hij de telefooncel uit en zei: 'Niemand gesignaleerd bij de Run. Gezien het feit dat er inmiddels uren zijn verstreken, betekent dat waarschijnlijk dat ze hun plan niet hebben doorgezet.'

'Godzijdank.'

'Bedank Eve en haar vriend John Logan er maar voor.' Met grote stappen liep hij terug naar het vliegtuig. 'Maar het betekent niet dat ze niet zullen proberen ons op te pakken als ze ons kunnen vinden. We bevinden ons op hun grondgebied, en bovendien zijn we hier ook nog eens illegaal. Ze zullen niet zo tot medewerking bereid zijn als Venable dat was.' Hij keek even verbaasd. 'Ik had nooit gedacht dat ik het erg zou vinden Venable kwijt te raken.'

'Omdat je hem onder controle had,' zei Jane.

'Nee. Omdat ik hem respecteerde. Of jij dat nu wilt geloven of niet.' Hij glimlachte vaag terwijl hij achter haar aan de vliegtuigtrap op liep. 'En ja. Ik had hem inderdaad onder controle, en ik hoop uit de grond van mijn hart dat hij niet ernstig in aanvaring is gekomen met Sabot.'

Het chalet was een kleine, drie slaapkamers tellende bungalow die tussen twee bergen was genesteld, en rond het bevroren meer stonden er her en der nog meer.

Jock stapte de huurauto uit en keek naar de voordeur. 'Ik herinner me deze plek.'

'Dat hoort ook zo, want je bent hier nog niet zo heel erg lang geleden geweest,' zei MacDuff. Hij beende het trapje op en haalde de deur van het slot.

'Weet je nog waar je was toen hij je vond?' vroeg Jane aan Jock terwijl zij eveneens de auto uit stapte.

'Dokters.' Jock liep langzaam het trapje op. 'Ze begrepen het niet. Ze wilden me niet... Bloed... Ze hebben me op het bed vastgebonden en wilden me niet laten doen wat ik moest doen.'

'Omdat dat fout was,' zei Jane. 'Het is niet goed jezelf van het leven te beroven.'

Hij schudde zijn hoofd.

'Laat hem met rust,' zei Trevor terwijl hij en Mario uitstapten. 'Geef hem de kans vertrouwd te raken met de omgeving.'

Jane knikte. 'Het was niet mijn bedoeling hem onder druk te zetten. Dat gebeurde gewoon.'

'Jock en ik zullen de eerste slaapkamer na de huiskamer delen,' zei MacDuff over zijn schouder. 'Verderop in de gang is een kantoortje met een opklapbed, en daaraan grenst weer een slaapkamer met twee eenpersoonsbedden. Jullie mogen zelf bepalen wie waar slaapt.'

'Volgens mij zouden we hier helemaal niet moeten zijn,' zei Mario. 'We kunnen ons hier niet gezellig installeren, verdomme. Wanneer gaan we iets dóén?'

'Vanavond.' MacDuff zond hem een koele blik toe. 'Jock moet even uitrusten en eten. Daarna gaan we op pad.'

'Sorry,' mompelde Mario. 'Ik ben een beetje gespannen.' Hij liep langs MacDuff en Jock de bungalow in. 'Ik neem het opklapbed wel. Tot straks.'

'Jock, steek de haard aan.' Zodra Jock naar binnen was gegaan, draaide MacDuff zich om naar Jane en Trevor. 'Dit zal niet werken. Mario is gespannen? Hoe zit het dan met Jock? Hij is al zenuwachtig, en nu moet hij bij elke stap die hij zet ook nog eens rekening houden met een heel comité? Jullie moeten allemaal teruggaan naar de Run en Jock aan mij overlaten.'

'Dat is niet wat Jock wil,' zei Jane, maar ze begreep wel waarom MacDuff hier bezwaar tegen aantekende. Dat moment op de veranda had haar ook een beetje van streek gemaakt. Het was duidelijk dat Jock zich zijn zelfmoordpoging in het krankzinnigengesticht herinnerde, en dat hem dat in verwarring bracht. 'Wat was je voor vanavond van plan?'

'Jock is op een weg even buiten Boulder opgepakt door de politie. Ik zal hem daarheen meenemen en dan kijken wat er gebeurt.'

'Je bent niet van plan dicht bij hem te blijven?'

'Natuurlijk blijf ik in de buurt, maar ik wil dat hij zich eenzaam voelt.'

'En jij beschuldigt mij ervan gevoelloos te zijn?'

'Dat is iets anders. Hij is een van...'

'De jouwen,' vulde Trevor aan. 'En dan moet alles worden vergeven?'

'Vraag dat maar aan hem,' zei MacDuff. 'Wij hadden hier samen moeten zijn. Jullie zijn allemaal buitenstaanders.'

'Jock wilde dat déze buitenstaander meeging,' zei Trevor, en hij wees op Jane. 'En omdat dit een eenvoudige eerste verkenningstocht met Jock is, bied ik aan hier te blijven – samen met Mario – en te voorkomen dat hij tussenbeide komt als jij Jane meeneemt.'

MacDuff dacht even na. 'Dat verbaast me. Ik had een fellere discussie verwacht.'

'Waarom? Het is geen slecht plan. Jij wilt Jock wakker schudden en te veel omstanders zouden zijn concentratie verstoren. Mario is een probleem. Het enige gevaar binnen deze situatie kan van Jock komen, maar als jij erbij bent moet Jane veilig zijn.' Hij keek MacDuff recht aan. 'Probeer me alleen niet buiten te sluiten als we dicht in de buurt van Reilly komen.'

MacDuff haalde zijn schouders op en liep met grote passen het huis in.

'Het verbaast mij ook,' zei Jane zacht. 'Je bent geen type om voor babysitter te spelen.'

'Dat doe ik om te bewijzen hoe redelijk en zelfopofferend ik kan zijn.'

Ze keek hem sceptisch aan.

'De waarheid?' Zijn glimlach verdween. 'Sinds we in Aberdeen in dat vliegtuig zijn gestapt heb ik een onaangenaam gevoel. Dit hele scenario zou nog wel eens helemaal fout kunnen gaan.'

'Maar we zijn in actie gekomen. Er gebeurt nu in elk geval iets.'

'Dat weet ik, en daarom geef ik MacDuff nu een beetje de vrije hand, om later meer medewerking van hem te krijgen. Als jullie vanavond weg zijn zal ik proberen Mario ervan te overtuigen ons meer te vertellen over die laatste tekst van Cira. Misschien met behulp van splinters onder zijn vingernagels. Grapje!' Hij gaf haar een snelle, harde zoen. 'Wees voorzichtig met Jock. Misschien gelooft hij dat hij er klaar voor is om ons te helpen, maar hij zou elk moment kunnen exploderen.'

'Jock, herken je hier iets?' Jock zat naast haar en ze kon voelen hoe gespannen al zijn spieren waren. Ze reden al twee uur rond en pas de laatste kilometers had ze iets in Jock zien veranderen. Ze keek naar buiten. Ze waren in een redelijk bevolkt gebied even buiten Boulder en de huizen die ze passeerden leken bij golfterreinen te horen. 'Ben je hier ooit eerder geweest?'

Hij schudde houterig zijn hoofd en keek recht voor zich uit.

'Hoe dicht zijn we bij de plek waar de politie hem heeft gevonden?' vroeg ze aan MacDuff.

'Zo'n negen tot twaalf kilometer. Dicht genoeg in de buurt om erheen te kunnen lopen.' Hij nam Jock even aandachtig op. 'Hij reageert beslist op deze omgeving, want hij trekt zich helemaal in zichzelf terug.' Opeens reed hij naar de berm van de weg. 'Laten we maar eens kijken of we hem open kunnen breken. Jock, uitstappen.'

Jock schudde zijn hoofd.

'Hij is doodsbang,' fluisterde Jane.

'Jock, uitstappen,' herhaalde MacDuff, en zijn stem klonk als een zweepslag. 'Nú!'

Moeizaam kwam Jock in beweging om het portier open te maken. 'Alstublieft...'

'Ga. Je weet waarom je hier bent.'

Jock stapte uit. 'Dwing me hier niet toe.'

MacDuff drukte het gaspedaal in en reed weg.

Jane draaide zich om, keek naar Jock en had erg met hem te doen. 'Hij staat daar gewoon. Hij begrijpt het niet.'

'Hij begrijpt het wel, en zo niet, moet hij het leren begrijpen,' zei MacDuff ruw. 'Hier moet een eind aan komen. Jij wilt dat Jock de wereld redt. Ik wil alleen dat hij zichzelf redt, en dat kan hij niet doen door zijn kop in het zand te steken. Dit is zijn kans, en die zal hij moeten pakken.'

'Daar zal ik niet tegen ingaan.' Jane dwong zichzelf niet langer naar Jock te kijken. 'Hoelang laten we hem alleen?'

'Een halfuur. We rijden door naar de volgende afslag en draaien dan om.'

'Een halfuur kan lang zijn.'

'Een leven. Zijn leven.' Hij gaf nog meer gas. 'Of zijn geestelijke gezondheid.'

'Ik zie hem niet.' Jane keek gespannen beide zijkanten van de weg af. MacDuff was al drie keer langzaam langs de plek gereden waar ze Jock hadden achtergelaten, en ze hadden nog steeds geen spoor van hem kunnen ontdekken. 'Waar is hij?'

'We zijn langs de golfbaan van Timberlake gereden, en langs de wijk die Mountain Streams wordt genoemd. We herhalen deze exercitie nog een keer en dan gaan we zoeken...'

'Daar is hij!' Jane had net iemand in de greppel langs de weg gezien. 'O, mijn hemel. Denk je dat hij is aangereden door een auto, of...' Ze sprong de auto uit zodra MacDuff die met piepende remmen tot stilstand had gebracht. 'Jock, ben je...'

'Vier acht twee.' Jock keek haar niet aan. Hij staarde recht voor zich uit. 'Vier acht twee.'

'Is hij gewond?' MacDuff liet zich naast haar op zijn knieën zakken en richtte zijn zaklantaarn op de jongen. 'Jock, wat is er gebeurd?'

Jock keek hem niets ziend aan. 'Vier acht twee.'

MacDuff liet zijn handen over Jocks armen en benen glijden. 'Ik geloof niet dat hij is aangereden. Geen duidelijk letsel.'

'Ik denk dat het letsel verdomd duidelijk is.' Ze probeerde haar stem kalm te houden. 'Mijn god. Wat hebben we gedaan?'

'Wat we moesten doen.' Hij pakte Jocks schouders en dwong hem zo hem aan te kijken. 'Wij zijn hier nu. Er zal niets gebeuren. Je hoeft niet bang te zijn.'

'Vier acht twee.' Opeens klapte Jock dubbel en deed zijn ogen dicht. 'Nee. Kan het niet doen. Te klein. Vier acht twee.'

'Jezus,' fluisterde Jane.

MacDuff gaf haar de zaklantaarn. 'We moeten hem mee terug nemen naar de bungalow.' Hij tilde Jock op. 'Rijd jij maar. Ik ga samen met hem op de achterbank zitten, want ik weet niet wat hij straks zal doen.'

'Ik ben niet bang. Hij heeft het verschrikkelijk moeilijk.'

'Jij rijdt,' herhaalde MacDuff terwijl hij rechtop ging staan. 'Als hier een risico aan verbonden is, ben ik degene die dat neemt.'

Omdat Jock een van de mensen van MacDuff was. Aan de bezitterige manier waarop hij Jock vasthield kon ze zien dat een discussie zinloos was. Verder wilde ze ook niets anders doen dan de jongen zo snel mogelijk naar de bungalow terugbrengen.

482.

Het licht van de zaklantaarn die MacDuff haar had gegeven bescheen de plek op de grond waar Jock had gezeten.

482. De cijfers stonden diep in de aarde gekrast. Telkens weer. 482. 482. 482.

'Jane.'

Ze keek op toen MacDuff haar riep en liep snel naar de auto.

'Hoe is het met hem?' vroeg Mario toen ze Jocks kamer uit liep.

'Dat weet ik niet.' Ze keek even om naar de deur. 'Die arme jongen lijkt vrijwel catatonisch.'

'Misschien komt het doordat ik godsdienstig ben opgevoed,

maar het kost me moeite medelijden te hebben met een moordenaar.' Hij perste even zijn lippen op elkaar. 'En als je er eens wat dieper over nadenkt... Als hij met Reilly heeft samengewerkt, is hij een van de hunnen.' Hij stak een hand op. 'Ik weet het. Ik ben hier in de minderheid, maar ik kan hem begrip noch vergiffenis schenken.'

'Dan kun je beter uit de buurt van MacDuff blijven, want die heeft op dit moment een vrij kort lontje,' zei Trevor.

Mario knikte. 'Ik heb er geen enkele behoefte aan hem tegen de haren in te strijken. Misschien kan hij alsnog iets uit Jock lospeuteren.' Hij liep naar de keuken. 'Ik ga een pot koffie zetten.'

'Vier acht twee,' zei Trevor, en hij keek naar de slaapkamerdeur van Jock. 'Zegt hij dat nog steeds?'

Ze knikte. 'Als een mantra.'

'Maar die mantra is pas begonnen bij dat specifieke deel van de weg. Heeft MacDuff geprobeerd hem vragen te stellen?'

'Nog niet. Zou jij dat wel hebben gedaan?'

'Waarschijnlijk niet. We hebben er niets aan als die jongen instort.'

'Het is behoorlijk triest dat wij ons zorgen moeten maken over wat wij nodig hebben in plaats over wat Jock nodig heeft.' Ze bracht hem meteen tot zwijgen toen hij iets wilde zeggen. 'Ik weet het,' zei ze vermoeid. 'Het is noodzakelijk, en ik was er helemaal voor om hem onder druk te zetten om antwoorden op onze vragen te krijgen. Mijn hart breekt alleen nu ik zie hoe moeilijk hij het heeft.'

'Er zijn twee mogelijkheden. We blijven hem onder druk zetten tot hij met informatie komt, of we trekken ons terug en laten hem weer in zijn schulp kruipen. Misschien zal het over een paar jaar beter met hem gaan, maar misschien ook niet. Kun jij de gevolgen van wachten rechtvaardigen?'

'Nee.'

'Dat dacht ik wel.' Hij draaide zich om. 'Maar je zult beter voorbereid zijn als je weet waartegen hij vecht. Daar zal ik aan werken.'

'Je doelt op vier acht twee?'

Hij knikte. 'Ik ben niet goed in het verzorgen en geruststellen van iemand, maar met een abstract probleem ben ik in mijn element. Ik heb nauwkeurig opgeschreven wat Jock vanavond volgens jou heeft gezegd, en ik zal proberen te achterhalen waar zijn obsessie met dat getal vandaan komt. Het zal niet gemakkelijk zijn. Vier acht twee kan de cijfercombinatie van een slot zijn, een deel van een kenteken, een voorgeprogrammeerd telefoonnummer, een adres, het nummer van een lot, een code voor een alarminstallatie, een toegangscode tot een compu...'

'Ik begrijp wat je bedoelt,' zei Jane. 'En als je nog meer mogelijkheden blijft noemen, word ik nog depressiever dan ik al ben. Ga er maar gewoon mee aan de slag.'

Hij knikte opnieuw. 'Ik zal beginnen met de gemakkelijkste optie.' Zacht legde hij een hand op haar arm. 'Ga bij Mario een kop koffie halen. Zo te zien ben je daar hard aan toe.'

'Misschien doe ik dat wel.' Zijn hand voelde warm en troostend aan en ze wilde niet weglopen. Dus gaf ze zichzelf nog een paar tellen voordat ze in beweging kwam. 'Ik zal MacDuff ook een kop koffie brengen. Hij is niet van plan van Jocks zijde te wijken en beschermt hem zoals een moeder dat met een baby doet. Het is vreemd een sterke man als MacDuff zo moederlijk bezig te zien.'

'Misschien dacht hij het beste te doen door Jock vanavond alleen bij die weg achter te laten, maar in situaties als deze is er altijd een element van schuld. Ik kom weer naar je toe zodra ik een lijst van mogelijkheden heb.'

'Wakker worden.'

Jane deed slaperig haar ogen open, zag Trevor naast haar gemakkelijke stoel op zijn knieën zitten en voelde zijn hand op haar wang. 'Wat...'

'Wakker worden.' Hij glimlachte. 'Ik heb misschien iets gevonden. Geen garanties, maar het is de moeite van het proberen waard.'

Ze ging rechtop zitten en schudde haar hoofd om dat helder te maken. 'Wat is de moeite waard?'

'Vier acht twee. Ik ben een tijdje bezig geweest met voorgeprogrammeerde telefoonnummers en heb toen adressen bekeken. Je zei dat Jock pas doorsloeg toen jullie langs Timberlake en Mountain Streams reden. Op het internet heb ik plattegronden bekeken. Geen vier acht twee in Timberlake, maar wel een in Mountain Streams. Hij gaf haar de uitdraai. 'Lilac Drive nummer vier acht twee.'

Ze raakte meteen opgewonden, maar probeerde koel en verstandig te blijven. 'Het kan toeval zijn.'

'Inderdaad.'

Moest ze verstandig zijn? Onzin. Ze was niet bereid zichzelf hoop te ontnemen. 'Zou het Reilly's adres kunnen zijn?'

Hij schudde zijn hoofd. 'Volgens het internet wordt dat pand nu bewoond door Matthew Falgow, zijn vrouw Nora en hun dochter Jenny. Falgow is een plaatselijke vakbondsleider, met een onberispelijke reputatie.' Hij gaf haar een andere uitdraai. 'Dit zijn foto's van hen, die tijdens de laatste vakbondsverkiezingen zijn genomen. 'Leuk meisje.'

Ze knikte afwezig terwijl ze naar de foto's keek. Een aantrekkelijk echtpaar van ergens in de veertig, met een aanbiddelijk blond meisje van een jaar of vier, vijf. Het dossier van Falgow was inderdaad brandschoon, en niets wées ook maar op subversieve activiteiten. 'Geen connectie met Reilly.'

'Misschien niet, maar misschien ook wel.' Hij leunde op zijn hielen. 'Herinner je alles wat Jock vanavond heeft gezegd, en benader dat dan vanuit een andere richting.'

Ze keek hem aan en voelde een koude rilling over haar rug lopen toen ze besefte welke kant hij op ging.

Hou op een lafaard te zijn, hield ze zichzelf voor. Zie het onder ogen. Ze wist dat het afschuwelijk zou zijn. Alles aan Reilly was corrupt en afgrijselijk.

Ze haalde diep adem en keek weer naar de foto van Falgow.

'Is hij wakker?' vroeg Jane aan MacDuff terwijl ze naar Jock keek. De ogen van de jongen waren dicht, maar zijn spieren waren gespannen.

'Ja,' zei MacDuff. 'Hij wil niet reageren als ik iets tegen hem zeg, maar hij is niet catatonisch en hij weet dat ik tegen hem praat.'

'Mag ik het proberen?'

'Mij best.'

'Wil je ons alleen laten?'

Hij keek haar strak aan. 'Dat zou Trevor niet prettig vinden.'

'O, kom nou toch. Hij is hulpeloos.'

'Dat kan binnen een seconde veranderen.' Hij keek naar het vel papier in haar hand. 'Waarom wil je met hem alleen zijn?'

'Trevor heeft een mogelijke oplossing gevonden van het raadsel vier acht twee. Jock houdt van jou en daardoor kampt hij met een groot innerlijk conflict. Maar hij houdt niet van mij en misschien kan ik tot hem doordringen.'

Hij keek nog altijd naar het vel papier. 'Ik wil dat zien.'

'Na afloop.'

Hij zweeg even. 'Weet Trevor dat je dit doet?'

'Hij weet niet dat ik jou verzoek weg te gaan. Hij is op de veranda. Met Mario.'

'En jij wilt niet dat ik me bij hen voeg.' Hij ging langzaam staan. 'Ik blijf op de gang, vlak bij de deur. Als je een teken van agressie ziet, moet je me meteen roepen. Binnen dertig seconden kan er een eind aan je leven zijn gekomen.'

'Jij bent de enige voor wie ik hem geweld heb willen zien plegen. Ik zal ervoor zorgen hem niet te laten denken dat ik een bedreiging voor jou vorm.'

'We hebben hem onderuitgehaald en het kan zijn dat hij is teruggegaan naar de tijd voordat ik hem in dat gesticht vond.'

'Geruststellende gedachte.'

'Ik wil niet dat jij je gerust voelt, want dat kan fataal zijn.' Hij maakte de deur open. 'Roep me als je me nodig hebt.'

Ze voelde zich helemaal niet gerust. Terwijl ze daar naar die mooie jongen stond te kijken was ze triest, boos en vervuld van afschuw. 'Jock, hoor je me?'

Geen reactie.

Ze ging op de rand van het bed zitten. 'Vier acht twee.'

Zijn spieren verstijfden nog meer.

'Lilac Drive. Eens heb je tegen me gezegd dat je niet van lelies hield. Omdat dat zulke mooie bloemen zijn, begreep ik niet waarom.'

Op de sprei balden zijn handen zich tot vuisten.

'Lilac Drive nummer vier acht twee.'

Hij haalde nu sneller adem.

'Vier, acht twee, Jock.'

Hij begon te hijgen en de ader in zijn keel klopte als een gek. Maar hij weigerde nog steeds zijn ogen open te doen. Ze moest een manier vinden om hem zo te schokken dat hij zich niet langer kon terugtrekken.

'"Klein. Te klein" bleef je zeggen. Er was een klein meisje in dat huis aan Lilac Drive. Heel leuk om te zien, roze wangetjes, blond haar. Ze heette Jenny, en ze was vier jaar oud.'

Zijn hoofd ging snel heen en weer. 'Nee. Drie...'

'Dat kun jij beter weten dan ik.' Ze zweeg. Hij was nog altijd te teruggetrokken. Oké. Sla hard toe, op welke manier dan ook, hield ze zichzelf voor. 'Jij hebt haar vermoord.'

'Nee!' Zijn ogen vlogen open. 'Klein. Te klein.'

'Je bent daarheen gegaan om haar te vermoorden.'

'Vier acht twee. Vier acht twee. Vier acht twee.'

'Reilly heeft je het adres gegeven en gezegd wat je moest doen. Het lukte je het huis in te komen, en je bent naar haar kamer gegaan. Dat was niet moeilijk, want je was goed getraind. Toen heb je gedaan wat Reilly je had opgedragen.'

'Niet waar!' Zijn ogen vlamden in zijn gespannen gezicht. 'Hou op met dat te zeggen. Ik had het moeten doen, maar ik kon het niet. Te klein. Ik heb geprobeerd haar aan te raken... maar dat kon ik niet.'

'Je doet toch altijd wat Reilly je opdraagt? Je liegt tegen me.'

'Hou je mond.' Hij sloeg zijn handen om haar keel. 'Ik heb het niet gedaan. Ik heb het niet gedaan. Verkeerd. Verkeerd. Reilly zei dat ik het moest doen, maar het lukte me niet.'

Ze voelde dat zijn handen haar keel met elk woord steviger omklemden. 'Laat me los, Jock.'

'Hou je waffel. Hou je waffel.'

'Wat was er verkeerd, Jock? Dat je dat meisje niet kon doden of dat Reilly je daar opdracht toe had gegeven?' Waar was ze mee bezig? Ze zou MacDuff moeten roepen, want haar keel was bijna helemaal dichtgeknepen. Nee. Ze was te dicht in de buurt bij het krijgen van een antwoord. 'Jij kunt die vraag beantwoorden. Vertel het me.'

'Reilly heeft... altijd... gelijk.'

'Gelul. Als dat zo was, zou jij dat kind hebben gedood. Die avond besefte je wat een afschuwelijke man hij was en hoeveel afgrijselijke dingen hij jou had laten doen. Maar toen je dat huis uit was gelopen, was het voorbij. Het kan zijn dat er nog het een en ander over is van die conditionering en je daardoor in de war bent, maar hij bezit je niet langer.'

Er stroomden tranen over zijn wangen. 'Niet voorbij. Nooit voorbij.'

'Oké, misschien is het nog niet voorbij.' Jezus! Ze wilde dat hij zijn handen van haar keel zou halen. Het was niet te voorspellen of hij zou doorslaan als ze iets zei. 'Maar toen je die avond Lilac Drive 482 achter je liet, was je op de terugweg. Reilly kan je niet langer onder controle houden. Het is nu alleen nog een kwestie van tijd.'

'Nee.'

'Jock, dat is de waarheid. MacDuff en ik hebben allebei gezien dat je verandert. Dat je sterker wordt.'

'De kasteelheer?' Hij keek haar strak aan. 'Heeft hij dat gezegd? Je liegt toch niet tegen me? Je hebt gelogen toen je zei dat dat kleine meisje door mij was gedood.'

'Dat was de enige manier waarop ik je kon terughalen. Je moest onder ogen zien wat je had gedaan. Of beter gezegd: wat je niet had gedaan. Toen je de conditionering door Reilly verbrak, voelde je je bijna even schuldig omdat je hem niet had gehoorzaamd als je je had gevoeld wanneer je dat kind wél had vermoord.'

'Kon het niet doen.'

'Dat weet ik. Maar ik moest je zo'n schok geven dat je tegen me ging praten, en dat is me gelukt, nietwaar?'

'Ja.'

'Je beseft toch wel dat dat voor je eigen bestwil is?'

'Ik... denk van wel.'

'Wil je dan alsjeblieft mijn keel loslaten? MacDuff en Trevor zullen met jou noch met mij blij zijn als ze naar binnen komen en zien dat je mij wilt wurgen.'

Hij keek naar zijn handen alsof die niet van hem waren. Toen liet hij haar langzaam los. 'Ik denk... dat ze bozer zouden zijn op mij.'

Klonk er iets van humor in zijn stem door? Zijn gezichtsuitdrukking was somber en er glansden nog steeds tranen in zijn ogen, maar het rauwe geweld was verdwenen. Ze haalde diep adem en masseerde haar keel. 'En zo hoort het ook. Er bestaat zoiets als verantwoordelijkheid voor je eigen daden.' Ze ging in de stoel bij het bed zitten. 'Niet alleen voor jou. Reilly zal ook verantwoording moeten afleggen, en niet zo'n klein beetje ook.'

'Niet... de kasteelheer. Mijn schuld. Allemaal mijn schuld.'

'Het belangrijkste is dat Reilly ten val wordt gebracht.'

'Niet door de kasteelheer.'

'Dan moet jij jezelf dwingen je te herinneren waar Reilly is, zodat wij achter hem aan kunnen gaan.'

'Dat probeer ik ook...'

'Nee, Jock. Je moet het je nú herinneren. Daarom hebben we je meegenomen hierheen. Daarom hebben we je deze hel laten doorstaan. Geloof je dat we dat hadden gedaan als we een andere manier hadden gekend om het je weer te laten herinneren?'

Hij schudde zijn hoofd. 'Ik ben nu moe. Ik wil slapen.'

'Jock, probeer je te voorkomen dat je verder met me moet praten?'

'Misschien.' Hij deed zijn ogen dicht. 'Ik weet het niet. Ik denk het niet. Ik heb er behoefte aan alleen met hem te zijn.'

Ze rilde. 'Hem?'

'Reilly,' fluisterde hij. 'Hij is altijd bij me, weet je. Ik probeer weg te komen, maar hij is en blijft bij me. Ik ben bang om naar hem te kijken of te luisteren, maar dat moet ik wel doen.'

'Nee, dat moet je niet.'

'Je begrijpt het niet...'

'Ik begrijp dat hij je op de meest boosaardige manier in zijn macht had, maar nu is hij weg.'

'Als hij weg was, zou jij niet proberen me dingen te laten herinneren. Zolang hij leeft zal hij me niet met rust laten.' Hij draaide zijn hoofd. 'Ga weg, Jane. Ik weet wat je van me hebben wilt en ik zal proberen je dat te geven. Maar jij kunt me niet helpen. Of het zal me lukken, of het lukt me niet.'

Ze ging staan. 'Moet ik MacDuff naar binnen sturen?'

Hij schudde zijn hoofd. 'Ik wil niet dat hij me zo ziet. Reilly maakt me zwak. Ik... schaam me.'

'Je zou je niet moeten schamen.'

'Jawel. Voor altijd. Zwarte ziel. Zal nooit meer wit worden. Maar MacDuff laat me niet doodgaan. Ik heb geprobeerd mezelf van het leven te beroven, en hij heeft me teruggehaald. Dus als ik niet kan sterven... moet ik sterk zijn.' Zijn stem werd harder. 'Jezus, wat is dat moeilijk!'

Ze aarzelde. 'Weet je zeker dat je niet liever hebt dat ik hier blijf en...' Ze zag hem zijn hoofd schudden. 'Oké. Ik zal je laten rusten.' Ze liep naar de deur. 'Als je me nodig hebt, hoef je me alleen maar te roepen.'

'Je bent niet lang binnen geweest.' MacDuff ging staan toen ze de deur achter zich dichtdeed.

'Werkelijk?' Het had een eeuwigheid geleken. 'Naar mijn idee lang genoeg.'

'Heeft hij me nodig?'

'Waarschijnlijk wel, maar hij wil je niet zien. Hij wil op dit moment niemand zien, en ik geloof niet dat hij in direct gevaar verkeert.'

Hij keek naar het vel papier in haar hand. 'Heeft hij daarop gereageerd?'

'O ja. Is het voldoende om zich meer over Reilly te herinneren? Dat weet ik niet. Vanaf nu zal het van hem moeten komen. Hij lijkt... anders.'

'In welke zin?'

Ze fronste nadenkend haar wenkbrauwen. 'Tot nu deed hij me denken aan die tekst waarmee Mario bezig was. Er ontbraken bepaalde zinnen en zinsneden die Mario al gissend moest aanvullen om van het gehele document iets zinnigs te kunnen maken. Ik denk dat Jock nu op dat punt is beland.'

'Dan moet je hem een fikse schok hebben toegediend.' Hij perste grimmig zijn lippen op elkaar. 'Ik wil zien wat er op dat papier staat.'

'Ik wil ook dat jij dat ziet.' Ze liep naar de keuken. 'Ik zal je erover vertellen terwijl ik een kop koffie neem. Die heb ik nodig.'

'Ongetwijfeld. Knoop je shirt dicht.'

'Wat zeg je?'

'Probeer die blauwe plekken op je hals toe te dekken. Ik wil niet dat Trevor Jock aanvalt.'

Ze raakte haar keel aan. 'Hij heeft me niet echt pijn gedaan, en het was niet zijn bedoeling...'

'Zeg dat maar tegen Trevor. Je leeft nog, en als je te stom was om te doen wat ik je had opgedragen, verdien je een paar blauwe plekken.' Hij ging aan de keukentafel zitten. 'Vertel me nu over vier acht twee.'

Vier acht twee. Te klein. Te klein.

Ze is boosaardig. Een duivelskind. Dood haar.

Kind. Kind. Kind. Jock voelde het woord keihard – verscheurend – over zijn lippen komen.

Het doet er niet toe. Doe je plicht. Zonder plicht stel je niets voor. Als je faalt, zal ik niet blij zijn, en je weet wat dat betekent.

Pijn. Eenzaamheid. Duisternis.

En Reilly, die in dat duister wachtte. Hoewel Jock hem nooit kon zien, wist hij dat hij er was. Om hem bang te maken. Om hem pijn te doen.

Vier acht twee. Dood het kind. Ga naar het huis. Het is nog niet te laat. Het zal je mijn vergiffenis opleveren.

'Nee!' De ogen van Jock vlogen open. Zijn hart bonsde pijnlijk. Hij zou sterven. Reilly had tegen hem gezegd dat hij zou sterven als hij hem ooit verried of niet gehoorzaam was, en nu zou dat gebeuren. 'Ik ben niet gestorven toen ik dat kleine meisje niet had gedood. Je kunt me niets meer aandoen.'

Sterf.

Zijn hart werd groter, zwol op, en hij kon geen adem halen.

Sterf.

Hij voelde zichzelf wegglippen, kouder worden, sterven...

Zwakheid. Schaamte. Niet waard te leven.

Sterf.

Als hij stierf, als hij toegaf aan die schaamte, zou de kasteelheer ook sterven. Dan zou hij achter Reilly aan gaan en zou hij, Jock, hem niet kunnen helpen.

Sterf.

Geen sprake van!

Sterf.

Hij kon Reilly nu duidelijker zien. In de schaduwen. Geen geest. Geen geest. Een man.

Sterf. Verzet je niet langer. Je hart ontploft bijna. Het zal spoedig ophouden met kloppen. Je wilt dat dat gebeurt.

Reilly had dat gewild, en Jock wilde niets doen wat Reilly wilde dat hij deed. Dat pad leidde naar schaamte.

Raak niet in paniek. Laat de pijn ophouden. Vertraag je hartslag.

Sterf.

Barst.

'Jock.' MacDuff schudde hem aan zijn schouder heen en weer. 'Reageer verdomme. Jane zei dat alles in orde was met je. Ik had nooit...'

Jock deed langzaam zijn ogen open. 'Het is niet... Ik zal niet sterven.'

MacDuff zuchtte opgelucht. 'Iedereen gaat op een gegeven moment dood.' Hij streek met een hand door het verwarde blonde haar van de jongen. 'Maar jij hebt nog een lange weg te gaan.'

'Ik dacht van niet. Reilly wilde niet...' Hij keek heel verwonderd. 'Maar het doet er niet meer toe wat hij wil, hè? Ik kan alles doen.'

'Je kunt niet van hoge gebouwen afspringen.' MacDuff schraapte zijn keel. 'Verder kun je inderdaad alles doen wat redelijk is.'

'Hij is er nog altijd, wachtend op mij. Maar hij kan me niets aandoen als ik dat niet wil.'

'Dat heb ik al voortdurend geprobeerd je duidelijk te maken.'

'Ja.' Hij draaide zijn hoofd op het kussen. 'Ik wil weer gaan slapen. Ik ben moe... Hij wilde niet ophouden, maar ik heb hem niet zijn zin gegeven.'

'Dat is goed.' MacDuff zweeg even. 'Kun je me vertellen waar ik hem kan vinden?'

'Nog niet. Ik kan beelden zien, maar er is geen verband. Misschien is hij daar niet meer, want hij verhuist vaak.'

'Idaho?'

Jock knikte. 'Ik blijf denken dat het Idaho is.'

'Waar?'

Jock zweeg opnieuw even. 'In de buurt van Boise.'

'Weet je dat zeker?'

'Nee. Soms kon Reilly me herinneringen geven aan dingen die nooit waren gebeurd. Maar ik werkte in een winkel in een skioord toen ik hem voor het eerst ontmoette. Hij bood me een baan aan en we gingen iets drinken in een bar in de stad. Na het derde drankje heb ik toen het bewustzijn verloren. In elk geval denk ik dat. Daarna had Reilly de volledige controle over me.'

'Welk skioord?'

'Powder Mountain,' zei Jock na een korte stilte.

'En hoe heette die bar?'

'Harrigan's.' Hij fronste zijn wenkbrauwen. 'Maar ik heb u al gezegd dat ik soms niet wist wat echt was en wat...'

'Ik zal het natrekken, en dan zal ik het je laten weten.' MacDuff ging staan. 'Blijf proberen je dingen te herinneren.'

'Ik kan niets anders doen.' Jock glimlachte vreugdeloos. 'Ik kan de knop niet omdraaien. Ik blijf cirkeltjes draaien, met Reilly in het midden.'

'We moeten zo veel mogelijk over hem weten.'

'Ik zal het proberen, maar er zijn te veel obstakels.'

'Spring daar overheen.' MacDuff draaide zich om. 'Dat kun je best.'

'Dat weet ik, maar het lukt me misschien niet op tijd.'

Een week geleden zou MacDuff er niet om hebben durven wedden dat iets als dit überhaupt zou gebeuren. Het bemoedigde hem dat Jock in elk geval in staat was consequenties af te wegen, en hij was normaler dan hij hem had meegemaakt sinds de tijd dat hij nog een jonge jongen was. 'Onzin. Ik heb vertrouwen in je.'

'Werkelijk?'

'Zou ik dit alles samen met jou hebben doorstaan als dat niet zo was?' Hij glimlachte over zijn schouder naar Jock. 'Doe wat je moet doen. Zorg ervoor dat ik trots op je kan zijn, jongen.'

'Daar is het al te laat voor, maar ik zal mijn werk doen.' Hij deed zijn ogen dicht. 'Het zal misschien alleen wat tijd kosten.'

'Die zullen we je geven.'

'Dat is goed. Hij blijft blokkades opwerpen. Ik kan niet zien…'

'Dat komt nog wel.'

18

'En?' vroeg Trevor toen MacDuff de slaapkamer uit kwam. 'Is er al meer bekend over Reilly?'

'Misschien. Jock denkt nog steeds aan Idaho. Waar is Jane?'

'In de keuken, met Mario. Waar in Idaho?'

'Daar is hij niet zeker van.' MacDuff liep naar de keuken. 'In de buurt van Boise. Ik zal iets als dit niet nog eens laten gebeuren. Het moet iedereen volstrekt duidelijk zijn dat ik niet wil dat Jock lastig wordt gevallen.'

'Mag ik erop wijzen dat jij degene bent geweest die hem kierewiet heeft gemaakt?'

'Met de hulp van Jane.'

'Zij helpt je een beetje te veel. Ik heb de blauwe plekken op haar keel gezien.'

'Heeft ze zich daarover beklaagd?'

'Ze zei dat het het waard was, maar dat ben ik niet met haar eens.'

'Daar zou je anders over denken als je hem net had gezien. Hij komt de mist uit.'

'Fijn voor hem, maar ik vind het dit alles nog steeds niet waard.' Trevor liep voor hem uit de keuken in, waar Jane en Mario aan de tafel zaten. 'MacDuff zegt dat Jock Boise als mogelijke locatie heeft genoemd.'

'Werkelijk?' vroeg Mario enthousiast, en zijn lichaam raakte gespannen. 'Waar precies?'

'Daar is hij niet zeker van. Je kunt niet van hem verwachten dat hij zich alles meteen herinnert.'

'Kun je niet met hem praten? Hem onder druk zetten?'

'Nee. Hij doet wat hij kan, en ik wil geen terugval veroorzaken.'

'Hoe was het met hem?' vroeg Jane.

'Hij leek een kind dat aarzelend zijn eerste stapjes zet.' Hij glimlachte. 'Zo verdomd dicht in de buurt van normaal dat het ongelooflijk was.'

'Dan moet hij ons snel het een en ander kunnen vertellen,' zei Mario.

'Hou je koest,' zei Trevor. 'We willen allemaal hetzelfde.'

'Hoelang?' vroeg Jane.

MacDuff haalde zijn schouders op. 'Zolang als hij ervoor nodig heeft.'

'Dat is niet acceptabel.' Mario fronste zijn wenkbrauwen. 'Stel dat Grozak en Reilly te weten komen wat wij aan het doen zijn? En zelfs als dat niet gebeurt... hebben we nog maar een week de tijd. Grozak zou...'

'Ik zal hem niet onder druk zetten,' zei MacDuff, 'en dat zul jij ook niet doen.'

'Ik wil hem geen pijn doen, maar je moet...' Mario hief zijn handen gefrustreerd omhoog toen zijn blik die van MacDuff kruiste. 'Laat maar.' Met grote passen liep hij de keuken uit.

'Hij heeft gelijk,' zei Trevor. 'We kunnen geen duimen gaan zitten draaien tot Jock door de tijd is genezen.'

'Toch zal er een compromis moeten worden gesloten.' MacDuff liep naar het aanrecht en schonk een kop koffie voor zichzelf in. 'Ik zal Jock niet totaal de vernieling in helpen omdat Mario gisteren al wraak had willen nemen. We kunnen ons een paar dagen wachten wel veroorloven.'

'En we willen niet dat Mario in zijn eentje in de aanval gaat en de weinige dekking die we hebben tenietdoet,' zei Trevor.

'Dat zal hij niet doen.' Jane ging staan. 'Ik zal met hem praten.'

'Ga je gang,' zei MacDuff. 'Hou zijn hand maar vast. Ik ben niet van plan dat te doen.' Hij keek even naar Trevor. 'En volgens mij is Trevor daar ook niet voor in de stemming.'

'In elk geval zal ik niet bang hoeven te zijn dat Mario haar wurgt,' zei Trevor. 'Dat is al aanzienlijk beter dan haar dicht in de buurt van Jock te laten komen, zoals jij dat hebt gedaan.' Hij keek even naar Jane. 'Ik kan het doen als jij je liever niet met Mario inlaat.'

'Jullie vergeten allebei dat Mario het ook moeilijk heeft.' Jane liep naar de deur. 'Hij wil alleen maar weten dat het eind in zicht is.'

Trevors wenkbrauwen gingen omhoog. 'Dat willen we allemaal weten.'

'Is dit een diplomatieke missie of heb je opdracht gekregen me als een onderwijzeres bestraffend toe te spreken?' vroeg Mario. 'Ik heb nergens spijt van, want ik heb de waarheid gesproken.'

'Niemand heeft me naar je toe gestuurd, en je moet mogen zeggen wat je denkt.' Jane zweeg even. 'Maar niet voordat je alles goed hebt doordacht. Mijn eerste impuls was dezelfde als de jouwe. Jock kan de enige zijn die dit kan laten ophouden. Met een paar woorden kan hij ons misschien de juiste kant op wijzen.'

'Zeg dat dan tegen Trevor en MacDuff.'

'Dat zal ik ook doen, maar pas als we Jock een kans hebben gegeven. We zijn geen wilden. We willen geen geest verwoesten als we die kunnen redden door hem zelf de weg terug te laten vinden.' Ze keek hem recht aan. 'Dat is toch zo, Mario?'

Hij staarde haar aan en zijn gezicht drukte allerlei emoties uit. Uiteindelijk zei hij kortaf: 'Nee, dat willen we inderdaad niet, maar er moet verdomme een manier zijn om hem...'

'We gaan hem niet onder druk zetten.'

'Oké, oké. Ik heb je heus wel gehoord. Maar als ik nu eens wat tijd met hem doorbreng om hem te leren kennen? Een paar dagen lang? Misschien kan ik hem met een klein duwtje aan het praten krijgen.'

'Je mag hem niet onder druk zetten.'

'Ik zal de naam Reilly niet eens laten vallen. Tenzij hij die in eerste instantie zelf noemt. Ik ben niet stom. Ik kan subtiel zijn.'

'Niet als je zelf getraumatiseerd bent.'

'Jane, ik ben niet wreed. Ik wil Jock niet kwetsen. Ik heb medelijden met die jongen. Maar laat me helpen. Laat me iets doen.'

Ze keek hem onderzoekend aan en zag de wanhoop in zijn gezicht. 'Het is misschien zo'n slecht idee nog niet. Je zou een nieuwe stem zijn binnen het geheel. Trevor, MacDuff en ik hebben Jock onder druk gezet en elke keer als hij ons ziet, wordt hij daaraan herinnerd. Jullie verschillen qua leeftijd niet zoveel. Jij zou hem kunnen afleiden. Er zou sprake zijn van een verandering van tempo...'

'Dat klopt. Het is zo gek nog niet, hè?' zei Mario enthousiast.

'Hmmm. Als ik je kan vertrouwen.'

'Ik verzeker je dat ik me aan mijn belofte zal houden.' Zijn gezicht verstrakte. 'De priesters hebben ervoor gezorgd dat ik geloofde dat ik voor eeuwig verdoemd zou zijn als ik een van de tien geboden overtrad.'

'Als je Grozak en Reilly naar de andere wereld helpt, zul je dat laatste wel degelijk doen.'

'Sommige dingen zijn het waard eeuwige verdoemenis voor te riskeren, en ik geloof dat de kerk mijn zonde zou afwegen tegenover de veel grotere zonde die zij van plan zijn te begaan. Nogmaals: ik zal mijn belofte houden, Jane.'

Ze nam een besluit. 'Dat is je geraden. Als je Jock van streek maakt zal MacDuff je zonder ook maar even te aarzelen die eeuwige verdoemenis tegemoet laten gaan.'

'Dus van jou mag ik het doen?'

'Op één voorwaarde. Jij mag twee dagen met Jock hebben als je mij daarna de brief van Cira geeft.'

'Die heb ik niet bij me, maar ik kan je wel vertellen wat erin staat.'

'Vertel me dat dan.'

'Na die twee dagen. Dat is niet meer dan eerlijk. Wanneer kan ik naar Jock toe gaan?'

'Als hij wakker is geworden.' Ze draaide zich om. 'Maar wees niet verbaasd als hij niet met je wil praten. Een sociaal figuur is hij niet direct. Dit is zuiver een experiment.'

'Dat begrijp ik. Ik zal uitsluitend als klankbord fungeren door er te zijn als hij wil praten.'

'Mario, ik vertrouw je.'

'Ja, binnen bepaalde grenzen.' Hij glimlachte. 'En met back-up voor het geval het mij niet lukt. Maar dat kan me niet schelen zolang ik een manier zie om te helpen.'

Voor het eerst sinds ze aan deze reis waren begonnen leek Mario bijna vrolijk. Minder broedend en minder bitter. Het hebben van een doel kon wonderen bewerkstelligen. Misschien zou dit iets opleveren. 'Als je het verknalt, is de aanwezigheid van MacDuff misschien niet eens nodig,' mompelde ze. 'Jock is uitzonderlijk goed getraind om af te rekenen met iemand die hem overstuur maakt.'

'Hallo, Jock. Weet je wie ik ben?'

Jock schudde zijn slaperige hoofd om dat helder te maken voordat hij de man die in de stoel naast zijn bed zat aandachtig bekeek. 'Jij bent degene die samen met Cira in die kamer woont. Mario...'

'Donato.' Mario glimlachte. 'En ik woon nou niet direct samen met Cira, al heb ik soms wel dat gevoel. Ik probeer haar teksten te ontcijferen.'

'Jij leeft met haar beeld. Het beeld dat van Trevor is. Ik mocht het van MacDuff bekijken voordat jij naar de Run kwam.'

'Zonder toestemming van Trevor?'

'Het kasteel is van de kasteelheer, en hij wist dat ik het wilde zien nadat hij me die foto op het internet had laten zien.'

'Je bent gewoon die kamer in gelopen?'

'Nee. Ik ken manieren om ergens te komen.' Zijn gezicht betrok. 'Het was gemakkelijk.'

'Ik weet zeker dat je je vaardigheden als geveltoerist niet hebt hoeven gebruiken om dat beeld te zien. Trevor heeft er nooit bezwaar tegen aangetekend dat het in mijn werkkamer stond.'

Jock haalde zijn schouders op. 'De kasteelheer wilde niet dat ik hem daarmee lastigviel.'

'Maar toch mocht je haar van hem stiekem gaan bekijken?'

'Hij had het recht me toestemming te geven haar te zien.'

'Ik ben bang dat Trevor dat niet met je eens zou zijn.' Mario glimlachte. 'Het kasteel is verhuurd, en het beeld van Cira is van Trevor.'

Jock schudde zijn hoofd. 'MacDuff had daar wel degelijk het recht toe.'

'Tja, laten we daar maar niet verder over in discussie gaan. Ik ben blij dat we een hartstocht voor Cira delen. Ze is mooi, hè?'

Jock knikte. 'Ik voel me... nauw met haar verbonden.'

'Ik ook. Zou je haar brieven graag willen lezen?'

'Ja.' Jock bestudeerde de gezichtsuitdrukking van Mario. Hoewel de mist in zijn hoofd optrok en soms helemaal was verdwenen, was focussen nog altijd moeilijk. Hij dwong zichzelf zich te concentreren. 'Waarom ben jij hier?'

'Ik vond dat het tijd was dat we elkaar leerden kennen.'

Jock schudde zijn hoofd. 'Je doet aardig tegen me. Waarom?'

'Moet daar dan een reden voor zijn?'

'Ja.' Jock dacht even na. 'Jij wilt hetzelfde als de rest van hen. Je wilt meer weten over Reilly.'

'Waarom zou ik...' Mario maakte zijn zin niet af en knikte. 'Ik zal niet tegen je liegen.'

Vermoeid zei Jock: 'Iets wat ik niet weet kan ik je niet vertellen.'

'Je zult het je herinneren, en ik wil erbij zijn als dat gebeurt.'

Jock schudde zijn hoofd.

'Bekijk het eens zo: ik heb beloofd je geen vragen te stellen. In mijn aanwezigheid kun je je ontspannen. Als je over Reilly wilt praten, ben ik bereid te luisteren. Sterker nog: dan zal ik verdomd graag naar je luisteren.'

Jock nam hem opnieuw onderzoekend op. 'Waarom?'

'Omdat Grozak en Reilly mijn vader hebben vermoord. Hij is onthoofd.'

O ja. Jock herinnerde zich dat Jane hem iets over de dood van de vader van Mario had verteld. 'Naar voor je. Ik heb er niets mee te maken gehad. Ik heb nooit de opdracht gekregen iemand te onthoofden.'

Mario keek geschokt. 'We weten wie het heeft gedaan. Ik heb nooit gedacht dat jij de beul was.'

'Dat is goed, want anders zou alles nog gecompliceerder worden.'

Mario knikte. 'Dat is nog een understatement.' Hij was inmiddels voldoende hersteld om zichzelf te kunnen dwingen te glimlachen. 'Je bent anders dan ik had verwacht, maar dat betekent niet dat we niet kunnen proberen elkaar te helpen.'

Jock zweeg even en bleef strak naar Mario kijken. Deze man wilde hem gebruiken en dacht dat hij zo simpel van geest was dat hij dat zou toelaten. In feite kon hij hem dat niet kwalijk nemen. Als de mist opkwam, kon hij zelfs op het meest eenvoudige niveau nauwelijks functioneren. Maar nu waren er momenten waarop de mist optrok en hij heel scherp van geest was.

'Wil je niet weten wat er op die perkamentrollen staat?' vroeg Mario indringend. 'Ik heb net een tekst vertaald die ik verder nog door niemand heb laten lezen. Ik zou jou er als eerste over kunnen vertellen.'

De man probeerde hem om te kopen. Jock kon de wanhoop die Mario dreef aanvoelen. Wraaklust, haat en de druk die met wanhoop gepaard ging. Het was vreemd te weten wat anderen voelden nadat hij zich zo lang volstrekt naar binnen had gekeerd.

Aanvaard dat, hield Jock zichzelf voor. Hij was nog zwak en iedereen om hem heen was sterk. Hij moest zijn kracht opbouwen. Hij moest pakken wat Mario bereid was hem te geven en het toestaan dat hij door hem werd gebruikt.

Tot de mist volledig was opgetrokken.

'Ik had niet verwacht dat het zou werken.' Trevor keek strak naar Mario en Jock, die de steiger af liepen. 'Ik dacht dat je je door Mario had laten beïnvloeden, maar na twee dagen lijken ze de beste kameraden te zijn.'

'Hij heeft me wel degelijk beïnvloed. Ik had met hem te doen, maar niet genoeg om dit te laten voortduren als ik had gemerkt dat hij Jock van zijn stuk zou brengen. Ik heb te hard moeten vechten om MacDuff zover te krijgen dat hij Mario ook maar met Jock liet praten. Maar het was een manier om een deal te sluiten over die laatste brief van Cira, en ik wist dat ik hem kon weghalen als hij Jock overstuur maakte.' Jane schudde verbaasd haar hoofd. 'Mario lijkt aardig voor hem te zijn. Hij doet me nu denken aan hoe hij was toen ik net in Schotland was gearriveerd. Jock heeft gezegd dat Mario grapjes met hem maakt en hem verhalen vertelt over zijn leven in Italië. Ik geloof niet dat hij Jock ook maar een enkele vraag heeft gesteld.'

'Nog niet.'

'Nog niet.' Ze balde haar handen tot vuisten. 'Maar wij zullen binnenkort wel degelijk vragen moeten gaan stellen. Ik word er gek van hier duimen te zitten draaien tot Jock zich iets herinnert wat die afschuwelijke dreigende ramp kan voorkomen. We kunnen niet veel langer op zijn genezing wachten. Heb je nog iets van Brenner gehoord?'

'Alleen dat hij dat skioord heeft bekeken waar Jock heeft gewerkt. Drie maanden lang heeft hij in een winkel skiuitrustingen verkocht, en toen kwam hij op een dag gewoon niet meer opdagen. De eigenaar van de winkel was daar behoorlijk door in de war, want hij had Jock niet zo onbetrouwbaar ingeschat. Hij heeft er zelfs over gedacht Jock als vermist persoon op te geven.'

'Maar dat heeft hij niet gedaan?'

'Nee. Mensen die rondzwerven komen zo vaak in dat soort oorden. Ze blijven er een tijdje om wat geld te verdienen en te skiën, en dan gaan ze weer verder.'

'Niets over Reilly?'

'Nog niet. Brenner praat nog met een paar bronnen, maar hij moet voorzichtig zijn om te voorkomen dat iemand te weten komt dat we naar Reilly op zoek zijn. Lekken zijn op dit moment te gevaarlijk.'

Alles was op dit moment gevaarlijk. Inclusief dit wachten op Jock. Jezus! Ze wilde dat ze iets anders konden doen. 'Heb je de laatste tijd nog met Bartlett gesproken?'

'Gisteravond.' Hij glimlachte. 'De Binnenlandse Veiligheidsdienst is niet aan een invasie van de vesting van MacDuff begonnen. Dus doen zij in wezen niets anders dan toekijken en wachten.'

'Net als wij.' Ze zweeg even. 'Ik neem niet aan dat je mijn nieuwe mobieltje zo kunt beveiligen dat ik ongeremd met Eve en Joe kan praten?'

'Dat is te riskant, en dat weet je.'

Ze had geweten dat hij zo zou reageren, en hij had nog gelijk ook. Hoe graag ze Eve en Joe ook in vertrouwen wilde nemen... het zou stom zijn dat risico te lopen. 'Oké.'

'Luister. Dit verscheurt jou. Het was jouw beslissing, maar we zijn er allemaal mee akkoord gegaan. Je had gelijk. Als we Jock te zwaar onder druk hadden gezet, was de kans groot geweest dat hij zich weer helemaal in zichzelf had teruggetrokken. Maar als je je hebt bedacht, hoef je dat alleen maar te zeggen en zal ik met hem gaan praten.'

'Je bedoelt dat je dan geweld zult gebruiken.'

'Ja, als ik denk dat dat de enig mogelijke manier is. Hij is onze enige hoop en ons belangrijkste struikelblok. Ik wil niet dat je de rest van je leven spijt zult hebben omdat je te zachtaardig was om te doen wat je moest doen.'

'Dat zal ik niet zijn.' Dat was de waarheid. Ze kende zichzelf goed genoeg om te weten dat ze de beslissing daadwerkelijk zou nemen als er geen enkele andere mogelijkheid was. Maar mijn god! Ze hoopte uit de grond van haar hart dat die er wel was. Ze keek weer naar Mario en Jock. 'Het is te hopen dat Mario snel iets uit Jock weet los te krijgen. Als dat niet gebeurt, zullen we doen wat we moeten doen. Wat dat ook is. Inclusief het inschakelen van de Binnenlandse Veiligheidsdienst, de CIA, en iedereen die ons wellicht zou kunnen helpen. En zij zullen niet begrijpend of zachtaardig zijn. Ze zullen pakken wat ze krijgen kunnen, ook als dat betekent dat zijn geest er definitief door wordt gebroken.'

'Dat ben ik met je eens, maar laten we hopen dat dat niet nodig zal zijn.' Trevor veranderde van onderwerp. 'Ik heb een ander brokje informatie dat jij misschien wel interessant zult vinden. Het betreft Demonidas.'

Ze keek hem snel aan. 'Wat ben je te weten gekomen?'

'Ik heb geprobeerd mezelf druk bezig te houden, en toen heb ik op het internet een verwijzing naar hem gevonden. Hij heeft inderdaad in dezelfde tijd als Cira geleefd.'

'Is dat alles?'

'Er is in elk geval niet veel meer.' Hij zweeg even. 'Hij kreeg de aandacht van het grote publiek toen zijn scheepsjournaal twee jaar geleden in Napels was gevonden. Het scheen in goede staat te verkeren en zou door de overheid worden geveild om de kas van de plaatselijke musea te spekken. Er is veel drukte over gemaakt, en verzamelaars stonden in de rij om erop te bieden.'

'Kunnen we het inzien?'

Hij schudde zijn hoofd. 'Een week voor de veiling is het spoorloos verdwenen.'

'Gestolen?'

'Tenzij het zelf uit die kluis in Napels is gewandeld.'

'Verdomme.'

'Maar het heeft bestaan, net als Demonidas. Voel je je daardoor beter?'

'Ja. Alles wat op een concreet feit gebaseerd is, is op dit moment goed.'

'Ik zal naar meer gegevens blijven zoeken, maar ik wilde je dit brokje informatie niet onthouden. De laatste tijd is voor ons allemaal behoorlijk frustrerend.'

'Dat is een understatement.' Ze glimlachte. 'Bedankt, Trevor.'

'Graag gedaan. Het was de moeite waard, want dit is de eerste keer in dagen dat je naar me glimlacht.' Hij nam haar hand in de zijne. 'Dat heb ik gemist.'

Ze keek naar hun handen en dat gaf haar een warm, prettig gevoel. 'Ik ben een beetje gespannen geweest.'

'Vanaf het moment dat we elkaar hebben leren kennen hebben jij en ik op het randje gebalanceerd. Ik weet niet hoe het zou zijn om samen uit eten te gaan, een show te bezoeken en, misschien, samen televisie te kijken. Al die normale dingen.'

Hij had gelijk. 'Normaal' was een begrip dat zij samen niet kenden. Ze hadden de tijd en de gelegenheid niet gehad om te discussiëren, te verkennen en elkaar echt te leren kennen. Het was allemaal om seksuele spanning gegaan, een wankel evenwicht tussen vertrouwen en achterdocht, en letterlijk flirten met geweldpleging. 'Zou je dat willen?'

'Reken maar. Ik wil je echt leren kénnen.'

Ze keek een andere kant op. 'En als je in dat geval teleurgesteld zou raken?'

'Je trekt je duidelijk terug.'

Hij had gelijk. Zijn hand voelde te goed aan en ze had zijn troost en kameraadschap nodig. Daardoor ontstond het verlangen zich daaraan vast te klampen, en dat kon ze zichzelf niet toestaan. Als ze haar kracht en haar onafhankelijkheid niet had, had ze niets. 'Wat had je anders verwacht? Dit is te nieuw. Ik had niet gedacht dat... In de tijd dat ik als kind op straat leefde heb ik geen fraai beeld van de man-vrouw-relatie gekregen. Ik neem aan dat dat... me littekens heeft bezorgd. Ik ben bang voor wat jij me laat voelen. Je bent heel anders dan iedereen die ik heb gekend en ik ben er niet zeker van of je hier nog zult zijn wanneer we dit alles achter de rug hebben.'

'Ik zal er zijn.'

Ze trok haar hand los en ging staan. 'Dan zullen we ons tegen die tijd zorgen maken over uit eten gaan en samen televisiekijken.' Ze liep naar de deur. 'Ik denk dat ik maar eens naar de steiger ga om Jock en Mario samen te tekenen. Ze vormen een interessant contrast, nietwaar?'

'Jane!'

'Oké. Ik wil er liever niet over praten.' Ze keek hem recht aan. 'Jij wilt seks? Prima. Ik vind het heerlijk om met jou naar bed te gaan. Maar ik kan alleen niet... Het kost tijd voordat ik iemand echt nabij kan komen. Als je dat niet kunt accepteren, zul je het toch moeten zien te verwerken.'

Zijn mond verstrakte. 'Dat kan ik best accepteren.' Opeens vertrok zijn gezicht. 'En tegen de seks heb ik geen enkel bezwaar.' Hij draaide zich om naar het huis. 'Ik ga achter de computer zitten om te kijken wat ik verder nog over Demonidas te weten kan komen.'

'Ze moeten duimen zitten draaien,' zei Wickman toen Grozak de telefoon had opgenomen. 'Geen enkel teken van wat voor actie dan ook. Zal ik met een paar mannetjes eens voor wat leven in de brouwerij gaan zorgen?'

'Nee, dat zou stom zijn,' zei Grozak, 'en het verbaast me dat je ook maar met die suggestie komt. Ik heb tegen je gezegd dat ik die vrouw in handen wil hebben. Zodra jij probeert geweld te gebruiken, zullen ze de huifkarren in een kring opstellen om haar te beschermen. En als het je dan niet lukt haar te grazen te nemen, zal dat Reilly duidelijk maken hoe onbekwaam we zijn. Die rotzak heeft alleen respect voor kracht.'

'Ik ben niet onbekwaam.'

'Dat weet ik, maar die indruk zou dan wel worden gewekt,' zei Grozak snel.

'Vijf dagen, Grozak.'

'Daar hoef jij me niet aan te herinneren. Ik ben op dit moment in Chicago het vervoer van de explosieven naar Los Angeles aan het regelen. Daarna ga ik zelf naar L.A. om te controleren of de juiste mensen allemaal zijn omgekocht.'

'Al die mooie plannen van je zullen je niets opleveren als we Reilly niet geven wat hij hebben wil.' Wickman verbrak de verbinding.

Grozak klemde zijn kaken op elkaar toen hij de hoorn op de haak legde. Wickman werd elke keer wanneer hij hem sprak arroganter. Hij kreeg spijt van de dag waarop hij die rotzak had ingehuurd. Wickman mocht dan slim en efficiënt zijn, maar er waren momenten waarop Grozak het idee kreeg dat hij de controle over alles begon te verliezen.

Moest hij hem om zeep laten helpen?

Nog niet.

Hij keek naar de kalender op zijn bureau en voelde zijn maagspieren verkrampen.

Vijf dagen.

Vier dagen

'Hallo, Jock.' Jane ging op het trapje van de veranda naast hem zitten en keek even naar de schitterende zonsondergang voordat ze haar schetsboek opensloeg. 'Wat is het hier vredig, hè? Het doet me denken aan het huis van Joe. Thuis, bij het meer.'

'Zijn daar bergen?'

'Nee, alleen heuvels, maar er heerst dezelfde vrede.'

Hij knikte. 'Ik vind het hier fijn. Het geeft me een schoon gevoel van binnen, en het idee vrij te zijn.'

'Je bent ook vrij.'

'Nu wel, maar ik vraag me voortdurend af of dat zo zal blijven.'

'Ik weet hoe je je voelt.' Ze stak een hand op toen hij zijn hoofd schudde. 'Oké, dat kan niemand tenzij die persoon hetzelfde heeft meegemaakt als jij. Toch kan ik het me wel voorstellen. Ik denk niet dat er iets ergers is dan als een slaaf onder controle te worden gehouden. Dat is mijn meest beroerde nachtmerrie.'

'Werkelijk?'

Ze knikte. 'Trevor heeft me verteld dat Reilly dolgraag zou willen proberen mij onder controle te krijgen. Dat maakt me kotsmisselijk.'

Hij fronste zijn wenkbrauwen. 'Maar er waren geen vrouwen, met uitzondering van Kim, en zij werkt voor Reilly.'

'Dan zou ik dus kennelijk de uitzondering moeten zijn die de regel bevestigt.'

Hij knikte. 'Misschien komt het doordat je op Cira lijkt. Hij vond haar mooi. Hij bleef me vragen over haar stellen. Vragen of de kasteelheer al iets te weten was gekomen over haar goud of...'

Ze keek hem snel aan. 'Werkelijk? Herinner je je dat?'

'Ja. De laatste paar dagen herinner ik me kleine dingen.'

'Wat verder nog?'

'Vier acht twee.'

Ze voelde zich meteen heel teleurgesteld. 'O.'

'Dat wilde je me niet horen zeggen.'

'Ik dacht dat je dat inmiddels had verwerkt.'

'Nu wel. Nu ik weet dat ik heb gedaan wat ik kon.'

'Zou je me willen vertellen wat er toen is gebeurd?'

'Er valt niet veel te vertellen. Reilly heeft me het adres gegeven en het slachtoffer aangewezen, en toen ben ik vertrokken om te doen wat hij me had opgedragen.'

'Waarom een kind?'

'Om Falgow verdriet te doen. Het had iets te maken met de maffia. Ik denk dat Reilly door hen was betaald om Falgow te straffen voor het feit dat hij niet tot samenwerking bereid was.'

'Maar een klein meisje...'

'Het zou hem pijn doen. Het deed mij pijn. Ik was er niet toe in staat. Maar als ik het niet deed, zou Reilly iemand anders sturen. Dat wist ik, en ik wist ook dat ik iets moest doen...'

'Wat?'

'Wat dan ook. Ze dachten dat ze veilig was, maar dat was ze niet. Ze zou nooit veilig zijn als ze haar niet beschermden. Ik heb een tafel omver gesmeten. Ik heb een raam ingeslagen en ben via dat raam vertrokken. Ze moesten weten dat iemand in hun huis was geweest en het meisje niet veilig was.'

'Dat moet hebben gewerkt, want ze is nog in leven,' zei Jane zacht.

Hij knikte. 'Maar niemand is echt veilig voor hem. Hij kan het hebben opgegeven, maar het is ook mogelijk dat hij gewoon het juiste moment afwacht. Hij is heel geduldig.'

'Heb je je verder nog iets herinnerd?'

'Ja.'

Ze haalde diep adem. 'Jock, we moeten praten. We hebben je zo lang mogelijk met rust gelaten. Nu kan dat niet langer.'

Jock glimlachte. 'Ik ben niet helemaal alleen geweest. Je hebt Mario gestuurd om me te helpen herinneren wat mijn plicht is.'

'Ik had tegen hem gezegd dat hij het je niet lastig mocht maken.'

'Dat heeft hij ook niet gedaan. Hij is heel aardig geweest en ik mag hem graag.'

'Ik ook.'

'Soms zijn woorden overbodig. Ik weet wat hij wil. Wat jullie allemaal willen.'

'En ga je ons dat geven?'

Hij zweeg even. 'Misschien... zal ik het aan jou geven.'

Ze keek hem snel aan. 'Heb je je herinnerd waar Reilly is?'

Hij knikte. 'Stukje bij beetje komt alles weer boven.'

'Idaho?'

Hij knikte.

'Waar?'

Daar reageerde hij niet op.

'Jock?'

Hij schudde zijn hoofd. 'Je zult het aan de kasteelheer vertellen. Of aan Trevor. Of aan Mario.'

'Ze willen allemaal helpen.'

'De avond dat ik naar je toe ben gekomen heb ik je verteld dat de kasteelheer het niet mag weten. Dat ik het zelf moet doen.'

'Ja, maar je hebt toen niet gezegd dat je ons allemaal zou buitensluiten.'

'Ik moest hierheen zien te komen, en je zou me niet hebben meegenomen als je niet had gedacht dat ik het je zou vertellen als ik daartoe in staat was,' zei hij eenvoudigweg.

Ze keek hem verbaasd aan. 'Dus heb je ons gemanipuleerd?'

'Ik moest hierheen zien te komen,' zei hij nogmaals. 'En ik ben je heel dankbaar dat je dat mogelijk hebt gemaakt.'

'Dank je.' Ze zweeg even. 'Help ons dan. Je weet wat voor verschrikkelijks er kan gebeuren als we Reilly en Grozak niet vinden.'

'Ja.'

Haar handen balden zich tot vuisten. 'Práát dan met me!'

'Dat zal ik ook doen, maar alleen met jou, Jane, en niet nu.'

Ze keek hem met samengeknepen ogen aan. 'Wat bedoel je daarmee?'

'Ik zal het je niet vertellen. Ik zal je meenemen daarheen en als we er bijna zijn, mag je de politie of wie dan ook bellen. Met uitzondering van de kasteelheer.'

'Jock…'

'Alleen jij.'

'En ben je bereid dan op de politie te wachten voordat je achter Reilly aan gaat?'

Die vraag beantwoordde hij niet.

Gefrustreerd keek ze hem aan. 'Jock, je kunt hem niet zelf te grazen nemen.'

'Waarom niet? Ik weet hoe ik dat moet doen. Dat heeft hij me geleerd.'

'We weten niet hoeveel van zijn mensen er bij hem zullen zijn. Grozak kan er ook zijn.'

'Ik weet hoe ik het moet doen.'

De woorden waren eenvoudig, maar het absolute zelfvertrouwen dat eruit sprak, bezorgde haar koude rillingen. Zijn gezichtsuitdrukking was sereen en de blik in zijn ogen was helder en eerlijk als die van een kind.

'Luister. Als je het niet goed doet, zal Reilly de anderen kunnen waarschuwen en kunnen wij Grozak niet oppakken.'

'Grozak interesseert me geen moer.'

'Mij wel.'

'En Mario ook. Maar zonder Reilly kan Grozak niets doen. Jullie kunnen hem later oppakken.'

'En als ons dat niet lukt?'

Jock schudde zijn hoofd.

Christus! Wat was hij koppig. En ze kon er niet met hem over in discussie gaan, want hij zag slechts één pad, één doel. 'Wat zou je doen als ik hier niet mee akkoord ga en Trevor en MacDuff vertel wat jij je hebt herinnerd?'

'Als je er niet mee akkoord gaat, zal ik hier niet meer zijn als ze naar me op zoek gaan.' Jock keek naar de besneeuwde bergtoppen. 'Ik weet hoe ik me in de bergen moet schuilhouden. Misschien kan MacDuff me vinden, maar dan is het voor jou al te laat.'

'Jock, doe dat niet.'

'Alleen jij.'

Hij meende het. Zijn mond had een vastberaden trekje gekregen.

Ze gaf toe. 'Oké. Wanneer?'

'Vanavond. Kleed je warm aan. Kun je de sleutels van de auto bemachtigen?'

'Ja.' Ze ging staan. 'vannacht om één uur.'

Hij knikte. 'Prima. Neem een creditcard mee. We zullen benzine en andere dingen nodig hebben.' Hij keek haar met een bezorgde frons aan. 'Ben je boos op me?'

'Ja. Ik wil dit niet doen. Ik vrees voor jouw leven, en het mijne, verdomme.'

'Ik beloof je dat jou niets zal overkomen.'

'Zo'n belofte kun je niet doen. We weten niet wat er zal gebeuren.'

'Ik dacht dat je mee wilde, maar ik kan er ook alleen naartoe gaan.'

'Nee, dat kun je niet. Ik moet de kans om hem te grazen te nemen aangrijpen.' Ze liep het pad op en keek over haar schouder nog even naar Jock. 'Maar ik zal wel een briefje achterlaten.' Toen hij iets wilde zeggen, onderbrak ze hem meteen. 'Zeg niet dat ik dat niet mag doen. Ik zal hen niet zonder een bericht van mij achterlaten, want dan zullen ze zich vreselijke zorgen over ons maken. Voor jou kan het geen kwaad, want je hebt me nog niets waardevols verteld.'

'Ik neem aan dat je gelijk hebt.' Hij ging eveneens staan en liep langzaam naar de steiger. 'Ik wil niet dat iemand zich zorgen gaat maken.'

'Doe dit dan niet.'

Zonder iets te zeggen liep hij het pad verder af.

Hij wilde niet dat iemand zich zorgen ging maken, maar hij was wel bereid een staaf dynamiet aan het mengsel toe te voegen, dacht Jane terwijl ze naar de bungalow liep.

'Oké.' Ze mocht niet laten merken dat ze bezorgd en zenuwachtig was. Ze zou nog wat langer buiten blijven, en dan was het tijd om naar bed te gaan. Even keek ze naar de naast de bungalow geparkeerde auto. Iemand zou hen ongetwijfeld horen vertrekken als ze midden in de nacht de motor startte.

Ja, maar tegen die tijd zou het te laat zijn om hen nog te kunnen tegenhouden.

Ze moest de paniek negeren. In elk geval zouden ze iets doen om Reilly te vinden. Jock had haar beloofd dat ze hulptroepen kon laten aanrukken zodra ze hun plaats van bestemming hadden bereikt.

Ja, en hij had ook beloofd haar veilig te houden. Maar dat was niet waarschijnlijk. Jock zou zich volledig op Reilly concentreren, en niet op haar veiligheid.

Dus zou ze zichzelf moeten beschermen. Was dat anders dan anders? Ze had haar hele leven lang voor zichzelf gezorgd. Aan Jock zou ze waarschijnlijk sowieso weinig hebben. Hij was als een klokje dat soms kristalhelder klingelde en soms een kakofonie van donderende geluiden produceerde.

Ze zou gewoon hoe dan ook moeten voorkomen dat die explosie haar dood werd.

Lakewood, Illinois

De vier schoorstenen van de kerncentrale doorboorden de horizon.

Grozak bracht de wagen tot stilstand langs de kant van de weg. 'We kunnen hier maar even blijven. Patrouillewagens controleren het hele gebied om het halfuur.'

'Dit hoefde ik niet te zien,' zei Carl Johnson. 'Je hoeft me alleen te vertellen wat ik moet doen, en dan doe ik dat ook.'

'Ik dacht dat het geen kwaad kon.' Grozak had Johnsons reactie willen zien op de plaats waar hij zijn dood tegemoet zou gaan. Toen hij Johnson bij het vliegveld had opgehaald, was hij geschokt geweest. De man was jong, zag er goed uit en had een accent uit het Midden-Westen. Natuurlijk was dat *all-American* uiterlijk goed, maar toch gaf het Grozak een ongemakkelijk gevoel. Hij kon zich niet voorstellen dat Johnson met de truck door dat hek zou denderen. 'De truck is van een cateringbedrijf dat elke middag om twaalf uur hierheen komt. Hij mag bij het hek gewoon doorrijden, maar zodra je het checkpoint hebt bereikt, wordt hij doorzocht.'

'Is dat checkpoint dichtbij genoeg?'

'Er zijn voldoende explosieven om de eerste twee torens omlaag te halen. Daarna zal alles de lucht in gaan.'

'Weet je dat zeker?'

'Ja.'

Johnson staarde nadenkend naar de schoorstenen. 'Reilly heeft me verteld dat de vrijgekomen straling Illinois en Missouri kan vernietigen. Klopt dat?'

'Ja. Waarschijnlijk zelfs nog meer.'

'Het moet de moeite waard zijn, begrijp je?'

'Ik kan je verzekeren dat het…'

'Zo niet, zal Reilly me dat vertellen. Hij zei dat hij me zou bellen.'

'Dan zal hij dat ook zeker doen.'

'Kan ik nu naar het motel gaan? Van Reilly moest ik daarheen gaan en daar blijven.'

Grozak startte de auto. 'Ik vond alleen dat je…'

'Je wilde zien of ik bang was.' Johnson keek hem met een uitdrukkingsloos gezicht aan. 'Ik ben niet bang. Reilly heeft me geleerd angst onder controle te houden. Je kunt niet bang zijn én winnen. En ik zal winnen, terwijl al die bloedzuigende rotzakken de verliezers zullen zijn.' Hij leunde achterover en deed zijn ogen dicht. 'Zorg alleen wel voor voldoende explosieven.'

'Start de motor niet,' fluisterde Jock toen Jane instapte. 'Haal de handrem eraf en dan zal ik de auto naar de weg duwen. Misschien zijn we daar zo ver weg dat ze ons niet kunnen horen.'

'Die kans is niet groot.' Het was heel stil en ijskoud, waardoor elke ademstoot voor een wolkje zorgde. 'Maar we kunnen het proberen.' Ze haalde de auto van de handrem. 'Laten we nu maar gaan.'

Dat hoefde ze niet nog eens te zeggen. De auto gleed traag over het laagje ijs tussen de bomen en werd door Jock voorzichtig naar de weg geduwd.

Geen beweging in de bungalow.

Ze hoopte half dat iemand hen zou horen. Als dat zo was, zou Jock dit idee misschien laten varen...

Ze hadden de grindweg bereikt.

Jock haalde moeizaam adem terwijl hij op de stoel naast haar sprong. 'Niet vol gas geven. Langzaam, heel langzaam rijden.'

Het grind knarste onder de banden.

In de bungalow nog steeds geen teken van leven.

Of toch wel?

Ja, achter één raam brandde licht.

'Rijden!' zei Jock. 'De hoofdweg op, maar bij de eerste afslag er meteen weer af. Ze zullen verwachten dat we de hoofdweg aanhouden. Later zullen we een andere hoofdweg op draaien.'

Haar mobiel ging over.

Ze keek even naar Jock en nam het gesprek toen aan.

'Waar ben je verdomme mee bezig, en waar is Jock?' vroeg Trevor.

'Die zit naast me.' Ze hadden de hoofdweg bijna bereikt. 'Ik heb een briefje voor je achtergelaten.'

'Kom terug.'

'Lees dat briefje.' Ze reed de hoofdweg op. 'Het spijt me, Trevor.' Ze verbrak de verbinding.

'Het spijt mij ook,' zei Jock terwijl hij een hand uitstak naar de telefoon. 'Ik wil je vertrouwen, Jane, en ik zal je dit ding teruggeven zodra we bij Reilly zijn.'

Langzaam legde ze de mobiel in de palm van zijn hand, en dat gaf haar een heel kwetsbaar gevoel.

'Dank je,' Jock zette het apparaatje uit en stopte het in de zak van zijn jack. 'Nu bij de volgende afslag deze weg weer af.'

'Godverdomme.' Mario's gezichtsuitdrukking was even woedend als zijn stem klonk. 'Ze heeft me belazerd.'

'Let op je woorden,' zei Trevor. 'Jij hebt het briefje ook gelezen. Jock heeft haar niet veel keus gegeven. Ze schrijft dat ze contact met ons zal opnemen zodra ze de verblijfplaats van Reilly heeft geverifieerd.'

'Een mens heeft altijd een keus,' zei MacDuff, en hij pakte de telefoon. 'Ze had naar mij toe moeten komen. Mij zou het zijn gelukt Jock alles te laten vertellen wat hij weet.'

'Wat ga je doen?' vroeg Trevor.

'Een huurauto regelen die me ophaalt en naar het vliegveld brengt. Ze had het over Idaho, en daar ga ik heen.'

'Wij gaan daarheen,' zei Trevor.

'Waarom gaan we niet gewoon achter hen aan?' vroeg Mario ongeduldig. 'Misschien kunnen we ze inhalen voordat ze Reilly hebben gevonden. En misschien heeft Jock tegen haar gelogen en is hij van plan van koers te veranderen zodra ze op de hoofdweg zitten.'

'Jock heeft een deal met haar gesloten, en ik betwijfel of hij op dit moment in staat is tot ingewikkeld bedrog,' zei MacDuff.

'Denk jij van wel?' vroeg Trevor aan Mario. 'Jij hebt veel tijd met hem doorgebracht.'

Daar dacht Mario even over na en schudde toen langzaam zijn hoofd. 'Hij was nog altijd niet echt bij zijn positieven. Soms was hij bijna normaal, maar op andere momenten leek hij suf.'

'Dan gaan we naar Idaho.' Trevor pakte zijn rugtas en propte daar kleren in. 'Laten we maken dat we hier wegkomen.'

19

Twee dagen

'We kunnen beter stoppen om te tanken,' zei Jane. 'Even verder-op is een truckstop, en de daarbij behorende restaurants serveren meestal goed eten.'

'Ja.' Jock keek naar het felverlichte tankstation. 'En uitsteken-de koffie.' Hij glimlachte. 'Het is vreemd dat ik me kleine dingen zo goed herinner en moeite heb met de grotere zaken. Die moeten op de een of andere manier onder de afrastering door glippen.'

'Hoelang ben je bij Reilly geweest?'

'Ook dat kan ik me niet goed herinneren. De dagen leken in el-kaar over te vloeien.' Hij fronste nadenkend zijn wenkbrauwen. 'Misschien een jaar... anderhalf jaar...'

'Dat is lang.' Jane sloeg af naar het tankstation. 'En jij was nog behoorlijk jong.'

'Dat vond ik destijds niet. Ik dacht dat ik oud genoeg was om alles te kunnen zijn en alles te kunnen doen. Verwaand. Heel ver-waand. Daarom had ik geen probleem met de baan die Reilly me aanbood. Ik kon me niet voorstellen dat er iets mis was met mijn beoordelingsvermogen.' Hij keek teleurgesteld. 'Maar Reilly heeft me laten zien dat dat wel zo was, nietwaar?'

'Kennelijk is die man heel goed in wat hij doet.' Jane stapte uit. 'Ik zal tanken. Ga jij maar koffie voor ons halen. Het wordt een lange rit.'

'Niet te veel tanken.' Jock stapte eveneens uit. 'Net genoeg om ons naar de volgende grote stad te brengen.'

'Wat zeg je?'

'We zullen de auto moeten achterlaten en een andere moeten huren. De kasteelheer zal het kenteken van deze auto opvragen.'

'Dat is heel slim van je.'

Hij schudde zijn hoofd. 'Het komt door mijn training. Je moet nooit lang in een bepaalde huurauto rondrijden.' Hij glimlachte spottend. 'Dan zou Reilly niet blij zijn, en dat betekende straf.'

'Wat voor soort straf?'

Hij haalde zijn schouders op. 'Dat herinner ik me niet.'

'Ik denk dat je dat wel doet. Ik geloof dat je je meer herinnert dan je mij vertelt. Als je geen antwoord op een vraag wilt geven, ben je telkens heel handig iets "vergeten".'

Jock keek haar bezorgd aan. 'Sorry, maar ik herinner het me echt niet. Ik ga die koffie halen.'

Jane zei verder niets tot ze weer op de hoofdweg reden. 'Het was niet mijn bedoeling je een vervelend gevoel te geven. Ik denk dat ik een beetje zenuwachtig ben. We komen zo dicht in de buurt. Ben je er zeker van dat je weet waar Reilly is?'

'Zo zeker als ik kan zijn.' Jock bracht de koffie naar zijn lippen. 'We gaan naar de plaats waar ik ben getraind. Hij is er zo van overtuigd dat ik me aan de basistraining zal houden dat ik erom durf te wedden dat hij daar nog is. Als hij verkast, zou hij daarmee toegeven te hebben gefaald, en dat staat zijn ego hem niet toe.'

'Stel dat je het mis hebt?'

'Dan kan ik nog op een paar plaatsen gaan zoeken die mij zonder dat hij dat weet bekend zijn.'

'Hoe heb je dat voor elkaar gekregen?'

'Ik heb niets voor elkaar gekregen. Dat was in die tijd geen optie. Zijn huishoudster, Kim Chan, heeft tijdens de trainingsessies met mij wel eens wat informatie prijsgegeven.'

'Welke training verzorgde zij?'

'Seksuele training. Seks is een sturende kracht, en Reilly gebruikte die naast al het overige om zijn mensen onder controle te houden. Kim had erg veel ervaring met het toedienen van alle vormen van seksuele pijn. Daar genoot ze van.'

'Het verbaast me dat Reilly iemand om zich heen duldde die zijn of haar mond voorbij kon praten.'

'Kim zou het nooit aandurven hem te laten weten dat haar iets was ontglipt. Misschien herinnert ze zich dat zelf niet eens. Ze was er honderd procent van overtuigd dat Reilly's conditionering perfect was en ze in mijn aanwezigheid niet voorzichtig hoefde te zijn. Ze is al meer dan tien jaar bij hem.'

'Een persoonlijke relatie?'

'Alleen in die zin dat ze elkaar voeden. Hij staat haar een zekere mate van macht toe, en zij doet alles wat hij haar opdraagt.'

'Je lijkt je haar prima te herinneren,' merkte Jane droog op. 'In dat opzicht zitten er geen leemten in je geheugen.'

'Kim zag me graag klaarwakker en niet onder invloed van drugs wanneer zij met me aan de slag ging.'

'Maar nu zul je wraak kunnen nemen.'

'Ja.'

'Geen enthousiasme? Je hebt me verteld dat je Reilly haatte.'

'Ik haat hem ook, maar daar kan ik nu niet over denken.'

'Waarom niet?'

'Omdat me dat in de weg zou zitten. Als ik aan Reilly denk, is het heel moeilijk om aan iets anders te denken. Ik moet hem vinden en ervoor zorgen dat hij de kasteelheer niets kan aandoen.' Hij veranderde van onderwerp. 'Volgens de kaart is Salt Lake de volgende stad. Als we de auto bij het vliegveld achterlaten, is het mogelijk dat die de eerstkomende dagen niet wordt gevonden. We zullen een andere wagen nemen en de procedure herhalen in...'

'Je hebt alles al gepland.' Er klonk een licht sarcasme door in de woorden van Jane. 'Ik voel me een chauffeur.'

Hij keek haar onzeker aan. 'Denk jij dat we het niet zo moeten doen?'

'Natuurlijk moeten we het wel zo doen. Ik ben een beetje gespannen. Het is een goed idee. We zullen stoppen in Salt Lake. In feite ben ik nu iets optimistischer gestemd, ook al keur ik die chantage van jou niet goed. Zelfs als je op de automatische piloot bezig bent, heb je in dit soort zaken heel wat meer ervaring dan ik. Het lijkt een beetje op Reilly's wapens tegen hem gebruiken.'

Jock schonk haar een voldane glimlach. 'Dat is zo. Ik voel me beter als ik me dat herinner.' Hij keek weer naar de kaart. 'De volgende keer kunnen we waarschijnlijk beter een SUV met vierwielaandrijving nemen. Volgens de radio wordt er de komende dagen een sneeuwstorm in het noordwesten verwacht. In het gebied waarnaar we onderweg zijn worden de wegen bij slecht weer behoorlijk beroerd.'

'Hoeveel verder nog?' Jane keek door de voorruit en kneep haar ogen tot spleetjes samen. 'Ik kan de witte streep niet eens meer zien.' Het begon steeds harder te sneeuwen.

'Niet ver.' Jock keek naar de kaart op zijn schoot. 'Nog een paar kilometer.'

'Dit is een behoorlijk verlaten gebied. Ik heb de laatste dertig kilometer of zo geen tankstation kunnen ontdekken.'

'Zo ziet Reilly het graag. Geen buren. Geen vragen.'

'Trevor heeft hetzelfde gezegd over MacDuff's Run.' Ze keek even naar Jock. 'Maar het nadeel is dat het moeilijk is op afgelegen plaatsen als deze hulp te krijgen. Je hebt gezegd dat ik zodra we bij Reilly waren de politie mocht bellen, of iemand anders van mijn keus. Je hebt me niet verteld dat we met een sneeuwstorm en een wildernis zouden worden geconfronteerd.'

'Je bent niet eerlijk. Ik wist niet dat het hard zou gaan sneeuwen, maar dit is in feite geen echte sneeuwstorm. Die zal nog een paar uur op zich laten wachten.' Hij glimlachte. 'En hoe slim Reilly ook is, ik geloof niet dat hij over de technologie beschikt om een sneeuwstorm op te roepen. We hebben gewoon pech.'

'Het lijkt jou niet zoveel te doen.' Ze keek naar zijn gezicht dat werd beschenen door het licht van het dashboard. Zijn gezichtsuitdrukking was gespannen, alert en... enthousiast. Zijn ogen straalden van opwinding en hij zag eruit als een jongen die was begonnen aan een groot avontuur, realiseerde ze zich geschokt.

'Waarom zou dat moeten? Ik vind de sneeuw niet erg. Reilly heeft me geleerd in allerlei weertypen te functioneren. Hij zei altijd dat niemand een vijandelijke aanval verwachtte als er door de natuur al een aanval was ingezet.'

'Reilly zal zoiets zélf wel verwachten.'

'Misschien, maar hij denkt dat we nog in Schotland zijn. Vlak voor ons uit komt een afslag naar rechts.' Hij kneep zijn ogen tot spleetjes samen en probeerde door de voorruit te kijken. 'Die weg moet je nemen, en dan zul je zo'n anderhalve kilometer verderop een hut zien.'

Ze verstijfde. 'Reilly?'

'Nee, het is een oude hut die vroeger voor de jacht werd gebruikt. Hij is in verval geraakt, maar er is een gaskachel en daar zul je het warm hebben tot er hulptroepen zijn gearriveerd. Er is ook een open haard, maar die moet je niet aansteken. Hoewel ik niet denk dat iemand de rook door al deze sneeuw kan zien, kun je beter geen enkel risico nemen.'

Ze zag de hut nu, en die was inderdaad even vervallen als hij had gezegd. Dichtgetimmerde ramen en een veranda aan de voorkant waaraan planken ontbraken. 'En hier ga je mij dumpen?'

'Het is de veiligste plek die ik ken, die overigens alleen maar veilig is als je heel voorzichtig bent.'

Ze bracht de wagen tot stilstand voor de hut. 'Hoe dicht zijn we nu bij Reilly in de buurt?'

Hij gaf geen antwoord op die vraag.

'Jock, je had beloofd me dat te vertellen. Ik moet Trevor kunnen meedelen waar hij is. Jij hebt een voorsprong. Geef me nu verdomme de informatie die ik nodig heb.'

Hij knikte. 'Je hebt gelijk.' Hij stapte de SUV uit en liep naar de voordeur. 'Kom mee naar binnen. Ik moet iets pakken, en ik heb niet veel tijd.' Hij gaf haar een lichte glimlach. 'Ik moet die voorsprong behouden.'

Het meubilair in de hut bestond uit een gammele houten tafel, twee stoelen, de kachel die Jock had genoemd, en een door de motten aangevreten slaapzak in een van de hoeken. Jock stak de kachel aan en rolde toen een kaart van de staat op de tafel uit. Hij wees op een plaats in het noordelijke centrale deel van de staat. 'Daar zijn we nu.' Hij trok zijn handschoenen uit en liet zijn vinger naar een plaats bij de grens met Montana glijden. 'Daar is Reilly's hoofdkwartier gevestigd. Het was een oude handelspost. Reilly heeft die gekocht, opnieuw ingericht en er nog eens zo'n honderdtachtig vierkante meter aan toegevoegd. De nieuwe aanbouw bevindt zich half onder de grond, en daar zijn Reilly's privévertrekken ondergebracht. Hij heeft een slaapkamer en een kantoor, en een speciale ruimte waarin de dossiers zijn opgeslagen. Ernaast bevindt zich zijn favoriete ruimte: de kamer voor zijn antiquiteiten.'

'Antiquiteiten?'

'Het is een kamer met planken vol artefacten uit Herculaneum en Pompeji. Verslagen, oude documenten, boeken. Munten. Héél veel boeken over oude munten.' Hij wees een andere plek aan. 'Vanaf zijn kantoor kun je via een achterdeur de landingsplaats voor helikopters bereiken.'

'Hoeveel van zijn mensen zijn daar?'

'Gewoonlijk op zijn hoogst een of twee bewakers. Het grote trainingskamp bevindt zich over de grens met Montana. In het huis wonen alleen Reilly, Kim Chan en de trainee waarvoor Reilly op een bepaald moment de meeste belangstelling heeft.' Hij glimlachte bitter. 'Zijn favoriet.'

'Zoals jij dat was.'

'Ja.' Hij wees op het kamp aan de andere kant van de grens. 'Maar als hij de kans krijgt dat kamp te bellen, kan een hele zwerm als bijen die staatsgrens over komen. Zeg tegen Trevor dat Reilly dat telefoontje niet mag plegen.'

'Is een verrassingsaanval mogelijk?'

'Hij laat zich moeilijk verrassen. Overal in de bossen rond de handelspost heeft hij videocamera's laten aanbrengen, plus op regelmatige afstand van elkaar geplaatste landmijnen. In het huis is een ruimte waar de monitoren in de gaten kunnen worden gehouden en de landmijnen kunnen worden geactiveerd. Iedere onbekende die die plek nadert vormt een gemakkelijk doelwit.'

'Zou hij iemand in deze sneeuwstorm kunnen zien?'

'Niet goed, maar misschien wel goed genoeg.'

'En er zijn slechts een paar bewakers, zei je?'

'Soms zelfs niet één, in de tijd dat ik daar was. Met videocamera's is dat ook niet noodzakelijk.' Hij liep naar een muur aan de andere kant van de kamer en drukte op een van de panelen. Er werd een holte zichtbaar waarin een grote, rechthoekige houten kist stond. 'Ziezo. Nu ken je de indeling. Wens de anderen veel succes.'

'Ze zouden meer succes kunnen hebben als jij hier wacht en hen meeneemt naar Reilly.'

Hij schudde zijn hoofd. 'Ik heb je alles gegeven wat ik je kan geven.' Hij tilde het deksel van de kist op. 'Kom eens hier.'

Ze liep de kamer door en keek in de kist. 'Jezus, je hebt hier voldoende wapens om aan een oorlog te kunnen beginnen!' De kist was gevuld met automatische geweren, handgranaten, messen, pistolen...

'Reilly wilde dat ik altijd op alles was voorbereid. Hij heeft overal in deze staat wapens verstopt. Deze plek was het dichtst bij zijn hoofdkwartier. Voor elke missie stuurde hij me hierheen om een wapen uit te kiezen. Ik was er echter niet zeker van of alles hier nog zou zijn.' Hij lachte vreugdeloos. 'Maar waarom zou hij ze hebben gedumpt wanneer hij ervan overtuigd was dat ik nooit meer als een normaal denkend mens zou kunnen functioneren? Hij zal deze hut wel hebben gebruikt om zijn huidige favoriete onderdaan te trainen.' Hij pakte een pistool, een geweer, een kabel, dynamiet en plastic explosieven. 'Kun je met een wapen omgaan?' Toen ze knikte gaf hij haar het pistool en pakte zelf een tweede exemplaar uit de kist. 'Hou het bij je en leg het geen minuut weg.'

'Afgesproken.'

Hij gaf haar haar mobieltje terug. 'Nu sta je er alleen voor.'

'Jij ook. Maar het hoeft niet zo te gaan.'

'Jawel. Omdat ik daarvoor heb gekozen. O, wat is het prettig de wil te hebben om mijn eigen pad te kiezen.' Hij liep naar de deur. 'Als je hier blijft en je rustig houdt, zul je veilig zijn.' De deur ging open en een koude windvlaag kwam naar binnen. Een seconde later was hij vertrokken.

Hij was onderweg naar Reilly, vast van plan zijn voordeel met zijn voorsprong te doen. God mocht hem bijstaan.

Ze toetste op haar mobieltje het nummer van Trevor in.

'Blijf waar je bent,' zei Trevor. 'Wij zijn in Boise en we komen zo snel mogelijk naar je toe.'

'Ik ben niet van plan ergens in mijn eentje naartoe te gaan. Als ik door de sneeuw ga rondlopen, zal ik waarschijnlijk op een van Reilly's boobytraps vallen of door een videocamera worden opgepikt. Jock verkeert al in genoeg gevaar zonder dat ik die rotzak waarschuw.' Ze keek naar de neervallende sneeuw, die dichter leek te worden. 'Kun je Venable niet bellen om hem te vragen door de CIA of de Binnenlandse Veiligheidsdienst een kordon om dit gehele gebied te laten aanbrengen?'

'Niet voordat ik weet dat jij veilig bent.'

'Dat ben ik nu.'

'Onzin. Je zit vrijwel op de stoep van Reilly. Bovendien kunnen ze zo'n grootscheepse operatie niet direct van de grond krijgen. Zeker gezien het feit dat die twee instanties elkaars bloed wel kunnen drinken. Ze kunnen een foutje maken, waardoor Reilly wordt getipt en dat trainingskamp in Montana belt waarover Jock je heeft verteld. En als Reilly evenveel vluchtgangen heeft als Jock beweert, is de kans groot dat hij zal kunnen ontsnappen.' Ze hoorde hem iets tegen iemand anders zeggen. 'MacDuff zit met de kaart voor zijn neus. Zo te zien ben je ongeveer een uur rijden van ons vandaan. Een kwartier met vervoer door de lucht. We komen eraan. MacDuff zegt dat hij een helikopter zal regelen als dat in dit ellendige weer mogelijk is.' Ze hoorde nog meer gepraat op de achtergrond. 'Mario is bezig een suv met sneeuwbanden te huren, en daarna rijdt hij meteen naar je toe. Op de een of andere manier zullen we bij je komen.' Hij verbrak de verbinding.

Ze kreeg het iets warmer en voelde zich een beetje getroost. Ze was niet echt alleen. Ze kon Trevor bellen en zijn stem horen.

Maar wie hield ze nu eigenlijk voor de gek? Ze was nog nooit van haar leven zo alleen geweest als in deze bouwval – slechts een paar kilometer van het hol van Reilly vandaan.

Maar ze had wél een wapen. Ze hield de .357 Magnum iets steviger vast.

Toen zette ze een stoel onder de kruk van de voordeur, ging in de hoek bij de kachel zitten en sloeg haar armen om zich heen om het niet al te koud te krijgen. Die gaskachel zou misschien kunnen voorkomen dat ze bevroor, maar echt veel warmte leverde hij niet.

Kom gauw, Trevor. Laten we die rotzak te grazen nemen.

Er was iemand in de buurt.

Jock bleef doodstil staan en spitste zijn oren.

Toen hij minder dan een paar honderd meter van de hut vandaan was, had hij... iets aangevoeld.

Nu kon hij het ook horen. Het geknisper van sneeuw onder een voet.

Waar?

Bij de weg, bij de plaats waar hij vandaan was gekomen.

Wie? De wachtposten waren altijd rond het huis gestationeerd en niet zo ver weg. Reilly kon echter voorzichtiger zijn geworden nu hij zakendeed met Grozak.

Maar als het een bewaker was, zou hij niet in staat moeten zijn hem te horen. Stilte stond voorop bij de training. Geluid maken was stuntelig, en Reilly stond geen gestuntel toe.

Weer een knisperende voetstap.

In de richting van de hut waar hij Jane had achtergelaten.

Verdomme! Hier had hij geen tijd voor.

Maak er tijd voor.

Hij draaide zich bliksemsnel om en liep geruisloos door de sneeuw.

Vanwege die sneeuw kon hij niets zien, tot hij nog maar een paar meter van de onbekende vandaan was.

Recht voor hem uit iets donkers. Lang, heel lang, lange benen...

Schat de afstand.

Maak geen geluid.

Onthoud dat je geen geluid moet maken.

Waar waren ze? Het was beslist al een uur geleden dat ze Trevor had gebeld. Jane keek op haar horloge. Een uur en een kwartier. Nog niet het moment om in paniek te raken. De wegen waren ontzettend slecht begaanbaar en het laatste halfuur was het steeds harder gaan sneeuwen. Misschien was Trevors schatting optimistisch geweest.

Gebons op de deur. 'Jane!'

Ze schoot rechtovereind. Die stem kende ze. Ze waren er, god-zijdank. Ze sprong overeind, rende de kamer door en duwde de stoel onder de deurkruk vandaan. 'Waar waren jullie? Ik was bang...'

De zijkant van een hand klapte tegen haar pols en het pistool viel uit haar verdoofde hand op de grond.

'Sorry, Jane.' Er klonk spijt door in de stem van Mario. 'Ik had hier liever niet voor gekozen. Het leven kan beroerd zijn.' Hij draaide zich om naar de man die naast hem stond. 'Afgeleverd, Grozak. Zoals beloofd.'

Grozak. Jane staarde de man even niet-begrijpend aan. Maar ze zag wel degelijk de gelaatstrekken van de man op de foto die Trevor haar in de werkkamer had laten zien. 'Mario?'

Hij haalde zijn schouders op. 'Het was noodzakelijk, Jane. Jij en Cira's goud schijnen voor Grozak de meest populaire prijzen te zijn, en ik moest…'

'Hou je mond,' zei Grozak. 'Ik ben niet hierheen gekomen om mijn tijd door jou te laten verspillen.' Hij bracht een arm omhoog en richtte een wapen op Jane. 'Naar buiten. We moeten Reilly een bezoekje brengen. Ik kan je niet vertellen hoe hij zich op jouw komst verheugt.'

'Val dood.'

'Ik wil je levend meenemen, maar het kan me niet schelen als je beschadigd raakt. Of je gaat vrijwillig mee, of ik schiet je door je knieschijf. Gezien wat Reilly in gedachten heeft zal hij het vast niet erg vinden als je hulpeloos bent.'

Jane staarde nog steeds vol ongeloof naar Mario. Mario een verrader?

'Mario, heb jij dit geregeld?'

Hij haalde zijn schouders op. 'Doe wat hij zegt, Jane. We hebben niet veel tijd. Ik was bang dat Trevor hier eerder zou zijn dan ik, maar ze hebben zijn helikopter hier in de buurt op een afgelegen vliegveld op de grond gezet, en hij is op zoek naar een huurauto.'

'Dat stelde me teleur,' zei Grozak. 'Ik had me erop verheugd jullie allebei aan Reilly over te dragen. Dat zou een soort van verzekering voor me zijn geweest.'

'Als Trevor hier komt en mij niet ziet, zal hij de autoriteiten bellen.'

'Als Trevor hier aankomt, zal hij in aanraking komen met Wickman, en Wickman zal hem heel graag naar de andere wereld helpen voordat hij de kans heeft gekregen iemand te bellen.'

'Wickman is hier?'

'Hij zal hier zijn. Hij had me tien minuten geleden al moeten treffen, maar hij zal wel vertraging hebben opgelopen door al die sneeuw.' Hij glimlachte. 'Hou me nu niet verder op, want ik moet vandaag veel doen. Morgen is de grote dag.'

'Dit zal je niet lukken, Grozak. Je zult onderuitgaan.'

Grozak grinnikte. 'Heb je haar gehoord, Mario? Ik hou een pistool op haar gericht, maar toch ben ik degene die ten onder zal gaan.'

'Ik heb haar gehoord.' Mario richtte het wapen dat hij van Jane had afgepakt op Grozak. 'Ze heeft gelijk, Grozak.'

Hij raakte Grozak tussen zijn ogen.

'O, mijn god.' Jane zag Grozak op de grond zakken. 'Je hebt hem gedood...'

'Ja.' Mario keek met een uitdrukkingsloos gezicht naar Grozak. 'Is het niet vreemd? Hoewel ik dacht dat me dit enige voldoening zou schenken, is dat niet zo. Hij had mijn vader niet op die manier mogen vermoorden. Ik had tegen Grozak gezegd dat ik niets voor mijn vader voelde en dat hij zich van hem kon ontdoen als dat nodig was, maar hij had het niet op die manier moeten doen. Daardoor was ik van streek. Dat maakte het heel... persoonlijk.'

Ze keek hem vol ongeloof aan. 'Vadermoord is altijd heel persoonlijk.'

'Ik heb hem nooit als mijn vader gezien. Misschien toen ik nog een klein kind was. Maar hij ging weg en liet mijn moeder en mij achter in dat stinkende dorp, waar we allebei van vroeg tot laat moesten werken om in leven te blijven.'

'Op iemand verlaten behoort niet de doodstraf te staan.'

Hij haalde zijn schouders op. 'Ik had het niet zo gepland. Grozak was er niet eens zeker van dat hij het zou moeten doen. Hij zou er alleen toe overgaan als hij dacht dat mijn positie enige versterking kon gebruiken. Maar hij kon niet dicht genoeg bij iemand in het kasteel komen, en ik boekte niet zo snel voortgang met de vertaling als voor hem noodzakelijk was om het goud te vinden. Ik was de enige die in het kasteel misschien kon doen wat hij nodig had, en dus moest ik boven elke verdenking zijn verheven.'

Ze schudde haar hoofd. 'Maar ik weet dat je geschokt was toen het net was gebeurd. Niemand kan zo'n goede acteur zijn.'

'Ik was ook geschokt. Ik had opdracht gekregen geen contact met Grozak op te nemen tenzij ik hem kon vertellen dat ik wist waar hij het goud kon vinden. Hij wilde niet dat ik mijn dekmantel verknalde. Lovenswaardig plan, en ik neem aan dat het mijn reactie op de dood van mijn vader realistischer maakte. Die rotzak.'

'Je hebt aldoor al voor Grozak gewerkt?'

'Vanaf de dag dat Trevor me in dienst nam. Op de avond voordat ik naar de Run zou vertrekken heeft Grozak me een bezoekje gebracht en is toen met een aanbod gekomen dat ik onmogelijk kon afslaan.'

'Het goud?'

Hij knikte. 'Ik kwam er echter al snel achter dat dat een leugen was. Waarom zou hij mij het goud geven als hij dat kon gebruiken om te onderhandelen?'

'Ja, waarom?'

'Ik was die avond heel populair. Reilly belde en zei dat hij me een bonus zou geven als ik hem liet weten wanneer Jock het kasteel verliet. Hij vertrouwde Grozak duidelijk niet, en ik vertrouwde die klootzak al evenmin. Dus moest ik zelf plannen gaan maken.'

'Een beetje bedrog?'

'Dat lag voor de hand, gezien de manier waarop het spel werd gespeeld. Nadat we de Run hadden verlaten heb ik Grozak gebeld en gezegd dat we onderweg waren naar de Verenigde Staten. Ik heb Reilly eveneens gebeld om zelf een deal met hem te sluiten. Reilly wilde er zeker van zijn dat Jock zijn mond niet zou opendoen, en hij wilde jou of het goud hebben. Of allebei.'

'Daarom wilde je tijd doorbrengen met Jock. Was je van plan hem te vermoorden?'

Hij fronste zijn wenkbrauwen. 'Niet wanneer ik er zeker van was dat hij zich niets zou herinneren. Ik ben anders dan Grozak en Reilly. Ik dood niet willekeurig. En als Jock zich iets herinnerde... Wickman hield de bungalow vanaf de lagere heuvels in de gaten en ik had hem erbij kunnen halen om die kwestie af te handelen.'

'Maar Jock heeft je in de maling genomen. Hij heeft je niet verteld wat hij zich herinnerde. Was Grozak boos op je?'

'Ja, maar Wickman volgde jullie. Ik heb tegen Grozak gezegd dat hij jou door Jock moest laten meenemen naar het hol van de leeuw, en dat ik hem dan zou laten weten waar en wanneer hij jou kon oppakken.'

'En dat heb je ook gedaan.'

Hij schudde triest zijn hoofd. 'Je begrijpt het niet. Ik wil dit niet doen, maar ik ben anders dan jij. Ik heb behoefte aan mooie dingen. Een fraai huis, mooie oude boeken, schilderijen. Daar verlang ik naar.'

'Noem jij dat verlangen? Ik noem het corruptie.'

'Misschien.' Hij gebaarde met het wapen. 'Maar zodra je Reilly hebt ontmoet, zal ik in jouw ogen waarschijnlijk brandschoon lijken. Ik heb begrepen dat hij een heel onaangename man is.'

'Ga je me echt meenemen naar Reilly?'

'Ja, en heel snel ook.' Hij keek op zijn horloge. 'Trevor en MacDuff zullen zo weinig mogelijk tijd verspillen en me wel dicht op de hielen zitten.'

'Waarom doe je dit? Je zult dit niet ongestraft kunnen doen.'

'Dat kan ik wel. Ik zal jou overdragen aan Reilly. Ik zal hem vertellen wat er in de laatste brief van Cira over het goud stond, en waar hij de vertaling bij MacDuff's Run kan vinden. Dan zal hij me het beloofde geld geven en vertrek ik. Vervolgens zal ik Trevor en MacDuff tegenkomen. Ik zal zeggen dat Reilly jou in handen heeft en dat ik onderweg ben naar de politie.'

'En ik zal precies vertellen wat jij hebt gedaan.'

'Ik betwijfel of je daar de gelegenheid toe zult krijgen. Reilly zal vertrekken en jou waarschijnlijk meenemen. Hij is zijn halve leven bezig geweest met het voorbereiden van schuilplaatsen en vluchtgangen, en de laatste tien jaar is de CIA niet in staat geweest hem te vinden. Er is geen reden om aan te nemen dat ze daar deze keer wel in zullen slagen.' Hij gebaarde opnieuw. 'Nu hebben we geen tijd meer om te praten. Lopen.'

'Ik neem aan dat jij me ook door mijn knieschijf zult schieten als ik dat niet doe?'

'Dat zou ik heel vervelend vinden, want ik ben bijzonder op je gesteld.'

Maar hij zou het doen. Een man die zijn vader liet afslachten zou er geen gewetensbezwaren over hebben. Ze zou waarschijnlijk een betere kans hebben met Reilly. In elk geval zou ze hier niet kunnen winnen nu hij een wapen op haar gericht hield. Ze liep naar de deur. 'Laten we dan maar gaan. We moeten Reilly vooral niet laten wachten.'

De sneeuw was ijskoud toen hij de deur openmaakte en langs de drie voor de hut geparkeerde wagens liep.

'Gaan we niet met de auto?'

Mario schudde zijn hoofd. 'Reilly zei dat een auto de explosieven in werking zou stellen als je niet de juiste codes intoetste voordat je de oprit op draaide, en hij was niet bereid me die codes te geven. Hij zei dat we door het bos moesten lopen en ik hem moest bellen zodra ik dat had bereikt. Hij zou de landmijnen buiten bedrijf stellen zodra we op de videocamera's te zien waren.'

Ze kon door de sneeuw nauwelijks een meter voor zich uit kijken. Hoe zou Reilly met een camera dan iets kunnen zien?

'Mario, doe het niet,' riep ze over haar schouder. 'De enige misdaad die je tot nu toe hebt gepleegd is het doden van een moordenaar.'

'En een handlanger worden van een terrorist. Om die reden schieten ze je dood, of stoppen ze je in een cel en gooien ze de sleutel weg. Die avond toen Grozak me inhuurde heb ik een keus gemaakt. Ik zou rijk worden, en dat kan me nog steeds lukken.' Hij bleef staan. 'We zijn bijna bij het bos.' Hij toetste een nummer in op zijn mobiel. 'Mario Donato. Reilly, ik heb haar. We komen eraan.' Hij luisterde even. 'Oké.' Hij verbrak de verbinding. 'Bij het huis worden we opgewacht door een comité van ontvangst. Kim Chan en de nieuwste beschermeling van Reilly: Chad Norton.' Hij keek walgend. 'Nog een Jock. Ook een slappeling.'

'Jock is geen slappeling. Hij is een slachtoffer.'

'Om zo te kunnen worden gemanipuleerd moet er iets wezenlijk mis zijn met je karakter.'

'Je denkt dat het jou niet kan overkomen?'

'Geen sprake van.' Hij gebaarde opnieuw met het wapen. 'En ik betwijfel of het met jou wel kan.'

'Maar je bent wel bereid het Reilly te laten proberen.'

'Als jij net zo'n slappeling blijkt te zijn, verdien je dat.' Hij glimlachte. 'Misschien zul je mazzel hebben en door die halve gare van een Jock worden gered.' Hij knikte naar het bos. 'Doorlopen.'

Ze aarzelde. Zodra ze bij de boomgrens was zouden de videocamera's haar beeld oppikken en was ze op Reilly's terrein.

'Jane.'

'Ik ga al. Ik heb respect voor dat wapen en ik ben niet van plan me door jou...' Ze draaide zich bliksemsnel om, en haalde met haar been keihard naar hem uit. Haar laars raakte het wapen, dat uit zijn hand vloog, en ze haalde opnieuw uit naar zijn onderbuik. 'Een slappeling? Ellendige klootzak.'

Hij kreunde en zakte door zijn knieën.

Ze raakte hem in zijn nek en hij viel op de grond. 'Jij egocentrische lul...'

Jezus! Hij was te dicht bij het wapen in de buurt op de grond beland en wilde dat pakken!

Ze dook de sneeuw in en pakte het koude, natte en glibberige pistool.

Hij dook boven op haar en wilde het wapen uit haar hand trekken. 'Kreng. Je bent een slappeling. Reilly zal...'

Ze haalde de trekker over.

Als een marionet schoot hij omhoog en keek haar vol ongeloof aan. 'Je... hebt... me... neergeschoten.' Er kwam een klein straaltje bloed uit zijn mondhoek. 'Doet pijn.' Hij zakte volkomen slap weer boven op haar. 'Koud... koud. Waarom ben ik...' Hij rilde en bleef toen bewegingloos liggen.

Ze duwde hem van zich af en keek naar hem. Zijn ogen waren wijd open. Uit ongeloof, en omdat hij dood was. Rillend ging ze in de sneeuw zitten en toen leek ze niet verder in beweging te kunnen komen. Ze moest maken dat ze wegkwam! Ze waren slechts een paar kilometer van Reilly's hoofdkwartier vandaan en misschien hadden ze daar het schot gehoord.

Zo meteen. Ze had een man gedood, en dat begon net tot haar door te dringen. Ze bleef zich de Mario herinneren met wie ze kennis had gemaakt: de man die ze had gedacht dat hij was. Nu

hij dood was, waren zijn gelaatstrekken zachter en jongensachtig, zoals ze die eerste avond waren geweest.

Allemaal toneelspel. Allemaal bedrog.

Beheers je, hield ze zich voor. Maak dat je wegkomt.

Ze ging staan.

'Wat is er verdomme gebeurd met...' Een stem achter haar.

Instinctief draaide ze zich – met het wapen in de aanslag – bliksemsnel om.

'Wacht even!'

MacDuff. Ze liet haar arm zakken.

'Dank je.' Hij liep verder en staarde naar Mario. 'Grozak of
Reilly?'

'Ik.'

Hij draaide zich naar haar toe. 'Waarom?'

'Hij stond op de loonlijst van Grozak en had daarnaast ook
een deal gesloten met Reilly. Hij was van plan me aan Reilly over
te dragen.'

MacDuff glimlachte licht. 'En daar wilde jij niets van weten.'
Zijn glimlach verdween. 'Weet je iets van Jock?'

'Ik heb hem niet meer gezien sinds hij me in de hut heeft achtergelaten. Waar is Trevor?'

'Hier.' Trevor liep naar hen toe. 'Ik kwam een eindje achter
MacDuff aan en ben toen op een hindernis gestuit.' Hij keek naar
Mario en zijn gezicht stond grimmig. 'Ik wou dat die rotzak nog in
leven was en ik hem zelf kon doden. Heeft hij je iets aangedaan?'

Ze schudde haar hoofd. 'Wat voor hindernis?'

'Wickman. Zijn lijk lag onder een berg sneeuw in de buurt van
de hut. We hebben Grozak in de hut gevonden. Mario?'

Ze knikte.

'En wie heeft Wickman naar de andere wereld geholpen?'

'Dat weet ik niet. Ik denk niet dat Mario dat heeft gedaan.
Grozak zou hem treffen, maar het kan zijn dat Mario hem ook
heeft vermoord.' Ze schudde haar hoofd. 'Ik weet het werkelijk
niet. Maar we moeten maken dat we hier wegkomen, want iemand kan het schot hebben gehoord.'

MacDuff schudde op zijn beurt zijn hoofd. 'Ik heb het maar
net gehoord, en ik was dicht bij jullie in de buurt. Misschien

dempt de sneeuw alles.' Hij keek naar Trevor. 'Wat denk jij?'

'Ik heb het ook gehoord. Eveneens heel vaag.' Hij keek naar Jane. 'We gaan terug naar de auto, en dan kun jij ons onderweg vertellen wat er is gebeurd.'

'Terug naar...' Ze keek naar het bos. 'Ik ga niet terug.' Snel draaide ze zich naar Trevor toe. 'Mario had met Reilly afgesproken dat hij me door het bos zou meenemen naar het huis. Reilly zou de landmijnen uitschakelen zodra de videocamera's onze aanwezigheid registreerden. We kunnen nog steeds doorgaan.' Ze stak een hand op toen Trevor wilde protesteren. 'In deze sneeuwstorm zullen die camera's het verschil tussen jou en Mario niet kunnen waarnemen, want jullie zijn zo ongeveer even lang en zwaar. Als jij je hoofd bedekt en omlaag houdt en ervoor zorgt dat je wapen wél goed te zien is, zal ik vooroplopen, zodat ik de eerste ben die ze zien.'

'En wat wil je doen als je eenmaal bij het huis bent?' vroeg MacDuff.

'Op mijn intuïtie afgaan. Als het goed is worden we bij de deur opgewacht door Kim Chan en een andere beschermeling van Reilly die Norton heet. Als we langs hen heen kunnen komen is dat mooi, want ik denk niet dat er in het huis boobytraps zijn aangebracht. Misschien zullen we de grote man dan meteen te zien krijgen.' Ze liep naar het bos. 'We gaan.'

'Geen sprake van,' zei Trevor ruw. 'We gaan vliegensvlug terug naar de auto en maken ons dan uit de voeten.'

Ze schudde haar hoofd. 'Gezien de omstandigheden is het een goed plan. We kunnen van Reilly de informatie verkrijgen die we nodig hebben om de door Grozak geplande aanslag te voorkomen.'

'Jouw plan is waardeloos,' zei Trevor.

Jane draaide zich naar MacDuff toe. 'Ga jij met me mee? Je lijkt fysiek niet zoveel op Mario, maar het moet kunnen lukken. Jock is waarschijnlijk ergens in de buurt van het huis en dan zul je contact met hem kunnen leggen. Dat is het enige wat jou interesseert, nietwaar?'

Hij glimlachte. 'Inderdaad. Loop maar voorop.'

'Nee!' Trevor haalde diep adem. 'Oké, Jane. Ik geef me over.'

Hij zette de capuchon van zijn jack op. 'We gaan. Binnen een meter of honderd moeten we merken of ze het verschil kunnen zien tussen mij en Mario.'

MacDuff haalde zijn schouders op. 'Ik lijk werkloos te zijn geworden. Dus zal ik in mijn eentje achter Jock aan moeten gaan.'

'Hoe?'

'Ik ben behoorlijk goed met boobytraps. In Afghanistan heb ik veel ervaring met landmijnen opgedaan. Het zal lang duren voordat ik de camera's heb geblokkeerd en de landmijnen buiten werking heb gesteld, maar ik zal er uiteindelijk komen.'

'Als je niet wordt opgeblazen,' zei Jane.

Hij knikte. 'Denk dan maar aan de afleiding die ik jou daarmee zal leveren.' Hij liep naar het bos en draaide iets naar links. 'Ik zal vijf minuten wachten nadat jullie zijn vertrokken. Met een beetje mazzel zullen ze al hun aandacht op jullie richten zodra de camera's jullie aanwezigheid hebben gesignaleerd.'

'Ik zou met hem mee kunnen gaan,' zei Trevor toen MacDuff doorliep. 'En jij zou verdomme naar de auto terug moeten lopen om dit door ons te laten opknappen.'

Ze schudde haar hoofd. 'Ze verwachten Mario en mij. Als ze ons niet zien, zullen ze ons komen zoeken.' Ze liep weer door. 'Ik ga liever naar hen op zoek dan dat ik probeer me in dit bos in een sneeuwstorm schuil te houden.'

20

Weer een camera.

MacDuff bestudeerde de hoek waarin die stond en liep naar links om niet te worden gezien.

Voorzichtig.

Langzaam.

Dicht bij de boomstammen blijven. Meestal werden boobytraps aangebracht op de paden die het waarschijnlijkst zouden worden betreden.

Meestal.

Christus! Ondanks de kou zweette hij als een otter. Hij had boobytraps altijd uit de grond van zijn hart gehaat, want hij was te veel manschappen door landmijnen kwijtgeraakt. Je kon ze niet zien. Je kon er niet tegen vechten. Je moest gewoon proberen ze te vermijden. En hopen. Of bidden.

Sinds hij Jane en Trevor had verlaten kon hij niet meer dan twintig meter hebben afgelegd, en dat ontzettend lage tempo maakte hem niet bepaald gelukkig.

Maar het was beter geduldig dan dood te zijn.

Recht voor hem uit zag hij opnieuw een videocamera. Christus, wat waren ze door de sneeuw en de door Reilly aangebrachte camouflage moeilijk te zien.

Hij bestudeerde de hoek. De camera stond op het pad links van hem gericht.

Dat betekende echter niet dat er geen andere camera was bij die pijnboom dicht bij...

'Verroer u niet.'

MacDuff keek bliksemsnel om en zag Jock vlak bij hem in de buurt staan.

Jock liep langzaam over de sneeuw zijn kant op. 'Het zijn er drie,' zei Jock. 'Af en toe zette Reilly drie landmijnen op een rij uit om iedereen te grazen te nemen die probeerde de belangrijkste boobytraps te vermijden.' Hij stond nu naast MacDuff. 'U zou hier niet moeten zijn. U had op zijn minst gewond kunnen raken.'

'Werkelijk? Over jou zou ik hetzelfde kunnen zeggen,' constateerde MacDuff grimmig.

'Ik ken deze bossen, én de plaats van elke landmijn. Ik kan u niet vertellen hoe vaak ik hier in het pikdonker heb gelopen.' Hij draaide zich om. 'Kom mee. Ik zal u dit bos weer uit brengen.'

'Nee. Je mag me meenemen naar Reilly.'

Jock schudde zijn hoofd.

'Jock, ik wil geen nee horen,' zei MacDuff ruw. 'Ik zal hem te grazen nemen en als jij me niet naar hem toe brengt, zal ik zelf mijn weg moeten vinden.'

'U hoeft er niet naartoe te gaan. Ik heb het al geregeld.'

MacDuff verstijfde. 'Heb je hem gedood?'

Jock schudde zijn hoofd. 'Nee, maar dat zal spoedig gebeuren.'

'Ik heb geen tijd meer om daarmee te wachten. Het moet nu gebeuren.'

'Binnenkort.'

'Luister. Je mag Jane graag. Zij en Trevor zijn nu onderweg naar het hoofdkwartier van Reilly. Ze weten niet wat er zal gebeuren als ze daar zijn gearriveerd, maar gemakkelijk zal het voor hen niet worden.'

Jock verstijfde. 'Wanneer zijn ze daarheen gegaan?'

'Ze kunnen er nu elk moment aankomen.' Hij keek Jock strak aan. 'Waarom vraag je dat?'

'Ze hadden dit niet moeten doen. Ik had tegen haar gezegd dat ze in de hut moest blijven.' Jock draaide zich om en liep in de richting van het hoofdkwartier van Reilly. 'Kom mee, en snel. Stap in mijn voetsporen.'

'Dat zal ik zeker doen.' Voorzichtig zette MacDuff zijn laars in de voetafdruk van Jock. 'Loop jij maar voorop. Ik ben best in staat om je bij te houden.'

'Dat zult u wel moeten doen. Ik heb beide wachtposten uitgeschakeld, maar dat zal niet kunnen voorkomen dat zij...' Jock vloog nu vrijwel over de sneeuw. 'Ze zal sterven. Dat had ik al tegen haar gezegd. Ze had niet...'

Ze moesten dicht bij het huis zijn, dacht Jane. Het leek alsof ze al eeuwen door dit bos liepen. Ze keek naar de takken van de boom recht voor haar. De camera's waren zo goed gecamoufleerd dat ze er tot dusver pas twee had kunnen ontdekken. Hoe zou Mac-Duff ze kunnen uitschakelen als zij ze niet eens kon zien?

Tja, daar moest hij zich maar zorgen over maken. Zij en Trevor hadden hun eigen problemen.

'Daar is het,' zei Trevor zacht achter haar. 'Recht voor je uit.'

Zij kon de lichten nu ook zien. Ongeveer honderd meter verderop. 'Het sneeuwt weer minder hard. Hou je hoofd omlaag.'

'Lager kan bijna niet,' zei Trevor. 'Ik kan... Laat je vallen!'

Een schot.

'Jezus.' Jane knalde op de grond. 'De videocam... Ze weten het. Ze hebben gezien dat...'

Nog een schot.

Trevor kreunde van de pijn.

Ze keek om. Bloed. Hoog op zijn borstkas. Ze raakte in paniek. 'Trevor?'

'Ik ben geraakt. Maak dat je wegkomt. Ze kunnen nu elk moment dat huis uit komen.'

Christus.

'Maak dat je wegkomt!'

'Kun je lopen?'

'Ja. Het is een schouderwond.' Hij kroop op zijn buik naar de bomen. 'Maar niet zo snel als jij. Rennen.'

'Zet jij het maar op een rennen. Op mij zullen ze niet schieten. Reilly wil me levend in handen hebben.' Ze ging op haar knieën zitten. 'Ik zal met mijn armen omhoog naar hen toe rennen, en jou zo de tijd geven om weg te komen. En waag het niet daartegen in te gaan. Zoek MacDuff. Bel de CIA. Doe iets. Ik wil dat iemand achter me aan komt als ik daar bij Reilly ben.'

Opnieuw een schot.

Ze hoorde de kogel in de sneeuw vlak bij Trevors hoofd slaan.

Haar hart klopte in haar keel.

Geen tijd meer.

Ze ging vliegensvlug staan, stak haar armen omhoog en rende naar het huis.

'Nee!'

'Trevor, hou op met gillen en kom in beweging. Ik doe dit niet voor niets.' Ze keek even over haar schouder en voelde zich opgelucht toen ze hem half overeind zag komen en zag wegrennen.

Opgelucht? Misschien kon hij die kogels ontwijken, maar hoe zat het met die verdomde landmijnen?

Trevor, wees alsjeblieft voorzichtig.

Iemand stond op de oprit. Een man?

Nee, een vrouw. Klein, delicate gelaatstrekken en een slank, compact lichaam dat toch de indruk wekte sterk te zijn.

Met een pistool in haar hand dat recht op Jane was gericht.

'Ik verzet me niet,' zei Jane. 'Ik heb geen wapen en ik kan...'

De aarde trilde door een explosie.

Ze keek over haar schouder naar de plaats waar Trevor zich uit de voeten had gemaakt.

Rook kringelde omhoog.

De grote cederbomen stonden in brand.

'Nee,' fluisterde ze vol afschuw. 'Trevor...'

De landmijnen.

Dood. Hij moest dood zijn. Niemand zou zo'n hel kunnen overleven.

Maar ze kon dat niet aanvaarden en opgeven. Misschien was hij wel in leven gebleven. Misschien zou ze hem op de een of andere manier kunnen helpen. Ze zette een stap in de richting van het bos. Hij kon door de klap zijn opgetild en...

Pijn.

Duisternis.

Stenen muren. Roomwit, met scheuren erin. Heel, heel oud.

'Je had werkelijk niet moeten proberen om weg te rennen. Dat stelde me teleur.'

Jane keek naar de man die het woord had genomen. Een jaar of vijftig, fijnbesneden gezicht, donker haar en witte bakkebaarden. En hij sprak met een Iers accent, besefte ze opeens. 'Reilly?' vroeg ze fluisterend.

Hij knikte. 'En dat is de laatste keer dat je met zo weinig respect het woord tot mij mag richten. We zullen beginnen met "meneer" en dan verdergaan.'

Ze schudde haar hoofd, rilde door een pijnscheut en negeerde die laatste opmerking. 'Je hebt me... geslagen.'

'Nee, dat heeft Kim gedaan en je mag van geluk spreken dat ze je niet door Norton heeft laten doodschieten. Ze is het niet eens met het feit dat ik jou wil herprogrammeren en zou het prachtig vinden jou kwijt te zijn.' Hij draaide zich om naar een verre hoek. 'Dat is toch zo, Kim?'

'Het zou me veel genoegen doen.'

Jane keek naar de kleine vrouw die in de stoel bij het raam zat. Het was de Europees-Aziatische die haar op de oprit had opgewacht. Zo dichtbij leek haar beenderstructuur nog fijner en delicater, en haar stem was zacht en vriendelijk. 'Verder was ze te duur. Je zult dat goud misschien nooit zien, en je hebt twee van je best opgeleide mannen naar Grozak gestuurd om voor haar te betalen.'

'Ik kan het me veroorloven genotzuchtig te zijn.' De stem van Reilly klonk een beetje gespannen. 'En wat ik wens te betalen is mijn zaak. Misschien doe je er verstandig aan dat te onthouden, Kim, want je wordt de laatste tijd veel te arrogant. Ik tolereer dat alleen omdat je...'

'Trevor!' Jane schoot overeind toen zij zich weer dingen herinnerde.

Een explosie die de grond liet trillen.

Brandende bomen.

Trevor. Ze moest naar Trevor toe.

Haar voeten zwaaiden naar de grond en met moeite probeerde ze te gaan staan.

'Nee.' Reilly duwde haar terug op de bank. 'Je hebt waarschijnlijk een hersenschudding en ik wil niet dat je nog meer beschadigd raakt dan je al bent.'

'Trevor. Hij is gewond. Ik moet kijken of ik hem kan helpen.'

'Hij is dood en zo niet, zal hij dat spoedig zijn, want het is buiten ijskoud. Onderkoeling is al gevaarlijk voor een gezonde man, en iemand die gewond is maakt geen schijn van kans.'

'Laat me dat zelf gaan bekijken.'

Hij schudde zijn hoofd. 'We moeten hier weg. Nadat jij met Trevor was verschenen heb ik mijn mannetje Norton erop uitgestuurd om te kijken waar Mario Donato was. En wat heeft hij gevonden? Een lijk. Wie heeft hem gedood? Trevor?'

'Nee, ik.'

'Werkelijk? Dat is interessant, en het bevalt me. Het geeft blijk van een eigenschap die bij vrouwen zeldzaam is. Er was nog een ander lijk. Ook jouw werk?'

Ze schudde haar hoofd. 'Wickman. Dat zal Mario wel hebben gedaan.'

'Zijn nek was gebroken, en ik denk niet dat Donato iemand op die manier naar de andere wereld kon helpen. Maar mijn Jock was daar heel bedreven in. Is hij met jou meegekomen?'

'Wat heeft Donato je verteld?'

'Niets over Jock. Donato deed zijn uiterste best om zich volledig in te dekken. Hij wist dat ik niet blij zou zijn als ik wist dat hij Jock zo dicht bij me in de buurt had laten komen zonder hem aan mij over te dragen.'

'Ik weet zeker dat hij iedereen had verraden als hij daartoe in staat was geweest.'

'Daar ben ik ook zeker van. Is Jock nu ergens hier in de buurt?'

Ze deed er het zwijgen toe.

'Dat zal ik maar als een bevestiging opvatten. Het werpt een nieuw licht op de situatie.'

Ze veranderde van onderwerp. 'Laat me gaan kijken of Trevor nog in leven is. Hij kan je niets aandoen als hij gewond is.'

'Maar hij kan me ook niet helpen. Ik kan je je nieuwsgierigheid nu niet laten bevredigen. De grond kan me hier nu snel wat te heet onder de voeten worden. Trevor kan dood zijn, maar toen Donato me belde, vertelde hij me dat het mogelijk is dat MacDuff deze kant op komt.'

'En je bent bang voor MacDuff?'

'Doe niet zo idioot. Ik ben niet bang voor hem, maar ik ben wel voorzichtig. Hoewel dat niet het beste voor hem is, kan MacDuff de autoriteiten erbij halen als hij denkt dat Jock in gevaar verkeert. Hij lijkt hem hoe dan ook te willen beschermen.'

'Dat moet iemand doen. Jij had zijn geest bijna verwoest.'

'Dat heeft hij zichzelf aangedaan. Hij had nog jaren kunnen doorgaan met werken voor mij. Hij is gebroken omdat hij in opstand is gekomen.' Hij haalde zijn schouders op. 'In feite ben ik meer op mijn hoede voor Jock dan voor MacDuff. Jock is mijn creatie en ik weet welke schade hij kan aanrichten. Natuurlijk zou ik hem tot andere gedachten kunnen brengen als ik oog in oog met hem stond. Maar misschien zal het daar niet van komen, en ik ben een man die geen risico's neemt.'

'Je hebt anders een groot risico genomen door een deal met Grozak te sluiten. De Amerikaanse overheid was naar je blijven zoeken als je die deal had doorgezet.'

Zijn wenkbrauwen gingen omhoog. 'Die heb ik wel degelijk

doorgezet. Alle mannetjes zijn op hun plaats en zullen hun taak uitvoeren zodra ik bel om het groene licht te geven.'

Geschokt en vol afschuw keek ze hem aan. 'Maar dat is toch onzinnig. Grozak is dood. Er is niet langer sprake van een deal.'

'Jawel. Toen Grozak over de betaling ging zeuren en Mario zijn diensten aanbood, heb ik contact opgenomen met een paar extreme, islamitische vrienden van me. Het had geen zin een lucratief project door de plee te spoelen als ik besloot Grozak buiten te sluiten. Onze vrienden in het Midden-Oosten zullen de operatie overnemen en mij alle bescherming bieden die ik nodig heb.'

'We moeten hier weg,' zei Kim, die ging staan. 'Je hebt haar in handen. Nu moeten we vertrekken.'

'Kim is een beetje ongeduldig,' zei Reilly. 'Ze is al zenuwachtig sinds Jock is vertrokken. Ik heb tegen haar gezegd dat ik hem onder controle kon houden, maar ze geloofde me niet.'

'En daar had ik gelijk in,' zei Kim. 'Ik heb altijd geweten dat hij sterker was dan de anderen.'

'Het is geen kwestie van kracht.' Reilly keek beledigd. 'Hoe vaak moet ik je dat nog zeggen? Ik kan iedereen onder controle houden als ik er maar genoeg onderzoek en inspanning in steek. Hij zou nooit zijn gebroken als ik voldoende tijd had gehad om die kleine zwakke plek van hem te onderzoeken.'

Jane staarde hem vol ongeloof aan. 'Noem jij het hebben van bezwaar tegen het doden van kinderen een "kleine zwakke plek"?'

'Het hangt helemaal af van de manier waarop je iets bekijkt.' Hij glimlachte. 'De hele wereld draait om de manier waarop we de gebeurtenissen om ons heen bekijken. Als ik meer tijd had gehad, had ik Jock ervan kunnen overtuigen dat het doden van dat kind hem een held zou maken.'

'Jezus Christus. Dat is ziek.'

'Cira zou me waarschijnlijk hebben bewonderd omdat ik degenen om me heen onder controle kan houden. Zij manipuleerde mensen ook.'

'Cira zou je hebben herkend als de klootzak die je bent, en je hebben vertrapt.'

Zijn glimlach verdween. 'Er zou waarschijnlijk inderdaad wel wat zijn gevochten, maar ik ben degene die zou hebben gewonnen. Ik win altijd.' Hij draaide zich naar Kim toe. 'Bel om mijn helikopter en pak de personeelsdossiers in. Bel daarna het kamp en zeg dat iedereen daar meteen weg moet tot ik weer iets van me laat horen. Breng die lui niet in paniek. Zeg dat het niet meer dan een voorzorgsmaatregel is.'

Kim liep naar de deur. 'Waar gaan we heen?'

'Eerst naar Canada en daarna naar Noord-Korea. Daar heb ik contacten. En daarna zullen we improviseren. Die godsdienstfanaten zijn wispelturig. Ik heb liever vanaf een afstand met hen te maken.'

'Dit zul je nooit ongestraft kunnen doen,' zei Jane.

'Reken maar van wel. Jij begrijpt het niet. De wereld is veranderd, net als oorlogen. De man die de geest en de wil van anderen onder controle kan houden, is tot alles in staat. Die soldaten in Irak zijn niet bang voor een normale strijd, maar ze zijn doodsbang voor een man die een mess-tent in loopt en zichzelf opblaast. Een zelfmoord met de juiste papieren en de juiste dekking is de ergste nachtmerrie van iedereen.' Hij klopte zichzelf op de borst. 'Ik ben hun ergste nachtmerrie.'

'De CIA zal je oppakken voordat je het land uit bent.'

Reilly schudde zijn hoofd. 'Dat denk ik niet.'

'De helikopter moet er binnen vijf minuten zijn.' Kim kwam de kamer weer in, met een grote aktetas. 'Ik heb alle psychologische profielen. Moet ik de historische documenten ook inpakken?'

'Nee, dat doe ik zelf wel. Ik wil mijn verzameling aan deze dame laten zien.'

'We hebben de tijd niet om al die artefacten in te pakken. Je zult ze hier moeten achterlaten.'

'Nee. Ik zal de munten meenemen en Norton opdragen de rest te verzamelen en de grens mee over te nemen naar een plaats waar ze kunnen worden opgepikt.' Hij stak Jane een hand toe. 'Kom mee. Ik wil je mijn collectie laten zien.'

'Daar heb ik geen belangstelling voor.'

'Dat denk ik wel. Voordat ik met jou klaar ben zul je er heel veel belangstelling voor hebben.'

'Nee. Je kunt me nergens toe dwingen.' Ze keek hem recht aan. 'En je kunt me me niet iets laten herinneren wat ik nooit heb geweten. Je bent krankzinnig als je dat gelooft.'

'Dat zullen we nog wel eens zien. Ik kan niet wachten met jou te beginnen.' Hij maakte de deur open en gebaarde dat ze verder moest lopen. 'Je zult heel interessant blijken te zijn. Hoeveel vrouwen zou het zijn gelukt Mario Donato te doden? En wat het goud betreft... De afgelopen jaren heb ik jouw gedragspatroon bestudeerd. Je wordt volledig gefascineerd door Cira. Die archeologische expedities om in Herculaneum opgravingen te verrichten, het feit dat je door die perkamentrollen bent geobsedeerd. Elke dag zie je háár als je in de spiegel kijkt. Misschien wil je diep in je binnenste haar en het goud beschermen. Misschien weet je waar het is en ben je egoïstisch. Of misschien heb je toevallig een aanwijzing gevonden die ons naar dat goud kan leiden, maar ben je niet bereid dat ook maar voor jezelf toe te geven.' Hij glimlachte. 'Daar kan ik iets aan doen, mits ik voldoende tijd heb. Ik ben tot bijna alles in staat.' Zijn ogen glinsterden van genoegen. 'En dan begint de pret.'

Ze voelde een koude rilling over haar rug lopen. Hij had haar er bijna van overtuigd dat hij daar inderdaad toe in staat was, en het angstaanjagende was dat hij niet wist hoe nabij ze Cira was. Hij wist niets van de dromen... 'Heel oppervlakkig geredeneerd, Reilly. Ik kan niet geloven dat je een deal met Mario hebt gesloten om mij hierheen te brengen als er geen bewijs is dat ik ook maar iets weet.'

'Geloof het maar wel, en bewijzen zijn er ook. Kom Cira's wereld maar eens bekijken.' Hij gebaarde naar de zacht verlichte planken. 'Ik heb de laatste twintig jaar artefacten uit Herculaneum en Pompeji verzameld.'

Het was een indrukwekkende collectie, dacht Jane toen ze de grote hoeveelheid artefacten zag waartoe schalen, primitieve messen, perkamentrollen en stenen reliëfs met overdreven seksuele handelingen behoorden.' 'Je zou veel genot hebben kunnen putten uit de teksten van Julius Precebio,' zei ze droog. 'Hij was ook dol op porno.'

'Dat was zijn recht. De meester bepaalt altijd de regels, en ik identificeer me met Precebio. We hebben veel gemeen.' Hij nam haar mee, verder de kamer in. 'Maar het meest interessante heb je nog niet gezien.' Hij knikte naar een standaard recht voor haar. 'Jouw persoonlijke bijdrage.'

'Wat bedoel je...' Ze hield scherp haar adem in. 'Mijn god.'

Haar schetsboek. Het schetsboek dat Trevor twee jaar geleden had gestolen. Ze had zich alleen zorgen gemaakt over haar schetsen van Trevor omdat ze bang was dat die haar gevoelens voor hem duidelijk zouden maken. Deze, door Reilly tentoongestelde schets had ze zich niet herinnerd.

'Buitengewoon, nietwaar?' mompelde Reilly. 'Zo gedetailleerd dat het ongeloofwaardig is dat niet minstens een deel ervan naar een bestaand voorbeeld is getekend.'

Het was een schets van Cira: een van de vele die ze had gemaakt sinds ze vier jaar geleden uit Herculaneum was teruggekeerd. Cira stond, en profil, in de deuropening van een kamer met rotsachtige muren en richels met vazen, schalen en juwelen. Op een richel verderop stond een geopende kist vol gouden munten.

Ze streek met haar tong over haar droge lippen. 'Een bestaand voorbeeld? Sorry, maar tweeduizend jaar geleden was ik niet in de buurt om Cira te tekenen.'

'Je kunt wel de plek hebben gevonden waar ze die kist had verborgen, en die hebben getekend.'

'Dat is krankzinnig. Die tekening is aan mijn verbeelding ontsproten.'

'Misschien. Ik heb die schets al weken nauwkeurig bestudeerd. Ik heb veel onderzoek verricht en die groeven in het gesteente zijn in Italië aangetroffen in formaties in de buurt van Herculaneum. Zoals ik al zei: de details zijn echt verbazingwekkend.'

'Waar heb je mijn schetsboek vandaan gehaald?'

'Grozak heeft het uit een hotelkamer van Trevor gestolen en naar mij gestuurd. Hij dacht dat het me wellicht zou intrigeren.' Hij glimlachte. 'Dat was ook zo. Het riep allerlei interessante mogelijkheden op.'

'Luister. Ik weet niets af van dat goud.'

'Dat zullen we nog wel eens zien. Over een paar weken zal ik alles weten wat jij weet.'

Hij wees op een glazen stolp midden op de plank. 'Sommige van die munten zijn een fortuin waard, maar ik heb nooit de munt gevonden waar de hele wereld me om zou benijden. Daar droom ik al jaren van, en misschien zul jij in staat zijn me die laatste triomf te verschaffen.'

'Waar doel je precies op?'

'Een munt uit de buidel die aan Judas was gegeven om Christus te verraden, kan tussen het goud in die kist zitten.'

'Wat een onzin.'

Hij knikte naar een boek dat eveneens op de plank stond. 'Niet volgens geruchten die door de eeuwen heen zijn blijven circuleren. Wat zou dat een coup zijn!' Hij glimlachte. 'Ik zal alles krijgen. Het goud, de roem en Cira's beeld dat Trevor van mij heeft gestolen.'

'Het zal je niet meevallen dat vanuit Noord-Korea weer in je bezit te krijgen.'

'Dat zal wel loslopen. Ik heb overal op de wereld mensen zitten die alleen maar willen doen wat ik wens.'

'Tegen die tijd zal MacDuff zich het beeld hebben toegeëigend. Hij wordt net zo door Cira geobsedeerd als alle anderen.'

'Dat weet ik. Toen we een paar jaar geleden jacht maakten op hetzelfde document is hij me bijna voor de voeten gaan lopen.'

'Welk document?'

Hij knikte naar de onderste plank. 'Ik bewaar het origineel in een speciale, afgesloten kist, maar de vertaling ligt daar. Die heeft een heel nieuwe manier van denken teweeggebracht met betrekking tot Cira en het goud.' Hij glimlachte. 'Als je een braaf meisje bent, zal ik je die vertaling misschien tijdens een van de laatste stadia van je training laten zien.'

Ze verstijfde. 'Rotzak! Ik zal niets doen wat jij me opdraagt.'

Hij grinnikte zacht. 'Wat een gebrek aan respect. Als ik Grozak was, zou ik je een dreun verkopen. Maar ik ben Grozak niet.' Hij draaide zich om naar Kim, die net de kamer in was gelopen. 'Zeg tegen Norton dat hij naar de plek moet gaan waar de mijn is geëxplodeerd. Als Trevor nog in leven is, moet hij hem doden.'

'Nee!' Jane raakte totaal in paniek. 'Dat kun je niet doen.'

'Dat kan ik wel. Ik kan alles doen, en dat zul jij moeten leren. Kim, vertel het hem.'

Kim draaide zich om om de kamer weer uit te lopen.

'Nee.'

'Omdat je hier nieuw in bent... zou ik Kim kunnen vragen Trevor te vergeten als je me dat beleefd vraagt.' Hij glimlachte. 'Maar dan moet je er wel "alsjeblieft" bij zeggen.'

Hij keek haar met boosaardige voldoening aan en wachtte tot ze zou toegeven. Zich zou onderwerpen. Ze wilde zijn nek breken.

Maar trots was het risico niet waard dat Trevor werd gedood om haar een lesje te leren. 'Alsjeblieft,' zei ze, met opeengeklemde kaken.

'Niet al te gemeend, maar ik zal ervan uitgaan dat je een lesje hebt geleerd.' Hij gebaarde en Kim liep de kamer uit. 'Ik denk echter dat Cira me Trevor liever had laten doden dan me dit genoegen te doen.'

'Nee. Ze zou hebben toegegeven en hebben gewacht op een kans om wraak te nemen.'

'Daar lijk je heel zeker van.' Hij hield zijn hoofd scheef. 'Veelbelovend. Heel veelbelovend.'

Ze rilde weer even van angst. O god! Hij was slim. Binnen een paar minuten had hij haar zover gekregen dat ze zich overgaf aan zijn wil, terwijl ze nooit had gedacht dat dat mogelijk zou zijn.

'Je bent bang,' zei hij zacht. 'Dat is altijd de eerste stap. Ik moet de sleutel vinden en die dan omdraaien. Je bent niet bang voor je eigen leven, maar wel voor dat van Trevor. Het is echt jammer dat hij waarschijnlijk dood is, want hij had een waardevol instrument voor mij kunnen zijn.' Hij draaide zich om en pakte een aktetas van het bureau. 'Maar Joe Quinn en Eve Duncan zijn er altijd nog.' Hij stopte de dozen met zijn munten voorzichtig in de tas voordat hij de dossierkast openmaakte en de vertalingen eveneens in de tas deed. 'Het ene instrument kan even efficiënt zijn als het andere.'

'Heb je Jock zo getraind? Heb je mensen van wie hij hield bedreigd?'

'Deels. Ik had echter informatie van hem nodig, en dus moest het een combinatie worden van drugs en psychische training. Die strategie zal ik bij jou ook volgen, maar elke casus is anders.'

'Elke casus is een horrorverhaal. Jíj bent een horrorverhaal.'

'Hebben de meest fascinerende verhalen uit de literatuur niet allemaal een element van horror in zich? Frankenstein, Lestat, Dorian Gray.' Hij maakte de aktetas dicht. 'Kom mee. Ik vraag me af of ik de originele manuscripten moet meenemen in plaats van...'

Zijn telefoon rinkelde en hij nam op.

'Ik kan het niet doen,' zei Jock. 'Het is te laat.'

'Jij hebt die springstof geplaatst, en nu moet je dat terugdraaien,' zei Trevor.

'Dat kan hij niet doen,' zei MacDuff, die bijna klaar was met het aanbrengen van een noodverband om de schouder van Trevor. 'Het spul staat al op scherp. Hij was niet van plan hier te zijn. Als hij in de buurt van de landingsplaats komt, zal hij naar de eeuwige jachtvelden worden geblazen.'

'Waarom de landingsplaats?' Trevor keek naar het half in de sneeuw begraven beton. 'Waarom niet dichter bij het huis?'

'Omdat ik daar vanwege een cirkel van landmijnen niet dicht genoeg bij in de buurt kon komen,' zei Jock. 'Ik moest wachten tot het harder ging sneeuwen, de springstof aanbrengen en me daarna als de sodemieter weer uit de voeten maken voordat ik werd gezien.' Hij keek naar Trevor. 'Jij zou achter Jane aan gaan. Niet achter Reilly. In elk geval niet meteen. Jij had hier niet moeten zijn, en hetzelfde geldt voor Jane. Ik had nog minstens een halfuur de tijd moeten krijgen, en dan zou alles voorbij zijn geweest.'

'Jammer voor jou. Alles loopt niet altijd zoals je denkt. En wat zal ervoor zorgen dat de helikopter niet wordt opgeblazen zodra hij landt?'

'Ik heb de kabel dertig centimeter van de landingsplaats aangebracht en met sneeuw bedekt. Door het trillen zal de zaak niet in gang worden gezet, maar dat gebeurt wel wanneer iemand er met een voet druk op uitoefent.'

'Weet je dat zeker?'

Jock keek hem niet-begrijpend aan. 'Natuurlijk. Ik maak geen fouten.'

'En als Reilly die landingsplaats niet gebruikt?'

'Dat zal hij wel doen. Binnen tien minuten,' zei Jock. 'Hij is een heel voorzichtige man. Omdat het mogelijk was dat onze aanwezigheid hem niet echt zou alarmeren, heb ik wat druk op de ketel gezet.'

'Hoe?'

'Ik heb de politie gebeld en verteld over dat trainingskamp aan de andere kant van de grens met Montana.' Hij keek op zijn horloge en toen naar de achterdeur. 'Ongeveer veertig minuten geleden. Als Reilly nog geen telefoontje uit dat kamp heeft gehad, zal dat spoedig gebeuren. En dan gaat hij er als een haas vandoor. Dan zal die helikopter hier zo spoedig mogelijk arriveren.'

'Christus.' Trevor draaide zich naar MacDuff toe. 'Je zei dat je goed was met mijnen. Jane zal ongetwijfeld bij Reilly zijn. Het is zelfs mogelijk dat hij haar voorop laat lopen. Kun je er echt niets aan doen?'

'Niet binnen vijf minuten. Ik zou er precies op tijd arriveren om Reilly en zijn mensen te zien aankomen.'

'Shit. Dan zullen we moeten proberen naar binnen te komen.'

'Nee.' Jock schudde zijn hoofd. 'Ik heb al tegen je gezegd dat we het risico niet kunnen nemen…'

Trevor onderbrak hem. 'We kunnen het risico niet nemen dat Jane wordt opgeblazen. Dus bedenk een manier waarop wij dat huis in kunnen komen voordat de helikopter arriveert.'

'Daar ben ik al mee bezig.' Met gefronst voorhoofd bukte Jock zich om zijn geweer te pakken. 'De afstand is iets te groot voor een veilig schot. Alles zou prima zijn gegaan. Jullie hadden hier niet moeten zijn. Nu zal ik… Verdomme!'

'Wat is er aan de hand?'

'Het is harder gaan waaien en daardoor wordt de sneeuw van de kabel geblazen. Ik kan er hiervandaan al iets van zien.'

Trevor zag de kabel ook. 'Prima.'

'Nee. Als hij hem ziet, is alles verpest. Ik kan hem niet in die helikopter laten stappen. Dit zou onze laatste kans nog wel eens kunnen zijn.' Hij liep naar voren. 'Misschien kan ik hem weer toedekken als ik voorzichtig ben.' Hij keek naar de lucht. 'Te laat. We hebben geen tijd meer.'

Trevor hoorde het geraas van de wentelwieken van een helikopter eveneens.

'Verdomme!' Hij keek snel naar het huis.

De achterdeur ging open.

'Haast maken.' Reilly duwde Jane de deuropening door en zei over zijn schouder tegen Kim: 'Jij blijft hier en zorgt ervoor dat Norton alles in de truck laadt. Daarna ga je met hem mee.'

'Je neemt mij niet mee? Dat was het plan niet.' Kim keek razend zijn kant op. 'Je laat me hier achter?'

'Als de politie bij het kamp is, zullen die lui binnen de kortste keren hier zijn gearriveerd. Ze zullen mijn verzameling in beslag nemen. Ik moet zeker weten...' Hij zweeg toen hij haar gezichtsuitdrukking zag. 'Oké. Zeg tegen Norton dat hij alles moet inladen en binnen een halfuur weg moet zijn.'

'Dat zal ik doen.' Ze overhandigde hem de personeelsdossiers. 'En jij moet op me wachten.'

'Arrogante teef,' mompelde Reilly terwijl hij Jane voor zich uit duwde. 'Als ik niet bang was dat ze mijn verzameling in brand zou steken, zou ik haar hier laten wegrotten. Vanaf nu zal ze sowieso niet meer zo bruikbaar zijn.'

'Wat een loyaliteit!' Jane zag de blauw-met-witte helikopter landen. 'Zie je dan niet in dat alles voor jou nu bergafwaarts gaat? Het net wordt door de politie steeds strakker aangetrokken. Vergeet de deal die je met de moslims hebt gesloten en regel in plaats daarvan iets met de politie.'

'Als je kon zien wat er in die personeelsdossiers staat, zou je niet eens met die suggestie komen. De politie zal geen deal willen sluiten.' Hij ging sneller lopen. 'Zodra we in de lucht zijn zal ik mijn mannetjes in Chicago en Los Angeles bellen. Binnen twee uur zal ik een heel gelukkige partner hebben die ons in Canada opwacht en ons dan snel zal meenemen naar Noord-Korea.'

Jezus. Ze kon hem die helikopter niet in laten stappen. Hij mocht de kans niet krijgen om die telefoontjes te plegen.

Maar wat kon ze in vredesnaam doen om hem tegen te houden?

Tijd winnen. Ze bleef staan. 'Ik ga niet mee.'

Hij richtte het wapen op haar. 'Voor deze onzin heb ik geen tijd. Ik heb hier heel veel moeite voor gedaan en ik ben niet van plan jou nu weer kwijt te raken. Het is geen...'

Een schot.

Pijn.

Ze klapte tegen de grond.

21

'Wat heb je verdomme gedaan?' zei Trevor. 'Je hebt haar neerge-schoten, idioot.'

'Niet meer dan een vleeswond in haar bovenarm.' Jock richtte de geweerloop opnieuw. 'Ze stond in de weg. Ik kon Reilly niet goed op de korrel nemen.'

'Dat kun je nog steeds niet. Hij loopt zigzaggend naar de heli-kopter toe.' MacDuff schoot in de lach. 'En hij laat Jane achter. Jock, stuk geboefte! Dat was ook je bedoeling, nietwaar?'

'Het leek me heel redelijk. Als ik niet op hem kon schieten, zo redeneerde ik, moest ik hem zodanig afleiden dat de explosie hem te machtig zou worden. Reilly heeft me geleerd altijd voor een back-up te zorgen.' Hij mikte op het achterhoofd van Reilly. 'Het is een gok,' mompelde hij. 'Zal hij naar links of naar rechts zwen-ken? Ik... neem aan... naar links.' Hij haalde de trekker over.

Jane keek vol afschuw toe toen het hoofd van Reilly explodeerde.

'Die klootzak!' Kim Chan stond een eindje van Jane vandaan te staren naar de monsterlijke figuur die even geleden nog Reilly was geweest. 'Ik had tegen hem gezegd...' Trillend van woede draaide ze zich naar Jane toe. 'Jij. Hij had nooit... De dwaas.' Ze bracht haar hand met het wapen omhoog. 'Jouw schuld. Jij en die idiote Cira. Je was...'

Jane liet zich door de sneeuw rollen en raakte Kim tegen haar knieën.

Kim viel.

Nu het wapen pakken.

Gelukt.

Maar Kim was alweer overeind gekrabbeld en rende naar de helikopter. Christus. Wist zij welke nummers ze moest bellen? Zouden die zelfmoordenaars naar haar luisteren als zij belde? Ze werkte nauw met Reilly samen. Er was een kans dat ze in zijn schoenen wilde gaan staan. Jane ging moeizaam op haar knieën zitten. 'Blijf staan. Je kunt niet...'

De aarde trilde toen Kim op de met sneeuw bedekte kabel bij de landingsplaats stapte.

Een sissend geluid.

Een explosie.

Vlammen.

De vrouw was er opeens niet meer.

Toen explodeerde de helikopter.

Metaalscherven en delen van wentelwieken vlogen alle kanten op.

Jane begroef haar gezicht in de sneeuw en probeerde zich zo plat mogelijk tegen de grond te drukken.

Toen ze seconden later opkeek, zag ze de brandende romp van de helikopter.

'Is alles goed?' Trevor knielde naast haar neer en maakte de rits van haar jack los om naar haar arm te kunnen kijken.

Hij leefde nog!

Godzijdank. 'Ik dacht dat je dood was,' zei ze met trillende stem. 'Die landmijn...'

'Die heeft Jock geactiveerd om iedereen te laten denken dat ik er was geweest. MacDuff en hij hielden het huis in de gaten, en hij zag me wegkruipen. Ik was hem heel dankbaar.' Zijn mond verstrakte even. 'Tot die krankzinnige jongen jou raakte omdat je hem belemmerde op Reilly te schieten.'

'Ik heb niet zoveel pijn.' Ze keek naar de brandende resten van de helikopter. 'En het was het waard, want nu kon Reilly de helikopter niet in komen.'

'Dat ben ik niet met je eens.' Hij keek naar de wond. 'Niet al te veel bloed. Jock zei al dat het maar een vleeswond was.'

'Waar is hij?' Toen zag ze Jock en MacDuff naar het huis lopen en riep: 'Kijk uit! Norton is daarbinnen en hij zal...'

'Maak je geen zorgen,' riep MacDuff. 'We zullen voorzichtig zijn, maar Jock wil niet dat de politie die Norton iets aandoet. Hij wil als eerste bij hem komen, want hij voelt iets als medeleven voor hem.'

'Zal hij net zo'n medeleven voelen voor die lui in het trainingskamp?' mompelde Jane terwijl Jock en MacDuff het huis in liepen. 'Jezus, wat doe je met mensen zoals zij?'

'Laat dat maar aan de overheid over. Die zal ze wel in een ziekenhuis laten opnemen om te proberen hen te deprogrammeren.'

'Als ze ze kunnen vinden. Reilly heeft gebeld met de mededeling dat ze zich bliksemsnel moesten verspreiden.' Ze ging staan. 'Maar hij heeft de personeelsdossiers meegenomen.' Langzaam liep ze naar het lichaam van Reilly. 'Die dossiers moeten informatie over die mensen bevatten.' Ze pakte de aktetas uit Reilly's hand en keek bewust niet naar het bloederige lijk. 'Hij had ook nog een aktetas met zijn vertalingen van documenten uit Herculaneum. Waar... O, daar is hij.' De andere aktetas was door de explosie een eindje verderop op de grond beland.

'Ik pak hem wel,' zei Trevor. 'Zo, en nu nemen we je mee naar een eerste hulppost om naar die wond te laten kijken.' Hij glimlachte. 'En ik kan zelf ook wel wat eerste hulp gebruiken. Het door MacDuff aangelegde noodverband is écht een noodverband.'

'Wat een geklaag!' MacDuff liep hun kant op. 'Je hebt mazzel dat wij er waren om je leven te redden, en je kunt niet alles verwachten.' Hij keek naar de aktetas in Janes hand. 'Wat is dat?'

'Personeelsdossiers van de mensen uit het trainingskamp.'

Hij bleef bewegingloos staan. 'Wat ga je daarmee doen?'

'Ze overdragen aan Venable.'

Hij schudde zijn hoofd. 'Niet het dossier van Jock.' Hij stak een hand uit. 'Met de rest kun je doen wat je wilt, maar ik wil het dossier van Jock hebben.'

Ze aarzelde.

'Ik neem de verantwoordelijkheid voor hem op me, Jane. Je

weet dat ik dat zal doen. Hij nadert het moment waarop hij weer normaal zal worden. Wat "normaal" dan ook zou moeten zijn. Dat zal ik niet laten verknallen, en dat wil jij ook niet.'

Dat wilde ze inderdaad niet. Ze maakte de aktetas open en bekeek de inhoud. Toen gaf ze de tas aan MacDuff. 'Alleen het dossier van Jock.'

Dat pakte MacDuff. 'De rest interesseert me niet.' Hij keek naar de aktetas die Trevor vasthield. 'Wat zit daarin?'

• 'Kopieën van vertalingen van documenten uit Herculaneum,' zei Trevor.

De ogen van MacDuff werden kleiner. 'Werkelijk? Die zou ik echt graag willen zien.'

'Ik ook,' zei Jane, 'en ik heb het recht verworven ze als eerste te zien.'

'Waarom laat je mij niet...'

'Nee, MacDuff.'

Ze dacht dat hij erover zou doorgaan, maar in plaats daarvan glimlachte hij. 'Oké.' Hij gaf Jane de aktetas met de personeelsdossiers terug. 'Maar houd mij als tweede in gedachten. Verder kun je beter maken dat je wegkomt met die aktetas, want anders zal hij als bewijsmateriaal in beslag worden genomen en minstens een jaar of tien in de bureaucratische molen verdwijnen. Dat willen we geen van beiden. Kun je rijden?'

Ze knikte.

'In de garage staat een truck die door Norton werd ingeladen. Rij naar een ziekenhuis en laat die verwondingen verzorgen.'

'Ik kan ook rijden,' zei Trevor.

'Jij hebt meer bloed verloren dan ik,' zei Jane. 'Jock heeft geprobeerd mij zo weinig mogelijk schade toe te brengen.' Ze schudde spijtig haar hoofd. 'Jezus! Het is eigenlijk niet te geloven dat we kissebissen over wie het ergst gewond is geraakt.'

'Oké. Jij wint. Wie blijft hier wachten op de politie?'

'Dat doe ik wel,' zei MacDuff. 'Neem contact op met Venable en laat hem de weg plaveien door de plaatselijke autoriteiten te bellen. Ik wil niet achter de tralies belanden.' Hij keek naar Jane. 'Heeft Mario je een idee gegeven wat er op die laatste perkamentrol van Cira stond?'

'Hij heeft alleen gezegd dat er een aanwijzing in stond over het goud. Hij wilde de vertaling aan Reilly verkopen.' Ze fronste toen ze zich dat gesprek met Mario herinnerde. 'Nee, dat klopt niet. Hij zou hem vertellen waar hij de vertaling kon vinden.' Ze keek even naar Trevor. 'We moeten terug naar de Run.'

'Is de vertaling daar dan nog?'

'Dat zei hij.' Ze keek nu even naar MacDuff. 'Dus ziet het ernaar uit dat we nog een tijdje jouw gasten zullen blijven.'

'Als ik jullie terug laat komen.'

Trevor verstijfde. 'MacDuff, ik heb het kasteel gehuurd. Ga geen onzin uitkramen.'

'Het is heel verleidelijk om de hekken gewoon te sluiten en zelf naar die vertaling op zoek te gaan. Het is mijn huis, en hebben is hebben en krijgen is de kunst.' MacDuff liet zijn stem dalen. 'Je hebt er zelfs het beeld van Cira achtergelaten, Trevor. Hoe zou ik die verleiding nu kunnen weerstaan?'

'Doe er je best maar voor,' zei Jane droog. 'Jij bent de oude Angus niet en wij zijn niet van plan jou de roofridder te laten uithangen.'

MacDuff schoot in de lach. 'Het was maar een gedachte. In feite ben ik blij wat steun van jullie beiden te krijgen. Ik neem Jock mee terug en we kunnen hulp nodig hebben als Venable te weten komt dat hij dit bloedbad heeft veroorzaakt.'

'Venable zou hem dankbaar moeten zijn,' zei Jane.

'Ja, maar overheidsinstellingen stellen vragen en graven diep, en dan kan dankbaarheid soms zoek raken,' zei MacDuff. 'Zullen we op het vliegveld afspreken en samen teruggaan? Ik zal bellen zodra ik hier weg kan. Geloof me als ik zeg dat jullie veel gemakkelijker langs de bewakers bij het hek zullen kunnen komen als ik erbij ben.'

Trevor haalde zijn schouders op. 'Mij best, maar ga geen mensen bellen met het verzoek Mario's werkkamer te doorzoeken voordat wij daar zijn.'

'Wat ben je toch achterdochtig. Daar heb ik niet eens aan gedacht.' MacDuff draaide zich om. 'Ik zal hier op de politie wachten. Stuur Jock naar me toe. Ik moet hem instrueren over wat hij tegen hen moet zeggen.'

'Ik ben er niet zeker van dat hij naar je zal luisteren,' zei Jane. 'Hij lijkt tegenwoordig zelfstandig te opereren.'

Er verscheen een grimmig trekje om de mond van MacDuff. 'Ik zal ervoor zorgen dat hij naar me luistert.'

Jock stond bij Nortons lichaam toen ze de garage hadden bereikt en keek schuldig op. 'Ik heb hem niet gedood. Hij zal snel weer wakker worden.'

Trevor ging op zijn knieën zitten en controleerde Nortons pols. 'Wat is er gebeurd?'

'Hij is getraind om Reilly te beschermen, en ik wist dat ik hem er niet toe zou kunnen overhalen het op te geven.' Hij haalde zijn schouders op. 'Dus heb ik de bloedtoevoer naar de halsslagader geblokkeerd en hem zo uitgeschakeld.' Hij draaide zich naar Jane toe en zei gemeend: 'Het spijt me dat ik op je moest schieten. Ik ben heel voorzichtig geweest.'

'Daar twijfel ik niet aan. Je hebt gedaan wat je dacht dat het beste was, en het heeft Reilly tegengehouden.' Jezus, wat was het bizar iemand te troosten die net op je had geschoten! 'Maar we moeten nu naar een ziekenhuis. MacDuff zei dat we deze truck moesten nemen en dat ik tegen je moest zeggen dat hij je wil spreken. De autoriteiten zullen vragen gaan stellen en hij wil dat jij de juiste antwoorden geeft.'

'Er zijn geen juiste antwoorden. MacDuff wil me beschermen, maar zal daardoor zelf in de problemen komen.'

'Dat is zijn zaak,' zei Trevor. 'MacDuff kan prima voor zichzelf zorgen. Dat heeft hij aldoor al geprobeerd je duidelijk te maken.' Hij draaide zich om en ging in de cabine van de truck zitten. 'Ik was heel dankbaar dat jij er was. Tot je op Jane schoot. Jane, stap in.'

'Zo meteen.' Ze aarzelde en keek naar Jock. 'Het is niet erg dat ik gewond ben geraakt. Je hebt juist gehandeld. Je kon het risico niet nemen dat je Reilly niet zou raken. Hij was voor te veel mensen te gevaarlijk.'

'Dat weet ik. In eerste instantie ging het alleen om MacDuff, en toen ook om mij. En toen moest ik denken aan jou en alle andere mensen die Reilly kwaad berokkende. Het was zoiets als een steentje in een meer gooien en de kringen steeds groter zien worden. Vreemd…' Toen glimlachte hij naar haar: die stralende glimlach die ze in eerste instantie zo aantrekkelijk had gevonden. 'Bedankt dat je niet boos op me bent. Ik zal je nooit expres iets aandoen.'

'Dat is een troostrijke gedachte.' Zacht raakte ze zijn wang aan en zette toen een stap naar achteren. 'En ik zou me nog meer getroost weten als het je lukt die landmijnen bij de oprit en op de weg hiervandaan uit te schakelen.'

Hij lachte. 'Dat heb ik al gedaan. Nadat MacDuff was weggegaan, ben ik naar de kamer van de beveiliging gelopen.' Hij drukte op een knop in de muur en de garagedeur ging open. Zijn glimlach verdween toen hij naar buiten keek. 'Het enige waar jij je zorgen over hoeft te maken is die voorspelde sneeuwstorm, die eindelijk in volle hevigheid van start lijkt te zijn gegaan.'

Hij had gelijk. De wind veranderde de sneeuw in een verblindende sluier.

'Als jullie willen vertrekken, moeten jullie dat snel doen.' Jock keek nog steeds naar buiten.

Jane zat al in de cabine en startte de truck. Toen zei ze impulsief: 'Ga met ons mee, Jock.'

'Waarom?'

'Dat weet ik niet. Ik wil je hier gewoon niet achterlaten. Het lijkt alsof we je allemaal hebben voorgeschreven wat je moest doen. Nu zouden we kunnen praten over wat jij wilt doen.'

Hij schudde zijn hoofd.

'Weet je dat zeker?'

Hij glimlachte. 'MacDuff wil dat ik naar hem toe kom, en doe ik niet altijd wat MacDuff zegt?' Hij liep de garage uit en de wervelende sneeuw in.

'Verdomme.' Jane reed achteruit de garage uit. 'Stel dat hij bang wordt en de politie denkt dat hij…'

'Hou op met je zorgen te maken. MacDuff regelt alles wel, en Jock vormt een veel grotere bedreiging voor wie dan ook dan iemand voor hem.'

Ze draaide de weg op en kon even niets zeggen terwijl ze zich volledig op het rijden concentreerde tot ze de relatieve beschutting van de bomen had bereikt. 'Maar hij is veranderd. Hij wil niet meer doden. Dat heeft hij nooit echt gewild. Hij heeft wel hulp en begeleiding nodig.'

'Die zal hij van MacDuff ook krijgen. Je hebt hem gehoord. Hij doet altijd wat de kasteelheer zegt.'

Opeens herinnerde ze zich iets. 'Hij noemde hem daarnet niet de kasteelheer. Hij noemde hem MacDuff, en dat heeft hij nog nooit gedaan.'

'Je bent op zoek naar problemen. Het doet er niet toe hoe hij MacDuff noemt zolang hij maar doet wat hem wordt opgedragen. En hij heeft MacDuff altijd gehoorzaamd.'

'Ik heb de kasteelheer beloofd niet bij jou in de buurt te komen... Maar als ik vooroploop en jij me volgt, zal ik niet echt bij je in de buurt zijn, hè?'

'Niet altijd,' fluisterde ze. 'Niet altijd, Trevor.'

'Trevor, wat heb je een bloederige troep van alles gemaakt.' Brenner liep de behandelkamer in waar Trevor en Jane zaten te wachten nadat de arts was vertrokken. 'Met de nadruk op bloederig.'

'Bedankt voor je medeleven,' zei Trevor droog terwijl hij zijn shirt weer aantrok. 'Maar omdat jij totaal niet aan de actie hebt deelgenomen, heb je het recht niet om kritiek te leveren.'

'Ik leef met Jane mee. Het spijt me dat zij met jouw incompetentie is geconfronteerd.' Brenner draaide zich naar Jane toe. 'Gaat het goed met je?'

'Ja. Ik heb nauwelijks een schrammetje opgelopen.'

'Gelukkig maar.' Hij draaide zich weer om naar Trevor. 'Verder heb ik wel degelijk aan de actie deelgenomen. Wie denk je dat de politie-eenheden naar dat trainingskamp heeft geleid?'

'Jock.'

'Doe niet zo raar. Hoe groot denk je dat de kans is dat een politiebureau in een kleine stad zijn mensen een sneeuwstorm in zal sturen op grond van een anonieme tip? Ik heb ze op de politieradio horen debatteren terwijl ik naar het huis van Reilly reed en toen heb ik mezelf opgedragen hen ervan te overtuigen dat bij dat kamp roem en promotie wachtten.'

'Hoe heb je dat gedaan?'

'Ik heb Venables naam geleend en gezegd dat de inval was gepland door de CIA en het een gemeenschappelijke actie moest
worden.'

'En dat geloofden ze?' vroeg Jane.

'Ik kan verbazingwekkend overtuigend zijn.' Brenner glimlachte. 'Mijn Australische accent heeft wel even voor problemen
gezorgd, want ze vertrouwen hier geen vreemden. Dat bewijst
eens te meer hoe goed ik ben. Wat gaan we nu doen?'

'Ik ga Eve en Joe bellen om te vertellen wat er is gebeurd.
Daarna vertrekken we uit het ziekenhuis, gaan naar het vliegveld
en stijgen zo snel mogelijk op. We moeten terug naar MacDuff's
Run,' zei Jane.

Brenner keek door het raam naar buiten. 'Het sneeuwt als een
gek. Ik zou niet al te veel haast maken om dat vliegveld te bereiken.' Hij stak zijn handen op toen ze wilde protesteren. 'Ik weet
het. Je wilt hier weg, en ik zal kijken of ik een toestel kan charteren. Maar geen enkele piloot die bij zijn gezonde verstand is zal
opstijgen voordat hij dat veilig kan doen.' Hij pakte zijn mobiel
en toetste een nummer in.

'Veilig,' zei Jane zacht. 'Hebben we ze tegengehouden? Zijn
we allemaal veilig, Trevor? Ik ben bang om dat te geloven.'

'Ik weet het niet. Er zijn nog te veel dwarsliggers over wie we
ons zorgen moeten maken.' Hij pakte haar hand om haar te
troosten en te steunen. 'We zullen moeten wachten tot we van
MacDuff horen.'

MacDuff belde pas vierentwintig uur later en hij klonk kortaf.
'Ik ben hier klaar. Venable heeft gedaan wat hij kon, maar ze
hebben me pas laten gaan toen hij hier zes uur geleden was gearriveerd. Hij wil jou spreken. Ik heb gezegd dat je hem binnen
achtenveertig uur zou bellen om een verklaring te geven. Dat
stond hem niet aan, maar hij is er wel mee akkoord gegaan.'

'De zelfmoordenaars?'

'Die hebben geen actie ondernomen. Zonder Reilly was de
klus kennelijk zoiets als een slang zonder kop. In de personeelsdossiers stonden een paar opmerkingen die de CIA misschien in
staat zullen stellen die mensen te identificeren. We hebben ook

verwijzingen naar de doelwitten gevonden, en die zijn gewaarschuwd.'

'Godzijdank.'

'Binnen twee uur ben ik op het vliegveld. Mits ik door die ellendige sneeuwstorm heen kan komen. Die moet toch ooit ophouden?'

'Je hoeft je niet te haasten, want geen enkel vliegtuig krijgt toestemming om op te stijgen.'

'Haast is wel degelijk geboden. Ik zal er zijn zodra het vliegveld weer is opengesteld.'

'Ik? Niet wij?' Ze hield de mobiel steviger vast. 'Komt Jock niet mee?'

'Niet nu.'

'Heeft Venable Jock in verzekerde bewaring gesteld?'

'Nee, al wil hij hem wel verdomd graag in handen hebben. Jock is gisteravond vertrokken voordat de politie verscheen.'

'Vertrokken? Waarheen?'

'Het bos in. Ik heb zijn spoor zes uur kunnen volgen. Toen was ik hem kwijt.'

'Hij kan daar doodgaan.'

'Nee. Die rotzak van een Reilly heeft hem geleerd onder alle weersomstandigheden te opereren. We moeten hem alleen vinden, en op dit moment laat Venable de helft van de plaatselijke politie al naar hem zoeken. Ik ga dat later doen, als het hier wat rustiger is.' Hij verbrak de verbinding.

Dat deed Jane eveneens. 'Jock is 'm gesmeerd.'

'Dat had ik al begrepen,' zei Trevor. 'Maakt MacDuff zich zorgen?'

'Als hij dat doet, is hij niet bereid dat toe te geven.' Ze fronste haar wenkbrauwen. 'Ik maak me zorgen. Het kan me niet schelen hoe goed hij in staat is zichzelf te redden. Misschien wil hij niet langer leven. Hij heeft al eerder geprobeerd zelfmoord te plegen. MacDuff heeft nu niets meer van Reilly te vrezen, en dat geeft Jock een reden minder om in leven te blijven.'

'Misschien is hij al zo'n eind op weg dat zelfbehoud belangrijk is geworden.'

'Misschien.' Door de immense ruiten keek ze naar de vliegtuigen buiten. 'Dat zullen we gewoon moeten afwachten.'

'Je kunt nu niets voor Jock doen. Concentreer je op wat je wel kunt doen.'

'Mario's vertaling vinden.' Hij had gelijk. Als MacDuff het zoeken had gestaakt omdat hij Jock niet op een presenteerblaadje aan de politie wilde aanbieden, zou zij de jongen zeker niet kunnen helpen. Ze keek naar de aktetas van Reilly, die op de stoel naast de hare lag en waarin de kopieën van zijn documenten uit Herculaneum zaten. 'En daarna zal ik die documenten bekijken om te zien of ik kan ontdekken wat Reilly over Herculaneum wist. Hij zei dat een van die documenten ervoor had gezorgd dat hij Cira op een heel nieuwe manier was gaan bekijken.'

MacDuff had gelijk. De bewakers bij het hek wilden hen niet laten doorrijden. Daar kregen ze pas toestemming voor nadat MacDuff was uitgestapt en ze hem herkenden.

MacDuff gebaarde Trevor dat hij zonder hem verder moest gaan en draaide zich toen om naar Campbell, de bewaker, om met hem te praten.

'We zijn weer binnen,' zei Trevor. 'Ik had me afgevraagd of MacDuff zijn belofte wel zou houden.'

'Hij was gewoon met ons aan het spelen. Hij is niet stom. Dit kasteel en zijn familienaam betekenen te veel voor hem om ervan te willen worden beschuldigd dat hij zich niet aan een contract heeft gehouden.'

'Je lijkt heel zeker van je zaak.' Hij parkeerde de auto voor het kasteel. 'Via Jock heb jij hem natuurlijk behoorlijk goed leren kennen.'

Ze had inderdaad het gevoel dat ze MacDuff kende. Hij was taai en hard en had zich nooit gemakkelijk of tolerant jegens haar opgesteld. Maar wie wilde nu tolerant worden behandeld? Tolerantie was vernederend en deed haar ernaar verlangen iemand een dreun te verkopen. Ze had altijd als gelijke geaccepteerd willen worden, met al haar verdiensten en tekortkomingen. 'Hij is nauwelijks een raadsel.' Ze stapte uit. 'Net als de rest van ons doet hij wat hij doen moet om te krijgen wat hij hebben wil.' Ze trok haar neus op. 'En hij wil toevallig een kasteel hebben.'

Trevor veranderde van onderwerp terwijl hij achter haar aan naar binnen liep. 'Weet je al waar je naar die vertaling gaat zoeken? Heeft Mario je een aanwijzing gegeven?'

'Nauwelijks.' Ze liep de trap op. 'Ik weet het niet. Misschien. Ik moet erover nadenken.'

'Ik zal je komen helpen zodra ik Venable heb gebeld om te vragen hoever ze zijn met het vinden van Jock. Hij heeft er een paar spoorzoekers van de Speciale Eenheid bij gehaald, en die zullen waarschijnlijk wel in staat zijn hem te lokaliseren.'

'Denk je dat? Wie heeft hem ook alweer met Rambo vergeleken? Ik ben daar niet zo zeker van.'

'En je wilt niet dat ze hem vinden.'

Ze bleef op de trap staan en keek naar hem. 'Jij wel?'

Hij schudde zijn hoofd. 'Maar hoewel MacDuff Reilly's dossier over hem heeft vernietigd, kan er nog altijd een terugslag komen. Jock heeft laten zien hoe gevaarlijk hij kan zijn. Het kan een goed idee zijn hem een tijdje te laten opnemen.'

'Onzin. Wil je dat hij opnieuw probeert zelfmoord te plegen?'

'Misschien is hij voldoende genezen om dat niet...' Trevor haalde zijn schouders op. 'Oké. Het zou riskant kunnen zijn.' Hij liep door. 'Maar ik wil ook niet dat hij in een sneeuwstorm om het leven komt.'

Daar had zij zich ook zorgen over gemaakt. 'Ik geloof dat alles goed zal komen met hem.' Dat hoopte ze in elk geval uit de grond van haar hart. 'Hij is een taaie, en misschien zal de training van Reilly zijn leven kunnen redden. God weet dat die rotzak bij Jock in het krijt staat.' Ze liep de trap verder op. 'Ik hoop alleen dat de mannen van Venable hem niet in een hoek kunnen drijven en hem daardoor instinctief en zonder erbij na te denken laten reageren.'

Er kwam geen reactie, want Trevor was de bibliotheek al in gelopen.

Ze maakte de deur van Mario's werkkamer open en keek naar het inmiddels bekende interieur. Hoge stapels papieren op het bureau. Het beeld van Cira bij het raam. De stoel in de hoek waarin ze zoveel uren had gezeten. Alles was hetzelfde en toch was alles ook anders. Niets was zoals ze had gedacht.

Hou daarmee op!

Ze rechtte haar schouders, smeet de aktetas met de papieren over Herculaneum op een stoel bij de deur en beende naar het bureau. In de eerste plaats moest ze de brieven van Cira vinden. Zorgvuldig doorzocht ze de papieren op Mario's bureau. Tien minuten later gaf ze dat op en liep naar zijn slaapkamer.

Ook daar vond ze niets.

Verdomme! Hij had niet zoveel tijd gehad om de vertaling te verstoppen. Misschien had hij die vernietigd...

Nee. Zij had te veel voor hem betekend. Zelfs als hij de vertaling niet had beschouwd als iets waarmee hij kon onderhandelen, was er een deel van hem geweest dat trots was op zijn werk. En hij was geobsedeerd geraakt door de legende over Cira. Hij had er zelfs op gestaan dat Trevor...

Ze verstijfde. 'Christus.' Ze liep vanuit Mario's slaapkamer naar het beeld van Cira bij het raam.

'Heeft hij het aan jou gegeven?' mompelde ze.

Cira staarde haar strak en brutaal aan.

'Misschien...' Voorzichtig tilde ze het borstbeeld op en zette het op de grond.

Op de piëdestal lagen een paar vellen papier. Opgevouwen.

'Hebbes!' Ze pakte de vellen, zette het beeld weer op zijn plaats en liet zich in de makkelijke stoel vallen. Haar handen trilden toen ze Mario's vertaling openvouwde.

Lieve Pia,
Het kan zijn dat ik vannacht doodga.
Julius gedraagt zich vreemd en hij kan hebben ontdekt dat het goud zoek is. Hoewel de bewakers die ik ertoe heb overgehaald te doen wat ik wil Julius nog steeds dienen, kan hij proberen me te ontwapenen tot hij weet waar ik het goud naartoe heb gestuurd. Ik zal je deze brief alleen laten bezorgen als ik denk dat dat veilig kan. Neem geen enkel risico. Jij mag niet sterven. Je moet lang leven en van elke minuut genieten. Van alle fluwelen nachten en zilverkleurige ochtenden. Van alle liederen en het gelach. Als ik niet in leven blijf, denk dan met liefde en niet met bitterheid aan me

terug. Ik weet dat ik je eerder had moeten vinden, maar de
tijd vliegt en die kun je nooit terughalen. Nu is het wel wel-
letjes met die somberheid van me. Omdat ik nog bij Julius
ben moet ik aan de dood denken. Ik moet met je praten over
het leven. Ons leven. Ik zal niet liegen. Ik kan je niet belo-
ven dat...

22

'Waar ga je heen?' vroeg Bartlett toen Jane de trap af racete. 'Is
alles in orde?'

'Ja. Zeg tegen Trevor dat ik zo weer terugkom. Ik moet Mac-
Duff spreken.' Ze rende de deur door en de bordestrap af. Nee,
niet MacDuff. Nog niet. Ze vloog het binnenplein over en de stal
in. Even later maakte ze het luik open, pakte een zaklantaarn en
liep de trap naar de zee af.

Koud. Nat. Glibberig.

Angus' plek, volgens Jock. En daarna had hij het over de kamer van Angus gehad. Ze had het vreemd gevonden dat ze geen
kamer had gezien...

Althans niet in het deel waar ze al eerder was geweest.

Ze was bij de smalle gang die naar de heuvel in plaats van de
rotsen leidde, en liep die in.

Duisternis. Verstikkend smal. Glibberige stenen onder haar
voeten.

En ongeveer honderd meter verderop een eiken deur.

Op slot?

Nee. Hij zwaaide op geoliede scharnieren open.

Ze stond in de deuropening en het licht van de zaklantaarn
sneed door de duisternis.

'Waarom aarzel je?' vroeg MacDuff, die achter haar stond,
droog. 'Waarom zou je niet nog een keer inbreuk maken op mijn
privacy?'

Ze verstijfde en draaide zich naar hem om. 'Je zult me geen

schuldig gevoel kunnen geven. Ik heb er verdomme recht op te weten waarom je hier volgens Jock zoveel tijd doorbracht.'

Zijn gezichtsuitdrukking veranderde niet. 'Trevor huurt dit deel van het landgoed niet. Je hebt het recht niet hier te zijn.'

'Trevor heeft veel geïnvesteerd in de poging het goud van Cira te vinden.'

'Denk je dat dat hier is?'

'Ik denk dat dat mogelijk is.'

Zijn wenkbrauwen gingen omhoog. 'Denk je dat ik het goud tijdens een van mijn reizen naar Herculaneum heb gevonden en hier heb verstopt?'

'Dat is mogelijk.' Ze schudde haar hoofd. 'Maar dat denk ik niet.'

Hij glimlachte vaag. 'Ik wil dolgraag horen wat je wel denkt.' Hij gebaarde. 'Laten we de kamer van Angus in lopen en dan kun je me alles vertellen.' Zijn glimlach werd breder toen hij haar gezichtsuitdrukking zag. 'Denk je dat ik van plan ben iets uit te halen? Misschien wel. Cira's goud is een geweldige stimulans.'

'Je bent geen dwaas. Als ik zou verdwijnen, zou Trevor dit kasteel steen voor steen afbreken.' Ze draaide zich om en liep de kamer in. 'Ik ben hierheen gegaan om te kijken wat er in deze kamer te zien is, en daar ben ik nu expliciet voor uitgenodigd.'

MacDuff lachte. 'Met enige aarzeling. Ik zal de lantaarns aansteken, zodat je goed om je heen kunt kijken.' Hij liep naar een tafel die tegen de muur aan stond en stak twee lantaarns aan. Het was een kleine kamer met een bureau waarop een geopende laptop stond, een stoel, een veldbed en een aantal met doeken bedekte voorwerpen tegen de verste muur. 'Geen kist vol goud.' Hij leunde nonchalant tegen de muur en sloeg zijn armen over elkaar. 'Maar Cira's goud interesseert jou in feite niet echt, hè?'

'Alles wat met Cira verband houdt interesseert me. Ik wil het wéten.'

'En je denkt dat ik je kan helpen?'

'Je wilde de dossiers van Reilly over Herculaneum erg graag in handen hebben en het stond je helemaal niet aan dat ik niet bereid was ze aan jou te geven.'

'Dat is waar. Natuurlijk was ik bang dat ze een aanwijzing

zouden bevatten over de plaats waar het goud is.'

Ze schudde haar hoofd. 'Je was bang dat er tussen die documenten een logboek zou zitten van een scheepskapitein die Demonidas heette.'

Hij keek haar strak aan. 'Werkelijk? Waarom zou ik daar bang voor zijn?'

Ze gaf hem geen rechtstreeks antwoord op die vraag. 'Ik besefte zelf pas hoe belangrijk dat logboek kon zijn toen ik Mario's vertaling van de laatste brief van Cira had gelezen.'

'Heb je die gevonden?'

Ze knikte en haalde hem uit haar zak. 'Wil je hem lezen?'

'Heel graag.' Hij leunde niet langer tegen de muur en stak een hand uit. 'Dat weet je.'

Ze keek toe terwijl hij de vellen papier openvouwde en probeerde zijn gezichtsuitdrukking te interpreteren toen hij de woorden las die al in haar geheugen stonden gegrift.

Ik moet met je praten over het leven. Ons leven. Ik zal niet liegen. Ik kan je niet beloven dat het gemakkelijk of veilig zal zijn, maar we zullen vrij zijn en tegenover niemand verantwoording over ons doen en laten hoeven af te leggen. Dat kan ik je beloven. Geen enkele man zal ons onder zijn hiel kunnen vermorzelen. Achavid is een wild land, maar het goud zal het tammer maken. Goud geeft altijd troost en rust.

Demonidas heeft er nog niet in toegestemd ons mee te nemen, voorbij Gallië, maar ik zal hem daartoe overhalen. Ik wil geen tijd verspillen door op zoek te gaan naar een ander schip dat ons nog verder kan meenemen. Julius zal ons voor altijd op de hielen blijven zitten.

Laat hem maar naar ons zoeken. Laat hem die woeste heuvels maar in trekken om de confrontatie aan te gaan met die woeste mannen die de keizer wilden noemt. Hij is een man die het niet kan stellen zonder zijn fraaie wijnen en zoete leventje. Hij is anders dan wij. Wij zullen gedijen en een lange neus maken naar Julius.

En als ik er niet ben om je te helpen, moet je het zelf doen.

Wees doortastend met Demonidas. Hij is hebzuchtig en je
mag hem nooit laten weten dat we het goud hebben ver-
stopt in de kisten die we meenemen.
    Bij alle goden! Ik vertel je hoe je hem moet aanpakken,
maar ik hoop met heel mijn hart dat ik er zal zijn om het
voor jou te doen.
    Mocht dat echter niet zo zijn, zal het jou lukken. Hetzelfde
bloed stroomt door onze aderen. Alles wat ik kan doen, zul
jij ook kunnen doen. Ik heb vertrouwen in je, zusje van me.
Veel liefs,
Cira

MacDuff vouwde de brief weer op en gaf hem aan haar terug.
'Dus het is Cira gelukt het goud de tunnel uit te krijgen.'
    'En het aan boord te brengen van een schip dat met Demoni-
das als kapitein naar Gallië zou varen.'
    'Misschien. Plannen vallen vaak in duigen, en ze was er niet
eens zeker van dat ze die nacht zou overleven.'
    'Ik geloof dat ze die wel heeft overleefd. Ik denk dat ze die brief
heeft geschreven op de avond van de vulkaanuitbarsting.'
    'Kun je dat bewijzen?'
    'Nee. Bewijzen heb ik niet.' Ze stak weer een hand in haar zak.
'Maar ik heb wel Reilly's vertaling van het logboek van Demonidas. Hij maakt melding van een dame die Pia heet en hem goed had
betaald om haar, haar kind, Leo en haar bedienden naar Gallië en
vervolgens naar het zuidoosten van Engeland te brengen. Ze zijn
uitgevaren op de avond van de vulkaanuitbarsting en hij schept op
over zijn dapperheid bij de confrontatie met zo'n ramp. Ze wilden
dat hij hen meenam naar wat hij Caledonië noemt – ons Schotland
– maar dat weigerde hij. Het Romeinse leger was in oorlog met de
Caledonische stammen en Agricola, de Romeinse landvoogd, was
van plan met schepen de noordoostelijke kust aan te vallen. Daar
wilde Demonidas niet bij betrokken raken. Hij zette Pia en haar
reisgezelschap in Kent af en keerde toen terug naar Herculaneum.
Of liever gezegd: naar wat daar nog van over was.'
    'Interessant. Maar hij maakt kennelijk melding van Pia en niet
van Cira.'

'Zoals je hebt gelezen moet Pia de zuster van Cira zijn geweest. Ze zijn waarschijnlijk als kinderen van elkaar gescheiden, en Cira had het te druk met overleven om naar haar zuster op zoek te kunnen gaan. En toen ze haar wel had gevonden, wilde ze haar niet betrekken bij haar strijd met Julius. Om haar niet in gevaar te brengen.'

'En toen is Cira gestorven en is Pia met het goud vertrokken.'

'Of Pia is in de stad om het leven gekomen, waarna Cira haar naam en identiteit heeft aangenomen om aan Julius te ontsnappen. Dat komt overeen met het soort dingen dat ze deed.'

'Worden er namen genoemd van de bedienden die haar vergezelden?'

'Dominic en... Antonio. Cira had een bediende die Dominic heette, een geliefde die naar de naam Antonio luisterde, en een geadopteerd kind: Leo.'

'Maar als Pia degene is die in leven is gebleven, zou die dan de familie van Cira niet onder haar hoede hebben genomen?'

'Ja, maar Cira is verdomme níet gestorven.'

Hij glimlachte. 'Omdat jij niet wilt dat het zo is gegaan.'

'Antonio was Cira's geliefde. Hij zou haar nooit hebben achtergelaten om in zijn eentje uit te varen.'

'Mijn hemel! Wat ben jij zeker van je zaak! Mannen verlaten vrouwen. Vrouwen verlaten mannen. Zo gaat het in het leven.' Hij zweeg even. 'Waarom ben je hierheen gerend om in de kamer van Angus in te breken nadat je die documenten had gelezen?'

'Van inbraak is nu geen sprake, maar ik was er wel toe bereid.'

Hij grinnikte. 'Ik hou van jouw eerlijkheid. Vanaf het moment dat ik je heb leren kennen wist ik dat ik...'

'Wees dan ook eerlijk tegenover mij en stop met die woordspelletjes.' Ze haalde diep adem en ging toen frontaal in de aanval. 'Jij wist wat Demonidas in dat logboek had geschreven.'

'Hoe had ik dat nu kunnen weten?'

'Dat weet ik niet. Maar Reilly zei dat je bijna een document van hem had gestolen, en dat moet dit document zijn geweest. Omdat Reilly een reden moet hebben gehad om Jock op te sporen en bij zich te houden. Jij hebt me verteld dat Reilly waarschijnlijk dacht dat jij tijdens een van je reizen naar Herculaneum iets over het goud had ontdekt. Dat Jock misschien iets meer wist omdat hij jouw kasteel in en uit liep.'

'Is dat niet redelijk?'

'Beslist. Daarom heb ik er geen vraagteken achter gezet. Tot ik Cira's brief en het logboek van Demonidas had gelezen. Tot Reilly me vertelde dat hij na het lezen van het document nieuwe en andere conclusies over Cira had getrokken.'

MacDuff keek haar vragend aan.

'Speel niet langer een spel met me! Je wist dat Reilly dat logboek had.'

'Hoe had ik dat nu kunnen weten?' vroeg hij nogmaals.

'Je bent in dezelfde tijd als Reilly achter dat logboek aan gegaan, maar Reilly kreeg het als eerste in handen. En nadat hij de tekst had laten vertalen, herinnerde hij zich dat jij dat logboek ook wilde hebben. Heel erg graag, zelfs. Hij werd nieuwsgierig. Jock kon hem echter niets wijzer maken, dus had hij jou tijdelijk op een zacht pitje gezet. Hij deed hard zijn best om Cira's brieven in handen te krijgen en Grozak te manipuleren.'

'Niet helemaal op een zacht pitje,' zei MacDuff. 'Hij liet me volgen en heeft een van zijn trollen er een keer op uitgestuurd om me bewusteloos te slaan en me te ontvoeren.'

Ze verstijfde. 'Je geeft het toe?'

'Tegenover jou, maar niet tegenover Trevor, Venable of wie dan ook.'

'Waarom niet?'

'Omdat dit iets tussen ons is. Ik wil nog steeds dat goud hebben, en ik wil niet dat iemand me daarbij voor de voeten loopt.'

'Heb je het goud dan nog niet?'

Hij schudde zijn hoofd. 'Maar het is ergens, en ik zal het vinden.'

'Hoe weet je dat het er is?'

Hij glimlachte. 'Vertel jij me dat maar. Ik zie de radertjes in je hoofd op volle toeren draaien.'

Ze zweeg even. 'Cira en Antonio hadden Kent achter zich gelaten en waren naar Schotland gegaan: een woest, in oorlog verkerend gebied. Ze was nog altijd op de vlucht voor Julius en ze besloten landinwaarts te trekken, diep de Hooglanden in. Daar konden ze zoekraken om pas later weer tevoorschijn te komen en te gaan leven in de stijl die Cira altijd had gewenst.'

'Is dat ook echt gebeurd?'

'Daar twijfel ik niet aan. Maar ze moest voorzichtig zijn, en een béétje goud was in zo'n primitief gebied al ontzettend veel waard. Dus moet ze niet veel van haar voorraad nodig hebben gehad om zich samen met Antonio comfortabel – en zelfs luxueus, gemeten naar de maatstaven van die wilde Schotten – te installeren. Dat is toch zo, MacDuff?'

Zijn wenkbrauwen gingen omhoog. 'Dat klinkt redelijk. Ik denk dat je gelijk hebt.'

'Maar dat weet je niet zeker?'

Hij zweeg even, knikte toen langzaam en glimlachte. 'Daar zou inderdaad maar zeer weinig goud voor nodig zijn geweest, en Cira was uitermate sluw.'

'Ja, dat was ze.' Jane glimlachte eveneens. 'Ze is hier gebleven en ze heeft een welvarend leventje geleid. Zij en Antonio veranderden hun namen en brachten hun gezin groot. Hun afstammelingen moeten het ook naar hun zin hebben gehad, want ze zijn nooit naar de kust verhuisd, ook niet toen ze dat veilig konden doen. Tot Angus in 1350 besloot dit kasteel te bouwen. Waarom heeft hij dat gedaan, MacDuff?'

'Hij is altijd een beetje wild geweest. Hij wilde een eigen plek hebben. Dat kan ik begrijpen. Kun jij dat niet?'

'Zeker. Wanneer ben je meer te weten gekomen over de achtergrond van Cira? Was dat ook een oud familiegeheim?'

'Nee. Cira moet Herculaneum in alle opzichten definitief haar rug hebben toegekeerd toen ze zich eenmaal in de Hooglanden hadden gevestigd. Er zijn geen verslagen van overdadige Romeinse feesten bekend. Verhalen over Italië zijn niet van vader op zoon doorgegeven. Het leek alsof ze opeens uit het niets tevoorschijn waren gekomen. Angus en Torra waren vrij, en af en toe even wild als de mensen om hen heen.'

'Torra?'

'Dat betekent "van het kasteel". Een goede naam voor Cira, die exact haar bedoelingen weergaf.'

'En Angus?'

'Hij was de eerste Angus, en de naam verschilt niet zoveel van Antonio.'

'Hoe ben je dat alles over Cira te weten gekomen als er geen familieverhalen de ronde deden?'

'Jij hebt het me verteld.'

'Wat zeg je?'

'Jij, Eve Duncan, en Trevor. Ik heb het verhaal in de krant gelezen.'

Ze keek hem vol ongeloof aan.

Hij grinnikte. 'Geloof je me niet? Het is waar. Zal ik het je bewijzen?' Hij pakte een van de lantaarns en liep door de kamer naar de voorwerpen die onder een lap tegen de verste muur stonden. 'Het leven is vreemd, maar dit was een tikkeltje té vreemd.' Hij haalde de lap weg en ze zag een schilderij. Een portret, bleek toen hij het naar haar toe draaide. 'Fiona.'

'O, mijn god.'

Hij knikte. 'Het sprekende evenbeeld.'

Hij zette een stap naar achteren en hield de lantaarn hoog.

De vrouw op het portret was jong, voor in de twintig, en had een laag uitgesneden groene japon aan. Ze glimlachte niet, maar keek ongeduldig. Wel was er sprake van een onmiskenbare vitaliteit en schoonheid. 'Cira.'

'En jij.' Hij haalde de lappen van de andere schilderijen. 'Fiona lijkt het meest op Cira, maar bij anderen zijn ook overeenkomsten te zien.' Hij wees op een jongeman in Tudor-kleding. 'Zijn mond heeft dezelfde vorm als die van Cira.' Hij wees op een oudere vrouw met een lorgnet en in een knotje opgestoken haar. 'En die jukbeenderen zijn aan bijna elke generatie doorgegeven. Cira heeft beslist haar stempel op haar afstammelingen gedrukt. Ik moest elk portret hier verstoppen toen ik wist dat ik het kasteel aan Trevor ging verhuren.'

'Daarom hangen er dus zoveel wandtapijten aan de muren,' mompelde Jane. 'Maar jij lijkt helemaal niet op haar.'

'Misschien lijk ik op haar Antonio.'

'Misschien.' Ze keek van het ene naar het andere portret. 'Verbazingwekkend...'

'Dat vond ik ook. Aanvankelijk was ik alleen nieuwsgierig. Ik ben onderzoek gaan verrichten en heb me intensief verdiept in de geschiedenis van mijn familie.'

'En wat ben je te weten gekomen?'

'Niets concreets. Cira en Antonio hadden hun sporen goed verborgen. Met uitzondering van een oude, deels vergane brief die ik heb gevonden te midden van een aantal papieren die Angus uit de Hooglanden had meegenomen. Hij was geschreven op een vel perkament, en hij zat in een koperen koker.'

'Van Cira?'

'Nee, van Demonidas.'

'Dat is onmogelijk.'

'Het was een heel interessante brief en je zult ongetwijfeld blij zijn te horen dat die aan Cira en niet aan Pia was gericht. De taal was heel bloemrijk, maar in wezen was het een poging Cira te chanteren. Toen Demonidas naar Herculaneum was teruggekeerd, vernam hij kennelijk dat Julius naar Cira op zoek was en besloot hij eens te kijken of hij meer geld van haar kon krijgen dan van Julius als hij hem vertelde waar zij was. Hij maakte een afspraak met Cira en Antonio om dat geld in ontvangst te nemen.' Hij glimlachte. 'Dat was een grote vergissing. Van Demonidas is daarna nooit meer iets vernomen.'

'Behalve dan via dat scheepslogboek.'

'Dat was drie jaar voordat hij zijn slag wilde slaan geschreven. Hij moet het thuis hebben achtergelaten. In Napels. Toen ik hoorde dat het bestond, wist ik dat ik moest proberen het te pakken te krijgen. Ik wist niet wat erin stond, maar ik wilde niet het risico nemen dat Cira door dat logboek met mijn familie in verband werd gebracht.'

'Waarom wilde je dat niet?'

'Vanwege het goud. Het is van mij en het zal ook van mij blijven. Ik kon niemand laten weten dat het misschien niet in Herculaneum was. Als iemand wist dat er een kans bestond dat het hier was, zou die een manier bedenken om dit kasteel steen voor steen te slopen.'

'Zouden ze het dan vinden?'

'Misschien. Ik heb het in elk geval nog niet gevonden.'

'Hoe weet je dat het niet door een van Cira's afstammelingen is gevonden én uitgegeven?'

'Dat kan ik op geen enkele manier zeker weten, maar in onze familie hebben wel altijd verhalen over een verloren schat de ronde gedaan. Het waren vage verhalen, die veel weg hadden van een sprookje, en ik had er nooit enige aandacht aan besteed. Ik had het te druk met me staande houden in de werkelijke wereld.'

'Zoals Grozak en Reilly.' Ze keek naar het portret van Fiona. Die verwante van MacDuff zou ongetwijfeld ook het een en ander hebben meegemaakt, maar Jane betwijfelde of ze ooit in contact was gekomen met monsters die niets om een mensenleven of de menselijke waardigheid gaven.

'Je rilt van top tot teen,' constateerde MacDuff. 'Het is hier ook koud. Waarom heb je geen jack meegenomen als je van plan was hier in te breken?'

'Ik heb er niet bij nagedacht. Ik heb het gewoon op een rennen gezet.'

'Wat je altijd doet.' Hij liep naar het bureau en trok een la open. 'Maar nu kan ik er wel iets aan doen.' Hij pakte een fles cognac en twee glaasjes. 'Als ik 's nachts moest doorwerken had ik ook wel eens behoefte aan een slokje.'

'Het verbaast me dat je dat toegeeft.'

'Ik geef mijn tekortkomingen altijd toe.' Grinnikend overhandigde hij haar het glas. 'Op die manier kan ik iemand niet uitsluitend door mijn grote talenten en prestaties intimideren.'

'Om nog maar te zwijgen over je ongelooflijke bescheidenheid.' Ze nam een slok en trok een grimas toen de cognac brandend door haar slokdarm gleed. Even later had ze het echter wel warmer en voelde ze zich weer iets evenwichtiger. 'Dank je.'

'Wil je er nog een?'

Ze schudde haar hoofd, en ze wist eigenlijk niet waarom ze überhaupt een glas van hem had aangenomen. Ze was er niet zeker van of ze hem kon vertrouwen en hij had al gezegd dat hij niet wilde dat iemand wist dat er een verband bestond tussen zijn familie en Cira. Hij was een harde, meedogenloze rotzak, en het zou kunnen zijn dat hij geweld ging gebruiken. Toch dronk ze samen met hem cognac en voelde zich daar heel prettig bij. 'Ik rilde eigenlijk niet omdat ik het koud had.'

'Dat weet ik.' Hij dronk zijn glas in één teug leeg. 'Je hebt een moeilijke tijd achter de rug, maar cognac helpt voor alles.' Hij pakte haar glas. 'En bovendien zal het je vriendelijker stemmen jegens mij.'

'Dat kun je rustig vergeten!'

'Het was maar een grapje.' Er dansten pretlichtjes in zijn ogen. 'Zachtmoedig is niet direct het woord waarmee ik jou zou beschrijven.' Hij borg de glazen en de cognac weer op. 'Ga je Trevor vertellen dat ik misschien op zijn berg goud zit?'

'Jij ziet het als jouw berg goud.'

'Maar Trevor gelooft in geluk hebben bij een loterij, en "wie wat vindt mag het houden" is zijn motto. De meeste mensen die erachteraan zullen gaan als jij dit bekendmaakt, zullen er net zo over denken.'

'Je kunt buitenstaanders weren uit je kasteel.'

'Maar stel dat het niet in dit kasteel is verstopt? Ik ben al lange tijd op zoek naar een spoor of een aanwijzing, en ik ken dit kasteel als mijn broekzak. Het kan ergens op het terrein zijn, of in de Hooglanden waar Angus woonde voordat hij hierheen kwam.'

'Het is ook mogelijk dat het helemaal niet bestaat.'

Hij knikte. 'Maar dat weiger ik te aanvaarden. Cira zou niet willen dat ik het zoeken opgaf.'

'Cira is tweeduizend jaar geleden gestorven.'

Hij schudde zijn hoofd. 'Ze is hier. Kun je dat niet voelen? Zolang haar familie blijf bestaan en zolang MacDuff's Run overeind staat, zal zij ook leven.' Hij keek haar recht aan. 'Ik geloof dat jij dat weet.'

Ze keek met moeite een andere kant op. 'Ik moet terug naar het kasteel, want Trevor zal zich afvragen waar ik ben. Ik heb hem niet verteld waar ik naartoe ging.'

'En hij zal daar wel niet naar hebben gevraagd omdat hij niet wilde twijfelen aan je onafhankelijkheid. Hij is nog altijd niet zeker van je, hoe graag hij dat ook zou willen zijn.'

'Ik ben niet van plan met jou over Trevor te praten.'

'Omdat jij ook niet zeker van hem bent. Seks is niet alles, maar wel heel veel.' Hij lachte. 'Is er sprake van een band tussen jullie, Jane? Wil hij voor jou wat Cira voor Pia wilde? Hoe beschreef ze dat ook al weer? "Fluwelen nachten en zilverkleurige ochtenden"? Heb je het gevoel de belangrijkste persoon in zijn leven te zijn? Dat heb je nodig.'

'Ik weet niet wat ik nodig heb.'

'Waarom heb ik dan het idee dat ik dat wel weet?'

'Uit pure arrogantie?' Ze draaide zich om en liep naar de deur. 'Bemoei je niet met mijn zaken, MacDuff.'

'Dat moet ik wel doen.' Hij zweeg even. 'Vraag me naar het waarom, Jane.'

'Daar heb ik geen belangstelling voor.'

'Onzin. Je bent bang voor wat ik zal zeggen, maar ik zal het toch zeggen. Ik moet me wel met jouw zaken bemoeien omdat dat in mijn aard ligt en ik daarvoor ben getraind.'

'Waarom?'

'Heb je dat dan niet geraden? Je bent een van de mijnen.'

Dodelijk geschrokken bleef ze stokstijf staan. 'Wát zeg je?'

'Je bent een van de mijnen. Draai je om en kijk nog eens naar Fiona.'

Langzaam draaide ze zich om, maar ze keek naar hem in plaats van naar het portret. 'Fiona?'

'Toen Fiona vijfentwintig was is ze met Ewan MacGuire getrouwd en naar de Laaglanden verhuisd. Ze heeft hem vijf kinderen gegeven en hun familie heeft tot rond 1810 een welvarend leven geleid. Daarna kregen de afstammelingen van Fiona het moeilijk. Twee van de jongere zoons trokken eropuit om het geluk te zoeken en een van hen, Colin MacGuire, is in 1876 aan boord gegaan van een schip met bestemming Amerika. Van hem is daarna nooit meer iets vernomen.'

Stomverbaasd keek ze hem aan. 'Toeval.'

'Kijk nog eens goed naar haar portret, Jane.'

'Ik hoef niet naar haar portret te kijken. Je bent gek. Er zijn duizenden MacGuires in de Verenigde Staten. Ik weet niet eens wie mijn vader was, en ik ben heel beslist niet een van de "jouwen".'

'Dat ben je tot het tegendeel is bewezen.' Zijn mond vertrok even. 'Ik geloof dat je het Huis MacDuff wilt bekladden. Je bent kennelijk liever een bastaard dan een lid van mijn familie.'

'Verwachtte je dat ik me vereerd zou voelen?'

'Nee. Wel dat je je tolerant zou opstellen. We zijn de beroerd-
sten niet, en we helpen de onzen.'

'Ik heb niemands hulp nodig.' Ze draaide zich bliksemsnel om
en liep naar de deur. 'Je kunt de boom in, MacDuff.'

Ze hoorde hem in schaterlachen uitbarsten toen ze terugrende
naar de trap naar de stal. Ze was in de war, geschokt en... boos.
Die woede verbaasde haar en ze kon er geen reden voor...

Ja, dat kon ze wel. Ze was haar hele leven alleen geweest, en ze
was trots geweest op de onafhankelijkheid die daaruit was voortgekomen. De openbaring van MacDuff gaf haar geen warm, gezellig gevoel. Die leek iets van haar af te pakken.

Verdomme. Hij had die verwantschap waarschijnlijk verzon-
nen om dat ellendige goud in de familie te houden. Om te voorkomen dat zij hier met Trevor over zou praten.

Wat moest ze nu doen? Hoeveel zou ze Trevor vertellen?

En waarom dácht ze er ook maar over Trevor niet van dit alles
deelgenoot te maken?

Natuurlijk zou ze hem alles vertellen. Behalve die onzin dat ze
een verwante was van MacDuff. Wat Trevor met het goud van
Cira wilde doen, was zijn zaak en ze zou hem niet laten aarzelen
door de mededeling dat het kon zijn dat hij op zoek was naar de
schatkist van haar familie.

Ze had geen familie. Met uitzondering van Eve en Joe. En ze
had op dit moment zeker geen behoefte aan een arrogante, pater-
nalistische MacDuff in haar leven.

Nee. 'Paternalistisch' was het juiste woord niet. De houding
van MacDuff was...

Ze had het binnenplein bereikt en zag Trevor op de bordestrap
staan.

Fluwelen nachten en zilverkleurige ochtenden.

Barst, MacDuff. De seks was geweldig en Trevor was een unie-
ke man die niet alleen haar lichaam maar ook haar geest stimuleerde. Dat was alles wat ze nodig had, of wilde.

Ze ging sneller lopen. 'Ik moet je iets vertellen. Ik heb Cira's
brief gevonden en het is geen wonder dat Mario ons niet wilde
vertellen wat zij...'

'Wat wil je dat ik eraan doe?' vroeg Trevor zacht toen ze haar verhaal had afgerond.

'Doel je op het goud? Daar kun je wat mij betreft mee doen wat je wilt. Je zoekt er al lange tijd naar, en je vriend Pietro is in die tunnel gestorven toen hij probeerde het te vinden.'

'Sommigen zouden zeggen dat MacDuff dat goud verdient omdat het technisch gesproken het fortuin van zijn familie is.'

'Inderdaad. Maar hoe denk jij erover?'

'Hij verdient het als hij het kan vinden en vasthouden.'

'Hij zei al dat je iets dergelijks zou zeggen.'

'Hij is heel opmerkzaam.' Trevor zweeg even. 'Ik zal er niet achteraan gaan als jij dat niet wilt. Het is maar geld.'

'Onzin. Het is verdomme een fortuin.' Ze liep de trap op. 'Je zult zelf een beslissing moeten nemen. Ik zal je op geen enkele manier beïnvloeden, want ik ben doodmoe van al die verant-woordelijkheden.'

'En ik geloof dat ik er genoeg van krijg me onverantwoord te gedragen. Denk je niet dat we een geweldig stel zouden zijn?'

Even was ze gelukkig, maar dat gevoel moest al heel snel wij-ken voor behoedzaamheid. 'Wat bedoel je daarmee?'

'Dat weet je best. Je bent alleen bang om het toe te geven. Nou, dat station ben ik gepasseerd, en jij zult me moeten inhalen. Wat voelde je toen je dacht dat ik was opgeblazen?'

'Ik vond het verschrikkelijk. Ik was bang en ik voelde me leeg,' zei ze langzaam.

'Prima. Er is dus vooruitgang geboekt.' Hij pakte haar hand en kuste haar handpalm. 'Ik weet dat ik te hard van stapel loop, maar daar kan ik niets aan doen. Ik heb jaren meer ervaring dan jij, en ik weet wat ik wil. Jij zult moeten zien uit te zoeken wat jij wilt. Je weet niet of je wat wij hebben wel kunt vertrouwen.' Hij glimlachte. 'En het is mijn taak je te laten zien dat dat gevoel nooit zal verdwijnen. Niet voor mij, en niet voor jou, hoop ik uit de grond van mijn hart. Ik zal dicht achter je aan blijven lopen en je zo vaak mogelijk verleiden, tot je tot de conclusie bent geko-men dat je zonder mij niet kunt leven.' Hij kuste haar handpalm opnieuw. 'Wat ga je doen als je uit Schotland bent vertrokken?'

'Ik ga naar huis. Naar Eve en Joe. Ik ga tekenen en uitrusten, en alles vergeten wat met MacDuff's Run te maken heeft.'

'Mag ik met je mee?'

Ze keek naar hem en voelde die golf van wild geluk opnieuw door haar lichaam gaan. Ze gaf hem een snelle, harde kus en glimlachte toen. 'Geef me een week de tijd. Daarna ben je welkom.'

MacDuff stond op het binnenplein toen de helikopter twee uur later landde.

'Gaan jullie weg? Trevor, ik neem aan dat dit het einde van het huurcontract betekent?'

'Daarover heb ik nog geen beslissing genomen. Het kan zijn dat ik een uitvalsbasis nodig heb als ik besluit naar dat goud te blijven zoeken, en daar zou MacDuff's Run misschien wel heel geschikt voor zijn.'

'Maar misschien ook niet.' MacDuff glimlachte licht. 'Mijn kasteel en mijn mensen zullen je de volgende keer niet hartelijk verwelkomen.' Hij draaide zich naar Jane toe. 'Een goede reis. Ik hoop je spoedig weer te zien.'

'Dat zal niet gebeuren. Ik ga naar huis. Naar Eve en Joe.'

'Prima, want dat heb je nodig. Ik ga ook weg. Ik moet terug naar Idaho om Jock te zoeken.'

'Misschien zal Venable hem eerder vinden dan jij,' zei Trevor, die het trapje van de helikopter op liep.

MacDuff schudde zijn hoofd. 'Als ik binnen roepafstand ben, zal Jock naar me toe komen. Ik ben hierheen teruggegaan om Robert Cameron op te halen. Hij heeft in het leger onder mij gediend, en hij is de beste spoorzoeker die ik ooit heb ontmoet.'

'Ook een van jouw mensen?' vroeg Jane droog.

'Ja. Zoiets kan af en toe handig van pas komen.' Hij draaide zich om. 'Dat zul je nog wel merken.'

'Dat betwijfel ik, maar succes met Jock.' Ze liep achter Trevor aan, die inmiddels in de helikopter was gestapt.

'Ik zal het je laten weten als ik hem heb gevonden,' riep MacDuff haar na.

'Hoe weet je dat ik Venable dan niet zal bellen? Op deze manier maak je me een medeplichtige.'

Hij glimlachte. 'Je zult hem niet bellen. Het bloed kruipt waar het niet gaan kan. Jock is een van de jouwen, nichtje van me.'

'Geen sprake van, en ik ben geen nichtje van jou.'

'Dat ben je wel. Daar durf ik mijn DNA onder te verwedden. Maar wel een heel verre nicht.' Hij knipoogde en salueerde. 'Godzijdank.'

Geïrriteerd en gefrustreerd zag ze hem met grote passen naar de stal lopen. Hij leek volstrekt zelfverzekerd, arrogant en thuis in dit oude kasteel. De oude Angus moest net zo zijn geweest.

'Jane?' Trevor stond nu weer in de deuropening van de helikopter.

Ze maakte haar blik met moeite los van die ellendige Schot en liep het trapje op. 'Ik kom eraan.'

'Rotzak,' zei Cira tussen opeengeklemde kaken door. 'Jij hebt me dit aangedaan.'

'Ja.' Antonio kuste haar hand. 'Wil je het me vergeven?'

'Nee. Ja. Misschien.' Ze krijste het uit bij de volgende pijnlijke wee. 'Nee.'

'De vrouw uit het dorp zweert dat de baby er binnen een paar minuten zal zijn. Het is niet ongebruikelijk dat een eerste kind er zo lang over doet. Wees dapper.'

'Ik bén dapper. Ik probeer dit kind al zesendertig uur op de wereld te zetten en dan durf jij tegen me te zeggen dat ik dapper moet zijn terwijl jij er op je dooie gemak bij zit? Je weet niet wat pijn is. Ga weg voordat ik je vermoord.'

'Nee. Ik blijf bij je tot het kind is geboren.' Antonio hield haar hand wat steviger vast. 'Ik heb beloofd dat ik je nooit meer zou verlaten.'

'Ik wou dat je die belofte had verbroken voordat dit kind werd verwekt.'

'Meen je dat?'

'Nee, dat meen ik niet.' Cira beet op haar onderlip toen de volgende wee zich aandiende. 'Je bent toch niet stom? Ik wil dit kind hebben, maar niet de pijn die daarmee gepaard gaat. Er moet voor vrouwen een betere manier zijn om iets als dit te doen.'

'Ik twijfel er niet aan dat je daar later iets op zult weten te be-

denken.' Zijn stem klonk onvast. 'Maar ik zou wel dankbaar zijn als je het kind gewoon op de wereld zet en we dit achter de rug hebben.'

Hij was bang, besefte ze vaag. Antonio, die nooit wilde toegeven iets te vrezen, was nu bang. 'Je denkt dat ik doodga.'

'Nee, nooit.'

'Dat klopt. Nooit. Ik klaag omdat ik het recht heb om te klagen en omdat het niet eerlijk is dat vrouwen alle kinderen moeten baren. Je zou me moeten helpen.'

'Dat zou ik ook doen als ik daartoe in staat was.'

Zijn stem klonk iets vaster, maar trilde nog wel.

'Bij nader inzien denk ik niet dat ik ooit nog met jou naar bed zou kunnen gaan als ik je met een dikke buik zag. Je zou er belachelijk uitzien. Ik weet dat ik het niet kon verdragen naar mezelf te kijken.'

'Je was mooi. Je bent altijd mooi.'

'Leugenaar.' Ze doorstond de volgende wee. 'Dit land is hard en koud en maakt het vrouwen niet gemakkelijk. Maar het zal mij niet verslaan. Ik zal het van mij maken. Net als dit kind. Ik zal het baren en grootbrengen en alles geven wat ik heb gemist.' Ze stak een hand op en raakte zacht zijn wang aan. 'Ik ben blij dat ik jou heb, Antonio. Fluwelen nachten en zilverkleurige ochtenden. Ik heb Pia geschreven dat ze daarnaar op zoek moest gaan, maar er is zoveel meer.' Ze deed haar ogen dicht. 'De andere helft van de cirkel...'

'Cira!'

Haar ogen vlogen open. 'Bij alle goden! Ik heb al tegen je gezegd dat ik niet zal sterven. Ik ben alleen moe. Ik heb nu de tijd niet meer om jou te troosten. Hou je mond of ga weg terwijl ik dit kind op de wereld zet.'

'Ik zal mijn mond houden.'

'Dat is prima, want ik heb je graag bij me...'

Toen zijn telefoon vijf keer was overgegaan nam MacDuff op. Hij klonk slaperig.

'Hoeveel kinderen had Cira?' vroeg Jane meteen.

'Wat zeg je?'

'Heeft ze maar één kind gekregen? Is ze tijdens de bevalling gestorven?'

'Waarom wil je dat weten?'

'Vertel het me.'

'Volgens de familielegende heeft ze vier kinderen gekregen. Hoe ze is gestorven weet ik niet, maar ze is een heel oude dame geworden.'

Jane zuchtte opgelucht. 'Dank je.' Opeens bedacht ze iets. 'Waar ben je?'

'In Canada.'

'Heb je Jock gevonden?'

'Nog niet, maar dat zal wel gebeuren.'

'Sorry dat ik je wakker heb gemaakt. Welterusten.'

MacDuff grinnikte. 'Het is niet erg. Ik ben blij dat je aan ons denkt.' Hij verbrak de verbinding.

'Is alles oké?' Eve stond in de deuropening van Janes slaapkamer.

'Ja. Ik moest alleen iets nagaan.'

'Op dit late uur?'

'Het leek dringend.' Ze stapte haar bed uit en trok haar kamerjas aan. 'Kom mee. Nu we allebei toch wakker zijn, kunnen we net zo goed warme chocolademelk maken. Jij hebt zo hard moeten werken dat ik sinds ik thuis ben nauwelijks de kans heb gehad met je te praten.' Ze liep naar de deur. 'Natuurlijk is dat gedeeltelijk mijn eigen schuld. Ik ben vroeg naar bed gegaan en laat opgestaan. Ik weet niet wat er met me aan de hand is geweest. Ik heb het gevoel dat ik een tijd drugs heb gebruikt.'

'Je was uitgeput. Een terugslag na de dood van Mike, om nog maar te zwijgen over wat je in Idaho hebt meegemaakt.' Eve liep achter Jane aan naar de keuken. 'Ik was blij je voor de verandering eens een keer te zien uitrusten. Wanneer ga je weer naar Harvard?'

'Binnenkort. Ik heb dit semester veel colleges gemist, en dus moet ik het een en ander inhalen.'

'En daarna?'

'Dat weet ik nog niet.' Ze glimlachte. 'Misschien blijf ik dan wel hier tot jij me de deur uit trapt.'

'Dat zal niet gebeuren. Joe en ik zouden het heerlijk vinden je hier te hebben.' Eve deed cacaopoeder in twee bekers. 'Maar ik denk niet dat we daar ook maar een schijn van kans op hebben.' Ze goot heet water bij de cacao. 'Heb je weer een droom gehad?'

Jane knikte. 'Maar geen angstaanjagende. Tenzij je het krijgen van een baby angstaanjagend noemt.'

'Zoiets is angstaanjagend, maar ook wonderbaarlijk,' zei Eve.

'Ik dacht dat die dromen zouden ophouden als Cira de tunnel uit was, maar ik lijk nog altijd met haar te zijn opgezadeld.'

Eve gaf Jane haar beker. 'En dat maakt je van streek?'

'Nee, dat denk ik niet. Ze is door de jaren heen een goede vriendin van me geworden.' Ze liep naar de veranda. 'Maar soms laat ze me in onzekerheid.'

'Ze maakt je dus duidelijk niet meer van streek.' Eve leunde tegen de reling van de veranda. 'Vroeger voelde je je in de verdediging gedrongen wanneer Cira ter sprake kwam.'

'Omdat ik niet wist waarom ik die dromen kreeg. Ik kon geen rode draad vinden die ze kon verklaren.'

'En nu heb je die wel gevonden?'

'Het bestaan van Demonidas is een feit, en hij kan nog andere geschriften hebben nagelaten, naast de teksten die wij hebben gevonden. Op die manier kan ik iets over Cira van hem hebben opgepikt.'

'Of niet.'

'Je bent een geweldige hulp.'

'Als MacDuff de waarheid heeft gesproken toen hij zei dat jij een afstammelinge van Cira bent, zou dat het antwoord op de vraag kunnen zijn.' Eve keek naar het meer. 'Ik heb gehoord dat er zoiets bestaat als "raciale herinnering".'

'Vertaald in dromen waar ik bijna in kan stappen? Dat is me nogal wat, Eve.'

'Iets beters heb ik niet te bieden.' Eve zweeg even. 'Je hebt me ooit verteld dat je je afvroeg of Cira pogingen in het werk stelde om contact met jou te krijgen om... om te proberen een eind te maken aan de manier waarop haar goud werd gebruikt.'

'Dat heb ik op een van mijn krankzinnigere momenten inderdaad gezegd.' Jane ging op het trapje naar de veranda zitten en aaide Toby, die uitgestrekt op de trede onder haar lag. 'Ik moet daar meteen aan toevoegen dat ik niet veel echt rationele momenten heb gekend sinds Cira me nachtelijke bezoekjes ging brengen. Het is niet erg. Ik ben aan haar gewend geraakt, en ik heb haar zelfs gemist toen ze een tijdje niet meer kwam.'

'Dat kan ik begrijpen,' zei Eve.

'Dat weet ik.' Jane keek haar aan. 'Je begrijpt alles wat ik heb meegemaakt. Daarom kan ik met jou praten, en verder met niemand.'

Eve deed er even het zwijgen toe. 'Ook niet met Trevor?'

Jane schudde haar hoofd. 'Dat is te nieuw, nog te oppervlakkig. Ik word behoorlijk duizelig van hem, en dat maakt het er niet gemakkelijker op een relatie te analyseren.' Ze dacht even na. 'Cira heeft geschreven over fluwelen nachten en zilverkleurige ochtenden. Natuurlijk had ze het over seks, maar de zilverkleurige ochtenden betekenden iets anders voor haar. Ik heb geprobeerd dat te doorgronden. Was er sprake van een relatie die de manier waarop ze alles bekeek veranderde?' Ze schudde haar hoofd. 'Ik weet het niet. Ik ben te koppig. Het zou waarschijnlijk lang duren voordat ik mezelf zulke gevoelens toesta.'

'Héél lang.'

Jane was er niet zeker van of Eve het over háár of over haar eigen ervaringen had. 'Misschien zal het nooit gebeuren. Maar Cira was ook behoorlijk koppig, en zij heeft Pia verteld waarnaar ze op zoek moest gaan.'

'Zilverkleurige ochtenden…' Eve zette haar beker op de reling en ging naast Jane op het trapje zitten. 'Klinkt leuk, nietwaar?' Ze sloeg een arm om Jane heen. 'Fris, helder en stralend in een donkere wereld. Misschien zul je ze op een dag vinden, Jane.'

'Ik heb ze al.' Ze glimlachte naar Eve. 'Jij geeft me er elke dag een. Als ik down ben, trek jij me weer omhoog. Als ik in de war ben, maak jij alles helder. Als ik denk dat er op deze wereld geen liefde bestaat, herinner ik me de jaren die jij me hebt gegeven.'

Eve grinnikte. 'Om de een of andere reden geloof ik niet dat Cira het daarover had.'

'Misschien niet. Zij heeft nooit een Eve Duncan gehad, en dus kan ze niet hebben beseft dat zilverkleurige ochtenden niet uitsluitend voor geliefden zijn gereserveerd. Ze kunnen zich aandienen door toedoen van moeders, vaders, zusters, broers en goede vrienden...' Tevreden legde ze haar hoofd op de schouder van Eve. Het briesje was vrij koud, maar nam ook de geur met zich mee van pijnbomen, en de herinnering aan voorbije jaren waarin ze samen met Eve zo had gezeten. 'Zeker goede vrienden. Ook zij kunnen de manier veranderen waarop je de wereld bekijkt.'

'Inderdaad.'

Lange tijd zaten ze zwijgend naast elkaar tevreden naar het meer te kijken. Uiteindelijk zuchtte Eve en zei: 'Het is al heel laat. Ik neem aan dat we naar binnen zouden moeten gaan.'

Jane schudde haar hoofd. 'Dat zou té verstandig zijn. Ik ben het redelijk zijn moe. Het lijkt alsof ik mezelf mijn hele leven heb gedwongen praktisch en verstandig te zijn, en ik ben er bijna zeker van dat ik een heleboel zou hebben gemist als ik mezelf niet wat eigenaardigheden had toegestaan. Mijn kamergenote Pat heeft altijd gezegd dat je nooit zult kunnen dansen als je voeten stevig op de grond staan.' Ze glimlachte naar Eve. 'Laten we opblijven. Laten we wachten op de dageraad en kijken of die zilverkleurig is.'